D1828793

btb
Aus Freude am Lesen

Joseph von Westphalen · Der Liebessalat

Joseph von Westphalen

Der Liebessalat

Roman

btb

Umwelthinweis:
Dieses Buch und der Schutzumschlag wurden auf chlorfrei gebleichtem Papier gedruckt.
Die Einschrumpffolie (zum Schutz vor Verschmutzung) ist aus umweltschonender und recyclingfähiger PE-Folie.

btb Bücher erscheinen im Goldmann Verlag,
einem Unternehmen der Verlagsgruppe Random House

3. Auflage
Copyright © 2002 by Wilhelm Goldmann Verlag,
München, in der Verlagsgruppe Random House GmbH
Satz: Uhl+Massopust, Aalen
Druck und Bindung: GGP Media, Pößneck
Printed in Germany
ISBN 3-442-75067-9
www.btb-verlag.de

In caso di nebbia
Sie fahren mit Abstand besser

Inhalt

Die Zugfahrt 9
Ein unverhofftes Wiedersehen 38
Die Tscherkessin 64
Nacht ohne Schlaf 77
Die Frauen im Bad 107
Das Märchen von der Prinzessin Aza 133
Das Gästezimmer 173
Fräulein Strindberg 204
Nachhilfestunden 218
Der leere Kühlschrank und die Macht der Ironie 236
Oh, herrliches Geheimnis! 258
Die Besucherinnen 271
Der Liebessalat 302
Die schönste Frau der Welt 344
Briefe an Penelope 365
Viktors Visionen 399
Die große Tour 418
Lo stambecco innamorato 450

Die Zugfahrt

Der Zug fuhr in vierzig Minuten, und Viktor stand noch unter der Dusche. Am späten Vormittag brauchte das Taxi zum Bahnhof eine Viertelstunde – wenn alles glatt ging. Wenn es nicht glatt ging, wenn der Verkehr kein rasches Fahren erlaubte – daran wollte Viktor lieber nicht denken. Man konnte nicht immer an das Schlimmste denken.

Viktor dachte nie an das Schlimmste. Er war nicht Ingenieur in einem Atomkraftwerk. Die müssen an das Schlimmste denken. Oder Flugzeugkonstrukteure. Nicht Viktor. Viktor lebte, solange er denken konnte, mit dem Gefühl: Es wird schon gutgehen. Und es ging gut. Kein Unglück bisher. Viktor war zweiundvierzig.

Die Frage war, ob es nicht hätte besser gehen können. Zweifellos. Viktor konnte sich manchmal eine glücklichere Ehe vorstellen. Manchmal aber erschien sie ihm auch ideal. Und er könnte erfolgreicher sein. Er hatte einen Beruf, in dem ein und dieselbe Leistung völlig verschieden honoriert wird. Viktor war Schriftsteller. Ein Jahr Arbeit konnte genügend Geld und genügend Ruhm, oder auch genügend Ruhm und zu wenig Geld, oder auch genügend Geld und zu wenig Ruhm, oder auch zu wenig Geld und zu wenig Ruhm einbringen.

Heute abend würde Viktor in Hannover lesen. Die Veranstalter rechneten mit hundertfünfzig Leuten. Es gab Autoren, zu deren Lesungen kamen zweitausend. Bei anderen fanden sich nur zwei Dutzend ein. Von wieder anderen wollte kein Mensch etwas wissen. Insofern ging es Viktor gut. Er konnte vom Schreiben leben, und zwar nicht schlecht.

Die Tür zum Bad öffnete sich. »Es ist kurz vor halb zehn, um zehn geht dein Zug. Du kriegst ihn nie mehr!« Das war Ellen, Viktors Frau.

»Ich kriege ihn!« rief Viktor. Es würde diesmal besonders knapp werden, aber er würde den Zug kriegen. Er mußte ihn kriegen. Es gab von Zürich aus keinen späteren Zug, mit dem man rechtzeitig in Hannover war. Ellen konnte sich nicht vorstellen, daß er zum Abtrocknen, Anziehen und Zusammenpakken nur wenige Minuten brauchte. Auch wenn er es schon Hunderte Male bewiesen hatte. Kein Salben, kein Föhnen, kein zögerndes Wählen, welches Hemd und welche Hose. Das war ihr als Frau unbegreiflich.

Rasieren allerdings war heute nicht mehr drin. Und die Fingernägel würde sich Viktor auch nicht mehr feilen können. Schade. Er hatte gern sorgfältig gefeilte Nägel, wenn er unterwegs war. Es gab Frauen, die einem auf die Hände schauten. Während der Bahnfahrt hätte er genug Zeit, aber im Zug konnte man sich nicht die Fingernägel feilen. Diese Souveränität besaß er nicht. Wobei man sich fragen konnte, ob das noch souverän war oder schon ekelhaft. Die Schuhe sahen stumpf aus, er hätte sie gern eingecremt und poliert. Auch daran war nicht mehr zu denken.

Susanne war schuld, daß er jetzt so elend spät dran war. Er hätte ihren Brief nicht öffnen sollen. Nein: er war selbst schuld! Man sollte keine Post öffnen, wenn man in Eile ist.

Ellen erschien kurz als Schatten hinter der Glastür. »Also, ICH fahr dich nicht!« rief sie unmißverständlich. Darum würde Viktor sie auch nicht bitten. Ihre Drohung war natürlich ein Angebot, ihn trotz seiner Unbelehrbarkeit, trotz seines selbstverschuldeten Spätdranseins zum Bahnhof zu fahren. Das würde ihr Viktor nie zumuten. Sie hatte besseres zu tun. Sie müßte längst in ihrem Büro sein.

»Vielleicht könntest du doch ein Taxi kommen lassen«, rief Viktor, stellte die Dusche aus und griff zum Handtuch. Ellen hatte seine Bitte nicht gehört, und Viktor fiel ein, daß sie einmal gesagt hatte, es sei keine Zumutung für sie, sie fahre ihn gern zum Bahnhof, da könne man wenigstens noch ein bißchen miteinander reden. Viktor fand diese Bemerkung damals etwas sehr pathetisch. Miteinander reden – das klang ungut nach Aussprache. Dann aber war ihm eingefallen, daß sie das klassische vielbeschäftigte Paar waren, das wenig Zeit füreinander hat. Zwanzig Minuten zusammen im Auto würden sie wieder etwas zusammenbringen. Ellen hatte wieder einmal recht. Sie hatte ihn dann gefahren – und es war tatsächlich angenehm gewesen. Viktor hatte sich widerspruchslos die Schulprobleme angehört, die der Sohn von Ellens Schwester hatte, und mit einigen Nachfragen seine Aufmerksamkeit bewiesen. »Was ist los?« hatte Ellen gefragt. »Ich will nie wieder hören, daß ich mich nicht für deine Familie interessiere«, war Viktors Antwort gewesen.

In den letzten Tagen hatten sie, wie so oft, »aneinander vorbeigelebt«, wie Ellen es mit ihrer zum Glück seltenen Neigung zum Dramatisieren ausdrückte. Wenn sie jetzt zwanzig Minuten miteinander im Auto säßen, könnte das nicht schaden. Er würde sich nach den Lernstörungen des Sohns von Ellens Schwester und nach den Kosten seiner Nachhilfestunden erkundigen. Viktor sah sich schon entspannt im Taxi sitzen und an Susanne denken, aber dazu würde er im Zug genug Zeit haben.

Er öffnete die Badezimmertür und rief in die große Wohnung: »Ellen! Bist du noch da?« Sie antwortete nicht, aber er hörte sie in der Küche. Er legte alle Reue, zu der er fähig war, in seine Stimme und flehte: »Wenn du mich doch zum Bahnhof fahren könntest, wäre das vielleicht meine Rettung!«

Er hörte Ellen fluchen: »Ich wußte es!« Sofort bereute er seine Bitte. Sie konnte es nicht gewußt haben. »Dann komm aber auch!« Wie ungnädig sie das sagte. Wieder bereute Viktor, schlüpfte in ein Hemd, griff ein paar Socken, zwei Hemden, das Nötigste. Er wählte eine kleine Reisetasche und verzichtete auf das Mitnehmen eines zweiten Paars Schuhe. Wenn man drei Tage unterwegs war, waren ein zweites Paar Schuhe und eine weitere Hose angenehm. Zu spät. Viktor gelobte klammheimlich Besserung: mehr Ordnung, mehr Vorbereitung, mehr Organisation.

Plötzlich stand Ellen neben ihm, jetzt plötzlich amüsiert und milde: »Kann ich dir helfen?«

»Ich werde mich bessern!« sagte Viktor. Als er die Floskel ausgesprochen hatte, meinte er sie plötzlich ein bißchen ernst: weniger Liebesgier, mehr Konzentration, weniger Susanne, mehr Ellen würden solche Aufbrüche friedlicher machen.

Es war Viktor nicht angenehm, daß Ellen Einblick in die offene Reisetasche hatte. Es war nicht verboten, neben seinem Mann zu stehen und ihm beim Packen zuzusehen. Etwas indiskret war es vielleicht, etwas taktlos. Oder war es eine kleine Rache? Da lag Susannes geöffneter Brief neben anderen geschlossenen Briefe. Es war nicht verboten, Fanpost zu bekommen und auf eine Reise mitzunehmen. Aber man mochte nicht dabei ertappt werden. Zur Besserung gehört vor allem, dachte Viktor, in Zukunft so rechtzeitig und in aller Ruhe zu packen, daß solche Situationen nicht mehr eintreten können. Einmal hatte Susanne Fesselungen erwogen, und Viktor war mit allerlei Riemchen gereist. Zum Glück waren diese Praktiken aufgegeben worden. Solche rätselhafte Ware im offenen Gepäck wäre ihm jetzt wirklich peinlich gewesen.

Ellen wußte, daß Viktor litt, weil sie neben ihm stand. Seit acht Jahren lebten sie zusammen. Sie wußte auch, daß er niemals sagen würde: »Was stehst du hier herum! Ich fühle mich kontrolliert!« Solche Sätze fand Viktor stillos. Und sie würde niemals sagen: »Du Chaot! Wie du packst, du Pfau! Beweihräucherungspost nimmst du mit, anstatt eine vernünftige Hose!«

Ellen genügte es zu wissen: Er weiß, daß ich das denke. Als der Alltag ihres Zusammenlebens begann, hatten sie sich eine Weile gegenseitig mit dergleichen Bemerkungen noch offen traktiert: »Steh nicht so da!« Dahinter stand der Seufzer: »Sei nicht so! Wärst du doch anders!« Als sie merkten, daß die klassischen Qualworte sie zermürbten, hatten Viktor und Ellen sie bleibenlassen. Auch damals hatte der Aufbruch zu einer kleinen Lesereise den Anstoß gegeben: »Nimm doch nicht den Pullover mit dem Loch mit!« Unerträglich, wie Ellen das gesagt hatte. Sie fand: ganz harmlos. Er fand: infam bevormundend. Viktor war laut geworden: »Raus! Du machst mich wahnsinnig!« Im Zug hatte er ihr dann geschrieben. »Laß uns nie wieder solche erbärmlichen Ausdrücke benutzen. Was mich betrifft, will ich sie in Zukunft unterdrücken und verdrängen. Ich bin für Verschwiegenheit. Man soll nicht alles sagen, was man denkt. Das ist gegen die Würde. Ich will nicht den Mist hören und sagen, der miesen Schauspielern in miesen Fernsehproduktionen aus dem Mund kommt. Das ist es, was kaputt macht!«

Diese Zeilen waren eine Art Ehevertrag geworden, an den sich beide fortan hielten. Es war einer der wenigen Briefe, die Viktor an Ellen geschrieben hatte. Er schrieb viele Briefe, lange Briefe, und manchmal bedauerte sie, keine Post von ihm zu bekommen, wenn er verreist war. Manchmal war sie eifersüchtig, wenn sie Viktor Briefe schreiben sah. Doch was sollte sie schon sagen. Sie hatte nicht alle seine Bücher gelesen, aber genug, um zu wissen, was er ihr antworten würde. Es gab genügend Ehefrauen in seinen Romanen, die sich bei ihren Männern beklagten: »Warum schreibst du mir keine Briefe mehr?« Ellen hatte es schwarz auf weiß in verschiedenen Versionen gelesen, was Viktor denken und nicht sagen würde, sollte sie das je fragen. »Was soll man sich schreiben«, würde er sagen, »wenn man zusammenlebt? Zusammenleben ist nicht romantisch. Die Sehnsucht ist beim Teufel. Sie sucht sich andere Ziele. Ich habe diese verfluchte Ehe nicht erfunden. Wir hätten nicht heiraten und zusammenziehen müssen. Vielleicht hätte ich dich dann ein Leben lang in vielen Briefen angeschmachtet. Wäre dir das lieber?« So sprachen die Männer klagender Frauen in Viktors Büchern.

Ellen hatte keine Lust auf Viktors Lebensweisheiten. Daher sagte sie nichts, was zu Grundsatzerklärungen führen könnte, sondern nur: »In fünf Minuten. Deinetwegen rase ich nicht. Ich will meinen Führerschein behalten.«

Den Ton mochte Viktor. Sachlich. Unsentimental. Schnippisch. Er küßte flüchtig Ellens Nacken. Plötzlich gefiel ihm ihr Rock. »Schon gut«, sagte sie und ließ ihn mit seiner offenen Reisetasche allein. Das Auto parkte zwei Straßen weiter. Sie würde hupen, wenn sie vor der Haustür stand. Viktor hatte noch genug Zeit, eine Nagelfeile aus seinem Arbeitszimmer zu holen. Sie lag auf dem Schreibtisch, weil er gern an seinen Nägeln herumfeilte, wenn er sich den Anfang eines neues Kapitels überlegte.

Ellen war schnell. Schon hörte er die Hupe. Viktor griff seine Tasche und blickt auf die Uhr. Auf einmal gab es reichlich Zeit. Selbst mit einem kleinen Stau würden sie es schaffen. Er würde sich am Bahnhof noch Zeitungen kaufen und den Brief an Susanne einstecken können. Es wäre ein bißchen dreist gewesen, Ellen darum zu bitten. Susanne würde ihn morgen bekommen. Wieder einmal war alles gut gegangen. Er freute sich auf die Reise, auf das Lesen im Zug, auf die Lesung am Abend. Er freute sich auf Susanne und darauf, daß er sie nicht schon heute abend in Hannover, sondern erst übermorgen in Köln treffen würde. Das wäre ihm nicht angenehm: von Ellen zum Bahnhof gefahren und einige Stunden später von Susanne am Bahnhof abgeholt zu werden. Das wäre geschmacklos. Jedenfalls in seinem Alter. Zwischen dreißig und vierzig war es erlaubt. Damals hatte Viktor nichts dabei gefunden, von einer Frau zur anderen zu taumeln. Jetzt mochte er das nicht mehr. Er empfand es als unanständig. Es hätte auch etwas Behindertes. Als müsse er ständig betreut werden. Ging man von einer Frau zur anderen, war eine Quarantäne angebracht. Susanne würde ihn übermorgen in Köln am Bahnhof abholen, und da war genau die richtige Zeit dazwischen. Damit das klappte, hatte er ihr noch rasch schreiben müssen: das Hotel, die Ankunftszeit des Zuges. Er hatte die Auskunft anrufen müssen. Das dauerte. Susanne lebte in Zürich. Sie mußte den Brief morgen haben. Deswegen mußte er heute noch in Zürich eingeworfen werden. Deswegen hatte er noch rasch geschrieben werden müssen. Deswegen war alles so spät geworden. Wenn Viktor den Brief im Zug geschrieben und in Hannover eingeworfen hätte, könnte ihn Susanne morgen nicht haben. Dann hätte es übermorgen in Köln mit Susanne nicht geklappt. Das aber wäre ein Jammer. Viktor wollte nicht bei Susanne anrufen. Es gab Kinder, es gab einen Mann, der nichts wußte und nichts wissen sollte. Bloß keine Dramen auslösen.

Heiter ging Viktor die bequeme Altbautreppe hinab. Als er zu Ellen ins Auto stieg, fand er sie rassig. Der Wagen war ein charakterloser kleiner Japaner, aber er stand ihr. Sie hörte Nachrichten und zwar konzentriert. Wie eine Agentin, die eine verschlüsselte Botschaft nicht verpassen darf, fand er. »Sei still«, sagte sie, obwohl er gar nichts gesagt hatte, und fuhr los.

Die Wohnung lag im dritten Stock. Sie war hell und groß genug. Seit etwa zwei Jahren wohnten Viktor und Ellen hier. Ellen war Anwältin. Der Job in Zürich gefiel ihr. Eine der Supermarktketten, die nicht nebenher das große Geld mit Waffengeschäften macht. Rechtsabteilung. Vorher hatten Ellen und Viktor in Frankfurt gelebt. Erst hatte sie vorgehabt zu pendeln und eine Wochenend-Ehe führen. »Das wird uns gut tun«, sagten sie beide, und zwar im selben Augenblick. Sie lachten über diese einmütig vorgebrachte Zweistimmigkeit und fanden, wer so gleich denkt, kann auch weiter zusammenwohnen. Als Viktor die Wohnung in Zürich sah, hatte er sofort Lust auf einen Umzug. Endlich genug Platz. Endlich zwei Arbeitszimmer. Hin und her gehen können wie Goethe. Vormittags Sonne hier. Nachmittags Sonne da. Solides Parkett. Angenehme Lage. Und vor allem: nicht mehr in Deutschland leben. Nicht ständig dieser Zwang, sein eigenes Land zu kritisieren. Seitdem Viktor in Zürich lebte, waren ihm die Machenschaften und das Gezeter der deutschen Politik erholsam einerlei. Der Dreck und das falsche Gold der Schweiz gingen ihn wenig an. Dem Gastland gegenüber war man milde. Er war ein luxuriöser Asylant. Er fühlte sich frei. Ab und zu kümmerte er sich um die Verlängerung seiner Aufenthaltsgenehmigung. Ein angenehmer Spaziergang zum »Amt für Migration«. Das war alles. Wenn er von Deutschland kommend bei Basel, Schaffhausen oder Konstanz in die Schweiz eintauchte, überkam ihn noch immer das Wohlgefühl, eine Verpflichtung los zu sein. Er genoß sein Schweizer Konto und die Währung: Rappen und Franken wie im Märchen.

Wien wäre Viktor, von seiner Architektur und Geschichte, der Sprache seiner Bewohner her als Wohnsitz noch lieber gewesen.

Die österreichischen Laute hörte er lieber als die schweizerischen. Und Zürich hatte manchmal keinen Charakter. Dafür war es näher an Frankfurt. Viktor und Ellen hatten ihre Wohnung in Frankfurt nicht aufgegeben. Weniger, weil sie nicht wußten, wie sich Ellens Job bewähren würde, sondern weil sie keine Lust hatten, mit allem Hab und Gut umzuziehen. Als Viktor damals angefangen hatte, die Bücher in Kisten zu verpacken, war nach zwei Sechzehn-Stunden-Tagen erst eine Kiste gefüllt. Dreißig Kisten würden es werden. Das heißt, zwei Monate lang würde er sechzehn Stunden täglich zum Einpacken der Bücher brauchen. Oder vier Monate bei einem normalen Achtstundentag. »Du bist nicht normal!« hatte Ellen gesagt. Viktor hatte erklärt, daß er noch viel zu flüchtig arbeite, daß er eigentlich für das Verpakken jedes einzelnen Buches ein bis zwei Stunden Zeit bräuchte, ein Umzug sei die Chance, die Lesevergangenheit Revue passieren zu lassen, sich an die Umstände der Lektüre zu erinnern, die Bücher, die man einst mochte, zu überprüfen, sich über seinen Geschmack von einst zu wundern und wehmütig zu werden, noch wehmütiger zu werden bei dem Gedanken, wahrscheinlich keine Zeit mehr zu haben, Hamsuns *Hunger* und Dostojewskijs *Dämonen* und Stendhals *Rot und Schwarz* und fünfhundert andere einmal verschlungene Bücher jemals noch einmal zu lesen; zu verzweifeln bei der plötzlichen Erkenntnis, daß man vom Inhalt seiner Lieblingsbücher achtzig bis neunzig Prozent vergessen hat, noch heftiger zu verzweifeln darüber, wie viele der Bücher, die man besitzt, man nie gelesen hat. Man konnte sich aussuchen, was schlimmer war: das Unwissen oder die Vergeßlichkeit. Tausende von Büchern, Tausende von Beerdigungen. Keine Chance mehr auf eine Wiedergeburt. In Zürich würden sie wieder aus der Kiste kommen und in ein Regal, aber das wäre nur ein scheinbares Erwecken. Die Bücher blieben Leichen. Es waren zu viele. »Und ich trage bei zu diesem Wahnsinn!« Viktor, sonst eher robust, war am Boden zerstört. Wehmut, Schwermut, Unmut drückten ihn. Er griff sich an den Kopf. Diese Melancholie war nur auszuhalten, wenn man sie sofort aufschrieb. Dann war sie gebannt. So hielt Viktor, wie Hamlet den Totenkopf, jedes Buch vor sich hin, blätterte darin herum, stöhnte und notierte seine Einfälle. »Mein Stöhnen ist echt«, sagte er, als Ellen ihn bat, schneller zu packen und weniger affektierte Laute von sich zu geben. Er hatte selten Zeit für Weltschmerz und fand, wenn er ihn überkomme, müsse er die trübe Stimmung literarisch nützen. Er legte ein Melancholie-Heft an, um später daraus zu schöpfen, wenn er in guter Laune eine Passage mit verdrießlichen Gedanken brauchte. Mit den Schallplatten und CDs würde dasselbe bevorstehen. Da hatte Viktor aufgegeben.

Erstaunlich rasch hatte sich Ellen überzeugen lassen: Wir ziehen nicht um! Wir behalten die Wohnung. Wir nehmen nur das Nötigste mit. Ein erlösender Entschluß. Die Züricher Wohnung würde wunderbar unvollgestopft bleiben. Sollte man Lust haben, *Effie Briest* in der alten Ausgabe zu lesen, konnte man das Buch in Frankfurt holen. Viktor dachte daran, daß es auch wegen Beate praktisch wäre, die Frankfurter Wohnung nicht aufzugeben. Beate war in Frankfurt das gewesen, was jetzt in Zürich Susanne war: Viktors Liebste. Beate war Lehrerin und eine seiner wenigen Eroberungen, die er nicht in seiner Funktion als Schriftsteller gemacht hatte. Viktor fand, sie sah brasilianisch aus. Ellen hatte ihn einmal gesehen, wie er mit Beate in einem Straßencafé saß – zum Glück in einer völlig unverfänglichen Situation. Trotzdem die Frage der Ehefrau: »Wer war das?« Viktor beschloß, die Frage zulässig zu finden: »Eine Lehrerin.« Darauf Ellen: »Du triffst dich mit Lehrerinnen!« Der Ausruf kam mit einer Arroganz, fand Viktor, als seien Lehrerinnen weniger wert als lächerlich volljuristische Rechtsanwältinnen. Er hatte damals nichts erwidert. Wenn er Beate, die Lehrerin, in Schutz genommen hätte, hätte Ellen womöglich Verdacht geschöpft. Möglicherweise hatte sie schon einen Verdacht, und dies war eine Falle. Viktor lächelte daher nur. Ellens Arroganz kam ihm nicht ungelegen. Wenn Ellen so herablassend von dem mühseligen Beruf einer Lehrerin sprach, dann konnte er sie mit um so besserem Gewissen mit eben dieser Lehrerin betrügen. Seine Liebschaft mit Beate war ihm plötzlich fast wie eine nötige Entschädigung vorgekommen, eine liebevolle Inschutznahme, um Ellens diskriminierende Äußerung wiedergutzumachen. »Sie sieht aus wie eine Dattel«, sagte Ellen. Mehr sagte sie nicht. Fortan sah auch Viktor die Ähnlichkeit von Beate zu einer Dattel – und es störte ihn, daß er sie sah. Es war Ellens Fluch, der seine hitzige Lust auf Beate zwar nicht nahm, aber doch um einige Grad minderte. Mit Beate hatte sich Viktor in der Frankfurter Zeit in Hotels getroffen. Nicht ganz billig, diese Nächte. Wenn sie die Wohnung in Frankfurt behielten, könnte er sie als Liebesnest nutzen. So dachte er.

Viktor war kein Schlußmacher, und wenn eine Frau von sich aus das Verhältnis für beendet erklärte, fing er an zu kämpfen. So gab es Beate, die Dattel, noch immer. Bisher hatte die Frankfurter Wohnung allerdings nur ein einziges Mal als Liebesnest genutzt werden können. Susanne zog Hotels vor. Die üppige Miete zahlte Viktor von seinem Geld. Es fiel ihm nicht schwer. Er und Ellen verdienten gut. Er zahlte die Frankfurter Miete für das befreiende Gefühl, in Zürich mit einem Bruchteil seines Eigentums gut leben zu können. Er kam mit drei Prozent seiner Bücher, zehn Prozent seiner Platten und CDs und einem Viertel seiner Kleider bestens über die Runden. Und er zahlte sie für den Luxus, selten benutzte, aber erinnerungsreiche Schuhe und Jakken oder Balzac-Gesamtausgaben nicht weggegeben zu haben, sondern zusammen mit Hunderten von anderen Dingen verfügbar zu halten. Die zwei Wohnungen waren oft das Gesprächsthema, wenn Freunde zu Besuch waren. Viktor stilisierte sich gern: Ein Umzug konfrontiere ihn derart unerfreulich mit der Vergänglichkeit und der Vergeblichkeit, daß er keine Zeile mehr schreiben könne. Ellen sagte, sie sei eine Wegwerferin, sie brauche die alten Sachen nicht mehr, das sei Viktors Sache, wenn er sich diesen wahnsinnigen Luxus leiste, bitte. Dabei nutzte auch sie die teuren Lagerräume. »Drei riesige Schränke mit ihren ungetragenen Kleidern und zwei noch größere mit dem von ihrer Mutter geerbtem Geschirr stehen in Frankfurt«, sagte Viktor.

Spott war der Umgangston, der nun schon seit einigen Jahren Viktor und Ellen zusammenhielt. Um Streitereien zu vermeiden, wich Viktor aus. Einmal entfuhr es ihm: »Das Leben ist ein

Bühnenstück.« Weil Ellen nickte, fuhr er fort: Alles was man tun könne, sei, zu vermeiden, daß es eine Strindberghölle werde. Aber auch kein blutrünstiger Shakespeare mit Intrigen bitte. Und, Tschechow in Ehren, nicht dieses Lamento. Auch nicht alles mit Bonmots zugestopft wie in einer Oscar-Wilde-Komödie. Dann lieber banal. Aber bitte nicht platt. Kein Boulevardstück. Kein Tourneetheater in der Provinz. Und nie nie nie ein Fernsehrührstück.

Ellen hatte kurz geschwiegen, fast zustimmend, fand Viktor. Dann sagte sie: »Eine billigere Lebensweisheit habe ich noch nie gehört.« Viktor senkte sofort ertappt und einsichtig den Kopf. Doch Ellen ließ noch nicht ab: Genau solchen Blödsinn könne man auch in einem schlechten Stück von Oscar Wilde in einer miesen Provinzinszenierung hören.

Jetzt im Auto auf dem Weg zum Bahnhof war weder Viktor noch Ellen nach Definitionen ihres Zusammenlebens zumute. Ellen hörte die Nachrichten zu Ende und stellte das Radio erst nach dem Wetterbericht ab. Es würde so heiter bleiben, wie es war. »Das von den britischen Inseln kommende Hoch ›Susanne‹ hat Mitteleuropa fest im Griff«, wie der Nachrichtensprecher es formulierte. Viktor bedauerte, daß Ellen nichts von Susanne wußte. Wäre Susanne eine gemeinsame Freundin von ihnen, könnten sie sich gemeinsam über die Formulierung amüsieren und erwägen, dieser Susanne eine entsprechende Postkarte zu schicken. Aber es gab keine gemeinsame Susanne. Es war seine Susanne. Schade, daß der Brief an sie schon verschlossen war, er hätte zu gern den Wetterbericht zitiert, mit einer beziehungsreichen Anspielung: »Hast du alles im Griff?« Er fragte sich, ob man einer verheirateten Frau namens Susanne anstelle des Absenders hinten auf das Kuvert den Satz schreiben konnte: »Radio Schweiz: das von den britischen Inseln kommende Hoch ›Susanne‹ hat Mitteleuropa fest im Griff.«

»Alles dabei?« fragte Ellen freundlich. Viktor nickte.

»Genug Kondome?«

»Klar«, sagte Viktor, »willst du nachzählen?« Vor einiger Zeit, bei einem ähnlich eiligen Aufbruch, war Ellen eine verschlossene Packung mit vierundzwanzig Kondomen aufgefallen, die Viktor sich zurechtgelegt hatte. »Du hast ja was vor!« hatte sie gesagt. Viktor war begeistert von ihrer Souveränität. Als er nach einigen Tagen zurückkehrte, war Ellen zufällig hinzugekommen, als er seinen Koffer auspackte, und als sie lächelte, wußte er, daß ihr Blick auf die ungeöffnete Kondome-Schachtel gefallen war.

»Ich möchte nicht wissen, was du so treibst, wenn du auf Schicht bist«, sagte Ellen jetzt.

Viktor legte eine Hand auf ihr Knie: »*Auf Schicht* ist gut! Den Ausdruck darf ich übernehmen, ja?«

Ellen reichte ihm einen Apfel. Zum Frühstücken war Viktor nicht mehr gekommen. Er nahm den Apfel: »Ist der nötig?« Und dann noch leiser: »Rieche ich aus dem Mund?« Ellen lächelte triumphierend und gab keine Antwort. Sie wußte: Wenn Viktor etwas irre werden ließ, dann die Angst, aus dem Mund zu riechen. Deshalb tat sie immer so, als täte er das. Vor allem bei solchen Aufbrüchen. Dabei lächelte sie milde, als mache ihr das nichts aus. Alle anderen Frauen, die Viktor mutig und testbereit anhauchte, versicherten immer, er rieche frisch. Entweder verging der Mundgeruch bei sexueller Erregung, oder Ellen belog ihn. Was ihr gutes Recht wäre. Er belog sie schließlich auch. Wollte sie ihn quälen? Auch das hätte er verdient, dachte er und biß in den Apfel.

»Es gibt Männer«, sagte er, »die sind nicht in der Lage, ihre Koffer selbst zu packen, weißt du das! Die Frauen müssen ihnen die Koffer packen, stell dir das vor! Diese Kinder. Ich finde, du bist mit mir ganz gut bedient.«

»In der Beziehung schon.« Ellen gab Gas und fuhr über Rot. »Jedenfalls werde ich die Tage ohne dich genießen.«

Viktor war begeistert: »Haben wir nicht einen schönen, ruppigen, offenen Umgang miteinander!«

»Offen?« sagte Ellen. Und dann: »Sei nicht so selbstgefällig.«

Sie kamen am Bahnhof an.

»Du solltest Rallye-Fahrerin werden«, sagte Viktor, »das fände ich sexy.« Er versuchte ungeschickt eine kleine Umarmung im

Auto. Ein Anflug echter Lust war da, und diese Kostbarkeit wollte er zeigen. Ellen ließ es geschehen. »Jetzt, wo es zu spät ist«, sagte sie, »ist es keine Kunst. Gestern Abend hättest du mich in den Arm nehmen sollen. Aber nicht so – nicht so künstlich!«

Viktor stöhnte lautlos und nickte: »Gestern Abend mußte ich mich auf die heutige Lesung vorbereiten.« Das war gelogen. Er mußte sich nicht vorbereiten. »Gut«, sagte er, »erhol dich von mir. In drei oder vier Tagen bin ich wieder da.«

Seitdem Ellen in einem Buch von Viktor gelesen hatte, daß ein Mann sich unfrei fühlt, wenn seine Frau zum Abschied »Ruf mal an!« sagt, zitierte sie diese drei Worte entweder ironisch, oder sie schwieg. Viktor machte sich Sorgen, wenn das Zitat nicht kam. Er hatte es gern, wenn Ellen ihn verspottete. Wenn sie nichts sagte, kam sie ihm so resigniert vor. Sie sollte glücklich sein. Er liebte sie. Auch wenn er ihr wie jeder anderen Frau immer wieder versichert hatte, sie sei nicht sein ein und alles. Er hätte das nicht zu sagen brauchen. Er hatte Ähnliches seine Romanfiguren oft genug sagen lassen. Gern auch brachten seine Heldinnen ihre Verehrer mit solchen Sätzen aus der Fassung. »Ich ruf mal an«, sagte er.

Noch zehn Minuten bis zur Abfahrt des Zugs. Viktor kaufte deutsche Zeitungen und Zeitschriften. Er war die letzten Wochen aus Zürich nicht herausgekommen und wollte wissen, was die Leute in Deutschland beschäftigte. Nach Lesungen wird oft geredet. Dann wollte er präzise, originelle, bissige Ansichten über den großen Quatsch haben. Das war er sich und seinem Ruf schuldig.

Ellen war ihm noch so nah, daß er den Brief an Susanne nicht sofort einsteckte. Wenn Susannes Brief heute morgen nicht gekommen wäre oder wenn er ihn nicht aufgemacht hätte, wäre es nichts geworden mit seinem Plan, sich mit ihr in Köln zu treffen. Einen Augenblick lang erschien es ihm als erholsam, sie nicht schon wieder zu sehen. Das Alleinsein zu genießen. Mit einem späteren Zug von Dresden nach Köln zu fahren. In Köln um sechs aufstehen zu können und nicht bis halb elf mit Susanne im Bett liegen und bis zwölf frühstücken zu müssen. Dann hatte er Susannes Blick vor Augen. Keine Frau hatte ihn je so begehrlich angeschaut wie Susanne. Wenn Kernphysikerinnen ordinär werden. Irgendwie ein Triumph. Ein Sieg über die Naturwissenschaft. So etwas hatte Viktor noch nie gesehen. Eine Mischung aus emanzipiert und hingabebereit. Dieser Blick war es, der Viktor zu einer bis dahin ungeahnten Leidenschaft befähigte. Er sah Susanne vor sich, zu allem bereit, warf den Brief an sie in den Kasten – und ärgerte sich, daß er vergessen hatte, den Wetterberichtsatz auf den Rücken des Kuverts zu schreiben: »Fest im Griff!«

Im Zug suchte Viktor mit dem Fahrschein in der Hand nach seinem reservierten Platz, den er in einem Abteil entdeckte, in dem gleich drei Manager-Prototypen saßen. Ein graumelierter Sechzigjähriger und zwei weitere zwischen dreißig und vierzig. Das war zu viel. Einer der Jüngeren hatte einen Laptop auf dem Schoß, auf dessen Bildschirm eine Tortengrafik zu sehen war. Die beiden Jüngeren deuteten auf die Grafik und nickten wichtig. Der Graumelierte blätterte in einem Ordner. Einer der Jüngeren griff zu einem Handy und begann zu telefonieren.

Viktor betrachtete die drei mit begeistertem Ekel. Es fiel ihm auf, daß eine der gerahmten Reklamen über den Sitzen ein fast identisches Tableau zeigte: drei verschiedene Manager im Zugabteil mit Laptop und Ordner. Tortengrafiken auf dem Laptopschirm sollten eine Versicherungsgesellschaft vertrauenserwekkend erscheinen lassen. Eine wunderbare Doublette, ein Beweis, daß die Werbung der Wirklichkeit entspricht und die Wirklichkeit der Werbung. Viktor öffnete die Glasschiebetür. Einer der Jüngeren räumte beleidigt Papiere vom freien Sitz. Viktor winkte ab und deutete auf das Reklamebild. »Sind Sie das?«

Die drei Herren verstanden nicht.

Viktor schob die Tür zu, atmete aus wie einer, der dem Unheil entronnen ist, ging weiter in die zweite Klasse und verharrte dort an einem leeren Platz. Daneben eine übermäßig korpulente Blondine, die ihm freundlich zunickte, ohne daß er gefragt hatte. Viktor war von der Vorstellung der erdrückenden Platznachbarschaft nicht angetan, bemerkte Schweißflecken unter den Ärmeln der Seidenbluse, nickte höflich zurück und ging hastig dankend weiter.

Endlich ein leerer Sitz vis-à-vis einer jungen Frau, die ihm sympathisch war. Viktor deutete mit Fragemiene auf den Platz.

»Reserviert, aber bis jetzt ist niemand gekommen«, sagte sie. Gepflegte schweizerische Klangfarbe. Kein krachiges Schweizerdeutsch.

Viktor riskierte es. Wenn auch das Vertriebenwerden von den rechtmäßigen Platzreservierthabern zu den letzten großen Demütigungen der Wohlstandsgesellschaft gehörte. Diese Sattheit der Inhaber. Diese fetten Käfer mit ihren fetten Käferkoffern. Ihnen Platz zu machen, war vor allem dann unerträglich, wenn man mehrere Gepäckstücke bei sich hatte, mit denen man sich schleppend, ziehend, schiebend, wuchtend, ächzend, schwitzend trollen mußte. Ein Krieg der Käfer. Mit einer handlichen Reisetasche konnte man sich würdig entfernen. Das wäre einen Essay wert, dachte Viktor: Die Reservierung als zentrale Metapher des neuzeitlichen Lebens. Nichts geht mehr ohne Anmeldung. Kein Kauf an der Käsetheke, ohne vorher eine Platznummer gezogen zu haben. Gewaltige Vorteile. Kein Gedränge mehr beim Einkaufen. Andererseits dieser Kulturverlust: keine Wartezimmer voller schniefender, hustender Menschen mit geschwollenen Gesichtern. Einmal im Jahr ging Viktor zum Zahnarzt. Früher war ein halber Tag mit Warten weg gewesen, aber dafür hatte er einen Stapel Regenbogenpresse durchgearbeitet und wußte, was der Hochadel trieb. Das war vorbei. Heute betrug die Wartezeit drei Minuten, das reichte nicht einmal für eine Kurzinformation über neue Paarbildungen im Stamm der Oberen Zehntausend. Drei Viertel der Prominenten war Viktor kein Begriff mehr, weil dieser Wartezimmerüberblick fehlte. Und überhaupt: Die Zuweisung von Terminen und Plätzen, Raum und Zeit. Eine Frechheit, ein Beschneiden der Freiheit. Wer weiß, vielleicht waren die Folgen fataler als die der Genforschung. Ordnung schafft Unfreiheit, das war die These. Das war doch einer der Gründe, warum man mit dem Zug fuhr und nicht flog: daß man ohne jede Vorbestellung einsteigen konnte. Wenn das nicht mehr ging, würde Viktor – ja was würde er dann tun? Nichts natürlich. Sich mokieren. Mehr nicht. Über eine paradoxe Menschheit, die von Spontaneität schwärmt und in Psychogruppen Spontansein übt und andererseits ihr ganzes Leben durchreserviert. Deswegen ging Viktor nicht ins Theater. Wochenlang vorher Karten kaufen kam nicht in Frage.

Viktor hätte jetzt gern seinen Laptop zur Hand gehabt, um Stichworte zu diesem Essay zu notieren. Aber mit Laptop im Zug zu sitzen, das war das Allerletzte. Er hatte keine Lust wie einer dieser Versicherungstortengrafiker auszusehen. Es war eine Stilfrage. Einmal und nie wieder hatte er das bequeme Computerschreibmaschinchen mitgenommen, und hatte sich von Hamburg bis München gehaßt für das Bild, das er abgab. Lieber asozial Nägel feilen im Zug, als Laptoptippen oder telefonieren. Daß er in der Hast des Aufbruchs nicht einmal Papier eingesteckt hatte, war allerdings unentschuldbar. Du mußt dich bessern, Viktor, sagte er sich. Vielleicht doch die Reservierungsaversion etwas abbauen und vorausschauender leben? Er griff in die Tasche nach seinem Buch, aus dem er heute abend lesen würde. Hinten auf den leeren Seiten konnte er Notizen machen. Als er das Buch aufschlug, stellte er fest, daß es das Exemplar war, das er Beate, der Dattel, schicken wollte. Es enthielt eine angefangene Widmung, die ihm dann zu schlüpfrig geworden war. Zum Vorlesen brauchte Viktor sein Vorleseexemplar. Das war bekritzelt mit Strichen und Pfeilen. Von Lesung zu Lesung wurde klarer, welche Passagen für Lesungen geeignet waren. Viktor mochte nicht einfach nur ein Kapitel runterlesen. Das konnten die Leute zu Hause besser. Er wollte im Text hin- und herspringen, Pointen setzen und flexibel auf das Publikum reagieren. Seine Vorlesexemplare glichen Partituren, und nur mit ihnen war seine Art von Lesung möglich. Wenn in den Büchern Musik vorkam, nahm er Platten und CDs mit. Standen Abspielgeräte zur Verfügung, legte er die passenden Stücke auf. Eine kleine Katastrophe, daß er die Exemplare verwechselt hatte. Er hatte sich darauf gefreut, die eben gekauften Zeitungen zu lesen, nun würde er zwei Stunden damit beschäftigt sein, für heute Abend eine Vorlesefassung zu rekonstruieren. Du mußt dich bessern, Viktor, sagte er sich erneut, du mußt dein Leben ändern und ordentlicher werden und deine Zeit besser einteilen. Er sollte sich nicht von Susannes gierigem Blick so verrückt machen lassen. Nein: Verrückt machen lassen schon. Nicht so unter Druck setzen lassen, sollte er sich von ihr und ihrem Blick. Er nahm einen Stift, und begann konzentriert auf den Seiten seines Buchs herumzukritzeln, strich Absätze, formulierte neue Anschlußsätze, malte Pfeile, Wellen und Girlanden in den Text.

Trotz seiner Konzentration kam es zu Blickwechseln mit der Frau vis-à-vis. Sie trug einen Ring in einem Nasenflügel. Viktor fing einen ihrer Blicke ein und tippte an seinen Nasenflügel: »Stört der nicht?« Die junge Schweizerin schüttelte lachend den Kopf: »Ich habe noch nie jemanden gesehen, der so wild in einem Buch herumkritzelt.«

Viktor hatte mit einem Mal keine Lust, Schriftsteller zu sein. Eine Blitzvision zog ihm durch den Kopf: Er ist Lehrer im engen Bern, vollkommen glücklich mit dieser jungen Schweizerin verheiratet. Sie wohnen auf dem Land, und jeden Mittag erwartet sie ihn fröhlich mit einem dampfenden Essen. Er liebt sie und sein spießiges ruhiges Leben ohne Unterlaß...

»Ich bin Lehrer und bereite mich auf den Unterricht vor«, sagte er.

»Ah ja«. Die junge Schweizerin schien das Interesse an ihm verloren zu haben.

Pause. Viktor kritzelte wieder. Dann blickte er auf: »Das gibt's doch nicht!«

»Was?« fragte die junge Schweizerin.

»Sie halten mich also wirklich für einen Lehrer. Sie meinen, ich könnte ein Lehrer sein, ja?« sagte Viktor.

»Wieso nicht?«

Viktor stöhnte.

»Haben Sie etwas gegen Lehrer?« In ihrer Stimme war ein waches Mißtrauen. Das gefiel Viktor. Er konnte sich die Nachmittage und Abende mit ihr vorstellen. Irgendwo bei Bern.

»Überhaupt nicht«, sagte er, »das wäre billig. Gegen Lehrer sind alle. Ich habe nichts gegen sie. Aber ich möchte nicht für einen Lehrer gehalten werden.«

»Da ist sich der Herr zu fein«, sagte sie und gefiel Viktor noch besser. Mit ihr könnte er es ein Leben lang aushalten. Der Spott machte sie schön. Sie war völlig ungeschminkt. Diese Nase. Pfeilgerade. Dieser Nasenring. Viktor würde ein Gedicht auf diesen Ring schreiben. Er notierte die Worte »Gruß aus der Steppe«. Er hatte eine Schwäche für ungeschminkte Frauen. Manche Frauen waren so schön, daß sie häßlich wurden, wenn sie sich schminkten. So schön war diese seine junge neue schweizerische Ehefrau nicht. Sie gehörte zu den Frauen, deren Schönheit geschminkt erst richtig sichtbar werden würde. Er sah das Häuschen vor sich, in dem er mit ihr lebte, und genoß den kurzen Traum. Mit ihr würde er sogar in das verhaßte Theater gehen. Dann würde sie sich schminken. Das würde er mögen. Im Theater würde er sich auf die Nacht mit ihr freuen.

»Und«, fragte sie, »was macht der feine Herr, der kein Lehrer ist?«

Viktor wollte ihr keinesfalls imponieren. Er wollte ihr treuer, biederer Mann bleiben. Er wollte sie lieben, wie Monsieur Bovary seine Emma liebte. Sie sollte sein ein und alles sein. Er sehnte sich danach, zu verzweifeln, wenn diese Frau sich irgendwann für einen anderen schminkte. Sie würde ihren treuen Viktor betrügen. Er würde den Schmerz kosten, ihr nicht zu genügen. Er wollte Dorfschullehrer sein, und der andere sollte ein Musiker sein. Ein berühmter Musiker.

Warum hatte Viktor solche Träume? Weil er sein Liebesleben so eingerichtet hatte, daß keine Dramen ihn heimsuchten. Deswegen träumte er gern dramatisch. Unglückliche träumen vom Glück. Viktor war glücklich genug, um vom Unglück zu träumen. Entschlossen strich er einen Absatz durch, den er heute abend nicht vorlesen wollte. Er schuldete ihr noch immer eine Antwort.

»Sind Sie Staatsanwalt oder was?« Sie fragte es fast gereizt, mit schöner Schärfe. »Paßt ihnen dieses Buch nicht? Ermitteln Sie gegen den Autor?«

Jetzt würde er ihr die Wahrheit sagen müssen. Aus mit dem Traum vom armen Schullehrer. Viktor schaute sie noch ein letztes Mal als ihr liebender Dorfschullehrergatte an. Dieser Nasenring, an dem er sie als ihr Monsieur Bovary nicht würde halten können. Nach drei Jahren würde sie die Schweizer Spießerehe satt haben und in die große Welt hinaus wollen. »Ich bin Schriftsteller«, sagte Viktor ernüchtert, »ich bereite mich auf eine Lesung vor. Dafür streiche ich meinen Text zusammen. Außerdem habe ich gerade ein Gedicht auf Sie und ihren scharfen Nasenring geschrieben.«

»Sehen lassen!« Die junge Frau streckte die Hand aus. Dafür, daß sie der Schriftsteller nicht beeindruckte, könnte er sie umarmen. Er würde sie überhaupt gern umarmen. Von dem Gedicht existierten nur vier Worte, an den Rand seines Buches gekritzelt.

»Es ist noch nicht fertig«, sagte Viktor.

»Ich heiße Bettina«, sagte die Schweizerin, »wann ist es fertig?« Sie hatte ihren Namen mit Stolz gesagt. »Das Gedicht kann noch drei Stunden dauern«, sagte er so dahin.

Bettina sah auf die Uhr: »So lange bin ich noch locker im Zug.«

Viktor: »Aber ich habe keine Lust, hier zu sitzen und drei Stunden lang ein Gedicht auf Sie zu schreiben. Verplemperte Zeit. Ich unterhalte mich lieber mit Ihnen und schreibe es fertig, wenn Sie weg sind. Dann schicke ich es Ihnen. Adresse bitte.«

Bettina: »Nur, wenn Sie mir den Anfang verraten.«

Viktor: »Im Speisewagen.«

Bettina nickte: »Einverstanden.«

Viktor ahnte: Das würde nicht seine beste Lesung werden heute abend. Er hatte keine Lust, sich weiter vorzubereiten. Er würde sich in Hannover im eigenen Text verheddern und würde improvisieren müssen. Manche Leute im Publikum würden das sympathisch, andere, die Lehrertypen, würden es unverschämt finden. Bettina fuhr bis Hamburg. Sie würden zusammen im Zug sitzen, unzertrennlich, bis er in Hannover ausstieg – um eine Bekanntschaft reicher. Eine neue Bekanntschaft war wichtiger als eine perfekte Lese-Show. Bettina dürfte Anfang zwanzig sein. Es war wichtig, den Kontakt zur jüngeren Generation zu pflegen. Ein Autor, der den Kontakt zur jüngeren Generation verloren hat, ist weg vom Fenster. Bettina war ein Geschenk des Himmels. Eine Fügung. Das Gedicht, das er auf ihren Nasenring schreiben wollte, würde nicht gut werden, denn Viktor war bereits frisch verliebt, und frisch Verliebte schrieben keine guten Gedichte. Allerdings schrieb Viktor auch unverliebt keine guten Gedichte. Das wußte er. Mit dreißig hatte er sich noch einmal an einem Gedicht versucht. Vor zwölf Jahren. Eine späte Jugendsünde. Als er sich in Ira verliebt hatte. Lyrik war nichts für ihn. Er war prosaisch durch und durch, und das aus Überzeugung. Je älter er wurde, desto weniger konnte er mit Gedichten anfangen. Der hohe lyrische Ton war ihm manchmal richtig verhaßt – je höher, desto verhaßter. Beate, die Dattel, schwärmte für Rilke. Als Viktor noch für Beate schwärmte, konnte er Rilke ertragen. Als die heiße Sehnsucht nach ihr sich in eine warme Neigung zu verwandeln begann, wurde ihm Rilke zu süßlich. Erstexehefrau Ella hatte Ingeborg Bachmann für das lyrische Nonplusultra gehalten.

Was ist der Unterschied zwischen Lyrik und Sozialismus? fiel Viktor ein, während er sich mit Bettina in Richtung Speisewagen vorarbeitete. Das wäre doch mal eine hübsche Scherzfrage. Antwort: kein Unterschied, für beides begeistert man sich nur in jungen Jahren. Dürfte auf Widerstand stoßen, die These. Gut, wenn man mit Schriftstellerkollegen zanken wollte. Phantastische Möglichkeit zur Poetenbeleidigung. Schlagzeilen im Feuilleton. Viktor Goldmann behauptet: Lyrik macht mich krank. Er durfte die These nicht vergessen. Viktor drehte sich zu der hinter ihm durch den Gang des Zuges gehenden Bettina um: »Könnten Sie sich bitte die Worte Lyrik und Sozialismus bis zum Speisewagen merken?« Sie nickte: »Könntest du mich bitte duzen, das ›Sie‹ macht mich total krank.« Kleine Pause. »Freunde nennen mich Tini.«

Viktor war stolz. Sie empfand ihn offenbar nicht als einen alten Sack. Mit der Kurzform ihres Namens aber hatte er

Schwierigkeiten. Tini. »Warum nicht ›Tina‹«, sagte er, »ich heiße Viktor.«

»Was hast du gegen ›Tini‹, Viktor?« sagte sie.

Viktor hob die Schultern. Er wollte nicht sagen, daß ihm der Name Tini zu kindlich war. Er konnte sich nicht vorstellen, hinter einer Frau her zu sein, die Tini hieß. Er wäre sich vorgekommen wie ein Kinderschänder. Mit Nasenring-Tina im Bett – durchaus denkbar. Mit Tini – undenkbar. Am besten mit Bettina.

Sie gingen am Zugtelefon vorbei. Ein Mann schrie in den Hörer: »Wir sind genau zwischen Basel und Freiburg… ja, Schatz… in zwei Stunden bin ich da, Schatz…«

Viktor zeigte auf den Mann und fragte Bettina: »Seine Frau oder seine heimliche Geliebte?«

Bettina riet: »Heimliche Geliebte.«

Der Mann am Zugtelefon war ein Phänomen. Er ließ sich von den beiden Betrachtern, die unmittelbar neben ihm stehengeblieben waren, nicht beirren. »Ist Annemarie schon aus der Schule gekommen?« kreischte er ungeniert… »Grüß sie von Papa…«

Bettina lachte: »Sakra, daneben! Klingt nach Ehe. Wahrscheinlich jedenfalls. Oder hat er Kinder mit der heimlichen Geliebten?«

Wenig später kamen sie an dem Abteil mit den drei Managern vorbei und blieben davor stehen. Viktor deutete hinein und war glücklich, daß Bettina sofort die Komik erkannte und amüsiert den Kopf schüttelte. Darauf kam es an: Schwachsinn als Schwachsinn erkennen. Das war die Basis. Einer der jüngeren telefonierte wieder mit dem Handy. Viktor zog die Schiebetür auf und fragte den telefonierenden Parade-Manager: »Entschuldigung, eine Frage.«

»Bitte!«, sagte der junge Parade-Manager, der auf Draht genug war, um zu telefonieren und gleichzeitig Fragen zu beantworten.

»Telefonieren Sie mit ihrer Frau oder ihrer heimlichen Geliebten?« fragte Viktor und schloß die gläserne Schiebetür. Bettina boxte Viktor in den Rücken: »Das war Klasse!« Er hatte gehofft, daß ihr seine Nummer gefiel. Nach dem kumpelhaften Stoß glaubte er, sie kurz mit beiden Händen an beiden Schultern anfassen zu dürfen. »Deine Nase, dein Nasenring!« Er frohlockte und spürte: Der Zeitpunkt war nicht fern, da würde er sie an den Schultern an sich heranziehen und ihr einen flüchtigen Freudenkuß geben können. Sie waren sich schon vertraut genug. Es wäre keine Verfehlung. Sie hätte nichts dagegen.

Im Speisewagen hatte das ebenso gütige wie ironische Schicksal einen ganzen Tisch für den Reservierungsgegner Viktor reserviert. Bettina wählte eine Cola, Viktor vermied strikt Alkohol vor Veranstaltungen, aber jetzt mußte ein Wein her. Bettina notierte auf eine Serviette: »Lyrik und Sozialismus – zur Erinnerung, deine Tina«. Er hatte es tatsächlich schon wieder vergessen. Er küßte die Serviette und steckte sie ein. Deine Tina. Nicht unbeholfen die Schrift. Angenehm altmodisch. Obwohl Viktor schon so weit war, jede Schrift von ihr gelungen zu finden. »Jetzt mein Gedicht«, sagte sie.

»Moment!« Viktor sammelte sich kurz und bat Bettina, nicht so neugierig auf seine Hände, sondern aus dem Fenster zu schauen. Dann schrieb er rasch einige Zeilen auf eine andere Serviette. »Es geht nicht«, sagte er, »in deiner Gegenwart geht es nicht.« Er lehnte sich zurück und sagte, daß er ihren Ring als einen »Gruß aus Busch und Steppe« empfinde und daß er in dem Gedicht den Wunsch zum Ausdruck bringen werde, selbst einen Nasenring zu haben und mit dem ihren verbunden zu sein.

»Geil!« Bettina strahlte. Und nach einer Pause: »Deine Frau möchte ich mal kennenlernen. Wie kann man einen wie dich aushalten?«

Daß es eine Ehefrau gab, hatte ihr Viktor ziemlich bald zu verstehen gegeben. Er trug keinen Ring. Nicht am üblichen Finger und schon gar nicht an der Nase. Wer nicht am Ehering stillschweigend als verheiratet erkennbar war, mußte ein Ehe-Geständnis ablegen. Das war zwar albern, aber fair. Die Frauen sollten wissen: Hier baggert ein Ehemann. Sie sollten rechtzeitig die Chance haben, sich indigniert abzuwenden. Es gab Männer, die ihrem Ehe-Outing den süßlichen Satz folgen ließen: »Aber das macht nichts!« Nie würde Viktor eine derart schleimige Behauptung über die Lippen bringen, die nicht nur stillos, sondern auch falsch war. Denn es machte ja etwas. Die Ehe war den Liebschaften gehörig im Weg. Vielleicht war das sogar ihr Vorteil. Die Ehe verhinderte, daß die Liebschaften inflationär und damit entwertet wurden. Ein ganz neuer Aspekt: Die Ehe als Institution, die den Wert der Liebschaften bewahrt. Viktor hatte sich oft gefragt, wieso er, der unter der Ehe so oft und heftig litt, ein zweites und drittes Mal eine Ehe eingegangen war. Vielleicht war das die Antwort: weil er sich ohne die Fesseln der Ehe in der Freiheit der Liebschaften verlieren würde.

Er hatte sofort das Bedürfnis, seine neue Theorie zu skizzieren. Bettina war etwas zu jung, fand Viktor, um mit diesen sehr fortgeschrittenen und hartgesottenen Gedanken zur Ehe vertraut gemacht zu werden. Ihr Erstaunen über die Toleranz seiner Frau einem wildernden Mann gegenüber fand Viktor sympathisch, und so sagte er nur, möglichst unschuldig lächelnd: »Mein Herz ist groß.« Das kam trotz der Ironie noch zu selbstgefällig heraus, und prompt gab Bettina zurück: »*Dein* Herz?« Und nach einer ihrer raffinierten Pausen: »Eine Nummer zu groß, glaube ich.« Sie lächelt siegesgewiß. Viktor holte die von ihr beschriebene Serviette aus der Tasche und notierte: »Ehe als Liebschaftenwertebewahrungsanstalt«.

Stunden später nahte die Trennung. Die Reisenden wurden über die Bordlautsprecher darauf aufmerksam gemacht, daß der Zug in wenigen Minuten den Bahnhof Hannover erreichen würde. Die Zugchefs schienen Service-Schulungen zu besuchen. Ihre Ansagen wurden immer flughafenhafter. Das schneidende Norddeutsch dieser Stimme aber sorgte dafür, daß einem nicht allzu behaglich zumute wurde und man nicht vergaß, daß das Leben eine ernste Sache war. Bettina hatte Viktor viel von ihren Fahrten in fremde Länder erzählt. Das Zuhören war ihm nicht immer leichtgefallen. Das Naheliegende wußte er noch nicht. Was machte sie, wenn sie nicht reiste, und warum war sie nach Hamburg unterwegs? »Schnell«, sagte er, »ich muß gleich aussteigen.« Bettina, sagte, sie besuche eine Freundin, die sie auf einer Reise nach Thailand kennengelernt habe, und die wolle ihr Hamburg und den Hamburger Hafen zeigen. Wenn ihr Hamburg gefällt, kann es sein, daß sie da bleibt. »Ich bin Reisekauffrau.« Sie sprach die papierne Berufsbezeichnung fast feierlich aus, mit einem Stolz, der in einem charmanten Gegensatz zu ihrem Nasenring und zu ihrer frechen Art stand und der ihn rührte.

Viktors Instinkte waren beruhigt, daß sie eine Freundin und keinen Freund besuchte, der Verstand war alarmiert. Der Verstand hätte einen Freund vorgezogen. Er wollte Bettina wiedersehen, er wollte etwas von ihr, aber nur einen Teil. Er wollte das, was Susanne nicht hatte. Ellen hatte es auch nicht. Beate hatte es am wenigsten: diese ganz bestimmte Unverblümtheit. Es war nicht Bettinas junger Körper, der ihn reizte, sondern ihre junge Art. Die langen Beine schon auch. Wichtiger aber war ihre Mischung aus gerissen und naiv, aus spießig und frisch. Für einen Autor war es Pflicht, Repräsentanten der neuen Generation näher kennenzulernen. Wenn man die neue Generation nicht begriff, konnte man sich gleich einsargen lassen. Dann hatte man als Autor ausgespielt. Diese Generation war cool und absolut nicht lost.

Natürlich reizte ihn auch der Nasenring. Seit Jahren schon war dieser Schmuck Mode. Nie hatte er Gelegenheit gehabt, sich näher damit zu befassen. Schwer, sich Susanne oder Ellen mit einem Nasenring vorzustellen. Bei Bettina wirkte der Ring völlig unverkleidet. Jeder Mann hat einmal in seinem Leben das Recht auf ein Verhältnis mit einer Frau mit einem Nasenring, entschied Viktor. Wenn sie keinen Freund hatte, mußte er vorsichtiger sein. Zwanzig Prozent seines Herzens waren noch für Nasenringfrauen frei, reserviert sozusagen, und keinesfalls mehr als zwanzig Prozent würde er auch in Bettinas Herz beanspruchen wollen. Aus Paritätsgründen. Sonst kam es zu Schieflagen. Da geriet man ins Rutschen. Dann konnte es zu Tragödien kommen, von denen man besser nur träumte. Zwei Ehen hatte Viktor hinter sich. Er hatte Erfahrung.

»Ich schick dir das fertige Gedicht, wenn du mir versprichst, daß du mich anrufst, sobald du in Zürich bist«, sagte Viktor beim Abschied. Der Zug hielt. Viktor gab ihr einen zarten Kuß auf die Lippen, berührte mit dem Zeigefinger ihren Nasenring, stürzte aus dem Zug und klopfte von außen gegen die Scheibe. Er wollte warten, bis der Zug anfährt. Bettina aber deutete unsentimental auf ihre Uhr. Sie wußte, Viktor hatte es eilig und machte ein Zeichen, daß er nicht warten sollte und daß sie anrufen werde.

Viktor machte auf dem Bahnsteig ein ganze Reihe von Zeichen. Er wollte seinen Ärger über die modernen Zugfenster ausdrücken, die man nicht mehr öffnen konnte, wenn man sich anständig verabschieden wollte. Nicht einmal mehr klar hineinsehen konnte man von außen. Bettina lächelte erheitert, aber mit fragendem Gesicht. Sie schien die Pantomime nicht enträtseln zu können. Viktor blieb noch ein paar Sekunden stehen, wendete sich dann der Treppe Richtung Ausgang zu und atmete tief durch – beglückt und belebt von den letzten Stunden.

Bettina war keine Frau zum Anschmachten. Aber sie war ein Gewinn. Eine wie sie war Viktor noch nie begegnet. Keine Sekunde hatte er es störend gefunden, doppelt so alt wie sie zu sein. Ihr Tonfall, ihre natürlichen Bewegungen, ihre langen Beine, ihre unaffektierte Art, das mittelblonde Haar nach hinten zu schleudern – alles nichts Besonderes, aber alles zusammen hatte in Viktor Eindruck hinterlassen. Keinen tiefen Eindruck, aber einen, der eine Weile spürbar sein würde. Vier bis sechs Wochen würde das Bild dieser jungen Frau in ihm gegenwärtig sein. Mit ihren großen, fast etwas großspurigen Schritten würde sie ihn begleiten, wenn er allein durch die Straßen ging. Wenn er allein im Bett lag, würde sie manchmal zu ihm schlüpfen.

So war es immer, wenn Viktor eine neue Frau kennenlernte. Sie war zunächst eine unaufdringliche Gefährtin in seiner Phantasie, die dezent verschwand, wenn andere Frauen erschienen, und die flink wieder auftauchte, sobald er sich nach ihr sehnte. Wenn Viktor solche Frauen nicht wiedersah, verblaßten die Bilder allmählich und verschwanden nach einiger Zeit ganz. Er wußte dann noch von der Begegnung, aber das Gesicht dazu war seinem Gedächtnis entglitten.

Manchmal aber drängten solche Bekanntschaften in die Wirklichkeit zurück. Sie nahmen Viktor beim Wort, schrieben Briefe, riefen an und wollten sich wieder mit ihm treffen. Und es war jedesmal ein neues Erlebnis, wie die Wirklichkeit dem Phantombild der Erinnerung zunächst nicht standhielt, um sie dann plötzlich zu übertreffen – oder auch nicht.

Die ausgestiegenen Reisenden, die sich eben noch auf dem Bahnsteig drängelten, hatten sich verlaufen, die einsteigenden waren im Zug, es wurde ruhiger. Nur ein Rentnerehepaar irrte herum und konnte sich für keinen der Wagen entscheiden. Er war bokkig, sie hysterisch, beide hoffnungslos. Es war ihnen nicht zu helfen. Viktor prägte sich das Bild als Warnung ein: Nie so werden! Dann lieber langsam vor dem Fernseher verfaulen. Wenn man dem Reisen nicht mehr gewachsen ist, verletzt es die Menschenwürde. Dieses Paar würde zankend Platz finden, und während einer von beiden schnaufend und empört den harmlosen Menschen, die dort saßen, das Reservierungsticket vor die Nase halten und sie zum Verlassen der Plätze auffordern würde, würden sich die beiden Gestalten wieder näherkommen. Noch eine Weile würden sie sich Vorhaltungen machen und die Schuld der Verwirrung hin und her schieben, dann, wenn sie ausgeatmet und sich beruhigt hatten, würden sie zu ihren furchtbaren Illustrierten greifen und irgend etwas futtern, und eine Einigkeit würde von ihnen ausgehen, die noch viel schlimmer war als ihr Zank.

Viktor tastete nach der als Merkzettel dienenden Serviette in der Innentasche seiner Jacke und nahm sich vor, im Taxi die dritte Beobachtung des heutigen Tages darauf zu notieren: »Reservierung ist nichts anderes als ethnische Säuberung«. Während er zur Treppe ging, die zum Ausgang führte, setzte sich der Zug mit Bettina in Bewegung. Er spürte, wie er froh wurde und lächelte. Das Leben war spannend: Die Begegnung mit Bettina war wie ein Los, das er gezogen hatte, und es war höchste Zeit gewesen. Susanne in Ehren, ihr sexuelles Temperament war eine unverzichtbare Zufuhr an Vitalität, aber Neuheiten und Überraschungen gab es nicht mehr. Die Begegnungen mit Susanne waren ein rasantes Ritual. Man traf sich, man aß und trank und tauschte Erzählungen aus und wartete, bis die Geilheit heranrückte, die noch immer mit der Zuverlässigkeit der Flut kam, die die Ebbe ablöst. Die Lust war ein Naturereignis, aber die Körper waren erkundet, sämtliche Hemmungen längst gefallen, und wenn sie dann entspannt im Hotelzimmer lagen und auf das Regenerieren der Kräfte warteten, sprachen sie von den Anfängen ihrer Liaison, als sie noch unsicher waren und sich vortasteten, von der ungeheueren Aufregung, die Susanne mit ihrer Frage ausgelöst hatte, ob Viktor Erfahrung mit Fesselungen hätte, von seinem Leiden unter ihrem süßen Parfum, das er eines Tages endlich mannhaft beendete, indem er das teure Fläschchen in einem Berghotel bei Luzern aus dem Fenster in eine tiefe Schlucht geschleudert hatte. Seine finsteren Flüche hatten Susanne gefallen: Das Zeug stinke wie die Pest, das habe sich eine lesbische Modezarin ausgedacht, um den Männer die Freude an den Frauen zu nehmen, im übrigen dürften Geliebte niemals irgendein Parfum benutzen, das sei das erste Gebot aller heimlichen Liebschaften, diese Gerüche blieben schließlich auch am Liebhaber haften, sie könnten auch dessen noch so gutwillig die Augen und Ohren und die Nase schließender Gattin nicht verborgen bleiben. Viktor war in Fahrt wie ein Bergsturm, und Susanne hatte gesagt: »So mag ich dich.«

Leider waren derart große Taten nicht wiederholbar. Daher würde das Wiedersehen mit Bettina in Zürich weitaus aufregender sein als das routinierte Treffen mit Susanne übermorgen in Köln. Schon ob Bettina, die Reisekauffrau, überhaupt auftauchen würde, war ungeheuer spannend, und wenn sie auftauchte, dann würde es noch spannender werden, ob sich etwas ergäbe oder nicht – und wenn sich etwas ergäbe, dann würde die Frage dreifach spannend werden, was sich ergäbe.

Viktor fühlte sich erfrischt wie nach einem Bad. Es war höchste Zeit gewesen für einen neuen erotischen Aspekt. Das Gute war: Es war nichts Verbindliches verabredet, alles war wunderbar offen. Selbst vor dem bösartigsten Inquisitionsgericht der Welt, dafür bekannt, daß es Seitensprünge mit bis zu drei Mal lebenslänglich bestrafte, und dessen Geschworene sich aus zwölf giftigen, extremkatholischen alten Jungfern zusammensetzten, die nie die Liebe gekostet hatten und entsprechend rachsüchtig waren, könnte er guten Gewissens schwören: Es ist, Hohes und Gestrenges Gericht, mit Bettina Buri, genannt Tina, wohnhaft in Luzern, nichts vorgefallen; kein Geschlechtsverkehr mit Viktor Goldmann, wohnhaft mit freundlicher Genehmigung der helvetischen Republik in Zürich, Hauptwohnsitz Frankfurt am Main, nein, auch zu unsittlichen Berührungen mit erpresserischen Aufforderungen zum Geschlechtsverkehr unter Inaussichtstellung von Belohnungen und Vorteilen ist es bislang nicht gekommen, so wahr mir Gott helfe. Wie? Ob ich mit Bettina Buri, wohnhaft in Luzern, Geschlechtsverkehr haben *wollte*? Sie machen mir Spaß, Sie ahnungslosen Nullnummern, wie soll ich denn das wissen? Fragen Sie meinen Anwalt, Sie verdrucksten Jungfern, vielleicht kann der es Ihnen sagen.

Bettina war eine Option. Viktor war nicht verliebt. Aber es könnte eine Liebesgeschichte daraus werden. Er hatte nach einem Los gegriffen, und es stand nicht in seinem Ermessen, ob je Gewinnzahlen ermittelt und ob etwas dabei für ihn rausspringen würde oder nicht. Jeder Gewinn würde ihn entzücken, vom simplen Kinobesuch mit anschließendem Weintrinkengehen und halbwüchsigem Bettina-bis-vor-die-Haustür-Begleiten, vom allmählichen Sichnäherkommen mit langsam heftiger werdenden Umarmungen bis hin zum sofortigen blinden Aufeinanderabfahren bei der Wiederbegegnung und dem Entschluß, zwei Wochen zusammen nach Thailand zu fahren – eine kühne Unternehmung, die allerdings auch vor der toleranten Ellen sehr gut getarnt werden müßte. Wie viele Möglichkeiten! Heute morgen in Zürich waren sie noch nicht da. Der Zustand war noch besser als Verliebtsein. Es roch ein bißchen nach Liebe, das war alles. Es gab kleine Gewinnchancen. Und es eilte nicht. Es mußten keine Entscheidungen gefällt werden. Vier Wochen würde nichts passieren, bettinamäßig. Er hatte genug Zeit, sich mit Susanne zu treffen, und für den Versuch, den Ehealltag mit Ellen vielleicht etwas aufzufrischen.

Er hatte ein Los. Er spielte mit. Das war zunächst alles. Nicht viel, aber es genügte, um Viktor zum gutgelauntesten und vielleicht sogar glücklichsten Reisenden auf dem ganzen abscheulichen Bahnhof von Hannover zu machen, wo besonders viele Menschen mit Fußballfanfrisuren apathisch an Schließfächern lehnten, Bier aus Büchsen tranken und dabei das impertinente Niedersächsisch sprachen, das angeblich als reinstes Hochdeutsch galt.

Ein unverhofftes Wiedersehen

Am Ausgang zur Stadt stand eine Frau, die Viktor bekannt vorkam. Nachdem er mehrere Stunden in unmittelbarer Nähe von Bettinas langen Beinen zugebracht hatte, war das erste, was ihm auffiel: der Rock ist etwas zu kurz für die etwas zu unstrukturierten Knie. Sofort genierte er sich für diesen Gedanken. Wieder war da der Vorsatz, ein besserer Mensch zu werden. Kein Frauenbeinbeschauer. Er versuchte sofort, seinem Blick alles Abschätzende zu nehmen. Zum Teufel mit den ewigen Äußerlichkeiten. Hoch leben die inneren Werte. Die unfremde Frau lächelte ihm zu. Keine Frage, sie stand hier, um ihn abzuholen. Das war nicht ausgemacht. Viktor wollte nicht abgeholt werden. Mit achtundachtzig würde er vielleicht froh sein, wenn jemand sein Gepäck trug und ihm den Weg wies. Er war Anfang vierzig und streunte lieber allein vom Bahnhof zum Hotel. Viel zu selten war er allein.

Die Frau lächelte vertraut, aber auch diffus und mehrdeutig. »Hallo«, sagte Viktor. Zum Glück gab es seit einigen Jahren diesen universal verwendbaren Begrüßungsruf, ideal, wenn man vergessen hatte, wie gut man die Leuten kannte. Sie streckte ihm die Hand hin, und als er sie verlegen nahm, merkte er, daß sie eine bewegtere Begrüßung erwartet hatte.

Endlich hatte er eine Eingebung: »Christine«, sagte er tastend, »ich werd verrückt!«

»Fast«, sagte die Frau nachsichtig und korrigierte: »Sabine!«

»Sabine, natürlich!« Viktor tat durcheinander und war durcheinander. Seine Zerstreutheit war echt und wirkte echt. Plötzlich hatte er das Gefühl, mit dieser Frau in einer anderen Stadt schon einmal in einem Bett gelegen zu haben. »Ich werd verrückt«, wiederholte er noch einmal, um Zeit zu gewinnen, »Sabine – was machst du in Hannover?«

»Du *bist* verrückt!« Sabine war nachsichtig, tat aber, als ob sie schmollte: »Wir haben uns nie woanders getroffen als in Hannover. Buchhandlung am Rathaus. Zweimal hast du hier gelesen. Danach immer Hotel Interconti.« Sie machte eine Pause. »Mit mir. Mit Lila. Du hast mich Lila genannt.«

Sie sagte es freundlich, geduldig – wie zu einem alten, zerstreuten Mann, dachte Viktor, und dieser Eindruck hob seine Stimmung nicht. Seine Erinnerung war nun wieder da. Diese unglaubliche lila Hose damals. Sabine war so sehr lila Hose, daß er sie ohne das extravagante Kleidungsstück kaum erkannte. Offensichtlich trug sie es nicht mehr, weil sie nicht mehr hineinpaßte. Sie war nicht mehr die verwegene lila Sabine. Er konnte sie nicht Lila nennen. Ihr vorgeschütztes Schmollen aber war gleich geblieben. Damals hatte sie allerdings weniger Anlaß dazu gehabt. Es war das Schmollen jener Frauen, die zufrieden mit sich und der Welt sind, es aber richtig finden, ein bißchen unzufrieden zu wirken.

»Dein Schmollen…«, sagte er, wieder tastend. Diesmal lag er richtig.

»Genau«, sagte sie befriedigt, »du hast ein Gedicht auf mein Schmollen geschrieben.«

Viktor sagte nicht, daß er sich an das Gedicht nicht erinnern konnte. Er sagte auch nicht, daß er sich für einen miserablen Lyriker hielt. Er nickte und lächelte und dachte nur eines: Ich habe Alzheimer.

Sabine hatte wieder im Interconti ein Zimmer für ihn gebucht. Die Art, wie sie das sagte, ließ keinen Zweifel aufkommen: Sie erwartete, die Nacht mit Viktor in diesem Zimmer zu verbringen. Ihre Zielstrebigkeit machte Viktor nervös. Das verstieß gegen das Gesetz der Quarantäne. Das war nicht bekömmlich. Bis er übermorgen Susanne in Köln traf, hatte er gerade mal genug Zeit, die Nasenring-Bettina so weit in den Hintergrund zu schieben, daß sie den Exzessen mit Susanne nicht im Weg stand. Von Sabines Erwartungen fühlte er sich jetzt bedrängt. Sie hängte sich ein und steuerte ihn zu ihrem Auto. »Ich bin ziemlich kaputt!« sagte er vorbeugend. Es fiel ihm nichts anderes ein. Er sagte es ungern, weil er diese Standardfloskel nicht leiden konnte, mit dem alle Welt ihre Leistungsfähigkeit und Liebesbereitschaft vorab in Frage stellte.

Natürlich kamen in Viktors Büchern Leute vor, die sich ziemlich häßliche Gedanken über Leute machten, die von sich behaupteten, sie seien ziemlich kaputt. Sabine, die einige seiner Bücher kannte, glaubte zu Viktors Gunsten, er zitiere eine hypochondrische Romanfigur, und kicherte. Viktor selbst hatte vergessen, daß er sich über die »Was-bin-ich-kaputt!«-Sager schon mehrfach literarisch lustig gemacht hatte.

Sabine fuhr ihn in ihrem Auto zum Hotel. »Ich laß dich jetzt allein«, sagte sie. Kurz vor acht würde sie ihn abholen. Nein, zum Veranstaltungsort zu laufen, sei es zu weit, entschied sie.

»Ich laufe lieber.« Obwohl Viktor sich bemüht hatte, das freundlich und ohne Trotz zu sagen, wurde Sabine mißtrauisch oder spielte die Mißtrauische: »Magst du mich nicht mehr?«

»Um acht bin ich da«, sagte Viktor.

Es war Viertel nach sechs. Die Aufbruchshektik am Morgen in Zürich war überflüssig gewesen. Mit einem Zug später wäre er knapp, aber auch noch rechtzeitig gekommen. Er sollte Ellen anrufen und sich bedanken, daß sie ihn zum Bahnhof gefahren hatte. Aber er rief sie ungern von unterwegs war. Ellen stellte manchmal heitere Fragen wie: »Na, wie viele Girls hast du auf dem Zimmer?« Dann kam er sich schäbig vor. Natürlich waren keine Girls im Zimmer, aber es konnte doch sein, daß später eine Frau hier sein würde. Wenn nicht, würde er Ellens Spott im Nachhinein als bitter und sich als Phantast empfinden. Kam aber eine, dann würde er sich verlogen vorkommen, weil er mit dem Anruf den Eindruck erweckt hatte, sauber zu bleiben. Egal was auch immer los oder nicht los wäre: Als zu Hause anrufender Ehemann war man immer doppelt stigmatisiert: Man hatte einerseits etwas Braves und andererseits etwas Verlogenes. Da fiel

Viktor ein, daß er vergessen hatte, Ellen eine Nachricht von ihrer Schwester auszurichten, und alles hyperhysterische Hin-und-Her-Denken war wie weggeblasen.

Ellen war zu Hause. »Nanu«, sagte sie nur.

Viktor richtete aus, was er Ellen schon gestern hätte sagen sollen. Es ging um einen vielleicht freien Platz in einer Wohngemeinschaft für eine von Ellens studierenden Nichten oder Neffen. Ellen schimpfte. Das hätte sie gern schon heute morgen gewußt. Viktor entschuldigte sich. »An sich bin ich zuverlässig«, sagte er und fügte noch ein kleines, schüchtern fragendes, falsches »oder?« an seine selbstgerechte Feststellung.

Ellen schwieg. »Und?« fragte sie nach einer Pause. Und als Viktor schwieg: »Wie ist es, wie war die Reise?« Viktor sagte, ein Zug später hätte auch gereicht, dann hätten sie nicht so hetzen müssen. Dann hätte er allerdings auch diese Nasenringfrau nicht kennengelernt. »Stell dir vor, sie kommt aus Luzern und trägt einen Nasenring.«

»Sehr interessant«, sagte Ellen. Viktor erzählte Ellen immer gern von Begegnungen mit Frauen, wenn nichts vorgefallen war. Er brauchte manchmal das Gefühl, offen zu sein. Wenn er von unerreichbaren Frauen schwärmte, hatte er das Gefühl, nichts zu verbergen. Alles vollkommen harmlos. Schwärmen war erlaubt. Sollte die Nasenring-Bettina eines Tages auftauchen und den Sprung in den engen Kreis der erreichbaren Frauen tun – dann würde er von ihr schweigen.

Ellen hatte keine Lust, sich Viktors Nasenringgeschichten anzuhören. »Schreib es auf und geh mir nicht damit auf die Nerven«, sagte sie. Sofort ging er sich selbst auf die Nerven. Ellens nur allzu verständliches Desinteresse war ein Schatten, der auf die frische Nasenring-Bettina fiel. Viktor nahm sich vor: nie mehr zu vergessen, Ellen irgend etwas auszurichten, um nie mehr von irgendwelchen Reisen aus Ellen anrufen zu müssen und in Versuchung zu kommen, von irgendwelchen Begegnungen zu erzählen, die nur ihn etwas angingen. Bettina war seine Sache. »Viel Glück heute abend«, sagte Ellen.

Sie hatte Grund, ihm fremd zu sein, und ihr Fremdsein führte dazu, daß sich Viktors Gedanken sofort nach dem Auflegen des Hörers Bettina zuwendeten. Er sah sie in Hamburg aus dem Zug steigen und von ihrer Freundin abgeholt werden. Er hörte, wie die Freundin sich nach der Reise erkundigte. Bettinas Antwort hörte er nicht. Er lauschte in seine Vision hinein – nichts. Ein Film mit Tonausfall. Er sah die zwei Frauen hinter dem Fenster eines Cafés miteinander reden und lachen und hörte kein Wort. Auch die Phantasie hatte ihre Grenzen.

Kein Mensch würde verstehen, warum er für diese Frau schwärmte. Vielleicht, weil Bettina trotz ihres Nasenrings so normal und absolut nichts Besonderes war. Viktor hatte schon in der Pubertät eine Schwäche für die völlig normalen Frauen gehabt, wie sie auf den Sofas von Möbelprospekten saßen und so taten, als läsen sie Bücher. Sie hatten hübsche, gewöhnliche Gesichter, hübsche Haare und immer sehr hübsche Figuren und ganz besonders hübsche Beine. Sie hatten keinerlei Charakter, also konnte man all seine Glücksbedürfnisse in sie hineinlegen. In Viktors frühen Teenagerjahren waren diese Frauen geduldig und zärtlich zu ihm, und er konnte mit ihnen schmusen. Sie waren ihm tausendmal lieber als die halbnackten Stöhnerinnen in den Pornoheften mit ihrer albernen Unterwäsche und ihren Atombusen. Als er dann wußte, wie es ist, mit einer Frau zu schlafen, verwandelten sich die Möbelprospektfrauen in entzückende Liebhaberinnen. Als er mehr Erfahrungen sammelte und ihm die Vielfalt der Sexualität klar wurde und er zwischen dem Vögeln und dem weniger jubilierenden, zwitschernden, aber weiß Gott nicht zu verachtenden Ficken zu unterscheiden lernte, wurden diese Ikonen der Möbelprospekte zu geilen und wüsten Hausfrauen, deren Männer auf langen Geschäftsreisen waren und die gern mit Viktor vögelten oder sich auch von ihm ficken ließen, wenn ihnen und ihm danach zumute war. Dann wurde Viktor erwachsen, lernte immer mehr wirkliche Frauen kennen und verlor den Möbelprospekt-Frauentyp aus den Augen.

Die Nasenring-Bettina aus Luzern hatte es ihm möglicherweise deshalb so angetan, weil sie diesem alten, fast vergessenen Wunschbild entsprach. Sie hatte enge Hosen getragen, aber soweit man sehen konnte, waren darunter die schönsten Beine und der schönste Hintern der Welt. Möbelprospektfrauenbeine eben, nicht zu dünn, nicht zu dick, die vor allem in zu engen, kurzen, gewöhnlichen Röcken beglückend aussehen würden, vor allem dann, wenn sie beim Sitzen auf Sesseln und Sofas seitlich hochgezogen und angewinkelt wurden und einen eleganten parallelen spitzen Winkel bildeten. Das gab dieser Pose etwas Nixenhaftes, Verwunschenes und machte den dafür empfänglichen Betrachter zum potentiellen Erlöser, dem allein es gelingen könnte, die schön Knie an Knie gelegten Beine zu einem nicht weniger schönen Öffnen zu bewegen. Weder Ella noch Ira noch Ellen, weder Beate noch Susanne hatten solche Beine, die eben absolut nicht spektakulär waren, sondern unauffälliges Idealmaß. Nur eben so, wie eigentlich alle Beine und alle Hintern sein sollten, wenn der Schöpfungsplan sich etwas mehr nach den ästhetischen Interessen gerichtet hätte. Auf jedem normalen Jahrmarkt konnte man Frauen mit solchen normalen Idealfiguren sehen. Sie kauten Kaugummi mit offenem Mund, schoben schon bald einen Kinderwagen vor sich her und kümmerten sich nicht um dessen Inhalt, der doch offensichtlich von ihnen stammte. Königinnen, die nicht weiter auffielen, weil die Menschheit sich nach dem Glamour den Kopf verrenkte.

Und in Bettinas unauffällig idealer Körperhülle wohnte keine dumme Nuß, keine Ziege, keine reaktionäre Keife, keine Kindsmörderin, keine Metzgersgattin, sondern eine frische, bewegliche, völlig normale Frau: normal intelligent, normal nett, normal ungebildet, normal frech, normal modern, normal pseudounspießig – also alles in allem eine Seltenheit. Viktor, der sich über die Rolle dieser neuen Frau in seinem Leben klar zu werden versuchte, beschloß, die Nasenring-Bettina allen Schönheiten und Berühmtheiten der Welt vorzuziehen. Sein Schwärmen von anderen Frauen, das er vor keiner seiner Ehefrauen verborgen hatte, war von Ella, Ira und nun Ellen gleichermaßen als unerwachsen bezeichnet und kopfschüttelnd hingenommen worden. Es war aber ein Unterschied, fand Viktor, ob man als einer von Hunderttausenden von Realschülern eine unerreichbare Popsängerin verehrte oder ob man als mehr oder weniger etablierter Schriftsteller, der immer wieder mal mit interessanten und berühmten Frauen zusammentrifft, die Schönheit einer scheinbar unbekannten Frau entdeckt und sich die Mühe macht, sein eigenes Idol zu wählen, und sich nicht von den üblichen kokainschnupfenden Großschauspielerinnen oder umwerfend exaltierten Dichterinnen beeindrucken läßt.

Nach diesen Überlegungen war Viktor mit sich im Reinen. Bei Lesungen legte er zwischendurch gern ein paar Stücke von der Musik auf, die in seinen Büchern gespielt wurden. Dann rauchte und trank er und wippte mit dem Fuß dazu, und es konnte vorkommen, daß die eine oder andere Besucherin aufstand und sich zu bewegen begann. Wenn sich kein Tänzer fand, sprang Viktor hinzu und tanzte mit, eilte dann wieder zu seinem Pult oder Tisch zurück und fuhr mit seinen Texten fort. Es war eine willkommene Unterbrechung des kulturbürgerlichen Lesertituals, und als er der Nasenring-Bettina vorhin im Zug davon erzählt hatte, war ihr einziger Kommentar »Geil!« gewesen.

Leider gab es keinen CD-Player in dem Veranstaltungsraum, und es konnte auch keiner mehr aufgetrieben werde, wie ihm Sabine gesagt hatte. Er würde also das Publikum ohne Musik in Fahrt bringen müssen, das heißt, er mußte die Textpassagen noch etwas zusammenstreichen. Unabgelenkt von langen Beinen und Nasenringen dauerte das nur wenige Minuten. Danach machte er sich noch ein paar Notizen zu dem zuvor durchdachten Thema »Möbelprospektschönheit als Idol« und starrte bei Gelegenheit auf seine auf die Serviette notierten Worte »Ehe als Liebschaftenwertebewahrungsanstalt« und »Lyrik und Sozialismus«. Vor kurzem erst aufgeschrieben, war es ihm schon wieder zu weit weg, er verstand die Stichworte nicht mehr und war zu faul, über sie nachzudenken. Wozu machte man sich Notizen, wenn man sie wenige Stunden später nicht mehr begriff? Die Worte lösten nicht mehr die Idee aus, die Viktor eben noch vorgeschwebt hatte.

Es war noch nicht einmal sieben Uhr. Dem kleinen Hotelstadtplan entnahm er, daß es zum Veranstaltungsort maximal zehn Minuten zu Fuß waren. Er war froh, auf Sabines fürsorgliches Abholen verzichtet zu haben. Sabine war ein Problem. War sie vor zehn oder elf oder zwölf Jahren, als er sie kennengelernt und bald darauf ein zweites Mal getroffen hatte, nicht auch eine Möbelprospektschönheit gewesen? Jetzt war sie allerhöchstens vierzig. Viktor verbat sich den grausamen Gedanken, sie sei auch nicht jünger geworden. Diese Feststellung war gemein, und er wollte sie nicht zulassen, obwohl es aussichtslos, fast albern war: als würde man mit aller Kraft eine Tür zuhalten, um das Eindringen einer Wasserflut zu verhindern. Die verlorengegangene Anziehungskraft durfte mit dem Älterwerden nichts zu tun haben. Es war zu hoffen, daß die Erinnerung an ihre erste Begegnung die nötige Menge der alten Anziehungskraft mobilisieren würde, um die Nacht durchzustehen.

Wie konnte Sabine davon ausgehen, daß es noch so war wie damals? Normalerweise waren es die Männer, die, überzeugt von ihrer gleichbleibenden Attraktivität, in Hotels Liebesnester bestellten, um dann fassungslos die Worte zu hören: »Du, es liegt nicht an dir, aber es ist einfach nicht mehr so wie früher.« Ein einziges Mal war Viktor das passiert. Auf der Stelle hatte er sich abgewöhnt, an Wiederbegegnungen auch nur die geringsten erotischen Erwartungen zu knüpfen. Wenn es noch funkte, empfand er es dankbar als ein Wunder, wenn nicht, war es ein willkommener Anlaß, sich ein paar heitere Gedanken über die Vergänglichkeit der Lust zu machen.

Daß seine Lust so sehr an schmale lange Beine und den dazugehörigen Hintern gebunden war, beleidigte ihn. Es war keine Kunst, für Frauen mit idealen Figuren zu schwärmen. Jeder tat das. Viktor hätte gern die Größe gehabt, Frauen mit unperfekten Körpern begehrenswert zu finden. Begeistert sein von breiten Hüften, verliebt krumme Schultern, dünne Haare und schlaffe Oberarme streicheln und den verfluchten Körperkult und das Modediktat und den Jugendkult zu verlachen – das wäre nach seinem Geschmack gewesen, doch leider war er einer von Zigmillionen gewöhnlicher Männer mit einer Zigmillionenvorliebe für die üblichen schlanken und ranken, sonnengetönten und schönschultrigen Beauties, wie sie als Stars die Cover von Frauen- oder Fernsehzeitschriften schmückten – und als anonyme Variante die Möbelprospekte. Die Zähne schief und krumm war die einzige Unvollkommenheit, die Viktor liebenswert und anziehend fand. Sabine aber hatte wie auch Bettina ein ebenmäßiges Gebiß, wie fast alle Menschen ihrer Generation, die in einer Zeit des Friedens und Wohlstands aufgewachsen waren, von ihren Eltern vernünftig ernährt wurden und die bei der geringsten Fehlstellung der Zähne zum Kieferorthopäden geschickt wurden, der ihnen eine sündhaft teure Zahnspange verpaßte, die von einer kulanten Krankenkasse bezahlt wurde. Eines Tages würde das Recht auf eine gerade Zahnreihe noch im Grundgesetz verankert werden.

Viktor saß mittlerweile in einem Café gegenüber der Stadtbücherei, wo in zehn Minuten seine Lesung beginnen würde, und beobachtete die Menschen, die seinetwegen herbeieilten. Soweit er es über die breite und verkehrsreiche Straße erkennen konnte, fanden sich die Besucher mit einer freudigen Erwartung ein. Von diesen Menschen lebte er. Sie lasen seine Bücher und interessierten sich so sehr für ihn, daß sie nicht zu Hause blieben oder ins Kino gingen, sondern zu ihm. Weil diese Menschen bereit waren, Geld und Zeit für ihn auszugeben, konnte er gut leben. Wieder einmal war er dankbar, gerührt, versöhnt. Er rauchte, nicht weil es ihm schmeckte, sondern weil man hier rauchen durfte. Neulich war er in Kanada gewesen und hatte an einigen Universitäten gelesen, nachher war man etwas essen und trinken gegangen und nirgends hatte man rauchen dürfen. Er rauchte und blätterte in dem Booklet einer CD, die er sich soeben auf dem Weg hierher kurzentschlossen gekauft hatte: am Computer erzeugter Jazz dieser Tage. Er mußte seinen Gesichtskreis erweitern. Man durfte sich nicht verschließen und stehenbleiben. Die Leute tanzten nach dieser Musik, monoton und leidenschaftslos. Das mußte ergründet werden. Die CD würde ihn kaum begeistern, sie paßte zu Sabine, die ihn auch nicht begeisterte. Begeisterung war ein Glück, man hatte keinen Anspruch darauf. Dabei war er von Sabine einmal durchaus begeistert gewesen. Er hatte zwar ihr Gesicht vergessen, aber nicht die Geschichte, wie sie sich kennengelernt hatten. Von allen Geschichten des Kennenlernens war die Sabine-Kennenlerngeschichte eine der feinsten.

Das Kennenlernen von Frauen gehörte zu den großen irdischen Vergnügungen. Es gab keine Vorbelastung. Ein Anfang, ein neuer Tag bricht an, ein frischer Morgen mit Chancen, Hoffnungen, Träumen, Verheißungen. Es war eine Wohltat, wie kritiklos die Verliebtheit machte. Jeder erschien dem anderen ohne seine Unsitten und Unarten. Viktor hatte das Gefühl, ein neuer Mensch zu sein, wenn er eine neue Frau kennenlernte. Andere Menschen gingen in die Sauna wegen dieses Gefühls des Neugeborenseins oder duschten eiskalt nach stundenlangen Radfahrten oder Dauerläufen. Viktor mußte nur eine fremde Frau ansprechen, die ihm gefiel. Allein das Gefühl, ihr Interesse zu wecken, die Aussicht auf einen Anruf oder der Besitz einer ungeziert ausgehändigten Telefonnummer genügten, um völlig zu regenerieren.

Seitdem er einen Computer benutzte, kam es ihm vor wie beim Neustart des Systems. Wenn immer mehr Fehler das Weiterkommen erschweren, ständig Funktionsstörungen gemeldet werden: einfach die angefangenen Dateien fahren lassen, das System herunterfahren und von vorn beginnen. Mit einem Mal geht alles reibungslos! Man sprüht, man ißt manierlicher, man zieht keine fleckigen Hemden mehr an. Man muß nicht immer Angst haben, dieselbe Geschichte schon einmal erzählt zu haben. Natürlich war es auch wunderbar, sich genau zu kennen, sich anspielungsreich zu verspotten, sich so gut zu kennen, daß man sich im Lokal Wein ins Gesicht gießen konnte. Eine Spezialität von Ellen. Nie wollte Viktor auf diese Ausfälle verzichten. Wenn sie zu zweit essen gingen, konnte sich Ellen zu dieser Großtat nicht aufraffen. Sie brauchten Zuschauer. Konnte gut sein, daß sie in einer Woche vielleicht mit einer von Ellens Freundinnen und deren neuem Freund in einem Lokal sitzen würden, und die Freundin würde Viktor mit boshaft wissendem Gesicht, wie eine Eingeweihte, die sie nicht war, fragen, was er auf seiner Lesereise erlebt hätte. Konnte gut sein, daß er dann die Geschichte von Bettina erzählte, die er guten Gewissens erzählen konnte, weil es noch keine Geschichte war. Er würde haarklein von der Begegnung im Zug erzählen, von Bettinas forscher Art schwärmen und seine Hoffung auf ihren Anruf durchaus nicht verheimlichen. Alle würden sich einig sein, daß diese Frau, wenn es sie überhaupt gäbe und Viktor hier nicht nur einen seiner primitiven Männerträume zum besten gäbe, niemals so dumm sein werde, mit Viktor noch einmal Kontakt aufzunehmen. Diese eindeutig frauensolidarische und männerfeindliche Vermutung würde Viktor so ärgern, daß er nun die Laszivität von Bettinas Nasenring ausmalen und aus seinem Verlangen nach ihrem handlichen Hintern keinen Hehl machen würde. Das befreundete Paar, Barbara und Thomas, oder Hanna und Carlos vielleicht, beginnt sich zu wundern. Hanna denkt: Das könnte ich mir nicht anhören. Viktor aber ist nicht zu bremsen. Er setzt zu einem zweiten Lob von Bettinas Hintern an. »Das hatten wir schon!« sagt Ellen, und einen Sekundenbruchteil später hat Viktor den Inhalt ihres vollen Weißweinglases im Gesicht. Carlos kommt aus Spanien. Gerade hat er das Temperament seines Volkes gerühmt und das fehlende der Mitteleuropäer beklagt. Keine noch so wilde Tänzerin in Granada oder Sevilla aber hat einem Mann je Wein ins Gesicht geschüttet. Carlos ist beeindruckt. Das hat er in noch keiner Flamenco-Spelunke gesehen. Und noch weniger hat er gesehen, was dann folgt: Viktor nimmt sein Glas, füllt seinen Mund, tut so, als müsse er einen großen Schluck nehmen, um die Demütigung wegzustecken, schluckt aber nicht, sondern prustet Ellen einen Weinstrahl auf die Stirn. Ehe Carlos oder ein anderer Beobachter der Szene eingreifen, die Ehre der Männer retten und die Frauenmißhandlung stoppen können, hat sich Ellen an Hanna gewandt. »Darf ich«, fragt sie, nimmt Hannas Glas, begießt Viktor ein zweites Mal, steht auf und geht zur Toilette, als sei nichts geschehen. Und der völlig durchnäßte Viktor bringt seine Geschichte mit Bettina zu Ende, ebenfalls, als sei nichts geschehen. Es ist schließlich nichts geschehen. In einem Roman würde Viktor das, was stattgefunden hat, »nonverbale

Kommunikation« nennen. Es war nicht die feine Art, in Anwesenheit seiner Frau auf das Recht auf außereheliche Gelüste zu pochen. Er hatte diese Anstandsregel verletzt und war dafür bespritzt und begossen worden. Gut so. Er war vorlaut gewesen, und Strafe mußte sein. Diese Aktion hatte bisher zwei Mal stattgefunden, wenn Weißwein getrunken wurde, aber es war Ellen zuzutrauen, daß sie demnächst auch vor vollen Rotweingläsern nicht zurückschrecken würde. Keine andere Frau ging so weit. Das waren die Freuden der Vertrautheit. Viktor liebte Ellen dann sehr.

Jetzt versuchte er sich an seine Verliebtheit in Sabine zu erinnern. Als sie damals aufgetaucht war, hatte sie eine Hose getragen, wie Viktor sie in einer Erzählung erfunden hatte. Eine lila Lederhose. In der Erzählung fährt ein Journalist zur Frankfurter Buchmesse, über die er einen Bericht schreiben soll. Im Zug sitzt seine Traumfrau. Ihre formvollendeten Beine stecken in einer knallengen lila Lederhose. Der Journalist versucht sich auf seine mitgebrachten Zeitungen zu konzentrieren, mit denen er sich vorbereiten will. Angesichts dieser Frau erscheint ihm das zunehmend frevelhaft. Als er beim ersten Kuß mit der blind tastenden Hand ihren glatt eingepackten Po zu fassen bekommt, ist es um ihn geschehen. Er fährt nicht nach Frankfurt, sondern mit der Lilalen weiter und wird später einen erfundenen Messebericht abgeben. Die Frau und ihre Hose waren eine Erfindung Viktors, der mit dieser Erzählung nicht nur seine Idealfrau skizzieren wollte, sondern auch eine ideales Lebensprinzip: Erst kommt die Liebe, dann die Arbeit. Nicht immer hielt sich Viktor an diese Reihenfolge.

Bei seiner ersten Lesung in Hannover vor Jahren erblickte er also die erste lila Lederhose seines Lebens an einer wohlgestalten Frau. Der wirkliche Anblick übertraf seine Vorstellung um Längen. Das Schreckliche war, daß ihn Ira begleitete, Viktors damalige Hauptgeliebte und spätere zweite Ehefrau. Die lila Hose entfernte sich nach der Lesung mit der Bemerkung, sie sei wegen Viktor hundert Kilometer mit dem Auto gefahren. Es war Winter, und die Straßen waren glatt. Wäre Ira nicht dabeigewesen, hätte Viktor die Lilane gezwungen, aus Sicherheitsgründen in seinem Hotelzimmer zu übernachten. So mußte er sie ziehen lassen. Die Nacht mit Ira, auf die er sich gefreut hatte, war eine Katastrophe gewesen, weil Viktor ständig an die lila Frau denken mußte und Ira seine Abgelenktheit nicht verborgen blieb. Wieder zu Hause, damals noch bei Ella, seiner ersten Frau in Köln, fiel er dieser auf, weil er stundenlang auf eine Landkarte starrte und mit dem Zirkel einen Hundertkilometerbogen um Hannover schlug. Irgendwo mußte die lila Frau leben, deren Reize täglich zunahmen. Nie mehr würde er sie sehen. Das waren die Tragödien einer liberalen Gesellschaft. Hier war ausreichend Schuld und Strafe. Noch längst war nicht alles erlaubt. Er hatte gegen ein Gebot verstoßen: Du sollst kein Auge werfen auf eine dritte Frau, wenn du mit einer zweiten unterwegs bist. Nach zwei Wochen bekam Viktor Post von einem Apotheker aus einem kleinen Ort in der niedersächsischen Provinz, eine ironische Beschwerde: Seine Frau Sabine lese ständig Viktors Bücher und habe für ihn kaum noch Zeit. Nun habe sie sich auch noch nach einer Erzählung Viktors für eine sündhafte Summe eine lila Lederhose anfertigen lassen. Mit dieser sei sie auf seiner Lesung gewesen. Das gehe zu weit. Er, der Apotheker, lese Viktors Bücher schließlich auch gern. Sollte Viktor wieder einmal in Hannover lesen, werde er kommen – und seine Frau würde auf das gemeinsame Baby aufpassen. Viktor, überglücklich, die Adresse der lila Frau zu haben, wäre bereit gewesen, sie mit zehn Apotheker-Ehemännern zu teilen. Hauptsache, er würde diese einzigartige Person noch einmal wiedersehen, die sich nach einer Frauenfigur von ihm gekleidet hatte und damit sein Phantasiebild zu einem wirklichen gemacht und ihn von einem Phantasten zu einem Realisten befördert hatte. Das würde er ihr nie vergessen. Die lila Sabine und ihr Apotheker waren dann nach Hannover gezogen, sie hatte einen Job in einer Buchhandlung angenommen und Viktor bereits ein Jahr später zu einer erneuten Lesung nach Hannover eingeladen. Schlank hatte Sabine am Bahnhof gestanden. Mit verschränkten Armen lehnte sie lässig und unglaublich lila an einem Geländer und bestellte Grüße von ihrem Gatten, der nicht kommen konnte. Sie hatten geknobelt, und lila Sabine hatte gewonnen. »Ich hätte diese schwarze Hexe umbringen können, mit der du vor einem Jahr da warst«, sagte lila Sabine später, und Viktor verschwieg, daß Ira mittlerweile seine zweite Frau geworden war. Die Nacht war dann sehr aufregend gewesen, weil das Abstreifen der lila Lederhose, die Viktor und Sabine innig verband, stundenlang hinausgezögert wurde. Ein weiteres Jahr später hatte sich das Ritual wiederholt, dann hatte Sabine Zwillinge bekommen, von denen ein Kind kränkelte, und der Kontakt hatte sich verloren. Viktor hatte sich lange verübelt, daß Sabines erster geheimnisvoller lila Auftritt ihn so neugierig und so gierig gemacht und die Liebesnacht mit Ira verdorben hatte. Vielweiberei war nur erlaubt, wenn so etwas nicht passierte. Man mußte sortieren können. Es gab Prioritäten. Man durfte nicht jedem Reiz nachgeben. Sabine war eine Sünde, die ihn belastete. Nicht als er mit ihr geschlafen hatte, hatte er Ira betrogen, sondern als er sich nach ihrem verdammten lila Arsch sehnte und mit Ira im Bett nicht bei der Sache war. Das war Verrat und Betrug und belastete Viktor dermaßen, daß er es Ira eines Tages gestand. »Zur Strafe mußt du mir auch so eine Hose spendieren«, sagte sie. Das Anfertigen der Hose kostete ein Vermögen. Ira sah darin zum Niederknien aus, und Viktor kam sich vor wie ein Schöpfer. Nach seinen Beschreibungen wurden Ebenbilder geschaffen. Zu seiner Erleichterung stellte sich heraus, daß Ira mit allen möglichen Männern neben ihm etwas gehabt hatte, bis sie dann mitsamt ihrer anbetungswürdigen Hose mit einem von ihnen auf und davon ging und Viktor in seinem Liebesleid zurückließ. Im Nachhinein war er Ira dafür unendlich dankbar, denn dieser einzige große Schmerz in seinem Leben hatte ihm die nötige Bitterkeit und Skepsis beigebracht, die er in seinen Büchern zwar nicht vorkommen ließ, die aber zwischen den Zeilen seiner Liebesgeschichten für Würze sorgten und seinen Romanen, die manchen Kritikern als zu leicht erschienen, in den Augen wohlwollender Rezensenten ein gewisses Gewicht verliehen. Ira hatte sich von ihrem rabiaten Entführer wieder getrennt, lebte allein in Amsterdam und ihre lila Lederhose paßte ihr immer noch. Viktor hatte sich erst vor kurzem selbst davon überzeugen können. Seitdem war in seinen Büchern gelegentlich davon die Rede, daß von allen Spielarten der Liebe die vielleicht überwältigendste die wiedergewonnene ist.

Sabine hatte er nie geliebt. Hier gab es nichts wiederzugewinnen. Sie hatte ihre gute Figur verloren und war eine nette Buchhändlerin, die jetzt an der Kasse stand und sich freute, daß die Veranstaltung, die sie organisiert hatte, ausverkauft war. Ein paar Stühle wurden noch herbeigebracht, der Beginn akademisch auf Viertel nach acht verschoben. Viktor hatte keine Lust, gleich als Vorleser anzufangen, er wollte erst mit dem Publikum vertraut werden und begann die Geschichte von der erfundenen lila Lederhose zu erzählen, die eines Tages Wirklichkeit geworden war. Sabine saß in der ersten Reihe und freute sich. Die lila Lederhose war längst in einen von Viktors Romanen eingegangen. Sie kannte die literarisch ausgeschmückte Episode, in der sie Sabina hieß und Frau eines Augenarztes war und in Nürnberg wohnte. Sabine freute sich sichtlich, sie spürte, daß Viktor ihr damit nahekommen wollte. Sie spürte nicht, daß ihm das nicht gelang, daß er sich eher von ihr entfernte.

Während er sprach, wanderte sein Blick durch das Publikum, und schon hatte er sein Gesicht des Abends gefunden und wählte es zum Fixpunkt, an den seine Augen immer wieder zurückkehrten. Vergessen waren die lila Lederhosen, von denen er erzählte, vergessen war Bettina, vergessen Susanne – Ira war nicht vergessen, denn an Ira erinnerte ihn die südliche Frau, eine Türkin vielleicht oder eine Windsbraut aus dem Kaukasus. Sie hörte ihm ausdruckslos zu, reagierte nicht auf sein Lächeln, so daß er sich fragte, ob sie überhaupt Deutsch verstand. Er flocht Pointen in seine Geschichte, die Leute lachten, nicht aber die Kaukasierin, die vielleicht eine Tscherkessin war und die er nach der Lesung unbedingt fragen mußte, wo sie herkam. Viktor wunderte sich, daß man eine Geschichte erzählen und dabei an etwas anderes denken konnte. Nur zwei Gesichter im Publikum blieben ausdruckslos: das der Tscherkessin und das einer älteren Dame, die plötzlich ihre Stimme erhob und sehr laut und hochdeutsch dazwischenrief: »Das hier ist eine Lesung, keine Erzählstunde!« Großes Gelächter angesichts dieser Mahnung. Viktor versicherte, er werde noch lesen, wenn er die Geschichte zu Ende erzählt habe, mit der er zeigen wolle, wie Literatur und Wirklichkeit verflochten seien. Und erzählte weiter, wie er vor Glück fast ohnmächtig zu werden glaubte, als er diese unglaublich laszive Hose, die er sich ausgedacht hatte, in Nürnberg tatsächlich zu sehen bekam. »Das ist eine Lesung!« rief die Alte abermals starr und streng, und abermals gab es großes Gelächter. Das Publikum wollte Viktors Erzählung zu Ende hören. Nach der dritten Mahnung wurde das Zetern der Alten langsam störend und Viktor fragte sie, ob sie eine Achtundsechzigerin sei und früher Vorlesungen gesprengt habe. Das verstand sie nicht. »Ich bin siebenundsiebzig«, sagte sie stolz. Nach dem Gelächter sagte Viktor, jeder Dichterdepp lese aus seine Büchern vor, was die Leute schließlich auch zu Hause lesen könnten, er erzähle lieber, wie seine Bücher entstanden seien, anstatt brav Zeile für Zeile entlangzumümmeln – und normalerweise habe das Publikum daran nichts auszusetzen. Für diese Erklärung erhielt er erneut Beifall, der die Alte aber nicht davon abhielt, auf einer Lesung zu bestehen, so daß ihr Viktor nahelegte, einfach zu gehen, wenn es ihr nicht gefalle. Sie denke nicht daran, sagte sie, sie habe schließlich Eintritt gezahlt. Sabine wurde nun unruhig und überlegte sich, ob sie als Veranstalterin eingreifen sollte, aber Viktor wollte den Kampf allein zu Ende bringen, nicht zuletzt weil seine Repliken der Tscherkessin zu gefallen schienen. »Wenn Sie gehen, zahle ich Ihnen den Eintritt höchstpersönlich zurück«, bot er nun an, und nachdem die Alte eine Weile hin und her überlegt hatte, arbeitete sie sich durch die Stuhlreihen zu Viktor vor und knallte ihm wie einen Trumpf die Eintrittskarte auf den Tisch. »Das Geld!« sagte sie. Viktor zückte sein Portemonnaie und zahlte sie aus, unter Lachen und Klatschen ging die Alte ab, und Viktor sah, daß nun auch die Tscherkessin lachte, und es wurde ihm klar, daß man an dieser Frau würde versengen können, wenn man das wollte.

Nach dieser Einlage gehörte Viktor das Herz des Publikums,

doch es ging ihm nur um das Herz der Tscherkessin, die er beim Vorlesen nicht beobachten konnte. Daher unterbrach er bald das Lesen aus seinem neuesten Buch, auf das er sich im Zug und im Hotel vorbereitet hatte, und verkündete, auch auf die Gefahr hin, weitere unzufriedene Gäste auszahlen zu müssen, würde er gerne etwas politisch werden und aus einem älteren Buch ein paar Rezepte zur Bekämpfung der Ausländerfeindlichkeit aus dem Gedächtnis in Erinnerung bringen. Dabei sah er der Tscherkessin ins Gesicht, um ihr zu zeigen, daß er ihretwegen das Thema änderte. Dann erzählte er ein paar Passagen aus einem Briefroman nach, den er vor Jahren geschrieben hatte und in dem radikale Vorschläge gegen den Rechtsradikalismus gemacht wurden: Rechtsradikale Gewalttäter müßten an die Länder ausgeliefert werden, an deren Bürger sie sich vergriffen hätten. Wer einen Algerier durch die Straßen oder gar zu Tode hetzt, wird nach Algerien ausgeliefert und nach dortigem Recht öffentlich gevierteilt. Wer Perser bedroht und verfolgt, kommt nach Persien und wird dort unter dem Johlen hysterischer Muselmaninnen gesteinigt. Alle Exekutionen werden zur Abschreckung live vom Fernsehen übertragen. Wer Feuer legt an die Häuser von Vietnamesen, wird in Straflagern im südostasiatischen Dschungel nach kambodschanischer Polpot-Manier nach langer Folter ins Jenseits befördert. Antisemitische Übergriffe werden bestraft, indem die Übeltäter nach Israel geschickt und bei der Intifada als lebende Autobomben-Prüfgeräte eingesetzt werden. Das grausame Ende rechtsradikaler Straftäter werde ihre Gesinnungsgenossen in der Heimat möglicherweise zum Nachdenken anregen. Von Menschen ins Jenseits befördert zu werden, die man minderwertigen Rassen zurechnet, kann für einen Neonazi keine angenehme Vorstellung sein. Die letzten tausend Unbelehrbaren würden sich wahrscheinlich dennoch in irgendeinem Kaff in den neuen Bundesländern noch immer Heil-Hitler-kreischend zusammenrotten. In Eberswalde vermutlich. Hier sei dem Innenminister das kurzzeitige Mieten einer schnellen internationalen Eingreiftruppe zu empfehlen, und zwar sei auf weibliche Kämpferinnen zu bestehen. Zwei Hundertschaften gut ausgebildeter Kämpferinnen müßten genügen. Aus Gründen der Symbolkraft und der Ästhetik und der finalen Demütigung der Neonazis sollte es sich um extrem attraktive Frauen handeln, aus Ländern und von Rassen, wie sie die Rechten hassen: ausgesucht schöne, extrem ungermanische dunkle Multikulti-Frauen aus Tunesien und Algerien, Uganda und dem Senegal, aus der Mandschurei und der Türkei und dem wilden Kurdistan, und natürlich aus den Bergen des Kaukasus, sagte Viktor und sah dabei der Tscherkessin unverwandt ins Gesicht, das vor Zustimmung glühte und auf einmal andalusisch aussah. Und Viktor dachte: Wenn sie Spanierin ist und diese gräßlichen Stierkämpfe mag, dann ist es mir auch egal, dann werde ich mit ihr in Barcelona oder Madrid leben und mit ihr an den Sonntagnachmittagen dem blutigen Treiben der Toreros in der Arena zuschauen, wer so aussieht wie sie, der darf ruhig ein bißchen pervers und grausam sein, fuhr fort mit seinen Rechtsradikalenvernichtungsszenarien mitsamt all der Klassefrauen und Rassefrauen aus dem Dschungel von Sumatra und Madagaskar und den palästinensischen und israelischen Schönheitsköniginnen, die im Kampf gegen das wahrhaft Böse und Häßliche den weißlichen deutschen Neonazis ihre häßlichen Nacktschädelschweinsköpfe von den fetten Körpern schössen. Peng, peng, pulp fiction.

Viktor schwelgte vorsichtig in seiner monströsen Phantasie, die man nicht jedem Publikum zumuten konnte. Nach dem Auftakt mit der störrischen Alten aber hatte er genügend Sympathien gesammelt, um sich einige verscherzen zu können. Bei der Tscherkessin jedenfalls hatte er gewonnen, das war eindeutig. Sie klatschte, als er das Finale beschrieb: Tausend erledigte Skinheads wären das Ergebnis jener Schlacht von Eberswalde. Die arbeitsunwilligen Ostdeutschen verscharrten die Leichen nur oberflächlich, so daß am Morgen, wenn sich die Nebel über dem Schlachtfeld lichteten, vor dem malerischen Hintergrund einer Plattenbausiedlung einige hundert Springerstiefel aus dem Boden ragten, ein Relikt, das man so belassen und konservieren sollte, ein Ort der Besinnung als Pendant zum Holocaustmahnmal in Berlin.

»Bravo!« rief die Tscherkessin und klatschte als einzige. Viktor las noch einige Stellen aus seinem jüngsten Buch vor, und als er später nach einem Blick auf die Uhr abrupt aufhörte, hatte keiner gemerkt, daß zwei Stunden vergangen waren. Man verlangte nach einer Zugabe. Viktor bedankte sich gerührt und bemerkte mit Sorge, daß die Tscherkessin auf die Uhr sah. Sie durfte keinesfalls verschwinden. Zugaben seien in seinem Gewerbe ungewöhnlich, sagte er, auch das Gedichteschreiben sei für ihn ungewöhnlich, einmal im Jahr schreibe er eines, dies sei heute morgen der Fall gewesen, mit diesem angefangenen Gedicht, daß er sicher nie zu Ende schreiben werde, wolle er sich verabschieden. »Im Zug« könne man das Gedicht nennen, dort spiele es jedenfalls und es gehe ungefähr so:

Statt froh zu sein,
daß niemand weiß, wo sie sind,
geben die Männer an ihren Telefonen
unentwegt Positionsmeldungen durch.
Egal ob Frau oder Liebste –
alle müssen aus irgendeinem Grund gesagt bekommen,
daß man gerade zwischen und Kassel und Göttingen ist.
In der ersten Klasse
sehen alle Herren aus,
als machten sie Reklame für Handies und Laptops.
Auf ihren Bildschirmchen Tortengrafiken
wie nach Wahlen…

Dann doch noch der Trost des Tages:
Keine zweiundzwanzig Jahre alt ist sie. Stolz
und pfeilgerade die Nase
und ein silberner Ring darin.
Was für ein Gruß aus Busch und Steppe!
Ich wünschte auch meiner Nase einen Ring.
Mit einem Kettchen mit dieser Frau verbunden sein
und so mit ihr ans Ende der Welt…

Viktor merkte, daß das Gedicht zu mager war, um für Aufmerksamkeit zu sorgen. Kein guter Abschluß, aber ein verzeihlicher. Sabine vorne in der ersten Reihe erhob sich und drehte sich um. »Ich glaube«, sagte sie zu dem sich auflösenden Publikum, »weitere Dankesworte erübrigen sich. Wie schon die letzten beiden Male war die Lesung ein voller Erfolg. Vielen Dank, Viktor Goldmann. Wir gehen jetzt anschließend noch in den Ratskeller.« Wer den »Dichter zum Anfassen« haben wolle, fügte sie ironisch hinzu, könne gerne mitkommen.

Viktor erledigte Autogrammwünsche und kontrollierte aus den Augenwinkeln heraus die Tscherkessin, die keinerlei Anstalten machte, Viktor anzusprechen. »Gehen Sie mit?« rief er ihr zu. Sie tat wieder so, als verstehe sie nicht richtig, und sprach mit dem Mann an ihrer Seite ein paar Worte. »Es geht schon«, sagte sie dann, und es klang so, als meine sie: Wenn es denn sein muß. Sie sprach mit starkem Akzent, und Viktor hoffte, nur das mangelhafte Deutsch möge die Ursache für ihre lustlose Äußerung sein.

Im Lokal gelang es Viktor, neben der Tscherkessin zu sitzen, die ohne ihren Begleiter mitgekommen war. Kaum saß sie, brachte sie Viktor mit der Frage in Verlegenheit, wieso er als Autor solcher aparter Rechtsradikalenverhöhnungstexte in ein Lokal gehe, das einen deutschnationalen Geruch ausstrahle. Sabine, die für die Wahl des Lokals verantwortlich war, sah zu ihm hin, denn sie hatte wohl mitgehört, und Viktor wollte ihr nicht in den Rücken fallen. Obwohl er den Ekel der Tscherkessin sofort teilte, schluckte er den bequemen Satz: »Ich habe das Lokal nicht ausgesucht«, hinunter und sagte statt dessen: »In solchen Kneipen ist nicht viel los, da kann man sich wenigstens ungestört unterhalten, in den netteren, weniger deutsch wirkenden Orten sitzt die Jeunesse dorée und frühstückt bis nachts um elf multikulturell herum, und man versteht sein eigenes Wort nicht mehr.«

Sabine hatte mitgehört und wandte sich zufrieden der Bestellung zu. Die Tscherkessin akzeptierte die Antwort und sagte: »Meine Nase ist leider nicht so pfeilgerade wie die der Frau im Zug – und leider ohne Ring.«

Viktor hatte nun Gelegenheit, wie ein Experte das Profil der Tscherkessin zu betrachten, er konnte sich sogar erlauben, ihren Kopf anzufassen und ein wenig zu drehen. »Nicht so gerade, aber noch viel stolzer«, versicherte er und riskierte jetzt sein Geständnis: »Wissen Sie, daß mir den ganzen Leseabend lang Ihr Gesicht aufgefallen ist? Hundertfünfzig nette – aber doch eher stumpfe Gesichter«, sagte er jetzt sehr leise, »und da ist eines, das herausleuchtet. Ich weiß nicht, warum, ich mußte dauernd denken: Das ist eine Tscherkessin! Ich muß durch den Kaukasus reiten, dachte ich, und um die Hand der Tscherkessin anhalten. Leben die Tscherkessen überhaupt im Kaukasus?«

»Ich habe einen richtigen jüdischen Zinken, keinen tscherkessischen. Sie sind ein Träumer«, sagte sie.

»Eine wunderbare Nase!« sagte Viktor. »Ich würde Sie am liebsten ›Tscherkessin‹ nennen.«

»Dürfen Sie«, sagte sie und wirkte jetzt nicht mehr abweisend, »ist mal was anderes. Ich heiße normalerweise Rebecca und bin eine Jüdin aus Korsika, die es nach Deutschland verschlagen hat.«

»Rebecca...« Viktor sprach den Namen etwas übertrieben begeistert nach. Er kostete ihn förmlich: »Rebecca...«

Sabine hatte mitgehört, verdrehte die Augen und sagte zu einer ihr bekannten Tischnachbarin halblaut, aber auch deutlich, jovial, aber auch giftig: »Seine Komplimente werden immer unerträglicher. Richtiger Altherrenschleim!«

»Rebecca...« wiederholte Viktor ein weiteres Mal.

»Nennen Sie mich ›Tscherkessin‹«, befahl Rebecca, »›Rebecca‹ sagen alle. Alle freuen sich, eine Jüdin zu kennen und zu ihr freundlich zu sein.« Sie sprach ironisch, aber dahinter war eine Spur von echter Verärgerung. »Vermutlich bedauert man«, fuhr sie fort, »daß ich nicht Rachel heiße. Rachel ist noch jüdischer. So würden sie mich noch lieber nennen. Ich habe eine Freundin, die Rachel heißt. Die Deutschen können diesen Namen gar nicht oft genug aussprechen.« Sie schnaubte verächtlich. »Rachel hier, Rachel dort. Rachel muß man alles recht machen. Eine hübsche Jüdin gibt den deutschen Intellektuellen die Möglichkeit, zu zeigen, daß sie keine Antisemiten mehr sind. Rebecca, wie hältst du es in Deutschland aus? Rebecca, wir Deutschen sind schrecklich. Rebecca, in meiner Familie gab es keine Nazis. Rebecca, erzähl von Israel. Scheiße! Es gefällt mir gut, für Sie die Tscherkessin zu sein.« Nach einer kleinen Pause fügte sie hinzu: »Sie haben diesen Wiedergutmachungsphilosemitismus nicht nötig. Sie wirken nicht so deutsch.« Sie lächelte unerklärlich, und obwohl Viktor keine Ahnung hatte, ob sie ihn verspottete oder nicht, seufzte er glücklich und gestand, er sei dummerweise deutsch genug, um eben das für das allerschönste Kompliment zu halten: gesagt zu bekommen: »Sie wirken nicht deutsch« – und dann noch von einer Jüdin. Und dann noch von einer tscherkessischen! Er küßte ihr die Hand. Sabines Lächeln diagonal über den Tisch verzerrte sich ins Angewiderte. Die Tscherkessin gestand Viktor, daß sie bis heute Nachmittag geglaubt habe, er sei jüdisch. Goldmann. Daß es nichtjüdische Goldmanns gebe, habe sie nicht gewußt. Erst der Mann, mit dem sie da war, hatte ihr gesagt, daß Viktor nicht zum auserwählten Volk gehöre.

Der Mann, mit dem sie da war – Viktor frohlockte. Sie hatte nicht »mein Mann« gesagt.

Ein mittelalterliches Ehepaar erhob sich. Der Mann hatte Viktors neues Buch nach der Lesung fünf Mal gekauft und war ihm angenehm aufgefallen, weil er auf die Frage, ob er etwas reingeschrieben haben wolle, geantwortet hatte: »Wozu?« Das war ein Zitat, mit dem er sich als Kenner erwies. In einem von Viktors Romanen kam ein Schriftsteller vor, der einem Leser eine Widmung anbietet – doch der sagt nur: »Wozu?« Viktor hatte es sich nicht nehmen lassen, dem Mann auch gegen seinen Willen in eines seiner Bücher zu schreiben: »Wozu? Viktor Goldmann«. Der Mann hatte wissend gelächelt und dann kein Wort mehr gesprochen. Jetzt sagte er: »Morgen ist ein ganz normaler Arbeitstag. Wir gehen dann mal.« Seine Frau sagte zu Viktor: »Auf Wiedersehen und vielen Dank, Ihre Lesung hat sehr zum Nachdenken angeregt.«

Die Tscherkessin kicherte frech: »Wirklich?«

Viktor litt. Es war ihm nicht angenehm, daß die Bildungsbürgerlichkeit von Leuten verspottet wurde, die seine Bücher fünf Mal kauften und weiter verschenkten.

Sabine sagte sehr kühl: »Ich schließe mich dann wohl mal an. Auf Wiedersehen auch.«

»Moment!« Viktor sprang auf, folgte Sabine zur Garderobe und hielt sie an: »Du darfst noch nicht gehen!«

»Ich glaube, ich bin etwas überflüssig«, sagte sie.

»Sabine, ich bitte dich!« sagte Viktor und haßte sich sofort für diese Worte, kaum waren sie ihm entschlüpft. Er stand weit neben sich, ein fremder Normalmann, ein mieser, lieblos seinen Dialogpart abstammelnder Fernsehspielschauspieler der billigsten Sorte. Wenn es im deutschsprachigen Raum eine Million Sabines gab, dann dürften neunzig Prozent all der Sabine-Ehemänner oder Sabine-Freunde täglich diesen Sabine-Beschwichtigungssatz sagen: »Sabine, ich bitte dich!«

Sabine ging auf sein diffuses, halbherziges und falsches Flehen nicht ein. »Ich sehe, was los ist«, sagte sie, »Guten Abend, schöne Nacht – je nachdem. Und angenehme Rückreise morgen.«

So hatte Ella zu ihm gesprochen: »Geh nur mit der anderen, bitte, tu was du nicht lassen kannst, viel Vergnügen!« Viktor sah auf die Uhr. »Es ist doch erst kurz nach elf!« sagte er und legte seine Hände auf Sabines Schultern.

»Eben. Und morgen ist ein ganz normaler Arbeitstag«, sagte Sabine. Ihr verletztes Zurückweichen tat Viktor weh. Die Ausdrucksformen der Verbitterung konnte er nicht einmal dann ertragen, wenn sie taktisch eingesetzt wurden, wenn sie kokett und schlecht gespielt waren.

Erneut griff Viktor nach Sabines Schultern und merkte, wie sie weicher wurde, weil sie spürte, daß er es ernst meinte: »Ich habe unsere beiden Nächte doch nicht vergessen«, sagte er. »Aller guten Dinge sind drei.« Vor einigen Stunden wäre er lieber mit Bettina und ihrem Nasenring im Bett gelegen, dann wäre er lieber allein im Bett gelegen, dann lieber mit der Tscherkessin – und jetzt sehnte er sich tatsächlich danach, mit Sabine im Bett zu liegen, natürlich nicht, weil alle guten Dinge drei waren, sondern weil sie eine gemeinsame Geschichte hatten, eine schöne kleine lila Geschichte, und weil es nicht ging, daß eine Frau, die einst kühn in die Rolle einer seiner Figuren geschlüpft war und ihn damit vom Dichter zum Schöpfer gemacht hatte, eine Frau, die derart delikat und originell und forsch und derart lila in sein Leben und seine Bücher getreten war – derart banal und stillos aus seinem Leben verschwand. Viktor legte seine Stirn an Sabines Stirn und sagte ihr ganz schnell das alles – und weil er es ernst meinte, nickte sie und streichelte ihn, und er sagte: »Ich warte auf dich im Hotel. Du mußt verstehen, daß ich mich jetzt noch ein bißchen von der schönen Jüdin loben lassen muß, diese besondere Art von Balsam kann mir eine Schickse wie du nicht bieten. Um eins macht das Lokal hier dicht. Um halb zwei bin ich im Hotel. Wenn du kommst, freue ich mich, und zwar diebisch. Wir haben etwas zusammen. Du kannst jetzt nicht einfach verschwinden.«

Sabine lächelte und war jetzt sehr hübsch. Und Viktor war stolz auf sich, daß er sie wieder begehrte, und hatte das Gefühl, dem Perfektionswahn entkommen zu sein. Auf das Lächeln kam es an, verdammt, auf den Blick, nicht auf die Beine. Es lebe der unperfekte Mensch. Tod allen Genforschern! Es fiel ihm der Untertitel der Ausstellung ein, die unlängst von sich reden gemacht hatte, weil sie sich sozusagen gegen den rassehygienischen Wahn wandte, der in der modernen Gen-Gesellschaft ausgebrochen war, wo man mit der Machbarkeit des idealen Menschen spekulierte. Die Ausstellung hieß »Der (im)perfekte Mensch«, und vor allem ihr Untertitel war gut: »Vom Recht auf Unvollkommenheit«. Es war ihm warm, und Sabine spürte, daß er sie ungern gehen ließ und sich auf ihr Kommen freute.

»Laß dir Zeit«, sagte sie, »hör dich satt an den Komplimenten, ich verstehe dich. Hetz dich nicht und sei um zwei Uhr in der Hotelhalle, das genügt.«

Was für eine Frau. Sie ging und würde wiederkommen, und Viktor war glücklich. Dieser Tag hätte nicht mit einer Verletzung enden dürfen. Nie mehr wollte Viktor einen Menschen verletzen. Außer natürlich Genforscher und Neonazis. Aber nie mehr Frauen, die er ins Herz geschlossen hatte. Er ging aufs Klo, pinkelte, machte sich frisch und dachte reumütig an Ella, seine erste Frau. Im Gegensatz zu Sabines gespielter Minimalverbitterung war Ellas Verbitterung groß und ernst gewesen, und als Ehefrau hatte sie auch mehr Grund dazu. Er hatte damit damals nicht umgehen können. Ella hatte Qualen ausgestanden, weil sie ihm nicht genügte und er sich für andere Frauen interessierte. Und er hatte Qualen ausgestanden, weil er sie mit einem Bedürfnis verletzte, das er für völlig natürlich hielt. Nach einem glücklichen ersten Ehejahr, das sie vor allem auf einem Motorrad in Argentinien zugebracht hatten, weil Viktor ein lateinamerikanisches Reisebuch schrieb, hatten sie in Köln gelebt, und schon war es problematisch geworden. Wenn man den ganzen Tag eng aneinandergedrückt dahinfährt und ständig den Vibrationen eines bulligen Motors ausgesetzt ist, ist am Abend die Lust aufeinander groß. Da einem tagsüber beim Fahren die Helme das Reden schwer machen, ist man nachts gesprächig. Man schält sich aus seinem Overall. Auch das war lustvoll. In Buenos Aires hatte Viktor für Ella einen lorbeerblattgrünen Overall schneidern lassen und sie damit überrascht. Am Rücken, da wo bei Motorradrennfahrern der Name der sponsernden Zigarettenmarke steht, hatte er in großen Buchstaben das Wort ELLA applizieren lassen. Er liebte es, von der hinter ihm sitzenden lorbeerblattgrünen Ella umarmt zu werden, die ihm unter ihrem Helm und verschlossen in ihrer Rüstung aufregend fremd blieb. Manchmal, wenn Ella gestiefelt und startbereit neben dem Motorrad stand, das heruntergelassene Visier ihres Helms ihr Gesicht nur erahnen ließ, stellte Viktor sich vor, eine andere Frau würde ihn heute begleiten. Auch das war aufregend. Nach der Tour hatte Viktor in Köln sein Reisebuch geschrieben. Zu einer gemeinsamen Fahrt nach Indien kam es nicht mehr. Ella wollte ihre Ausbildung als Gartenbauarchitektin zu Ende bringen. Sie wollte Kinder adoptieren, denn nach einer unglücklich verlaufenen Abtreibung vor Viktors Zeit konnte sie keine eigenen mehr bekommen. Viktor wollte erst später Kinder, viel später, wenn überhaupt. Sie stöhnten viel übereinander. Immerhin wohnten sie schön. Ein altes Haus mit großem Garten, nahe am Zentrum, nahe am Rhein, günstige Miete ohne die Last des Besitzes. Ein Spielfeld für Gartenbauarchitektinnen, ein Paradies für Kinder. Dann sollte das Motorrad plötzlich abgeschafft werden, weil Ella keine Lust hatte, nach einem Unfall eine querschnittgelähmte Adoptivmutter zu sein. Sie wollte auch keinen querschnittgelähmten Mann. Viktor wollte auch keine Querschnittlähmung, fand den Zusammenhang zwischen Motorradfahren und dem Schicksal im Rollstuhl aber nicht zwingend. Man könne auch vorsichtig fahren und Kinder später adoptieren. Bald fuhren andere Frauen auf Viktors Motorrad mit. Sie rühmten höflich den wunderschönen Garten und wußten nicht, daß Ella täglich Stunden damit zubrachte, das üppige Wachstum unter Kontrolle zu halten, damit es weiterhin üppig blieb. Stöhnend erhob sich Viktor auf Ellas ständiges Bitten vom Schreibtisch, um ihr bei einem Versetzen eines Rhododendrons oder Kirschlorbeerbusches oder beim Absägen dicker Äste zur Seite zu stehen. Dabei sehnte er sich nach Wildwuchs und Weite, nach schweigsamen Fahrten mit dem Motorrad, und die kirschlorbeerblattgrüne Frau hinter ihm war immer häufiger eine andere. Er ertrug die Störungen, weil er in seinen Romanen Ehemänner vorkommen lassen konnte, die ihren Frauen stöhnend bei der Gartenarbeit helfen, und weil er ein immer größeres Recht auf Liebschaften mit anderen Frauen daraus ableitete, je mehr ihm die Ehe als Joch erschien. Als ihn Ella eines Tages bat, sich beim Nachbarn zu beschweren, weil dessen herüberwuchernder Knöterich ihr Geißblatt erwürgte, und ihn dann als Feigling beschimpfte, weil er sich weigerte, fiel zum ersten Mal das Wort Trennung. Obwohl Ella rein gartenbaumäßig völlig recht hatte, fand Viktor ihren Wunsch so ungeheuerlich, daß er nicht mehr einsah, wieso er Ellas engste Freundin Ira, nach deren Umarmungen er sich schon lange verzehrte, mit seinen Nachstellungen verschonen sollte. Sie war alt genug, um »Nein!« zu sagen, wenn sie eine Liebschaft mit dem Mann ihrer besten Freundin geschmacklos fand. Ira hatte aber nicht »Nein« gesagt.

Die Tscherkessin

Als Viktor von der Toilette in das niedersächsische Nationalgastzimmer zurückkam, war die Tscherkessin Rebecca gerade dabei, aufzubrechen. »Um Gottes Willen, Rebecca!« rief Viktor, und zwar derart entsetzt, daß sie laut auflachte. Sie hob belehrend den Zeigefinger, drückte ihn auf Viktors Brust und schüttelte den Kopf: »Nicht Rebecca! Hast du vergessen, daß ich deine Tscherkessin bin für den heutigen Tag?«

Das war ein verwandeltes Zitat. Er mußte sie fragen, wie der Satz im Original lautete und vom wem er war.

»Ich dachte, Sie sind gegangen – mit der reizenden Buchhändlerin.« Das sagte sie ohne Sabines falsche und ohne Ellas echte Bitterkeit. Sie sagte es fast zu gleichgültig.

»Du«, sagte Viktor.

Sie verstand nicht.

»Hast du vergessen, daß du mich eben geduzt hast, Tscherkessin. Es gibt kein Zurück. Tscherkessinnen siezt man nicht.«

Die Tscherkessin wurde rot, damit hatte er nicht gerechnet.

»Du kannst das nicht im Ernst geglaubt haben«, sagte er streng.

Wieder verstand sie nicht.

»Daß ich hier einfach gehe, ohne, ohne…«

»… ohne ein Abschiedswort?«

»Nein«, sagte Viktor, »ohne mich mit dir verabredet zu haben. Tscherkessinnen trifft man nicht alle Tage. Ich bin begeistert von dir. Glaubst du, ich behaupte das nur so? Du bist ein Fund. Ich will dich nicht verlieren. Ich rede doch nicht nur. Du mußt doch merken, daß ich etwas empfinde!«

Viktor lachte zwar, aber er glühte und meinte es ernst. Er griff nach den Schultern der Tscherkessin, die schon ihren Mantel angezogen hatte, und schüttelte sie wie ein Vater, der streng zu sein versucht. Die Schultern fühlten sich angenehm mager an. »Was kennst du für Männer? Gibt es Männer, die dich auffordern, in ein Lokal mitzugehen, die dich eine Stunde anschwärmen und sich dann auf Nimmerwiedersehen verdrücken? Du kannst mich doch nicht für so einen Mann gehalten haben!«

Sie amüsierte sich über seine Vehemenz. »Was ist es denn, das du empfindest?« fragte sie. Da zog sie Viktor an sich und drükkte sie fest. Sie wurde sofort weich und atmete tief, wie Ira geatmet hatte. »Komm«, sagte sie, »deine Freundin hat schon für uns alle bezahlt.«

Die Wohnung der Tscherkessin war mit Büchern vollgestopft. Sie saßen in ausgefransten Korbsesseln. Viktor kam sich vor wie ein Student. Sie kochte einen Tee. »Ich hätte dir sagen sollen, daß ich verheiratet bin«, sagte sie. »Bin ich doch auch«, sagte Viktor.

Er war beruhigt. Am beruhigendsten war, daß der Mann der Tscherkessin nebenan schlief oder arbeitete. Täte er das nicht, läge Viktor jetzt womöglich mit der Tscherkessin im Bett und hätte bald ein Problem mit Sabine gehabt, mit der er um zwei verabredet war. Er hatte beim Herfahren im Taxi schon vor sich gesehen, wie er ab halb zwei dauernd auf die Uhr schielen und die Polygamie verfluchen würde.

Der Mann der Tscherkessin war Mathematikprofessor. Viktor stellte sich sofort einen achtzigjährigen Gelehrten vor und war überrascht, als er hörte, daß er noch keine vierzig war und einige Bücher Viktors kannte. Er hatte Rebecca den Tip gegeben, zu seiner Lesung zu gehen. Viktor wurde es mulmig, als er das hörte. Die Tscherkessin aber hielt den Kopf schräg, faßte ihr spitzes Knie und zog ihr Bein an sich und plazierte die Ferse auf der Sitzfläche des Sessels. Sie war barfuß, der Nagellack ihrer

Zehen war herausgewachsen, sie entschuldigte sich dafür und beschimpfte ihre Füße als häßlich, zu Recht, denn sie waren tatsächlich vom Tragen enger hochhackiger Schuhe verbogen. Die Situation war entzückend und harmlos zugleich, so daß er nicht das Gefühl hatte, Rebeccas gutgläubigen Mann zu hintergehen.

»Ich kann es einfach nicht!« Die Tscherkessin schüttelte über sich selbst den Kopf. Die Wohnung sei zwar groß genug, aber mit ihrem Mann nur ein paar Meter entfernt gehe es nicht. Es war unglaublich: Sie hatte offenbar eine Liebesnacht im Auge gehabt und ärgerte sich über ihre Skrupel oder ihr Taktgefühl.

Viktor machte einen Fehler. Er sagte: »Das macht nichts.«

Die Tscherkessin wurde mißtrauisch: »Das macht nichts!? Natürlich macht das was. Es ist eine Katastrophe. Das sollte mich nicht hindern. Es hätte mich früher nicht gehindert. Ich werde alt.«

Sie war achtunddreißig und schien an draufgängerischere Liebhaber gewöhnt zu sein als an Viktor. Plötzlich sah sie verworfen aus, als erwarte sie Worte wie: »Dein Mann nebenan? Stell dich nicht an!« Als würde sie sich glücklich seufzend ergeben, wenn er das nur entschlossen genug stammeln und ihr die Bluse öffnen würde.

Viktor versuchte, seinen Fehler zu korrigieren: »Natürlich macht es etwas! Aber es ist doch keine generelle Absage. Ich habe gelernt zu warten. Liebespaare, die es im Zimmer neben ihrem Ehepartner treiben können, sind nur in Romanen gut.« Um etwas mehr Elan zu zeigen, fragte er möglichst grimmig: »Wer war der Typ, mit dem du auf der Lesung warst?«

Das war ein Freund der Tscherkessin, ein Pole. Freund war ein unbestimmtes Wort. Es stellte sich heraus, daß die Tscherkessin zwei Kinder von ihm hatte, die hauptsächlich bei ihrem Vater lebten. Jüdisch auch er. Der Mathematikprofessor-Gatte war ein Goi. Von ihm hatte sie auch zwei Söhne.

Viktor hatte das Gefühl, in der Tscherkessin nicht nur endlich sein Pendant, sondern seine Lehrmeisterin gefunden zu haben. In der Kunst der freien Liebe war diese Frau wesentlich fortgeschrittener als er. Gegen diese tscherkessischen Familienverhältnisse waren seine chaotischen vergleichsweise geregelt. Er kam sich vor wie ein Waisenknabe. Die Tscherkessin erzählte viel von ihrem Mann und ihrem Liebhaber, die ihr beide nicht genügten. Viktor fand, sie redete zu schlecht von ihnen. Immerhin schienen sie ihre Rebecca tun zu lassen, was sie tun wollte, das war eine Seltenheit. Die Tscherkessin straffte ihren Oberkörper. Sie hatte einen süßen kleinen festen Busen. »Kein Mann kann mir etwas verbieten«, sagte sie.

Viktor erzählte von Ella und von Ira, wie es mit ihnen erst gegangen und dann auseinandergegangen war. Wie Ella die Vielweiberei nicht ausgehalten, wie er ihren Kinderwunsch und ihr Sicherheitsdenken nicht ertragen hatte, wie Ella die Sache mit Ira zuviel wurde und wie er fast wahnsinnig wurde, weil Ella zu regelmäßigen Zeiten essen wollte. Ella war schlank, aber das Essen spielte eine riesige Rolle. Was sollte gekocht werden, und wo ging man essen? Je mehr sich Viktor für andere Frauen interessierte, desto wichtiger wurde Ella das Essen. Oder interessierte sich Viktor immer mehr für andere Frauen, weil für Ella das Essen so wichtig war? Erzählend erinnerte sich Viktor an längst vergangene Szenen: wie Ella ihm »Unsinnlichkeit« vorwarf, weil ihm das Essen egal war. Er war einmal von einer kleinen Lesereise zurückgekehrt, auf der er vielleicht Ira oder die lila Sabine oder eine andere Flamme getroffen hatte, es war möglicherweise kompliziert, aber sicher nicht unsinnlich gewesen. Dankbar für sein Schicksal und versöhnt war er zu Ella zurückgekehrt, bereit, drei Wochen ein anständiger Ehemann zu sein, und Ella hatte ihn entweder mit einer neuen peruanischen Fischsuppenkreation empfangen oder zu einem neuen Italiener oder Inder geschleppt, er hatte nicht protestiert, aber auch kein Interesse gezeigt, und Ella hatte ihm angesehen, daß er lieber einen Apfel gegessen und sich dabei in die angehäuften Zeitungen vertieft hätte, und dann hatte sie ihn als unsinnliches und verklemmtes und den irdischen Genüssen abholdes Gehirntier beschimpft, und sie hatte geweint, und schon war das Unglück da, und er schwieg, und sie sagte: »Sag doch was«, aber er konnte doch schlecht etwas von seinen wenig kulinarischen Ausschweifungen mit Ira oder der lila Sabine oder einer anderen Flamme erzählen, die er den mit Koriander oder Zimt gewürzten Saucen vorzog. Am wenigsten konnte er Ella sagen, was er sich am meisten wünschte: »Lach dir doch einen Inder oder Peruaner, der dir gerne im Garten helfen wird, als Liebhaber an, anstatt exotisch zu kochen!« Dies hätte Viktor tatsächlich für die beste aller Lösungen gehalten, aber nach seiner Prognose dürfte es noch zweihundert Jahre dauern, bis die zivilisierte Gesellschaft zu einer solchen vernünftigen Regelung in der Lage sein würde. Nicht einmal im Roman konnte man solche Modelle anbieten, ohne als Utopist verlacht zu werden. Dabei ließen sich die schönsten Komplikationen erfinden, die das Teilen der Liebe mit sich brächte.

»Oui«, sagte die Tscherkessin und nickte, als habe Viktor eine Prüfungsfrage in ihrem Spezialfach richtig beantwortet. Selten hatte er für eine Polygamie-Hymne so schnell so viel Beifall erhalten. Sie zog jetzt auch das zweite Bein hoch zu sich auf den Stuhl, und derart kauernd wie ein Zigeunermädchen sagte sie, daß ihr eine raffinierte Küche auch vollkommen egal sei. Sie bedauerte Viktor für sein Jahre zurückliegendes Eheleid und ergriff Partei gegen Ella, was Viktor nicht angenehm war. Er wollte Ella nicht die Schuld an der Misere geben. Er erzählte von seinem Leben mit Ira und dem Versuch, ihr treu zu sein. Ira hatte auch vier Kinder von einem anderen Mann, Ira ließ den Garten verwahrlosen, Ira kümmerte sich nicht um das Essen. Ira traktierte Viktor nicht wie Ella mit Kinderwünschen, weil sie genug Kinder hatte, die sie als Viktors Geliebte wunderbar achtlos nebenher hatte laufen lassen. Als Ehefrau aber war sie mit einem Mal für nichts als die Kinder da, und Viktor schrieb Ella so manchen Liebesbrief, in dem er sich als unwürdigen Dummkopf beschimpfte, der ihre Gartenkunst und Kochkunst nicht zu schätzen gewußt hätte.

Gegen ein Uhr war Viktor bei seiner Ehe mit Ellen angelangt, bei der das Thema außereheliche Liebschaften keine größeren Probleme mit sich brächte.

»Hat sie denn auch wen?« fragte die Tscherkessin.

»Hoffentlich«, sagte Viktor, und es wurde ihm klar, wie wenig ihn diese Frage beschäftigte. Er hatte plötzlich den Eindruck, als einer zu erscheinen, der unentwegt zwanghaft herumvögeln und sich etwas beweisen muß. Wenn er seine Geschichten erzählte, glaubten das manche. Aber so war es nicht. Das Glimmen und Glühen und Brennen war ihm wichtig. Daher nahm er sich vor, keine weiteren Frauengeschichten preiszugeben, sondern die Tscherkessin noch etwas auszuhorchen, aber sie ließ sich nicht abspeisen und fragte ihn, ob an der Geschichte von der Frau mit der lila Lederhose etwas dran sei.

Viktor nickte.

»Das ist gut«, sagte die Tscherkessin, »das gefällt mir.« Dann wollte sie wissen, was Viktor mit der Buchhändlerin habe. Er sagte, daß er einmal etwas mit ihr gehabt habe. Mehr wollte er nicht herauslassen. Dann aber kam er sich Sabine gegenüber plötzlich wie ein Verräter vor. Als würde er nicht mehr zu ihr halten. Als sei sie ihm peinlich, weil sie keine gertenschlanke lila Schönheit mehr war, und er gestand: »Sie ist die Frau mit der lila Lederhose.«

»Du siehst sie heute nacht noch«, sagte die Tscherkessin wie eine Seherin.

Wieder nickte Viktor. Er wußte nicht recht, was für ein Gesicht er dazu machen sollte. Er fühlte sich ein bißchen verlegen und ertappt und hallodrihaft und reumütig und der Situation nicht gewachsen, und das sah ihm die Tscherkessin auch an.

»So schlimm wird es nicht werden«, sagte sie. Viktor fühlte sich vollkommen verstanden, küßte verliebt ihre krummen Füße und ihre zähen zierlichen Tscherkessinnenbeine. Sie änderte ihre kauernde Haltung nicht, streichelte seinen Kopf und sagte: »Ich mag dich!«

Viktor fragte sie, ob es sein könne, daß die Juden ein natürlicheres Verhältnis zu der Natürlichkeit der Liebe hätten. Soweit er sich an die Romane jüdischer Autoren erinnere, sei eheliche Untreue nie das ganz große und katastrophenauslösende Problem, das sie in der gottverdammten christlich geprägten abendländischen Literatur sei: Wenn dem so sei, wenn Untreue in der jüdischen Kultur zu den amüsanten Sünden zähle und nicht zu den tödlichen, werde er, obwohl ein Verächter aller Religionen, zum jüdischen Glauben übertreten.

Die Tscherkessin lachte schallend, und Viktor erwartete, daß jeden Augenblick die Tür aufgehen und ihr Mann den Kopf ins Zimmer stecken und ihm freundlich zunicken und zu seiner Frau sagen würde: »Kannst du bitte etwas leiser lachen, ich arbeite.«

»Geh mir mit den Juden, Goldmann«, sagte sie, »hast du vergessen, daß ich deine Tscherkessin bin für die heutige Nacht.«

Viktor erkundigte sich nach dem Originalzitat. Sie wußte es sofort: »Hast du vergessen, daß du mein Sklave bist, für den heutigen Tag« sagte sie. Sie glaube, der Satz sei von Rilke.

»Stehst du auf Sklaven?« fragte Viktor, und es wurde ihm klar, daß er immer noch zu ihren Füßen kauerte.

Sie stieß ihn mit ihren krummen kräftigen Füßen lachend von sich: »Manchmal, du Hund!« Dann glitt sie zu ihm auf den Boden und rieb ihre Nase an der seinen. »Und manchmal bin ich auch gern Sklavin. Das Gedicht hat mir gut gefallen.«

Viktor wehrte ab: »Ein schlechtes Gedicht.«

»Es ist gut, steh dazu, Goldmann«, sagte sie. Es gefiel ihm, daß sie ihn »Goldmann« nannte. »Ich wäre jetzt gern an deiner Kette«, sagte sie und sah dunkler und tscherkessischer aus denn je. Er gönnte sich die Vorstellung, sie auf dem tscherkessischen Sklavenmarkt gesichtet und gekauft und erlöst und ihr dann die Freiheit geschenkt zu haben und riskierte es, ihr diese Vorstellung zu verraten. Sie funkelte ihn an, und er erwartete eine Ohrfeige. Doch sie schmiegte sich an ihn und sagte: »Du dürftest mich nicht gehen lassen, das wäre ein Fehler, Goldmann, du müßtest mich als deine Gefangene halten.« Solche Sätze hatte Viktor noch nie von einer Frau gehört, und es war ihm peinlich, daß er sie aufregend fand, obwohl es ideologisch unkorrekter Sklavenkitsch war, schlüpfrigster Orientalismus.

Viktor konnte seine Lust jetzt nicht mehr verbergen. »Komm«, sagte er und nestelte an ihrem Rock, »was kümmert uns dein Mann, der Scheich will die Sklavin ficken.«

Sie spielte kurz mit, dann stieß sie ihn zurück und sagte: »Goldmann, du mußt jetzt zu deiner Schickse gehen!«

Es war Viertel vor zwei. Sie standen im Flur. Viktor schrieb ihr seine Adresse in Zürich auf. »Ich mag Männer, die keine Visitenkarten haben«, sagte sie und beschrieb ihm den Fußweg zum Hotel. Sie standen im Flur vor dem Spiegel und betrachteten sich und fanden, sie wären ein schönes Paar. »Würde mir eine lila Lederhose stehen«, fragte die Tscherkessin, »und dazu ein Nasenring?«

Da, wo nach Auskunft der Tscherkessin der Taxistand sein sollte, gab es keinen, und es war zehn Minuten vor zwei. Kein Mensch in diesem Pennerstadtteil von Pennerhannover, den man hätte nach dem Weg fragen können. Endlich ein Rechthaber, ziemlich sicher Altnazi, zumindest vor Jahrzehnten an der Ostfront gewesen, der Viktor mißtrauisch die Richtung wies: »Gute halbe Stunde zu Fuß«, sagte er, so als müsse man ein feindliches Minenfeld überwinden. Eine Art, die einem normalerweise für ein bis zwei Stunden die Laune verdirbt und den dünnen Glauben an die Menschheit raubt.

Viktor fing an zu rennen. Rennend würde er leicht in zehn Minuten am Hotel sein. Er trieb keinen Sport. Nicht einmal das Wort »Joggen« kam über seine Lippen, und seit seiner Schulzeit war kein Turnschuh mehr an seinem Fuß gewesen. Ab und zu aber, wenn es eilig war oder wenn er sich verliebt hatte, rannte er durch die Stadt. Da er nicht selten in Eile war und sich auch nicht selten verliebte, war er ein nicht ungeübter und flotter Läufer.

Ein Mensch, der mit einem Trainingsanzug im Stadtpark entlangschnauft, fällt nicht weiter auf. Wer aber mit normaler Straßenkleidung, und normalen Schuhen durch die Straßen rennt, wirkt verdächtig: Es kann nur ein Verfolgter oder ein Verfolger sein, ein Dieb, der vor Ladendetektiven flieht, oder einer, der die Frau, die ihn verließ, gleich eingeholt haben und niederstechen wird. Die Leute weichen erschrocken aus, anderen ist anzumerken, daß sie sich überlegen, ob sie sich dem Läufer in den Weg stellen und die Polizei alarmieren sollen. Immer, wenn Viktor rannte, hatte er an der Reaktion der Passanten seinen Spaß, und dieses kleine Vergnügen reichte aus, um ihn nicht ermüden zu lassen. Rannte man in der Nacht, war man den anderen Passanten noch unheimlicher, sie suchten erschrocken die Nähe von Hauseingängen und wichen auf die andere Straßenseite aus. Einmal, in der Ira-Zeit, war er morgens um halb vier durch das dunkle Frankfurt gelaufen, weil er um drei einen Roman abgeschlossen hatte und sich befreit fühlte. Eine junge Frau war von seinen sich schnell nähernden Schritten derart erschrocken, daß sie ihm laut schreiend eine Ladung Tränengas ins Gesicht sprühte. Das war Beate. Als er sich als unschuldiger Dichter und Verächter des Fitneß-Kults und des Frühsports offenbarte, trocknete sie ihm die künstlichen Tränen und entschuldigte sich, und Viktor entschuldigte sich für seine lächerliche Lauferei, und sie bot ihm an, bei ihr zu Hause sein Gesicht mit warmen Wasser zu waschen, und dann schliefen sie so unschuldig miteinander, daß es eigentlich gar kein Sex war, sondern die natürliche Folge einer lauwarmen Gesichtswaschung und Viktor, der sich damals vorgenommen hatte, Ira treu zu bleiben, hatte keine Sekunde das Gefühl, ihr untreu geworden zu sein, und er war es auch nicht, auch nicht, als sich die Begegnungen mit Beate gelegentlich ohne Tränengas wiederholten. Die Beate-Geschichte, obwohl keine bewegte Romanze, reichte in die Ehe mit Ellen hinein, und so selten Viktor an Beate dachte, so war doch immer noch ein Rest von Glut da, den er sofort beschützen wollte, wenn er nur an Ellens herablassende Worte dachte: »Diese Dattel! Diese Lehrerin!« Beate hatte keinen Mann und keinen Freund, und Viktor war ihr gegenüber zurückhaltend, denn er wollte nicht der Liebhaber einsamer Frauen sein, die am Wochenende vergeblich auf seinen Anruf warteten. Lieber eine Frau mit Mann und Freund und vier Kindern, die nie unter seiner Abwesenheit litt, sondern sich freute, wenn sich eine Begegnung einrichten ließ. Eine solche Frau war Rebecca, die Tscherkessin.

Viktor rannte besonders mühelos, weil er es eilig hatte und zugleich verliebt war, eine Mischung, die ihm genug Kraft gegeben hätte, das fürchterliche Hannover von einem Ende zum anderen in Windeseile zu durchqueren. Diesmal war es mehr als nur Verliebtheit, die ihn stärkte. Der Triumph, daß es eine Person wie Rebecca überhaupt gab, kam zu dem Glück dazu, diese Person getroffen und, wie es aussah, gewonnen zu haben. Selbst wenn sie nichts hätte von ihm wissen wollen, wäre Viktor begeistert gewesen von einer Frau, die von ihrem Mann, mit dem sie zwei Kinder hat, zu einer Dichterlesung komplimentiert wird, die sie mit ihrem Freund und Liebhaber besucht, mit dem sie auch zwei Kinder hat – und diese Frau schickt ihren Freund nach der Lesung weg, um den Dichter zu sich nach Hause zu bitten, mit dem sie um ein Haar schläft, und nur weil ihr Mann im Nebenzimmer ist, werden die Handgreiflichkeiten und damit der Beginn der Affaire auf später verschoben. Und diese Frau war keine sexuell enthemmte Brülläffin, keine vierschrötig kettenrauchende Männerverschlingerin, keine unappetitlich distanzlose Teutonin, keine fahlhäutige, weißblond gefärbte, sich auf den hypertrophen Atombusen etwas einbildende Beinebreitmacherin, sondern eine zierliche, zähe, scheue, raffinierte, verspielte, intelligente, belesene, geistreiche, freche, aber nicht forsche, liebeshungrige, aber nicht gierige, die Beine zigeunermädchenhaft an den Körper ziehende, mit ihrem Judentum ironisch jonglierende Jüdin, die nichts dagegen hatte, eine Tscherkessin zu sein. Diese Frau war der wandelnde und kauernde und orientalische Beweis, daß die abendländische Ehe mit ihrem grotesken Treueschwur ein seit Jahrhunderten von dem durch und durch hassenswerten Christentum sorgsam kultivierter Irrtum war und ein Verbrechen gegen die Menschlichkeit. Auch wenn ein anderer Mann das Glück gehabt hätte, der Tscherkessin zu begegnen, wäre Viktor allein von ihrer unchristlichen Existenz begeistert gewesen. Daß ihm das Glück widerfahren war, mit dieser Frau eine verheißungsvolle Begegnung zu haben, machte ihn so glücklich, daß er sich sogar auf Sabine freute, der er mit großen Schritten entgegenlief. Noch mehr allerdings freute er sich, morgen der Tscherkessin einen langen Brief zu schreiben und ihre Einzigartigkeit zu rühmen, die seine Beine und sein Herz gleichermaßen in Schwung gebracht hätte. Wären die wenigen nächtlichen Hannoveraner Gestalten Viktor nicht mißtrauisch ausgewichen, hätten sie sehen können, daß hier kein Räuber und Mörder und auch kein verirrter Bewegungsfanatiker verbissen durch die Straßen keuchte, sondern ein glücklich vor sich hinlächelnder Verliebter, den die Füße ohne jede Mühe ganz von selbst dahintrugen.

Jetzt, wo Viktor ohne ihre korrigierende Gegenwart an sie dachte, war sie seltsamerweise »Rebecca« und nicht »die Tscherkessin«. Es war immer bereichernd, unbekannte Frauen zu treffen und kennenzulernen, und von allen Begegnungen in letzter Zeit war die mit Rebecca die bereicherndste. Es hatte übrigens doch noch eine Ohrfeige gegeben vorhin. Nicht als Viktor gedroht hatte, er werde ihren Mann umbringen, wenn der ihn noch einmal davon abhalte, seine Lieblingssklavin zu vernaschen. Die Bemerkung hatte sie lustig gefunden, wie sie alles Gerede zum Leuchten und Glühen brachte, das vom Versklaven handelte, so auch Viktors in einem Anfall großer Geilheit ihr ins Ohr gezischte Vision, er werde sie nach Zürich entführen und dort in seinem Keller als seine Gefangene halten, über die er nach Lust und Laune verfügen werde. »Ja«, hatte sie gehaucht, um ihn wenig später mit ihrer harten Hand heftig ins Gesicht zu schlagen, als er nämlich schwärmerisch behauptete, sie sei eine Bereicherung für sein Leben. »Man bereichert sich nicht!« erklärte sie dem überraschten Viktor streng, der dann die Bezeichnung »Gewinn« vorschlug, aber da schlug die Tscherkessin wieder zu. Da sie sich, wenn auch aus Korsika kommend, als Jüdin und somit als Orientalin verstand, akzeptierte sie schließlich Viktors Definition als seine »ganz persönliche Osterweiterung«.

Viktor, auch weil er davon lebte, alles aufzuschreiben, neigte dazu, aus seinen praktischen Erfahrungen Theorien der Liebe zu basteln und gewappnet mit diesen Theorien neue Erfahrungen zu machen. In einem seiner Romane nimmt ein Liebhaber einer lüsternen Frau namens Ines, für die Ira Modell gestanden hatte, die hinderlichen Skrupel, ihren Ehemann und die Ehefrau ihres Liebhabers zu betrügen, in dem er ihr erzählt, Gott habe

Moses auf dem Berge Sinai als siebtes Gebot diktiert: »Du sollst begehren Deines nächsten Weib, denn Gott schuf die Vielfalt nicht ohne Grund.« Moses aber, entweder eigensinnig oder spießig oder feige und aus Bequemlichkeit zur Treue neigend oder schon ohne Libido, oder mißgünstig oder einfach nur schwerhörig, habe das blanke Gegenteil in Stein gehauen, und Gott, der alte Schlamper, etwas weitsichtig auch schon, habe beim Korrigieren der Gesetzestafeln den Fehler übersehen. Mit diesem Märchen hatte er Viktor die anfangs bedenkliche Ira tatsächlich so erheitert, daß sie sich endlich mit gutem Gewissen seiner und ihrer eigenen Lust hingeben konnte. Im Roman ersinnen Ines und ihr Liebhaber dann noch weitere Liebesgesetze. Das erste Gebot der freien Liebe verlangt natürlich, daß die Liebhaber feste andere Partner und möglichst Kinder und Berufe haben – und also nicht viel Zeit füreinander, weil viel Zeit und allzu häufiges und ungehindertes Zusammensein keiner Liebe guttut. Ein anderes Gebot war, sich nie zu besuchen, ohne nicht auch noch einen anderen Grund für die Reise zu haben. Es konnte leicht schiefgehen, wenn man eine Reise nach Wien oder London plante, um endlich ungestört füreinander dazusein. Sofort bildeten sich Erwartungen, die unerfüllbar waren. Man mußte in einer Stadt zu tun haben und beiläufig anfragen, wie es mit einem kleinen unverbindlichen Besuch wäre, daraus konnte sich dann eine schöne Nacht entwickeln.

Rebecca brauchte kein Buch mit Anleitungen für Liebhaber der freien Liebe. Mit ihren orientalischen Instinkten wußte sie, daß es ein Gesetzesverstoß war, zu sagen: »Ich komme nach Zürich, um dich zu besuchen.« Sie hatte leichthin vorgeschlagen: »Ich besuche ab und zu in Zürich Mischpoche, wenn du Zeit hast, könnten wir uns sehen.« Zu Viktors Entzücken hatte sie Verwandtschaft nicht nur in Zürich, sondern auch in Frankfurt und Paris. In Frankfurt könne sie immer in seiner Wohnung nächtigen, hatte Viktor ihr sofort großzügig angeboten. Wenn er in Paris sei, stünde ihm immer das Appartement zur Verfügung, das ihr Bruder dort habe, war ihre Antwort. Sie hatten sich angestarrt, und es war völlig klar, daß sie in Paris zu tun haben würde, wenn er dort wäre, und daß er in Frankfurt wäre, wenn sie dort zu tun hätte, und daß sie aufregende Gespräche über die Freiheit und die Sklaverei der Liebe führen und Freiheit und Sklaverei praktizieren würden.

Sabine, der sich Viktor mit großen Schritte näherte, besaß diese Instinkte nicht. Sie betrachtete Viktor in ihrem Einzugsbereich Hannover als ihre rechtmäßige Beute. Das hatte ihn vorhin nervös gemacht. Seitdem in seinem Leben die Tscherkessin aufgetaucht war, seit zwei oder drei Stunden also, störte ihn das nicht mehr. Heute eine Nacht mit Rebecca, das wäre zuviel gewesen. Die erste Tscherkessen-Session konnte warten. Viktor war jetzt froh, mit der wohlvertrauten Sabine verabredet zu sein. Rebecca lief ihm nicht weg. Er lief ihr nicht weg. Niemand lief irgendwem weg. Ellen, Ira, Susanne, Beate, Bettina, Sabine, Rebecca – warum sollten sich Menschen, die man kannte, in die Quere kommen? Das Leben lag völlig geordnet da, eine Ansammlung schönster Optionen, und unter ihm, als hätten sie nichts mit ihm zu tun, arbeiteten seine Beine maschinenartig daran, ihn rasch voranzutragen, dem Hotel entgegen.

Nacht ohne Schlaf

Es war Punkt zwei Uhr. Viktor stieß gegen die Drehtür. Der Spurt war jetzt doch zu spüren. In der Halle war Sabine nicht zu entdecken. Kaum hatte er sich keuchend in einen Sessel fallen lassen, kam der Nachtportier von der Rezeption und reicht ihm ein Telefon: »Für Sie!«

Viktor war übermütig. »Danke, ich vertrage die Dinger nicht«, sagte er.

Der Nachtportier verstand nicht.

»Mein Herzschrittmacher kommt durcheinander«, sagte Viktor, »hören Sie doch, wie mein Herz jetzt schon rast.«

»Das ist kein Mobiltelefon«, sagte der Nachtportier geduldig. Er war an betrunkene Gäste gewöhnt, und Viktor, euphorisch wie er war, verhielt sich kaum anders. »Mobiltelefone können gefährlich sein. Das aber ist ein normales schnurloses Telefon.«

Viktor schwenkte den Hörer: »Ich verstehe die moderne Welt nicht mehr. Dieses Ding ist doch mobil.«

Jetzt drang Sabines Stimme aus dem Hörer: »Hallo, Viktor sei nicht albern! Diese Witze sind alt!« Dann lobte sie seine Pünktlichkeit, sie habe nicht damit gerechnet, daß er tatsächlich um zwei im Hotel sei. Daher ihr Anruf. Mit wem er eben gevögelt hätte? Warum? Weil er so jämmerlich schnaufe. Ob er alt werde? In zehn Minuten sei sie da. Viktor fühlte sich bedrängt.

Eine Viertelstunde später lagen sie in Viktors Zimmer angezogen auf dem Bett. Sabine hatte ihren zu kurzen Rock mit einer grauen Jeans vertauscht und war es sich schuldig, erst einmal ihr

Schmollprogramm abzuspielen: Viktor sei das Letzte! Einfach mit einer anderen abzuziehen! Sie zur Nummer zwei zu degradieren! Sie beschwerte sich kopfschüttelnd. Ihre diffuse Empörung konnte jederzeit in echte Wut oder unechtes Lachen umschlagen. »Wer bin ich denn?« rief sie. »Wieso bin ich hier! Ich möchte wissen, was an dir dran ist.«

»Nichts«, sagte Viktor.

»Ich will nicht auf ein Nichts reingefallen sein«, sagte sie.

»Wenn der windigste Popsänger auf der Bühne erscheint, fallen gleich ein paar Dutzend Fans in Ohnmacht. Die Wirkung eines Autors ist hundertmal kleiner. Aber sie reicht aus, daß man seine Nähe sucht. Und daß man ihm seine Untugenden verzeiht. Du verzeihst mir doch?!« Viktor berührte mit dem Finger ihre Nase und dachte an die Nasen von Bettina und der Tscherkessin.

»Ich verzeihe mir nicht«, sagte Sabine. »Du denkst die ganze Zeit an die schöne Jüdin. Ich kenne deine Bücher ziemlich gut, ich weiß, daß du auf solche Frauen stehst. Immer wieder kommst du mit diesen kleinen, zähen, dunklen Hexen! Damals war es Ira. Oder du fährst auf ordinäre ab. Die Frau im Zug. Mit dem Nasenring. Die hast du sicher nicht erfunden. Du kannst ja nichts erfinden. Du kannst nur alles von der Wirklichkeit abschreiben. Deswegen sind deine Bücher ja so gut!«

Sie küßten sich unkonzentriert.

»Du machst es dir so leicht«, schimpfte Sabine.

Viktor war beruhigt. Sabine schien es hinzunehmen, daß er sie nicht wie einst in lila Lederhosenzeiten überfiel, und wich offenbar in ein Gespräch über seine Schreibmethoden aus. »Ich will tatsächlich den Eindruck erwecken, als mache ich es mir leicht«, sagte er, »und das gelingt mir offenbar ganz gut. Aber das täuscht. Ich mag nur Leute nicht, die dauernd jammern. Ich finde das unanständig.«

Sabine war skeptisch: »Was belastet dich denn?«

Viktor deutete auf eine Mappe mit Notizen auf dem winzigen Hotelschreibtisch: »Das da! Immer muß ich irgend etwas schreiben. Ich habe nie Ruhe, verstehst du! Nie Feierabend, nie ein freies Wochenende, nie Ferien. Immer schreiben, schreiben,

schreiben. Wenn ich nach Hause komme, haben zwanzig Leute angerufen: ›Wo bleibt denn der Text!?‹ Den Druck wünsche ich keinem.«

»Jetzt hast du doch gejammert. Bravo!« Sabine schnurrte freundlich. »So viel Arbeit und so viel Liebe. Du bist wirklich zu bedauern. Manche haben beides nicht.«

Sie schwieg, und Viktor fand einen zarten Kuß angebracht, doch Sabine stieß ihn zurück: »Das wird nichts mehr!«

Viktor war erleichtert, glaubte aber seine Unlust erklären zu müssen: »Es liegt an deiner Hose.«

»Ich weiß«, sagte Sabine, »es ist nicht mehr die berühmte lila Lederhose. Du weißt, warum ich sie nicht mehr trage.«

Weibliche Kleidungsgrößen waren Viktor vertrauter als seine eigenen. Sabine müßte früher 36 gehabt haben, und jetzt dürfte 40 schon eng werden. Er schwieg höflich.

»Es kann doch nicht wahr sein, daß du ein derart äußerlicher Typ bist«, sagte Sabine und erinnerte ihn jetzt zunehmend an Ella und ihren Tonfall der Enttäuschung, an ihre Verhöre und Verurteilungen. Dieser Ton tilgte sofort den letzten Rest von Erotik, der noch vorhanden war und vielleicht ausbaufähig gewesen wäre. Es war anzunehmen, daß auch eine Sabine mit den Maßen und der Hose von früher ihn heute nicht hätte entflammen können. Die Nasenring-Tina hätte die Sabine von damals noch ausstechen und vergessen machen können, nicht aber Rebecca. Gegen die nur eine halbe Laufstunde entfernte Rebecca kam die neben ihm liegende Sabine nicht an. Die wüsten erotische Verheißungen der Rebecca-Tscherkessin ließen Sabines passiven Schmoll-Sex verblassen. Mit der Nasenring-Tina im Bett wäre ihm jetzt wohler. Er würde sich dabei vorstellen, wie die Tscherkessin quasi als orientalische Sklavenspezialistin dieser Initiation mit boshaftem Interesse zusehen und Bettina anschließend in weitere Geheimnisse der Unterwerfungskunst einweihen und zu einer bisexuellen Geliebten von ihnen beiden ausbilden würde. Die zweistündige Unterhaltung mit der tscherkessischen Rebecca im Nebenzimmer ihres schlafenden oder arbeitenden Mathematikergatten hatte ausgereicht, um in groben Zügen die sexuellen Bedürfnisse zu skizzieren und aufeinander abzustimmen. Viktor hatte der Tscherkessin versprechen müssen, ihr haarklein vom ersten Mal mit der Nasenring-Bettina zu berichten, falls es dazu eher käme als zu einem ersten Mal mit ihr. Viktor hatte noch nie zuvor eine Frau getroffen, die das Wort »ficken« so gerne und kraftvoll und so selbstverständlich und so vielversprechend aussprach wie die Tscherkessin. Diese phänomenal großherzige Orientalin hatte nicht das Geringste dagegen, daß Viktor mit der »reizenden Buchhändlerin« schlief, keine halbe Stunde, nachdem sie sich am Fuße eines Korbstuhl ihrer Lust aufeinander versichert hatten – »Geh jetzt zu deiner Schickse«, hatte sie gesagt, wie eine Komplizin, die für lästige Verpflichtungen Verständnis hat. Die Toleranz aber ist keine haltbare Stimulanz, und die Toleranz der Tscherkessin reichte Viktor nicht aus, um Sabine aus den nötigen Leibeskräften zu begehren. Wenn die Tscherkessin ein erotisches Interesse an Sabine geäußert hätte, hätte Viktor das jetzt auf sich übertragen können. Er überlegte sich, ob er in einem imaginativen Kraftakt Sabine in Bettina verwandeln und damit attraktiver machen sollte. Er spürte, wie schon das Vorhaben seine verschüttete Lust mobilisierte, aber es war heute einfach schon zu spät für den berühmten Wahlverwandtschaftsbetrug. Er war zu müde – und irgendwie war ihm diese Metamorphose auch zu infam, obwohl die Fickphantasien der Frauen die der Männer vermutlich an Dreistigkeit übertrafen.

Sabine merkte, daß Viktor aufgegeben hatte, und machte eine Bemerkung, die er als giftig empfand, obwohl sie vielleicht versöhnlich gemeint war: »Okay, wir sind beide nicht jünger geworden.«

Sekundenlang hatte er das Bedürfnis, sich gegen Sabines gelassene Impotenzunterstellung mit der Wahrheit zur Wehr zu setzen und auszurufen: »Den Mann möchte ich sehen, der nachts um drei über eine Frau herfallen kann, die das mit einer seltsam milden Penetranz von ihm erwartet, obwohl sie leider nicht mehr ganz so sexy ist wie vor einigen Jahren. Und diese Frau erwartet ohne eigenes Zutun Leidenschaft von einem Mann, der gerade eben eine halbe Stunde lang wie ein Blöder durch die Stadt gerannt ist, sich davor heftig in eine schöne Jüdin verliebt und sich mit ihr verabredet hat, der davor vier Viertel Weißwein in sich hineingegossen und eine zweistündige Veranstaltung absolviert hat, der sich davor während einer Zugfahrt in eine weitere Frau mit einem Nasenring verliebt hat, nachdem er zu Beginn des Tages in großer Eile eine Verabredung mit seiner alten Liebsten für übermorgen zu arrangieren hatte – und der all diese Aktivitäten und Gemütsverfassungen auch noch irgendwie mit seiner Ehe auf die Reihe bekommen muß.«

Das alles sagte Viktor nicht, sondern: »Es ist mehr deine Hose als die schöne Jüdin. Nicht, daß es nicht mehr die lila Lederhose ist, ist schlimm, sondern daß es eine graue Jeans ist. Du hast eben gesagt, du kennst meine Bücher ziemlich gut. An mindestens drei Stellen lasse ich Dampf ab gegen diese gräßlichen, häßlichen, rußigen Hosen. Meine Helden hassen diese Hosen.«

»Das kannst du nicht ernst meinen!?« Sabine richtete sich auf, fixierte Viktor und ließ sich wieder resigniert zurückfallen: »Ich glaube, du meinst es ernst. Im übrigen richte ich mich nicht mehr nach den Ansichten deiner geschätzten Helden. Was bildest du dir ein! Ich ziehe an, was ich will, nicht was dir und deinen Figuren gefällt.«

Sie entglitt Viktor jetzt zusehends. Einst war es ihr ein Vergnügen gewesen, ihm zu gefallen, nun begehrte sie gegen seinen Geschmack auf. Sie hatten zu wenig miteinander zu tun gehabt, als daß ihn diese Emanzipation interessierte. Sie wollte ihm etwas heimzahlen.

»Zieh mir die Hose doch aus, wenn sie dir nicht gefällt!« sagte sie nach einer Weile, mit einem schnippischen Ton, der ihn vollends verzweifeln ließ.

Er schüttelte den Kopf: »Die Stimmung ist nicht mehr danach.« Er nahm sich vor, sich nie mehr auf flüchtige erotische Reize einzulassen, nie mehr. Weil er diese Frau, die ihn einmal so königlich lila überrascht hatte, nicht verletzen wollte, weil er gehofft hatte, die alte Lust werde sich vielleicht doch noch wiederherstellen lassen, war er nun einem launischen Wollen und Nichtwollen ausgeliefert, das die Eindrücke des ganzen Tages zu zerstören begann. Auch sich der Nasenring-Bettina so stürmisch zu nähern, war vielleicht ein Fehler gewesen. Er konnte sich plötzlich vorstellen, demnächst auch mit ihr in einer ähnlichen Situation auf dem Bett zu liegen, von plötzlicher Unlust geplagt. Die Formulierung »Das Kippen der Lust« fiel ihm ein, und er hätte jetzt nichts lieber gemacht als ein paar nächtliche Notizen zu diesem traurigen Vorgang. So vollkommen reizlos erschien ihm die von ihren Reizen überzeugte Sabine, daß ihm der Hunger nach Liebe in all ihren Formen nun gründlich verging. Sogar das Bild der Tscherkessin als dem neuen Ideal einer souveränen Sexualität wurde von Sabines unausstehlichem Verdruß getrübt. Der ganze heutige Tag, der ihm mit seinen diversen erotischen Facetten eben noch als einer der anregendsten seines Lebens erschienen war, kam ihm nur noch grotesk vor, und er ahnte, was er von Sabine gleich zu hören bekommen würde – und was sie Sekunden später tatsächlich auch verständnisvoll maulend loswerden mußte: »Euch Dichtern kann man es nie recht machen. Eure Vorstellungen sind euch lieber als die Frau aus Fleisch und Blut, die im Bett neben euch liegt.«

Offenbar war Viktor nicht der einzige Literat, den sie umgarnt hatte. Er fragte nicht nach, obwohl es ihn interessiert hätte. Er fragte nicht nach, weil er sich die Phantasie nicht verderben lassen wollte, an eine Buchhändlerin geraten zu sein, die ständig Schriftsteller einlädt und im Handumdrehen betört, weil sie sich wie ihre Romanfiguren kleidet. Die Pointe wäre dann, daß all diese Schriftsteller ihr großes Erlebnis literarisch verbraten, und es entstünde eine Reihe ähnlicher Geschichten von erdachten Frauenfiguren, die auf einmal Fleisch und Blut und Wirklichkeit geworden waren.

»Du hast recht«, sagte Viktor und streichelte Sabine. Sie hatte recht mit ihren Vorhaltungen. Die Vorstellung von ihr als raffinierter oder auch neurotischer Literatennutte mit diesem Anverwandlungs-Trick oder -Tick, die Vorstellung, das ahnungslose Opfer einer sich ständig verkleidenden Spinne zu sein, war sehr viel aufregender als die Frau neben ihm. Wenn Viktor sich in diese aparte Vorstellung versenken oder verrennen oder verbohren würde, das fühlte er, könnte es sein, daß ihm Sabine trotz ihrer etwas schwammigen Arme plötzlich begehrenswert genug erschiene, um ihrer beiden Körper endlich in die klassische Aktion zu versetzen.

»Wir liegen da wie ein altes Ehepaar«, sagte Viktor, »wir können gleich heiraten.«

Sabine schnaubte verächtlich: »Das wäre das Letzte!« Sie griff zum Fernbedienungsteil des Fernsehers und begann zu zappen. Es gefiel ihm, wie sie demonstrativ ihre schlechte Laune zeigte. Ihre Gelangweiltheit hatte etwas Laszives, das gut zu ihren rund gewordenen Schultern paßte. Wenn sie jetzt an einem richtig schön billigen Pornofilm hängenbleibt, dachte Viktor, dann packt es mich, dann packe ich sie. Es war deutlich, daß sie das erwartete. Nicht zuletzt diese Erwartung war es, die ihn daran hinderte. Neulich hatte Viktor allein in einem Hotel eine geschlagene halbe Stunde lang einen Pornofilm gesehen, der so faszinierend leidenschaftslos war, daß er schon wieder anregte. Erst hatten drei Frauen sich wechselseitig und nebenbei einen stöhnenden Mann »verwöhnt« – wie es in dem Fall heißt –, dann besorgten es drei Männer gleichzeitig einer Frau. Anatomisch kaum zu begreifen, aber scheinbar keine Bildmanipulation. Wer hat schon Schwänze groß wie holländische Salatgurken, und wie konnten zwei dieser Gebilde gleichzeitig in einer Frau verschwinden, und wie konnte diese Frau mit einer solchen Doppelbelastung völlig selbstvergessen die dritte Salatgurke tief in ihrem Mund verschwinden lassen und mit einem mechanischen Eifer daran herumlutschen wie ein gehorsames Kind, dem man ein zu großes Eis spendiert hatte und das nun mit einem etwas hilflosen und unsicheren Blick, einem Blick voller unehrlicher Dankbarkeit, an den vor ihm stehenden Spender emporblickt? Und wie konnten die drei Salatgurkenmänner mit ihren kleinen blonden Dummköpfen bei diesem erstaunlichen Geschehen so teilnahmslos bleiben? Das Ganze hatte nichts von der Orgie, die man de facto doch zu sehen bekam, und erinnerte in der routinierten Gemächlichkeit, mit der ohne jede Hektik rhythmische Bewegungen ausgeführt und gelegentliche Positionswechsel eingespielt und wortlos vollzogen wurden, an eine althergebrachte und volkskundlich nicht uninteressante Tätigkeit zum Präparieren oder Herstellen irgendwelcher regionaler Spezialartikel. Man hatte nicht im mindesten den Eindruck von irgendeiner sexuellen Lust, es wirkte eher so, als seien hier ein paar friedliche Hand- oder Heimwerker nach einer sonderbaren, aber bewährten Methode mit dem Polstern eines Sessels oder dem Pfropfen eines Weinfasses beschäftigt – und selbst die Ejakulationen wirkten asexuell, als werde hier vorgeführt, wie man mit einem bestimmten weißen Gelee Fugen verdichtet oder irgendwelches Oberflächenmaterial imprägniert.

Viktor hatte das Gefühl, daß dieser Widerspruch, diese völlig leidenschaftslose Darbietung eines eigentlich leidenschaftlichen Geschehens, heute am Ende eines langen ungewöhnlichen Tages und in Anwesenheit der nicht auf ihre Kosten gekommenen Sabine, eine Art dumpfen Nachahmungstrieb auslösen könnte.

Sabines Zappen aber förderte nichts Vergleichbares zutage, nur nächtliche Wiederholungen nachmittäglicher Talkshows, schlechte alte Filme, und Verkaufssendungen, wonach »Ihre Freunde« staunen werden, wenn man einen der üblichen völlig unüblichen Hometrainer kauft, der einem in nur drei Wochen einen Bauch wie ein Brett macht und einen Bizeps wie ein karibischer Fischer. Und »Ihr Überraschungsbesuch« wird pausenlos »Wow« sagen, wenn Sie ihm, so wie die schmucke Hausfrau im Film, das sagenhafterweise selbstaufblasbare Gästebett vorführen, auf dem er nächtigen darf.

»Halt! bitte zurück«, rief Viktor. Sabine hatte einen alten Jazz-Film herbei- und gleich wieder weggezappt. Sie ging zurück und verdrehte die Augen, als Viktor völlig ekstatisch »Jajaja!« rief.

»Der Höhepunkt einer leidenschaftlichen Nacht«, war ihr Kommentar. Viktor hätte ihren Sarkasmus witzig gefunden, wenn der Film nicht sofort all seine Aufmerksamkeit auf sich gezogen hätte. Man sah, wie in einem schwarzen New Yorker Jazz Club zu später Stunde die Solisten ihre Instrumente einpacken und verschwinden, nur der Mann am Klavier will noch nicht gehen, auch der Gitarrist und der Schlagzeuger können sich noch nicht trennen und machen weiter Rhythmus, und zwar so fetzig, daß der Mann am Saxophon wieder zurückkommt, sein Instrument auspackt und wieder heftig zu blasen anfängt. Wenig später kehrt der Trompeter zurück. Die beiden blasen um die Wetten und jagen sich die Soli ab. Zwei pechschwarze Zigarettenverkäufer kommen aus der Garderobe und fangen an, wie die Wilden zu tanzen.

»Schau dir das an!« rief Viktor außer sich.

»Das ist was für Autisten«, sagte Sabine, »Männermusik, auch nicht besser als Fußball.«

»Das fanden meine Ehefrauen auch immer«, sagte Viktor, »aber erst nach einer Weile. Du bist wirklich sehr früh dran mit deinem Urteil.« Er versuchte die unwillige Sabine vom Bett hochzuziehen und ein paar Schritte mit ihr zu tanzen. Sie war nicht völlig abgeneigt, aber es war nicht ihr Rhythmus. Sie stolperten und lachten. Der Nachtportier rief an. Andere Gäste hätten sich über den Lärm beschwert. Das schaffte eine gewisse Solidarität. Die Stimmung wurde besser. An Liebe machen aber war nicht mehr zu denken. Sie sprachen es aus und waren sich einig.

»Bleib doch trotzdem«, sagte Viktor, als Sabine Anstalten machte zu gehen. »Sei doch nicht so fickfixiert«, fügte er mutig hinzu. Er habe gehört, das nicht zum Zuge gekommene Männer immer grollend in die einsame Nacht gingen. Frauen hingegen, habe er gedacht, seien vernünftiger, übernachteten auch ungevögelt und frühstückten am nächsten Morgen wie nach der schönsten Liebesnacht.

Sabine lachte jetzt, und obwohl es vier Uhr war, sah sie aus wie früher. »Es ist besser, wenn ich gehe.« Es war eine Kundgebung.

»Schade«, sagte Viktor und hütete sich, ihren Abgang mit mehr als diesem einen Wort zu bedauern oder gar Sabine weiter zum Bleiben aufzufordern, denn er fand auch, daß es besser war.

»War trotzdem nett, wirklich«, sagte sie.

War trotzdem nett, wirklich – wenn das Ellen gehört hätte. »Was hast du für plappernde Freundinnen«, würde sie sagen.

»Bist du mir böse?« fragte er. – »Eine selten blöde Frage«, würde Ellen sagen.

Es war Sabine, die dann die schmerzhafte Förmlichkeit des Abschiedsdialogs durchbrach:

»Böse? Weil wir nicht gevögelt haben, oder was? Nein. Ich hab gar kein Recht, böse zu sein.« Und nach einer kleinen Pause: »Du magst es nicht!«

»Was?« fragte Viktor erschrocken.

»Wenn man dir böse ist.«

Viktor war erleichtert. Er hatte befürchtet, sie könnte sagen: »Wenn Frauen die Initiative ergreifen.«

»Natürlich mag ich es nicht, wenn man mir böse ist«, sagte er, »ich bin harmoniesüchtig.«

Jetzt kam das Thema doch: »Bist du mir böse – weil ich mich so aufgedrängt habe?« fragte sie weich.

»Ich bitte dich!« Viktor hob beschwörend die Hände: »Die Männer sind so zurückhaltend geworden. Wenn Frauen nicht aktiv würden, würde die Menschheit aussterben.«

»Ja, ja«, sagte sie matt, als wüßte sie, als akzeptierte sie sogar, daß er schwätzte und log. Denn natürlich war es das Bedrängende und Erwartungsvolle von Sabine gewesen, das ihn so lustlos gemacht hatte, und nicht ihre neue Rundlichkeit, nicht das Fehlen der lila Hose, nicht die Tscherkessin im Kopf. Er lief den Frauen lieber hinterher. So war es. Wenn er von ihnen gestellt wurde, verlor sich sein Fieber. Er wollte Beute machen. Er wollte nicht Beute sein. So war er nun mal strukturiert. Die Signale der Tscherkessin waren deutlich genug gewesen. Sie war ein Weibchen, sie wollte gejagt werden. Sie wollte ein Beutetier sein und dann um sich schlagen. Das gefiel ihr. Und das gefiel ihm. Nichts Ungewöhnliches. Viktor war ein stinknormales männliches Wesen. Ein Primitiver. Er wäre gern anders. Menschlicher. Fortgeschrittener. Nicht immer nur der Jäger, der seine Träume an die Wände der Höhle malt, wenn er nicht auf der Jagd ist. Nichts anderes tat er als Schriftsteller. Er wollte nicht so elend archaisch sein. Auch die Frauen sollten jagen. Deshalb fragte er:

»Bist du mal in Zürich?« Er hätte sich für seine Frage sofort erdolchen können. Warum konnte er es nicht lassen? Warum konnte er die Dinge ruhen lassen!

»Jetzt kommt die Tour!« sagte Sabine, aber sie sagte es erfreut. »Schon«, fügte sie so hinzu, daß er sie fragen mußte:

»Du hast meine Nummer?«

»Viktor Alzheimer«, sagte sie, »ich habe dich doch in Zürich angerufen und hierher eingeladen.«

»Ruf bitte an, wenn du mal da bist«. Er wußte nicht, ob es ein Reflex war oder wieder Geschwätz oder Höflichkeit – er wußte nicht einmal, ob es ehrlich war oder verlogen, als er hinzufügte: »Das darf nicht die letzte Nacht gewesen sein. Unsere Geschichte war einmalig, und sie hat ein besseres Finale verdient.«

»Finde ich auch«, sagte Sabine. Sie sagte es sehr ehrlich, und Viktor wußte jetzt, sie würde eines Tages in Zürich anrufen. Sie sah von Minute zu Minute besser aus, als gehe eine Schwellung zurück, und Viktor war jetzt auch ehrlich, als er sagte: »Ich freue mich.«

»Und deine wunderbare Gattin?« fragte Sabine noch, »sie ermordet mich nicht?«

»Es ist die dritte Gattin. Ich glaube, diesmal ertragen wir gegenseitig unsere Unsitten. Warum sollte eine Buchhändlerin aus Hannover nicht anrufen, wenn sie in Zürich ist? Wir leben nicht mehr im neunzehnten Jahrhundert. Warum soll ich dich nicht in Zürich in deinem Hotelzimmer besuchen, so wie du mich hier in meinem? Aber komm bitte nicht mit dieser grauen Jeans.«

»Scheusal!« sagte Sabine und ging zur Tür. Viktor wollte sie begleiten.

»Ich finde den Weg allein«, sagte sie und schob ihn freundlich ins Zimmer zurück: »Schlaf dich aus.«

Viktor sagte, ausschlafen käme nicht in Frage, seine Einfälle ließen das nicht zu. Er werde sich um sieben wecken lassen.

»Das kannst du deiner Großmutter erzählen«, sagte Sabine, »so ein tüchtiger Deutscher bist du auch wieder nicht. Auf Wiedersehen in Zürich – oder auch nicht.«

Hellwach ging Viktor in seinem Zimmer auf und ab, aß achtlos einen geschmacklosen Hotelapfel, rauchte eine Zigarette, die ihm nicht schmeckte, und hätte jetzt gern einen Kaffee getrunken, wollte aber um diese Zeit niemanden mit diesem Wunsch traktieren. Nachts Zeitung lesen war pervers, die Fernsehsender gaben nichts mehr her, die Vorstellungskraft war erschöpft – es half nur noch das Erinnerungsvermögen.

»Schlaf dich aus«, hatte Sabine gesagt. Diese Worte waren erstens mütterlich und zweitens deutsch – und lösten in dieser Kombination jenseits aller grauen Jeans die Erinnerung an eine andere Nacht mit einer anderen Frau aus, die Viktor bisher noch nicht literarisch verwertet hatte, nicht weil es sich um eine Niederlage handelte – Niederlagen waren literarisch ergiebig –, sondern weil ihm das Thema bisher immer zu vergangenheitsbewältigend war.

Es war einmal eine berühmte Filmschauspielerin. Ein Weltstar. Die Traumfrau vieler Fans. Und es begab sich, daß ein Roman von Viktor Goldmann verfilmt werden sollte. Viktor besaß die Filmrechte, und wer sie erwerben oder bei dem geplanten Film mitwirken wollte, mußte mit Viktor sprechen. Er zierte sich, und das machte die Interessenten nur noch gieriger. Viktor wurde in diesen Tagen oft zum Essen eingeladen. Eines Tages kam die berühmte Filmschauspielerin. Sie interessierte sich für die weibliche Hauptrolle. Sie gingen essen und unterhielten sich königlich und tranken viel. Nicht aus Berechnung, sondern weil der Mensch manchmal in der Nacht nicht gern alleine ist, geleitete der betrunkene Viktor die betrunkene Filmschauspielerin erst in ihr Hotel und dann in ihre Edelsuite. Sie sanken zusammen aufs Bett – und es geschah nichts. »Du magst mich nicht«, murmelte die sehr betrunkene und sehr berühmte Schauspielerin, und noch während der weniger berühmte, aber ebenso betrunkene Viktor widersprechen wollte, schlief sie auch schon ein, und Viktor hatte Zeit, in sich zu gehen und sich zu fragen, warum er sie nicht begehrt hatte. Alkohol? Das konnte der Grund nicht sein. Auch wenn man noch so betrunken ist, versucht man es doch wenigstens. Valeska? Es ging damals so heftig zwischen Erstehefrau Ella und der noch nicht Zweitehefrau Ira hin und her, daß Viktor in seiner Not glaubte, nur eine gewisse Valeska könne ihn aus seinem Dilemma befreien. Valeska war eine fragile, von Minderwertigkeitskomplexen und schlechten Berufsaussichten zermürbte Langzeitstudentin, wunderhübsch und reserviert, »very complicated«, wie die Rolling Stones einst so hinreißend sangen. Viktor hatte es in wochenlangem Minnedienst bis zum Kniekuß gebracht und hätte es irgendwie stillos gefunden, in dieser Zeit mir nichts, dir nichts mit einer weltberühmten erfolgreichen Schauspielerin zu vögeln, während er in seinem Inneren geduldig und liebevoll darauf hinarbeitete, endlich mit der unberühmten und erfolglosen Valeska im Bett zu liegen. Das wäre Verrat an seiner Sehnsucht nach dem Wahren und Guten, nach der verborgenen Schönheit gewesen. Aber auch das konnte der Grund für seine sexuelle Appetitlosigkeit nicht sein, denn zu solchem Verrat war Viktor durchaus in der Lage, wenn es sich nicht vermeiden ließ. Er hatte sich auch nicht vom Busen oder Ruhm des Weltstars bedrängt gefühlt, obwohl beides, Busen und Ruhm, für seinen Geschmack etwas zu viel war. Der wirkliche Grund war Viktor so peinlich, daß er ihn nicht einmal seinem Helden im Roman untergeschoben hatte. Der wirkliche Grund nämlich war sein Rassismus gewesen. Die Schauspielerin wirkte so extrem deutsch auf ihn. Nicht etwa, weil sie besonders blond und germanisch gewesen wäre. Aber Viktor hatte sie einmal in einer Rolle gesehen, in der sie eine deutsche Kriegsmutter gespielt hatte. Nicht einmal ein völkisches Naziweib. Eine ganz gewöhnliche deutsche Mutter, deren Mann in den Krieg zieht, ihr bei den Heimaturlauben immer fremder wird und schließlich irgendwo in Rußland fällt. Dann ist sie Kriegerwitwe, und nach dem Krieg packt sie als Trümmerfrau zu und bringt heroisch die Kinder durch. Ein Millionenschicksal. Sehr gut gespielt. Sehr echt. So echt eben, so wacker, so tapfer, so deutsch, so wachstuchhaft wohnküchenmäßig, so aufrecht und aufgekrempelt, daß es Viktor verging. Diese Schauspielerin war nicht so. Sie war eine moderne junge Frau. Eine ganz andere Generation. Aber weil sie Viktor als tüchtige deutsche Mutter gesehen hatte, konnte er sie nicht mehr anders sehen. Und eine tüchtige deutsche Mutter konnte er nicht lieben, geschweige denn mit ihr schlafen. Die Nazimänner und Nazifrauen waren ein historisches, ein ideologisches, ein politisches Problem. Es gab eine Menge Möglichkeiten, diese Vergangenheit zu bewältigen, wenn man das wollte. Die mütterliche deutsche Tüchtigkeit aber war ein sexuelles Problem. Jedenfalls für Viktor. Man hätte es ein sexualästhetisches Problem nennen können. Ein sexualästhetisches Potenzproblem.

Die Folge dieses Problems war, daß Viktor eine irrationale Abneigung packte, wenn ihm Frauen zu nahe kamen, die auf irgendeine Weise die Assoziation »deutsche Mutter« in ihm auslösten. Ein Geruch, ein Kleid, die unschuldige Art, sich ans Klavier zu setzen genügten oft, und eine Lawine konnte sich in Bewegung setzen. Ella hatte ein altes, eichenes Klavier mit in die Ehe gebracht. Sie mochte es, weil es nostalgisch war und ein Familienstück. Zum Glück war es ausgeleiert, und die Stimmung hielt nur kurz. Viktor, der damals am Anfang seiner Laufbahn als Schriftsteller stand und nicht besonders gut verdiente, hatte ihr sofort ein neues weißes Klavier geschenkt. Sie war begeistert gewesen von seiner Großzügigkeit. Weil er sie nicht verletzen wollte, sagte er nicht den wahren Grund. Das Spielen auf verstimmten Klavieren störte ihn nicht im geringsten. Wenn er es überhaupt wahrnahm, gefiel es ihm. Es war die Vorstellung, daß dieses Klavier in der Nazizeit in einem deutschen Wohnzimmer gestanden hatte und daß eine deutsche Mutter und deren deutsche Freundinnen darauf Schubert oder ein verdammtes deutsches Weihnachtslied gespielt und mit deutscher Sehnsucht an ihre Männer an der Front gedacht haben könnten, die ihn »abtörnte«, wie er es für sich nannte, um diese deutsche Heimsuchung wenigstens mit einem undeutschen Wort zu beschreiben.

Nun war es Viertel nach vier. Adrian war sicher noch auf. Adrian war auch ein Nachtarbeiter. Er würde ihn noch anrufen können. Adrian lebte in München und war Viktors Musikerfreund. Er spielte Jazzgeige, und manchmal traten sie zusammen auf. Adrian war eher klein und sehr dick, und Viktor war eher groß und sehr dünn. Auf der Bühne gaben sie ein gutes Bild ab. Adrian komponierte, musizierte, und hörte viele neue CDs, die er für Musikzeitschriften rezensierte. Er arbeitete oft bis in die Morgenstunden. Adrian war Anfang dreißig. Mit seiner Geige, die er schmachtend und schrill zugleich spielte, gewann er glutvolle Freundinnen, die ihn nach einem Jahr wieder verließen. Dann litt Adrian heftig und rief bei Viktor an, und sie telefonierten nächtelang. Wenn Ellen das mitbekam, sagte sie: »Aha, du führst mit deinem Freund wieder Teenagergespräche.« Viktor mußte Adrian dann die Frauen erklären. Manchmal verabredeten sie eine kleine Tournee, eine Reihe von Auftritten, um sich noch ausgiebiger austauschen zu können. Adrian glaubte an die eine große Liebe und lehnte Viktors Ansichten kategorisch ab, wonach es kein einziges großes Liebesglück gäbe, sondern daß man das Glück aus lauter Einzellieben zusammensetzen müsse. Was sie verband, war, daß sie sich für Frauen restlos begeistern konnten. »Du eben nicht restlos,« hatte Adrian einmal gesagt, »du mußt ja immer Platz lassen für andere Frauen!« Viktor hatte protestiert: »Mein Herz ist eine große Villa, sie kann nie restlos besetzt sein.« Sein Frauenideal, so Viktor, sei die Besucherin. Und zwar die treue Besucherin, die immer wiederkomme, weil sie nie enttäuscht sei, weil er sie liebe und verwöhne wie sie von keinem anderen gottverdammten Mann geliebt und verwöhnt werde. Sie könne kommen und gehen, wie sie wolle, sie sei frei, es stünde ihr ein eigenes Gästezimmer zur Verfügung.

Viktor rief Adrian immer dann an, wenn er eine Jazzfrage hatte. Anschließend brachten sie sich gegenseitig auf den neuesten Stand der Liebesdinge. Als Viktor jetzt anrief, hob Adrian sofort ab. Im Hintergrund lief Musik. Er hatte also noch nicht geschlafen. »Was ist das?« fragte Viktor. Es war burmesische Tempelmusik. Adrian arbeitete an der kühnen Theorie, daß das

Prinzip des Bebop, der den Swing zersprengt und den Jazz neu belebt hatte, auch in der Musik anderer Völker vorkomme. »Der Bebop kam Anfang der vierziger Jahre auf«, sagte Adrian, »aber ich kann doch nicht schreiben: Anfang der vierziger Jahre des zwanzigsten Jahrhunderts. Das klingt so umständlich und so weit weg. Was meinst du als Schriftsteller dazu?«

Viktor konnte ihm nicht helfen. »Deswegen schreibe ich Romane«, sagte er, »da lassen sich solche Probleme besser vertuschen.«

»Ich weiß, warum du anrufst«, sagte Adrian, »du willst wissen, wer in dem Jazzfilm *After Hours* die Solisten waren und was sie spielten. Es waren Coleman Hawkins am Tenorsaxophon und Roy Eldridge an der Trompete und sie spielten *Just You, Just Me*, 1961 müßte das gewesen sein, am Klavier war Johnny Guarnieri, am Schlagzeug…«

»Hör auf, du schrecklicher Seher, du esoterisches Monster«, rief Viktor erschrocken ins Telefon und kam sich observiert vor. »Erklär mir sofort, warum du glaubst, daß ich das wissen wollte.«

»Ich glaube es nicht, ich weiß es«, sagte Adrian und lachte sein verrücktes Lachen: »Es ist doch ganz einfach: Du liebst Coleman Hawkins, aber du kannst dir nie merken, wie er aussieht. Du liebst *Just you, just me*, aber du erkennst die Melodie nie wieder.«

Woher wußte der unheimliche Adrian, daß Viktor den Film überhaupt gesehen hatte? Viktor solle nicht so hinterwäldlerisch sein, sagte Adrian, es gäbe dreißig Fernsehprogramme; alle vernünftigen Menschen seien verkabelt, wer sich für Jazz interessiere, habe sich den seltenen Film nicht entgehen lassen, den Adrian übrigens auf Videokassette aufgenommen habe, da ihm schon klar gewesen sei, daß der chaotische Viktor den Film nicht richtig mitbekommen werde, weil er sich wieder einmal mehr für die Frauen interessiert habe als für den Jazz. Und da ihn Viktor schon mal als »Seher« bezeichne, werde er ihm gleich sagen, was er mit seinen telepathischen Kräften noch sehe: Viktor in einem Hotelzimmer, in dem bis eben noch eine Frau gewesen sei.

Viktor schrie vor Spannung und flehte um Aufklärung. Adrian lachte wie ein Teufel und sagte: »Ist doch ganz einfach. Zu Hause würdest du erst einmal im Fernsehteil einer Zeitung nachsehen, was für ein Film das war und nicht gleich mit einem nächtlichen Anruf meine hohen Gedankenflüge stören. Also bist du unterwegs. Lägst du bei irgendeiner Geliebten, würdest du mich nicht anrufen. Also bist du in einem Hotel. Eine Frau war da, weil immer irgendwelche Frauen bei dir sind, jedenfalls nach deinen Büchern zu urteilen. Mit der Frau kann es nicht so gut gelaufen sein, sonst hättet ihr nicht mitten in der Nacht ferngesehen. Der Jazzfilm, in den ihr dann reingeschaut habt, hat ihr den Rest gegeben. Sie ist vor kurzem gegangen. Wahrscheinlich hat sie vorher noch gesagt: ›Jazz ist Männermusik, Jazz ist etwas für Autisten.‹«

»Stimmt«, sagte Viktor, erschüttert von seiner Berechenbarkeit.

»Das sagen alle Frauen«, tröstete Adrian, »dazu braucht man kein Seher zu sein.« Er wollte wissen, was es für eine Frau war, und Viktor erzählte von Sabine. Adrian, der ein gutes Gedächtnis hatte und als jazzgeigender Begleiter etlicher Lesungen die meisten von Viktors Büchern gut kannte, wußte sofort Bescheid. Viktor gestand ihm, daß das Fehlen der lila Lederhose und eine kurz zuvor kennengelernte Tscherkessin ihm die Lust auf Sabine geraubt hatten. Die Nasenring-Bettina verschwieg er, um das Telefongespräch nicht endlos werden zu lassen und um dem zur Zeit frauenlosen Adrian nicht als allzu sehr als erotischer Glückspilz zu erscheinen.

Adrian frohlockte: »Die gerechte Strafe für polygame Übeltäter!«

Dann fand Viktor, es sei an der Zeit, erstmals das dunkle Geheimnis seines sexuellen Rassismus zu lüften, und enthüllte seinen Abscheu vor allem, was ihn im Entferntesten an eine reichsdeutsche Mütterlichkeit erinnerte. Er könne sich diesen Abscheu nicht erklären, sagte er, in der Hoffnung auf einen intelligenten Kommentar des seherischen Adrian. Er hatte keine reichsdeutsche Mutter. Seine Familiengeschichte enthielt keine ruhmreichen Widerstandsepisoden, war aber vom Nazidreck relativ unbekleckert. Sein Vater war Chirurg an cincm Berliner Krankenhaus gewesen. 1936 mußte einem dicken Nazi ein Magengeschwür entfernt werden, und dieser Nazi sagte: »Von einem Juden lasse ich mich nicht operieren.« – »Dr. Goldmann ist kein Jude«, muß der Chefarzt geantwortet haben, und zwar mit einem so windelweichen Beschwichtigungsblick, mit einem so schamlos feigen Opportunismus, daß Viktors Vater Berlin und Deutschland umgehend verließ, in die Schweiz ging und in Genf kranke Menschen operierte. Angeblich litt er fortan darunter, daß er dem Nazischwein nicht gesagt hatte: »Dann verrecken sie eben!« Oder wenigstens: »Reden Sie keinen Unsinn!« Diesen Hieb hätte er sich als renommierter Arzt und Nichtjude ohne weiteres leisten können. Er hatte geschwiegen, und der Nazi hatte zu ihm gesagt: »Pardon, Doktor, ich wußte nicht, daß es auch arische Goldmanns gibt, dann zücken Sie mal das Messer.« Und Viktors Vater hatte dieses Schwein nicht unter seinem Skalpell krepieren lassen oder ihm wenigstens sieben Achtel des Magens weggeschnitten. Er war einfach gegangen, vertrieben nicht allein vom Antisemitismus, sondern von einer seiner ungefährlichen, aber um so widerwärtigeren Begleiterscheinungen: den peinlich berührten Heil-Hitler-Deutschen, die ihn auf Grund seines Namens zunächst für einen Juden hielten und sich dann markig entschuldigten. Als die Schweiz später die aus Deutschland fliehenden Juden an der Grenze zurückschickte, hatte Viktors Vater nicht protestiert, sondern operiert und sich an der Schönheit des Genfer Sees gelabt. Um irgend etwas Gutes zu tun, hatte er von Patienten, die jüdische Flüchtlinge waren, kein Geld haben wollen, aber gerade die hätten ihm weinend vor Dankbarkeit Unsummen in die Taschen seines Arztkittels gesteckt. Als er starb, vermachte er sein Vermögen einer jüdischen Hilfsorganisation.

»Hast du mir nie erzählt«, sagte Adrian, »darüber solltest du mal ein Buch schreiben, nicht immer nur über deine komischen Liebschaften.«

»Ich habe nicht viele Erinnerungen an meinen Vater«, sagte

Viktor. Er wußte das alles nur aus zweiter Hand. Der Vater war Ende der sechziger Jahren gestorben, als Viktor ein Teenager war. Seine älteren Geschwister hatten ihm einiges erzählt. Sie studierten in Paris und benutzten den toten Vater, wie es ihnen gerade paßte: Manchmal glorifizierten sie ihn als coolen Antifaschisten, manchmal kritisierten sie ihn selbstgefällig als Schlappschwanz, der nicht in den Untergrund gegangen war, sondern in die Schweiz, in dieses Land der neutralen Schlappschwänze. Pierre und Veronique lebten heute in Amerika, sprachen kaum deutsch, lasen Viktors Bücher nicht und waren Viktor fremd.

»Was ist mit der Mutter?« fragte Adrian und machte Viktor, darauf aufmerksam, daß es gleich dreiviertel fünf sei. Die Geschichte sei zwar außerordentlich interessant, aber wenn das Problem seiner neurotischen Aversion des deutschen Muttertyps noch behandelt werden solle, müsse er langsam zur Sache kommen. »Gestehe, deine Mutter war beim Bund deutscher Mädchen, sie schwenkte Fähnchen, wenn der Führer kam, dein Vater verliebte sich trotzdem unsterblich in sie, weil sie so hübsch war und so hübsch Schubertlieder trällern konnte. Er verbarg diese Peinlichkeit später vor den Kindern, dann aber wurde ein verräterisches Fotoalbum gefunden und du mußtest erkennen: Auch ich bin befleckt, auch ich bin aus einem Nazibauch gekrochen! Das war der Schock deines Lebens, seitdem magst du deutsche Frauen nicht, und wenn sie Schubert spielen, müssen sie mindestens lila Lederhosen tragen, was die Nazifrauen bekanntlich nicht getan haben. Seitdem gibst du dich zwanghaft mit Jüdinnen und Tscherkessinnen und anderen finsteren Frauen ab, um dich zu entnazifizieren.« Adrian lachte am Ende seiner Improvisation diabolisch.

»Diesmal liegst du falsch«, sagte Viktor. Seine alberne Aversion gegen allzu deutsche Frauen war keine Folge einer Nazimutter. Dann würde ihm sein Tick ja einleuchten. Aber die Mutter war nicht einmal eine Deutsche gewesen, sondern eine belgische Adelige, die 1948 achtzehnjährig am Genfer See Ferien verbrachte, weil sie das Abitur bestanden hatte, eine Blinddarmentzündung bekam, von Viktors Vater operiert und wenig später geheiratet wurde, zum großen Verdruß ihrer aristokratischen Familie in Brüssel, die mit der jungen Baroneß andere dynastische Pläne gehabt hatte, als sie einem dreißig Jahre älteren Arzt zu überlassen, der sich zu allem Überfluß eine kirchliche katholische Hochzeit mit dröhnendem Chirurgengelächter verbat.

»Was ist aus ihr geworden?« fragte Adrian.

»Sie schenkte meinem Vater drei herzige Kindlein, ich war das letzte, und war ihm vermutlich treu. Als er mit siebzig starb, war sie erst Ende dreißig. Der Typ, dem sie versprochen war, hatte tatsächlich all die Jahre in einem riesigen belgischen Schloß auf sie gewartet. Das hat sie offenbar so gerührt, daß sie zu ihm ging und sich von ihm noch einmal drei Kinder machen ließ. Sie lebt noch. Sie wird noch immer ›Bébé‹ genannt. Auch wir nannten sie so. Es hat uns gefallen, eine Mutter zu haben, die man ›Bébé‹ nennen konnte. Maman Bébé.«

»Auch sie liest deine Bücher nicht«, vermutete Adrian.

»Richtig!«

»Und du erbst keinen Cent.«

»So ist es!«

»Schade, sonst würde ich dir eine Rechnung stellen«, sagte Adrian, »eine Stunde telefonseelsorgerische Beratung. Ich kann die Ursache deines Traumas nicht erkennen.« Adrian gähnte jetzt ungeniert, es war fünf Uhr, und sie beendeten das Gespräch.

Das, was Viktor »seinen rassistischen Tick« nannte, beschäftigte ihn nur selten, aber jetzt eben beschäftigte es ihn. Es war kein großes Problem, aber es gehörte zu dem großen Thema »Die Komplikationen der Liebe« – Viktors Lebensthema, bei dem er nie müde wurde. Sich mit der deutschen Vergangenheit zu befassen, war schön und gut, beziehungsweise unschön und wichtig. Wie hatte es dazu kommen können? Zweifellos eine wichtige Frage. Noch immer kamen interessante Forschungsergebnisse zutage. Bei Hitlers zänkischem Geschrei und seiner grotesken Gebärdensprache griff sich doch jeder Nachgeborene an den Kopf: Wieso wurde der kreischende Zappelmann damals nicht alsbald in eine Irrenanstalt gesteckt, nachdem man eine Weile über seine Verrenkungen Tränen gelacht hatte? Nach vielen Jahrzehnten war die Arbeit eines nachgeborenen Historikers herausgekommen, der zu entnehmen war, daß Hitlers unsägliche Ausbrüche nichts anderes waren als die Fortführung der expressionistischen Theatersprache, die dem Bildungsbürger also nicht als Gesten eines durchgeknallten Idioten erschienen waren, sondern als glaubwürdiges und kulturell anspruchsvolles Pathos. Beste Geschichtserforschung war das, nötigste Vergangenheitsaufarbeitung, die eine nicht unwichtige Erkenntnis bescherte: Da das Pathos aus der Mode war, müßte man sich demnach heute vor Verführern mit einem anderen, unauffälligeren Auftreten in acht nehmen, nicht vor den politischen Schreihälsen.

Viktor aber war kein Historiker. »Du kannst halt lieben nur, und sonst gar nichts«, hatte er einmal eine seiner kritischen Frauenfiguren zu einem seiner politisch desinteressierten erotomanischen Helden sagen lassen, natürlich mit dem niederschmetternden Nachsatz: »Und auch das nicht gut!«

Die Zeit, fand Viktor, war jetzt reif für einen Romanhelden, der ein ganz besonderes Opfer ist: ein Opfer der Vergangenheitsbewältigung. Er hat ein paar von diesen wohlmeinenden deutschen Filmen gesehen, die sich mit der Nazizeit befassen, um der Nachwelt die Augen zu öffnen. Diese Filme könnten Viktors neuen Helden, der boshafterweise Hartmut oder Gernot oder sonstwie germanisch heißen und unter seinem Namen leiden sollte, traumatisiert haben. Hartmut, der lieber Aaron oder Nathan heißen würde, kann nicht mit deutschen Frauen schlafen. Er erobert die schönsten, klügsten, nettesten, antifaschistischsten, philosemitischsten Frauen, liegt mit ihnen im Bett – es geht nichts. Er weiß nicht, warum. Er verzweifelt. Kein Psychiater kann ihm helfen. Auch Viagra versagt, weil keine Libido da ist. Jede der Frauen ist rührend bemüht, ihm zu helfen, sie bedecken den Ärmsten mit Küssen. Was sie nicht wissen, und was er nicht weiß: Es sind deutsche Küsse, innige deutsche aufrechte Mutterküsse, und die machen ihn völlig wahnsinnig. Innigkeit ja, aber nicht mit Deutschen. Schließlich lernt er eine Tscherkessin kennen. Undeutscher geht es nicht. Sie lebt in einer völlig chaotischen Wohnung in völlig ungeordneten Verhältnissen. Sie ist nicht fleißig, nicht gründlich, nicht lieb zu ihren Kindern, nicht ehrlich, nicht aufrecht, sie lügt ein bißchen, sie beißt lieber, als sie küßt, sie läßt sich gern unterwerfen und unterwirft gern – und mit dieser Frau endlich kann Hartmut, der jetzt nicht mehr lieber Nathan hieße, glücklich werden, denn sie sagt: »Hartmut? Ich mag Männer, die hart sind und Mut haben.« Und während er die Tscherkessin überwältigt und sich von ihr überwältigen läßt, wird ihm klar, daß es diese verdammten gutgemeinten Nazizeitbewältigungsfilme waren, die ihm derart aufs Gemüt schlugen, daß er schon als Student bei manchen Freundinnen versagte, einfach nur, weil ein Vertiko im möblierten Zimmer stand, wie es in den Zimmern der Nazis gestanden haben könnte. Eine Schallplattenhülle von Franz Liszts Prelude reichte aus, um ihn an die bombastische Melodie zu erinnern, mit der der nationalsozialistische Rundfunk seine Siegermeldungen ankündigte, und deutsche Mütter kamen aus deutschen Küchen in deutsche Wohnstuben und umringten ebenso besorgt wie siegestrunken den deutschen Volksempfänger – eine Vision, die in Viktor und in seinem soeben neu erfundenen Helden einen dumpfen Ekel weckte, der alles zum Erliegen brachte. Eine Ungerechtigkeit ohnegleichen, denn die entzückende und in Viktor oder Hartmut verliebte Studentin hatte nicht die geringste Schuld an dieser Heimsuchung, haßte Franz Liszt und die deutschen Wohnküchen vielleicht mit derselben Inbrunst wie Viktor oder Hartmut, nur ließ sie sich dadurch vernünftigerweise nicht aus dem erotischen Gleichgewicht bringen. Adrian hatte vermutlich nicht ganz unrecht gehabt mit seinem extemporierten Verdacht, daß lila Lederhosen oder lorbeerblattgrüne Motorradoveralls Hilfsmittel gegen das deutsche Wesen waren, an dem Viktor und Hartmut durch eine cineastische Prägung in der Jugend mit einem hysterischen Erstickungsgefühl reagierten. Sabine, eine nette, verständnisvolle, angenehm kumpelhafte, ziemlich draufgängerische Geliebte, hatte ohne ihre lila Lederhose irgend etwas von einer aufgeräumten deutschen Mutter an sich, und das war es gewesen, was Viktor hatte unaktiv bleiben lassen.

Wenn er sich jetzt ins Bett legen würde, wäre ihm das Thema nach einem kurzen Schlaf entglitten und gleichgültig. Er würde sich gern auf der Stelle mit der Tscherkessin darüber unterhalten. Unterhaltungen waren bequem. Man kam der Liebe zwar nie auf den Grund, aber doch ein bißchen auf die Schliche. An das Gesprochene erinnerte man eher als an das Gedachte. Die anstrengendere, aber auch ergiebigere Methode, eine Idee voranzutreiben, war das Schreiben von Briefen.

Wenn Sabine nicht gekommen wäre, hätte Viktor der Tscherkessin sofort geschrieben, nachdem er ins Hotel zurückgekommen war. Danach war ihm zumute gewesen. Er hätte über das Glück geschrieben, ihr begegnet zu sein. Über seine begeisterten Gedanken auf dem Weg von ihrer Wohnung zum Hotel. Wie selbst das scheußliche Hannover bei der Erinnerung an ihre Nähe erträglich geworden sei. Es wäre ein ziemlich romantischer Brief geworden, obwohl sie ihm gesagt hatte, sie möge keine Romantiker. Vielleicht waren ihr Romantiker zu deutsch? Vielleicht stießen die Romantiker sie so ab, wie ihn gewisse Formen der Säuberlichkeit und der Aufgeräumtheit und der Andächtigkeit und der Fürsorglichkeit und der Folgsamkeit und der Schicksalsergebenheit? Er hätte sie vielleicht verschreckt mit seinem Gesäusel. Schon war er Sabine unendlich dankbar für ihr Kommen, weil er damit die Idee zu einem neuen Roman bekommen hatte, deren weibliche Hauptfigur die Tscherkessin sein würde. Und er war der Nasenring-Tina unendlich dankbar, weil das schlechte Nasenring-Gedicht die Tscherkessin dazu gebracht hatte, ihre aufregende Sexualität zu offenbaren. Alles Fügung. Viktor kam sich vor wie ein Liebling der Götter.

Er schrieb der Tscherkessin von seinem Grusel vor der deutschen Innigkeit und wie gut das mit ihrem Grusel vor der deutschen Romantik zusammenpaßte. Und während er ihr diese Parallele anbot, fühlte er sich mit ihr geradezu inzestuös verbunden, und heiß und unromantisch brannte die Gier, und er wollte nichts anderes, als mit der Tscherkessin in irgendeiner kaukasischen Wüste in einem orientalischen Zelt leben, über die verfluchten spießigen europäischen Christenmenschen lästern und ficken ohne Unterlaß, und hingebungsvolle Sklavinnen würden die Exzesse assistierend begleiten. Das mit dem Zelt schrieb Viktor lieber nicht, weil das schon wieder romantisch war. Das mit dem heißen Ficken schrieb er schon. Nach den Andeutungen, die sie in den zwei Stunden in ihrem zerrissenen Korbstuhl in ihrem wunderbar ungepflegten Zimmer neben ihrem arbeitenden oder schlafenden Mathematikermann gemacht hatte, war ihr einiges zuzumuten. Viktor wurde immer gern pornographisch in seinen Briefen, er wußte dann rasch, woran er war. Ira hatte er mit pornographischer Post wiedergewonnen und dann wieder abgestoßen und dann noch einmal wiedergewonnen. Den armen Schreibunkundigen blieb oft nur die hilflos geraunte Formel »Ich habe von Dir geträumt«, um sexuelle Gelüste zu signalisieren, als Poet konnte man es sich leisten, die lustvollen Träume detailgenau zu beschreiben, um dann an den Reaktionen oder Nichtreaktionen abzulesen, wie weit man in Wirklichkeit gehen konnte. Er schrieb, was er mit der Tscherkessin getrieben hätte, wenn sie statt Sabine in sein Hotelzimmer gekommen wäre. Er schrieb von seiner Ungerechtigkeit, manche der sympathischsten Frauen nicht lieben zu können, bloß weil sie für seinen verdorbenen Geschmack zu säuberlich deutsch, zu seifig und ehrlich und aufrecht wären, während er sie, die Tscherkessin, auch dann brennend begehren würde, wenn sie krumm und verlogen und ungewaschen wäre. Er schrieb, wie er die Tscherkessin in sein Leben und in seinen nächsten Roman integrieren werde, nicht als Bereicherung des Helden wohlgemerkt, sondern als ein Wüstenweib, das den von deutschen Frauen geplagten Helden endlich erlöst. Er schrieb von der Ungerechtigkeit, wie dieser Held Hartmut auf die blödesten und reaktionärsten Amischicksen heiß, ja in sie verliebt wäre und munter mit ihnen fickte, während eine tolle, gutaussehende, intelligente, ideologisch sympathische Frau ihn kalt ließe, bloß weil er vielleicht die infame Vision nicht unterdrücken könne, sie würde zusammen mit einem Wehrmachtsoffizier »O holde Kunst« intonieren.

Um sechs Uhr hatte Viktor für die Tscherkessin auf etlichen Seiten seinen nächsten Roman skizziert. Er würde eine Kopie machen lassen, ehe er die Seiten an sie abschickte. Sollte sie in nächster Zeit nichts von sich hören lassen, würde er sie bitten, den Brief um Himmels Willen nicht zu verlieren, er habe sich dummerweise keine Kopie gemacht, die kostbaren Seiten am besten nicht mit der Post zu schicken, sondern Viktor in Zürich, Paris oder Frankfurt persönlich auszuhändigen.

Es hatte sich im Laufe des vergangenen langen Tages und der Nacht viel Wollust und Liebeshunger in Viktor angesammelt und war durcheinandergeraten und hatte sich abgesetzt. Alles immer nur Hoffnung und Aussicht und Option und Imagination und Verschieben auf einen späteren Zeitpunkt und Gerede von Erfüllung und keine Erfüllung selbst.

Viktor unterdrückte den unvernünftigen Wunsch, jetzt auch noch ein paar mäßig obszöne Zeilen an Bettina zu schreiben und keck auf Ringe an intimeren Stellen zu hoffen. Er unterdrückte den noch viel unvernünftigeren Gedanken, daß es doch dumm von ihm gewesen war, Sabine gehen zu lassen, weil er sie jetzt, wenn sie ganz normal nackt neben ihm im Bett läge, gerne wachgeküßt und zu der überfälligen Vögelei aufgefordert hätte. Jetzt, wo er den ganzen reichlich fiktiven Blödsinn mit der reichsdeutschen Mütterlichkeit herausgeschrieben und damit weggewischt hatte, hatte er das Gefühl, sie endlich begehren zu können.

Er schrieb jetzt nicht mehr. Eine Stunde würde er ruhen oder dösen oder schlafen, bis der deutsche Weckruf den deutschen Viktor wieder auf die Beine bringen würde. Schlafen konnte er im Zug. Heute ging es nach Dresden. Lesung abends um halb neun. Viktor hätte ausschlafen und einen Zug am frühen Nachmittag nehmen können. Aber er wollte über Berlin fahren, in Berlin mindestens drei Stunden mit dem Bus und der S-Bahn herumfahren und herumspazieren und sich dreckige Gedanken über den Berlinkult machen. Spätestens am Nachmittag um drei wollte er in Dresden sein, das er nur flüchtig kannte und von dem er sich einen Eindruck verschaffen wollte. Schlafen würde er im Zug können. Nach dem Gesetz der Wahrscheinlichkeit war nicht zu erwarten, daß ihm wieder eine Nasenringschönheit begegnete, und es würde auch keine Tscherkessin in diesem seltsamen neuen Osten von Deutschland geben, denn die Nähe fremdenfeindlicher sächsischer Nacktschädelschweine wäre für eine Tscherkessin unzumutbar. Es war in Dresden auch garantiert keine Sabine zu erwarten – obwohl es in Erfurt, fiel ihm plötzlich ein, eine Christiane gab, mit der er, wenn ihn nicht alles täuschte, auch eine Nacht auf dem Bett gelegen hatte. Christiane hatte nichts Deutschmütterliches, er begehrte sie sehr, aber sie konnte sich die ganze Nacht nicht entscheiden, ob sie ihren Mann mit einem Dichter betrügen durfte oder nicht. Entzükkend. Was, wenn Christiane kam und sagte: »Diesmal bin ich bereit!?« Wie weit war Erfurt von Dresden? Er schuldete ihr einen Dankesbrief. Sie hatte ihm wenig später eine alte Zigaretten-Blechschachtel geschickt: »Viktors Heldenzigarette«. Wie konnte man sich für so eine entzückende Gabe nicht bedanken? Dafür haßte er sich. Das Leben war manchmal zu voll und zu schnell.

»Christiane schreiben«, schrieb er in seinen Terminkalender, jetzt doch langsam müde geworden. In dem Zustand schlief er manchmal beim Schreiben ein. Dann fiel ihm im Sitzen der Kopf herunter. Wenn er Pech hatte, tat nach einem solchen Nickerchen der Nacken eine Weile weh. Ella hatte das nicht ertragen können: »Du ruinierst deine Gesundheit! Du bringst dich um! Auch du mußt einmal schlafen!« Ihre gut gemeinten, aber hysterischen Schreie waren einer der vielen Scheidungsgründe gewesen. Er konnte ihre Sorge nicht mehr ertragen. Und Ella konnte seinen ungeregelten Arbeitsrhythmus nicht mehr ertragen. Ira war es völlig einerlei gewesen, was er mit seiner Gesundheit anstellte. Sehr angenehm. Ellen hatte ihn einmal beim Schlaf am Schreibtisch fotografiert und das Bild eines Tages als riesiges Poster aufgehängt: Er sah aus wie achtzig und nach dem dritten Schlaganfall. Der Mund debil geöffnet. Nur eine starke Ehefrau konnte diesem Jammerbild standhalten. Jede Geliebte würde ihren so gräßlich schlafenden Liebhaber verlassen, noch ehe er wach wäre.

Viktor war sicher: Lieber hätte Ellen ihn beim klassischen Inflagranti ertappt als in einer derart senilen Haltung. Sie empfahl krankengymnastische Behandlung, wenn sie ihn so sah. Natürlich lehnte er ab: »Ich bin doch nicht krank!« – »Aber bald krumm«, sagte Ellen. Dann behauptete sie, er tue nicht nur nichts für seinen Körper, sondern auch nichts für den Geist. Das war frech, fand Viktor, aber das Stilgefühl verbot ihm, sie zu fragen, ob die Schriftstellerei keine geistige Arbeit sei. Er konnte das nicht fragen, weil das Wort »geistige Arbeit« einfach zu lächerlich war. Die Zunge sollte ihm abfallen, wenn das je über seine Lippen käme. Auch war klar, was Ellen meinte: Grips trainieren, bißchen was Brauchbares in die Birne stecken, eine Sprache zum Beispiel. Das hätte ihm tatsächlich nicht geschadet. Sie selbst lernte Italienisch und wäre gern mit Viktor in den Konversationskurs gegangen. Sie lockte ihn mit der Lehrerin. Ein ganz zauberhaftes Wesen. Penelope hieß sie. Der Namen hatte es wirklich in sich. Was für schöne vier Silben. Viktor hatte es nicht mit der Antike, und Penelope war zudem die Verkörperung einer Tugend, die für ihn keine große Bedeutung hatte, nämlich die der ehelichen Treue. Zwanzig Jahre hatte sie auf den irrenden Odysseus gewartet. Die Treue wäre nicht nötig gewesen, doch das Warten fand Viktor stark. Er wartete auch immer. Auf bessere Zeiten. Auf das ganz große Glück. Die Rückkehr des Odysseus malte er sich gern aus. Mußten ja nicht gleich zwanzig Jahre sein. Aber von einer Frau namens Penelope aufgenommen zu werden, das war in jedem Fall ein erhebendes Finale: den von langen Reisen müden Kopf in ihren Schoß legen, und Penelopen fährt dem geschundenen Heimkehrer durchs Haar, der schläft ermattet ein – doch schon morgen wird er ausgeruht erwachen, und es wird beginnen ein schönes neues Leben der Leidenschaft.

Die Italienischlehrerin Penelope Wagner stammte aus dem Tessin. Mehr wußte Viktor nicht von ihr. Und daß sie sechsundzwanzig Jahre alt war und beneidenswert lange Wimpern hatte. Was sie neben ihrem Namen für Viktor zu einem verwunschenen und begehrenswerten Wesen machte war die Art, wie Ellen ihn mit dem Hinweis auf ihre Zauberhaftigkeit in den Kurs locken wollte. Denn mit ganz ähnlichen Worten und dem arglosen Hinweis auf eine »tolle Frau«, dic Viktor gefallen würde, hatte ihm vor Jahren Erstexehefrau Ella einen Ertüchtigungskurs schmackhaft zu machen versucht, an dem teilzunehmen er zu träge war. Nach einigem Widerstand hatte er sich überreden lassen und war Ella zuliebe in diesen Kurs gegangen. Sofort hatte er sich Hals über Kopf in die »tolle Frau«, mit der Ella ihn gelockt hatte, verliebt. Noch nie hatte ihn die Liebe so gebeutelt. Sie hieß Ira und wurde nach langen Kämpfen seine zweite Ehefrau. Viktor war ein durch und durch rationalistischer Mensch, ohne Neigung zum Aberglauben und ohne Bezug zu mythischen Fügungen. Wenn aber Ellen von der jungen und außergewöhnlich hübschen Penelope schwärmte und mit ihr lockte, kam unweigerlich die Erinnerung an Ellas Schwärmerei von der jungen Ira in ihm hoch – und schon spürte er wieder seine damalige brennende Ira-Leidenschaft, und es braute sich in seiner Phantasie das Bild einer neuen jungen Ira namens Penelope zusammen, die wie die antike Penelope nichts anderes tat als auf ihn, den Helden, zu warten, und wie aus verschiedenen antiken Statuen formte sich in Viktors verliebtem Kopf ein idealer, reizender Frauenkörper zusammen, der durchaus nicht aus Stein war.

Viktors deutschfeindlicher Sexualrassismus war sein eines dunkel schwelendes Geheimnis, das er vielleicht in seinem nächsten Roman einer Figur übertragen und somit erstmals untersuchen würde. Das andere, fröhlich zwinkernde Geheimnis waren seine Penelope-Phantasien. Keiner wußte von dieser einseitigen und phantomhaften Liebe zu einer Frau, von der er nur den Namen kannte. Nicht nur Ellen, auch Ira und die Tscherkessin würden ihn für verrückt erklären, wenn sie wüßten, in welchem Maße er, ein doch erwachsener Mann, sich zu einer Frau hingezogen fühlte, die er noch nie gesehen hatte und die er nie sehen wollte, aus Angst, sich unsterblich in sie zu verlieben – oder die Liebe zu ihr zu verlieren! Hysterischer Romantizismus vielleicht, aber egal: Penelope, die Viktor, da er sie nicht kannte, mehr fühlte, als vor sich sah, war keine ihm jederzeit zur Verfügung stehende Gefährtin, sondern eine, die zuverlässig und trostspendend vor allem dann auftauchte und seine Phantasie ausfüllte, wenn er erschöpft war wie ein homerischer Krieger. Die Visionen von Penelope endeten immer erlösend. In der rührendsten Variante hatte Viktor wie Odysseus dann doch zwanzig Jahre warten müssen, bis er sie sah. Viktor zweiundsechzig, und Penelope knusprige sechsundvierzig. Viktor zerknirscht: »Ich will sterben, ich bin zu alt für dich«. Darauf sie: »Dann will ich mit dir sterben.« Dieses bewegende Angebot macht aus dem müden alten Viktor noch einmal einen kräftigen Liebhaber, und alles ist wieder gut. Das antike Pathos der imaginierten Penelope-Szenen war jedes Mal so überwältigend, daß für einen Routinier wie Viktor nur wenige masturbatorische Griffe nötig waren, um sich von der Lust zu befreien.

Halb sieben war es im Hotel Interconti in Hannover, als Viktor nach dieser zärtlichen Begegnung mit Penelope, am Ende eines langen Tages und einer langen Nacht, zur Ruhe kam, ein bißchen verlegen, daß ein erwachsener Mann, der an tatsächlicher erotischer Resonanz keinen Mangel litt, wieder einmal wie ein Schüler Zuflucht in einer Phantasie gesucht hatte. Immerhin, Penelope existierte wirklich, es war kein reiner Wahn. Ellen, Ira, Ella, Susanne, Sabine und Beate, Bettina und die Tscherkessin – und selbst Christiane aus Erfurt existierten. Barbara und Thomas, Hanna und Carlos und Adrian – auch das waren wirkliche, wohlgesonnene menschliche Wesen.

Um sieben holte ihn das Telefon aus dem kurzen Schlaf. »Guten Morgen, Ihr Weckruf!« Es roch noch nach Sperma. Um fünf nach sieben meldete sich Sabine: »Guten Morgen. Autorenkontrollanruf!«

Zu seinem Verdruß war Viktor beim Frühstück nicht mehr allein. Die ersten Vertreter saßen schon da und futterten stumpf, und andere Vertreterkollegen kamen und setzten sich zu ihnen und es begannen schreckliche Gespräche über Marketing und Büro. Irgend etwas verkauften all diese Leute, und nie wußte man, was es war. Waren es Kugellager oder Hydraulikpressen oder Turnschuhe oder Düsen für Maschinen, die Luft in die Sohlen moderner Turnschuhe bliesen, damit die Gelenke der Jogger geschont und ihre Leistung erhöht und der Umsatz gesteigert würde. Solche Gespräche konnte man nicht erfinden, man mußte die zentralen Formulierungen aufschreiben, aber das tat Viktor jetzt nicht. Es war ihm auch egal, was in der Welt passierte, und er las keine Zeitung. In der nächsten Zeit, so nahm er sich vor, würde er sich hauptsächlich um seine etwas in Unordnung geratenen Liebesangelegenheiten kümmern.

Der Zug nach Dresden über Berlin fuhr um halb neun. Wieder einmal war es nicht eilig. Viktor ließ den Brief an die Tscherkessin, der das Konzept zu seinem nächsten Roman enthielt, im Hotel kopieren und schickte das Original ab. Dann hatte er eine Aufwallung und schrieb an Ellen: »Gestern nach der Lesung fragte mich eine Frau aus dem Publikum, wie meine Frau mit meinen Bücher und ihren ewigen Frauenhelden klarkommt, ob sie wenigstens auch einen Geliebten habe. Ich sagte: ›Hoffentlich mehrere!‹ und schließe mich meiner Meinung von gestern an. Grüße unbekannterweise an Penelope. Richte ihr doch bitte aus, daß mir ganz mittelmeerhaft und milde zumute wird, wenn ich nur ihren Namen murmle. Warum die Engländer 1945 nicht Hannover plattbombardiert haben, verstehe ich nicht. Diese Stadt hätte die Auslöschung verdient, nicht Dresden, wo es heute hingeht.«

Kaum hatte er den Brief eingesteckt, wurde ihm klar, daß Ellen ihn penetrant finden könnte. Er hörte sie sagen: »Es gibt auch ein Leben neben der Liebe!« Im Zug nach Berlin starrte er eine Weile verständnislos auf die kopierten Seiten mit dem Romankonzept. Das mit der Aversion vor mütterlichem deutschem Sex war vielleicht doch etwas zu deutsch und wichtigtuerisch nach dem Interesse des Feuilletons geschielt. Das mußte noch reifen. In Dresden im Hotel würde er sich endlich seine schlampig geschnittenen Fingernägel feilen, nahm er sich vor, und dann schlief er ein.

Die Frauen im Bad

Das Büro, in dem Ellen residierte, war einer der Gründe, warum sie den Job in Zürich angenommen hatte. Es war hell und drei Mal so groß wie das peinlich kleine Kanzleizimmer in Frankfurt. Die Rechtsabteilung einer großen Schweizer Supermarktkette zu leiten, war das, was manche Menschen »eine Herausforderung« nannten. Menschen, die von beruflichen Herausforderungen sprachen, fand Ellen allerdings lächerlich. Ihre Kaltschnäuzigkeit und ihr Ohr für modisches Palaver waren neben ihrem Bedürfnis nach Distanz Eigenschaften, die sie eng mit Viktor verband. Ellen hatte ihre Vorgängerin Ira noch kennengelernt und sich gewundert, wie es der kritische Viktor mit einer Frau hatte aushalten können, die sogar eine Scheidung als »eine Herausforderung« bezeichnete. »Die einen liebt man für ihre Entgleisungen, die anderen für ihre Stilsicherheit«, hatte Viktor darauf gesagt. »Deine stillosen Aphorismen sind Entgleisungen, für die ich dich jedenfalls nicht liebe«, war Ellens Antwort gewesen.

Es klopfte, die Tür ging auf, und Barbara wurde von einer Sekretärin in den Raum gelassen. »Hier bin ich«, sagte Barbara.

Ellen blickte etwas verzweifelt auf: »Barbi? Ist es tatsächlich schon halb sechs?« Sie unterdrückte den Drang, unwirsch zu sein wie ein inmitten der Arbeit gestörter Mann. Obwohl sie nur noch ein paar Minuten gebraucht hätte, ihren Brief zu Ende zu diktieren, wäre sie sich in Barbaras Gegenwart damit zu wichtigtuerisch vorgekommen. Sie ließ den Schreibtisch, wie er war, und erhob sich: »Ich komme.«

Barbara war nicht zum ersten Mal hier. Ein frisch an die Wand gepinnter Zeitungsausschnitt fiel ihr auf, die mit einem roten Balken versehene Schlagzeile einer Boulevardzeitung. Sie deutete darauf, lachte und las ab: »Weinkrampf an der Schreibmaschine«.

Ellen nahm den Ausschnitt von der Wand. »Für Viktor.« Sie steckte den Ausschnitt in ihre Handtasche.

»Wenn einer nicht weint, dann er«, sagte Barbara.

»Zum Glück.« Ellen nickte und wechselte das Thema: »In deinen Fitneß Club kriegst du mich nie, das schwöre ich.«

»Auf ins Wasser«, rief Barbara. Sie spielte die Muntere.

Im Schwimmbecken des Hallenbads absolvierten die beiden Freundinnen Ellen und Barbara ihr allwöchentliches Pensum. Eine Zeitlang war Viktor mitgekommen, weniger, um seinen Körper zu ertüchtigen, als um Studien zu betreiben. Zwei Frauen im Bad: Ellen schwamm wie ein normaler unsportlicher Mensch, das Gesicht niemals im Wasser, »erhobenen Hauptes«, wie sie sagte. Barbaras Schwimmweise fand Ellen übertrieben: Bei jedem Stoß mit dem Kopf untertauchen und mit dem Scheitel das Wasser pflügen, dann prustend Luft holen und sich erneut kräftig voranstoßen. Alles andere bringe nichts, behauptete Barbara, Ellens Kopf im Nacken führe nur zu verhärteten Muskelsträngen. Sie zitierte die Krankengymnastin, von der Ellen und sie sich ihre Körper nach den geheimnisvollen Regeln der Osteopathie in Schuß halten ließen. Nach einigen Stößen aber ließ sie ihr musterschülerinnenhaftes Schwimmen sein und schwamm auf die osteopathisch verwerfliche Weise, weil man sich nur so unterhalten konnte.

Ellen seufzte: Sie sei sicher gewesen, daß Viktor länger wegbleiben werde, aber er habe für morgen abend seine Ankunft angedroht.

Barbara schnaubte: »Das wird dich doch hoffentlich nicht hindern, mit mir wie abgemacht am Wochenende nach Kopenhagen zu fahren!«

»Natürlich fahren wir«, sagte Ellen. Sie wäre lieber gefahren, wenn Viktor nicht gewußt hätte, wo sie sich aufhielt. Vergnügt malten sich beide Frauen aus, wie Viktor am Samstag zurückkommen würde – und Ellen ist nicht da. Er sucht nach einer Nachricht und findet nichts. Er sucht und sucht. Er ist unsicher. Ein bißchen Verdacht wäre belebend. Die genüßliche Phantasie schloß Ellen mit der Bemerkung ab: »Ich freue mich auf das Wochenende mit dir in Kopenhagen, aber wenn ich Viktor schon nicht betrüge, dann wäre es mir lieber, wenn er sich wenigstens fragen müßte, was ich in Kopenhagen mache.«

»Ziemlich verdreht«, fand Barbara.

Ellen sagte, Viktor habe diese Windungen in ihre verdrehte Ehe hineingebracht, und jetzt drehe sie auch schon mit. »Diese verdammten Literaten!«

Wenn Ellen Viktor in Schutz nahm, stichelte Barbara. Wenn sie aber nur das Geringste gegen seinen Beruf sagte, nahm sie ihn in Schutz. »Immerhin ist er erfolgreich«, sagte sie, »es gibt andere, die schreiben Gedichte und leben von ihren Frauen. Ich habe von so einem Arsch gelesen. Seine Frau ist Ärztin. Arbeitet vierzehn Stunden am Tag, damit ihr Alter in Ruhe ein paar Verse schreiben kann, die dann keiner druckt, und wenn doch, dann interessiert sich kein Mensch dafür. Sei froh, daß es nicht so ist.«

»Schon, schon«, sagte Ellen, bestand aber darauf, daß es nicht ganz einfach sei, mit einem Menschen zusammenzuleben, der alles, was er erlebt, zu Papier bringt und zu Geld macht.

Beim Abtrocknen und Anziehen an den Garderobeschränken erwogen beide Frauen, das Tarnen der erste grauen Haare bleibenzulassen. Anderseits wollten sie mit Ende dreißig nicht grau sein. Ellen verschwieg, daß sie von einer Stelle in einem Roman Viktors nicht unbeeinflußt war: Ines, also Ellens Vorläuferin Ira, kommt vom Friseur nach Hause und hat sich die Tönung herauswaschen lassen. Darauf ihr Mann: Aha, jetzt ökograu. Ellen und Barbara kamen überein, weiter zu färben, aber nicht ihren Männern, sondern sich selbst zuliebe.

Barbara machte Ellen Komplimente: »Du bist die ungewöhnlichste Ehefrau, die ich kenne.« Dann plötzlich überraschend intim und naiv: »Ist Viktor eigentlich sehr untreu?«

Ellen blieb ungerührt. Wer für ungewöhnlich gehalten wird und gehalten werden will, muß ungewöhnlich bleiben: »Keine Ahnung«, sagte sie leicht, »kennst du einen Mann, der das zugibt?«

Unweit von ihnen stand ein kolossales Muskelweib und salbte den Körper mit Bodylotion. Daß es solche Figuren noch gab. Manchmal nahm Ellen den Wahnsinn der Wirklichkeit wie Viktor wahr. Mit frühen Tagebuchaufzeichnungen hatte sie allerdings den Nachweis erbracht, daß sie schon vor der Zeit mit Viktor einen sarkastischen Blick gehabt hatte, daß also nicht das seltsame Zusammenleben mit einem Schriftsteller, und schon gar nicht dessen Bücher, ihren Blick geschärft hatten. Wie eine Kugelstoßerin aus einer untergegangenen Sowjetrepublik wirkte die gewaltige Muskelfrau. Sie hatte das kleine Gespräch über die Untreue und die Verlogenheit der Männer offenbar mitgehört und gab nun ein tiefes hormonverschobenes Gelächter von sich.

Ellen und Barbara sahen sich an und lachten. Die Kugelstoßerin lachte mit. Die drei Frauen lachten über sich selbst, über die Männer, über die Albernheiten der Liebe. Das Färben der Haare, das Fithalten der Körper, undankbare Männer, immer dasselbe, alles nur komisch.

Zu Ellens Leidwesen beließ es Barbara nicht bei dem befreienden Gelächter, sondern fing in der Straßenbahn noch einmal vorsichtig mit Viktors Frauengeschichten an. Ellen ärgerte sich, daß sie sich den Satz abpressen ließ: »Manchmal treibt er es schon ein bißchen zu weit.« Sie sagte das, weil Barbara es hören wollte und dann vielleicht Ruhe geben würde. Sie wußte nicht, ob es ihre wirkliche Meinung war und wollte es auch nicht wissen. Barbara gab aber noch immer keine Ruhe: »Laß dir nichts gefallen.«

»Das sagt man so«, sagte Ellen.

»Droh ihm!« sagte Barbara.

»Barbi«, mahnte Ellen. Sie rächte sich für Barbaras Aufwiegelei, indem sie die verhaßte Kurzform des Namens besonders gemein aussprach, wie zu einem kleinen Mädchen: »Das ist doch lächerlich, Barbi!« Sie erinnerte die Freundin daran, daß ihr

Drohungen auch nicht geholfen hatten, als ihr Mann Thomas das klassische Initiationsritual mit seiner Sekretärin ausgelebt hatte.

Barbara aber erinnerte sich an ihre damals erlittenen Demütigungen. Ellen sollte sich für sie an den Männern rächen. Sie konnte sich nicht bremsen: »Zahl es ihm heim«, rief sie feurig.

Ellen wurde ungeduldig : »Ich zahle es ihm ja heim!«

»Was?« Barbara war entzückt. »Ich ahnte es. Du betrügst ihn. Wunderbar.« Sie war laut geworden.

Plötzlich hörten sie ein gewaltiges Gelächter. Die kolossale Kugelstoßerin aus dem Bad saß hinter ihnen und hatte sie ein weiteres Mal belauscht. Ellen bedauerte, Viktor nichts von dieser Frau erzählen zu können, zumindest nicht darüber, bei welchen Stellen sie sich bemerkbar gemacht hatte. Ellen sagte, Barbara solle nicht immer von sich und ihrer Ehe ausgehen. Viktor sei einer, der nur darauf warte, daß sie es ihm heimzahle. Also sei das Heimzahlen kein Heimzahlen. Nichts würde ihm mehr in den Kram passen und ihn entlasten, als wenn sie eine Affaire hätte. »Deswegen sage ich nichts, wenn ich etwas habe, ihm nicht und dir auch nicht.« Sie sei Anwältin, fügte sie mit einem Anflug von Stolz hinzu, sie könne schweigen.

Barbara wand sich vor Neugier: »Wer ist es? Kenn ich ihn?«

»Barbara«, sagte Ellen jetzt wirklich streng, »ich bitte dich! Nicht solche Fragen. Mehr Niveau.« Und nach einer kurzen Pause: »Das Leben besteht nicht nur aus Liebe.«

Der Satz hätte von Viktor sein können, dachte sie, und genierte sich etwas. Viktor hatte keine Angst vor banalen Sätzen. Im Zusammenhang seiner Bücher klangen sie manchmal plausibel. Aus dem Zusammenhang gerissen waren sie fürchterlich. Das Leben besteht nicht nur aus Liebe – inhaltlich allerdings war nicht zu bestreiten, daß es neben der Liebe auch die Arbeit gab. Ellen war mehr mit Arbeit befaßt als mit Liebe. Der normale nichtarbeitslose Mensch arbeitete acht Stunden am Tag. Kein Mensch war so lange Zeit mit der Liebe beschäftigt. Ellen arbeitete zehn oder auch zwölf Stunden. Viktor arbeitete unentwegt. Sie arbeiteten beide zuviel. »Wir sind zugeschissen mit Arbeit«, sagte Ellen, »zugeschissen, verstehst du, Barbi!« Barbara war Musiklehrerin an einem kleinen exklusiven Gymnasium, halbe Stundenzahl. Ein beneidenswerter Job mit vielen Ferien, dessen Mühen im Kreis der erfolgreichen Juristen- und Architekten- und Facharztfreunde nicht gesehen wurde. Sie schwieg jetzt kleinlaut und tat Ellen leid. »Viktor kann zwischen Arbeit und Liebe nicht unterscheiden«, erklärte sie, »er hat Geschichten laufen, die er ausbeutet. Er saugt seine Liebesgeschichten aus – und er wird dabei ausgesaugt. Wir haben wenig Zeit füreinander.«

Barbara fand Ellen zu tolerant. Sie fand, Ausbeutung sei das falsche Wort. Viktor koste seine Gefühle genüßlich aus. Sie würde gerne wissen, wie dieses Auskosten im einzelnen aussehe.

Ellen hatte keine Lust mehr. Das Thema ging ihr auf die Nerven. Barbaras Schweizer Tonfall ging ihr auf die Nerven. Die wie ein Riesenspielzeug zur Zürich ratternde Straßenbahn ging ihr auf die Nerven. Sie hätte sich lieber in einer schmuddeligen alten lauten U-Bahn in Paris oder London – und in einer anderen Sprache – über dieses Thema unterhalten. Es war ihr nicht immer, aber doch oft ziemlich egal, ob Viktor etwas mit irgendwelchen Frauen hatte oder nicht, und sie wollte deswegen weder als ein Monster der Souveränität angesehen werden noch und schon gar nicht als stille Dulderin. Es waren die Feinheiten am Rande, die sie lächerlich fand: Wie Viktor versuchte, einen triumphierenden Gesichtsausdruck zu verbergen, wenn er eine Eroberung gemacht hatte. Wie er versuchte, sieghaft aus der Wäsche zu schauen, wenn nichts gelaufen war.

»Bei unserer Kopenhagenfahrt bitte ein anderes Thema«, sagte Ellen, als sie grüßend aus der Straßenbahn stieg.

Am Samstag kam Viktor in Hochstimmung von seiner Lesereise zurück. Susanne hatte Köln abgesagt. Die Mutter ihres Mannes sei krank geworden. Viktor war erleichtert. Susanne wäre ein bißchen viel geworden. Er hatte noch immer damit zu tun, Bettina und die Tscherkessin in sein Leben einzuordnen. Die zwei Neuzugänge in seinem Harem waren zwar nur Optionen, aber das liebte Viktor besonders. Optionen waren voller Möglichkeiten. Die orientalische Verworfenheit der Tscherkessin brachte ein wüstes Element in seine kreuzbrave mitteleuropäische Welt. Auch Bettinas Mischung von mädchenhaftem Schmelz und moderner Kühle waren unbekannt und aufregend. Er hatte zwei Lose gezogen und nicht das Gefühl, es könnten Nieten sein. Insofern war »Los« das falsche Wort. Jede Bekanntschaft war bereits eine Neuerwerbung. Schon jetzt, auch wenn sich gar nichts entwickeln würde, waren Bettina und die Tscherkessin zwei Hinzugewinne, die ihn eine Weile beschäftigen würden, und auch die Begegnung mit Sabine war ein Gewinn gewesen, hatte die Erkenntnis gefördert und Aussicht auf eine würdige Wiedergutmachung eingebracht. Diese drei Frauen betrachtete Viktor wie drei Schätze, drei verschiedene Spannungen, drei verschiedene Erwartungen. Es war schon sehr aufregend, sich unterwegs verheißungsvolle CDs zu kaufen, die man nicht gleich hören konnte, jedenfalls wenn man ohne ein tragbares Abspielgerät reiste. Und eine Frau kennenzulernen, zu umwerben und Adressen auszutauschen war noch tausend Mal aufregender. Das immergleiche fröhliche Toben Susannes hätte Viktor abgehalten von seinen jetzt dringend notwendigen andächtigen Gedanken an Bettina mit der göttlichen Möbelprospektfigur und an die Tscherkessin, deren dunkle Andeutungen über die Wonnen der Sklaverei ihn in eine lustvolle Nervosität versetzten.

So erleichtert über Susannes Absage war Viktor in Dresden gewesen, daß ihn zugleich wieder die Sehnsucht nach eben jener Susanne packte. Die Verläßlichkeit, mit der sie reagiert hatte, begeisterte ihn. Wie eine Schweizer Uhr. Es gab Frauen, die einen in solchen Fällen lange im Unklaren ließen und so alle anderen Planungen verhinderten. Susanne befolgte die ungeschriebenen Regeln des Wilderns: Heimliche Liebhaber und Liebhaberinnen müssen sich immer sofort informieren. Auch ihre Ungeniertheit gefiel ihm. Allein der erste Satz, den sie dem Dresdener Hotelmenschen diktiert hatte: »Vögeln in Köln muß ausfallen.« Ein kostbares Autograph. Statt seine Nägel zu feilen, schrieb Viktor sofort einen Brief an Susanne. Er schrieb ihr, daß er ihr schreibe, anstatt seine Nägel zu feilen, die er sich in Zürich nicht mehr habe feilen können, weil er an sie geschrieben habe und die er sich jetzt auch nicht mehr zu feilen brauche, weil sie sich in Köln nicht treffen und umarmen würden. Dies sei der Vorteil, wenn Liebe ausfalle – daß man seine Zeit nicht mit vorbereitender Körperpflege verplempern müsse. Dann pries er ihr gemeinsames Alter. Susanne war Anfang vierzig wie er. Wie wunderbar, schrieb er, nicht mehr der zitternde, eifersüchtige Jüngling von einst zu sein, den jedes abgesagte Rendezvous mißtrauisch mache und den Verdacht nähre, er könne bereits abserviert sein. »Oder bin ich abserviert, weil ich kein eifersüchtiger Jüngling mehr bin?« schrieb er vorsichtshalber dazu, um den Brief nicht allzu selbstsicher klingen zu lassen. Susanne könnte sich bei diesem charmanten und auch etwas ruppigen Brief fragen, ob ihm ihre Absage nicht ein bißchen sehr wenig ausgemacht habe, und sie sollte sich das sogar fragen. Sie könnte und sollte sich ruhig ein bißchen mehr Bedauern wünschen. Das war Viktors Art von Ehrlichkeit. Er wollte nicht als der kochende Liebhaber erscheinen, der ohne sie jetzt nicht wußte, wohin mit seiner Lust. Er war dieser Liebhaber nicht. Solche Briefe hatte Viktor früher geschrieben, und früher war es auch so gewesen. Solche Briefe machten Eindruck: »Ich schicke dir das Taschentuch, in das ich gewichst habe, in Gedanken an dich!« Nur prüde Frauen waren von solchen Sendungen schockiert. Viktor glaubte nicht, abserviert zu sein, und Susanne war nicht abserviert. Sie hatte auch keine Konkurrenz bekommen. Es hatte Nachwuchs gegeben, das war alles. Das aber brauchte sie nicht zu erfahren. Nicht jetzt. Sie brauchte auch nicht zu erfahren, daß er in keinen Abgrund fallen würde, wenn sie ihn fallen ließe. Er würde in den Schoß der Tscherkessin fallen. Andererseits sollte es mit Susanne so bleiben, wie es war: Der Topf mit ihren Gefühlen füreinander sollte auf dem Herd bleiben, heiß genug, um sie bei einem entschlossenen Verschieben auf die heißeren Platten rasch zum Brodeln zu bringen. Mit seinem Brief legte er gleichsam ein paar Scheite nach und zog den Susanne-Topf gleichzeitig ein bißchen aus dem Zentrum der Kochfläche.

Das Bild von sich als Koch am Herd, der geschickt mit diversen Töpfen und Pfannen hantiert, erheiterte ihn. Nichts anbrennen lassen. Nichts kalt werden lassen. Aus der Kochkunst machte er sich wenig, aber als Metapher für die Kunst der Liebe war sie tauglich: Nur die Ärmsten der Armen essen immer dasselbe. Der kultivierte Mensch will eine abwechslungsreiche Speisekarte. Es wäre keine Strafe für Viktor, wenn Gott aus dem Himmel herabbrüllte: Du darfst dein Leben lang täglich nichts als Spaghetti mit Tomatensauce essen. Die Höllenpein für jeden Feinschmecker. Viktor würde schallend lachen. Für Viktor wäre es die Hölle, sein Leben lang mit ein und derselben Frau vorliebnehmen zu müssen. Einen Gott, der die Unverschämtheit besäße, ihm das zuzumuten, würde er mit Steinwürfen vom Himmel herabholen, fesseln und solange von einer Gruppe von Schönheitsköniginnen becircen lassen, bis er sein Gebot wiederriefe.

Töpfe und Pfannen mit verschiedenen wohlriechenden Gerichten. Ellen wäre Rehgoulasch, Sabine Kartoffelbrei, Bettina Creme Caramel, Susanne Ratatouille und die Tscherkessin natürlich ein scharf gewürztes Hammelgericht. Ira Muscheln im Weißweinsud, keine Frage. Als Viktor beim Einchecken im Dresdener Hotel zusammen mit dem Zimmerschlüssel Susannes Absage ausgehändigt bekam und sie im Lift gelesen hatte, war sein erster Reflex gewesen, Ira in Amsterdam anzurufen. Köln – Amsterdam war keine Entfernung. Das heißt, es waren zwei oder drei Stunden, aber Ira war zu beeindrucken, wenn er Sätze sagte wie: »Ist doch keine Entfernung. Hast du nicht Zeit? Wir gehen Muscheln essen.« Sie reagierte dann entweder mit einem schnellen »Nein«, aber auf eine umwerfende Art, nämlich zitternd vor wirklichem Bedauern, eine ganze nicht zustande gekommene Liebesnacht schien in diesem »Nein« zu liegen. Oder sie sagte nach einigem Zögern »Na schön«, was aber nicht nach Liebe klang und nicht nach Liebe klingen sollte. Und damit das auch klar wäre, sagte sie nach dem »Na schön« auch noch giftige Worte wie: »Aber das ist keine Garantie für irgendwas, verstehst du, ich weiß nicht mal, ob ich Lust habe, dich bei mir übernachten zu lassen, es kann sein, daß du wieder zurückfahren mußt nach dem Muschelessen oder du nimmst ein Hotelzimmer.« Sie wollte sich vollkommen absichern, und es hätte nicht viel gefehlt, und sie hätte gesagt: »Damit das klar ist!« Irgendwie fand Viktor diese Art aufregend. Anzunehmen, daß ihre Reaktionen mit einem Lover zusammenhingen, der oft verreist und oft nicht verreist war. Darüber hinaus hatte Ira schon immer eine Neigung gehabt, sich zu einer Bedingungen stellenden Prinzessin zu machen. Als er mit ihr verheiratet gewesen war, fand er diese Masche unausstehlich, jetzt machte ihn ihre Unart lüstern. Seitdem er wieder Kontakt zu ihr aufgenommen hatte, hatte er ein paar Mal mit der gewünschten Unaufdringlichkeit angefragt, ob er sie zum Essen einladen dürfe. »Du bist in Amsterdam?« fragte sie – freudig überrascht fand er. Darauf Viktor wahrheitsgemäß: »Nein, aber nur vier Stunden entfernt.« Ein paar Mal hatte er ihr schönes »Nein« gehört, ein paar Mal ihr unschönes »Na schön – dein Risiko«. Er hatte es dann natürlich riskieren müssen, und ein paar Mal hatte es ihr tatsächlich gefallen, ihn nach dem Essen zu verabschieden. Stolz und ohne jedes weitere Drängen, ohne zu jaulen, war er von ihr gegangen, im wohligen Gefühl, sie bereue bereits die launische Ausweisung ihres Ex-Ehemanns. Ein paar Mal allerdings, wenn ihr danach war, hatte sie ihn mit zu sich genommen, und diese Male waren von einem solchen Zauber gewesen, daß er das Risiko der Abweisung immer wieder in Kauf nehmen würde. Keine Liebe, keine Lust, kein Sex war mit dem anderen zu vergleichen, aber eine aufgewärmte beziehungsweise wiederaufbereitete und tatsächlich noch einmal hitzig werdende Liebe war ganz besonders unvergleichlich, und Viktor liebte Ira dafür, daß sie sich ab und zu noch lieben ließ, denn das war nicht nur einfach eine große Befriedigung, sondern auch ein Beweis dafür, daß wahre Liebe nicht totzukriegen ist. Er wäre auch bis nach Australien gefahren dafür.

In Dresden hatte Viktor nach einer angenehmen, aber unaufregenden Lesung, zu der Christine aus Erfurt nicht gekommen war, darauf verzichtet, Ira anzurufen. Die letzten beiden Male hatte sie »Nein« gesagt, die Gefahr eines »Na schön« war diesmal groß. Viktor wollte sich nicht verzetteln. Er hätte es seinen frischen Gefühlen Susanne und der Tscherkessin gegenüber unfair gefunden. Nach dem Entschluß, die Reise so keusch zu beenden, wie er sie begonnen hatte, fühlte Viktor sich befreit – und sekundenlang begriff er, daß das ständige Koordinieren seiner Liebesangelegenheiten vor allem eines war: anstrengend.

So war er nun, ohne große Abenteuer erlebt zu haben, nach Zürich zurückgekommen und fühlte sich dabei wohl. Er hätte sich auch wohl gefühlt, wenn ihn die Nasenring-Bettina in die Zugtoilette gelockt und er sich dort mit ihr vergessen hätte oder wenn er die Tscherkessin auf dem durchgewetzten Teppich im Zimmer neben ihrem Mann auf ihren Wunsch hin zur Sklavin gemacht hätte, um wenig später mit Sabine im Frankfurter Hotel einen deutschen Wiedergutmachungsbeischlaf zu absolvieren; wenn er im Hotel in Dresden mit der aus Erfurt angereisten Christine sächsisch gerammelt, sich tags darauf mit Susanne in Köln ausgetobt hätte, um sich dann doch noch für ein paar schöne Stunden nach Amsterdam zu begeben und sich dort mit der diesmal völlig eindeutigen Ira ineinander zu verkrallen. Nach dieser Meisterleistung hätte er sich auch nicht unwohl gefühlt. Die Leistung wäre weniger eine körperliche als eine seelische gewesen, denn er hätte die Regeln der Quarantäne trickreich umschiffen müssen, die da in etwa besagen, daß zwei Mal die Sonne untergehen muß, ehe der Mann ein anderes Weib zu sich auf die Lagerstatt nehmen soll, und dreimal muß die Sonne untergehen, ehe ein Weib sich diese Freiheit herausnehmen soll, denn es war schon immer so, daß Mann und Weib nicht gleich sind, ha ha. Wer aber sich nicht hält an diese Regeln des Anstands, den nennen wir einen promisken Hallodri, wenn es ein Mann ist, und ein Flittchen, wenn es ein Weib ist, und diese müssen sich vorsehen, nicht Schaden zu nehmen an ihrer Seele.

Viktor hätte also die Phasen zwischen den intimen Begegnungen mit den verschiedenen Frauen künstlich ausdehnen müssen. So wie man mit einer bestimmten Software Daten komprimieren kann, um die Übermittlungszeit von Computer zu Computer zu verkürzen, hätte er, wenn er sich Freitag vormittag um elf Uhr von der Langschläferin Susanne nach einer bewegten Nacht auf dem Bahnhof in Köln verabschiedet haben würde, um fünf Stunden später Ira in Amsterdam in die Arme zu schließen, diese wenigen Stunden meditativ verlängern müssen. Bei einiger Übung war das möglich. Man mußte nur schneller denken und noch schneller phantasieren. Wenn man in sechs Stunden acht Mal soviel dachte und phantasierte wie normalerweise, hatte man danach den Eindruck, es seien achtundvierzig Stunden vergangen. Beim Träumen geschah nichts anderes. In weniger als drei Minuten konnte man einen ganzen gemächlichen Roman träumen. Vor allem hätte Viktor die unanständig kurzen Phasen zwischen Bettina und der Tscherkessin und zwischen der Tscherkessin und Sabine dringend verlängern müssen. Prolongieren durch Komprimieren hätte man diese Methode nennen können, die jeder polygame Mensch beherrschen sollte, denn es kann immer der Notfall eintreten, die unerwartete Akkumulation sozusagen, die nur mit der Kunst des Komprimierens und Prolongierens bewältigt werden kann. Nach diesem gelungenen Kunststück als Sieger heimgekehrt, hätten es die Gesetze des Anstands verlangt, nun auch noch der Ehefrau seine Gelüste anzubieten, um die Liebesserie würdig abzuschließen. Nach einer alttestamentarischen Liebesnacht mit Ellen, dem Weibe an seiner Seite, wäre Viktor anderntags vor den Gott der Liebe getreten und hätte also gesprochen: »Herr, ich habe getan, was ich konnte, in fünf Tagen habe ich mit sieben Frauen geschlafen, aber ich schwöre bei meiner Seele, bei all dem Ficken und Vögeln und Kratzen und Stoßen und Fingern und Lecken und Krallen, ich habe die Liebsten immer auseinanderhalten können, ich hatte nie das Gefühl, hallodrihaft von einem Bett ins andere zu torkeln, immer war es Liebe gewesen und nichts als Liebe.« Da würde der Herr der Liebe sprechen: »Ich weiß es, mein Sohn, du sagst die Wahrheit, und zur Belohnung sollst du erhalten eine achte Frau, ihr Name ist – Penelope, und wahrlich, ich werde sie dir zuführen, sobald die Zeit reif ist.«

Statt dessen also kam Viktor keusch nach Zürich zurück, keinerlei erotische Meisterleistungen hinter sich, sondern nur zwei interessante Neubegegnungen und eine glimpflich verlaufene Wiederbegegnung. Wenn er sich selbstkritisch als Reisender in den Geschäften der Liebe begriff oder noch schlimmer – als Staubsaugervertreter, dann war das Ergebnis dieser fünftägigen Tour mager: Zwei Damen hatten unverbindlich Interesse für sein Turbomodell signalisiert und eine, die sich vor Jahren dieses Spitzensaugkraftgerät von ihm hatte andrehen lassen, hatte Funktionsuntüchtigkeit beklagt und sich mit dem Hinweis auf eine kulante Reparatur im Rahmen der Garantie gerade noch vertrösten lassen. Dafür war die Literatur gut, um solche häßlichen Gedanken über die eigenen Umtriebe auf seine Figuren abzuwälzen.

Nach der Kölner Lesung hatte Viktor noch einen Tag für Museen angehängt und in Köln, Bonn und Düsseldorf alles besichtigt, was es an Gemäldegalerien zu besichtigen gab. Denn so wie er spektakuläre Ausstellungen boykottierte, wo man vor den Bildern Schlange stehen und sich neuerdings schon Wochen vorher Tickets kaufen mußte, so liebte er irgendwelche gähnend leeren Landesgalerien, deren Wärter sich verschlafen wie Hühner von ihren Plätzen erhoben und ihr Gefieder ordneten, wenn sich ein Besucher näherte. Diese Galerien enthielten genug gute Sachen, sollte die idiotische Masse sich dort drängeln, wo ein geschicktes Kulturmanagement ein Drängeln vorgesehen hatte.

Nun stieg Viktor lächelnd die alte bequeme Treppe zur Wohnung hoch. Vor hundert Jahren hatte man noch Treppen und Treppenhäuser bauen können, alle Architekten von heute an die Wand, peng, aus, Schluß mit ihnen, keine sehr originelle Liquidation, breiter Beifall wäre den Vollstreckern sicher. Was er bei seiner Stippvisite vor drei Tagen in Berlin an neuen Bauwerken gesehen hatte, war nicht danach, Gnade walten zu lassen. Er hoffte, Ellen könnte auf die Idee gekommen sein, mit Barbara und Thomas oder mit Hanna und Carlos oder mit beiden Freundespaaren ein Essen verabredet zu haben.

Viktor klingelte. »Warum klingelst du immer?« hatte Ellen

am Anfang ihres Zusammenlebens gefragt. »Ein Gebot des Anstands«, war Viktors Antwort, »wenn ich du wäre, läge ich mit zwei schwarzen Leichtathleten im Bett.« Ellen öffnete nicht, und er schloß die Tür auf. Keine Nachricht. Er hatte von Köln aus den Anrufbeantworter besprochen: »Hänge noch einen Museumstag an, komme am Samstag nachmittag zurück.« Der Anrufbeantworter war nicht abgehört. Viktor spürte: Das war die gerechte Strafe dafür, daß er kein Ehemann war, der seine Frau auf dem Laufenden hielt. Er bedauerte Ellens Abwesenheit und merkte sofort, wie dieses Bedauern seiner Ehe guttat. Er vermißte Ellens Anspielungen und sein Ehrenwort: »Keine Kondome benutzt, wirklich, zähl nach! Ich war statt dessen in drei Museen.« – »Ich glaube kein Wort«, würde Ellen sagen. Da hätte er seine drei schweren Kataloge aus der Tasche gezogen und auf den Tisch gewuchtet: »Bitte!« Darauf Ellen, total rational: »Was sollen wir bitte mit diesen drei riesigen Katalogen! Die liegen doch nur rum!« Darauf Viktor: »Gewichtige Beweise meiner Unschuld!«

Die Szene entfiel wegen Abwesenheit der weiblichen Hauptdarstellerin. Schade. Sorgen machte sich Viktor nicht, aber nicht zu wissen, was los war, hatte eine läuternde Wirkung. Er faßte ein paar gute Vorsätze: Die Ehe etwas mehr pflegen! Nicht ganz einfach, wenn man ohne außereheliche Reize keine Zeile zu Papier bringen kann. Nach einer Stunde fand er einen Zettel auf dem Bett. Ein gutes Versteck. Raffiniert. Ellen wußte, daß er das Schlafzimmer kaum aufsuchte, wenn er allein war, sondern auf der Couch in seinem Arbeitszimmer nächtigte. Sie konnte sich denken, daß er nach einer Nachricht suchte und daß er sie im Schlafzimmer erst spät finden würde: »Bin mit Barbi übers Wochenende in Kopenhagen, uns amüsieren. Eventuell erst Montag zurück. Mach's dir schön. Ellen.«

Viktor spürte einen Stich, einen feinen kleinen Stich im Herzen, feiner als der einer Seelenstechmücke. Nach Kopenhagen hatten Ellen und er immer einmal fahren wollen. Natürlich hatte es auch mit Ira und Beate schon einmal nach Kopenhagen gehen sollen. Mit Susanne nicht. Komischerweise hatte er sich mit seinen erotischen Visionen in den letzten Tagen mit der Nasenring-Bettina und mit der Tscherkessin durch das ihm unbekannte Kopenhagen spazieren sehen, schwer vor Lust ein Hotel ansteuern. Auch das empfand er als ironische und gerechte Strafe, daß Ellen ohne ihn jetzt wirklich in einer Stadt herumging und es sich zweifellos gutgehen ließ, in der er mit anderen Frauen im Traum gewesen war.

Das Unangenehme am Alleinsein war, daß ihm nichts schmeckte. Der klassische einsame Heimkehrer macht sich ein Käsebrot, kaut und schmatzt genüßlich, öffnet eine Flasche Wein, raucht eine Zigarette und liest behaglich Zeitung oder sieht fern und furzt ungestört. Diese Reflexe waren in Viktor vorhanden, aber die Ausführung gelang nicht, bis auf die leichteste Übung: das Furzen. Beim Betrachten des Brotes aber verging ihm die Lust aufs Essen, beim Anfassen der Flasche verlor sich die Lust auf Wein, und die Zigarette, die er gerne rauchen würde, hätte ihm nicht geschmeckt. Auch die Zeitung hatte nur einen Sinn, wenn man sie in Gegenwart von anderen konsumierte, allein ödete Viktor die Politik an, und das Feuilleton interessierte ihn schon gar nicht. Das Fernsehen war als Einzelwesen betrachtet noch substanzloser, und wenn etwas Gutes kam, wollte man es nicht allein sehen. Allein in ein Lokal zu gehen, war ihm völlig unmöglich. Wo bitte sollte er sich allein hinsetzen und wo beim Essen die ganze Zeit hinsehen? Allein wäre er im Handumdrehen verhungert, verblödet, verrottet. Nicht einmal zum Alkoholiker würde er werden, denn der schnelle Schwips nach zwei, drei schnellen Gläsern Wein machte nur Spaß, wenn man seine gute Laune irgendwem entgegensprühen konnte. Möglicherweise würde er allein ununterbrochen arbeiten, noch mehr Bücher schreiben, noch mehr Lesungen machen, mit noch mehr Frauen herumzündeln, noch mehr ausfransen und sein Zentrum verlieren.

Das Zentrum verlieren – was für ein pompöser Gedanke. »Ohne dich wäre ich drauf und dran, mein Zentrum zu verlieren«, notierte er und überlegte kurz, ob er Barbaras Mann Thomas anrufen sollte, der bestimmt wüßte, in welchem Hotel in Kopenhagen die beiden Frauen abgestiegen waren. Dann hinfaxen. Heute alles keine Kunst. Aber wenn Thomas zu Hause wäre, würde er eine Sauftour vorschlagen und Viktor hatte keine Lust, schon wieder abzusagen. Es war ihm auch nicht klar, ob Ellen sich freuen oder seinen Spruch befremdlich finden würde. Eher befremdlich. War er ja auch. Erinnerte fatal an diese kunsthistorische Bibel der fünfziger Jahre: *Verlust der Mitte*.

Viktor ging in sein Arbeitszimmer. Er hatte keine Lust, den Computer anzuwerfen. Bei der Gelegenheit würde er die zwei Dutzend E-Mails lesen, die sich angesammelt haben dürften. Schlüpfrige Post von Susanne sicherlich. Anfragen von Verlagen und Redaktionen. Achttausend Anschläge über Stewardessen bis Ende des Monats – wäre das möglich? Viktor lebte von solchen Aufträgen. Aber nicht heute abend. Vielleicht wäre eine Zeile von Ira dabei: »Hast du mich vergessen?« Solche kargen Zeilen von Ira kamen ab und an. Sie hatten regelmäßig zwei- bis dreistündige Auslassungen Viktors zur Folge, die ihre Unvergessenheit bewiesen. Ira konnte man die Wahrheit fast komplett zumuten. Ex-Frauen waren ideale Vertraute. Heute würde er ihr schreiben, daß er drauf und dran gewesen war, sie von Köln aus auf ein Essen in Amsterdam einzuladen. Susanne und die Absage Susannes würde er weglassen. Aber von der Nasenring-Bettina und der Tscherkessin würde er Ira haarklein erzählen. Solche Geschichten machten Ira eher Appetit. Auch die verunglückte Nacht mit Sabine dürfte sie amüsieren. Viktor wußte, daß zwei Stunden nicht reichten. Er würde vier oder fünf Stunden für seinen Bericht brauchen, der so lang werden würde, daß Ira niemals Lust und Zeit hätte, ihn zu Ende zu lesen. Viktor mußte sich aber noch ein paar andere Notizen machen. Deshalb ließ er den Computer ruhen und notierte auf einem Blatt Papier den eben gehabten Einfall, der unfixiert in wenigen Minuten spurlos verschwunden wäre:

Schurkischen Ehemann wandelt Reue an. Er will seiner abwesenden Frau schreiben, daß sie sein Zentrum ist. »Ohne dich, du meine Mitte, gerate ich ins Schlingern« – oder einen ähnlich kitschig versöhnlichen Satz will er ihr zukommen lassen. Faxen geht nicht. Handy hat sie – aber er hat keines. Er haßt Handys.

Er geht in ein Café und hält Ausschau, wem er sein Ansinnen zumuten könnte, und bietet einer netten jungen Handy-Studentin an, sie auf ein Essen einzuladen, wenn er ihr einen Satz diktieren darf, den sie dann bitte auf die Handyweise an eine bestimmte Nummer mailt. Diktieren Sie! Der Ehemann diktiert: »Ich werde gerade von Ihrem offenbar reuigen Ehemann in einem Lokal gebeten, folgende SMS-Meldung abzuschicken: ›Wohnung leer und mir wird klar, daß ich ohne dich, o du meine Mitte, drauf und dran bin, ins Schlingern zu geraten.‹« – »So eine Botschaft möchte ich auch mal bekommen«, sagt die Studentin. – »Geben Sie mir Ihre Adresse«, sagt der schurkische Ehemann.

Das Blatt legte Viktor auf Ellens Bett. Dann plazierte er die Kunstkataloge, diese drei sinnlos gewordenen Beweise seiner Treue auf dem Wohnzimmertisch. Das Alleinsein war gut zum exzessiven Notizen machen, zum ungestörten Schreiben langer Briefe und vor allem zum unkontrollierten Raisonnieren. Das Ins-Schlingern-Geraten und Zum-freudlos-asozialen-Arbeitstier-Werden ohne eheliche Mitte war noch nicht alles, warum es sich empfahl, trotz Ablehnung dieser fragwürdigen Institution verheiratet zu sein. Ein weiterer großer Vorteil war, daß man als verheirateter Mann den bindungsunlustigen Frauen nicht lästig werden konnte. Die mochten keine Junggesellen mit zu viel Zeit, die unentwegt hinter ihnen her schwänzelten. In den bindungshungrigen Frauen, diesen eigentlich sehr viel kostbareren Wesen, weckte man als Unverheirateter womöglich falsche Hoffungen. Sie saßen, wenn das Klischee stimmte, am Sonntag mit traurigen Augen am schweigenden Telefon und dachten: *Er liebt mich nicht!* War aber der Liebhaber ein verheirateter Ehemann, dachten die unglücklichen Liebsten: *Jetzt gibt sich das Schwein mit seiner ungeliebten Frau ab!* Es mußte weniger weh tun, das zu denken. Alles in allem sah es so aus, als würde einem das Verheiratetsein mehr Freiheiten bescheren als das Unverheiratetsein.

Viktor setzte jetzt doch seinen Computer in Betrieb, öffnete den Ordner, den er »Segen der Ehe« genannt hatte, betrachtete kurz die Liste mit den Dutzenden von Dateien, die er zu diesem Thema angelegt hatte, »Ehe als Sprungbrett« zum Beispiel, wobei der Sprung zur Seite in ein fremdes Bett gemeint war, machte eine neue Datei auf, nannte sie »Ehe als Alibi«, tippte, was ihm gerade durch den Kopf gegangen war, und resümierte schließlich: »Der verheiratete Verehrer anderer Frauen stöhnt gern über seine Ehe und seine Ehefrau, wenn er dieser gegenüber wieder einmal in Erklärungsnot und also ins Stammeln geraten ist. Aber er sollte an das Stammeln seines unverheirateten Artgenossen denken, der keine Möglichkeit hat, seine Frau als Grund anzugeben, wenn er sich von den besitzergreifenden Forderungen der Liebsten zurückziehen will. Indem die Ehe die freie außereheliche Liebe begrenzt und bremst, macht sie eine freie Liebe überhaupt erst möglich. Mag sein, daß man ein Alibi braucht, wenn man sich auf außereheliche Wege begibt, aber die Ehe bietet andererseits mühelos selbst ein Alibi, wenn man diese Wege wieder verläßt.«

Mißmutig betrachtete Viktor seine Auslassungen. Er neigte, wenn es um sein Lebensthema ging, zu gespreizten Feststellungen. Wenn er sie in Gegenwart von Ellen mündlich von sich gab, wurde sie wütend, nicht »wegen des unsäglichen Inhalts«, wie sie immer meinte, sondern »wegen der unsäglichen Formulierungen«. Dennoch war etwas dran an der »Ehe als Alibi«. Vor allem galt diese Funktion der Ehe ebenso für Frauen. Wie oft hatte Susanne nicht ihren Mann als Grund angegeben, um sich von Viktor davonzustehlen. Die Langschläferin war manchmal sogar zur Frühaufsteherin geworden. Dem ihm unbekannten Ehemann Susannes hatte Viktor manchen freien und kreativen Vormittag zu verdanken, den er ohne ihn hellwach und tatenlos neben einer schnarchenden Geliebten im Bett hätte verbringen müssen, die im Halbschlaf immer dann nach ihm griff und ihn festhielt, wenn er das Bett verlassen und zu seinem Schreibgerät eilen wollte. Manche ungestört hingeschriebene Romanseite war so entstanden, denn am frühen Morgen nach einer Liebesnacht schrieb Viktor besonders gern. Sabine hatte ihren Mann früher auch als Alibi angegeben, und wer weiß, ob der Mann der

Tscherkessin in der seltsamen Nacht von Hannover wirklich im Nebenzimmer geschlafen oder gearbeitet hatte und nicht ein Vorwand der Tscherkessin für einen Anfall untscherkessischer Unlust war. Ira, als sie noch nicht Viktors zweite Frau, sondern seine große Geliebte war, hatte unentwegt ihren damaligen Mann und ihre Kinder benutzt, um Viktor auf Abstand zu halten, allerdings war es Ira beziehungsweise der Gedanke an sie, der Viktors neue Theorie von der Ehe als Alibi zu einer weiteren Bauruine auf der Festplatte seines Computers machte, denn Ira brauchte jetzt kein Familienleben mehr, um sich ihn vom Leib zu halten, ihr genügte die kühne Andeutung, sie habe einen Lover, dem Viktor nicht in die Quere kommen dürfe. »Ist der Schwarze zurückgekommen, wegen dem du nach Amsterdam gezogen bist?« Sie lachte und tat so, als wisse sie von nichts. Als Viktor Iras Lebenswandel bedachte, fand er seine Ehetheorie mit einem Mal reichlich spießig und altmodisch – und literarisch brauchbar nur, um in einem Roman das Verheiratetsein eines schurkischen Ehemanns zu erklären. Iras »Es geht nächste Woche leider nicht, mein Freund kommt mich besuchen« war eigentlich die frischere Absage als Susannes miefiges »Mein Mann kommt schon früher zurück«. Viktor beschloß, Ellen nie wieder als Grund für eine erotische Terminverschiebung anzugeben, auch dann nicht, wenn sie dieser Grund war.

Die Post hatte Viktor gleich nach dem Betreten der Wohnung als erstes gesichtet. Eine Antwort der Tscherkessin auf seinen langen Brief mit der Ankündigung, sie als Vorlage zu seinem nächsten Roman zu benutzen, war noch nicht dabei. Das bedeutete nichts. Seine allzu langen Briefe machten Frauen oft ratlos. Es war Samstag, früher Abend, sechs Uhr, der ideale Zeitpunkt, um anzurufen. Schließlich hatte sie ihn beim Abschied mit ihrem starken französischen Akzent rauchig gefragt: »Schreibst du mir? Rufst du mich an?« Dabei war eine Art künstliche Melancholie in ihrem Blick gewesen, als sei dies ein Abschied für immer, als werde er sich nie mehr bei ihr melden, als seien die Männer eben so und als möge sie das sogar. Die Erinnerung an diesen Blick löschte plötzlich alle anderen Gedanken und Erinnerungen in Viktor aus. Ein Zustand der erotischen Fixiertheit, der ihm allerdings nicht fremd war, sondern immer wieder heimsuchte. Mit einem Mal war ihm die Tscherkessin vollkommen nah und alle anderen Gestalten zogen sich geschwind, diskret und verständnisvoll ihn ihre Gästezimmer zurück. Weg waren Susanne, Ira, Bettina, Sabine, Beate. Manchmal blieb ausgerechnet die Frau, für die Viktor schwärmte, ohne sie persönlich zu kennen, am längsten: Penelope, die Italienischlehrerin, die nur als ein vager, aber begehrenswerter Umriß in seinem Herzen existierte und deren Gesicht er nicht kannte, von der er sich aber gelegentlich beobachtet fühlte, ohne je ihre Gedanken deuten zu können. Sie stand auch jetzt eine Weile noch schemenhaft in Viktors Phantasiekulisse herum, ein bißchen so, als liebe sie ihn heimlich und leide etwas, dabei liebte er sie doch heimlich. Dann wurde sie von Ellen sanft von der Bühne weg in ihr Zimmer gezogen, Viktor hörte Ellens Stimme, so plastisch war seine Halluzination: »Kommen Sie Penelope, lassen wir ihn jetzt allein.« Und dann war nur noch die Tscherkessin da und funkelte ihn an, tückisch fast – und jetzt begehrte er nur noch sie.

Viktor erschrak, so unerwartet heftig packte ihn die Lust. Er stöhnte, und sein Herz begann zu hämmern, denn dies jetzt war der Augenblick des Eintritts in die Realität, das Ende der unverbindlichen Phantasie und der phantastischen Verfügbarkeit. Ein Sprung war fällig, wie immer, wenn er das bequeme Reich der Phantasie verließ. Fast mußte er sich zwingen. Er mußte sich Mut zusprechen und sich selbst als wirklichkeitsscheuen Träumer beschimpfen, um die Kraft zu diesem Anruf zu finden. Einen Brief zu schreiben, das war noch nicht wirklich Wirklichkeit. Egal ob man ihn in ein wirkliches Kuvert steckte, mit einer wirklichen Marke frankierte und in einen wirklichen Kasten warf, oder ob man ihn durchaus wirklich tippte und als E-Mail mit dem durchaus wirklichen Computer abfeuerte wie einen Feuerwerkskörper: Ein Brief, auch der ernsteste und ehrlichste und verwegen vorpreschendste, war von der Fiktion nicht immer eindeutig zu unterscheiden. Ein Anruf aber bedeutete ein Ende des Räsonierens und Reflektierens, das war eine neue Qualität. Viktor hatte das sichere Gefühl, daß die Tscherkessin sich von sich aus nicht bei ihm melden würde, daß er erst mit diesem Anruf bewußt und gezielt das Risiko einging, eine wirkliche Liebesgeschichte einzuleiten. Entsprechend heftig war seine Aufregung. An der Frequenz und der Härte seines Herzschlags spürte er, wie stark es ihn erwischt hatte. Hundert Mal hatte Viktor die Liebe gepackt, ein solches Herzklopfen aber hatte weder die seinerzeit schlanke Sabine mit ihrer lasziven lila Lederhose noch Sabine mit ihrem verheißungsvollen Augenflackern ausgelöst, allenfalls die Zündung der Ira-Liebschaft vor hundert beziehungsweise fünfzehn Jahren hatte seinen Körper in ähnliche Wallungen gebracht.

Der Professor war am Telefon. Es gab ihn also wirklich. Das Nennen des Namens Viktor Goldmann führte zu keinen Wutanfällen und Ausbrüchen. Ja, Rebecca sei da, allerdings im Keller, sagte er teilnahmslos, es dauere etwas. Er legte den Hörer ab, Schritte, Rufe, dann wurde es still.

Es dauerte Minuten, bis die Tscherkessin sich meldete: »Oui, c'est moi.« Als sie Viktor erkannte, ging ein Schwall von Beschimpfungen auf ihn nieder. Sie nannte ihn wieder beim Nachnamen: »Ör mal, Goldmann«, sagte sie. Nein, sie nenne ihn nicht beim Vornamen, »Viktor« erinnere sie an Victor Hugo, das sei ein Dichter gewesen im Gegensatz zu Viktor Goldmann. »Wer ist Viktor Goldmann«, schnaubte sie und blies Luft aus: »Also 'ör mal, Goldmann, wie kannst du mir so etwas schreiben, diese Obszönitäten, ich bin keine Nutte, 'ör mal, 'ältst du mich für eine Nutte, Goldmaan, Nutten kannst du solche Schweinereien zumuten – du bist unmöglich, Goldmaaan.« Die Vorhaltungen rissen nicht ab, und Viktor wunderte sich, daß er nicht geknickt sein Haupt senkte, daß er nicht einmal peinlich berührt war. Lag es daran, daß er durch das Nennen des Nachnamens nicht das Gefühl hatte, persönlich angesprochen zu sein? Goldmann – das war ein anderer. Eine fast wohlige Anonymität ging von dem Namen seiner Familie aus. Auch amüsierte ihn die Unart der Tscherkessin, weil sie ihn an die Schulzeit erinnerte, vielleicht nicht an seine eigene, die nicht finster gewesen und wo man nicht militärisch mit seinem Nachnamen angebellt worden war, aber an die in irgendwelchen Filmen dargestellten üblen Schulzeiten fühlte er sich erinnert, wo irgendwelchen unzurechnungsfähigen Lehrern der Vorname ihrer Schüler zu vertraulich war. Vielleicht war der kleine Antoine Doinel in Truffauts Film *Sie küßten und sie schlugen ihn* mit seinem Nachnamen genannt worden, und Viktor ließ die Tiraden der Tscherkessin jetzt an sich abrinnen, wie Jean-Pierre Léaud als Antoine Doinel auf der Leinwand irgendwelche Vorhaltungen einst stoisch an sich hatte abrinnen lassen. »Uner'ört, Goldmaan!«

Er hatte die Tscherkessin falsch eingeschätzt. Geblendet von ihren wüsten schwarzen Haaren, ihren wilden Gesten, ihrem scharfen Profil und ein paar losen Andeutungen hatte er sofort eine wüste, wilde, scharfe, schwarze Liebesgeschichte vor sich gesehen und diese ungeduldig in seinem Brief skizziert – und das war offenbar ein Fehler gewesen. Wer einer Frau, die er erst wenige Stunden kennt, in Aussicht stellt, er werde sie versklaven und in Ketten legen und sich vor ihren Augen mit einer Nasenring-Möbelprospektschönheit vergnügen, ehe er sich ihr zuwenden werde, der darf sich nicht wundern, wenn er eine Strafpredigt zu hören bekommt. Wenn man Frauen gut kannte, konnte man das riskieren. Seiner zweiten Ex-Ehefrau konnte Viktor solche Briefe schreiben. Ira hatte dafür Sinn. Manchmal allerdings hatte sie reagiert wie die Tscherkessin jetzt: erbost. Solche Briefe waren leichtsinnig. Er hatte verloren. Viktor war darauf gefaßt, daß gleich das Hammerargument des Antisemitismus auf ihn niedergehen würde. Tscherkessin hin, Tscherkessin her, schließlich hieß sie Rebecca und war Jüdin – und eine Jüdin gedanklich in Ketten zu legen und ihr Tort anzutun – das war, auch wenn man Goldmann hieß, ein wenig heikel.

Viktor verstand nicht, warum ihn die empörte Zurückweisung der Tscherkessin nicht schmerzte, immerhin platzte hier gerade ein Traum, der Traum von einer neuen funkelnden, bisher ungeahnten, irgendwie orientalischen Liebschaft. Was ihn aber trauriger machte als diese durch seine Dummheit im Keim erstickte

Liebe, war die Tatsache, daß er nicht traurig war, daß er fast mit Erleichterung darauf reagierte, er lachte sogar, je mehr ihn die Tscherkessin mit Schmähungen überhäufte. »Uner'ört! Goldmaan, du bist infam!« Die neue Liebe hätte eine neue Last bedeutet, es wäre noch schwieriger geworden, das alles mit Ellen und Susanne und zwischendurch Ira und womöglich Bettina auf die Reihe zu bekommen. An der Verärgerung der Tscherkessin spürte Viktor ihre Power, er spürte, wie hart und anstrengend eine Liebschaft mit dieser Frau sein würde, daher sein Aufatmen und gleichzeitig sein Kummer: Vor zehn Jahren, dachte er, hätte ich noch die Kraft für dieses Abenteuer gehabt. Vor zehn Jahren hätte er noch gegen ihren berechtigten Zorn angekämpft, sich verteidigt, jetzt schwieg er, kaum verlegen, eher amüsiert.

Nun allerdings kam ein Schlag, mit dem er nicht gerechnet hatte: »Goldmann, Goldmann«, sagte die Tscherkessin plötzlich mit veränderter Stimme und begann zu kichern, »dein Brief, olàlà, ein starkes Stück. Goldmann, du mußt mir öfter solche Briefe schreiben.« Sie gurrte genüßlich und drohte dann unvermittelt ihren Besuch in Zürich an. Die Dreistigkeit, mit der sie die Form wahrte und behauptete, sie habe in Zürich zu tun, gefiel ihm. Irgendein jüdischer Künstler stelle seine ungemein wichtigen Kunstwerke aus, sagte sie – eine wunderbar durchsichtige Lüge, die Viktor entzückte. All seine soeben von ihm gegangene Lust auf die frische orientalische Liebe kehrte mit einem Schlag zurück, und mit ihr der Mut zu neuen Ausschweifungen, die Freude auf ein neues Abenteuer, der Glaube an die unerschöpflichen Kräfte, mit denen auch tscherkessische Spezialstrapazen gemeistert und in sein bisheriges Leben integriert werden könnten. Wie immer, wenn die Lust Besitz von ihm ergriff, veränderte sich seine Stimme, sie wurde leiser, dunkler, entschlossener, eindringlicher. »Du klingst wie ein Büffel, bevor er brüllt, wenn er mit den Hufen im Sand scharrt«, hatte Ira diese Stimme einmal beschrieben. Mit dieser die Lust mühsam zurückhaltenden Büffelstimme sagte Viktor jetzt: »Ruf mich rechtzeitig an, ich besorg dir dann ein Hotel.«

Jetzt endlich war die Zeit gekommen, sich die Fingernägel zu feilen. Das Feilen war die ideale Beschäftigung, um die Gefühle zu ordnen, die die Tscherkessin durcheinandergebracht hatte. Viktor feilte, und allerlei ging ihm durch den Kopf und durch den Leib. Unvorstellbar, wenn das Telefongespräch nicht diese Wendung genommen hätte, wenn er sich ängstlich vor dem Streß einer neuen Erfahrung gedrückt hätte. Noch unvorstellbarer, wenn er die anfänglich vehementen Vorhaltungen der Tscherkessin ernst genommen und sich verteidigt und ihren Schwall nicht souverän hätte an sich abgleiten lassen. Er hatte das Gefühl, die schwierige orientalische Prüfung bestanden zu haben. »Goldmann, schreib mir mehr solche Briefe!« Diese Bitte war die Belohnung.

Viktor war mit seiner Feile noch nicht beim dritten Fingernagel seiner linken Hand angelangt, als er aufsprang und den Computer anstellte, im Ohr noch die Stimme der Tscherkessin. Aus irgendeinem Grunde hatte sie sich über die Deutschen und ihre Neigung zur Romantik mokiert. Ungeduldig wartete Viktor darauf, bis der Computer ihm erlaubte, mit dem Schreiben zu beginnen. Was das betraf, war die alte Schreibmaschine früher besser gewesen. Er trommelte mit den Fingern, er scharrte mit den Füßen. Er war ein Büffel. Und er schrieb ein Büffelbrief. »Die Verächtlichkeit, mit der du das Wort ›Romantik‹ in den Mund nimmst, ist grandios, Tscherkessin«, schrieb er und karikierte sie als eine kaukasische Französischlehrerin, die ihre Schüler mit antiromantischen und unzüchtigen Vorstellungen drangsaliert: »Doinel, du sollst nicht so brave Aufsätze schreiben! Goldmann, würdest du bitte etwas pornographischer schreiben, ja!« Er interpretierte ihre Nachnamennennerei als ein Zeichen für ihre Neigung zu einer unpersönlichen Sexualität, die er allerdings aufregend finde, bis ihm einfiel, daß er sie ja nicht einmal beim Nachnamen nannte, sondern noch viel unpersönlicher als Zugehörige eines Volkes, das nicht einmal das ihre war. »Wir sind aus demselben Holz«, entschied er – eine nicht ganz unromantische Formulierung, »wir sind vom Stamm der Unpersönlichen, das ist es, was uns verbindet«. Dann verwandelte sich Viktor vollends in einen Büffel, nahm die Tscherkessin auf die

Hörner, entführte die hilflos und voller Vorfreude strampelnde und verging sich an ihr nach allen Regeln der griechischen Mythologie.

Ein langer Brief war es geworden, literarisch nicht weiter verwendbar, weil nicht sein üblicher Stil, in dem er doch sonst schwelende Symbolik sorgsam vermied, aber doch ein aufregender Brief, in dem er sich selbst auf eine angenehm irritierende Weise fremd war. Kaum war er fertig damit, schrieb er an Ira, die ihn so gern mit Andeutungen über ihren sagenhaften Lover abwehrte oder anlockte, und erzählte ihr von seiner neuen tscherkessischen Errungenschaft, von den Reizen der künstlichen Unpersönlichkeit und versank dabei mehr und mehr in Erinnerungen an sein Eheleben mit Ira, die als einzige Frau hinter ihm stehen und ihm über die Schultern auf die Worte blicken durfte, die er auf dem Papier oder dem Bildschirm entstehen ließ. »Wie du dabei geatmet hast«, schrieb er und äußerte die Vermutung, daß er mitten in der ersten Nacht mit der Tscherkessin an sie, an Ira denken werde, das wisse er schon jetzt. Diese Gier nach dem Fremden, dieses Kosten der Wollust, nichts als ein namenloses Stammesmitglied zu sein, diese Reduktion auf den unpersönlichen Sex, diese Unvertrautheit werde unweigerlich dazu führen, daß er sich nach der vertrauten Ira sehnen werde.

Am Ende dieses Briefs fühlte sich Viktor wie gebadet und massiert, und er dachte an die osteopathische Therapie, die laut Ellen und Barbara noch viel angenehmere Wirkungen hatte als eine stinknormale Massage, er dachte an den italienischen Konversationskurs, den er nicht besuchte, und er fühlte sich der sagenhaften Italienischlehrerin Penelope nah und liebte sie, und er fühlte sich Ellen nah und liebte sie, und selbst Susanne und der dick gewordenen Sabine fühlte er sich nah und liebte sie ein bißchen. Beate und die Nasenring-Bettina schob er mit einem entschuldigenden Grinsen ein wenig zur Seite und liebte in diesem Augenblick auch sie, weil sie so keck gegen die Abschiebung protestierten. Und Ira, der er sich soeben anvertraut hatte, liebte er besonders heiß und innig, und sie war ihm nah wie schon lang nicht mehr, und mit einem Mal war ihm auch die Tscherkessin nah, und er wußte, daß er am Ende der ersten Nacht mit dem Finger zart ihre Nase entlangstreichen und sie »Rebecca« nennen würde.

Er druckte die Briefe aus, genoß es, »Rebecca Marronnier« auf das Kuvert zu schreiben, was auf deutsch Kastanienbaum hieß, Edelkastanien natürlich, wie die Tscherkessin schon in den verschwörerischen Stunden in Hannover präzisiert hatte. Den Brief an Ira hätte er auch als E-Mail senden können, aber Ira sollte schwarz auf weiß auf den neuesten Stand gebracht werden. Auch wollte er mit der Hand das Wort »Amsterdam« auf das Kuvert schreiben. Das Leben war voller schöner Namen.

Viktor ging zum Postkasten und warf die Briefe ein. Obwohl er im Lauf der Jahre Tausende von Briefen geschrieben hatte, war da noch immer und noch jedes Mal der Übermut: Jetzt wirst du gewinnen. Was eigentlich? Er ging an den See und freute sich, nirgendwo angestellt zu sein. Er freute sich, verheiratet zu sein, und er freute sich, daß Ellen am Wochenende in Kopenhagen und nicht hier war. Er freute sich, keine Kinder zu haben und mit niemandem verabredet zu sein. Er freute sich so, daß ihm junge Frauen zulächelten. Er trank einen Kaffee, las eine deutsche Zeitung und freute sich, nicht in Deutschland zu sein. Er freute sich so, daß er im Café mit offenem Mund gähnte. Vielleicht sollte er die Prinzessin Aza anrufen und fragen, ob sie Lust hätte, mit ihm ins Kino zu gehen. Vielleicht aber auch nicht.

Das Märchen von der Prinzessin Aza

In seinem Brief an Ira hatte Viktor sich an die Prinzessin Aza erinnert und sie auch erwähnt. »Aza wie Gaza ohne G«, hatte Aza einst gesagt. Aza war nicht nur ein weiterer schöner Name, sondern auch eine weitere schöne Frau, auch sie eine Orientalin, aber bei ihr hatte Viktor keinerlei Chancen gehabt. Ihre Nase war noch kühner als die der Tscherkessin, ihre Augen noch größer, ihre Haut noch reiner, sie war noch ein paar Jahre jünger, und ihre Wangen waren zum Weinen schön. Viktor hatte kein Gehör bei ihr gefunden. Und doch hatte Aza eine wichtige Rolle in seinem Leben gespielt. Es war noch nicht so lange her.

Die Geschichte von der Prinzessin Aza hatte Viktor schon einige Male erzählt. Weil Aza orientalisch war, hatte er erst vor ein paar Tagen in Hannover der halbwegs orientalischen Rebecca Marronnier, Jüdin aus Korsika, genannt die Tscherkessin, eine Kurzform des wahrhaftigen Märchens zum besten gegeben. Susanne kannte die Geschichte, und selbst seine Erstexehefrau Ella hatte er damit behelligt, denn als sie sich einmal friedlich wegen einer rätselhaften übriggebliebenen Geldsumme trafen, die Viktors Ansicht nach Ella noch zustand, die diese aber nicht haben wollte, hatte Ella aus heiterem Himmel ihre Exfreundin und Ehenachfolgerin Ira beleidigt und obendrein Viktors Liebesfähigkeit angezweifelt. Das war zuviel. Zur Strafe erfuhr sie die Geschichte von der Prinzessin Aza und war dann ganz still.

Ellen kannte nur den ersten Teil der Geschichte. Um sie zu erheitern, hatte Viktor besonders blumig ausgeführt, wie seine Bemühungen gescheitert waren, das Herz der märchenhaften Prinzessin Aza zu gewinnen. Der zweite Teil war die Geschichte eines unerwarteten Gewinns, den würde er Ellen später einmal erzählen, denn noch profitierte er von dem Gewinn. In seiner dritten Ehe hatte Viktor begriffen, daß man einige Dinge besser für sich behielt. Wenn man verloren hatte, brauchte man das nicht zu verheimlichen. Man sollte jedem die Schadenfreude oder das Heucheln von Mitleid gönnen. Wenn man aber großes Glück hatte und etwas gewann, und einem nahestehende Menschen hatten nichts von diesem Gewinn, dann war es besser zu schweigen. Gewinnen und Erfolg haben, das war immer auch etwas Obszönes. Auch literarische Erfolge versuchte Viktor seit einiger Zeit vor Literatenkollegen so gut es ging zu verbergen, weil er auch hier begriffen hatte, daß das Glück einer guten Presseresonanz oder einer hohen Auflage oder eines besonders üppigen Vorschusses weniger erfolgreiche Literatenkollegen oft verbittert.

Irgendwelchen wildfremden Frauen, die nach irgendwelchen Lesungen erheitert um ihn herumsaßen, hatte Viktor die Geschichte von der Prinzessin Aza erzählt, wenn er erheitert genug war. Er hatte sie Adrian erzählt, und einmal hatte er sie sogar öffentlich auf einer Lesung extemporiert und Adrian hatte ihn auf der Geige begleitet. »Schreib diese tolle Geschichte doch auf«, hatten alle gesagt, die sie gehört hatten, aber Viktor wollte nicht. Es war eine wahre Geschichte, aber sie war ein bißchen unglaublich, und aufgeschrieben würde sie wie eine erfundene klingen. Das störte ihn. Er hatte keine Lust, eine Fleißarbeit zu verfassen, einen Tatsachenbericht, der für eine nette Phantasie gehalten werden würde. Lieber umgekehrt. Lieber erfinden, lieber lügen und für wahrhaftig gehalten werden, das machte mehr Spaß. Aufgeschrieben würde die Geschichte gut ausgedacht und konstruiert klingen. Ein Plot wie für einen Drehbuchwettbewerb. Thema: Unglaubliche Zufälle. Plots mit unglaublichen Zufällen interessierten ihn nicht. Hollywoodfilme und Dramen lebten davon. Handlungen interessierten ihn auch wenig. Auf der Bühne wollten sie Handlung haben. Deswegen ging Viktor selten ins Theater und schrieb keine Theaterstücke – alles Dramatische war ihm zuwider.

Geschichten, die das Leben schreibt, sagte man dazu. Solche Geschichten erlebte Viktor gern, aber sie mußten nicht auch noch fixiert werden. Es gab Leute, die einem aufgeregt diese netten, wirklich erlebten zufalls- oder angeblich schicksalhaften Begebenheiten erzählten, und es gab auch Autoren, die das dann dankbar aufschrieben. Jeder, wie er will. Nicht das mehr oder weniger zufällige »boy meets girl« fand Viktor spannend, und die Komplikationen, die sich daraus ergaben waren auch nur bedingt und sehr äußerlich von Interesse. Ins Fiebern geriet man doch erst bei der Frage: How does it feel? Wie fühlt sich das an bei euch beiden? Was denkt die Lady, wenn dieser unflätige Kerl ihr seine Pranke auf die Schultern legt? Nur das zählt. Alles andere war Faktenwichserei.

Zufälle bestimmten das Leben von vorn bis hinten, unweigerlich. Wenn man anfangen würde, dem Beachtung zu schenken, würde man nicht weiterkommen. Da könnte man gleich Ahnenforschung betreiben. Unergiebig. Zufall, daß ihn einst Ella um Feuer gebeten und es wenig später gefunkt hatte. Vielleicht kein Zufall, daß er Ira begegnet war, denn die Bekanntschaft Iras hatte sich aus der Ehe mit Ella ergeben. Blanker Zufall aber wieder, daß er Ellen getroffen hatte, die damals in einer Kanzlei in Frankfurt arbeitete. Er brauchte eine Rechtsberatung und hatte im Telefonbuch willkürlich unter Dutzenden von Kanzleien eine ausgesucht.

Vielleicht war es kein Zufall, daß er der Prinzessin Aza begegnet war. Als Autor auf eine Verlagsperson zu treffen, ist naheliegend. Zufall aber, daß er überhaupt Autor war, blanker Zufall, daß er nicht als promoviertes Arschloch im Kulturamt einer mittelgroßen Kreisstadt herumhing, junge Dichter zu Lesungen einladen mußte und aus lauter Verzweiflung über deren primadonnenhafte Forderungen den Doktortitel heraushängen ließ. Oder: In einem Katholikenkaff wie Paderborn jungen Türken Deutsch beibringen – reiner Zufall, daß es nicht so gekommen war, weil zufällig irgendwann irgendwer fand, das sei lesbar, was

Viktor Goldmann da zu Papier gebracht hatte. Falls er in Paderborn gelandet wäre und es in dieser finsteren Stadt überhaupt Türken gab, wäre es allerdings kein Zufall sondern absehbar gewesen, daß er sich in kürzester Zeit in eine schöne Türkin verliebt hätte, um wenig später von deren Bruder oder Vater oder Freund oder Mann oder von allen zusammen niedergestochen zu werden. Was für ein furchtbares Ende, das ihm zufällig erspart geblieben war: keine angenehme Vorstellung, mit seinem ohnehin schon unschönen Tod auch noch eine Welle von Ausländerfeindlichkeit auszulösen: »Gestern erlag im erzbischöflichen Krankenhaus der Leiter des Kurses ›Deutsch für Ausländer‹ der katholischen Mission, Dr. Viktor Goldmann, den schweren inneren Verletzungen, die ihm tags zuvor (wir berichteten) bei einem Überfall von türkischen Asylbewerbern zugefügt worden waren. Die Täter wurden gefaßt. Der Trauergottesdienst, zu dem der Bundesinnenminister erwartet wird, findet am Samstag statt. Anschließend hat der Bund Christliches Deutschland zu einer Demonstration gegen die zunehmende Gewalttätigkeit von Ausländern aufgerufen.«

Wie leicht hätte das passieren können, wenn Viktor nicht Schriftsteller geworden wäre, weil sich ein Verleger vielleicht dachte: »Okay, den drucken wir, Goldmann, Goldmann – klingt nicht schlecht, klingt jüdisch, das mag der deutsche Markt, zumindest das kaufkräftige reumütige Bürgertum, es müßte mit dem Teufel zugehen, wenn sich dieser Erstling nicht verkaufen ließe, und wenn sich nichts bewegt, nutze ich meine Drähte zum Feuilleton und lanciere den Verdacht, der deutsche Buchhandel unterdrücke diesen Titel und sei immer noch antisemitisch.«

Egal was Viktors Verleger seinerzeit gedacht hatte, jetzt lief das Geschäft als Autor. Es war zwar immer noch sehr gut möglich, daß er sich in eine Türkin verliebte und von deren Rächern erstochen wurde und daß dann sein Tod von rechten Idioten instrumentalisiert werden würde, aber das liberale Feuilleton, dessen Liebling er zwar nicht war, würde ihm doch den Gefallen tun und in den Nachrufen schreiben: »Diesen Tort hat er nicht verdient.«

Aza war keine Türkin. Sie war auch keine Prinzessin. Sie kam aus Pakistan und mußte auch nicht Deutsch lernen. Im Gegenteil. Sie sprach sieben Sprachen fließend. Und dann so aussehen! Ein Beweis, daß es keinen Gott geben konnte. Selbst der grausamste Gott würde nicht so ungerecht sein, die Existenz einer so bezaubernden und auch noch so sprachbegabten Frau zuzulassen. Welche Gemeinheit all den anderen weniger bevorteilten Frauen gegenüber. Allein Azas Haut, allein ihre Haare hätten ausgereicht, um sie begehrenswert zu machen. Wäre sie dumm wie die Nacht und ein übler provinzieller Dialekt wäre das einzige, was aus ihrem Mund käme – so wäre sie doch noch hinreißend genug. Ihre Wangenpartie, allein ihre Lippen würden ihren Liebhaber für die häßlichsten Charakterzüge und das dumpfste Denken entschädigen. Statt dessen ein durch und durch sympathisches und intelligentes Geschöpf, mild und bescheiden, verlegen fast vor lauter Überlegenheit. Riesige Augen, die sanft um Entschuldigung baten, so groß und so schön zu sein.

Viktor, der schon auf sehr viel schwächere weibliche Reize heftig reagierte, hatte aus der Begegnung mit der Frau, die er Prinzessin Aza nannte, und aus der Geschichte, die sich aus dieser Begegnung entwickelte, bisher kein literarisches Kapital geschlagen, und er hatte dies auch nicht vor. So sehr diese Frau ihn als Mann und Minnesänger auch fasziniert hatte, so wenig Antrieb hatte er, den weiteren, mit einem ungewöhnlichen Zufall gespickten Verlauf seiner Geschichte mit der Prinzessin zu verwerten. Vielleicht lag es an diesem Zufall, der sich bald nach der Begegnung ereignete, den er zwar für sein Leben als ein Geschenk ansah und der ihn sehr glücklich machte, der ihm aber untauglich erschien, um der Handlung eines Romans oder auch nur einer Erzählung eine glaubhafte Wendung zu geben. Ein solches Glück durfte eine Romanfigur nicht haben. Er hätte es als einen billigen Trick empfunden, um die Handlung voranzutreiben.

Auf das, was man in der Literatur Handlung nennt, hatte er nie Wert gelegt – und hatte es oft auch nicht verstanden. Laut Germanistengeschwätz waren die Handlungen der klassischen

Dramen zwingend und von geradezu antikischer Unvermeidbarkeit. Bei Lichte besehen aber ließen die Autoren den Zufall walten, oder sie halfen dem Zufall nach, irgendwelche Briefe wurden abgefangen und Begegnungen intrigant verhindert oder herbeigeführt, um den grotesken Ablauf des Geschehens in Schwung zu halten. Die erfundene Handlung von Goethes Faust fand Viktor schon als Schüler ebenso penetrant wie die weniger erfundene von Schillers Don Carlos. Ein einziges Streben, Streben, Streben. Alles Streber. Diese Abneigung hatte sich Viktor bewahrt. Es war nicht nur eine Abneigung gegen die von Dichtern nacherzählten historischen Ereignisse und Figuren, sondern auch gegen die Geschichte selbst. Es waren nicht nur Hitler und Stalin, die ihn ekelten, es waren auch Streber wie Napoleon und Cäsar und Alexander und tausend andere mehr.

Als Viktor später sein Literaturstudium mit einer Doktorarbeit abgeschlossen hatte und in der mündlichen Prüfung der Professor etwas über die dramatischen Höhenpunkte in gewissen Stücken von Brecht und Shakespeare von ihm hören wollte, sagte er, daß ihn die unsinnig verwickelten Handlungen mit ihren dramatischen Höhepunkten einen Scheißdreck interessierten, im Gegensatz zur Sprache, über die Sprache Shakespeares würde er gern etwas sagen, nicht aber über die des vorlauten Brecht, die ihm auf die Nerven gehe. Viktor hatte geglaubt als erwachsener Mensch am Ende eines Studiums könne man sich solche Antworten leisten, aber der Professor hatte ihn durchfallen lassen, und er mußte die lachhafte Prüfung ein halbes Jahr später noch einmal über sich ergehen lassen. Auch das war eine wirkliche Geschichte, und auch die interessierte Viktor nicht näher. Sie interessierte ihn nicht, weil sie nicht mit Liebe zu tun hatte.

Was Viktor von der Wirklichkeit brauchte, war nicht das Geschehen, sondern das Gefühl. Die Liebe. Er mußte wirklich lieben, wenn er über jemanden schreiben wollte, der liebte. Es fiel ihm sonst nichts ein. Das Liebesgefühl konnte er nicht erfinden. Erfinden konnte er die Konflikte, die sich daraus ergaben, die ließen sich aus seinen Erfahrungen mühelos zusammenreimen.

Die Maxime seines Lebens und Schreibens war es möglicherweise, mit einem Minimum an wirklich erlebten Konflikten ein Maximum an wirklich erlebter Liebe zu erbeuten. Wenn dieses Verhältnis günstig war, konnte er gut und schnell arbeiten. Überwog der wirkliche Konflikt, geriet seine literarische Produktionskraft ins Stocken. In den Trennungsphasen seiner ersten beiden Ehen hatte er nicht arbeiten können oder wollen. »Das läuft so stereotyp ab«, hatte er geklagt, »was da für dumme Worte fallen – diesen Dreck sollen andere schreiben.« Überwog aber umgekehrt die wirkliche Liebe den Konflikt, hatte er gar keine Zeit Bücher zu schreiben.

Da er die Ehe oft als Horrorinstrument zur Disziplinierung der bürgerlichen Gesellschaft beschrieben hatte, wurde er immer wieder gefragt, warum er dann zum dritten Mal verheiratet sei, und einer seiner Antworten war: »Weil ich sonst zu wenig Konflikte für meine Bücher erlebe.« Eine unsinnige Antwort, an der dennoch etwas dran war. Auch in der Gegenwart von Ellen konnte er das sagen. Wenn sie dann nach ihrer Meinung dazu gefragt wurde, sagte sie mit hinreißender Giftigkeit: »Endlich habe ich einen Mann gefunden, der mir immer wieder die Möglichkeit gibt, meine Souveränität zu zeigen.«

Was die eingeweihten Kenner an Viktors erlebter Geschichte mit der Prinzessin Aza interessierte und rührte, war die Fügung der Handlung, ihn selbst aber rührte und interessierte mehr der Liebeswert dieser Geschichte, ihr Gehalt an frischen unverbrauchten erotischen Gefühlen, und auch wenn die Geschichte für ihn ein schönes warmes Ende gefunden hatte, und er als Privatmensch dieses Ende genoß, so reizte sie ihn als Autor nicht.

Es war noch nicht lange her, bald nach dem Umzug in die Schweiz. Viktor ging nicht oft auf literarische Veranstaltungen, einmal im Jahr die Buchmesse deckte seinen Bedarf, sich mit Angehörigen seiner Branche auszutauschen. Als Neuling in Zürich aber hielt er es für angebracht der Einladung zu dem Fest eines Verlags zu folgen, der ein Jubiläum oder einen Bestseller oder beides zugleich zu feiern hatte. Nachdem man eine Reihe von erträglichen Reden über sich hatte ergehen lassen, gab es die üblichen Happen zu essen, und es gab zu trinken. Weil sich Viktor selten in solchem Gewühl und Geschnatter bewegte, tat er es gern. Er kannte genau die richtige Menge von Personen, um sich gut zu unterhalten und sich nie verloren vorzukommen, es gab aber nicht so viele Bekannte wie in Frankfurt, wo er unentwegt mit den immer selben Literaturleuten zusammengetroffen war, mit denen man nichts Neues mehr zu bereden hatte und folglich nur noch trinken konnte. Es gab die üblichen Gespräche mit Redakteuren vom Feuilleton, von denen er nie wußte, was sie von seinen Büchern hielten, egal ob und was sie über sie schrieben.

Ein Schauspieler, den er nicht kannte, hatte mit eleganter Zurückhaltung einen hochmodernen Text eines alten Wiener Feuilletonisten vorgetragen, Viktor lobte seinen Vortrag und wurde reichlich belohnt, denn als der Schauspieler erfuhr, daß Viktor der Autor Viktor Goldmann war, behauptete er, zwei Bücher von ihm gelesen zu haben, die ihm außerordentlich gefallen hätten, und auch wenn Viktor ihm nicht glaubte, freute er sich, denn immerhin hatte der Schauspieler die zwei Buchtitel zwar falsch, aber doch noch so weit im Gedächtnis, daß man sie tatsächlich zwei Büchern von Viktor zuordnen konnte. Der Inhalt der Bücher, die ihm so gut gefallen hatten, war ihm entfallen.

Die schöne Frau war Viktor schon während der Reden aufgefallen, nun da sich das Gedränge langsam lichtete, weil einige Gäste gingen, sah er sie wieder, im Gespräch mit einer anderen Frau. Er löste sich von dem Schauspieler, steuerte auf die beiden Frauen zu und fragte mit einem Blick auf ihre leeren Gläser, ob er ihnen frischen Wein bringen dürfe. »Sie sind nett!« sagte die Schöne, als er, die frischen Gläser balancierend zurückkam. Sie sind nett – schon lange hatten drei so simple Worte Viktor nicht mehr so erwärmt. Die andere Frau ging, kaum hatte sich Viktor dazugestellt.

Wenn Viktor im Nachhinein an seine Geschichte mit der Prinzessin Aza dachte, dann war die erste halbe Stunde vielleicht die glücklichste. Wie diese andere Frau sofort verschwand! Das war wie ein Zeichen. Sofort entstand eine Intimität. Wie früher. Man war hinter einem Mädchen her, und es war noch eine Freundin dabei, und manche Freundin ging und ging nicht, weil Neugier oder Mißgunst oder falsche Solidarität stärker waren als das Taktgefühl. Erinnerungen an solche Situationen kamen hoch und rührten Viktor.

Bei einem Empfang wie diesem waren fast alle Gäste flüchtig, ließen ihre Augen wandern und nickten während ihrer Smalltalks ständig anderen zu. Sie aber hatte Viktor frontal ihr Gesicht mit den großen blanken Augen zugewendet, und ihr Blick zuckte kein Mal weg von ihm. »Sie sind sehr nett.« Sie steigerte ihr Lob, als er ihr eines der letzten Sandwiches organisierte. »Wie Sie sehen, bin ich hungrig«, sagte sie. Ihre Wangen waren fast hohl. »Es steht Ihnen«, sagte Viktor. »Fast alle jungen hübschen Frauen haben Eßstörungen, da ist es eine Erholung, sie futtern zu sehen.« Sie lachte erstaunlich laut und ausgelassen und fragte dann: »Wo komme ich her?« Offenbar wurde sie oft gefragt und wollte dem zuvorkommen.

»Sie sind Etruskerin«, sagte Viktor. Die Antwort gefiel ihr, das hatte ihr noch keiner gesagt. »Sie dürfen zehn Mal raten«, sagte sie. »Schwedin«, sagte Viktor sofort. Sie lachte schallend, hielt sich die Hand vor den Mund, griff dann in ihr schwarzes Haar, funkelte mit ihren dunklen Augen und zupfte Viktor am Arm: »Weiter.« Er genoß die Gelegenheit, sie ungeniert taxieren zu können: »Ägypten?« Sie schüttelte den Kopf. Viktor stampfte mit dem Absatz aufs Parkett und machte mit den Fingern Kastagnettenbewegungen: »Andalusien?« Auch nicht, obwohl sie drei Jahre in Sevilla gelebt habe. Spanisch sei ihre Lieblingssprache. »Sprechen Sie Spanisch?«

»Para mí la vida tiene forma de mujer«, sagte Viktor wie aus der Pistole geschossen. Es war einer von drei, vier Sätzen, die er auf Spanisch herunterbellen konnte, weil er ihn einmal einem Romanheld in den Mund gelegt hatte, der damit eine Frau beeindrucken will. Der Satz stammte aus einen argentinischen Tango und hieß: »Für mich hat das Leben die Form einer Frau.«

Viktor hatte die Stelle gelegentlich bei Lesungen vorgetragen. Er sprach den kurzen Satz mittlerweile so perfekt aus, daß die schöne Nicht-Ägypterin und Nicht-Andalusierin seine Beteuerung, mehr Spanisch könne er nicht, für falsche Bescheidenheit hielt und ihm in fließendem Spanisch einen Witz erzählte, den man ihrer Ansicht nach nur auf Spanisch erzählen konnte. Viktor verstand nichts außer dem Wort »corazon«, das mehrmals vorkam. Jeder Mensch wußte, daß das »Herz« hieß. »Ist das nicht köstlich?« sagte sie, als sie fertig war. »Delicado«, sagte Viktor.

Sie kam nicht aus Persien, nicht aus Sizilien, nicht aus Israel. Sie war auch keine Palästinenserin oder Jordanierin oder ungarische Zigeunerin. Sie kam aus Pakistan und arbeitete hier im Verlag. Viktor schlug sich auf die Stirn: Natürlich, sie ähnelte dieser unglaublich schönen Ministerpräsidentin, die es einmal in Pakistan gegeben hatte. Benazir Bhutto. Er trank jetzt viel, um ihre Schönheit auszuhalten, und um es auszuhalten, nicht ihr Mann zu sein. Sicher würde gleich ein Mann auftauchen, Viktor zunicken und sie ihm wegnehmen. Statt dessen näherte sich ein Feuilletonredakteur und sagte zu Viktor: »Menschen, die sich so leidenschaftlich unterhalten, sollte man eigentlich nicht stören.« – »Sie stören nicht«, sagte Viktor und in diesem Augenblick wurde ihm klar, daß der Mann tatsächlich störte, und auch, daß er sich mit der schönen Benazir tatsächlich so leidenschaftlich unterhielt wie schon lange nicht mehr. Der Redakteur fragte, ob Viktor, wenn er doch jetzt in Zürich lebe, nicht ab zu etwas für seine Zeitung schreiben wolle. »Aber immer«, sagte Viktor, holte noch ein Glas Wein – und weg war sie, als er zurückkam. Benazir hatte sich aufgelöst wie eine Fata Morgana. »Ich konnte es nicht verhindern«, sagte der Redakteur.

Viktor war keineswegs verzweifelt, denn ihr Verschwinden würde genug Stoff für einen Brief abwerfen, der sich bei seinem nächtlichen Heimgang durch die Stadt in seinem Kopf schon ausführlich bildete. Benazir. Fatima. Er wußte nicht einmal, wie sie wirklich hieß. Sieben Sprachen fließend. Hellwach kam er zu Hause an, litt darunter, verheiratet zu sein, ging sofort an den

Schreibtisch und begann, sich zu bezichtigen: Was für ein Idiot er sei, sich von einem windigen Literaturredakteur ablenken zu lassen, und daß er sich hasse, weil er nicht konzentrierter an ihren Lippen gehangen habe – und daß er ein elender Heuchler und Hochstapler sei, die spanische Geschichte habe er nämlich wirklich nicht verstanden. Sein ganzes Verhalten sei verabscheuungswürdig gewesen. Pardon, Benazir, Fatima, Selima, Amina – oder wie immer Sie heißen.

Zwischen vier und fünf in der Frühe hat es keinen Sinn mehr, ins Bett zu gehen. Um neun würde er in ihrem Verlag anrufen. Er freute sich schon darauf, sich bei einer wildfremden Stimme in der Zentrale nach dem Namen der schönen Pakistani zu erkundigen. Soll ich Sie verbinden? Nein, danke, ich schreibe ihr.

Da fiel Viktor ein, daß er im Internetzeitalter lebte. Er sprang also ins Netz und suchte nach dem Verlag, der dem Besucher auf seiner Homepage gleich seine Mitarbeiter vorstellte, leider nicht mit Bild, aber Azamira Jamali – das konnte nur sie sein. »Azamira Jamali leitet die Werbeabteilung und freut sich auf Ihren online-Besuch. Schreiben Sie unserer Mitarbeiterin eine E-Mail, wenn Sie Fragen haben.«

Gut möglich, daß der Verlag mehrere Mitarbeiterinnen mit orientalisch klingenden Namen beschäftigte. Viktor mußte sich erst einmal vergewissern, ehe er seinen nächtlichen Schwall abfeuerte. Er schrieb: »Es ist 5 Uhr früh. Sind Sie es, die sich noch vor wenigen Stunden bei dem Verlagsempfang geduldig mit einem betrunkenen Schriftsteller unterhalten haben? Sie trugen einen flauschigen rosa Pullover, ich verstehe nicht, daß der Ihnen nicht zu warm war. Ich habe Post für Sie – wenn Sie die Richtige denn sind.«

Anschließend las er den langen Selbstbezichtigungsbrief an sie noch einmal durch, überlegte, ob er beiläufig erwähnen sollte, daß er verheirat war, um ihr die Möglichkeit zu geben, in einer Antwort ihren entsprechenden Status einfließen zu lassen. Dann legte er Ellen einen Zettel hin, daß es spät geworden sei und daß sie ihn in seinem Arbeitszimmer bitte schlafen lassen solle.

Um fünf nach neun kam die E-Mail-Antwort: »Ich bin es. Azamira. Meine Freunde nennen mich Aza. Aza wie Gaza, mit stimmlosem s. Ich erwarte Ihren Brief.«

Meine Freunde! Viktor feuerte sofort seinen vorbereiteten Brief ab. Eine Stunde später kam die Antwort: »Was haben Sie denn! Ich habe mich wunderbar mit Ihnen unterhalten. Sie haben sich nicht blöd benommen! Sie waren geistreich. Die spanische Geschichte ist nicht der Rede wert. Ich muß mich entschuldigen, daß ich ohne Adieu zu sagen gegangen bin. Sonst aber hätten wir uns noch stundenlang unterhalten. Und heute ist ein harter Arbeitstag. Die Vernunft siegte, das war vielleicht dumm von mir. Daß Sie sich erinnern können, was ich trug! Männern fällt das doch sonst nie auf. Der Pullover war übrigens tatsächlich zu warm...«

Am Spätnachmittag, nach fünf, sechs oder sieben E-Mails hin und her, wußte Viktor, daß Aza nach einer dreijährigen Ehe längere Zeit einen Freund gehabt, den sie erst vor einer Woche in die Wüste geschickt hatte – und daß sie jetzt vermutlich mehr litt als dieser – und daß sie ein wenig Zerstreuung gut gebrauchen konnte. Der Typ war unentschlossen gewesen, sie wollte die klassische Entscheidung, er konnte sich nicht festlegen auf sie.

Der Idiot, schrieb Viktor und fand es an der Zeit, die Tür zu seiner Seele ein wenig zu öffnen: Wenn er frei wäre, wenn er nicht ein in seine Ehe und seine Liebschaften heillos verstrickter Kretin wäre, hätte er keine Bedenken, sich für Aza zu entscheiden. Das schrieb sich leicht.

»Sie heitern mich auf, aber Sie halten mich auch auf«, schrieb Aza. »Sie hören jetzt eine Stunde nichts von mir, ich muß arbeiten.«

Abends um sieben fingen sie an, sich zu duzen. Um acht verließ sie den Verlag. »Bis morgen«, schrieb sie. Es war klar, daß sie ihm nicht ihre private Telefonnummer gab.

Es war Viktors erste E-Mail-Korrespondenz, und er begriff sofort, daß der Reiz dieser neuen Kommunikationsmethode im Altmodischen bestand. Es war wie lange vor Erfindung des Telefons. Dieses heutige Hin- und Herschreiben mit Azamira hätte auch 1780 stattfinden können, in einer Zeit, wo man dem Boten klingelte und blitzschnell die Billets überbracht wurden. »Warten Sie!« hätte Viktor im achtzehnten Jahrhundert schiller- oder goethemäßig dem Hausknecht seiner neuen Suleika zugerufen, »warten Sie eine Minute, ich gebe Ihnen die Antwort an Ihre Herrin gleich mit.« Und schon kratzt die Feder fiebrig aufs Papier, Sand auf die Tinte, und ab die Post. Viktor im Sturm und Drang rauft sich die Haare und harrt in Stulpenstiefeln. Nach einer Stunde, Pferdegalopp in der Gasse, jähes Anhalten, Wiehern, Schritte die Stiege empor, Klopfen: »Sire, hier die Antwort meiner Herrin!« – »Was hält Er von Gedankenfreiheit«, fragt Viktor den Boten, während er das Siegel bricht.

Viktor schrieb Aza einen Brief, den sie morgen früh vorfinden sollte. Um sie abzuschrecken, schilderte er sich als Wüstling, beichtete ein paar Infamien und ließ keinen Zweifel daran, daß er bereit wäre, mit Aza jeden Menschen der Welt zu betrügen, wobei er nie das Gefühl hätte, einen Betrug zu begehen. Sein Herz sei ein Schwamm und sauge alles auf, so sei er nun mal, nichts zu machen. Er zitierte noch einmal aus dem Tango-Text: Si soi así, qué voy a hacer, para mí la vida tiene forma de mujer, con las mujeres ne me puedo contener – bei den Frauen könne er sich nicht zurückhalten.

Um zehn Uhr am nächsten Vormittag las er: »Viktor, Viktor, ich danke dir, ich lebe wieder, endlich kann ich wieder lachen.« Offenbar hatte sie sich von seinen Vielweiberei-Visionen nicht abschrecken lassen. Vermutlich hatte sie es als entschuldbare Angeberei aufgenommen. Das mit dem Leben war gut, das mit dem Lachen weniger. Er hatte sie bedrängt – und sie amüsierte sich? Er hatte damit gerechnet, daß sie um etwas mehr Distanz bitten würde. »Ja«, schrieb sie, »ich möchte mit dir ausgehen, ich möchte mit dir tanzen, ich möchte mit dir ins Kino gehen.«

Viktor konnte es nicht glauben: Die schönste und mit Sicherheit großäugigste Frau der Welt, ein Sprachgenie, schlank ohne modische Magersucht, sollte sich von einem windigen deutschsprachigen verheirateten Schriftsteller, der gerade einmal Englisch sprechen und ein bißchen französisch und italienisch herumstottern und ein paar spanische Tangotexte auswendig konnte, einfach so pflücken lassen? Aza brauchte einen neuen Freund, am besten einen Ehemann. Es war nicht gut, daß sie allein war. Auch Viktor hatte seine festen Grundsätze und seine inneren strengen Gebote. Eines der wichtigsten lautete: Du sollst verheiratet oder fest gebunden sein, denn wenn du zu viel Freiheiten hast, nimmst du Schaden an deiner Seele. Und das Folgegebot: Du sollst aber fremde Liebe machen, so viel du kannst, um nicht zu verarmen an Leib und Seele. Und darauf wiederum folgte: Du sollst aber nur fremde Liebe machen mit Menschen, die auch fest gebunden sind, denn sonst wird es ein großes Heulen und Zähneklappern geben.

Das schrieb er ihr so nicht, denn sie würde es nur lustig finden, obwohl es nichts als die reine Wahrheit und das Ergebnis vieler schmerzhafter Erfahrungen und ernster Auseinandersetzungen war. Statt dessen schrieb Viktor: »Wie wär's, wenn ich einen Mann für dich suche. Natürlich nicht selbstlos: Wenn ich ihn finde, den würdigen, richtigen, idealen Mann, dann möchte ich eine Belohnung. Ich möchte, daß du dann drei Mal im Jahr drei Tage für mich übrig hast.«

Viktor war ganz berauscht von der Märchenhaftigkeit seiner Vorstellung. Azas Antwort zwei Stunden später war der erste große Schlag: Er hatte fest damit gerechnet, daß sie dieses Modell spielerisch übernehmen würde, daß sie sich schon wenige Stunden später detailliert ausmalen würden, wo sie diese drei Mal drei Tage im Jahr verbringen und was genau sie treiben würden. Natürlich würde Viktor gentlemanlike und großzügig immer zwei getrennte Hotelzimmer buchen, und dann würden sie natürlich doch immer in nur einem nächtigen.

Zu Viktors Schrecken aber schrieb die schöne Aza: Nein! Ehe, Liebe, Sex, das seien ernste Sachen für sie. Auf die Abmachung gehe sie nicht ein! Jetzt kam er sich wirklich vor wie ein Sturm-und-Drang-Verlierer der mit seinen Avancen an der keuschen Herrin abgeprallt war. Er hatte nur ein wenig herumphantasiert, und schon bremste sie. Andererseits machten ihm ihre gestrengen Zeilen klar, daß hinter seinem Vorschlag, hinter dieser kleinen witzigen Vision von einem Drei-Mal-drei-Tage-Glück durchaus der Wunsch nach Verwirklichung stand. Wie oft hatte er Frauen geschrieben, die sich brieflich allerlei bieten ließen – und sich krampfartig verschlossen, wenn er sacht nachfragte, wie es mit der Umsetzung in die Wirklichkeit bestellt sei. Er beschloß daher, Azas eigenartig humorlose und völlig ironieresistente Reaktion positiv zu werten – als Beweis für die Ernsthaftigkeit seiner eigenen Wünsche.

Andererseits wollte Viktor Azas strengen Ernst nicht hinnehmen und beschwor sie: »Ein Jahr hat normalerweise 365 Tage. 3 mal 3 ist 9. Die 365 Jahrestage minus 9 sind 356. Ich finde, wenn dein zukünftiger idealer Gatte dich 356 Tage hat, ist das genug. Ich würde mich mit 9 Tagen zufriedengeben. 3 mal 3. Jedesmal freue ich mich 6 Wochen vorher, so geht die Zeit angenehm herum. Im übrigen ist doch klar, daß du entscheiden kannst, was in diesen 3 mal 3 Tagen geschieht. Ich werde dich nicht bedrängen.«

Viktor hatte gehofft, dieses Zahlenspiel würde sie erheitern und ihr ein Mitspielen ermöglichen. Eine Frau, die so aussah wie Aza, konnte eigentlich nur eine Antwort auf dieses Angebot geben: »Sire! Seid Ihr des Teufels! 9 Tage im Jahr genügen Euch! Bedeute ich Euch nicht mehr? 30 gemeinsame Tage sind das mindeste, was ich erwarte! Erhöht Euer Angebot, Sire, oder fahrt zur Hölle! Im übrigen möchte ich durchaus von Ihnen bedrängt werden, denn in Eure Schranken kann ich Euch durchaus selbst verweisen!«

Statt dieser Verwünschung beharrte Aza noch einmal darauf, daß die Abmachung für sie nicht in Frage komme, in einem Ton, als ob sie das Kreditangebot eines Bankangestellten ablehne. Gleichzeitig bat sie, Viktor möge Vorschläge für einen Tanz- und einen Kinoabend machen. Im übrigen sei sie durchaus interessiert, wenn er ihr einen Heiratskandidaten vorstelle. Sie schrieb ein paar Eigenschaften auf, die der Zukünftige haben sollte, Wärme, Geld, Zuverlässigkeit und ähnliches – und Viktor preßte verzweifelt die Lippen zusammen, als er das las.

Fortan nannte er sie in seinen Briefen »Prinzessin Aza« – und sein nächster Brief an sie enthielt das »Märchen von der Prinzessin Aza«, auf das sie mit keiner Silbe reagierte. Dieses Märchen löste Viktor aus seiner Korrespondenz heraus, verkaufte es einer Frauenzeitschrift und trug es bei Lesungen häufig als Zugabe vor, weil ihn die Reaktion des Publikums interessierte. In dem Märchen versucht ein armer Poet das Herz der schönen Prinzessin Aza mit den großen schwarzen Augen zu gewinnen.

»Du bist sehr unterhaltsam, und ich mag dich gern«, sagte die Prinzessin zu dem armen Poeten, der sie so sehr verehrte, »aber du hast doch schon eine Frau.« – »Das macht nichts«, sagte der Poet, »da muß nur ein bißchen geteilt und geregelt werden, und ab und zu drücken wir alle ein Auge zu, dann geht das schon.« – »Ich weiß nicht recht«, sagte die Prinzessin. – »Du kommst doch aus dem fernen Orient«, flehte der Poet, »ihr habt doch die Harems erfunden, was tut man da anderes als teilen!« Da schüttelte die Prinzessin trotzig ihr pechschwarzes Haar: »Ich will einen Mann, der allein mir zur Verfügung steht.« – Der Poet senkte verzweifelt sein Haupt und sagte leise: »Du bist noch sehr jung.« Da wurde die Prinzessin plötzlich prinzessinnenhaft und stellte Bedingungen: »Du bist ein unpassender Verehrer«, schimpfte sie, und ihre dunklen Augen funkelten: »Besorg mir einen passenden Mann. Er soll witzig sein wie du, und ganz für mich allein dasein.« – »Das tu ich gern, aber nur, wenn du 3 Mal im Jahr 3 Tage lang ganz für mich allein da bist«, sagte der Poet standhaft. – »Bring mir erst den Mann, dann werden wir sehen«, antwortete die Prinzessin. – Der Poet also war der unpassende Verehrer, und so bemühte er sich um würdige Männer für die Prinzessin. Er unterrichtete sie. Er schrieb Briefe in ihrem Namen wie der Cyrano de Bergerac. Keiner war der Prinzessin recht. Er brachte den Kandidaten den Satz bei: »Ich stehe zu Eurer Verfügung, Prinzessin!« Doch keiner konnte den Satz überzeugend genug sagen. Es klang angelernt und beflissen. Es mußte mit Witz gesagt werden und trotzdem ehrlich gemeint sein. – Bei einem schönen, gutgewachsenen, intelligenten, geistreichen, humorvollen, zu Sonntagsausflügen bereiten, dunkle und willensstarke Frauen akzeptierenden, in gehobener Stellung befindlichen, seine Briefe selbst schreiben könnenden – also weitgehend geeigneten Kandidaten, der schon mit großen Erwartungen der ersten Begegnung mit der Prinzessin entgegensah, entschlüpfte dem armen Poeten versehentlich seine heimliche Motivation. Erbost wendete sich der Kandidat ab: »In was für einen Sumpf wolltest du mich ziehen, Verkommener!« Da packte der arme Poet den Kandidaten, schüttelte ihn und sprach zu ihm: »Du hättest sie mir nicht 3 mal 3 Tage im Jahr gegönnt, Kleinherziger! Du bist nicht in der Lage zu lieben. Wer lieben kann, dessen Herz ist groß, und er kann teilen. Bin ich nicht bereit gewesen, dir die Prinzessin 365 minus 9 sind ganze 356 Tage im Jahr zu gönnen!« Diesen Satz hatte die lauschende Prinzessin gehört, und da wurde ihr Herz weit. »Komm«, sagte sie zu ihrem armen Poeten, und erstmals lehnte sie ihren Kopf an seine Schulter: »Einerlei ob du mir einen Mann bringst oder nicht: Du sollst 356 Tage im Jahr mein Freund sein, 3 mal 3 Tage lang aber sollst du mein Liebster sein!«

Die Geschichte mit Aza war Vergangenheit, ein Jahr oder über ein Jahr her, aber sie ging Viktor immer noch nach. »Weil du es nicht verwinden kannst, daß sie dich abgewiesen hat.« Das war Adrians Ansicht, die Viktor wütend machte: »Unsinn«, sagte er. Er konnte jede Frau verstehen, die einen wie ihn abwies. Es war nicht angenehm, aber er hatte es nicht anders verdient. Was er nicht verstehen konnte, war, daß man den im Märchen beschriebenen Deal kategorisch ablehnte. Oft hatte er das Märchen auf seinen Lesungen vorgetragen, das Publikum war immer erheitert. Danach hatte er Stimmzettel mit folgendem Text verteilen lassen:

»Lachen Sie nicht: Manchmal werden Märchen wahr. Angenommen, Sie suchen händeringend nach einem Partner (oder nach einer Partnerin) fürs Leben. Angenommen, eine Person, die Ihnen nicht unbedingt zusagt, aber auch nicht unangenehm ist, bietet Ihnen einen Pakt an: Wenn er (oder sie) den Idealpartner (oder die Idealpartnerin) herbeischafft, mit dem (oder mit der) Sie glücklich werden, müssen Sie als Preis für das Glück 3 mal 3 Tage im Jahr bezahlen, wobei es Ihnen anheimgestellt ist, was in diesen Tagen geschieht. Ob Sie zusammen mit dem Vermittler (oder der Vermittlerin) Karten spielen, sich betrinken oder vögeln – es ist allein Ihre Entscheidung. Man wird Ihnen nur zu nahe treten, wenn Sie es wünschen. Die Kosten für den Hotelaufenthalt und für die An- und Abreise übernimmt der Vermittler (oder die Vermittlerin). Frage: Würden Sie sich auf diesen Deal einlassen, ja oder nein? Zutreffendes ankreuzen.«

Es gab Veranstaltungen, da hatten mehr als achtzig Prozent des Publikums »Nein« angekreuzt. Bei solchen Stimmergebnissen war Viktor nach der Auszählung außer sich geraten und ausfällig geworden: Wozu schreibe er überhaupt, wozu lese man ihn, wozu komme man hier her? Seit Jahren bemühe er sich um Lösungen, und dieser Dreimal-drei-Tage-Vorschlag, so märchenhaft er klänge, habe doch kein anderes Ziel, als zu zeigen, daß man sich mit dem dreimal verfluchten Besitzdenken nur sein Glück verscherze. Diese unentwegt in den Kirchen und auf den Standesämtern wiederholte Beteuerung von Mann und Frau, einander zu gehören, hätte ein Ehepartner-Besitz-Anspruchsdenken herangezüchtet, das gefährlicher sei als die Genforschung, die Atomenergie und das Ozonloch zusammen. »Mein Mann! Meine Frau!« Ihm werde übel bei diesen Possessivpronomen, durch die nichts als Unheil in die Welt gekommen sei.

Manchmal war Viktor aufgesprungen und hatte geschrien, ja, er schrie in solchen Fällen, denn das war nun einmal das Thema seines Lebens, und nichts anderes bewegte ihn wirklich. Er schrie und rang die Hände wie ein Finanzminister, der nicht versteht, daß es Parlamentarier gibt, die seine Steuerreform blockieren möchten. »Das geht nicht in meinen Kopf hinein«, schrie er, »Ihr Abstimmungsergebnis beleidigt mich! Sie können nicht meine Leser sein!« Viktor meinte vollkommen ernst, was er da sagte, und das machte seinen Auftritt sehr komisch. Das Publikum brüllte vor Lachen und klatschte, und schließlich lachte auch Viktor mit und setzte sich und sagte »Scheiße!«

Azamira Jamali, pakistanischer Herkunft, extrem aparte, siebensprachige, wunderbar weltliche Leiterin der Werbeabteilung eines Züricher Verlags, von ihren Freunden Aza genannt, war ein Sonderfall im Leben des Schriftstellers Viktor Goldmann, der von sich behauptete, nur dann frische Sachen zu Papier bringen zu können, wenn er frischverliebt war, und der es auch seiner dritten Ehefrau mit dieser Produktionsbedingung nicht ganz leicht machte. Aza, die kurz in sein Leben getreten und dann wieder verschwunden war, hatte Viktor ohne ihr Zutun einen unerwarteten Nebengewinn vermittelt, über den er sehr glücklich war.

Aza hatte beteuert, wie sehr sie Viktor als Freund und als amüsanten Briefpartner schätzte, und sie war nicht einmal abgeneigt, seine Künste als Kuppler in Anspruch zu nehmen – ein durchaus konspirativer Vertrauensbeweis. Als Liebhaber aber würde sie ihn niemals akzeptieren. Das hatte sie nicht gesagt, aber das war unmißverständlich. Sie suchte einen Mann fürs Leben. Dieser war Viktor nicht. Er war mit Ellen verheiratet, und wer es wagte, zu fragen, ob die Ehe glücklich sei, bekam die faunischste Grimasse zu sehen, die Viktor parat hatte. »Das Glück besteht darin«, sagte er dann, »daß es Wünsche offen läßt.« Wer mehr wissen wollte, wurde belehrt, daß Viktor vom wunschlosen Glück so wenig hielt wie vom wunschlosen Unglück. »Wunschlosigkeit ist die Hölle!« Selbst zu diesem Ausruf konnte er sich hinreißen lassen, über den jeder Buddhist den Kopf geschüttelte hätte, der doch das Glück auf Erden darin sieht, daß man endlich nicht mehr begehrt. Viktor und Ellen kannten viele verschiedene Menschen, aber sie kannten keine Buddhisten. So lächelten die Freunde bei derartigen Bekenntnissen Viktors und werteten sie als eine Art dichterische Freiheit.

Viktor konnte Monate, vielleicht auch Jahre lang für gewisse Frauen schwärmen, wenn Hoffnung auf einen erotischen Gewinn bestand – und waren die Gewinnchancen auch noch so klein. Es ging dabei nicht um Sex, nicht um den primitiven Penetrationstriumph. Es war subtiler. Es ging darum, ob eine Vision aufrechtzuerhalten war: die Vision, irgendwann vor Eintritt des Greisenalters seine Wangenpartie eine Weile sanft an die Wangenpartie der so innig begehrten Frau zu schmiegen. Wenigstens das: dastehen und sich umarmen, tief und ruhig atmen und vielleicht nur erotische Versäumnisse bereuen. Oder miteinander ins Bett gehen wollen. Wollen. Der gemeinsame Wunsch war schon eine ganze Menge. Viktor beobachtete sich in solchen Phasen so gut und genau es ging, denn alle Liebesgefühle waren literarisches Kapital. Er notierte: »Aza – ein Blick dieser Frau, in dem ich lesen könnte, daß Sex zwischen uns nicht generell ausgeschlossen ist, nur eine Sekunde dieses Blicks wäre mir mehr als eine Nacht mit Susanne zum Beispiel.«

Wenn Viktor solche hochromantischen Sätze aufschrieb, hatte er anschließend der Realität gegenüber ein schlechtes Gewissen, und er wurde von realen Liebesaufwallungen ergriffen. In den Aza-Wochen hatte er nach solchen Überlegungen das Gefühl, Susanne mit diesem Gedanken betrogen zu haben. Sofort hatte er Susanne einen Brief geschrieben, auf ein Treffen gedrängt und sich auf sie gestürzt. »Was hast du?« hatte sie lachend gefragt. »Du bist so wirklich«, war Viktors Antwort, und stürmisch hatte er sich in sie gegraben – und Aza schien ihm so keusch, sie war nicht einmal gedanklich mit von der Partie.

Die pakistanische Euphorie damals in den ersten Wochen in Zürich hatte nicht lange gedauert. Aza hatte anfangs geglaubt, einen geistreichen und zuverlässigen Freund gefunden zu haben. Viktor hingegen hoffte eine Weile, sie würde sein Begehren doch noch irgendwann erwidern. Es hätte ihm gereicht, wenn sie auf das von ihm skizzierte Märchen anders reagiert hätte. Seine Verliebtheit wäre nicht verflogen, wenn er mit dieser Frau hätte dasitzen, Wein trinken und sich hätte ausmalen können, wie das wäre, wenn er ihr einen Mann vermittelt hätte, wie genau die Bezahlung in Form von drei mal drei Tagen und Nächten wohl ausgesehen hätte, wo sie sich treffen, wie sie ihm schon bald ihr Herz über die Langweiligkeit ihrer Ehe ausschütten und er sie trösten – und wann er an ihrem Hotelzimmer klopfen würde, mit klopfendem Herzen.

Wunderschön, doch ohne jede Verheißung hatte ihn Aza angelächelt, die großen blanken schwarzen Augen bar jeder erotischen Signale für ihn, als er so auf sie einredete und einschrieb. Es war schlimm genug, nur zu phantasieren, aber wenn, dann mußten beide das tun. Eine Männerphantasie allein, ohne authentisches weibliches Phantasie-Pendant, war nicht lebensfähig – und auch unwürdig. Azas Zauber begann zu verfliegen – und damit verflogen auch Viktors Energien, ihr Herz zu gewinnen. Was er von der schönen Aza über sich selbst gelernt hatte, war, daß er offenbar unfähig war für jene berühmte zwischenmenschliche Beziehung, die allein – zumindest laut Schlagertext – im Gegensatz zur angeblich vergehenden und verwehenden Liebe besteht, auch wenn die ganze Welt zusammenfällt: die Freundschaft.

Aza und Viktor gingen zusammen ins Kino, saßen dicht an dicht und waren sich doch fern. Die Abschiede an Straßenbahnhaltestellen, Parkplätzen, Autotüren und auf dem Fahrrad quälten Viktor. Er litt darunter, daß nicht einmal die klassische Frage wortlos im Raum stand und für Spannung sorgte: »Kommst du noch auf einen Sprung mit hoch?« Seine Briefe wurden kürzer. Anfangs hatte er ihr täglich mehrere lange Botschaften zukommen lassen, bald waren es nur noch wenige paar Zeilen alle paar Tage, und diese Zeilen sprühten nicht mehr. »Magst du mich schon nicht mehr?« fragte Aza an. Eine traurige Zeile. Viktor schrieb:

»Je deutlicher es wird, wie einseitig meine Wünsche sind, desto mehr verliert sie an Zauber und desto mehr verliert sich mein Interesse. Und mit dem Interesse gehen die Visionen von einem Nebenglück dahin und mit den Visionen mein Sprühen. Ich werde langweilig. Wie gern wäre ich mit dieser schönen und interessanten Frau befreundet, aber ich kann es nicht. Wie gern würde ich sie einseitig lieben, nicht einmal das gelingt mir. Ich habe eine Liebeskummerautomatik in mir: Besteht auch nur ein Funken Hoffnung auf Erwiderung erotischer Gefühle, bleibe ich bei der Stange. Sind aber die Gewinnchancen null, bin ich wie tot.«

Das schrieb Viktor an Adrian, seinen Musikerfreund, kopierte den Text in eine Datei, die er »Gewinnchancen in der Liebeslotterie« nannte, und legte sie in einen Ordner, der »Aza authentisch« hieß. Wenn sich diese Notiz nicht wie die meisten in den Weiten der Festplatte verlieren würde, könnte er irgendwann einmal eine fragwürdige Männerfigur mit diesem tristen Gedanken ausstatten.

Doch noch hatte er die kühne Märchenidee nicht ganz aufgegeben, Aza den Mann fürs Leben zu verschaffen und geduldig abzuwarten, bis sich die ersten Lücken im Glück zeigen würden – um dann elegant und bescheiden, ohne auf die Richtigkeit seiner Prophezeiung hinzuweisen, als potentieller Liebhaber und Lückenbüßer diskret in Erscheinung zu treten. Noch bemühte er sich um sie. Manchmal loderte es wieder, wenn er an sie dachte, wenn er sich an ihre Wangen erinnerte, an den breiten Mund mit den langen weißen Zähnen, an das Weiß ihrer Augäpfel, das Schwarz der Iris, die leicht beige getönte Haut – in seiner Vorstellung gelang es Viktor ab und zu, daß ihm Aza einen erotischen Blick zuwarf, und prompt hatte er wieder die Kraft, ihr zu schreiben und einen erneuten Kinobesuch zu riskieren.

Damals, in diesen von Aza bestimmten Tagen, war ein neues Buch von Viktor herausgekommen, ein Band mit Erzählungen, die aus dem Überschuß eines Romans entstanden waren, den er ein Jahr vorher veröffentlicht hatte. Leuten aus der Literaturbranche seine Bücher zukommen zu lassen, war ein kindisches Unding, eine Anfängerschwäche. Kein Mensch, der in einem Verlag oder einer Kulturredaktion arbeitete, nahm freiwillig ein Buch zur Hand. Viktor aber konnte es diesmal nicht lassen, zu vielfach schienen ihm die Bezüge. In einigen Geschichten erkannte er die Unarten Azas wieder, die er doch erst vor kurzem kennengelernt hatte, und auch seine eigenen Dummheiten und Großspurigkeiten. Den Roman vom Vorjahr packte er auch dazu, weil da ein Mann vorkam, der sich einer Frau mit jenen spanischen Sätzen zu nähern versuchte, mit denen er Aza beeindruckt hatte. Er kreuzte die Stelle an, und steckte die Bücher in einen Umschlag. Das müßte Aza amüsieren.

Er kündigte ihr seine Sendung an. »Eilt nicht«, ließ ihn Aza wissen, »ich fahre morgen Mittag gleich vom Verlag aus für ein paar Tage nach London.« Viktor ärgerte sich. Wenn man überhaupt noch zum Lesen kam, dann auf Reisen. Unhöflich fast von ihr. Und eine innere Stimme raunte ihm zu: »Sorge dafür, daß Aza diese Bücher vor ihrer Reise nach England erhält, das ist deine letzte Chance, das harte Herz dieser schönen Frau zu erweichen!« Innere Stimmen sprachen selten zu Viktor, er hielt nichts von ihnen. Diesmal aber fand er Gefallen daran, der Einflüsterung zu folgen, vor allem, weil es eine schöne warme Nacht war und er Lust auf Bewegung hatte. So nahm er sein Rad, fuhr zu Azas Verlag und warf seine Bücher an Azamira Jamali in der Verlagsbriefkasten.

Am nächsten Tag war kaum eine E-mail-Antwort von Aza zu erwarten, die Bestätigung würde erst Anfang nächster Woche nach ihrer Rückkehr kommen. Viktor war neugierig, ob und wie sie die beiden Stellen, die er für sie angekreuzt hatte, kommentieren würde.

Am Abend waren Viktor und Ellen bei Barbara und Thomas, und andere nette Menschen waren da, und es war wie in einem französischen Film, in dem gutgelaunte Leute bei Tisch gepflegt und intellektuell drauflosreden, und da Viktors Geschichte mit Aza bisher ein Mißerfolg und eben keine Liebesgeschichte war, konnte er sie in der Runde zum besten geben mitsamt dem Märchen von der Prinzessin, und Ellen hatte gerufen: »Kennt denn niemand einen geeigneten Bewerber für die sagenhafte Prinzessin Aza, damit Viktor wenigstens als Heiratsvermittler eine Chance bekommt?« Ellen genoß es, die uneifersüchtige Ehefrau zu spielen, und Viktor hatte das Gefühl, dieses Zeugnis der Aufgeklärtheit habe eine erzieherische Wirkung auf die anderen Paare am Tisch, von denen einige Frauen so aussahen, als würden sie giftig werden, wenn ihre Männer auch nur erwähnten, eine außerordentlich schöne Frau gesehen zu haben.

Als sie dann aufbrachen, entschied sich Viktor entgegen dem

Rat der Gastgeber dafür, betrunken mit dem Auto nach Hause zu fahren. »Es wird schon gutgehen«, sagte er, und es ging gut, und die Unvernunft war wieder einmal aufs Schönste bestätigt. »An was denkst du?« fragte ihn Ellen auf dem Nachhauseweg. Sie mußte ziemlich viel getrunken haben, um eine solche Frage zu stellen, die doch eher eine Erstehefrau-Ella-Frage war und nicht die Frage einer Juristin mit Lebenserfahrung. Viktor hatte sich gerade gefragt, ob es wohl heute zu einem Ehefick kommen würde oder nicht. Eher nicht, hatte er gedacht, denn als gutgelaunt von einem netten Abend bei Freunden nach Hause kommendes Ehepaar waren sie derart prädestiniert, miteinander zu schlafen, daß sie es vermutlich gerade deswegen bleibenlassen würden. Die Erwartung hatte etwas Verpflichtendes. Sie würden sich vorkommen, als müßten sie ein Klischee erfüllen. Das aber sagte Viktor nicht. »Ich denke wie immer, daß es gutgehen wird«, sagte er eine Straßenkreuzung weiter, aber Ellen war schon eingenickt.

Zu Hause legte sie sich sofort ins Bett und fiel in den Schlaf der Berufstätigen am Ende einer anstrengenden Woche, und Viktor pries seinen Beruf, in dem die Arbeit des Lebens und die Arbeit des Schreibens verflochten waren, und in dem er nie müde wurde. Er machte noch ein paar Notizen, trank einen Kaffee, den er bei Barbara und Thomas vermißt hatte, und schaute im Computer nach, ob Post für ihn da war. Es war welche da. Und während er klickte und tippte, sah er Aza vor sich, und er war betrunken genug, um endlich jene Glut in ihren Augen strahlen zu sehen, die er immer vermißt und für die diese Augen doch geschaffen waren. Sie würde aus London mailen, wie gut ihr seine beiden Bücher gefallen hätten, und daß sie bei ihrem nächsten Kinobesuch nicht so zickig sein werde.

Es war aber keine E-Mail von Aza eingegangen. Viktor starrte auf die unvertraute Adresse neben dem kleinen Briefkuvert-Symbol, merkte, daß er nun auch nicht mehr der Wachste war, speicherte die Mail, wollte das Öffnen und Lesen auf den anderen Tag verschieben, öffnete sie dann aber doch, während er schon begonnen hatte, sich die Zähne zu putzen, »Viktor, mein

Lieber«, stand da, und da er nicht wußte, wer ihm da schrieb, ging er zum Ende des langen Briefs: »Antworte bitte sofort, Deine Ira«.

Mit Ira hatte Viktor zu diesem Zeitpunkt kaum Kontakt. Seit etwa einem halben Jahr wohnte sie in Amsterdam, das wußte er. Damals hatte sie eine andere E-Mail-Adresse gehabt. Zunächst war eine vorgedruckte Postkarte mit der Adressenänderung gekommen, und Ellen hatte gesagt: »Ich glaube, deine zweite Ex-Frau will was von dir.« Auf der Karte war auch eine E-Mail-Adresse gewesen, und Viktor hatte rasch reagiert: »Ellen meint, du willst was von mir. Ich fürchte, das ist nicht der Fall.« Dann hatte er seine Verwunderung darüber ausgedrückt, daß sie in Amsterdam wohne und einen Computer benutze. Beides könne er sich nicht vorstellen. Ira hatte kurz geantwortet, sie würde sich nie gemeldet haben, wenn sie nicht in festen Händen wäre, und Viktor hatte sofort einen Reiz verspürt nach Amsterdam zu fahren und Ira mitsamt den Händen ihres rätselhaften schwarzen oder gelben oder weißen Lovers in Augenschein zu nehmen. Auch das hatte er ihr postwendend mitgeteilt. Sie habe sich trotz Computer und Amsterdam nicht verändert, schrieb sie zurück, sie möge es noch immer nicht, wenn man sie gleich bedränge. »Schön, daß du meine Zeilen ernst nimmst,« war Viktors Antwort, dessen alte Lust auf Ira tatsächlich schlagartig wieder ausgebrochen und offenbar auch für sie spürbar geworden war. Dann war Stille. Seitdem hatte er nichts von ihr gehört. Vor dem Umzug nach Zürich war das gewesen, in Frankfurt noch. Und zehn Jahre mehr oder weniger waren es her, seit die Ehe mit Ira auseinandergegangen war. Fast so lange hatte er sie nicht gesehen. Vermutlich war sie auch schon über vierzig.

Viktor hatte Ira viel zu verdanken. Ihretwegen hatte er am meisten gelitten und getobt. Nachdem sie ihn verlassen hatte, waren viele seiner Bücher zu Vergeltungsschlägen gegen sie geworden. Ira hatte Temperament in seine Romane gebracht. Sofern er in all den Jahren wußte, wo sie wohnte, hatte er ihr immer seine neuesten Bücher zuschicken lassen, denn noch immer kam sie in ihnen vor und sorgte für Unruhe und für die schönen ordinären Gefühle. Selten hatte sie auf seine Bücher reagiert und wenn, dann nur in wenigen knappen Zeilen. Sie hatte nie viel geschrieben, weder in der wilden Phase vor ihrer Ehe, noch in der grausamen Phase am Ende ihrer Ehe. Die lapidare Anweisung war ihr Stilmittel. »Komm sofort!« oder: »Laß mich in Ruhe!«

Das neue Buch mit Erzählungen, das er gerade erst Aza hatte zukommen lassen, war schon ein paar Tage vorher an Ira abgegangen. Denn es enthielt eine Erzählung mit dem Titel »Die Nacht von Lissabon«, in der sich Viktor nach so langer Zeit noch einmal für ein paar alte Unarten von Ira hatte rächen müssen. Schon daß er sie »Erika« nannte, war Rache, denn den bilderbuchdeutschen Vornamen konnte Ira nicht ausstehen. Viktor hatte Erika Iras Worte vom »Ausleben der Phantasien« in den Mund gelegt, die ihm früher immer auf die Nerven gegangen waren, und in der Nacht von Lissabon vergingen Erikas Zikken – bei einem heftigen Ficken. Viktor hatte sich den albernen Reim nicht verkneifen können und gegen den Rat des Lektors durchgesetzt. Happy End. Am Morgen verspricht der Liebhaber, sie nie mehr »Erika« zu nennen. Die Geschichte schloß mit den Sätzen: »Du bist jetzt Rika. Schluß mit Heidekraut. Das E ist weg.« – »Danke«, sagte sie, »es war an der Zeit. Der Vokal hat uns lange genug behindert.«

Nun also überraschend Post von Ira. Es wäre völlig unüblich, wenn sie die Lissabon-Geschichte so prompt kommentieren würde. Mittlerweile war es halb zwei in der Nacht, vergessen war die Prinzessin Aza, und äußerst gespannt begann Viktor den ersten längeren Brief zu lesen, den seine einstige große heimliche Liebe, dann zweite, schon seit Jahren geschiedene Ehefrau Ira ihm je geschrieben und erst vor etwa einer halben Stunde an ihn abgeschickt hatte.

Sie sei in Frankfurt gewesen, schrieb sie, wo nach wie vor ihr erster Mann mit zweien ihrer Kinder lebte. Viel Streß, viel Hektik. Der Zug Richtung Amsterdam sei rasend voll gewesen. »Du hättest bestimmt gleich eine Glosse über überfüllte Züge geschrieben«, schrieb sie, und Viktor lächelte gerührt, als er das las. Alles voller häßlicher Menschen mit Milchgesichtern, ein Schieben und Drücken, man müsse sich noch dünner machen, um Dickere vorbei zu lassen – widerlich. Und das nach einem unerfreulichen Tag mit dem störrischen Vater ihrer Kinder. Viktor war voller Anteilnahme und fragte sich, was in Ira, die nie sonderlich mitteilsam gewesen war, gefahren sein mochte, daß sie ihm, Viktor, ihrem zweiten Ex-Ehemann, von dem sie seit Jahren geschieden war und der ihr danach mit manchen Nachstellungen noch eine Weile die Ruhe geraubt hatte, einen derart ausführlichen Erlebnisbericht zukommen ließ.

Schließlich habe sie im Gang notdürftig zwischen den riesigen Koffern winziger, aufgeregter Japaner einen Stehplatz gefunden, neben einem Abteil, in dem sechs Leute mit ihren Hintern auf vermutlich reservierten Plätzen saßen. »Ein Reservat, eine geordnete Oase der Ruhe.« Warum hatte Ira früher ihre Beobachtungen nicht so hübsch formuliert?

Sie habe nichts anderes tun können, als mißgünstig und abgehetzt und schlecht gelaunt in das Oasen-Abteil zu starren. Eine hübsche jüngere Frau sei ihr aufgefallen, deren Haare sie an ihre Haare von früher erinnert hätten. »Weißt du noch, damals, meine langen Haare!« Viktor wußte noch und war gerührt. Später hatte sich Ira die Haare kurz schneiden lassen, der übliche Emanzipationsakt, er hatte erst gebrüllt vor Schmerz über den Verlust der dunklen Fülle, dann aber hatte er den neuen schwarzen Strubbelkopf bald angenehm unvertraut und daher besonders aufregend gefunden.

»Das Verdrehte war«, schrieb Ira, »ich habe die Fremde auf einmal mit deinen Augen gesehen, ich habe mir vorgestellt, wie sie dir gefallen würde. Und plötzlich hat sie mich am mich selbst von früher erinnert, auch wenn ich nicht ein ganz so stolzes Profil habe, und auf einmal wußte ich, wie dir zumute war, als du mich damals geliebt hast.«

Viktor starrte auf den Bildschirm und kostete jedes Wort von Iras Reisebericht. Endlich hatte seine zweite Ehefrau, die seine Liebe immer angezweifelt hatte, mit zehn Jahren Verspätung begriffen, daß es bei ihm wirklich Liebe gewesen war. Das war damals strittig gewesen. Ira hatte schon vor ihrer Ehe steif und fest behauptet, daß er allenfalls das Bild von ihr liebe, nicht aber sie selbst. Er hatte darauf erwidert: »Allerdings liebe ich das Bild, das ich von dir habe, aber ich nehme mir die Freiheit, die Frau dahinter auch zu lieben, du ungläubige Schlampe.«

Jetzt wurde es Viktor weich und warm – und er las weiter. Nicht allein in den rabenschwarzen langen Haaren habe sie sich von früher wiedererkannt, schrieb Ira, sondern auch in der Unruhe, mit der diese fremde Frau diverse Zeitungen öffnete und ungelesen wieder zusammenlegte. Sie habe an ihre damalige Unentschlossenheit denken müssen. Waren es zehn oder fünfzehn Jahre her, daß sie so aussah, habe sie sich gefragt.

Viktor konnte sich Ira mit auch nur einem einzigen grauen Haar nicht vorstellen. Wie unverwandt sie die Fremde von ihrem eingekeilten Platz im Gang aus angestarrt habe, schrieb sie, sei ihr klargeworden, als diese einmal hergesehen habe. Sie sei sich bei diesem Blick ertappt vorgekommen wie eine alte Gafferin, habe aber weiter wie gebannt beobachten müssen.

Die Fremde habe noch ein paar Mal die Zeitungen auf und zu gemacht und dabei lautlos und unzufrieden geseufzt. Mit einem Mal habe sie plötzlich nach oben in die Gepäckablage nach einem dicken brauen Umschlag gegriffen. Ira sieht die schlanken Hände der Fremden, die irgendwie unschlüssig den Umschlag halten und fragt sich, ob ihre Hände mit dreißig auch so schön waren, und es wird ihr weh ums Herz, obwohl ihre zweiundvierzigjährigen Hände auch nicht übel sind, und sie denkt an die Zeit mit Viktor. Und auch der wattierte dicke Umschlag, den die Fremde jetzt auf dem Schoß hält, erinnert sie an Viktor, allerdings nicht an damals, sondern an heute. Nichts Ungewöhnliches, so ein wattierter Umschlag, aber es fällt ihr ein, daß sie erst vor wenigen Tagen einen ähnlichen Umschlag mit Viktors neuem Buch bekommen hat, und sie denkt daran, wie oft ihr Viktor im Lauf der letzten Jahre seine neuen Bücher mit irgendwelchen Hinweisen zugeschickt und wie wenig sie darauf reagiert hat. Sie kommt sich schlecht vor und beschließt, gleich wenn sie zu Hause ist, Viktors neues Buch zu lesen und ihm zu antworten.

Iras Brief war noch nicht ganz zu Ende, doch Viktor hielt erst einmal inne und schloß die Augen, um sich nicht ohne Genugtuung die Situation zu vergegenwärtigen: Eine wildfremde Frau im Zug weckt in Ira Erinnerungen an früher, an sich selbst und an ihre Zeit mit Viktor. Ein wattierter Umschlag läßt sie an ihre Unart denken, ihrem ehemaligen Liebhaber und zweiten Ehemann Viktor nie auf seine unaufdringlichen Büchersendungen zu antworten. Von dem Erlebnis erweicht, beschließt Ira reumütig, Viktors Sendungen fortan zur Kenntnis zu nehmen und ihm auch zu schreiben. Das alles ergab soweit durchaus einen Sinn. Vollkommen unverständlich allerdings, wie die eher zurückhaltende und verschlossene Ira so aufgerüttelt sein konnte, daß sie Viktor ihre kurz zuvor gemachten Beobachtungen sofort und in dieser Ausführlichkeit miteilte. Das war nicht ihre Art. Es mußte noch etwas anderes geschehen sein, das sie dazu bewegt hatte.

Viktor trennte sich von seiner Phantasie einer geläuterten Ira und las weiter, mit langem Hals, den Kopf in höchster Spannung dem Schirm des Notebooks entgegengestreckt, als könne er damit näher am Geschehen sein. Ellen hatte ihn einmal in dieser Haltung ertappt und gesagt, er sehe aus wie eine Schildkröte auf Brautschau.

Unvermittelt, schrieb Ira, habe die Fremde im Zugabteil den wattierten Umschlag, den sie eine Weile in den Händen gehalten habe, aufgerissen – ratsch – das Geräusch habe ihre, Iras, ganze Aufmerksamkeit auf den Umschlag gelenkt. Eine der schönen schlanken Hände der Fremden sei nun in den Umschlag hineingefahren. »Sie ist so ungeduldig wie ich«, habe Ira noch gedacht, und dann sei ihr schwindelig geworden: »Sie zieht zwei Bücher von dir raus!!!« schrieb Ira. Sie, Ira, habe sich auf einen verdammten Japanerkoffer setzen müssen, so weich seien ihre Beine geworden. Jetzt habe sie auch Viktors Schrift auf dem Umschlag bemerkt…

Viktor wurde es beim Lesen dieser Zeilen seinerseits schwindelig, und seine Wahrnehmungskraft geriet durcheinander. Er hatte das Gefühl, schon die ganze Zeit insgeheim den Verdacht gehabt zu haben, daß Ira hier niemand anderen als die Prinzessin Aza beschrieb, die offenbar nicht mit dem Flugzeug, sondern mit dem Zug nach London unterwegs war. Wer sonst sollte solche rabenschwarze Haare haben? Darüber hinaus hatte er rückblikkend das Gefühl, daß Aza ihn von Anfang an an Ira erinnert hatte, daß er überhaupt nur wegen dieser Ähnlichkeit auf sie aufmerksam geworden war. Es war ja nicht nur die rabenschwarz glänzende Haarpracht und der dunkle, reine Teint, es war der Mund mit seinen lüsternen Lippen, und vor allem waren es die Wangen, die ihn an Ira erinnert haben mußten. Die Bilder von Aza und Ira legten sich nun in Viktors Vorstellung übereinander, und fast wären sie zu einer Person verschmolzen, wenn Ira nicht andere Augen gehabt hätte, nämlich grünlich-bernsteinfarbene.

Viktor kroch mit seinen eher matten Augen noch näher an den Bildschirm heran, um den Rest der phantastischen Erzählung Wort für Wort in sich aufzunehmen: »Jetzt reißt's mich endgültig«, stand da mit Flüchtigkeitsfehlern ungeduldig von Ira hingetippt, »sekundenschnell schießt eine Menge durch meinen Kopf. Es muß eine noch relativ neue Eroberung von dir sein, sonst hätte sie das alte Buch schon. Wer ist sie? Was ist das für eine Frau? Sie schaut genauso verträumt wie ich nach dem Öffnen deiner Päckchen. Wahnsinn! In einem völlig überfüllten Zug, mitten zwischen Hunderten von Menschen bleibe ich just da stehen? Du hast einen guten Geschmack, muß ich dir lassen. Um sofortige Aufklärung bittet Ira. P. S. Das Ganze ist erst wenige Stunden her. Ich bin eben erst in Amsterdam angekommen. Klär mich sofort auf! Das bist du mir schuldig! Wehe, du bist nicht da! Ich bin die ganze Nacht auf und warte auf Antwort.«

Viktor konnte sich von dem Text nur schwer trennen. »Sie zieht zwei Bücher von dir raus... Wer ist sie? Was ist das für eine Frau?« Er hörte Iras Stimme, wie sie ihm in höchster Aufregung die Fragen ungeduldig zuschrie. Er selbst hatte sie früher nie so in Fahrt bringen können. Dieser wunderbare Zufall bewegte sie mehr als alles andere. Nie hatte sie sich so offen mitgeteilt.

Ein paar Gedenkminuten lang lehnte sich Viktor mit geschlossenen Augen zurück und genoß beglückt diese Fügung, die sein Leben nicht ändern würde, die aber schon jetzt eine ebenso märchenhafte wie reale Bereicherung darstellte. Schon lange litt er nicht mehr wegen Ira, das war vorbei. Es war aber mehr als ein nachgetragener Trost für alten Tort, der ihm hier übermittelt worden war, es war so etwas wie ein Anfang. Er spürte, daß nach all den Jahren noch immer Glut für Ira in ihm war, und wie durch diesen Bericht sofort ein paar kleine Flammen züngelten. Er lachte in sich hinein vor Glück, weil sein Herz ohne sein Wissen und ohne sein Zutun den Keim einer alten Liebe bewahrt hatte. Ein längst verloren geglaubtes Gefühl war mit einem Mal wieder da, ein Fundstück. Er hätte schreien können vor Lebenslust und guter Laune, und er schrie sein Vergnügen in den Brief hinein, den er sofort an Ira in den Computer tippte, und der Gedanke, daß sie in diesem Augenblick im fernen Amsterdam auf seine Antwort lauerte, erheiterte ihn maßlos. Eine Stunde lang prasselten seine Finger auf die Tasten, er schrieb die Wahrheit und nichts als die Wahrheit, alles über Aza, über den Anfang der Geschichte, der trotz modernen E-Mailens zauberhaft gewesen sei, über sein Abprallen an ihr – von wegen Eroberung. »Ich fasse es nicht«, schrieb er, »erst durch dein Erlebnis und deine Zeilen ist mir klargeworden, wie ähnlich sie dir sieht. Jetzt ist mir so, als sei ich nur deswegen hinter ihr hergewesen, weil ich mit ihr im Grunde nur dich wiedergewinnen wollte.« Nach diesem Geständnis bat er Ira, ihm sofort ihre Telefonnummer zukommen zu lassen, sie müßten heute Nacht noch über diesen wahnsinnigen Zufall sprechen, und im übrigen sei sie ihm noch die Mitteilung schuldig, was Aza gemacht habe, nachdem sie seine Bücher aus dem Umschlag herausgezogen hatte.

Viktor feuerte seine Botschaft ab und harrte nun seinerseits ungeduldig auf Antwort, die eine halbe Stunde später eintraf: »Willst du hören, du Schuft, daß sie deine Bücher verliebt durchblätterte, die Seiten küßte und mit Glückstränen zu lesen begann? Ich muß dir mitteilen, daß sie deine beiden Bücher leider nur für einen Augenblick in ihren Händen gehalten und dann mit ihren schlanken Fingern wieder in den Umschlag zurückgeschoben und in die Reisetasche unter ihrem Sitz gesteckt hat. Ich nehme an, du hast ihr wie auch mir etwas in die Bücher hineingeschrieben. Sie hat keines der Bücher auch nur aufgeklappt. Als ich ausstieg, trafen sich für einen Moment unsere Blicke, und in meiner Eitelkeit schämte ich mich wegen meines abgehetzten Aussehens. Ich muß ihr hornalt und vollkommen uninteressant erschienen sein, so daß sie mich sofort vergessen hat – hoffentlich. Heute nacht kannst du mich nicht anrufen. Morgen vielleicht. Schau vorher nach, ob du eine Mail von mir hast. Ira« Ein seltsam förmliches, aber schönes P.S. hatte sie auch noch angebracht: »Diese Geschichte ist unglaublich und zeugt von unserer großen Verbundenheit und macht jeglichen Zoff zunichte, den wir zusammen hatten.«

»Kleine Fußnote zu der Ähnlichkeit von dir mit deiner Reisebegleiterin«, antwortete Viktor: »Azas kompletter Vorname ist Azamira. Beachte die letzten drei Buchstaben. Mir wird ganz überirdisch zumute. Ich bin der Prinzessin Azamira sehr dankbar. Eine echte Gesandte wurde uns geschickt, damit wir uns aussöhnen.«

Es war mittlerweile halb fünf Uhr früh, und Ira schrieb: »Bleib bitte am Boden. Gute Restnacht. Bis morgen.«

Viktor döste vier Stunden selig in den Samstagmorgen hinein und war dann ein auffallend zuvorkommender, wohlgelaunter und brötchenholender Ehemann. »Was ist mit dir los?« fragte Ellen. »Es läuft gut«, sagte er. Abends hatten sie Gäste. »Gibt es Neuigkeiten von Prinzessin Aza?« wurde Viktor gefragt. Viktor sagte, seine Späher hätten ihm berichtet, sie sei zuletzt unterwegs nach London in einem Zug nach Ostende gesichtet worden, mit seinen letzten beiden Büchern auf dem Schoß, leider hätte sie es nicht für nötig befunden, auch nur eines der Bücher aufzuschlagen und wenigstens die anzügliche Widmung zu lesen. Man gratulierte Viktor zu seiner selbstironischen Phantasie. Um halb zwölf saßen die Gäste noch fest in ihren Sesseln und Sofas. Um zwölf begab sich Viktor kurz in sein Arbeitszimmer und schaute, ob eine E-Mail von Ira eingegangen war. War sie: »Ab 00:30 kannst du anrufen.«

Null Uhr dreißig. Viktor war hingerissen von der Zeitangabe. Absolut konspirative, agentinnenhafte Präzision. Null Uhr dreißig war es gleich. Er antwortete: »00:50, vorher geht es nicht.« Sofort kam es aus Amsterdam zurück: »Okay, kein Streß.«

Um null Uhr fünfzig, sprich zehn vor eins, saßen die Gäste noch immer da und hatten gerade nach weiterem Wein verlangt. »Liebe Leute«, sagte Viktor, »ich muß leider noch arbeiten. Ihr wart dermaßen anregend, daß ich mich zurückziehen und meine Eindrücke festhalten muß.« Joviales Zetern. Einer sagte: »Gestehe, daß du heimlich mit Prinzessin Aza telefonieren willst.«

Viktor verschwand in seinem Arbeitszimmer und wählte gierig Iras Nummer. Ira erzählte noch einmal alles, was sie tags zuvor geschrieben hatte. Er wollte es aus ihrem Mund hören. Sie sprach wie früher. »Hast du graue Haare?« fragte Viktor. »Mußt du dir schon selbst anschauen«, sagte sie. Um dreiviertel zwei, also ein Uhr fünfundvierzig in der Agentensprache, gingen die Gäste. Leise, um Viktors poetische Gedankenflüsse hinter der verschlossenen Arbeitszimmertür nicht zu stören. Viktor hätte es nicht gut gefunden, wenn Ellen gleich den Kopf in sein Zimmer gesteckt hätte, um ihn zu fragen, ob er weiterarbeite oder ins Bett komme. Es mußte nicht sein, daß sie ihn telefonieren sah. Zwar zählte auch ein nächtlicher Telefongespräch zur Arbeit, zwar telefonierte er durchaus ab und zu mitten in der Nacht mit Adrian, wenn er etwas über Musik wissen oder jemanden eine Liebesgeschichte erzählen wollte, um sie anschließend besser aufschreiben zu können, aber er hatte jetzt keinerlei Lust zu lügen. »Kann ich dich in einer halben Stunde wieder anrufen?« fragte er leise. Wie süß klang Iras »Okay«, das er früher nicht hatte ausstehen können.

Ellen war müde und dankbar, daß Viktor das Wohnzimmer von den Spuren des Gelages befreien wollte, und ging zu Bett. Es war für Viktor ein Gebot der Fairneß, die Spülmaschine einzuräumen und die Küche in Ordnung zu bringen, wenn er schon eine gute Stunde Gäste geschwänzt hatte.

Um zwei Uhr dreißig, also um halb drei, rief er wieder bei Ira an. Sie redeten die ganze restliche Nacht bis morgens um acht. Viktor erzählte mehrmals, wie ihm zumute war, als er ihre Zeilen gelesen hatte, und Ira erzählte mehrmals, wie es war, als sie die fremde Frau beobachtet und sich in ihr entdeckt hatte. Es war klar, daß sie sich das möglichst bald von Angesicht zu Angesicht weitere Male erzählen mußten.

Das Festlegen einer Besuchszeit war nicht unkompliziert. Viktor war froh, daß auch für Ira ein offenes Treffen nicht denkbar war. Der ominöse Lover, über den sie, auch hierin ganz Agentin, keine näheren Angaben machte, sollte nichts wissen. Das war Viktor sehr recht. Er wäre ungern allein gewesen mit seiner Geheimhaltung. So schön die Geschichte auch war, er konnte sie Ellen nicht erzählen. Er würde nicht den Fehler wiederholen, den er in seiner ersten Ehe mit Ella gemacht hatte. »Erzähl doch einfach frank und frei, was los ist«, hatte Ella munter gesagt. Er hatte damals ihrer wohlmeinenden Aufforderung geglaubt und war in die Falle getappt. Das Frank-und-Freie hatte sich als das Zerstörerische schlechthin erwiesen. Nicht nur die unvermeidlichen Liebschaften gingen kaputt, wenn man frank und frei war, sondern auch die Ehen. Als Viktor und Ellen sich in einem spießigen Frankfurter Standesbeamtenbüro das Jawort gaben und die groteske Zeremonie von ein paar Freunden fotografiert wurde, hatte er die unvermeidlichen Trauzeugen gebeten, sich ein Pappschild mit der Aufschrift »Nie wieder frank und frei« um den Hals zu hängen.

Viktor erfand ein Treffen in Amsterdam. Ein dortiger Verlag interessierte sich für einen seiner Romane. Da er ungern log, war es ihm gelungen, bei einem Verlag tatsächlich ein Interesse zu wecken. Darin sah er sofort ein Zeichen, daß die Götter auf seiner Seite waren, was die Wiederaufnahme des Kontakts mit Ira betraf. Klar, anständige Götter waren für Versöhnung. Wenn man im Jenseits seine Exfrauen wiedertraf, war es besser, wenn man schon auf Erden Seelenfrieden mit ihnen geschlossen hatte. Das Problem war nur Ellen. Viktor hatte nicht gewußt, daß Amsterdam ganz oben auf der Liste von Ellens unbedingt zu besuchenden Wunschstädten stand. Sie war sogar bereit, zwei Tage Urlaub zu nehmen. Viktor buchte um den Verlagstermin herum eine Reise mit Ellen nach Amsterdam und ließ dann den Verlagstermin platzen. »Das ist aber dumm für dich«, fand Ellen und wollte nun auch nicht fahren. »Gebucht ist gebucht«, sagte Viktor heroisch, »das Privatleben geht vor.« Ellen und er machten sich drei schöne Tage in Amsterdam. Vierzehn Tage später ließ er sich einen neuen Termin bei dem Verlag geben und mußte noch einmal nach Holland reisen. Diesmal allein.

Der Verleger war langsam und bedächtig. Er wollte, wie alle Verleger, mit dem Autor in ein Restaurant gehen und die Sache beim Essen besprechen. »Ich habe nicht viel Zeit«, sagte Viktor, der nur an Ira dachte und dem nicht danach war, zwischen einem schlichten Fischlokal mit grandioser Küche oder einem berühmten Fischlokal mit einer eher schlichten Küche zu entscheiden. Der alte Verleger seufzte. Die jungen Autoren hätten keinen Sinn mehr für die Freuden des Daseins und die deutschen seien am freudlosesten. »Haben Sie mein Buch gelesen?« fragte Viktor, und als der alte Verleger nickte: »Vielleicht können Sie sich an diese Frau erinnern, die dem Helden den Verstand raubt.« – »Die mit den Bernsteinaugen, in denen man immer eine eingeschlossene kleine Fliege erwartet?« fragte der Verleger. Viktor nickte: »Sie ist hier in Amsterdam.« Der alte Verleger sprang auf: »Gehen Sie«, rief er, »gehen Sie sofort zu ihr. Wir machen das Buch. Ganz klar. Alles Weitere am Telefon. Viel Glück. Und einen Gruß an die Bernsteinfrau.«

Ira hatte sich nicht sehr verändert. In ihren Bernsteinaugen war noch immer keine kleine eingeschlossene Fliege zu sehen. Viktor griff in ihr schwarzes, jetzt mittellanges, nicht mehr ganz so seidiges Haar. »Nachgeholfen«, sagte sie und fügte hinzu: »Aber nur ein bißchen.«

Sie redeten bis tief in die Nacht. »Warum sitzt du so weit weg«, fragte sie. »Weil du nicht bedrängt werden willst«, sagte Viktor und kam zu ihr aufs Sofa. »Dein Wille geschehe«, sagte er. Sie saßen da wie ein fünfzehnjähriges Liebespaar und wußten nicht weiter. Ira wollte nicht allein in ihr Bett gehen und mit Viktor schon gar nicht. Zu zweit auf dem Sofa war es eng. Irgendwann schliefen sie auf dem Sofa ein, sittsam in Kleidern, aber unsittlich eng aneinandergedrückt.

Am nächsten Morgen beim Frühstück sagte Viktor. »Was ist der Unterschied zwischen einer erfüllten Liebesnacht und unserer gestrigen: keiner! Wären wir glücklicher, wenn wir heute nacht gevögelt hätten: nein!« Ira widersprach. »Ihr Frauen denkt immer nur an das eine«, sagte Viktor.

Ira hatte nur am Vormittag zu tun. Viktor rief zu Hause in Zürich an und sprach für Ellen auf den Anrufbeantworter, daß der holländische Verlag das Buch vielleicht machen werde, er müsse heute und vielleicht morgen noch etwas darauf hinarbeiten. Tag der Rückkehr offen. Am Nachmittag ging er mit Ira in dieselben Museen, in denen er vierzehn Tage zuvor mit Ellen gewesen war. Er verriet es ihr, und sie lächelte und schüttelte den Kopf. Irgendwann würde er es auch Ellen verraten, und sie würde lächeln und den Kopf schütteln.

In Iras Wohnung angekommen, gingen sie diesmal gleich zusammen ins Bett. Es tat ihnen gut. Auch im Bett wurde viel geredet. Ira erzählte von ihren Kindern und von ihrer Arbeit. Sie machte nicht mehr Gymnastik, sondern Resozialisation. »Resozialisiere mich, sofort!« sagte Viktor. »Ich mache eigentlich Opfer und nicht Täter«, sagte sie und beugte sich über ihn: »Aber ich mache auch Ausnahmen.«

Von ihrem Lover erzählte sie fast nichts. Viktor hatte den Verdacht, Ira habe diesen Lover nur erfunden, um eine Möglichkeit zu haben, ihn, Viktor, auf Distanz zu halten. Das war Ira zu viel: »Für diese unverschämte Vermutung mußt du bestraft werden«, sagte sie und richtete sich auf, »weißt du was: Er fickt besser als du, wesentlich besser – obwohl er wesentlich älter ist.«

Das Wiedersehen in Amsterdam war über ein Jahr, vermutlich fast schon wieder zwei Jahre her, jetzt, an jenem Wochenende, als Viktor von seiner Lesereise zurückgekehrt war, auf der er die Nasenring-Tina und eine falsche Tscherkessin namens Rebecca kennengelernt und die lila Lederhosen-Sabine wiedergesehen hatte und an dem seine Frau Ellen mit ihrer Freundin Barbara in Kopenhagen war. Seitdem die falsche Prinzessin Aza damals im Zug von Frankfurt nach Köln von Viktors zweiter Ex-Ehefrau Ira beobachtet worden war, war Ira wieder ein Fixpunkt in seinem Leben. Kurze Zeit später konnte man in Viktors Büchern Hymnen auf die Wonnen des Wiedergewinnens von Herzen lesen. Das habe eine ganz andere Wucht als eine herkömmliche Eroberung, fanden Viktors einschlägige Protagonisten. Eine alte Liaison zu reanimieren, sei das höchste der Gefühle und die wahre Liebeskunst. In einem seiner Bücher bemühte Viktor gar die Architektur-Metapher und behauptete, so wie es lohnender sei, schöne alte Häuser zu restaurieren und vielleicht vorsichtig mit einigen modernen Elementen zu versehen als einen gottverdammten Neubau auf die Wiese zu stellen, so könne analog zum Erhalt kostbarer Bausubstanz das Retten oder Ausgraben verschütteter Gefühle sinnvoller sein.

Wenn einige Fans in Viktors letzten beiden Büchern die Bitterkeit vermißten, war daran mit Sicherheit Ira Schuld, die in etlichen Büchern zuvor ausgiebig für eben diese Bitterkeit gesorgt hatte. Eine Frauenfigur namens Mira tauchte in einem Roman Viktors auf, an der das jahrelange Konservieren alter Neigungen beschrieben wurde, allerdings ohne daß es zu irgendwelchen Begegnungen in Zügen gekommen war. So wunderbar die Begegnung war, so taugte sie Viktor nicht für seine Bücher, in denen weder der unglückliche noch der glückliche Zufall eine Rolle spielen sollte.

Ira tat Viktor gut und machte ihn ruhiger. Unabhängig von ihrem Status als zweite Ex-Ehefrau war sie Geliebte, Freundin, Vertraute, Komplizin in einem. Sie war mit einem Lover versorgt, der nicht erfunden zu sein, sondern den es tatsächlich zu geben schien, sie hatte Kinder, einen Beruf. Sie brauchte Viktor nicht zum Atmen. Sie litt so wenig unter seiner Abwesenheit wie er unter der ihren. Aber sie freuten sich immer auf die nächste Begegnung. Sie sahen sich nicht öfter als alle drei bis vier Monate, und das genügte. Vor jedem Treffen sagte Ira: »Keine Garantie.« Sie meinte damit, für Sex könne sie nicht garantieren.

Das war die Bedingung aller Treffen. Abwarten, wie es sich entwickelt. Es konnte sein, daß ihr nicht danach zumute war, mit Viktor in ein Bett zu steigen. Sie wollte sicher sein, in dem Fall kein Jammern zu hören. Einmal schickte sie eine Botschaft aus Neapel von einem Resozialisierungskongreß. Wider Erwarten hatte sie einen Tag frei. Wäre schön, wenn Viktor kommen könnte. Aber, schrieb sie, falls du dich aufraffst, vergiß nicht, dein Risiko, keine Garantie, du mußt selbst wissen, ob dir die Reise unter diesen Umständen wert ist.

Es war nicht das Risiko, ob er sie würde entflammen können oder nicht, sondern der blanke Zeitmangel und die lange Fahrt, die Viktor das Angebot ausschlagen ließen. Eine Absage, die Ira in keiner Weise als ein Zeichen mangelnder Leidenschaft wertete, mir der sich Viktor selbst aber völlig übernommen hatte und die ihn so quälte, daß gleich drei Erzählungen daraus wurden. Ein Mann, der einem solchen Lockruf einer Frau nicht folgte, war ein libidoloser Kartoffelsack, der diese Frau nicht verdient hatte. Vor diesen Erzählungen waren Dutzende von Briefen an Ira entstanden, aus denen er dann die fiktiven Geschichten erst herausdestilliert hatte. In diesen Briefen hatte sich Viktor derart hysterisch der Mutlosigkeit und Trägheit und der fehlenden Risikobereitschaft bezichtigt, daß Ira ihn beschwichtigte und ihm nun ihrerseits garantierte, er habe in Neapel nichts versäumt. Seitdem schwelte bei beiden der Wunsch, gemeinsam nach Lissabon zu reisen und dort miteinander genau das zu tun, was in Viktors Erzählung »Die Nacht von Lissabon« ein gewisser Tom und eine gewisse Erika miteinander tun, Erika, die sich in jener Nacht sozusagen vom zickigen Heidekraut in eine zakkige Agave namens Rika verwandelt.

Viktor und Ira »arbeiteten an Lissabon«, wie sie es nannten, aber Lissabon war nicht nur weit, Lissabon war sehr kompliziert. Denn Lissabon stand auch auf Ellens Wunschliste ganz oben. Es steht zwar nirgends geschrieben, aber es gehört sich nicht, mit der Ex-Ehefrau zuerst an einen Ort zu fahren, den die Ehefrau schon längst einmal besuchen wollte. Das kann auch bei großzügigen Menschen Ärger hervorrufen. Selbst in einer aufgeklärten und wahrhaft freizügigen Gesellschaft, in der sich Viktor manchmal wähnte, mußte man immer wieder einmal auf archaische Prioritäten Rücksicht nehmen. Und auch Iras Lover schien seltsamerweise unbedingt mit Ira nach Lissabon reisen zu wollen. »Ich hoffe nicht, daß ihn meine Erzählung dazu angeregt hat«, sagte Viktor. Das wäre ihm zu weit gegangen. Er hatte nichts gegen den unbekannten Nebenbuhler, im Gegenteil, dieser Mann versorgte ihn mit dem angenehmen Prickeln eifersuchtsartiger Gefühle. Diesem Mann, ein holländischer Informatiker, von dem er nicht einmal den Namen kannte, verdankte Viktor überhaupt das Glück einer entspannten Ira. Die Vorstellung aber, daß dieser Informatiker mit einem als größtmöglichst anzunehmenden Phantasiemangel zusammen mit eben jener Frau, die die Vorlage einer Frauenfigur aus einer von Viktors Erzählungen war, in die Stadt reiste, in der diese Erzählung spielte, und dann das mit der Frau machte, was in dieser Erzählung diese Frau mit sich machen ließ – das war zuviel. »Ich erlaube es nicht, daß dein Typ einen Text von mir als Drehbuch benutzt und daß du da mitspielst«, sagte Viktor. »Wie wär's, wenn wir zu viert nach Lissabon führen«, sagte Ira. Es war ihr Ernst. Viktor war sicher: »Das wäre das Ende.« – »Warum?« fragte sie.

Aza übrigens hatte Viktors Buchsendung seinerzeit nie mit einer Silbe kommentiert, fragte aber nach, was mit dem Mann fürs Leben sei, den er ihr vorstellen wollte. Auch wenn ihre Mittlerrolle unfreiwillig gewesen war – dank ihrer Haare, ihrer Hände, ihrer Haut hatte er nun Gelegenheit, ab und zu mit der Haut und den Haaren und den Händen Iras in Berührung zu kommen. Viktor wollte sich erkenntlich zeigen und Aza beglükken. Er fragte Said. Said war ein persischer Arzt in Wiesbaden. Viktor kannte ihn aus der Frankfurter Zeit vom Klarinettenunterricht. Deutsche Frauen machten dem hübschen Said große Augen. Eine Orientalin aber wäre ihm lieber. Viktor rief Said an und schwärmte ihm so vehement von der Prinzessin Aza vor, die einen möglichst persischen Prinzen suchte, daß Said nach Zürich kam. Viktors Märchen von der Prinzessin Aza reizte ihn.

»Angenommen, ihr werdet ein glückliches Paar«, fragte Viktor, »würdest wenigstens du mir erlauben, Aza drei mal drei Tage im Jahr zu entführen.« – »Wo denkst du hin«, sagte Said lachend, aber empört. – »Du bist doch mein Freund«, sagte Viktor, »du hättest sie mir zu verdanken. Warum so kleinlich? Wenn umgekehrt du mir diese Frau verschaffen würdest, ich würde sie dir drei mal dreißig Tage im Jahr gönnen.« – Said schüttelte unnachgiebig den Kopf, als wäre er bereits Azas Mann: »Niemals«, sagte er zornig, »keine Stunde dürftest du mit ihr allein sein.« Jetzt sah er nicht wie ein moderner Gefäßchirurg aus, sondern wie ein Wüstenscheich. »Ihr tickt doch nicht richtig, ihr komischen Orientalen«, rief Viktor: »Ihr seid mordsmäßig gastfreundlich und stopft einen mit euren Delikatessen voll, aber wenn man zu euren Frauen nett sein will, dann werdet ihr mittelalterlich.«

Sie gingen zu dritt essen. Persisch und pakistanisch gab es nicht in Zürich. Also indisch. Köstlich das Essen, eine Katastrophe der Abend. Aza schenkte dem ihretwegen angereisten Said kaum Beachtung und hielt sich an den vertrauten Viktor, zu dem sie so charmant war wie nie zuvor. Nie mehr in seinem Leben, hatte sich Viktor damals vorgenommen, würde er sich in die Liebesangelegenheiten anderer Menschen mischen.

Das Gästezimmer

Ein Jahr etwa lag die Geschichte mit Aza zurück. Viktors erotische Empfindungen für die schöne Orientalin waren so gründlich an der Wirklichkeit abgeprallt, daß ihm die Affaire, die keine hatte werden wollen, schon jetzt so fern wie seine Kindheit erschien. Die Gegenwart war Ellen. Und die teilweise wiedergewonnene Ira. Und Susanne. Und ein bißchen Beate. Und Ellens verwunschene Italienischlehrerin, Penelope gehörte eindeutig auch zur Gegenwart. Ohne die Visionen von Penelope als letzte Zuflucht bei allzu harten Rückschlägen in der Realität ging es nicht. Und das mit Sabine mußte auch noch repariert werden. So wie in der Nacht in Hannover durfte eine Geschichte, die einmal schön begonnen hatte, nicht zu Ende gehen. Und vielleicht würde die Nasenring-Tina noch einmal in sein Leben treten. Und neuerdings war da die Tscherkessin. Sie hatte bereits einen festen Platz in seinem Herzen. Vielleicht war sein Scheitern bei Aza der Grund, warum ihn die Tscherkessin derart elektrisiert hatte, beziehungsweise warum er eine Jüdin aus Korsika für eine tscherkessisch-kaukasische Windsbraut gehalten hatte.

Kaum war Viktor von seinem Gang durch das spätsommerliche Zürich und einem ausgiebigen Besinnungsaufenthalt in einem Café zurück, notierte er folgenden Dialog: »Du bist ein elender Philorientalist«, rief die schwedische Ehefrau, als sie ein Foto entdeckte, das ihren geschäftsreisenden Gatten mit einer suleika-artigen Fremden am Fuß des Eiffelturms zeigte. »Entschuldige«, sagte er, »ich habe als Kind zuviel von den Märchen Hauffs und von denen aus Tausendundeiner Nacht gelesen.« –

»Du hättest lieber Detektivgeschichten lesen sollen«, schimpfte die Schwedin und schüttelte den Kopf: »Wie kann man a.) so geschmacklos sein, ein solches Foto überhaupt machen zu lassen, und b.) so dumm, es in der Innentasche seiner Jacke aufzubewahren, wo doch bekannt ist, daß Millionen von Ehefrauen die Anzüge ihren Männer in die Reinigung bringen?« Die Schwedenfrau war Sprachwissenschaftlerin, und ihr Mann versuchte abzulenken: »Sagt man wirklich Philorientalismus? Nicht eher Philo-Orientalismus?«

Wohin mit solchen Notizen? Wenn Viktor sie unterwegs auf irgendwelche Zettel schrieb, mußte er zu Hause versuchen, sie an der richtigen Stelle abzulegen. Sonst waren sie verloren. Sie waren allerdings in jedem Fall verloren, denn er würde sie vergessen und daher gar nicht erst suchen.

Weniger um seine Hunderte oder Tausende von Notizen je wiederzufinden, sondern um sich in der Illusion des Wiederfindens und der Verfügbarkeit wiegen zu können, hatte Viktor in dem geräumigen Gästezimmer, in dem noch nie ein Gast genächtigt hatte, mehrere Bügelbretter aufgestellt. Die häßlichen, billigen, mit einem ekelhaft gemusterten Stoff bezogenen Bügelbretter erwiesen sich als ideal. Als Viktor sich nach dem Umzug nach Zürich nicht mehr in seinen Papieren zurechtfand, hatte ihn der Ordnungswahn gepackt, und er hatte zehn dieser abscheulichen x-beinigen Geräte besorgt, die man in Sekundenschnelle zu einer schmalen Ablagefläche umfunktionieren konnte. Auf den Brettern türmten sich Kartons aus Supermärkten. Worin einst holländische Gurken, israelische Apfelsinen, sizilianische Tomaten und deutsche Eier transportiert worden waren, stapelten sich nun Briefe verschiedener Frauen an Viktor sowie Kopien seiner Briefe an diese Frauen, daneben Briefe, die er überarbeitet hatte, um sie so für irgendwelche nächsten Romane tauglich zu machen, und Entwürfe von Romanpassagen, in welche Formulierungen oder Gefühle aus diesen Briefen eingegangen waren. Hier mischten sich Wahrheit und Lüge, Tatsache und Erfindung, Fiktion und Wirklichkeit. Viktor konnte und wollte nicht mehr unterscheiden, ob er das wirkliche Vorbild liebte oder das literarische Abbild. Es war kein Unterschied. Es war dieselbe Liebe, die in seine Romane und in seine Briefe an wirkliche Frauen floß – und genau diese Beteuerung war es dann, die in unschönen Augenblicken nicht nur von Ira, sondern auch von manchen anderen von ihm vergötterten Frauen gegen ihn verwendet wurde: »Du liebst nicht mich, sondern dein Bild von mir! Du idealisierst mich!«

Die nicht nur billigend in Kauf genommene, sondern gezielte Vermengung von Einbildung und Realität war ein guter Schutz. Echte schamlose Botschaften, echte infam eingefädelte Geheimtreffen, verwandelten sich in Viktors Gästezimmerkartons in erfundene, wie umgekehrt manche Untaten seiner Figuren aussahen, als habe er sie selbst begangen. Jeder Spion hätte sofort herausfinden können, daß der Romanfigur namens Erika eine gewisse Ira zugrunde lag, die Viktor ähnlich karge Botschaften hatte zukommen lassen wie die Roman-Erika dem obskuren Helden. Ob aber die Nacht von Lissabon in Wirklichkeit so stattgefunden hatte wie im Roman beschrieben oder nicht, blieb ein Geheimnis, das allein Ira und er kannten, und das in diesem Gemisch aus Dichtung und Wahnsinn auch dem gerissensten Ermittler verborgen bleiben mußte.

Ellen hatte erst gegen die Bügelbretter und die Obstkartons rebelliert, dann aber die Geschmacklosigkeit hingenommen. »Du brauchst das wohl, um dir nicht etabliert vorzukommen, richtig?« sagte sie. »Richtig«, sagte Viktor, der alles haßte, was nach Design, nach Geschenkidee und nach Einrichtungshäusern mit ihren »praktischen Ideen für das Büro zu Hause« erinnerte. Er schrieb sofort eine Eheszene, in die er Ellens Kommentar einflocht. Dann malte er auf ein Stück Pappe die Worte »Ellen, derzeitige Ehefrau«, faltete die Pappe zu einer Tischkarte, wie sie bei Podiumsdiskussionen und Kongressen vor den Teilnehmern stehen, und machte das erste Bügelbrett damit zu dem seiner Frau. Dann weihte er das Brett ein, indem er als erstes Dokument die eben entworfene Eheszene dort deponierte. Ein anderes Brett nannte er »Ella, erste Ehefrau« und erfand eine Szene, wie Ella reagiert hätte, wenn er mit solchen Bügelbrettern und Obstkartons angekommen wäre: Sie hätte bei einem Ökoschreiner zehn wunderschöne Klapptische anfertigen lassen und in einem Ökobüroeinrichtungshaus ein paar Dutzend noch schönere Papierbehälter gekauft, dann hätte sie eine von Viktors Lesereisen ausgenützt, um seinen geliebten Billigschrott gegen die sündhaft teure Schickeriaware einzutauschen, und bei dieser Gelegenheit wäre ihr so manches Papier mit so manchem bösartigen Gedanken vor Augen gekommen. »Ich habe eine Überraschung für dich«, hätte sie gesagt und Viktor in das nun erstklassig eingerichtete Zimmer geführt.

Viktor aber hatte nun Ellen in das Zimmer geführt und diese gebeten, die beiden Skizzen zu lesen. Sie las und lachte. Ihre Schultern zuckten so ausgelassen, daß Viktor den schwierigen Satz sagen konnte, den er nur selten über die Lippen brachte: »Ich liebe dich!« An solche Bekundungen war Ellen nicht gewöhnt. Sie lachte noch heftiger. »Mal halblang«, sagte sie, und dann gingen sie ins Bett und liebten sich. Sie liebten sich nicht oft, aber sie liebten sich.

Im Zuge der Aufräumarbeiten waren weitere Bügelbretter dazugekommen. Das ganze Gästezimmer war kaum noch begehbar. Bald gab es ein Ira-Bügelbrett, ein Susanne-Bügelbrett, ein Beate-Bügelbrett, und es gab ein Penelope-Bügelbrett. Obwohl Viktor mit dieser Frau keinen Kontakt hatte, hatten seine verliebten Phantasien genügend Notizen abgeworfen, um drei Orangenkartons mit Penelope-Visionen zu füllen – Orangen, weil Orange die Lieblingsfarbe von Penelope war, wie Barbara einmal zu Ellen bemerkt hatte, einerseits beiläufig, andererseits so leise, als handle es sich um ein Geheimnis, das Viktor nicht wissen dürfe. Egal was sie sagten: Immer wenn Barbara und Ellen von Penelope sprachen, schwärmten sie von ihr, und seitdem Viktor Grund zu der Annahme hatte, daß Penelope ihm gut gefallen könnte, seitdem er ihr Bild reizvoll unverkennbar vor seinem inneren Auge hatte, vermehrte das harmlose Schwärmen der Frauen von ihrer Italienischlehrerin seine seltsame Liebe zu dieser unbekannten Frau. Es war tatsächlich ein Akt der Liebe, als er glücklich seufzend die holländischen Gurkenkartons gegen israelische Orangenkartons tauschte. Noch funktionierte sein Verstand soweit, daß er sich dabei seltsam vorkam: Ein Mann Anfang Vierzig schichtet verliebte Notizen über eine Frau, die er noch nie gesehen hat, von Gurkenkartons in Orangenkartons, weil er gehört hat, daß diese Frau die Farbe Orange besonders schätzt. War das noch normal? Viktor entschied sich: Es war an der Grenze, aber es war noch normal. Die etwas okkulte Umbettung hätte eher zu einem verliebten Fräulein aus dem neunzehnten Jahrhundert gepaßt als zu einem erwachsenen Mann dieser Tage, aber warum sich nicht einmal wie ein Mädchen vor hundertfünfzig Jahren verhalten. Viktor beschloß ferner, seine symbolische Handlung weniger krank zu finden als die Rituale der abendländischen Grabpflege. Er diente dem Leben und nicht dem Tod. Was hatten die tote Tante oder der im Krieg gefallene Mann davon, wenn man ihnen frische Blumen aufs Grab legte? Ein Akt der Würde, okay. Die Lebenden aber hatten ein würdiges Gedenken noch mehr verdient. Und überdies war von ihnen vielleicht noch eine gewisse Anerkennung zu erwarten. Eine von Viktors jungmädchenhaften Kitsch-Vorstellungen sah so aus: Eines Tages klingelt eine wunderschöne Frau und verlangt nach Ellen. Es stellt sich heraus: Es ist Penelope. »Mein Gott«, sagt Viktor und wird blaß. »Ist Ihnen nicht gut?« fragt Penelope. Sie läßt sich darauf ein, einen Tee mit ihm zu trinken. »Ellen müßte jeden Augenblick kommen«, sagt er und hofft, daß sie so lange wie möglich wegbleibt. »Schöne Wohnung«, sagt Penelope irgendwann. Jetzt ist es soweit. »Ich möchte ihnen ein Geheimnis zeigen«, sagt Viktor. »Gern«, sagt sie völlig unerschrocken. Er führt sie in das Gästezimmer, er zeigt ihr das Bügelbrett. Ihr Bügelbrett. Ein Schild hängt daran mit der Aufschrift »Penelope«. »Wenn ich gewußt hätte, wie sie aussehen«, sagt Viktor, »wäre es nicht bei drei Kartons geblieben.« – »Orange«, flüstert Penelope verzückt, »Sie wissen nicht, was mir das bedeutet.« – »Ich wußte es«, sagt er sanft und erzählt die Geschichte vom Umbetten der Penelope-Papiere in die angemesseneren Kartons. »Sie lieben mich ja«, sagt Penelope und schlingt sich um Viktors Hals. Schwach vor Glückseligkeit umarmt er zurück. Vorhang –

und dann die warme Stimme des Gottes der Liebe: »Nur die werden die Liebe erfahren, die den Wahnwitz nicht scheuen.«

An diesem Spätsommersamstag, als Ellen mit Barbara Kopenhagen besuchte und Viktor von seiner Lesereise zurückgekommen einen ruhigen Tag in Zürich eingelegt und sich dann in einer Notiz über seinen Philorientalismus oder Philo-Orientalismus mokiert hatte, benutzte er dazu den Computer. Der Computer enthielt weit mehr Liebesmaterial als die Obstkartons auf den Bügelbrettern. Hier war das Hin und Her der Liebe besser zu verwalten, und vor allem standen die Chancen besser, die Einfälle später wiederzufinden. Doch auch hier stellte sich dieselbe Frage wie bei den Obstkartons und den Bügelbrettern: Wohin damit? Viktor entschied sich für den Ehe-Ordner. Er wählte nicht den selten benutzten Unterordner »Ehe und ihre Vorteile«, sondern »Zank und Zoff« und knipste dann nicht auf »Die katastrophalen Qualen«, sondern auf den prall gefüllten Unterunterordner mit der Bezeichnung »Qual banal«. Dort legte er seinen schnippischen Dialog über den Orientalismus ab. Dann öffnete er den wichtigsten Ordner mit dem unscheinbaren Namen »Diverses«, und schon prangten in einem abgestimmten Farbsystem und schönstens aufgereiht diverse Ordner mit Frauennamen, oben in verschiedenen Grundfarben immer die wirklichen Frauen: Ellen blau, Ira rot, Ella grün, Susanne violett, Beate braun und Penelope natürlich orange. Daneben noch weitere Namen aus der tieferen Vergangenheit. Den wirklichen Frauen untergeordnet, in passend abgestuften Farben, ruhten sanft diejenigen erfundenen Frauenfiguren aus den Romanen und Erzählungen, denen die echten Figuren Leben eingehaucht hatten. So befanden sich im feuerroten Ira-Ordner die Unterordner Vira giftrot, Mira burgunderrot, Ines blutrot und Rika rosarot.

Viktor legte neue Ordner mit den Titeln »Tscherkessin/Rebecca«, »Nasenring-Tina« und »Altschuld-Sabine« an, machte eine Kopie seiner Orientalismus-Notiz und tat diese zur Tscherkessin und notierte noch dies und das. Dann leerte er die Fächer seiner Reisetasche und die Taschen seiner Jacke, in denen sich noch nie verräterische Fotos befunden hatten, ging ins Gästezimmer, stellte ein neues Bügelbrett auf und deponierte dort die auf der jüngsten Lesereise entstandenen Texte: das Nasenringgedicht, die Kopie seines Briefs an die Tscherkessin und was sonst noch angefallen war. Dabei versuchte er, sich nicht wie ein Buchhalter oder Briefmarkensammler zu fühlen.

Andere Menschen ordneten ihre Bankunterlagen, sie gingen mit dem Computer ins Netz und beobachteten die Kurse ihrer Wertpapiere und die Bewegungen auf ihren Konten. Das war pedantisch. Das war kindisch. Wieder andere blätterten unentwegt in Reiseprospekten und legten Listen mit Ländern an, in denen sie waren und in die sie noch reisen wollten. Auch das war armselig.

Viktors Sichten und Schichten von echten und halbechten Liebesdokumenten hatte Ellen nicht verborgen bleiben können, und natürlich machte sie sich mit all ihrer Verhöhnungskraft darüber lustig. Und Viktor ertrug gern den Vorwurf, ein »verknöcherter Buchhalter der Liebe« zu sein. Denn Ellens Kopfschütteln über sein kauziges Bügelbrettsystem ließ ihn seine tatsächlichen Taten und seine nicht weniger tatsächlichen Träume als verzeihliche Sünden erscheinen. Mochte sein Zwang zu immer wieder neuer fremder Liebe auch etwas wahnsinnig sein, er schöpfte aus diesem Wahnsinn für seine Bücher. Für Viktors Privatmoral war das, was er sich und seinen Büchern zuliebe betreiben mußte und was die bürgerliche Gesellschaft »Untreue« und »Ehebruch« nannte, weniger kriminell als das Beobachten des Aktienindex und auch weniger stumpfsinnig als der Zwang, an alle möglichen Orte der Welt reisen zu müssen. So hatte er seiner ersten ökologisch denkenden Frau Ella gegenüber seine aushäusigen erotischen Umtriebe zu rechtfertigen versucht: Es sei für die Umwelt weniger schädlich, sein kleines Glück ab und zu bei einer anderen, nicht allzu weit entfernten Frau zu suchen, als ständig mit riesigen Flugzeugen in weit entfernte Länder zu düsen. Das hatte Ella nicht einsehen wollen. Er hatte nur fünf Minuten seinen Schreibtisch verlassen müssen, schon hatte sie das energievergeudende Licht in seinem Arbeitszimmer ausgemacht.

Das Wochenende ohne Ellen war unstrukturiert. Nachdem Viktor verhältnismäßig rasch seine literarische Werkstatt auf die Neuzugänge vorbereitet hatte, wußte er nichts mit sich anzufangen. Schuld an der Ziellosigkeit war die Musik. Heute in Zürich, und davor in Hannover und Köln, hatte er sich mehrere CDs gekauft, die allesamt nichts taugten. Gepriesener, zum Teil von Adrian höchstpersönlich empfohlener neuerer Jazz, der beim kurzen Hineinhören im Laden auch interessant geklungen hatte und der sich jetzt als matt und nichtssagend erwies. Deprimierend. Sieben CDs, die zusammen so viel kosteten wie ein ganzer CD-Player. Kein einziges Stück auf allen Scheiben, von dem er etwas hatte. Für nur drei substantielle Minuten Musik war Viktor bereit, einiges auszugeben. Aber so viel Geld für nichts, das war ärgerlich. Geld hatte Viktor ausreichend, das war es weniger. Es war beleidigend, daß solche Musik überhaupt gespielt und aufgenommen wurde, noch beleidigender, daß sie von Fachleuten gelobt wurde, und am beleidigendsten, daß Viktor darauf reingefallen war. Er rief bei Adrian an und beschwerte sich, daß die von ihm in Jazz-Zeitschriften hoch bewerteten CDs null und nichtig seien, und mußte sich von Adrian sagen lassen, daß der nicht jedesmal schreiben könne, die große, innovative und selbstverständliche Zeit des Jazz sei vorbei. Man müsse froh sein, daß es überhaupt noch Jazz gebe, sagte Adrian, es komme nicht in Frage, es sei gegen jede Vernunft und gegen die Spielregeln, in Jazz-Zeitschriften auf die Schwäche des heutigen Jazz hinzuweisen und fundamentale Kritik zu üben. Die Pop-Musik beherrsche den Markt, Jazz-Musiker müßten unterstützt werden, auch wenn sie nicht immer genial seien. Wenn Viktor zweihundert Mark für ein paar Scheiben ausgebe, werde ihm das kaum weh tun, dem Jazz aber werde damit geholfen.

Viktor fluchte, er sei kein Wohltäter, Adrian lasse sich von seinem eigenen Mitleid korrumpieren, was sei das für eine Kritik, der man nicht mehr trauen könne? Es habe keinen Sinn, eine kraftlose, absterbende Musik mit Gefälligkeitskritiken am Leben zu erhalten!

Da kam Adrian mit einem Totschlagargument. »Möchtest du über deine Bücher Kritiken lesen, in denen steht: ›Ist ja alles schön und gut, aber Flaubert und Turgenjew, Stendhal und Tolstoj und sogar der flotte Maupassant haben es eigentlich besser gemacht. Die Zeit der Liebesromane ist vorbei, man muß sich fragen, warum Viktor Goldmann, noch immer nicht die Finger davon läßt.‹ Möchtest du das lesen?« fragte Adrian.

»Du Schwein«, sagte Viktor, »Wie kannst du mir das antun, das wirft mich Tage zurück.«

»Ein paar Stunden vielleicht«, sagte Adrian, »du bist robust. Und ein paar Stunden nachdenken, das kann nicht schaden.«

Telefonieren mit Adrian war belebend, aber nicht ausreichend. Es war an der Zeit, den Freund zu sehen. Adrian wohnte in München und arbeitete in einem Jazz-Plattenladen. Dort würde ihn Viktor sehr bald heimsuchen müssen. Er brauchte dringend neuen guten und exklusiven Stoff. Auch mußte er mit Adrian gemeinsame Auftritte besprechen. Musik und Mundwerk. Das konnte die Leute zum Toben bringen. Schon sah er die Tscherkessin nach Adrians teuflischem Gefiedel tanzen. Und die Nasenring-Tina.

Am nächsten Tag regnete es in Zürich. Ellen rief aus Kopenhagen an und sagte, daß bei ihnen die Sonne scheine, daß sie sich mit Barbara gut verstehe, daß in den Museen tolle Bilder hingen und daß die Stadt viel schöner sei, als sie es sich vorgestellt hätte. Ihre frische Begeisterung erinnerte Viktor an Ella. Ella hätte damals gesagt: »Schade, daß du nicht da bist.« Die Bemerkung wäre ihm damals etwas zu süßlich vorgekommen. Er hätte darunter gelitten und sich sofort unfrei gefühlt. Ellen sagte nichts dergleichen, und das machte ihn wehmütig. Sie hätte ihm zuliebe etwas sagen können – um ihm Gelegenheit zu geben, »werd nicht sentimental« zu sagen.

»Schade, daß ich nicht dabei bin«, sagte er.

Ellen lachte: »Werd nicht sentimental.« Dann überraschte sie Viktor mit der Nachricht, sie werde nicht heute, sondern erst am

Dienstag zurückkommen. Sie habe keine Lust auf ein verregnetes Zürich. Viktor möge bitte in ihrer Firma anrufen und irgend etwas von einer krank gewordenen Gattin murmeln.

»Was willst du haben?« fragte Viktor, »Durchfall?«

Durchfall wollte Ellen nicht haben. »Etwas Dezenteres bitte.«

»Du bist in der Hand von dänischen Separatisten. Entführt. Sie wollen ein Lösegeld. Fünf Millionen. Die Firma muß das Geld locker machen. Keine Polizei. Sonst ist es aus.«

»Genau«, sagte Ellen, »das sagst du.«

Sie würde erst am Dienstag spätabends oder sogar erst Mittwoch früh zurückkommen. Es war nicht das erste Mal, daß Ellen eine Rückfahrt verschob. Viktor war gern allein. Diesmal bedauerte er es. Offenbar war oder wurde er wirklich sentimental. Diesmal war er fahrig und unkonzentriert. Er konnte nichts mit sich anfangen. Allmählich sollte er sich Gedanken zu seinem nächsten Buch machen. Jedes Jahr ein Buch. Das verlange der unerbittliche Markt, behauptete Viktor, wenn Journalisten ihn auf seinen Fleiß ansprachen. Sonst gerate man als Autor in Vergessenheit. Vielleicht verlangte es auch sein Lebensstandard. Plattenfehlkäufe, die unsinnige Wohnung in Frankfurt, das häufige Essengehen, die Reisen – der Luxus kostete Geld. Vielleicht war es auch so, daß er nicht wußte, was er tun sollte, wenn er nicht schrieb. Es wurde Zeit, daß er sein nächstes Buch in Angriff nahm. Dann würde er ruhiger werden. Wozu aber noch Romane, wo es schon genug gab? Adrians Worte hatten ihn ungut an den überhitzten Kulturbetrieb erinnert. Er hatte schon seit langem Schwierigkeiten, Buchhandlungen zu betreten. Das Überangebot war ein Elend, das erste, was man vergessen und verdrängen mußte, wenn man selbst schrieb. Es war zum Verzweifeln. Er könnte in seinem nächsten Roman einen Mann zwischen der Tscherkessin und der Nasenring-Tina zappeln lassen.

Den ganzen Sonntag sah Viktor fern bis zum Selbstekel. Weil er es unwürdig fand, auch noch am Abend vor dem Fernseher zu sitzen, ging er ins Kino. Der gefeierte Film war belanglos. Weil er allein nicht gern essen ging, hatte er sich zwei Tüten mit

Süßigkeiten an der Kinokasse gekauft und auch rasch verzehrt. Er verließ das Kino nach einer halben Stunde und hatte keine Lust, in ein Lokal zu gehen, weil ihm von den Süßigkeiten so übel war, daß ihm nicht einmal mit einem Schnaps und einem Kaffee geholfen sein würde. Der nächste Tag war nicht besser. Montag. Wenn er allein war, lebte er gern von Säften und Chips. Er besorgte beides, beides schmeckte nicht. Selbst die Äpfel, die er gekauft hatte, waren nicht nur fad, sondern widerlich. Er hatte Lust, mit der Tscherkessin zu telefonieren, aber er wollte nicht die Stimme ihres Mannes hören. Außerdem war sie an der Reihe, sich zu rühren. Am Montag vormittag war es kein Problem, Susanne anzurufen. Nachdem Köln nicht geklappt hatte, wäre ein Anruf angebracht gewesen. Ein Wiedergutmachungstreffen mit Susanne war fällig. Aber es war auch ein Wiedergutmachungstreffen mit Sabine fällig. Deswegen rief er Susanne nicht an. Obwohl es praktisch wäre, sie einzuladen. Ellen war nicht da, die Wohnung stand ihnen für das Susanne-Wiedergutmachungstreffen zur Verfügung. Ein weiterer Vorteil wäre, daß er die Wohnung etwas aufräumen würde, wenn Susanne käme. Wenn er allein war, verwahrloste alles sehr rasch. Geöffnete Tüten mit Kartoffelchips standen herum und strömten ungute Gerüche aus. Geöffnete Kartons mit scheußlichen Säften und unausgetrunkene Gläser klebten an Tischen und Fensterbrettern. Angerauchte, nicht schmeckende Zigaretten, aus Aschenbechermangel auf Zeitungen ausgedrückt, waren beim Aufgreifen der Zeitungen zu Boden gefallen.

An einem Tag Alleinsein sammelte sich Unrat an, dessen Beseitigung eine Stunde brauchte. Das war die Faustregel. Ein Erfahrungswert. Wenn Ellen am Mittwoch früh käme, würde er für den Dienstag vier Stunden Chaosbeseitigung einplanen. So gesehen wäre es schön, wenn sie später käme. Wenn er Susanne einlüde, würde er die Wohnung schneller in Ordnung gebracht haben. Auch das war ein Erfahrungswert: je unvertrauter die Frau, die man erwartete, desto schneller war alles picobello. Susanne kannte er fast schon zu gut. Er war schon fast so weit, daß er vor einem Treffen mit Susanne auf sorgfältig gefeilte Fingernägel und eine ausgesucht elegante Unterhose keinen Wert mehr legte. Das waren bedenkliche Zeichen. Einer der großen Vorteile dessen, was die anzügliche Gesellschaft »Seitensprung« nannte, war ja, daß man ein besserer Mensch wurde, wenn man warb. Man rasierte sich, man seifte und salbte sich, man feilte seine Fingernägel, man schnitt sich die Fußnägel, man nähte sich selbst Köpfe an, weil es keiner Ehefrau der Welt zuzumuten war, die Kleidung des Gatten für dessen Fremdgeherei in Schuß zu bringen. Man war aufmerksam, einfallsreich, konzentriert, interessiert. Man teilte seine Zeit besser ein, arbeitete schneller weg, was wegzuarbeiten war, man sprach besser Englisch, Französisch und Spanisch – es gelang einem sogar mit perfekten italienischen Sätzen die Leute auf den Arm zu nehmen, die beim Italiener immer glaubten, italienisch reden zu müssen.

Vielleicht ist es nur die Sehnsucht, ab und zu ein besserer Mensch zu sein, die einen in die Arme anderer Frauen treibt, dachte Viktor und notierte sich den Satz, den er so ähnlich schon Dutzende Male notiert hatte – nur wo? Er steckte den Zettel ins Portemonnaie. Denn diese Frage durfte nicht wieder untergehen. Sie mußte mit Ellen und Ira und Susanne besprochen werden. Nicht mit der Tscherkessin. Die Sache mit ihr war noch zu frisch. Die Affaire hatte noch nicht einmal begonnen, es gab bisher nur Signale und erste Annäherungsversuche. In diesem Zustand, in dieser Phase, die vielleicht die aufregendste überhaupt war, waren Spekulationen über die nüchternen Ursprünge der Liebe unangebracht.

Es gab keinen Mangel an Frauen in Viktors Leben, und doch fehlte ihm jetzt die richtige. Es fiel ihm ein, daß er sich in den letzten Tagen zu wenig nach der Nasenring-Tina gesehnt hatte, und augenblicklich beherrschte diese ihn völlig. Für sie würde er am liebsten und schnellsten die Wohnung in Ordnung bringen. Schon sah er vor sich, wie sie anstandslos seinem Lockruf folgen, nach einem Drink malerisch aus dem Fenster sehen und sich von ihm beobachten lassen würde. Wie ihrem Rücken anzusehen wäre, daß sie sein Näherkommen erwartete. Schon fühlte er, wie er sich vom Sofa erheben und auf sie zugehen würde, diese kostbaren, unvergleichlichen letzten Sekunden, ehe sich die längst schon aufgebaute Erotik in handfeste Sexualität verwandelt, gleich würde sie sich umdrehen und die Dinge würden ihren Lauf nehmen. Dieses Sichumdrehen – man müßte dieser Figur im Liebeslauf der Paare einen Namen geben, fand Viktor. Zu Ehren seiner Erstexehefrau Ella würde er fortan der klassischen hundertachtzig-Grad-Drehung einer Frau, die ihre echten oder gespielten Bedenken beiseite wirft, den Namen »Ella Todenhöver« geben. Das war Ellas Mädchenname, hervorragend als Bezeichnung für den Kunstlauf der Liebe geeignet. So wie beim Eislauf sich eine Figur »Doppelter Rittberger« nannte, so würde er fortan die Drehung einer zur Liebe entschlossenen Frau den »einfachen Todenhöver« nennen. Ella hatte einst so auf sein Herankommen gewartet und sich ihm dann plötzlich zugewendet. Andere Frauen auch. Auch Ira. Ein wunderbares Klischee, das die Körpersprache der Liebe immer wieder bereitstellte. Viktor sah und fühlte die Nasenring-Tina überdeutlich, wie sie den »einfachen Ella-Todenhöver« ausführen würde. Er konnte sich nicht vorstellen, wie es wäre, mit ihr zu vögeln, aber sehr wohl hatte er das Bild plastisch vor Augen, wie er nach ihrem Verschwinden die verräterischen mittelblonden Haare im Bad zusammenklauben würde.

Sofort rief er sie an. Vielleicht war sie früher aus Hamburg abgereist und wieder in Luzern. Luzern war keine Stunde entfernt. Zwar hatte er nicht drängeln, sondern abwarten wollen, aber die Gelegenheit war zu günstig. Ihre Stimme war charmanter, als er sie in Erinnerung hatte. Sie kam vom Band. Zum Küssen der schweizerische Singsang. Viktor rief gleich noch einmal an, um sich das anzuhören: »Bettina hier. Ich bin eine Weile weg. Hinterlaßt eine Nachricht, wollt ihr?«

Viktor fiel nicht Adäquates ein. Er verschob seine Nachricht und rief bei Susanne an. Jetzt doch. »Schade, daß es mit Köln nicht geklappt hat«, sagte sie. Er war froh, daß es nicht wirklich bedauernd klang, und notierte noch beim Telefonieren die Sentenz: »Das Gleichgewicht der Gleichgültigkeit war die Vorraussetzung dieser Nebenliebschaft.« Wenn er ein schnurloses Telefon gehabt hätte, dann hätte er den Zettel mit diesem Satz noch während des Telefongesprächs ins Gästezimmer zu seinem Bestimmungs-Bügelbrett gebracht. Ein bißchen Lust auf Susanne war da. Vielleicht war es sogar gerade ihr fehlendes Bedauern, das ihn anzog, ihre sexuelle Kumpelhaftigkeit. Wenn sie erst hier wäre, würde aus dem bißchen Lust ein bißchen mehr Lust werden. Viktor konnte ihr aber nicht direkt mitteilen, daß Ellen verreist war, das wäre plump gewesen. Er sagte daher: »Komisch, daß ich überhaupt nicht eifersüchtig bin. Ellen ist in Kopenhagen, mit Barbara, ruft mich an und verlängert ihre Reise einfach um drei Tage. Da könnte doch ein Mann dahinter strecken. Was meinst du?«

Susanne verstand sofort die Botschaft hinter dem Gefasel und kam zur Sache: »Schade«, sagte sie ohne Umschweife, »ich kann heute und morgen nicht.«

»Schade«, sagte Viktor und war erleichtert. Doch eine Sekunde später war sein Bedauern echt. Die Art, wie Susanne ihn durchschaute und die Dinge sofort auf den Punkt brachte, zog ihn mit einem Mal ebenso heftig an wie die Tatsache, daß sie beide nie Gründe angeben mußten, wenn Treffen nicht stattfinden konnten. Keiner von ihnen würde je fragen: »Warum kannst du nicht?« Wie zur Belohnung, daß Viktor nicht nachfragte, sagte Susanne: »Es ist absurd, warum ich nicht kommen kann, ich muß die Wohnung in Ordnung bringen, die ist total auf dem Hund, mein Mann rebelliert diesmal zu Recht.«

Jetzt lachte Viktor und sagte die Wahrheit: »Ich wollte vor allem, daß du kommst, damit ich gezwungen bin, die Wohnung aufzuräumen. Ellen würde zu Recht rebellieren, wenn alle Zimmer verwahrlost sind.«

Susanne schwieg einen Augenblick, dann sagte sie: »Okay, ich komme.« Schon eine Stunde später war sie da. Fast zu schnell. Es tat gut, nach so viel Imagination, einen wirklichen Körper zu umarmen. Es war schön, wie unterschiedlich die Liebe war. Doch es war schade, daß die aufregende Zeit des »Todenhöver-Drehs« schon so lange vorbei war. Übernachten wollte Susanne nicht, und das war Viktor sehr recht. Das Sofa im Arbeitszimmer war breit und bequem genug für eine Nacht zu zweit, aber ein bißchen komisch wäre er sich schon vorgekommen, so nahe an seinem Schreibtisch. Wie ein toll gewordener Abteilungsleiter beim Büro-Sex. Vielleicht sollte er die Bügelbretter aus dem Gästezimmer entfernen, um diesem Raum seine eigentliche Bestimmung zurückzugeben. Ehe Susanne ging, tranken sie noch Wein und machten Witze. Viktor kannte sie gut genug, um ihr von der Nasenring-Tina und von der Tscherkessin zu erzählen. Natürlich nicht schwärmerisch. Natürlich keine Details. »Schon gut«, sagte Susanne, »ich weiß, daß ich nicht dein ein und alles bin.«

Er fuhr sie nach Hause, sie unterhielten sich gut im Auto, und er bedauerte, daß sie beide keine Spur von Abschiedsschmerz verspürten. Bei Ehe eins war Ella es gewesen, die Abschiedsschmerz empfunden und bei ihm vermißt hatte. Bei Ehe zwei mit Ira war es zur Strafe umgekehrt: Da hatte er, wenn er das Haus in Frankfurt verließ, sich vergeblich umgeblickt, war extra langsam gegangen und hatte gehofft, daß ein Fenster im vierten Stück sich öffnen und Ira ihm nachwinken würde, wie es Ella immer getan hatte. Nichts. Er hatte Ella dann manchen Brief geschrieben: Wie gern er im Nachhinein an ihr Winken denke, was Ira für eine strenge Nichtwinkerin sei und wie er jetzt ihre, Ellas Wehmut über seine herzlose Winkverweigerung verstünde. »Du hast die Strafe verdient«, schrieb Ella zurück.

Es war nicht so, daß Viktor aus den Fehlern der beiden ersten Ehen nichts gelernt hätte. Mit Ellen herrschte ein Gleichgewicht. Nicht ein Gleichgewicht der Gleichgültigkeit, aber ein Gleichgewicht der Unsentimentalität. Gewinkt wurde nicht. Weder sie noch er erwarteten das. Daher fehlte Viktor etwas. In Ehe eins hatte Ella lernen müssen, daß sie ihn nicht zum Winker machen konnte, daß er im Gegenteil immer härter und abweisender wurde, je mehr sie das erwartete und einzuklagen versuchte. In Ehe zwei hatte er erfahren müssen, wie weh es tut, wenn man winken will und keine Gelegenheit dazu hat. In Ehe drei mit Ellen wurde nicht gewinkt – und prompt war bei ihm ein großes Verlangen nach außerehelichem Winken entstanden. Viktor sehnte sich danach, das Fenster zu öffnen und einer Frau ausgiebig nachzuwinken, die sich langsam und immer wieder sich umdrehend entfernte, oder umgekehrt, sich selbst immer wieder sich umblickend zu entfernen: Drei Mal schon hatte die Geliebte das Fenster geöffnet, weit weg und winzig war nur noch ihr Arm und ihr Kopf zu sehen, und doch, welche Kraft ging von diesem Signal aus, welches Geschenk, so zu lieben und geliebt zu werden. In diesen Augenblicken muß man die Größe entwickeln, fand Viktor, und den Zug, zu dem man zum Beispiel unterwegs war, fahren lassen. Sie da oben kannte den Fahrplan, sie wußte, wie spät der Liebhaber dran war und daß er nun nicht mehr an der Kreuzung auf ein letztes Winken warten würde. Trotzdem kann sie nach einer Weile nicht anders, als noch einmal das Fenster zu öffnen, und wirklich, da steht Viktor noch immer, sie streckt den Arm zu einem allerletzten Gruß aus dem Fenster, und er hebt seinen Arm zur Antwort, dann endlich verschwindet er rasch um die Ecke, und geht Richtung Bahnhof, langsam jetzt, denn den Zug wird er nicht mehr erreichen, aber er ist vollkommen glücklich, nicht vergeblich auf ihre letzte Zugabe gewartet zu haben. Den ganzen Tag wird das Lächeln auf seinem Gesicht nicht verschwinden, und auch auf ihrem Gesicht nicht. Sie schaudert bei dem Gedanken, er hätte vergeblich warten können. Welches Geschenk von ihm, einen Zug später zu nehmen, nur für eine sekundenlange kleine Geste. Und schon am nächsten Tag wird sie, noch mit immer demselben Lächeln, einen Brief von ihm öffnen, den er ihr im Zug geschrieben hat und in dem stehen wird, daß sie bei ihrem nächsten Treffen eine freiwillige Wink-Selbstkontrolle besprechen sollten, denn wenn sie so weiter machten, würde er das nächste Mal mit einer fünften oder gar sechsten Wink-Zugabe rechnen, und bald werde er nie mehr von ihr weg an irgendein anderes Ziel kommen, sie würden sich wechselseitig lähmen und am Leben hindern und schließlich ins Verderben stürzen mit ihrem nicht enden wollenden Winken. Für ein weiteres Winken einen Zug später zu nehmen, sei ein tauglicher Beweis für Liebe; zwei Züge zu versäumen, gehe dann schon in Richtung Liebeswahn; drei Züge für ein allerallerallerletztes Winken nach vielen Stunden des Wartens fahren zu lassen, habe aber weder mit Liebe noch mit Liebeswahn zu tun, sondern sei nur noch wahnsinnig, so weit dürfe es nie kommen, niemals! Sie würde hell auflachen beim Lesen seines Briefes.

Viktor hörte dieses Lachen und wußte nicht, von wem es kam. Die Frau war noch nicht gefunden, mit der ein solcher geheimer Wink-Konsens herrschte. Winkmäßig war Susanne ebenso cool wie Ellen, er mußte sich fragen, was an der Susanne-Beziehung so anders war, daß sie überhaupt zu rechtfertigen gewesen wäre, denn nur dann waren nach Viktors innerem Moralkodex die berühmten außerehelichen Beziehungen vertretbar und wenn sie Gefühlsgewinne brachten, die einem die Ehe vorenthielt.

Susanne in Ehren, aber die schmacht- und schmerzlose Geschichte mit ihr war nicht das, was man eine packende Notwendigkeit nennen konnte. Die Prinzessin Aza – wenn das gefunkt hätte, wäre es etwas anderes, wäre es zwingend gewesen. Jeder hätte Viktor verstanden oder verstehen müssen, auch Ellen, wenn er nicht anders gekonnt hätte, als sich dieser zauberhaft-orientalischen Aza-Liebschaft hinzugeben, denn wenn eine solche direkt aus den Märchen von Tausendundeiner Nacht entsprungene Frau seine Neigung erwidert und damit entfacht hätte, wäre es eine Sünde gewesen, dieses einzigartige Glück nicht zu ergreifen. Aza aber war die letzte, die ihm jemals zuwinken würde. Ira hingegen, die Wiedererwärmte, früher auch eine klassische Nichtwinkerin, öffnete jetzt, wenn er sie in Amsterdam besuchte und sich dann wieder davonstahl, durchaus das schmale Fenster zu einem kleinen freundlichen Abschiedsgruß mit Wiedersehenserwartung.

Gegen zwei Uhr nachts wieder zurück in seiner jetzt aufgeräumten Züricher Wohnung, war Viktor wach und litt darunter, daß er im Augenblick keinen Roman in Arbeit hatte, in den er sich hätte stürzen können. Er haderte nicht gern selbst mit seinem Schicksal – lieber schob er das Nachdenken über seine Lage von sich weg und ließ seine Figuren hadern. Noch war er nicht so weit mit dem nächsten Roman. Ein bißchen mußte er noch recherchieren. Noch war seine Vorstellung zu vage, was sich da genau an welchen Orten abspielen sollte. Morgen würde er in die Bibliothek gehen und Reisebücher studieren. Und er würde erneut in den Plattenladen gehen, einen weiteren Versuch machen und noch einmal auf eine oder zwei oder drei vielversprechende CDs setzen, in der Hoffnung, daß sie Stücke enthielten, die sich als unverzichtbar für sein künftiges Leben erweisen würden. Nur das Unverzichtbare hatte einen Sinn. Platten, Filme, Bücher, Konzerte, Reisen, Städte, Länder und Frauen, auf die man verzichten konnte – auf die sollte man auch verzichten. Die Ehe mit Ellen war unverzichtbar wie auch das wiedererwärmte Verhältnis mit Ira. Die Nasenring-Tina und die Tscherkessin waren unverzichtbare Hoffnungen auf eine dringend nötige Erweiterung des erotischen Spektrums. Die Wiedergutmachungsnacht mit Sabine war ein unverzichtbares Gebot des Anstands. Die Sache mit Susanne stand, was die Unverzichtbarkeit betraf, vielleicht zur Disposition, anderseits gab es nicht den geringsten Grund, die Susanne-Geschichte für beendet zu erklären, solange sie niemandem weh tat. Begegnungen mit Susanne lagen immer noch deutlich im Bereich des Angenehmen. Es war nicht auszuschließen, daß wieder Feuer hineinkam. Sollte aber die Glut langsam vollends erlöschen, wäre das Einschlummern der Liebschaft ein besseres Ende, als sie mit pathetischen Worten einvernehmlich abzuschließen. Susanne dachte vermutlich ähnlich, jedenfalls wußte sie, daß er so dachte, zumindest wenn sie die zwei Romane kannte, in denen sie ihre Auftritte hatte. Dort hatte Viktor ein Liebespaar lange Unterhaltungen über das Sterben der Liebe führen und sie übereinkommen lassen, das man analog zur Sterbehilfe die Liebe dann töten dürfe, wenn sie am Ende sei und nur noch Schmerzen bereite. Wenn sie sich aber schmerzlos verflüchtige, gebe es keinen Grund einzugreifen, dann solle man das natürliche Hinscheiden einfach geschehen lassen. Damals hatte Viktor mehr an Beate gedacht. Bei den letzten Treffen mit Beate war der Liebeswille immer unscheinbarer geworden, die Libido hatte unmerklich ihren Geist aufgegeben, ohne daß einer von ihnen groß nach Worten des Bedauerns hätte suchen müssen.

Viktor wusch die beiden Weingläser aus, trocknete sie ab und stellte sie in den Schrank. Unglaublich, daß es immer noch Ehebrecher gab, die den klassischen Fehler machten, zwei Gläser in der Wohnung herumstehen zu lassen – eines womöglich mit einem Lippenstiftabdruck am Rand. Selbst schuld, wenn das zu dummen Nachfragen führte. Heimliche Liebhaber mußten Gläser wegräumen, heimliche Liebhaberinnen durften keinen Lippenstift benutzen und auch kein Parfum. Beides mochte Viktor nicht, so daß auch dies für das Unterhalten von heimlichen Liebschaften sprach: Man wurde nicht nur ein besserer Mensch. Man räumte nicht nur fein säuberlich die Wohnung auf, ehe die gute Gattin kam, man ließ nicht nur keine Gläser herumstehen – man hatte es auch nicht mit scheußlichen Parfumgerüchen und zugeschmierten Lippen zu tun – wunderbar. Nur die Haare, sofern sie anders waren als die der Ehefrau, mußten nach dem Seitensprung in den eigenen vier Wänden aufgespürt und entsorgt werden. Natürlich war das Ehebett tabu, zu diesem Zweck hatte man eine bequeme Couch in seinem Arbeitszimmer. Die Liebe im Arbeitszimmer führte einem zudem beschwichtigend vor Augen, daß Liebe ein unverzichtbarer Bestandteil der Arbeit war.

Eine Weinflasche war leer, eine zweite halbvoll. Guter Wein. Viktor goß ihn weg. Ellen wußte, daß er allein nie Wein trank. Er liebte es, sich mit Wein zu betrinken, aber nur in Gesellschaft. Wenn er ein Buch schrieb, mußte er völlig nüchtern sein und bleiben und konnte gar nicht trinken. Da er meistens an einem Buch schrieb, hatte er wenig Gelegenheit, sich die Weine einzuflößen, die von aufmerksamen Gästen mitgebracht wurden. Jetzt war eine Phase zwischen zwei Romanen, er schrieb nicht konzentriert, er konnte sich betrinken – aber eben nicht allein. Allein trank er nur Säfte.

Beim Weintrinken in Gesellschaft kam Viktor in Fahrt und wurde vollkommen euphorisch. Selten trank er weniger als zwei Flaschen, und er tat in diesen Zustand sogar das gern, was er sonst nicht ausstehen konnte: Autofahren. Er fuhr nicht nur schadlos durch die Nacht, er war so geistesgegenwärtig, daß er einmal eine mißtrauische Polizeikontrolle überstanden hatte, indem er sich so verhielt, wie sich laut Lehrbuch kein Betrunkener verhält. Er hatte nicht murrend oder bangend seine Papiere aus dem Fenster gereicht, sondern war aus dem Wagen gestiegen und hatte sich den Polizisten damit gleichsam gestellt, was nur nüchterne Menschen mit sehr gutem Gewissen tun. Betrunkene steigen nie freiwillig aus, weil sie Angst haben, zu schwanken. Normale Nüchterne steigen auch nicht aus, weil sie keine Lust haben, sich wegen zwei schnöseligen Polizisten zu erheben. Nur höfliche nüchterne Menschen, die es nicht einsehen, warum die armen Polizisten sich demütig zu ihnen hinabbeugen müssen, steigen aus. Steigt der kontrollierte Fahrer aus, erlaubt er dem Polizisten, ein aufrechter Mensch zu bleiben. Das wird der einem danken. Der Fahrer zeigt nun die gewünschten Papiere vor. Besser ist, wenn er nach kurzen Suchen behauptet, seine Frau habe sie wieder mal nicht in seine Brieftasche zurückgesteckt. Die Frauen! Diese Schlampen. Der kleine Verrat schafft Sympathie und Solidarität – natürlich nur, wenn keine Polizistin dabei ist. In dem Fall läßt man diese dumme Bemerkung. Die Polizisten rufen in der Zentrale an. Wohnsitz, Geburtsdatum – Viktors Angaben sind perfekt. Ellen Goldmann ist die Ehefrau des verdächtigen Fahrers und Halterin des Wagens. Schöne neue Welt. War man kein Gesuchter und ähnelte man keinem Terroristen, hauste man in keinem Asyl und war als ordentlicher Bürger gemeldet, dann hatte man nichts zu befürchten in einem zivilisierten Land. Wenn man Goldmann hieß, konnte man allzu freche Ordnungshüter noch immer mit der Frage einschüchtern, ob sie etwas gegen Juden hätten. Natürlich mußte man neckisch fragen. Damals hatte der Polizist freundlich genickt und den betrunkenen Viktor weiterfahren lassen.

Nicht einmal Spaß am Rauchen hatte Viktor ohne Begleitung. Essengehen kam auch nicht in Frage. »Ich würde Verhaltensstörungen bekommen«, sagte Viktor, »ich wüßte gar nicht, wo ich beim Essen hinsehen sollte, allein in einem Lokal.« All diese Sonderbarkeiten eigneten sich vorzüglich als Argument für die Ehe. Wer immer über seine Vorstellungen von Ehe den Kopf schüttelte und nach Gründen für sein Verheiratetsein fragte, bekam von Viktor zunächst Hymnen auf die eingeschränkten Nebenliebschaften zu hören, die nur die Ehe möglich mache, weil ohne Ehe solche Nebenliebschaften an ihrer Uneingeschränktheit zugrunde gingen. Danach versicherte Viktor, wie ihm persönlich das Eheleben mit Ellen wichtig sei, nein, nicht damit sie seine Hemden bügle, was für eine infame Unterstellung, er hasse gebügelte Hemden, er sei in der Lage, seine Hemden selbst zu waschen und aufzuhängen, nein, nicht das Versorgtwerden sei das, was er in der Ehe suche, pfui, so spießig sei er nicht, vielmehr schenke ihm seine geliebte Ehefrau Ellen den Spaß am Leben, ohne sie würde er noch weniger rauchen und trinken, gesünder leben und noch älter werden und noch mehr Bücher schreiben.

Warum, fragte sich Viktor um drei Uhr nachts in seinem Arbeitszimmer in der Züricher Wohnung, während Ellen höchstwahrscheinlich allein in Kopenhagen in einem Hotelbett schlief, warum kann ich nicht ein ganz normaler Ehemann sein, der mit seiner Frau zusammen nach Kopenhagen fährt, sich dort mit ihr zusammen die Stadt ansieht und es sich zusammen mit ihr gutgehen läßt? Er versuchte sich vorzustellen, daß Ellen nicht schlief, sondern sich mit einem dänischen Supermann im Bett herumtrieb, der gerade nach allen Regeln der Kunst mit ihr gevögelt hatte, und nun kamen sie gesprächsweise auf ihre jeweiligen Ehen zu sprechen. Ellen wußte, daß sie sich keine Vorwürfe zu machen brauchte. Dabei würde sie sich vermutlich bei dem Dänen nicht über Viktor beklagen. Das war kein Stil: in fremden Betten über die Ehe zu jammern. Das hatte Viktor auch nie getan. Das würde auch Ellen nicht tun. Auch sie neigte zur Solidarität.

Ellen hatte so viele gute Gründe, es ihm heimzuzahlen, daß Viktor sich ein Gefühl wie Eifersucht gar nicht erlauben konnte. Eine Art Gerechtigkeitsautomatik verhinderte den Urzorn, der für so viele archaische Bluttaten verantwortlich ist. Viktor würde einem Nebenbuhler immer und überall mit ausgesuchtester Höflichkeit begegnen, sorgfältig bemüht, daß ihm eben diese Höflichkeit nicht als Ironie ausgelegt werden könnte. Was waren das für Tiere, die ihren Rivalen Böses taten oder auch nur tun wollten? Wie konnte man gegen einen Mann etwas haben oder gar seinen Arm erheben, der sich freundlich und verliebt und vermutlich großzügig und geistvoll seiner Frau genähert und sie vielleicht zu einem erotischen Abenteuer überredet hatte, das jedem Menschen zustand und zu wünschen war? Ein solcher Mann war ein Glücksbringer, der Komplimente des Gatten seiner Liebsten verdient hatte und nicht rachsüchtige Wutanfälle.

Es war nicht anzunehmen, daß Ellen etwas mit anderen Männern hatte, leider. So einfach kam Viktor nicht zu seiner Entlastung. Auch Erstfrau Ella hatte nichts mit anderen Männern anfangen wollen. Zum Glück gab es Ira. Ira hatte während ihrer Ehe ein paar Mal etwas mit anderen Männern gehabt. Sie hatte es Viktor gestanden, mit einem Gesicht, als hätte sie eine Untat begangen. »Reg dich nicht auf«, hatte er freundlich gesagt, und dann hatte sie ihn umarmt, so wild und gleichzeitig störrisch wie noch nie. Erst bei ihren nächsten Sündenfällen begriff er, daß sie seine kultivierte Reaktion nicht haben wollte. Je strenger er sie anstarrte, desto größer ihre Entschuldigungsleidenschaft. Es gelang ihm aber nicht, wirklich wütend auf sie zu sein. Neulich in Amsterdam, Jahre nach ihrer Ehe, hatte er zu ihr gesagt: »Kann es sein, daß du mir damals weggelaufen bist, weil du einen vor Eifersucht rasenden Mann gesucht hast, einen, der tobt und dich schlägt und bändigt, wenn du ihn betrogen hast?« – »Du bist ja verrückt«, hatte Ira gesagt und ihn dabei glasig angesehen. Andererseits stritt sie nicht ab, daß sie eine von Viktors Romanstellen besonders gerne mochte, wo der Held mit dem Gedanken spielt, in einem Anfall von sizilianischer Raserei den schweinischen Ehemann einer Figur, die eindeutig Ira ihre Lebendigkeit verdankte, abzuschlachten, weil der glühende Held nämlich ahnt, daß nur diese Großtat ihm die lebenslange Liebe der Angebeteten bescheren wird. Täglich wird sie ihn im Gefängnis besuchen, hofft er.

Eifersucht, behauptete Viktor gern, sei ihm so fremd wie Patriotismus oder Astrologie oder der Glaube an Gott. Ellen hielt sein Bekenntnis für Angeberei, mußte aber zugeben, daß auch in Viktors Romanen Eifersucht kaum eine Rolle spielte. »Das ist der Beweis, daß mir dieses Steinzeitgefühl fremd ist«, sagte er. »Ein Schriftsteller müßte doch auch Gefühle beschreiben können, die er nicht kennt«, sagte Ellen und schüttelte den Kopf.

Viktor konnte und wollte nicht. Eifersucht ekelte ihn. Er lehnte sie so sehr ab, daß er sie nicht in seinen Büchern haben wollte. Er mochte auch den Tod und die Trauer nicht. Auch die spielten daher keine große Rolle bei ihm. Er wußte wohl, daß er mit seinen Bücher niemals in die erste Liga vorstoßen konnte, wenn er in diesen Büchern um trauernde Menschen einen höflichen Bogen machte und Eifersüchtige allenfalls als lächerliche Nebenfiguren vorkamen. Er wußte wohl, daß er seinen Büchern mehr Gewicht geben könnte, wenn er einen Schuß mehr Bitterkeit hineingab – aber er hatte keine Lust auf Leid.

Und schon gar nicht war ihm nach dem großen, klassischen, deutschen Leid: Der nette Großvater, der sich als Nazi entpuppt. Solche Bücher wollte Viktor nicht schreiben. Aber auch nicht: Als der Held sich viel zu spät für eine Frau entscheidet, stirbt diese an den Folgen eines Autounfalls. Auch das war mit Viktor Goldmann nicht zu machen. Das war alles nicht auszuhalten. Das war auch den realen Vorbildern seiner Romanfiguren nicht zuzumuten. Man konnte nicht die erfundene Rika verunglücken lassen, wenn die wirkliche Ira hinter dieser Figur stand. Das hätte Viktor Ira gegenüber als unguten Fluch empfunden. Es war keine Kunst, ein bißchen mit Krebs und Aids und deutscher Schuld herumzuhantieren und ein respektables Buch zu schreiben. Viktor haßte solche Handlungsverläufe und nahm dafür in Kauf, als nicht ganz ernstzunehmender Autor zu gelten. Zum Glück hatte er genug Leser, die ihm treu waren und die großen Gefühle in seinen Büchern nicht vermißten, die sich zufrieden gaben mit einer Verspottung eben dieser großen Gefühle, die von Viktor als primitiv und kitschig und billig dargestellt wurden, als Gefühle aus der Retorte der Seifenoperfabrikation.

Einmal hatte Viktor sich in eine magersüchtige Schönheit verliebt. Sie hieß Valeska. Ein so schöner Name, daß Viktor auch die sofort parallel dazu entstehende Romanfigur nicht anders nennen wollte. Valeska hatte nichts dagegen: »Ich werde bald von dieser Welt verschwunden sein«, sprach sie schon ganz durchsichtig, »dann bleibt wenigstens diese Figur übrig.« Viktor hatte damals gespürt, welche Dramatik er seinem Buch hätte geben können, wenn sein Held die geliebte Valeska eines Tages verhungert aufgefunden hätte, weil er ihre Krankheit nicht ernst genug genommen hatte. Welch grauenhafte Schuld, welcher tödliche Fehler, welcher nicht enden wollende Schmerz! Welche Kritik an der modernen Gesellschaft! Statt dessen hatte Viktor seinen Helden die Magersüchtige mit beißendem Spott überziehen lassen: Er schenkt ihr ein Flugticket in ein afrikanisches Hungergebiet. Die echte Valeska war bis heute nicht gestorben, und auch wenn Viktor nicht abergläubisch war, so hatte er doch das Gefühl, mit dieser Darstellung zu ihrer Genesung beigetragen zu haben. Für ihre Rettung hatte er ein paar dramatische Seiten Literatur geopfert oder unterschlagen oder im Keim erstickt. Sie hätte sich dafür etwas dankbarer erweisen können, fand Viktor. Plötzlich hing sie am Leben, hatte einen Lebensgefährten und beantwortete seine Briefe nicht mehr. Das tat weh. Das Leiden an der niederträchtigen Undankbarkeit solcher bösen Frauen mußte für seine Bücher genügen, fand Viktor. Er für seinen Teil brauchte nicht noch das große Elend der Welt, um sein literarisches Spektrum anzureichern. Er hatte keine Lust, seine Romanfiguren in den Elendsvierteln von Bombay oder Rio zu läutern oder sie mit hysterischen Muselmanenmännern und afrikanischen Massai-Proleten zu konfrontieren, die keine Macht der Welt von der Beschneidung ihrer Frauen abbringen konnte. Selbst Alkoholismus und Drogenprobleme, mit denen sich eine gewisse Wohlstandsdramatik erzeugen ließ, lehnte er als literarische Effekthascherei für seine Bücher kategorisch ab.

Ellen las mit demonstrativer Konzentration Bücher, die Viktor niemals lesen würde. Schon Erstexehefrau Ella hatte ihn mit solcher Lektüre gestraft. Sollen seine weiblichen Fans sich an seinen Witzen weiden, dachten die Ehefrauen wohl, wir ziehen ernste Literatur vor, in der das Höchstmaß an Leid nicht darin besteht, daß ein Mann sich zwischen zwei Frauen nicht entscheiden kann, weil es ihn irritiert, daß eine dritte ihm ihre Gunst nicht schenken will.

Dies übrigens war ein Punkt, an dem Viktor verwundbar war. Er konnte sich Ellen in Kopenhagen mit allen möglichen dänischen Männern in einem Hotelzimmer vorstellen, ohne unruhig zu werden. Eine Art Bitterkeit stellte sich erst ein, wenn er den Dänen in einen ernsthaften Schriftsteller verwandelte, in einen Typen, der mit Menschenrechtsorganisationen durch die Welt zog und sonor seine gewichtige Stimme erhob, wenn der Ernst der Lage nach klugen Köpfen mit vernünftigen Ansichten verlangte.

Jetzt, wo Ellen in Kopenhagen war, nutzte Viktor die Zeit zu einer kurzen Meditationsübung in Sachen Eifersucht, einfach um dieses ordinäre Gefühl wieder einmal ansatzweise zu kosten. Er gab dem Dänen in Ellens Bett mehr Haare, als er selbst hatte, und ließ ihn größer und markanter aussehen. Es war ein Kollege, der seine Zeit nicht damit verplempert hatte, den Frauen hinterher zu rennen, sondern China oder die arabischen Länder oder wenigstens den Balkan bereist und darüber kluge Bücher geschrieben hatte, ein Mann, den man in die Talkshows einlud, wenn in diesen Regionen Konflikte ausbrauchen, und der dort kein Blech redete: Einer von den seltenen Autoren, die mit ihren imponierend klaren, überzeugenden, fortschrittlichen Ansichten in den Fernsehstudios saßen, bescheiden, ungeschwätzig und völlig souverän. Einer, gegen den Viktor wie ein Narr wirken mußte. Viktor war ziemlich sicher, Ellens Gedanken erraten zu können, wenn er mit ihr zusammen Sendungen sah, in der solche selten klugen Leute eine gute Figur abgaben: »Wenn ich schon an einen Schriftsteller geraten bin«, mochte sie denken, »warum kann es nicht einer von der Sorte sein?« So dürfte Ella auch gedacht haben. In der Beziehung waren beide Frauen echte Kulturbürgerinnen.

Viktor war sich nicht ganz sicher, ob er in solchen Augenblicken nicht selbst ein seriöser Autor sein wollte, einer, den der Bundeskanzler oder der Bundespräsident bitten läßt, ihn auf eine Fernost- oder Lateinamerikareise zu begleiten, weil auf so viel Scharfsinn und Kompetenz auch ein Kanzler oder Präsident unmöglich verzichten kann. Viktor hingegen wurde allenfalls zu Talkshows eingeladen, wenn den Sendern in völlig krisenfreien Zeiten nichts anderes einfiel, als darüber diskutieren zu lassen, ob der neue Mann neuerdings Angst vor der neuen Frau haben müsse – und Viktors Souveränität bestand allein darin, den Einladungen zu solchen Talkshows nicht zu folgen.

Ja, tatsächlich, es tat ein bißchen weh, den Dänen in Ellens Bett mit solchen Qualitäten auszustatten. Aber nicht lange. Dann hörte Viktor den Rivalen dozieren, und er sah, wie Ellen sich langweilte, wie es ihr zunehmend auf die Nerven ging, daß hier ein Typ dauernd den Schrott der Welt pompös vor sich hertragen mußte und damit die Ärsche des Feuilletons beeindruckte. Schon spürte er, wie sie sich nach Viktors dreckigen Bemerkungen über die Wichser von der Hochkultur zu sehnen begann. Und wenn dann der dämliche Däne auch noch besitzergreifend werden und ihr vom Umgang mit dem nicht ernst zu nehmenden Weiberhelden Viktor Goldmann abraten würde, spätestens dann hörte er sie sagen: »Du korrektes, redliches Arschloch kannst mir gestohlen bleiben!« Würde Ellen das nicht sagen, würde sie von der Redlichkeit dieses Dänen nicht genug bekommen können und würde ihr Viktor zunehmend als ein minderwertiger Patron erscheinen, würde sie an jedem Wochenende nach Kopenhagen fahren und nach einem halben Jahr sagen: »Du, Viktor, ich glaube, wir passen nicht mehr zusammen«, dann würde sie ziemlich sicher einen Satz zu hören bekommen, der ihr aus Viktors Büchern bekannt sein dürfte: »Das glaube ich allerdings auch, daß wir nicht mehr zusammenpassen.« Keiner Frau der Welt war es zu verübeln, fand Viktor, wenn sie es mit einem Mann wie ihm nicht aushielt. Eine verschwindende Ellen würde ein großes Loch in sein Leben reißen, weil er das coole und kumpanenhaft-abgefuckte Zusammenleben mit ihr schätzte und weil er diese seine dritte Ehe für die bestmöglichste aller verdammten Ehen hielt. Es wäre ein Jammer, wenn diese Basis zerstört würde. Er wäre eine ziemlich lange Weile ziemlich am Boden, aber er wäre nicht eifersüchtig auf den anderen. Er würde ziemlich sicher keinen Groll hegen. So selbstbewußt Viktor auch war, es fiel ihm nicht schwer, sich vorzustellen, daß man von ihm genug haben konnte. Es würde ihm nichts anderes übrig bleiben, als die verdiente Abkehr anzunehmen.

Die klassische Eifersucht kam zustande, weil die Leute das animalische Gefühl hatten, ein Unberechtigter dränge sich dazwischen und mache ihnen ihre mühsam erkämpften Ansprüche streitig. Viktor aber kannte so etwas wie qualvolle Eifersucht nur auf einer abgehobenen Ebene, nämlich von der Warte des vollkommen Unberechtigten aus. Je unberechtigter seine Ansprüche, desto quälender das Eifersuchtsgefühl. Bettina zum Beispiel, genannt die Nasenring-Tina. Ein Flirt auf einer Zugfahrt, mehr war es nicht gewesen. Ihr Privatleben ging Viktor einen Dreck an. Er kannte diese Frau kaum. Es gab keine Spur einer verbindlichen Verabredung, nichts dergleichen. Nur zu einem lächerlich hundsgemeinen Adressenaustausch war es gekommen. Und doch tat bereits der Gedanke weh, Bettina könnte einen Freund haben, der es wagen würde, sich an eben jenem Nasenring zu vergreifen, auf den Viktor doch ein Gedicht geschrieben und den er damit zu seinem geistigem Eigentum gemacht hatte.

Am meisten machte Viktor seine Penelope-Eifersucht zu schaffen. Als Ellen und Barbara wieder einmal von den Wundern der italienischen Konversationsstunde und dem Charme ihrer Sprachlehrerin schwärmten und damit im Inneren des beiläufig lauschenden Viktor die Vision von der unbekannten Schönen erneut belebten, fiel plötzlich das furchtbare Wort von einem Freund, dem Penelope nach den Vermutungen von Ellen und Barbara auf eine geradezu himmlisch-unbeschwert-überglückliche Weise verbunden zu sein schien. Diese Nachricht hatte Viktor ins Mark getroffen. Er hatte bisher Penelope jederzeit aus dem Nichts herbeizaubern und zu seiner Gefährtin machen können, egal ob bei Straßenbahnfahrten oder im Museum oder in einem Hotelzimmer. Penelope war seine erotische Universaltrösterin. Seit dieser Hiobsbotschaft aber war sie nicht mehr uneingeschränkt verfügbar. Auch in Viktors Phantasie mußte nun erst einmal Penelopes Freund verreist sein, oder sie mußte sich ein bißchen langweilen mit dem Freund, sonst war es nicht glaubhaft, daß sie sich mit Viktor abgab. Gedanken mochten frei sein, eine anständige Phantasie unterlag den beinharten Gesetzen der realen Psychologie.

In der Tat war es so, daß die Vorstellung, die ihm persönlich unbekannte Penelope könnte mit ihrem ihm noch viel unbekannteren Freund zusammen zärtlich im Bett liegen, Viktors Poetenseele dermaßen quälte, daß sein Poetenkörper mit unregelmäßigen Herzschlägen und Schweißausbrüchen darauf reagierte, während das Bild von seiner Ehefrau Ellen im Bett mit einem dänischen Nobelpreisträger zunächst nichts als Heiterkeit und gute Laune in ihm erzeugte. Neulich nach einem gemeinsamen Auftritt mit Adrian hatte er dem Freund beim Frühstück im Hotel eben dies erzählt, als die Liebe unvermeidlich zum Thema des Gesprächs wurde. Adrians letzte Freundin hatte schon vor einer Weile das Weite gesucht, seitdem litt Adrian an seinem Liebesmangel, während Viktor eher die Fülle der Liebe zu schaffen machte. Was die Frauen betraf, war Viktor vergleichsweise vermögend, und man konnte schlecht einem, der nichts hat, zum Trost die Nachteile des Reichtums ausmalen, wie ein perfider Geldhaber, der einem arbeitslosen Schlucker etwas von den grausam schwankenden Aktienkursen vorjammert. Um Adrian nicht noch trauriger werden zu lassen, weihte ihn Viktor in seine unglückliche, aussichtslose, eingebildete und dennoch große Teile seines Inneren wirklich beherrschende Liebe zu Penelope mitsamt seiner Eifersucht ein. Adrian durfte sein Geheimnis wissen, fand Viktor, ein Künstlerkollege mußte für so etwas Verständnis haben. Adrian aber sah Viktor entgeistert an und sagte: »Du bist umnachtet. Du mußt zu einem Psychiater. Das ist krank.«

Den Montag abend verbrachte Viktor vor dem Fernseher. Mist glotzen und dazu pausenlos bei der Tankstelle gekaufte Salzstangen essen – das waren Exzesse, die mehr als die erotischen nur bei einer verreisten Ellen getrieben werden konnten. Gegen Mitternacht klingelte das Telefon. Er stellte den Ton leise. Es war Ellen, erst gutgelaunt, dann fast aggressiv: »Jetzt bin ich schon mal weg, und du nützt es nicht aus und sitzt zu Hause herum!« sagte sie unfreundlich. Wenn sie etwas getrunken hatte, verlor sie jede Liebenswürdigkeit. Morgen abend würde sie ankommen.

»Ich hol dich ab«, sagte Viktor.

Sein Zuvorkommen war Ellen nicht geheuer. Er hatte sich vorgenommen, ein umgänglicherer Ehemann zu werden: Mit Ellen ab und zu eine nette Wochenendreise zu unternehmen, und nicht nur, um danach besseren Gewissens mit Ira verreisen zu können. Er hatte schon Sätze der Reue geübt: »Ich hätte mit nach Kopenhagen fahren sollen. Das nächste Mal verreisen wir zusammen, ja?« Schreckliche Spießersätze, kaum über die Lippen zu bringen. Vielleicht konnte man sie nur ironisch aussprechen, mit einem kleinen, tückischen »Schatz« hinten angehängt: »Ich habe mir vorgenommen, ein besserer Ehemann zu sein – Schatz. Laß uns zusammen am Wochenende nach Wien fahren – Schatz.« An Ellens Erstaunen über seine Abholbereitschaft merkte Viktor, daß sie auf solche Angebote gar nicht aus war. Manchmal verwechselte er sie mit Erstexehefrau Ella. Ella hatte ein solches Entgegenkommen vermißt. Ella freute sich über Blumen, doch dazu war Viktor nicht in der Lage. Seiner Frau Blumen mitzubringen, das ging zu weit. Dieses Überreichen. Das war auch mit ironischen Verrenkungen nicht mehr möglich. Er wäre sich vorgekommen wie ein Stück Schleim in Menschengestalt. Es hätte ihn gewürgt wie ein Schlips. Gewisse Dinge gingen nicht mehr. Natürlich hatte er die von Reisen zurückkommende Ella seinerzeit am Bahnhof abgeholt. Er konnte ihr das nicht auch noch vorenthalten. Sie waren damals beide etwa Ende Zwanzig gewesen. Manchmal hatte er gedacht: »Sie hat Erwartungen wie ihre spießige Mutter. Eine Dame muß abgeholt werden.« Manchmal trippelte Ella wie ihre Mutter und reichte ihre Lippen gefällig zum Begrüßungskuß. Wo war das Feuer? Wo war die Emanzipation? Warum kann sie sich nicht in ein Taxi oder in eine Bahn setzen?

Sie ist nicht gebrechlich. Sie hat keinen Koffer bei sich. Das war eben die Ehe. Sie nahm einem die Lust. Auch die Lust, seine Frau am Bahnhof abzuholen. Das war irgendwie kitschig. Die Ehe. Sie bescherte einem die Lust, fremde Frauen an Bahnhöfen zu begrüßen und zu verabschieden. Mit Ira war es anders. Sie kam mit zahllosen Kindern angereist, denn ihre eigenen hatten meist noch Freunde und Freundinnen dabei. Es gab keine Begrüßungsszenen, nur ein chaotisches Zusammensuchen aller Gepäckstücke. Ein Haufen Kinder war auch nicht gut für die Liebe, aber wenigstens wurden die bürgerlichen Momente einer Ehe dadurch verhindert. Gatte holt Gattin ab. Manchmal erinnerte sich Viktor nicht ohne Wehmut an Erstexehefrau Ellas unerfüllte Wünsche, übertrug sie auf Ellen, vergaß in einer sentimentalen Anwandlung alle Bedenken über die Kitschigkeit ehelicher Begrüßungsrituale, versuchte alte Versäumnisse wieder gut zu machen – und merkte dann, daß er bei Ellen an der falschen Frau war. Sie war so, wie er sich Ella immer gewünscht hatte. Völlig selbständig und geradezu antisentimental.

»Du willst mich am Bahnhof abholen? Was ist in dich gefahren?« fragte Ellen, fast irritiert.

Viktor lachte über Ellens Reaktion und sagte: »Ich weiß nicht, was in mich gefahren ist.« Er wußte es, aber hätte er den Grund gesagt, würde Ellen sich noch mehr wundern. Tatsächlich hatte er sich nach Tagen der Solo-Barbarei ganz einfach auf das gepflegte Leben mit Ellen gefreut. Nach einem überflüssigen Liebesabend mit Susanne, nach stundenlangem, böswilligem, aber irgendwie auch läuterndem Fernsehschrott-Glotzen, nach zu vielen Tüten voller Kartoffelchips und Salzstangen war er sicher gewesen, daß sie alle zusammen nach ihrer Rückkehr in ein Lokal gehen und munter futtern und trinken würden. Barbaras Mann Thomas wäre sicher mit von der Partie. Zwei wohlgelaunte Ehepaare, die Männer machen ein paar freundliche Witze über das Lotterleben ihrer Frauen in Kopenhagen, die Frauen erzählen freundliche Witze über ihre unflexiblen und unsensiblen Männer, Filme werden genannt, in die man demnächst gehen könnte, vorsichtig werden gemeinsame Ferienziele erwogen – auf dieses Bad in den Wonnen des bürgerlichen Lebens hatte Viktor plötzlich eine ungewohnt heftige Lust, auf angenehmes Geschwätz, auf Rückhalt und auf das behagliche Gefühl, in einem französischen Film mitzuspielen, Rohmer vielleicht, oder auch Truffaut oder Chabrol – aber ohne Mord und Totschlag.

Fräulein Strindberg

Katastrophen, heißt es, kommen nicht aus heiterem Himmel, sie haben ihre Vorzeichen, sie kündigen sich an. Viktor lehnte solche Behauptungen als neunmalkluges esoterisches Geraune ab, obwohl Zweitexehefrau Ira ihm in der Zerrüttungsphase seiner Zweitehe einst erstaunlich geduldig erklärt hatte, daß er mit seinem Materialismus noch »Schiffbruch erleiden« werde – was hatte er damals über diesen Ausdruck gelacht! Wie suspekt war ihm Ira gewesen wegen dieser Oberlehrermetapher! »Begreif das doch, ehe es kracht, ziehen Wolken auf«, hatte Ira ihm unbeirrt klar zu machen versucht.

Viktor aber war mit dem Aufspüren und Auskosten, Beobachten und Ordnen seiner erotischen Gefühle, vor allem mit dem ständigen Verwandeln dieser Gefühle von der Wirklichkeit in die Literatur und wieder zurück derart beschäftigt, daß er den warnenden Zeichen, die dem Unheil voraneilen, keine Beachtung schenkte oder sie gar nicht wahrnahm. Im Grunde verhielt er sich noch immer so, wie es Erstexehefrau Ella in der Zerrüttungsphase seiner Erstehe so oft beklagt hatte: nicht anders als ein stumpfsinniger Manager, der nichts als seine Geschäfte im Sinn hat, der weder auf andere noch auf sich selbst Rücksicht nimmt und irgendwann vom verdienten Herzinfarkt hinweggerafft wird. Viktor hatte vehement protestiert. Er bestehe quasi aus Rücksichtnahme, und was den Herzinfarkt betreffe: So viel Rotwein er trinke, so wenig er rauche, so sprungbereit er an der Schreibmaschine säße, so würde er den nie bekommen!

»Es wird schon gutgehen.« Dieses Motto machte ihn blind für

alle Warnungen. Wäre er vorsichtiger gewesen, dann wäre ihm vielleicht aufgefallen, daß seine Bereitschaft Ellen abzuholen in der Tat höchst ungewöhnlich war: Sie mußte nicht nur Ellen irritieren, sie hätte ihm auch selbst zu denken geben müssen. Solch ungewohnte Anhänglichkeit mußte ihre Gründe haben.

Ellen kam am späten Abend. Sogar ihre Reisetasche hatte sie allein die Treppen hochgetragen. Ella und sogar Ira hätten unten geklingelt und hochgerufen, er möge helfen. Viktor hatte plötzlich das seltene Bedürfnis, ein normaler, an den Geschicken seiner näheren Umgebung Anteil nehmender Mensch zu sein. Er wollte ein Glas trinken und vielleicht mit Ellen zusammen einträchtig eine Avocado teilen, und jeder würde seine Hälfte auslöffeln. Er wollte seine häufige Interesselosigkeit Ellen gegenüber wiedergutmachen und sich von der Kopenhagenreise erzählen lassen. Derart familiär war ihm zumute, daß er sich sogar schon vorstellen konnte, Ellen nach dem schulischen Wohlergehen ihrer Nichten und Neffen zu befragen.

Ellen aber hatte mit Barbara im Speisewagen gegessen, sie war satt, müde und schlechter Laune und wollte nichts anderes, als rasch im Bett sein und morgen sehr früh ins Büro gehen, um die Arbeit der blaugemachten Tage zu erledigen.

Viktor dagegen war noch hellwach. Er schrieb an Ella und bedauerte, daß er sie in der viele Jahre zurückliegenden Zeit ihrer Ehe nicht fröhlicher vom Bahnhof abgeholt hatte, daß er dann nicht mit ihr in ein Lokal essen gegangen war, bereit, ihren Familiengeschichten geduldig zuzuhören, wie sie es erhofft haben dürfte, sondern vermutlich spartanisch behauptet habe, zu Hause gebe es genug Brot und Käse. Pfui, was für ein genußunfähiger Patron sei er gewesen! Der Brief geriet im Überschwang der Erinnerung dann doch zu reumütig, um so an Ella abgeschickt zu werden. Er wählte eine Postkarte, auf die er eine weniger bußfertige Kurzfassung schrieb, kopierte diese und heftete sie an den Brief. Das waren genau die richtigen Gedanken für eine Romanfigur. Viktor ging ins Gästezimmer, um dieses Dokument der rückblickenden Zerknirschtheit auf einem der Bügelbretter abzulegen. Dabei stieß er in der Enge an das

Brett, auf dem er neuen Stellplatz für die Nasenring-Tina und die Tscherkessin geschaffen hatte und das übervoll mit schweren papiergefüllten Kartons und daher wacklig war. Es kippte und riß im Fallen zwei weitere Bretter mit sich.

Die Stapel mit den eben noch sorgfältig geordneten Liebesbeweisen lagen in einem wüsten Durcheinander auf dem Fußboden. Ein für Symbole empfänglicherer Mensch hätte diesem Bild der Zerstörung vielleicht die Botschaft entnehmen können, daß die Vielfrauen-Verwertungsmethode an ihrer dilettantisch organisierten Überfülle krankte, Viktor aber fluchte und lachte nur und wunderte sich, daß Ellen vom dem Poltern nicht aufgewacht war.

Am anderen Tag ging er in die Bibliothek, weil er keine Lust hatte, das Chaos im Gästezimmer aufzuräumen. Er hatte die Wahl zwischen der Zentralbibliothek, die in einem einigermaßen angenehmen Gebäude im Zentrum untergebracht war, in der aber viele knorrige Schweizer herumsaßen und einem die Laune verdarben, oder der Hauptbibliothek der Universität, häßlich und etwas außerhalb, aber dafür voller beschwingender, schweizerisch zwitschernder Studentinnen – zumindest gab sie Anlaß zu solchen Hoffnungen. Viktor entschied sich gegen die Erotik, für die unabgelenkte Recherche. Es ging darum, für die Hauptfigur seines nächsten Romans eine Ferienreise auszusuchen. Weil Viktor selbst keine Urlaubsgefühle kannte, machten auch seine Figuren selten in Urlaub. Das mußte anders werden.

Im Lesesaal der Bibliothek suchte er einen günstigen Arbeitsplatz, und wie immer, wenn er irgendwo nach einem Sitz Ausschau hielt, tat er das mit jener angenehmen Anspannung, als würde er ein Los ziehen, das sein Leben entscheidend verändern könnte. Um die Spannung zu erhöhen, wählte er einen freien Stuhl an einem Tisch neben einem Stoß mit Büchern von August Strindberg. Der Strindberg-Forscher war abwesend, Viktor stellte ihn sich vor wie einen Bergführer aus dem Engadin oder dem Berner Oberland. Dann deckte er sich mit Bildbänden und Reisebeschreibungen ein und versank im Hochland von Java, in den verrotteten Parks der Herrenhäuser des ehemaligen Ostpreußen, in den staubigen Dörfern Afrikas.

Nach einer Weile erst bemerkte er, daß nebenan kein Bergführer den höllischen Geheimnissen von Strindberg auf die Spur kommen wollte, sondern eine junge Frau, deren dunkle Haare ihr Profil völlig verdeckten. Augenblicklich verlor Viktor das Interesse für die Teeplantagen in Zentral-Java, für exostpreußische Feudalparks und senagalesische Lehmhütten. Eine Reise an den unbekannten Arsch der Welt war nichts verglichen mit der Entdeckung eines neuen Menschen. Das nebenan waren Schultern und Arme und Hände und Haare, wie er sie liebte – und Viktor wünschte sich jetzt nur noch eines: daß diese Frau so leer und langweilig, so dumm und liebesunfähig aussehen möge, daß er sie sofort vergessen und sich wieder seinen Länderstudien zuwenden könnte. Die Ausschnitte, die er vom Kinn und vom Mund zu sehen bekam, schienen seine Wünsche zu bestätigen: Fast ein Hexenkinn war das, was durch den Vorhang der Haare schimmerte, ein erfolgloser Versuch, energisch zu sein. Der Mund schien klein und dünn, fast eingefallen, selbst wenn die Nachbarin die Lippen nur konzentriert zusammenpressen sollte – ein sinnliches Maul würde das nie werden – auch in einem entspannteren Augenblick nicht.

Plötzlich, mit einer Schleuderbewegung fast, als wisse sie schon längst, daß sie beobachtet wurde, wandte die Strindberg-Frau ihm ihr Gesicht zu. Sofort war Viktor verloren. Noch nie hatte er so einen entzückenden kleinen Mund gesehen, noch nie so ein süßes spitzes Kinn. Mit achtzig würde sie vielleicht wie eine Hexe aussehen, aber wie eine ganz nette aus einem sympathischen Märchen. Jetzt war sie kaum älter als Mitte Zwanzig und ihre tatsächlich märchenhaft altmodischen Gesichtszüge ließen alles vergessen, was die modischen Gesichter der üblichen schönen jungen Frauen von heute zu bieten hatten. Ein Fräulein, äußerlich aus dem neunzehnten, wenn nicht gar späten achtzehnten Jahrhundert, die Augen aber funkelten hellwach, kein Zweifel, sie war ein Kind der Gegenwart, nur inniger, konzentrierter, lebendiger als das Gros ihrer gleichaltrigen Geschlechtsgenossinnen. Viktor spürte an seinen Gesichtsmuskeln, wie sich die Miene des kritischen Beobachters angesichts dieses Angesichts in überraschte Hingerissenheit verwandelte. Sie belohnte sein sichtbares Dahinschmelzen mit einem schnellen Lächeln, dann wandte sie sich wieder entschlossen ihren Strindbergbüchern zu – und Viktor hatte nun keinen anderen Wunsch mehr, als neben dieser Frau im Bett zu liegen und stundenlang den Charme ihres kleinen Mundes und ihres kleinen Hexenkinns zu preisen, sich von ihr eine kritische Einführung in die moderne Popmusik geben zu lassen und währenddessen ihren Nabel zu küssen.

Sofort war sie mit dabei, als er nun weiter in den Bildbänden blätterte und mit Hilfe von Fotos in fremde Länder tauchte. Nach einer halben Stunde heftiger einseitiger Verliebtheit konnte er nicht anders: Er nahm einen Zettel und schrieb: »Cafeteria? Bitte geben Sie mir Ihre Telefonnummer nicht, wenn ich Sie darum bitte – obwohl ich an nichts anderes denken kann als daran, Sie anzurufen und mich mit Ihnen außerhalb dieser Bildungsstätte zu verabreden.«

Ihr Profil war wieder von den Haaren verhängt, als sie den Zettel las. Dann stand sie auf. »Gehen wir«, sagte sie zu Viktor. Sie war keine Schweizerin. Sie kam aus Freiburg, aber das hörte man nicht.

»Baggern Sie jede Frau so an?« fragte sie, als sie Kaffee tranken.

»Nicht jede«, sagte Viktor, und das war die Wahrheit.

Sie hatte Viktor für einen Schweizer Spießer gehalten, der lieber Bildbände als die Welt selbst betrachtet. »Gar nicht so falsch«, sagte Viktor. Trotz seines Flehens hielt sie sich an seine Bitte und rückte ihre Telefonnummer nicht heraus, verriet allerdings, daß sie noch einige Zeit in der Bibliothek zu tun haben werde.

Am nächsten Tag machten sie drei Kaffeepausen. Sie rauchte, aß aber nichts, was Viktor einen kurzen provokativen Testvortrag über Eßstörungen halten ließ, in dem er das künstliche Hungern als »groteske Modekrankheit der modernen Hochkulturen« verhöhnte. Da er für schlanke Frauen schwärmte, war er schon mehrfach an Magersüchtige geraten. Es gehörte zu diesem

Krankheitsbild, daß die bedauernswerten Kranken ihr Kranksein verschleiern wollten, also konnte man von Eßstörungen ausgehen, wenn die Frauen Viktors Verhöhnungen dieser Krankheit nicht widersprachen. Sie wollten sich nicht verraten. Viktor sprach vom »Dachschaden der Magersucht«. Fräulein Strindberg runzelte die Stirn und verwies darauf, daß Bulimie und Anorexie oft tödlich endeten. Sie schien somit nicht befallen zu sein.

Am Abend des zweiten Bibliothektags rief die Tscherkessin an und fragte laut gurrend aus dem Telefon: »Magst du mich nicht mehr – Goldmann?«

»Moment«, sagte Viktor, und ging in sein Arbeitszimmer. Gerade hatten die Fernsehnachrichten begonnen, die er mit Ellen zusammen sehen und hören wollte, eine kostbare, allabendlich zelebrierte Viertelstunde der gemeinsamen Erregung über den Dreck des Daseins und seine Aufbereitung durch die Medien. Ellen und Viktor brauchten diese Einigkeit. »Ich hasse Leute, die zur dieser Zeit anrufen«, sagte Ellen laut, und Viktor eilte zu seinem Arbeitszimmertelefon.

»Ich störe«, sagte die Tscherkessin.

»Ja«, sagte Viktor, »aber Störungen sind nötig. Rituale müssen torpediert werden.« Nach wenigen Minuten war ihm die Tscherkessin wieder nah. Es gefiel ihm, wie sie herausbekommen wollte, warum er nicht angerufen hatte. Er gab zunächst keine Antwort, sondern sagte: »Ich mag deine Art zu fragen, so lauernd, als hättest du Spaß daran, einen in die Enge zu treiben.« Sie fragte so, als beschäftige sich bereits eine ihrer Hände mit seinem Schwanz. Diese Vorstellung blieb nicht ohne Wirkung, und dies wiederum schien die Tscherkessin sofort an seiner Stimme zu hören. »Wie geht es deinem Viktor?« fragte sie. »Hart«, sagte Viktor. »Gut«, sagte sie zufrieden, als finde eine Prüfung statt und er habe die richtige Antwort gegeben. Sie schwieg eine Weile, und er konnte nicht anders, als sich vorzustellen, wie sie sich nun mit dem Mund konzentriert über seinen Schwanz hermachte. Witzig, daß sie ihn Viktor nannte. Auf die Idee war noch keine Frau gekommen. Ihn selbst nannte sie mit Nachnamen – »'Ör mal, Goldmann« – und seinen Schwanz mit Vornamen. Er schilderte ihr, was er sich vorstellte. Noch nie war er am Telefon so hemmungslos deutlich geworden. Noch nie hatte ihn eine Frau am Telefon so heiß gemacht. Wie schnell das gegangen war! Seine eigene Ungeniertheit machte ihn noch heißer. Er sagte ihr, wie sich Viktor fühlte, in ihrem Mund zwischen Zunge und Gaumen in die Enge getrieben, wie das aussah, wenn er von ihren Lippen fest umschlossen war – und rasch begriff er, daß in diesem für ihn vollkommen neuen Spiel seine Aufgabe die Beschreibung war. Ihr nur durch lustvolles Seufzen unterbrochenes Schweigen bedeutete, daß sie das in Gedanken ausführte oder zuließ, was er beschrieb. »Kann ich dich später anrufen?« fragte er. »Was hast du gemacht?« fragte sie zurück. Viktor verstand nicht. Sie meinte, was er den heutigen Tag gemacht habe. »Bibliothek«, sagte er. »Da gibt es schöne junge Studentinnen«, sagte sie sofort. »Ja«, sagte er und wunderte sich nicht mehr. Sie war keine Hellseherin. Sie dachte wie er, das war alles. Es war irgendwie inzestuös. Das erste Mal Sex am Telefon war schon aufregend genug, und dann noch mit seinem weiblichen Ebenbild. »Du machst mich hart, heiß und heftig«, sagte er und genoß es, sich auch für diese billige Alliteration nicht zu genieren. »Rufst du an?« fragte sie, unwiderstehlich lauernd wieder. »Ja«, sagte er – und durch dieses »Ja« fühlte er sich mehr und vor allem lustvoller gebunden als durch die »Jas«, die er einst auf irgendwelchen Standesämtern bei seinen Eheschließungen hatte aussprechen müssen. »Willst du es denn?« fragte er. »Ja«, sagte sie, feierlich fast, »ich will. Wir müssen uns sehen. Bald.«

Viktor ging zurück zu Ellen ins Wohnzimmer. Die Nachrichten endeten gerade mit dem Wetter. »Interessiert dich das wirklich?« fragte Viktor. »Penelope macht eine Bergtour«, sagte Ellen. Süß. Für ihre Penelope hoffte Ellen auf ein sonniges Wochenende. Penelope hatte ihre Schülerinnen Ellen und Barbara aufgefordert, mitzugehen, aber die Tour war ihnen zu extrem. Schon sah sich Viktor mit Penelope durch das sonnige Gebirge gehen. »Ich hatte dich neulich tatsächlich wegen einer Tscherkessin und wegen eines Strindberg-Fräuleins ein paar Tage lang völlig vergessen«, hörte er sich, in dreitausend Metern Höhe auf einem warmen Felsen sitzend, leise und verlegen zu Penelope sagen. »Viktor, das macht doch nichts«, war die märchenhafte Antwort aus ihrem Mund, den er noch immer nicht kannte. Nicht einmal, ob ihre Haare kurz oder lang, hell oder dunkel waren, wußte er, und er wollte es auch nicht wissen. Penelope war die Verkörperung der Frau, die auf ihn wartete, undefinierbar und unbeschreiblich.

»Wer war das?« fragte Ellen. Sie meinte, wer die Unverschämtheit besessen hatte, abends um acht zur Nachrichtenzeit anzurufen. »Eine korsische Jüdin, die wie eine Tscherkessin aussieht«, sagte Viktor. Flucht nach vorn. Ellen pfiff durch die Zähne, und sagte: »Dann will ich mal nichts sagen. Korsische Jüdinnen dürfen natürlich jederzeit anrufen. Auch abends um acht. Wir sind ja keine Antisemiten.« Viktor benutzte die Gelegenheit zu einem nichtssagenden Teilgeständnis: »Sie heißt Rebecca, wohnt in Hannover und hat hier in Zürich Verwandte, kann sein, daß sie sich demnächst mal hier meldet. Sei bitte freundlich zu ihr. Auch wenn sie wieder um acht Uhr anrufen sollte.«

»Alles klar, Chef«, sagte Ellen, »sonst noch irgend etwas zu beachten?«

»Es gibt noch ein Fräulein Strindberg, mit dem ich zu tun habe«, sagte Viktor, »ferner eine Schweizerin mit einem Nasenring, die sich Tina oder Bettina nennt, aber es ist unwahrscheinlich, daß eine von beiden anruft, und kaum abends um acht.«

Ellen mußte noch etwas tun. Durch ihr zweitägiges Kopenhagener Blaumachen war Arbeit liegengeblieben. Sie setzte sich erst einmal einen Kaffee auf. »Für mich bitte auch«, rief Viktor in die Küche. Ihr Job machte Ellen zur Zeit keinen Spaß. Die Andeutungen häuften sich, daß sie »alles hinschmeißen« werde, wenn es so weiter ginge, und daß Viktor dann allein das Geld herbeischaffen müßte. Es wurde ihm mulmig, weniger, weil er keine Lust auf das strapaziösere Leben als Alleinverdiener hatte, sondern bei der Vorstellung einer Ehefrau Ellen, die als Hausfrau ständig zugegen wäre und deren einzige Verpflichtung darin bestünde, mit ihrer Freundin Barbara schwimmen zu gehen, die Muskeln ihres Körper nach den Künsten der Osteopathie lokkern und das Italienisch mit Penelopes Hilfe perfektionieren zu lassen. Sie würde wie all diese Frauen aus dem Einkaufen eine Wissenschaft machen und folgerichtig immer mehr Wert auf gedeckte Tischdecken und Servietten und nett angerichtete Mahlzeiten legen. Eines Tages würde sie Kerzen auf den Tisch stellen – spätestens dann aber würde Viktor für immer verschwinden. Und zwar mit Penelope. In die Berge. Sollte Ellen je ernst machen mit dem Kündigen, werde er sich das Leben nehmen, drohte er vorsichtshalber, denn ein Zusammenleben, fand und sagte er, war nur auszuhalten, wenn man sich die meiste Zeit nicht sah. Nur so konnte man seine Schwächen einigermaßen voreinander verbergen und immer wieder vergessen, nur so freute man sich, wenn man sich sah. Viktor brauchte die Freiheit des täglichen Ungestörtsein. Eine erstickende Vorstellung, nicht allein in der Wohnung zu sein und sich zum ungenierten Telefonieren ständig ins Arbeitszimmer zurückziehen zu müssen. Er telefonierte lieber im Wohnzimmer. Auch hatte er seine Jazz-Tage, an denen er sich mit Hilfe von frühen Duke-Ellington-Stücken aus den späten zwanziger Jahren beschwingen oder mit dem pompösen Lärmen des späten Charles Mingus aus den sechziger und siebziger Jahren durchwalken ließ und sich dabei um etwa ein Dutzend Jahre in einen dreißigjährigen krachsüchtigen Freak zurückverwandelte. Er brauchte das. Er war es auch der Musik schuldig. Wer hörte das sonst noch!

Viktor wäre es auch nicht sehr angenehm, von Ellen in flagranti bei der klassischen Untat ertappt zu werden: Mit Susanne vor ein paar Tagen zum Beispiel. Ellen hätte bloß überraschend aus Kopenhagen zurückkommen müssen, schon wäre er überführt gewesen. Das würde heutzutage keine Tragödie mehr sein. Es wäre mehr ein Regiefehler. Eine Geschmacklosigkeit. Ein bodenloser Leichtsinn, peinlich, aber längst nicht mehr sträflich. Mit einem kleinem spöttischen Gestotter, mit einer improvisierten Parodie auf den ertappten Ehebrecher alten Stils sollte ein derartiger Lapsus auszubügeln sein. Susanne wäre kein Problem. Ellen würde, wie Viktor sie einschätzte, »muß das sein!« sagen, die Wohnung nicht empört, aber doch verärgert verlassen, nach zwei Stunden wiederkommen und nicht mehr darüber reden wollen. Heikler wäre es, mit Ira ertappt zu werden. Viktor mit der Ehevorgängerin in einer verfänglichen Situation anzutreffen – das hätte Ellen möglicherweise haut goût gefunden, aber erstens fanden Treffen mit Ira in Amsterdam statt, zweitens fanden sie selten statt, drittens führten auch nicht alle seltenen Treffen zu einem sexuellen Ergebnis, viertens: Was sprach eigentlich gegen haut goût? Und fünftens stand es zwar nirgends geschrieben, aber wenn der abendländische Mensch schon seine Feinde lieben sollte, dann doch wohl erst recht seine geschiedenen Ehepartner. Also alles kein Untergang. Alles auszubügeln. Wenn er mit der Rebecca, der falschen Tscherkessin, bei der rabiatesten Stellung der orientalischen Liebeskunst ertappt werden würde, konnte man einer möglichen Vorhaltung mit dem Hinweis abwehren: »Werd jetzt bitte nicht antisemitisch!« Alles halb so schlimm.

Wirklich entsetzlich und unzumutbar wäre es, bei einer der popmusikalischen Verjüngungskuren auch nur beobachtet zu werden, die Viktor an manchen friedlichen Vor- und Nachmittagen allein in der Wohnung mit ausgesuchten Rock-Titeln seiner Jugend durchführte. Er ließ Jimi Hendrix und die Doors dröhnen, die Stones und die Beatles, Janis Joplin, Aretha Franklin, die junge Tina Turner und den als Tanzmusik völlig unterschätzen Rock 'n' Roll von Bob Dylan. Er wurde zum Teenager bei dieser Musik und sprang wie ein Bock nach den Rhythmen herum. Vor keiner Frau der Welt hätte man sich so gehenlassen können. Selbst wenn sie die Lautstärke ertragen hätte, hätte sie einen für pubertär und nostalgisch halten müssen. Man war aber nicht pubertär und nostalgisch. Man war im Handumdrehen sechzehn oder achtzehn geworden, und man war glücklich und liebte das Leben und wollte nicht verspottet werden. Man haßte das Bürgertum und vergaß in diesen wunderbaren Momenten, daß man ihm selbst angehörte. Man ließ alle Verpflichtungen fahren und rief Adrian an und holte Erkundigungen ein, was es mit dem göttlichen *Blues For Some Bones* auf sich habe, den Charles Mingus 1972 in Chateauvallon aufgespielt hatte und in dem die männliche Sexualangeberei dermaßen entzückend persifliert wird, daß man am liebsten sofort die Welt umarmt hätte, aber dazu mußte man den Lautstärkeregler bis zur Schmerzgrenze aufdrehen, um das Entzücken jedes einzelnen im Publikum mitzukriegen und in sich aufzunehmen. Auch der angebliche triste Titel *Oh Lord Don't Let Them Drop That Atomic Bomb On Me*, den Mingus am 1961 in den New Yorker Atlantic Studios des ehrenwerten Nesuhi Ertegun aufnahm, war keineswegs so kaltkriegerisch depressiv, wie es immer hieß, stellte man an so einem Vormittag vielleicht fest, enthielt er doch die charmant gereimte Aufforderung an Gott: »Don't drop it! Stop it! Bebop it!« Bei Fragen nach besonders schmissigen Versionen von Bob-Dylan-Songs waren ein Diplomat in Rom und ein Buchhändler aus München hilfreich. In den glorreichen Zeiten der Vernetzung schickte man ihnen eine E-Mail-Botschaft, und natürlich begriffen die um Mithilfe angeflehten Fanatiker sofort, daß nichts dringlicher war als die Frage, ob es eine fetzigere Version des Songs *Maggie's Farm* gab als die beim Newport Folk Festival vom 25. Juli 1965 mit so rasender Inbrunst vorgetragene. Angesteckt von Viktors Begeisterung ließen diese Männer inmitten wichtiger Beschäftigungen die außenpolitischen Verpflichtungen und die Kunden stehen, und man diskutierte eine geschlagene halbe Stunde angeregt via Internet, denn es ging um nichts Geringeres als darum, daß einer Frau namens Maggie, die sie gar nicht kannten, von einem Schriftsteller, den sie auch nicht persönlich kannten, die absolut heißeste Version dieses Songs zugeschickt werden mußte. Exzesse dieser Art waren nur möglich, wenn man Gelegenheit hatte, die schwarzgebrannten Konzertmitschnitte von Dylan, die man als erwachsener Mensch handelte wie als Schulkind die Sammelbildchen, überlaut abzuspielen, um so ihre Überzeugungskraft zu testen. Keine Ehefrau durfte Zeugin eines solchem Sittenverfalls sein, nicht einmal besagte Maggie hätte der allein für sie veranstalteten Raserei beiwohnen dürfen.

»Schreib schön fleißig«, sagte Ellen, als Viktor in die Küche kam, um sich Kaffee abzufüllen, »damit du viel, viel Geld verdienst und ich meinen verfluchten Job an den Nagel hängen kann.«

Es war halb neun, phantastisch viel Zeit bis zwölf und dem Gespräch mit der Tscherkessin, vor dem der nun abgekühlte Viktor einige Scheu hatte. Er hätte sich lieber mit einer Flasche Wein betäubt. Ein Anruf von Thomas oder Barbara oder irgendwelchen anderen Freunden hätte genügt, und sie hätten sich irgendwo getroffen und getrunken, und die Frauen in Viktors Kopf wären in den Hintergrund getreten, und Ellen hätte sich gesagt, daß sie ihre mistige Juristenarbeit auch an einem anderen Abend erledigen könnte, und Viktor hätte sich gesagt, daß er sich von seinen telefonsexuellen tscherkessischen Erwartungen nicht so unter Druck setzen lassen sollte. Ohne Lockruf von außen aber versanken Ellen und Viktor gleichermaßen in ihren Verpflichtungen.

Viktor mußte seine Gemütsverfassung in Ordnung bringen. Dieser Vorgang war vom Notizenmachen begleitet, und wie immer beim Schreiben, mußte Viktor dabei hellwach und nüchtern sein – auch wenn es nur um Erotik ging. Mit Alkohol im Blut konnte man Auto fahren, aber nicht Liebesangelegenheiten exakt vermessen. Die Affären mußten definiert und auseinandergehalten werden. Trennschärfe war wichtig, um ein drohendes Durcheinander der Gefühle zu vermeiden.

Nach dem Kollaps der Bügelbretter im Gästezimmer wählte Viktor für seine Aufzeichnungen den Computer, und langsam wurde ihm klar, was und wieviel er für Ellen empfand, wie wenig für Susanne, was für die Tscherkessin, und wie er an das nächste Treffen mit Fräulein Strindberg herangehen müßte, ohne das Gefühl zu haben, dabei Penelope zu verletzen. Die Nasenring-Tina, Sabine und Beate hatte er sanft ins zweite Glied zurückgeschoben, ohne daß sie protestiert hätten. Viktor hielt ihnen einen Gefühlsanteil von insgesamt zehn Prozent frei. Ira war in diesem Spiel eine Art Joker, wenn es die Situation erlaubte, konnte sie hervorgeholt und als Trumpfkarte benutzt werden. Diese

Vorstellung erheiterte ihn so, daß er Ira sofort eine E-Mail schrieb und ihr mitteilte, ihm sei endlich klar geworden, was sie ihm bedeute, daß sie nämlich die Joker-Glückskarte seines Lebens sei – zum Stechen ideal, haha, Pardon. Und obwohl die Liebe vor allem ein Zeitproblem war, obwohl ein Treffen mit Ira in nächster Zeit die mühsam hergestellte Ordnung wieder gestört und ihn aus der Bahn geworfen hätte, obwohl Viktor gute Vorsätze gefaßt hatte, wie er seine warme Liebe zu Ellen am besten pflegen, seine frische Liebe zu Fräulein Strindberg anfachen und wie er seine hitzige Liebeslust auf die Tscherkessin ein wenig drosseln sollte – und er mit der Umsetzung dieser guten Vorsätze genug zu tun hatte, stach ihn der Hafer, und er fügte seinen Zeilen an Ira die Bitte hinzu, ihn doch endlich einmal in Zürich zu besuchen, hier gäbe es Hotels, die ihr mit Sicherheit behagten.

Um halb zwölf war er vollkommen mit sich im Reinen. Er liebte alle Frauen, jede auf seine Art, und er hatte das Gefühl, der ehrlichste Mensch zu sein. So etwas wie Ehebruch gab es in seinem Leben nicht. Nur die Erfinder der ehelichen Treue konnten sich so ein Proletenwort wie Ehebruch einfallen lassen. Damit sollten die Ehebrecher als die großen Verletzer angeprangert werden. An den Bruchstellen ihres Verbrechens verletzten sich arme Unschuldige, so die Legende. In seinem Liebesleben tat Viktor alles, um Verletzungen zu vermeiden, und dazu mußte von Anfang an klargestellt werden, daß er von Treue nichts hielt – genau genommen von dem Glauben an die Treue. Der Glaube war das Teuflische. Gegen die Treue selbst war so wenig einzuwenden wie gegen Gott oder das Vaterland. Das Perfide war der Glaube. Wer dumm und feige genug war, an Gott und die Nation und die Treue zu glauben, der mußte natürlich irgendwann verletzt werden – und er hatte nichts anderes verdient. Viktor wollte niemanden verletzen – außer vielleicht die religiösen Gefühle irgendwelcher hirnrissiger gläubiger Christen, Juden oder Muselmanen, die verletzte er ganz gern. Aber er hatte keinen Umgang mit religiösen Menschen. Auch die Juden und Orientalen, die er kannte, waren nicht religiös. Keiner seiner

Freunde war noch in irgendeiner christlichen Kirche. Bestenfalls in ihrer blinden Kulturgläubigkeit waren sie noch verletzbar. Wenn man behauptete, Goethe sei kein großer Dichter gewesen, sondern ein pfiffiger Schlaumeier, der ein paar wenige gute Gedichte und die wirklich herzzerreißenden *Leiden des jungen Werther* geschrieben habe, sonst aber nur quälend langweilige Romane und Theaterstücke, deren schlimmstes der *Faust* sei, dann zuckten manche noch zusammen.

Nachhilfestunden

Viktor war jetzt für das historische Telefongespräch mit der Tscherkessin bereit, die Lust allerdings war vergangen, die Aufregung groß. Er dachte an seinen ersten Bordellbesuch als Sechzehnjähriger. Zwei Mal und nie wieder. Wie groß war die Lust vorher gewesen und wie rapide war sie geschrumpft, je mehr er sich dem Bordell genähert hatte. Die Aufregung war der Erektion hinderlich gewesen. Und jetzt, Jahrzehnte später, wenige Minuten vor dem ersten geplanten Telefonsex seines Lebens, war es ihm unvorstellbar, daß die Stimme der Tscherkessin noch vor wenigen Stunden seinen Viktor wirklich hart gemacht haben sollte, und er glaubte nicht, daß eine Wiederholung möglich wäre.

»Laß auch mich dein Joker sein«, hatte er an Ira geschrieben. Die Formulierung erinnerte ihn an eine andere. Bis zwölf hatte er noch etwas Zeit, das herauszubekommen – kein Problem im Zeitalter der elektronischen Medien. »Hast du vergessen, daß du mein Sklave bist, für den heutigen Tag«, hatte die Tscherkessin neulich in Hannover zitiert und Rilke als Urheber vermutet. Viktor schob seine Lieblings CD-Rom in das Computerlaufwerk: »Deutsche Literatur von Lessing bis Kafka« – eine Scheibe, mit der man drei Mal lebenslänglich bequem absitzen könnte.

Die Suche nach »Sklave« brachte dreihundertfünfundzwanzig Fundstellen, aber kein Rilke war dabei. Die meisten Sklaven gab es in historischen Romanen und Dramen, und im übertragenen Sinn kam der Sklave als Verkörperung der Unfreiheit vor, sehr hübsch bei Lichtenberg, der um 1778 von den »Sklaven der Opposition« sprach, was auch heute noch gut auf das klassische Kläffen derer paßte, die mit einer gewissen Automatik herumzustänkern begannen, wenn sie nichts zu sagen hatten. In gewisser Weise war Viktor als gelegentlich polemisierender Autor auch nicht frei von dieser zwanghaften Angriffslust. Ein »Sklave der Mode« – auch darüber mokierte sich Lichtenberg – war Viktor wenigstens nicht. In einem erotischen Zusammenhang schien Sklave, soweit Viktor in der Eile sehen konnte, nur beim schwulen August von Platen auf – typisch. Bei dem fanden sich die demütig verknallten Zeilen: »Wär's Zufall, oder willst du mich betrügen?/Hast du vielleicht mich deiner wert erachtet?/ Wenn, Augen, ihr mir nicktet oder lachtet,/Dann wollt ich stets mich euch als Sklave fügen!«

Noch fünf Minuten bis Mitternacht, und Viktor suchte jetzt nach »Hast du vergessen«. Auf den hundertsechzigtausend Seiten von Lessing bis Kafka prompt siebenundzwanzig Fundstellen: viermal Goethe, dreimal Grillparzer, einmal Marie von Ebner-Eschenbach und Gustav Freytag, beides vermutlich nicht das Gelbste vom Ei. Ein Märchen der Gebrüder Grimm, *Die zertanzten Schuhe.* 1805 war *Mahomed, der Prophet von Mekka* erschienen, ein poetisches Fragment von der Karoline von Günderode, das in den Zeiten der immer frecher werdenden Muselmanen vielleicht einen Blick wert war. Vormerken! Neben allerlei bekannten und unbekannten Dichtern dann zwei Treffer bei Rilke – und hier war auch schon der Satz, allerdings anders als von der Tscherkessin zitiert: »Hast du vergessen, daß du mein Page bist für diesen Tag?« Kein Wunder, daß er unter »Sklave« vergeblich gesucht hatte. Jetzt war es zwölf Uhr, und er wählte die Nummer der Tscherkessin.

»Du rufst an« – so gedehnt, wie sie es sagte, mit einer aufreizend verlogenen Überraschtheit, stülpte sich ihre Stimme erneut über seinen Viktor, und alle Sorgen, die Gelüste vom letzten Telefonat könnten sich nun nicht mehr einstellen, waren verflogen. Wenn sie seinen Schwanz mit dem Nachnamen anrede, gefalle ihm das eventuell noch besser, sagte Viktor, und die Tscherkessin ging seltsam willig auf diesen Wunsch ein und drückte und preßte Goldmann sehr bald mit harten Worten, die wie kundige feste Griffe waren, so daß die Erweckungsphase, dieses immer wieder göttliche Erlebnis des eingehauchten Lebens, fast etwas zu schnell vorbei war und Viktor es rasch mit einem starr emporragenden Goldmann zu tun hatte. Er beschrieb ihr, was sie erreicht hatte, natürlich mit den üblichen Übertreibungen, was die Ausmaße und die Härte des Spielzeugs betraf. Sie forderte eine detaillierte Beschreibung dessen, was er nun mit ihr anzustellen gedachte, und er merkte rasch, daß Schilderungen von normalem Sex ihn und sie langweilten, daß seine Angaben präzise und beherrscht kommen mußten und nicht windelweich gestöhnt. Das Ganze war vollkommen neu für Viktor, und es begeisterte ihn, daß er sich in diesem fremden Element sofort zurechtfand und die Regeln begriff, daß er die Gefahr von Albernheiten und Peinlichkeiten rechtzeitig erkennen und vermeiden konnte. Das Schweigen der Tscherkessin war aufregender als der Möchtegernsex in den Stimmchen aller augenblicklich erfolgreichen Popsängerinnen. Wenn Viktor keine Steigerungen mehr einfielen oder er nicht wußte, wie weit er gehen konnte mit ihr, übernahm die Tscherkessin die Regie und lockte ihn in dunkle Verliese, in die er sie von sich aus nicht geschleppt hätte. Es funktionierte großartig, und Viktor bedauerte, daß er sein Leben lang ohne diese Facette des Sexuallebens ausgekommen war. Das war weitaus besser als manches wortlose Normalgerammel, es war gut für die Vorstellungskraft und nicht zuletzt war es eine Formulierungs- und Konzentrationsübung.

Man mußte ehrlich sein. Denn nur im Zustand des echten Vonsinnenseins war man bereit zu der Terminologie des Obszönen und zu dem nur begrenzt abwechslungsreichen Wortschatz, nach dem die Lust verlangte. Im Zustand der Unlust könnte ein Mensch mit Stilempfinden niemals so viel Kitsch und Redundanz aufbringen oder ertragen. Stand aber der Orgasmus als Ziel vor Augen und war der andere Körper nicht greifbar, dann gab es nur Worte und nichts als Worte, um die Schubkraft zu steigern – und irgendwie war es auch schön, wie da im Endspurt, wenn der Kopf endlich zu keinem klaren Gedanken mehr fähig war, die Worte nur noch zu einer einfallslosen Penetrationslitanei wurden. Der immense Stilverfall war eine Art Beweis für die immense Lust.

Viktor hatte geglaubt, man müsse sich sehr gut kennen, um dermaßen schamlos werden zu können. Jetzt wußte er, daß man sich sehr gut kennenlernte, wenn man so schamlos miteinander umging. Nachdem der Orgasmus sie beide erfolgreich überfallen hatte, vollendete ein gemeinsames Gelächter über die vollbrachte Tat die phantasierte Vereinigung. Sehr komisch im Nachhinein. »Wo hast du deinen Saft hingespritzt, Goldmann?« fragte sie, und es war reizvoll, daß damit beide angesprochen wurden: Viktor selbst und sein Schwanz. »Taschentuch«, sagte er, »wie Flaubert.« – »Der arme Flaubert«, sagte die Tscherkessin, »er konnte nicht mit Louise Colet telefonieren.« Witzig, daß sie Flaubert bedauerte und nicht seine Geliebte. Die meisten Frauen waren auf Seiten von Louise Colet und hielten Flaubert für ein Scheusal. »Pah!«, sagte die Tscherkessin nur, als er sie daraufhin ansprach. Der Feminismus ging ihr auf die Nerven. »Ich habe ihn nicht nötig«, sagte sie.

Sie unterhielten sich über Sexualität und Sklaverei. Offenbar ein Lieblingsthema von ihr. Viktor berichtete von seiner elektronischen Blitzrecherche in Sachen Versklavung. Vor lauter Lust auf Sklaverei habe sie Rilke verfälscht. Der hätte ein Page, kein Sklave sein wollen. Viktor mußte ihr die Stelle aus dem *Cornet* vorlesen. Seltsame weiche Sätze:

»Nicht immer feindlich nach allem fassen; einmal sich alles geschehen lassen und wissen: was geschieht, ist gut. Auch der Mut muß einmal sich strecken und sich am Saume seidener Decken in sich selber überschlagen. Nicht immer Soldat sein. Einmal die Locken offen tragen und den weiten offenen Kragen und in seidenen Sesseln sitzen und bis in die Fingerspitzen so: nach dem Bad sein. Und wieder erst lernen, was Frauen sind ....«

»Weiter«, sagte die Tscherkessin, »lies weiter!«

»Das kann doch einer Tscherkessin nicht gefallen«, sagte Viktor zweifelnd und fuhr fort mit dem Rilke-Text über die Frauen:

»Und wie die weißen tun und wie die blauen sind; was für Hände sie haben, wie sie ihr Lachen singen…«

»Weiter«, sagte die Tscherkessin.

»Jetzt wird es schwülstig«, sagte Viktor und las: »…wenn blonde Knaben die schönen Schalen bringen, von saftigen Früchten schwer.«

»Wo kommt die Stelle mit dem Pagen?« fragte die Tscherkessin ungeduldig.

Viktor übersprang ein paar Absätze: »Einer, der weiße Seide trägt, erkennt, daß er nicht erwachen kann; denn er ist wach und verwirrt von Wirklichkeit. So flieht er bange in den Traum und steht im Park, einsam im schwarzen Park. Und das Fest ist fern. Und das Licht lügt. Und die Nacht ist nahe um ihn und kühl…« Viktor unterbrach: »Also ich weiß nicht«, sagte er, »mit weißer Seide habe ich es nicht so. Der arme Rilke wurde von seinen Eltern in weiße Seidenkleidchen gesteckt. Die Vorstellung macht mich ziemlich fertig.«

»Du hast lieber Frauen mit lila Lederhosen«, sagte die Tscherkessin. Und nach einer Pause: »Ich habe mir eine besorgt.« Und nach einer weiteren Pause: »Ich habe sie an. Ich habe den Reißverschluß gerade wieder zugemacht.«

»Mach ihn wieder auf«, befahl Viktor heiser.

Wieder trieben sie es, wieder lachten sie danach. »Wir müssen uns sehen«, sagte Viktor, »ich muß dich wirklich fühlen, ich muß dich wirklich ficken.«

»D'accord, Goldmann«, sagte sie und bat Viktor, ihr endlich die Pagen-Stelle vorzulesen.

Viktor suchte und las: »Und er fragt eine Frau, die sich zu ihm neigt: Bist Du die Nacht?«

»Oui«, sagte die Tscherkessin ein bißchen selbstverliebt, »oui, je suis la nuit.«

»Non«, sagte Viktor, »elle ne parle pas. Hier steht: ›Sie lächelt. Und da schämt er sich für sein weißes Kleid…‹«

»Weiter«, rief die Tscherkessin.

Und Viktor las weiter: »… Und möchte weit und allein und in Waffen sein. Ganz in Waffen…« Viktor räusperte sich: »Also ich weiß nicht – ich bin Pazifist«, sagte er, »das geht mir zu weit hier.«

Die Tscherkessin lachte: »Die Tscherkessen sind ein kriegerisches Volk.«

»Dann lassen wir das mit der Tscherkessin«, sagte Viktor, »und ich nehme dich als das, was du bist, als die Jüdin Rebecca.«

Jetzt lachte sie schallend und mußte nicht sagen, warum. Es war ihm selbst aufgefallen, daß seine Bemerkung angesichts des kriegerischen Israel der pure Unsinn war. »Jetzt, nach den Waffen kommt es«, sagte er und las: »Hast du vergessen, daß du mein Page bist für diesen Tag?«

Am Telefon nachts um eins zwischen Zürich und Hannover hin und her beschlossen Viktor und Rebecca, die falsche Tscherkessin, daß Rilke zwar besser sei, als sie ihn in Erinnerung hatten, sich zu einem Mitternachtsgeplauder auch gut eigne, aber nicht zur Identifikation. Die Sexualität, die Rilke beschwor, war rein und heilig, und ängstlich fragt die Gräfin den seidigen Liebesknaben: »Wo gehst du hin? Sehnt es dich nach deinem rauhen Rock?« Eine solche Gräfin war die Tscherkessin nicht, und Viktor war kein unschuldiger Liftboy. Vor allem wollte er nicht nach einer zarten Liebesnacht dem Tod entgegen in den Krieg ziehen wie der Cornet. Wenn schon Märchenwelt, dann wollte er die Tscherkessin in den Schluchten des Kaukasus vom Pferd reißen, sein Gesicht in ihre vom Staub verfilzten schwarzen Haare pressen und nach Reißverschlüssen suchen, um ihren kaukasischen lila Reiteroverall zu öffnen.

»Ja«, sagte sie, »das will auch ich.«

Allein ihr »Das will auch ich« machte Viktors Goldmann oder Goldmanns Viktor wieder lebendig, und er meldete stolz die Wiederkehr der erneut ragenden Lust. »Ich laß dich jetzt«, sagte sie aber, und er begriff sofort die Taktik der erfahrenen Frau, einen Mann mit seiner Restlust oder seinem Lustrest zurückzulassen. Das bindet mehr als alle Versprechen und vor allem mehr als Heim und Herd und Kinderschar – und womit sonst die Männer am Verschwinden gehindert werden sollen.

Beim Beenden des Telefonats hatte Viktor den Fortgang des

Rilke-Textes überflogen und bestand darauf, den Schluß der Pagen-Passage vorzulesen. »Er fragt nicht: ›Dein Gemahl?‹ Sie fragt nicht: ›Dein Namen?‹ Sie werden sich hundert neue Namen geben und einander alle wieder abnehmen, leise, wie man einen Ohrring abnimmt.«

»D'accord, bonne nuit, à bientôt, mon cher Monsieur Goldmann«, sagte die Tscherkessin, müde jetzt, und legte auf.

Die Session war Viktor gut bekommen. Er fühlte sich befreit und erfrischt, wie nach einem Ritt durch den Kaukasus, oder, da er noch nie auf einem Pferd gesessen war, wie nach einem Bad in einem kaukasischen Bergsee, falls es dort Seen gab. Vielleicht auch wie nach einem gelungenen, unverschämten Raubzug, der etwas eingebracht hatte, ohne irgendwem zu schaden. Er federte unruhig hin und her, wach und tatendurstig. Die Frage war, ob er sich jetzt zu Ellen ins Bett legen und versuchen sollte, sie zu verführen. Danach war ihm zumute. Und wenn er Ellen morgen früh erzählen würde, daß ihm nachts um halb zwei danach zumute gewesen war, würde sie sagen: »Warum hast du es nicht versucht, du Pfeife!« Wenn er es jetzt aber versuchen würde, würde sie sich sehr wundern. Kein Ehemann der Welt weckt nachts um halb zwei seine Frau, die bis halb zwölf Schriftsätze diktiert hat. In den ersten einszweidrei Ehejahren vielleicht, da war das noch ein hübscher Lustbeweis, danach aber nur noch lästig oder verdächtig. Das roch nach Reue und Untaten. Das konnte nur schiefgehen. Viktor faßte einen Vorsatz: Er würde morgen den ganzen Tag ein unauffällig netter Ehemann sein, so daß sich beim Zubettgehen die fällige Ehevögelei ganz von allein entwickeln würde, ohne daß es zu der niederschmetternden Frage kam: »Was ist mit dir los?«

Er hätte jetzt gern laut Musik gemacht, um seiner guten Laune Ausdruck zu geben. Vor Ewigkeiten, noch zu Motorradzeiten, war er einmal mit Erstfrau Ella Richtung London geprescht. Mit zweihundert Stundenkilometern nachts über diese phantastisch beleuchteten Autobahnen Belgiens. Diese wunderbar rücksichtslose Energievergeudung. Dieses ekelhafte Energiesparen heute, dieses vernünftige langsame Fahren, dieses idiotische Nichtrauchen – das alles war so elend ungeil. In Brüssel hatten sie damals mitten in der warmen Nacht, mitten in der Stadt Halt gemacht und eine Zigarette geraucht. Aus dem obersten Stockwerk eines schönen alten Hauses dröhnte ein Song aus den weit offenen, erleuchteten Fenstern. Erstklassige Musik. Ella und er tanzten ein paar Schritte auf der Straße. Von oben schaute ein schwarzer Mann herunter und lachte. »C'est ne pas une chanson française!« hatte Ella hochgerufen. Der Schwarze hatte ein einladendes Zeichen gemacht. Sie sollten hochkommen. Sie waren das schönste Treppenhaus hochgegangen, das sie je gesehen, auf den flachsten Stufen, die sie je betreten hatten. Oben war die Wohnungstür offen gestanden. Überall dieser Song. Keiner im Haus schien sich daran zu stören. Es war nach drei. Der Schwarze hatte eine Party gegeben, nun waren die Gäste weg, und er wollte nicht aufhören. Der schwarze Gastgeber war Dirigent und kam aus dem Kongo. Auguste. Der Song, den er unablässig abspielte, hieß *Compared To What* und war 1969 in Montreux aufgenommen worden, eine schnelle, funkig-soulig groovende Hardbopnummer. Eddie Harris schön schrill am Saxophon, Les McCann am Piano bellte den Text: »Compared to what« – unvergleichlich beschissen das Leben, aber ein besseres gibt es nicht. Rabiates Aufbegehren gegen Amerika: verdammte Nation, verdammtes Profitdenken, verdammter Präsident, verdammter Krieg, verdammte Amikinder, die Frösche umbringen, und verdammte alte Amiweiber, die ihre Hunde küssen – eine kapitalistische Klapsmühle. »It is a goddamn nation«. Das machte Laune. Sie hatten den fast zehnminütigen Song mehrmals gehört und den Text zu verstehen versucht. Sie hatten ein bißchen gekifft. »Come on«, hatte Auguste irgendwann gesagt mit seiner schönen kehligen Stimme. Er war bisexuell und schlug vor, daß sie es zu dritt miteinander trieben. Sie hatten gelacht und sich nicht getraut. »C'est normal!« hatte Auguste lachend gesagt, aber nicht weiter insistiert. Später hatten es Ella und er oft bereut, daß sie sich die Gelegenheit hatten entgehen lassen. Es war Viktors Schuld. Er war Ella immer damit in den Ohren gelegen, es mit einer zweiten Frau zu versuchen. Berührungen von Männern mochte er nicht. Auguste allerdings war kein Mann, sondern ein schwarzer Götterbote, eine mythologische Figur, die Verkörperung des souveränen Sex. Ein Jahr später dirigierte Auguste ein Vivaldi-Oratorium, das ironischerweise nur von Frauen gesungen wurde: *Judita Triumphans*. Er lud Ella und Viktor ein. Ella konnte nicht, weil ihre Mutter sich den kleinen Finger gebrochen hatte. »Ella, ich bitte dich, was ist der kleine Finger deiner Mutter!« hatte Viktor sie beschworen. »Fahr doch allein, er frißt dich schon nicht«, hatte Ella gesagt. Da war Viktor allein nach Brüssel gedonnert. »Zeig, was du kannst«, hatte er zu Auguste gesagt. Er wollte es wissen. Auch das war sehr aufregend und sehr erfrischend gewesen. »Du Schwein, ohne mich!« hatte Ella bei seiner Rückkehr gesagt. »Pardon, es war die Gelegenheit, meine Vorurteile gegen Schwule auszuräumen«, sagte Viktor. Wenn er jetzt daran zurück dachte, verstand er nicht mehr, wieso es mit Ella und ihm nicht gutgegangen war.

Also nicht zu Ellen ins Bett, aber was war dann mit dem Rest der Nacht? In Hamburg oder Berlin oder Köln wäre Viktor jetzt in eine Kneipe gegangen und hätte den ersten Telefonsex seines Lebens mit ein paar Gläsern Wein gefeiert. Selbst in Nürnberg und Bochum war das möglich. Nicht aber in Zürich. In München auch nicht. Alle Lokale längst geschlossen. Zu Hause allein trinken ging nicht. Also Weiterbildung, es gab keine andere Wahl. Die Literatur-CD-Rom steckte noch im Computer, die Tafel mit den siebenundzwanzig Treffern des Ausrufs »Hast du vergessen« war noch auf dem Bildschirm, und Viktor machte sich ans Auswerten.

1887: »›Bleib!‹ schrie er – ›hast du vergessen, was wir tun wollen…‹ Er wurde immer ungebärdiger und bedrohte die Dienerinnen… Die friedliche Klosterhalle stand in Gefahr, der Schauplatz eines Handgemenges zu werden.« – Das klang ganz rasant, fast so, als habe ein ins Kloster gestecktes Mädchen eingewilligt, sich von ihrem Helden erst ent- und dann verführen zu lassen, und als gäbe es dann Probleme. Aber so war es wohl nicht, denn die Sätze stammten aus einem obskuren Roman von Marie von

Ebner-Eschenbach, in dem es höchstwahrscheinlich nicht so schön ruchlos zuging, wie es die Phantasie erwartete.

1819: Durchaus blutrünstig war eine Hast-du-vergessen-Stelle aus Grimms Märchen: Zwölf schöne Töchter hat der König. Jeden Morgen sind ihre teuren Schuhe zertanzt, doch keiner weiß, wo die Mädchen sich nachts herumtreiben. Wer das herausfindet, kann sich eine aussuchen und wird König. Versagt er, ist es zu Ende mit ihm. Reihenweise werden den erfolglosen Bewerbern die Köpfe abgeschlagen. Schließlich schafft es ein Kriegsheimkehrer. Sein Trick: einfach nicht den Wein trinken, den die netten Prinzessinnen anbieten und der natürlich so müde macht, daß man einschläft und ihnen nachts nicht nachspionieren kann. Man muß also tun, als ob man trinkt und schläft. Und schon holen die Mädchen ihre Ballkleider hervor und ziehen ihre Tanzschuhe an – they put on their high heel sneekers, wie der Rock 'n' Roller singen würde. Nur die jüngste Prinzessin schöpft Verdacht, dieser zerlumpte Bewerber könnte sich nur schlafend stellen. Sie bekommt von der ältesten Schwester zu hören: »Du bist eine Schneegans, die sich immer fürchtet. Hast du vergessen, wie viele Königssöhne schon umsonst dagewesen sind?« Im Klartext: »Hast du vergessen, daß bisher alle Idioten erfolgreich liquidiert wurden, die uns auf die Schliche zu kommen versuchten?« Ganz schön hart. Ob der Soldat, der sich nach dem Aufdecken des Geheimnisses die älteste Prinzessin zur Belohnung aussucht, mit dieser durchweg bösartigen und vergnügungssüchtigen Person glücklich wird, war zweifelhaft. Viktor notierte: »Märchen von den zertanzten Schuhen weitererzählen: wie die Ehe mit der grausamen Prinzessin aussieht.«

Weiter: 1776 schrieb Friedrich Maximilian Klinger gleich mehrere Theaterstücke, unter anderem ein besonders schlechtes, worin ein gewisser Julio rasend eine Donna Solina liebt. Hündisch jault er: »Schon drei lange, lange Tage und Nächte irr ich verloren um dieses Haus herum. Kein Pfosten, den ich nicht umfaßte, kein Fenster, dem ich nicht mein Leiden vertraute. Und keinen Blick! keinen Gruß! Sie schienen mich zu vermeiden.« Und dann muß er sich von der Frau seiner Träume auch noch

Folgendes anhören: »Hast du vergessen, was ich dir so oft sagte, daß du ohnerachtet der großen Prätensionen die sich auf deinem Gesicht beschreiben, für meine Liebe zu schwach wärst? Steh ab Julio! laß dich weisen, steh ab!... Was, Liebe willst du kleines Geschöpf?« Obwohl das Stück der konfuseste und miserabelste Schwachsinn war, den Viktor je überflogen hatte, litt er mit. In all dem irren Schwulst waren simple Sätze, die er unterschreiben konnte: »Dieses Herz will unablässig getrieben sein.« Wenn das nicht auf ihn zutraf. Oder auch: »Wie soll ich mit mir auskommen?« Gute Frage. Und als sie, die abweisende Donna, dem unabweisbaren Julio kurz vor ihrem gemeinsamen Liebestot im Kerker ihre lange verborgene Zuneigung endlich enthüllt, hätte Viktor fast Tränen in die Augen bekommen. »Julio! Mein Julio! Armer, lieber Narr! Du glaubtest, ich könnte dich lassen! Unaussprechlich ist's, was mir durch die Seele fährt.« Und Julio, vor ihr kniend, den unannehmbaren Verbannungsbescheid des intriganten Herrschers noch in der Hand: »Und du, unaussprechliches Wesen, hier nimm meinen letzten, heißen Dank, daß du deine Augen auf mich gerichtet hast, meine Seele verstundest, und so mit mir endest.« Da fleht Donna Solina: »Steh auf! Steh auf! Laß dich umfassen! Laß dich lieben! Laß dich mit diesem Kuß entzünden!« Sie küßt ihn, darauf hatte er das ganze Stück über warten müssen. Er sagt. »Das ist nun weggewischt, was mich nicht schlafen ließ.« Sie: »Dank! daß das all so war. Getrennt kann keins von uns leben!« Sie zieht den Dolch hervor: »Diesen Freund kennst du? Schreckt er dich?« Er: »Laß mich ihn küssen.« Sie stößt sich den Dolch in die Brust, reicht ihn dem Julio: »Mein Julio! er schmerzt nicht!« Julio durchstößt sich: »Wohl! Wohl mir! Ich trink Leben aus deinen Augen.« Sie sinken zusammen. Ihre letzten Worte: »Schön! Herrlich!«

Warum nicht, dachte Viktor. Er hatte bisher den Liebestod in seinen Liebesromanen vermieden. Vielleicht sollte man die gute alte Tradition wieder beleben. Es hatte was. Es machte Laune. *Wirrwarr* hatte der Autor ein anderes Stück nennen wollen. Ein damaliger PR-Berater hatte ihm das ausgeredet und den Titel

Sturm und Drang vorgeschlagen, der dann einer ganzen exaltierten Epoche den Namen gab.

Weniger ergreifend, was Goethe um 1830 herum in das schlechteste Theaterstück der deutschsprachigen Literatur schrieb. Im zweiten Teil des *Faust* spricht ein gewisser Phorkyas zu Helena: »Hast du vergessen, wie er deinen Deiphobus,/Des totgekämpften Paris Bruder, unerhört/Verstümmelte, der starrsinnig Witwe dich erstritt/Und glücklich kebste? Nas' und Ohren schnitt er ab/Und stümmelte mehr so: Greuel war es anzuschaun.« – Eine Zumutung, der schönsten Frau der Welt mit solchen hölzernen Sätzen zu kommen. Wenn »Deiphobus« wenigstens eine hübsche Sauerei wäre! Viktor machte eine Notiz für einen Porno-Roman, den er irgendwann einmal schreiben würde: »Deiphobus, klingt, als wäre es ein künstlicher Götterpimmel, ein mit warmer Milch gefüllter Dildo, etwas in der Art, womit sich beim Marquis de Sade die Gräfinnen delektieren. Leider aber war der malträtierte Deiphobus Helenas zweiter Gatte.«

1774 kam der Hast-du-vergessen-Ruf in einem besseren Stück Goethes vor, dem *Clavigo*. »Hast du vergessen«, läßt der Autor dem Clavigo von seinem Freund Carlos zuflüstern, »was für Männer dir den Umgang, die Verbindung mit Marien mißrieten? Hast du vergessen, wer dir den klugen Gedanken eingab, sie zu verlassen?« Die entzückende Marie nämlich ist nach Ansicht des besserwisserischen Carlos nicht gut genug für den hoffnungsvollen Schriftstellerfreund. Sie könnte seine literarische Karriere beeinträchtigen. Viktor war empört und überflog das in wenigen Tagen geschriebene Stück, nachdem er sich mit dessen Eingangsszene voll identifizieren konnte. Vom Schreibtisch aufstehend sagt Clavigo gleich als erstes: »Das Blatt wird eine gute Wirkung tun, es muß alle Weiber bezaubern.« Und nichts anderes als das dachte Viktor noch immer bei jedem fertigen Text: »Es muß die Weiber bezaubern.« Allerdings hatte Viktor keinen Freund Carlos, der zu ihm wie ein Coach zu seinem Schützling sprach: »Wir haben keinen neueren Autor, der so viel Stärke des Gedankens, so viel blühende Einbildungskraft mit einem so glänzenden und leichten Stil verbände.« Solche Komplimente waren heute kaum noch zu bekommen. Sie waren schon damals gefährlich. Sie steigen dem gelobten Clavigo sofort zu Kopf, er vergißt die Frauen, die er doch eben als einzige Motivation pries, und wird abscheulich ambitioniert: »Ich muß unter dem Volke noch der Schöpfer des guten Geschmacks werden. Die Menschen sind willig, allerlei Eindrücke anzunehmen; ich habe einen Ruhm, ein Zutrauen unter meinen Mitbürgern; und, unter uns gesagt, meine Kenntnisse breiten sich täglich aus, meine Empfindungen erweitern sich, und mein Stil bildet sich immer wahrer und stärker.« Carlos wendet ein: »Gut, Clavigo! Doch wenn du mir's nicht übelnehmen willst, so gefiel mir damals deine Schrift weit besser, als du sie noch zu Mariens Füßen schriebst, als noch das liebliche, muntere Geschöpf auf dich Einfluß hatte. Ich weiß nicht, das Ganze hatte ein jugendlicheres, blühenderes Ansehen.« Die vor weit über zweihundert Jahren hingeschriebenen Sätze drangen Viktor ins Herz, und er nahm sich vor, seine Goethe-Aversion zu überdenken. Denn hier stand sie: seine eigene Produktionsformel: Auch Viktor fiel nur unter dem Einfluß von lieblichen und munteren Geschöpfe etwas ein. Nur wenn er wirklich liebte, konnte er Liebesgeschichten schreiben. Die Frauen gaben den Anstoß zu seinen Romanen und Erzählungen, sie sorgten für Leben und Durcheinander und für zusammenbrechende Bügelbretter. Die Sturm-und-Drang-Dichter hatten mit Anfang zwanzig ihre Dramen geschrieben, Viktor war Anfang vierzig. Er war zwanzig Jahre zu alt für solch pubertären Wirrwarr und über zweihundert Jahre zu spät dran damit. Und doch interessierte ihn nichts anderes als der Taumel der Kavaliere und die Rebellion gegen die Schranken der Liebe, die in anderer Gestalt nach wie vor existierten und einem das Leben schwer machten, bei Besäufnissen mit Freunden noch immer für ausreichend Gesprächsstoff sorgten und nach wie vor die Handlungen guter und schlechter Filme in Gang brachten. Der Fortschritt gegenüber Goethe und dem Clavigo gegenüber bestand darin, daß Viktor sich bemühte, kein Schwein zu sein. Clavigo war ein Schwein. Unverzeihlich, was er im Gespräch mit Freund Carlos über seine Liebe zu Marie sagt: »Es waren gute Zeiten,

Carlos, die nun vorbei sind. Ich gestehe dir gern, ich schrieb damals mit offnerem Herzen, und wahr ist's, sie hatte viel Anteil an dem Beifall, den das Publikum mir gleich anfangs gewährte. Aber in der Länge, Carlos, man wird der Weiber gar bald satt; und warst du nicht der erste, meinem Entschluß Beifall zu geben, als ich mir vornahm, sie zu verlassen!« Und Carlos, auch er ein Schwein, steht dem allein an seine literarische Karriere denkenden Freund sofort ekelhaft männerbündnerisch bei und macht die Frauen schlecht: »Du wärst versauert. Sie sind gar zu einförmig.« Einen Freund, der so spräche, würde Viktor hinauswerfen. Und Goethe war ein Schwein, nicht weil auch er Friederike Brion seiner Arbeit zuliebe im Stich ließ, und auch nicht, weil er sich mit einem Stück Literatur seine Schuldgefühle von der Seele geschrieben hatte. Er war ein Schwein, und zwar ein feiges und konventionelles Schwein, weil er aus der Sache ein Trauerspiel gemacht hatte, weil er dem Clavigo als Sühne für die Untat der falschen Versprechung und der gebrochenen Treue den Tod verordnet hatte. Somit war die Figur ausreichend bestraft, und der Autor konnte fidel seiner Wege gehen. Viktor war auch ein Schwein, auch ihm blieb nichts anderes übrig, als sich vor manchen Frauen zurückzuziehen, aber erstens tat er das nicht nach abschätzigen Gesprächen mit Männerfreunden, und zweitens hatte er den Frauen nie Treue versprochen. Und drittens würde er niemals eine Liebesgeschichte tödlich enden lassen. Denn das war billige Kompensation, durchsichtige Bußfertigkeit, säkularisiertes Sündenbewußtsein, literaturspießige Doppelmoral. Typisch Goethe eben. Und typisch kleines Fernsehspiel. Es war sehr einfach, mit Herzensleid und Trauer und düsterer Vergangenheit und ein bißchen Krankheit und Tod einem Buch Gewicht und Moral und läuternden Charakter zu verleihen. Das liebten die bildungsbürgerlichen Leser. Nichts war für einen Autor leichter, als seine mehr oder weniger schuldigen Figuren unachtsam über die Straße gehen zu lassen, ihnen Krebs oder Aids oder einen Herzinfarkt anzuhängen oder wenigstens ein väterliches Ungetüm, das bei der SS gewesen war und bei den Nachgeborenen für viel dumpfe Verzweiflung sorgte. Schon gewinnt das Buch an Tiefe und Gewicht. Viktor spürte beim Schreiben oft genug die Lockungen dieser einfachen Lösung, und er hatte sich vorgenommen, zu widerstehen. Keine Nazigeschichten, keine Krankheiten, kein Tod. Kein Berlin, kein Deutschland und kein Zusammenwachsen von Ost und West. Das waren alles nichts als Hausaufgaben, deren Erledigung von anständigen Schriftstellern erwartet wurde. Es mußte auch anders gehen. Aber Hausaufgaben, fand Viktor, waren etwas für Politiker. Die übrigens veränderten sich. Früher waren sie mehr durch ihre hinterfotzige, gemeine, verlogene Art aufgefallen, jetzt waren die meisten von ihnen wohlmeinend, aber dumm, und die Dummheit nahm von Woche zu Woche zu und hatte ein Ausmaß angenommen, daß Viktor es ablehnte, sich essayistisch mit diesen Gestalten und ihrem Gesabber auseinanderzusetzen. Es war gegen die literarische Menschwürde, diese Spezies zu beschreiben. Neulich hatte eine Frau von einer Partei, die Viktor einmal gewählt hatte, weil sie sich einst wohltuend von den etablierten Parteien unterschied, in einer Talkshow in einem einzigen knapp anderthalb minütigen Statement vierzehn Mal das Wort »Herausforderung« benutzt – das näher zu beschreiben machte keinen Spaß mehr. Auch Goethe würde heute von »Herausforderungen« sprechen, da war Viktor sich sicher. Bob Dylan nicht. Obwohl er ein Yankee war und viele seiner Songs einen Wildwesttouch hatten, und die dummen Amis mit ihrer Cowboy-Mentalität doch die allergrößten Herausforderungsfasler von der Welt waren – obwohl also Bob Dylan in dieser yankeedoodle Tradition stand und man befürchten mußte, daß in seinen weit über tausend langen Songs ein paar Mal von der »challenge« die Rede sein würde, war sein Werk tatsächlich frei von diesem denkfaulen Wort, mit dem seit Jahren schon jedes zivilisierte Arschloch seine Positionsangabe bestückte. Dank Internet hatte Viktor das unlängst herausbekommen, dort waren die kruden Texte des unermüdlichen Songwriters und Sängers allesamt vereint und derart perfekt zugänglich gemacht, daß man die Digitalisierung der Welt fast als einen Segen bezeichnen mußte, wie auch diese Nacht einer Telefonsex-Premiere, die harmonisch in eine literaturgeschichtliche Nachhilfestunde übergegangen war. Dank Goethe und Clavigo und dank hundertsechzigtausend digitalisierten Seiten guter und schlechter deutscher Dichtung wußte Viktor nun wieder besser über sich selbst Bescheid, und er notierte als Quintessenz ein paar Sätze, deren Inhalt er bei irgendeinem Interview würde verwenden können, daß nämlich Tod und Verderben in der Kunst etwas für Streber sei, denen nichts Besseres einfalle als eben dieses Ende. Eine Sache als Tragödie zu beschreiben, sei ein Zeichen von Beschränktheit. Eine plausible angenehme Lösung zu finden, erfordere mehr Phantasie, das könne man von der Literatur erwarten. Mit Wirklichkeitsflucht habe das nichts zu tun. Wer untragische Literatur produziere, müsse allerdings wissen, daß er mit gewichtiger Anerkennung nicht rechnen könne. Er, Viktor, sehe den Sinn seines Schreibens nicht im Aufarbeiten irgendwelcher vergangenen Schulden. Damit sollten sich die hochbegabten Einserschüler befassen. Er konsumiere dergleichen pflichtschuldigst, er produziere es nicht. Er werde auch fortan die Finger von diesem ungut gärenden Teig der Trauer lassen. Auch wenn das zur Folge habe, daß er nicht als Vertreter der deutschsprachigen Literatur in den Kulturinstituten des Auslands herumgereicht werde. Darauf scheiße er! Ihm käme es mit seinen Bücher allein auf zwei Dinge an: erstens, damit Geld zu verdienen, und zweitens, Planspiele zu entwickeln, um sich im Labyrinth der Liebesgefühle besser zurechtzufinden. Es gehe ihm in seinen Romanen und Erzählungen darum, Schleichwege aufzuzeigen, mit denen man die bürgerlichen Konfliktherde umgehen könne. Und drittens, vielleicht sei es sein literarischer Ehrgeiz, seine heiteren, untragischen, ja tragikfeindlichen Lösungen als so verlockend darzustellen, daß vernünftigen Leser auch in Wirklichkeit ein solch vergnügtes, raffiniertes und strafloses Umgehen von Konflikten plausibel erscheinen müsse. Viertens schließlich entschuldige er sich mit beziehungsweise in seinen Büchern bei den Vorbildern der Figuren dafür, daß er sie vernachlässigt habe, und versuche diesen Frauen, die untereinander ein skeptisches Verhältnis entfaltet hätten, im Roman Versöhnungsangebote zu unterbreiten, was alles in allem bedeute, daß er seit Jahren literarisch nichts anderes tue, als seine Liebesangelegenheiten öffentlich zu ordnen und zu tarnen und damit Geld zu verdienen.

Nur im aufgedrehten Zustand der Übermüdung interessierte sich Viktor für sein Verhältnis zu Goethe oder zum Sturm und Drang oder zu den ehrenwerten Tragödiendichtern von heute oder für sein eigenes Image im Literaturbetrieb. Morgen würde ihm all das als unsinnig erscheinen. Daher nutzte er den Ernst der späten oder besser frühen Stunde und untersuchte noch eine letzte Hast-du-vergessen-Fundstelle, die ihm interessant erschien.

»Hast du vergessen«, wurde auch in Ludwig Thomas Komödie *Moral* gerufen, ein Stück, das der später leider reaktionär gewordene Autor 1906 im Gefängnis geschrieben hatte, in das man ihn wegen fortwährenden Beleidigens bayerischer Sittlichkeitsvereine geworfen hatte, und in dessen drei Akten er eben diese Vereine ein weiteres Mal verhöhnte. »Hast du vergessen« – ein Ekel, schlimmer als Professor Unrat noch, wird von seiner Tochter mit diesen Worten daran erinnert, daß er ihr einen Jahrmarktsbesuch versprochen hat. Viktor hatte keine Tochter, und die Szene war belanglos, dennoch, vielleicht weil er von der Schlaflosigkeit überreizt war, fielen ihm eine Menge Versprechungen ein, die er leicht hingeworfen und nicht eingelöst hatte. Ein besserer Ehemann wollte er sein – und das hieß vor allem, die Zeit besser einzuteilen. Im Herzen war genug Platz für verschiedene Frauen, aber nicht in der grausamen Wirklichkeit der 24-Stunden-Tage. Mehr Zeit täte Not – mehr Zeit für Ellen, für Ira, für die Tscherkessin, für Fräulein Strindberg. Was wäre, wenn nun auch noch die Nasenring-Tina auftauchte? Es gab keine Geldprobleme, keine Potenzprobleme, keine Psychoprobleme, es gab nicht einmal berufliche Probleme, keinen Chef, keine Intrigen, nichts – das Paradies, müßte man meinen. Aber der Mangel an Zeit war oft genug so höllisch, daß es Viktor als eine himmlische Vorstellung erschien, sich drei Tage lang einfach nur zu langweilen, einfach nicht zu wissen, was man mit seiner Zeit anfangen sollte. Die Langeweile war ihm so fremd geworden, daß er den einst so geliebten Stücken Tschechows und den alten russischen Romanen immer weniger abgewinnen konnte, die ja vor allem auf dem Sichlangweilen der Figuren beruhten und überhaupt nur aus der Langeweile heraus verständlich waren. So kam es vor, daß Viktor bei Tschechow-Inszenierungen insgeheim zu den ewig vor sich hinstöhnenden Figuren sagte: »Krieg mal deinen Arsch hoch und jaul mir nicht die Ohren voll!«

Das vergessene Versprechen war aber nicht das, worum es in Ludwig Thomas Komödie ging. Es ging vor allem um Figuren, die noch viel schrecklicher waren als ein abgekühlter Frauenverlasser à la Clavigo, um Scheusale, die sich theoretisch für die Treue in der Ehe stark machten und heimlich ihre Affären hatten. So infam war Viktor nicht. Allerdings fielen in diesen Ehen, gesprochen von den Frauen der schmierigen Männer, Sätze, die Viktor nachdenklich stimmten: »Es langt bei uns nicht zum Unglück. Es ist kein Ideal zertrümmert worden. Unsere Ehe weiß keines... Ich bin nicht eifersüchtig. Ich mußte mich daran gewöhnen, ja. Denn diese Heimlichkeiten und kleinen Lügen... verstimmen ein bißchen stark, und man hat Mühe, daß man sich das kameradschaftliche Gefühl erhält. Aber ich bin darüber weggekommen, weil – ja, weil ich dich nie recht ernst genommen habe.«

Das hätte von Ellen kommen können. Obwohl die Sätze aus einem satirischen Lustspiel stammten und an eine gänzlich andere Adresse gerichtet waren, machten sie Viktor kleinlaut, und so stieg er nun, gegen halb sechs Uhr morgens, zu Ellen ins Bett und nahm sich vor, in den nächsten Tagen ein liebenswürdiger, frischrasierter, fingernagelgefeilter, haargewaschener, interessiert zuhörender, zu Spaziergängen bereiter Ehemann zu sein.

Der leere Kühlschrank und die Macht der Ironie

Zu Beginn der nächsten Woche nahm Viktor seine Recherchen in der Züricher Zentralbibliothek wieder auf, sofern man sein nachlässiges Blättern in den Bildbänden »recherchieren« nennen konnte. Auch Fräulein Strindberg war wieder da. Etwas viel Gestricktes hing an hier, aber das Hexenkinn und der kleine Mund waren unverändert entzückend. Die Augen blitzten womöglich noch unternehmungslustiger als in der vergangenen Woche. Telefonsex mit ihr war schwer vorstellbar. Daß es überhaupt so etwas wie Telefonsex gab, vergaß man beim Anblick von Fräulein Strindberg. Sie müßte bei einer Lavendel-Oma zur Untermiete wohnen und man müßte zu einem Teebesuch bei ihr sein und stundenlang dünnen Tee trinken, und später beim Abschied würde es zu einer ganz zarten Berührung der Gesichter kommen.

Viktor war von der Telefonsexpremiere mit der Tscherkessin noch so beeindruckt, daß er die Frauen, die ihm auffielen, danach beurteilte, ob ihnen Telefonsex zuzutrauen war oder nicht – so wie ein Halbwüchsiger, dem erstmals die Eigenart der Kopulation bewußt wird, sich alle Menschen rammelnd und röchelnd vorstellt. Viktor fand, es war eine Auszeichnung, wenn man einer Frau Telefonsex zutrauen konnte, und es war ebenso eine Auszeichnung, wenn man ihr Telefonsex nicht zutrauen konnte. Vorausgesetzt natürlich, der Sex einer Frau war überhaupt spürbar.

Am Nachmittag riskierte er es, dem Fräulein Strindberg einen Zettel mit dem Geständnis zuzuschieben, er könne nicht arbeiten, weil sie ihn mit ihren dünnen Armen und feinen Fingern an Efeu erinnere und es sein sehnlichster Wunsch sei, von ihr umrankt zu werden.

In der Cafeteria verriet er ihr, daß er in seiner Phantasie bereits um die Welt mit ihr reise, dies aber nur weiter tun könne, wenn sie nichts dagegen habe. Sie hatte nichts dagegen. »Sie müssen wissen«, sagte er, »ich betrachte das Phantasieren nicht als einen Ersatz für die Wirklichkeit, sondern als eine Vorbereitung auf die Wirklichkeit. Irgendwann habe ich vom Spinnen genug und will wirklich mit Ihnen verreisen.« Sie fühlte sich durch die Ankündigung offenbar nicht bedroht.

Am nächsten Tag kam Viktor mit dem Fahrrad, weil auch Fräulein Strindberg mit dem Rad da war. Er erwähnte mit der gebotenen Beiläufigkeit, daß er verheiratet sei, um die Information los zu sein. Die Tatsache schien sie nicht zu interessieren. Abends begleitete er sie mit dem Rad. Das Radfahren stand ihr. »Da vorne wohne ich«, sagte sie und deutete. Er verabschiedete sich. Sie nannte ihn egoistisch. Amüsant, aber egoistisch. »Warum?« Weil er sich für sie nicht wirklich interessiere. Noch nicht einmal nach ihrem Namen habe er sich erkundigt. Geschweige denn wolle er wissen, was sie so treibe. Das gespielte Schmollen stand ihr.

Erstens, sagte Viktor, sei »Fräulein Strindberg« ein ausgezeichneter Ersatzname, zweitens habe er sie zunächst für eine Studentin gehalten, die keine Lust habe, in der Universitätsbibliothek von Kommilitonen angequatscht zu werden, mittlerweile aber sei er auf Grund einiger Indizien sicher, daß sie Dramaturgin am hiesigen Theater sei, wenn er nun auch nur ihren Vornamen erfahre, wäre es ein Leichtes, über das Theater ihre Adresse und ihre Telefonnummer herauszubekommen, und dann würde sie vor seinen Anrufen und Briefen nicht mehr sicher sein.

»Ich bekomme gern Post«, sagte sie fröhlich, »Anrufe eher nicht.« Viktors Spürsinn hatte sie beeindruckt. Sie war in der Tat Dramaturgin. Viktor selbst war noch beeindruckter und bereit, sein richtiges Raten als ein gutes Vorzeichen zu deuten.

Er riet weiter: »Und Sie haben einen Freund, mit dem es nicht ganz unkompliziert ist.«

Sie sah aus, als würde sie gleich rot werden, wurde es aber nicht: »Woher wissen Sie?«

»Ich bitte Sie«, sagte er, »welche Verbindung ist schon unkompliziert? Und wer aussieht wie Sie, muß einen Freund oder Mann haben. Und wenn Sie mit ihm überglücklich wären, würden Sie sich nicht auf mich einlassen. Und wenn ich nicht anrufen soll, dann heißt das, daß der Typ nicht ganz einfach zu haben ist.«

»Ich heiße Selma«, sagte das Fräulein Strindberg.

Viktor probierte den neuen Namen: Selma. Selma. Selma Strindberg. »Sie sind auch egoistisch, Fräulein«, sagte er, »Sie haben sich auch nicht nach mir erkundigt.« Er hatte geglaubt, sie würde ihn als den bedeutenden Autor Viktor Goldmann längst identifiziert haben. Hatte sie nicht. Er versuchte, milde zu lächeln. Gut, er schrieb nicht für das Theater, aber daß sie als Dramaturgin noch gar nichts von ihm gehört hatte, sprach entweder gegen sie oder gegen ihn. Wie immer im Fall des Nichterkanntwerdens entschied sich Viktor, seinen Mangel an Ruhm als Vorteil auszulegen. Die meisten Menschen lernte er in seiner Funktion als Schriftsteller kennen. Sabine, Susanne, oder neuerdings die Tscherkessin – alles berufsbedingte Bekanntschaften, die rasch zu Liebschaften geworden waren. Nicht oft hatte er Gelegenheit, als anonyme Figur für Interesse zu sorgen. Es war eleganter, wenn die Schriftstellerei, so wie jetzt, erst später und beiläufig zur Sprache kam. Die Wirkung war fast immer positiv. Ein Schriftsteller, der Bücher schrieb, die man tatsächlich kaufen konnte, machte vermutlich auf intelligente Frauen so viel Eindruck wie auf unintelligente ein Idiot mit einem flotten Auto. Es machte aber auch skeptisch. Es half nicht wirklich. Vielleicht schadete es sogar. Möglicherweise war es hilfreicher, ein Schriftsteller zu sein, der verzweifelt für seine Schubladen schrieb. Das roch nach wahrer Größe. Verkanntheit war romantischer. Ein Buch, selbst das beste, war letztlich ein ganz normaler Gegenstand mit einem bestenfalls sinnvollen Inhalt. Keinesfalls nützlicher als ein Mietvertrag. Und immer eines von vielen. Je erfolgreicher es war, desto schnöder, denn jedem Erfolg haftete das Schnöde und das Verdächtige an – und das Unverdiente. Erfolg war nicht romantisch. Erfolg war nie ein Gefühlsgewinn. Einige Bücher von Viktor konnte man in kaufmännischer Hinsicht als maßvolle Erfolge bezeichnen, aber je mehr sie durch die Mühlen der Feuilletons gemahlen wurden, desto mehr verloren sie ihren Zauber. Das unveröffentlichte, scheu zurückgehaltene oder von zehntausend Verlagen abgelehnte Manuskript aber enthielt vielleicht doch den Schlüssel zur Lösung des Rätsels der Welt. Aus diesem Grund fürchtete Viktor nie die Konkurrenz erfolgreicher Kollegen, im Gegenteil, je erfolgreicher sie waren, desto schlechter konnte er ihre Bücher finden. Eine Gefahr aber war das verkannte Genie mit dem traurigen Blick und den unerhörten und ungelesenen und unerlösten Texten, denn diese waren vielleicht zart und bezaubernd, und ihr lebensunfähiger Schöpfer hatte mehr Liebe verdient als ein Profi, der zu allem Überfluß auch noch Viktor hieß und mit Pokerface alljährlich ein Buch auf den Markt schleuderte, das wie jeder andere Artikel auch von der Marktmaschinerie geprüft und benotet wurde und damit nichts Geheimnisvolles mehr an sich hatte. In jedem Fall war es amüsanter, als Schriftsteller kennengelernt zu werden und dann als Type standhalten zu müssen, als umgekehrt. Umgekehrt ließen sich die Leute, wenn sie erfuhren, man schreibe Bücher, Bücher schenken, die sie nicht lasen. Fräulein Strindberg immerhin erbat kein Buch von ihm. Das sprach für sie. Ihre Augen leuchteten. Sie wollte einen Brief. Tschüß. Sie drehte ab, nicht nach Hause, sie war heute abend bei einer Freundin.

Viktor steuerte das nächste Café an und begann sofort, dem Fräulein zu schreiben. Sie sollte den Brief vorfinden, wenn sie von der Freundin nach Hause kam. Er rief im Theater an und erkundigte sich nach der Dramaturgin Selma… Selma… jetzt habe er ihren Nachnamen vergessen… die den Strindberg vorbereite… Er habe ein Buch für sie, das sie dringend brauche.

Viktor schrieb dem Fräulein Strindberg. Er schrieb ihr, wie er soeben ihre Adresse herausbekommen habe, und berichtete dabei blumig von dem Mißtrauen und der Gnädigkeit der schweizerischen Stimme im Betriebsbüro des Theaters. Dann malte er ihr aus, wie die morgige Heimfahrt von der Bibliothek aussehen könnte. Wie er sie wieder mit dem Rad begleiten würde. Immer noch eine weitere Straße dazulegen. Immer ein bißchen so tun, als ob es ein Opfer wäre, was doch in Wahrheit ein pures Bedürfnis ist. Wie er sich von ihr anhören würde, daß es nett von ihm sei, immer mehr Umweg in Kauf zu nehmen. Wie er seine Begleitung dann aber kurz vor ihrer Behausung jäh abbrechen würde, mit dem Hinweis, jetzt könne ja nichts mehr passieren. Wie er sich fragen würde, ob sie wisse, daß er das nur tue, um einander die klassische Situation vor der Haustür zu ersparen, deren Dialog bekanntlich wie folgt ablaufe: »Äh«, sagt er nach fünf unentschiedenen Minuten, und sie weiß natürlich, was dieses »Äh« heißt – es ist die Kurzform von: »Sag mal, wie wär's, wenn wir – äh – bei dir oben noch ein Glas trinken würden.« Sie sagt dann nach einer Weile, in der sie tut, als ob sie mit sich kämpft, gedehnt »also«, und dieses »also« ist die Kurzform von: »Also, es hat wirklich nichts mit dir zu tun, wenn ich dich jetzt nicht auffordere, zu mir hochzukommen, es ist nur so, daß ich morgen scheißfrüh raus muß und heute nicht so supergut drauf bin.« Er reagiert mit einem zerknirschten »Verstehe«, dann wird der Dialog beendet mit einem: »Also dann…« Diese irgendwie klägliche Szene mit ihrem noch kläglicheren Abgang werde er morgen vermeiden, indem er dreihundert Meter vor des Fräuleins Haustür abdrehe, schrieb Viktor. Vorher allerdings werde er es sich erlauben, kurz seine Hand an ihren Rücken zu legen, mehr beschützend als besitzergreifend natürlich. Sie werde hoffentlich zeigen, daß sie nichts gegen diese Berührung habe, indem sie ihre linke Hand von der Lenkstange nehme und drei wundervolle Sekunden lang auf seine rechte Lenkstangenhand lege. Dann werde er etwas in die Pedale treten und beschleunigen und werde sie schließlich, selbstlos wie er nun mal sei, die Hand noch immer an ihrem Rücken, mit einem letzten Schwung von sich weg ihrem komplizierten Freund entgegenstoßen. »Gute Nacht!« werde er ihr hinterherrufen, und vielleicht werde sie grüßend einen Arm heben, ohne sich umzudrehen, vollkommen begeistert von dem feinfühligen Kavalier, der sie nicht zur Ablehnerin macht und den sie eben deswegen jetzt so ins Herz geschlossen hat, daß sie ihm, kaum ist sie zu Hause, ein feuriges E-Mail schreiben wird, auf das er ihr sofort antwortet, daß er sie frühestens in dreißig Jahren bis zur Haustür begleiten werde, wenn er über siebzig und harmlos sei und sie knackige fünfzig – und wie er hoffen werde, daß sie umgehend antworte: »Bitte eher!«

Beim Schreiben des Briefes war Viktors Verliebtheit in das entzückend altmodische Fräulein Strindberg mit den modern blitzenden Augen erst so richtig erwacht. Und eben weil die Gefühle echt waren, mußte der Brief kopiert und später einmal einer verliebten Romanfigur angedichtet werden. Die Läden waren schon geschlossen. Viktor ging in ein Hotel, in dem er mit Susanne des öfteren gewesen war. Nein, kein Zimmer für Herrn Goldmann diesmal, bitte nur eine Kopie. Während die Seiten kopiert wurden, entschied Viktor, daß die Vorstellung, das Fräulein Strindberg mit dem Fahrrad nicht bis zur Haustür zu begleiten, mehr Liebe enthielt als die Nächte, die er hier mit Susanne verbracht hatte. Er verkniff es sich, diesen Gedanken als P.S. in den Brief dazuzuschreiben und fuhr zum Haus der Fräuleins, die Wohnung war dunkel, kein Fräulein war da, kein komplizierter Freund. Da kein Mensch abends nach Post sieht, steckte Viktor den Brief an die Klinke der Wohnungstür und fuhr mit Gefühlen davon, wie sie anders geartete Menschen vielleicht überkommen, wenn sie Lebensversicherungen abgeschlossen oder Aktien gekauft haben.

»Endlich«, sagte Ellen, als Viktor gegen neun Uhr nach Hause kam. Seitdem sie da sei, nerve sie eine Verrückte mit ihren Telefonanrufen, eine Französin mit einer rauchigen Stimme, die sich in einem seltsam lauernden Tonfall nach »Monsieur Goldmann« erkundige.

Viktor erschrak, fing sich aber sofort wieder und sagte: »Du wirst schon wieder antisemitisch, das ist ein Fan von mir, diese korsische Jüdin, wenn du sie sehen würdest, würdest du nicht mehr so mehr so abfällig von ihr sprechen.«

»Du kannst ja deinen nächsten Roman auf Korsika spielen lassen«, sagte Ellen.

Viktor liebte sie, wenn sie ihre spitzen Bemerkungen machte. »Ich habe im Augenblick den Kaukasus vorgesehen«, sagte er, »vielleicht aber auch Schweden, der Held könnte sich in ein sprödes Fräulein Strindberg verlieben.«

»Vielleicht werde ich deine Korsin ja sehen«, sagte Ellen, »sie will in den nächsten Tagen nach Zürich kommen.«

Ellen schob ihm die Post zu. Viktor wäre lieber in seinem Arbeitszimmer verschwunden. Nicht alle Briefe waren geeignet, im Wohnzimmer gelesen zu werden. Es war ihm aber zu geheimniskrämerisch.

Die Tscherkessin hatte nicht nur angerufen, es war auch ein Brief von ihr da. Sie fragte darin, ob sie jederzeit anrufen könne. Die Antwort hatte sie dann gar nicht mehr abgewartet. Etwas ungestüm – kaukasisch eben. Allerdings nicht ohne kluge Ahnung. Denn was sonst sollte ihr Viktor schreiben sollen, als daß sie Tag und Nacht anrufen könnte, selbstverständlich. Ihre Verachtung wäre grenzenlos, wenn ihr Goldmann sich als ein Spießergatte entpuppte, der von einer Liebsten nur zu bestimmten Zeiten unbeschadet Anrufe empfangen konnte.

Etwas ungünstig, daß auch noch ein Brief von Sabine da war: Ihr Mann habe in Genf zu tun, sie wolle ihn dort besuchen. Das wäre doch eine Gelegenheit, in Zürich Station zu machen. Bitte melden. Und schließlich lag, nach den unerklärlichen Gesetzen der Akkumulation, zwischen den üblichen Rechnungen und Kreditkartenbelegen und Auszügen der Schweizer Verbrecherbank auch noch eine Postkarte von der Nasenring-Tina aus Indonesien. Viktor verbat sich, die Schrift kindlich zu finden. Zum Teufel mit den interessanten Schriften intellektueller Prachtweiber! Tina schrieb: »Tausend Küsse vom Kurzurlaub in Bali... Habe ich dir erzählt, daß ich in einem Reisebüro arbeite... Ich bekomme manchmal auch Freitickets! Am Dienstag, den 11., lande ich in Zürich. Ich ruf dich dann an. Deine Tina. – P.S. 1:

Hast du schon einen Nasenring und ein Kettchen für uns? Das erwartet deine Sklavin Tina. P.S. 2: Das Gedicht soll fertig sein, wenn ich komme!«

Viktor atmete tief durch. Gut, daß Ellen diskret war. Andererseits war der Text auf der Postkarte von einer berückenden Unschuld. Viktor raffte die Post und die Zeitungen zusammen und entfernte sich nun doch Richtung Arbeitszimmer. »Hast du vergessen, daß du ein allerliebster Ehemann sein wolltest«, sagte Ellen. Er hatte ihr am Sonntag beim Essen von seinen literaturgeschichtlichen Forschungen erzählt. Nun kam er sofort mit seinem Post- und Zeitungsstapel, den er wie eine Beute hatte in Sicherheit bringen wollen, zu Ellen ins Wohnzimmer zurück und sagte mit gespielter Reue: »Darf ich dir einen Tee kochen, Schatz? Oder soll's gar ein Fläschlein Rotwein sein?«

»Sei nicht albern«, sagte Ellen, »ich gehe mit Barbara ins Kino – Nachtvorstellung. Sie stellt mir ihren neuen Freund vor, ein Künstler, nicht sehr erfolgreich, aber angeblich zauberhaft. Und nachher werden wir sicher noch in einer Hotelbar abtauchen.«

»Das ist nicht wahr«. Viktor verlor einen Augenblick die Fassung. Verschiedene Gefühle überwältigten ihn gleichzeitig und von verschiedenen Seiten. Da war einmal der erfolglose Künstler, an den er erst vor zwei Stunden gedacht hatte. Diese Duplizität allein aber war noch nicht alles. Dann war da auch das durchaus bittere Gefühl des Ausgeschlossenseins. Er wäre gerne mit in diesen Film gegangen. Das waren die Nachteile der manchmal segensreichen Informationslücken in seinem Leben mit Ellen. Und schließlich war da auch ein Triumphgefühl: Wenn Barbara, die ihn einmal mit Susanne in ein Züricher Hotel hatte verschwinden sehen und in der er seitdem eine heimliche, aber immerhin dichthaltende Gegnerin seiner polygamen Umtriebe sah, sich nun einen Geliebten zugelegt hatte, dann würde vielleicht Ellen endlich nachziehen, und endlich, endlich würden die wohlverdienten paradiesischen Zustände auf Erden einkehren. Ausgleichende Gerechtigkeit nannte man das.

»Wie ärgerlich« sagte Viktor, »in den Film wäre ich auch gern gegangen.« Auch mit Erstehefrau Ella hatte es solche Situationen gegeben. Ella hätte gesagt: »Dann komm doch mit!« Ellen sagte das nicht. Viktor hatte immer für das Eigenleben der Ehepartner plädiert und eine Ehefrau gesucht und gefunden, die eigene Wege ging – und manchmal, so wie jetzt, litt er darunter. Wenn Ellen ihn nicht fragte, ob er mitgehen wolle, dann hatte sie ihre Gründe. Es wäre gegen die ungeschriebenen Spielregeln ihrer Ehe gewesen, sich einfach anzuschließen, als wäre das eine Selbstverständlichkeit. Er würde Ellen nicht einmal mit der Frage in Verlegenheit bringen: »Habt ihr etwas dagegen, wenn ich mitgehe?« Unvorstellbar! Grotesk! Viktor war kein bettelnder Hund. Wenn ihn die Tscherkessin am Telefon als Hund bezeichnet hatte, dann hatte sie dafür ihre subtilen erotischen Gründe.

Er machte jetzt doch eine Flasche Wein auf. Und goß zwei Gläser in sich hinein. Ellen nippte nur, weil sie Angst hatte, müde zu werden und im Kino einzuschlafen.

»Erzähl mir bitte den Film und erzähl mir von Barbaras Lover«, sagte Viktor. Die zehn Minuten, bis Barbara klingelte und Ellen aufbrach, waren so etwas wie Eheglück. Eine Zigarette lang. Viktor rauchte noch immer, weniger weil es ihm schmeckte, sondern eher, um noch mit voller Berechtigung den Ausdruck »eine Zigarettenlänge« benutzen zu können. Er drehte seine Zigaretten selbst: dünn, fest und nur wenig qualmend. Er zog kaum an ihnen, und sie gingen oft aus. So konnte eine Zigarettenlänge bis zu zwanzig Minuten dauern. Wie liebte er Ira, wenn sie meinte, er solle jetzt besser gehen, und er dann ruhig seine Sachen zusammensuchte, wohl wissend, daß ihn Ira, die Nichtraucherin, in letzter Sekunde vorschlagen würde: »Rauch doch noch eine!«

Eine Zigarettenlänge lang herrschte zwischen Ellen und Viktor die schönste Harmonie. Auch Ellen rauchte nicht mehr, nahm aber in solchen Momenten seltener Einigkeit ein paar Solidaritätszüge. Dann klingelte es, sie hüpfte hoch und griff zum Trenchcoat, und Viktor sagte: »Du hüpfst aber hübsch«, und es war gut, daß sie ohne ihn ging, denn jetzt freute er sich auf ihr Zurückkommen.

Dann ging er in sein Arbeitszimmer und las mehrmals den balinesischen Kartengruß der Nasenring-Tina durch, bis sich der leichte Schrecken über ihre muntere Verkündigung gelegt hatte und er sich wirklich auf sie freute. Viktor spielte nicht mit den Frauen. Er ließ sie nicht fallen. Er war nicht Clavigo. Er verbat sich einen Satz wie »O Gott, die!« Er versuchte sich die Nasenring-Tina zu vergegenwärtigen und sich an seine Lust auf sie zu erinnern. Es ging noch. Die Lust war noch nicht restlos verflogen. Sechs Wochen später wäre eine Wiederherstellung der alten Empfindungen nicht mehr möglich gewesen. Jetzt aber schaffte er es, jetzt konnte er sich auf die Nasenring-Tina freuen. Er trug den Tag ihrer Ankunft in den Kalender ein, las den Brief von Sabine noch einmal durch und merkte zu seinem Verdruß, daß ihre Reise nach Genf sie nur einen Tag vorher nach Zürich führen würde. Es war ziemlich klar, daß sie auf diesem Wiedergutmachungsding bestehen und daß sie ihn ein Leben lang verabscheuen würde, wenn er ihr Angebot ausschlug. Es war eine Verpflichtung. Viktor mochte keine Pflichten, aber er wollte auch nicht verabscheut werden. Von Prinzessinnen und Schneegänsen jederzeit. Auch von Feministinnen und vor allem von Feministen. Von Philosemiten ließe er sich gern verachten, und jederzeit von keifenden oder betenden Abtreibungsgegnerinnen, von aufrechten Offizieren oder tiefsinnigen Feuilleton-Tussen und von allen, die an einen Gott oder an die Wettervorhersage oder an Autos oder an die Musik von Richard Wagner glaubten. Sabine haßte Wagner, Autos, Wettervorhersagen, Gott, den Tiefsinn des Feuilletons, den Schwachsinn des Militärs und das Gezeter der Abtreibungsgegnerinnen. Sie war eine Prachtfrau und durfte nicht schlecht von ihm denken. Nur eine Kleinigkeit stimmte nicht in ihrer wechselseitigen erotischen Kommunikation: Er war nicht verrückt genug nach ihr, das war es wohl. Und vielleicht war er es nicht, weil sie zu verrückt nach ihm war. Das ließ nicht die nötige Sehnsucht aufkommen.

Endlich rief Viktor die Tscherkessin an. Er wollte ihr sagen: »Telefonsex ja. Telefonterror nein.« Schon nach drei Worten von ihr aber war er weich beziehungsweise hart, und er konnte seine

Einwände nicht mehr vorbringen. Sie belohnte ihn, indem sie heute die Regie übernahm, er brauchte nur zuzuhören und sich beschreiben zu lassen, was er mit ihr anstellte – wüst, was sie wollte. Er sprach kein Wort, sondern stöhnte nur laut und lauter und brüllte schließlich, als es soweit war

»Du bist allein«, sagte sie danach versonnen.

»Richtig«, sagte Viktor.

»Ich muß dich sehen«, sagte sie.

»Ja«, sagte er, »komm, wann du willst, so geht es nicht weiter.« Viktor hatte diesmal keine Gelegenheit mehr gehabt, zu einem Taschentuch zu greifen. Die Hose mußte ausgewaschen werden.

»Ich laß dich jetzt«, sagte sie. Sie sagte es feierlich, als binde sie ihn los – und ein bißchen war es ja auch so.

Auf dem Brief Sabines stand eine E-Mail-Adresse, sehr bequem. Viktor antwortete, daß es ihm passen und er sich freuen würde – und als ihm klar war, daß dies eine Lüge war und er sich in Wahrheit gezwungen fühlte, verwandelte sich plötzlich der Zwang in Lust, und schon war die Behauptung, er freue sich auf sie, keine Lüge mehr. »Bitte, komm nicht in dieser grauen Hose«, schrieb er und löschte den Satz wieder. Sabine ließ sich nichts sagen. Als er die E-Mail abschickte, merkte er, daß er Post hatte. Nicht von Ira, sondern von Selma: »Das Fräulein dankt artig für die Botschaft«, schrieb sie, leider ohne darauf einzugehen, wie ihr die kleine Fahrradvision geschmeckt hatte. »Dafür schenke ich Ihnen folgendes Zitat von Strindberg aus einem Brief, den er an seinen Kollegen Björnson geschrieben hat. August Strindberg im Mai 1884:

›Du muß es wie Ibsen machen, unser Frauenhasser: Setz dich in eine Ecke wie Moses auf den Berg und gib einmal im Jahr ein Wort von dir, und sprich listig so, daß niemand versteht, was du sagst, denn dann liegt das Volk im Staub und betet die Sphinx an. – Oh, ich werde mir Ansehen verschaffen – europäisches sogar, so daß meine Landsleute jedem Knistern in meinen Hemdfalten lauschen und man wird telegraphieren, wenn ich niese!‹«

Viktor war entzückt: Das Zitat war nicht nur extrem modern,

es paßte auch wie angegossen. Er fühlte sich nicht mehr allein. Wer wie er nicht bereit war zu der List, so zu sprechen, daß ihn keiner verstand, für wen klarer Ausdruck die erste Forderung an die eigenen Texte war, der hatte unter einem Mangel an Ansehen und Aufmerksamkeit zu leiden. Wie recht Strindberg hatte, sah man zum Beispiel an Bob Dylan. Dessen listige Verschlossenheit verbunden mit seinen oft rätselhaften Songtexten, lösten konkret das aus, was Strindberg ironisch als die Wahrnehmung jedes kleinen Niesens beschrieb. Wenn Bob Dylan, der auch ein Poet, aber kein Frauenhasser war, hustete, wenn er bei einem Konzert zum Horizont blickte oder in den Himmel, dann wurde darüber schon anderntags tatsächlich telegraphiert, das heißt ferngeschrieben – im Internet nämlich, wo in der Tat von Zufallszeugen berichtet wurde, mit welcher Miene der Meister in Taormina vor seinem Konzert das Bierglas zum Mund geführt und wie er in Dublin nach dem Konzert beim Pinkeln im Pub den Pimmel aus der Hose geklaubt hatte.

Das Zitat des Fräulein Strindberg empfand Viktor wie einen tröstlichen Kuß, und er machte sich sofort daran, ihr zu antworten. Danach, um den Abend nicht so traumselig zu beenden, schrieb er einen Brief an die Tscherkessin und forderte sie auf, bald nach Zürich zu kommen – und um sich selbst über alles klarzuwerden und zwischen all den Techtelmechteln für Trennschärfe zu sorgen, schrieb er ihr vom Fräulein Strindberg, mit der es frühestens in fünf Jahren zu einem Handkuß kommen werde, und von Susanne und dem etwas überflüssigen Normalsex mit ihr – und wie brennend heiß und bar jeder schmachtenden Romantik dagegen der Sex mit ihr, der Tscherkessin, sei und vor allem werden würde, und wie nett es vom Leben sei, daß es nicht nur verschiedenen Brot- und Käsesorten bereithalte, sondern auch die verschiedensten Sorten der Liebe.

Um sechs Uhr früh schlich Viktor leise in die Küche, kochte sich einen Tee und einen Kaffee, weil er auf beides Lust hatte, machte sich ein Brot und lachte in sich hinein, weil nur eine Sorte Brot und nur eine Sorte Käse da waren. Immer wenn er in seinem Arbeitszimmer nächtigte, wachte er sehr früh auf. Der Schlaf auf dem Schreibtischstuhl oder dem engen Sofa war unbequem, aber dennoch erholsam und tief und dauerte nie länger als drei bis vier Stunden. Seltsamerweise erwachte er fast nie zerschlagen, sondern ausgeruht und tatendurstig, mußte sich nicht strecken und gähnen und auf Touren kommen, sondern konnte sofort dort weiterschreiben, wo er in der Nacht eingeschlafen war.

Viktor kaute in der Küche sein Brot und dachte gerührt an die Frühstücke mit Erstexehefrau Ella, die weit über eine Stunde gedauert hatten. Eine längst vergangene Hochkultur, mit Öko-Obsttellern, Öko-Joghurts, Öko-Broten und einer reichen Auswahl an Käsen. Eine falsch gekaufte Marmelade oder ein Sekunden zu lange im Wasser gebliebenes Ei oder auch nur eine unauffindbare Serviette lösten Mißstimmung aus. Und wenn alles in Ordnung war, stellte sich heraus, daß Viktor versehentlich Batteriehuhn-Eier gekauft hatte. Sie schmeckten zwar einwandfrei, aber er hatte damit die kriminelle Tierhaltung unterstützt. Die Ehe hatte nicht halten können. Die Frühstücke mit Zweitexehefrau Ira hingegen waren ein Spuk. Ira erschien mit zwei, drei oder allen vier Kindern, alle löffelten hektisch klekkernd Müsli, und wenige Minuten später machte sich Ira mit den Kindern zu Kindergärten und Schulen auf und rief ihm jeden Morgen den gleichen Satz zu: Sie käme nicht mehr dazu, die Frühstückssachen wegzuräumen, ob Viktor so nett sei und das für sie übernehmen könne. Nichts war gegen Küchenarbeit einzuwenden, wenn dafür himmlische Ruhe einkehrte. Er hörte dann sofort laut die Musik, die er gerade brauchte, und brachte die Küche in Ordnung.

Das war einmal. Nun erschien Ellen und murrte über den kargen Inhalt des Kühlschranks. Es gab aber einen deutlichen Fortschritt: Im Gegensatz zu Ella war kein Vorwurf an Viktor herauszuhören, der als frei flatternder Dichter mehr Zeit zum Einkaufen hätte. Ellen empfand sich mit einer gewissen Genugtuung als schlechte Hausfrau, und da sie genügend Ehen kannte, wo die Männer wegen leerer Kühlschränke Szenen machten, egal wie berufstätig die Frauen waren, wußte sie Viktors Gleichgültigkeit gegenüber Kühlschrankinhalten zu schätzen.

»Hey, Baby!« Viktor imitierte einen Ganoven und wußte selbst nicht, warum er nicht einfach »Guten Morgen, Ellen« sagen konnte.

Ellen kaute ein gestriges Croissant und zog sich mit einer Tasse Tee ins Bad zum Föhnen der Haare zurück. »Die Friedlichkeit sich föhnender Frauen«, war der Titel einer Kampfschrift, die Viktor noch immer nicht geschrieben hatte. Er mochte das Geräusch des Föhns, das heißt, wie jeder normale Mensch war es ihm zuwider, aber je störender die Nebengeräusche, desto ungestörter konnte er sich Erinnerungen und gedanklichen Abschweifungen hingeben.

Einmal hatte Viktor einen großen Fehler gemacht und auf Ellens In-sich-Hineinmurren angesichts der fehlenden Butter gesagt: »Besser ein reiches Liebesleben als ein gefüllter Kühlschrank.« Das war sehr vorlaut und selbstgefällig gewesen. Natürlich hatte Ellen sofort schneidend erwidert: »Davon merke ich nichts« – und mit dieser Bemerkung hatte sie doppelt und dreifach recht. Denn erstens war das eheliche Liebesleben oft ähnlich karg wie der Inhalt des Kühlschranks, zweitens konnte Ellen von Viktors außerehelichen Umtrieben tatsächlich nichts merken, und drittens bestanden diese Umtriebe ja nur sehr selten darin, daß Viktor ständig aushäusig herumhurte. Er fragte sich manchmal, ob das im herkömmlichen Sinn überhaupt ein reiches außereheliches Liebeslieben war, was er da führte. Es bestand zu einem großen Teil aus einem Schmieden von Plänen, einem Hinhalten und Besänftigen, einem ins Auge fassen von Verabredungen, einem Buchen und Stornieren von Zugfahrten und Hotelnächten – und vor allem aus häufigem Telefonieren und Briefeschreiben. Die Verwaltungszentrale dieses Liebeslebens war eindeutig das Arbeitszimmer. Der kleine flache Computer mit seinem dünnen Draht zur Telefondose war das wichtigste Produktionsmittel für diese aufreibende Organisationstätigkeit geworden. Das Gästezimmer mit seinen Papierkartons und den jetzt zum Teil kollabierten Bügelbrettern war der

Lagerraum der Firma Goldmann. Manchmal geschah drei Wochen lang nichts – äußerlich jedenfalls. Eine konzentrierte Hochbeschäftigungsphase mit Überstunden und Selbstausbeutung – ganz offenbar war der Firmenchef mit der Entwicklung eines neuen Produkts oder gar einer Produktpalette beschäftigt. In solchen Phasen erschien Viktor als bedauernswertes, von seinem Beruf zerfressenes Arbeitstier, das über kurz oder lang von dem verdienten Herzinfarkt hinweggerafft werden würde. Es war äußerlich kein Leben mehr, was er da führte, geschweige denn ein Liebesleben, und doch glühte und brannte er innerlich, nicht aber weil er ein neues Buch ausbrütete, sondern weil er mit verschiedenen Frauen haderte und sich versöhnte, weil er wie ein Wahnsinniger schreibend und telefonierend die Flammen anfachte, pornographisch wurde und sich anschließend entschuldigen mußte, weil er zu pornographisch geworden war oder sich entschuldigen mußte, weil er die kühnen Praktiken, die er wortreich in Aussicht gestellt hatte, nicht sofort in die Tat umsetzte. So kämpfte er manchmal einsam in seiner Verwaltungszentrale mit den Gläubigerinnen, die er zu Investitionen aufforderte und denen er Rendite versprach, obwohl die Lage oft undurchsichtig und verfahren oder gar aussichtslos erschien. Die Gläubigerinnen waren gleichzeitig skeptisch und gierig, und auch Viktor war ein skeptischer und gieriger Gläubiger seiner selbst und wußte manchmal nicht mehr, ob er mit seiner Firma am Rand das Abgrunds stand oder schon längst pleite war – oder ob er Gewinn machte. Keine Zeit für Inventur und Bilanzen. Wie jedes Unternehmen lebte auch die Firma Goldmann von Visionen und Krediten und vom Glauben an die Sache. Wie bei jedem Unternehmer bestand auch bei Viktor die Hauptbeschäftigung im Beschwören und Beschwatzen und Beruhigen und Sich-selbst-Mut-Zusprechen, in einem Anreiz-Geben zum Investieren, in einem Sich-selbst-als-glaubwürdig-Darstellen und immer wieder in einem Verschließen der Augen vor der zähnefletschenden Wirklichkeit. Und wie bei jedem expandierenden Unternehmen stellte sich mit jeder neuen Aktivität die Frage, ob sich die Firma mit der weiteren Anschaffung nicht übernommen habe.

Wer keine Ahnung von den Geschäften der Liebe hatte, der hätte meinen können, Viktor habe eine ungewöhnlich asketische Methode, sich literarisch in Fahrt zu bringen. Und es war Viktor nur recht, daß Ellen ihn für einen Phantasten hielt oder zumindest ihren Freunden gegenüber als einen solchen darstellte, als einen lebensfernen Wirrkopf, der sich in seiner Klause meditativ in Liebesgeschichten hineinphantasierte, ohne in Wirklichkeit all das zu erleben, was er beschrieb. Tatsächlich aber konnte er nur über die Liebe schreiben, wenn er sie erlebte, und er konnte sie nur erleben, wenn er sie mitteilte – und wenn seine Mitteilungen echt waren und angemessen erwidert wurden. Und nur weil all diese Liebesgefühle auf Verwirklichung zielten, konnte Viktor Energie und Treibstoff daraus gewinnen. Das Paradox bestand darin, daß die entfachte Liebe oft nicht ungehindert ausgeübt werden konnte, daß gewartet, arrangiert, präpariert werden mußte, weil fast jedem Liebestreffen irgend etwas im Weg stand: eine andere Liebesgeschichte, die Ehe oder die Arbeit – eine Arbeit, die in diesem sonderbaren Fall darin bestand, die Liebe zu Papier zu bringen. Es war vorgekommen, daß er keine Zeit gehabt hatte, Susanne oder Beate oder sogar Rita zu besuchen, weil er noch damit beschäftigt war, aus den vorigen Begegnungen mit Susanne oder Beate oder Rita literarischen Honig zu saugen. Sich spontan in die Arme zu fallen, war eine schöne Illusion – »aber leider nicht mit mir«, hatte Viktor schon des öfteren sagen müssen.

Dieses »Ich muß sofort bei dir sein, ich kann nicht anders« war ein Schlagerwunsch, ein kostbares Gefühl, das man genießen und pflegen, dem man aber nicht nachgeben sollte. Die Kunst der Liebe bestand nach Viktors Ansicht darin, daß beim Warten auf die günstige Gelegenheit die Liebe nicht zum Erlöschen kam, sondern um so erwartungsvoller vor sich hinglühte.

Im Bad verstummte nun Ellens Föhn. Ohne die schützende Geräuschkulisse war es mit der Ruhe vorbei. Unglaublich, wie lange Frauen brauchten, um ihre Haare in Form zu bringen. Unglaublich, wie ruhig es ohne das permanente Pusten war. Das Erholsame am Sinnieren bei Lärm war, daß man die Widersprüchlichkeit seiner Gedanken überhörte.

»Wie ist der Freund von Barbara?« fragte Viktor, als die frischgeföhnte Ellen sich noch einmal kurz an den Küchentisch setzte.

Ellen machte ein Gesicht wie eine Pastorin, die sich über einen unerwarteten Kirchgänger wundert: »Oh, du interessierst dich heute für andere Menschen?« Der Freund sei nicht gekommen, der Film nichts Besonderes gewesen. Sie selbst sei schon um halb zwei wieder zurück gewesen. Viktor aber habe in seinem Arbeitszimmer tief geschlafen, während auf dem Bildschirm das schöne Wort »Tscherkessin« vor sich hingeflimmert habe. »Hast du keinen Bildschirmschoner?« fragte Ellen und kostete noch einmal das Wort: »Tscherkessin – olàlà! Von der hast du wahrscheinlich gerade geträumt.«

»Ist doch besser, als wenn du mich mit ihr in unserem Bett erwischt hättest«, sagte Viktor.

»Ja, Viktor«, antwortete Ellen beherrscht, »ich weiß es, wir führen eine moderne Ehe. Trotzdem, könntest du mich morgens anders begrüßen als mit ›Hey, Baby!‹ Vielleicht etwas – wohltemperierter, etwas tscherkessischer…«

Ellen ging zum Kleiderschrank. Als sie wenig später zu einer zweiten Tasse Tee in die Küche kam, war sie bereits fertig angezogen. Viktor betrachtete sie.

»Ich weiß, ich sehe adrett aus«, sagte sie.

»Machen wir einen Termin«, sagte Viktor und schaute auf die Uhr: »Heute in einer Woche um sechs Uhr fünfundvierzig. Beginn der Aktivitäten in der Küche. Du wieder mit diesem Rock, bitte – und nicht mit Nachthemd oder einem deiner Harlekinpyjamas.«

Ellen schüttelte den Kopf: »Harlekinpyjama? Du verwechselst mich.«

Viktor gestand, daß er alle Pyjamas harlekinhaft fand.

Sie werde deswegen nicht mit dem Kostüm ins Bett gehen, sagte Ellen und stöhnte: »Ich möchte einmal einen Mann haben, der nicht so elend äußerlich ist.«

Viktor war froh, daß Ellen mit dem Stoßseufzer über die

Äußerlichkeit der Männer kam und nicht auf seiner Harlekin-Aversion herumritt. Das hätte er sich nur ungern angehört. Die Antwort erfand er lieber für sein nächstes Buch selbst: Kein Wunder, daß ihr Dichterdeppen keine Harlekins mögt, ihr seid selbst welche, ihr Klassenkasperles, ihr außerparlamentarischen Narren, Ihr Öko-Hanswürste!

Ellen sah aus, als sei sie auf Viktors Einwand gefaßt, der Äußerlichkeitswahn der Männer sei ein Produkt der sich stundenlang zurechtmachenden Frauen und als sei auch sie erleichtert, daß er sie damit nicht traktierte. Sie hatten beiden ihre Gründe, sich an diesem Morgen zu schonen. Die Stimmung war entsprechend sanft.

»Wieso erst in einer Woche?« fragte Ellen.

Viktor hatte den Faden verloren: »Was soll in einer Woche sein?«

Ellen war amüsiert, aber auch halb aufgebracht: »Das gibt's doch nicht! Bist du total verkalkt? Ich dachte, Männer denken immer an das eine! Vor einer Minute hast Du großartig verkündet, in einer Woche werde die große Eheorgie nachgeholt. Wie ein Tscherkessen-Scheich würdest du mir das spießige westliche Bürokostüm vom Leib reißen. So jedenfalls klang das. Ich war schon richtig auf was gefaßt. Und du hast es schon wieder vergessen!«

Viktor war reumütig: »Weil ich in den nächsten Tagen zu tun habe wie ein Blöder.« Sein panisch-gestreßter Gesichtsausdruck war echt: »Ich muß vier Texte fertigkriegen und für den Roman in der Bibliothek recherchieren und die Eindrücke meiner Lesereise fixieren, solange sie heiß sind.«

»Du Armer«, sagte Ellen, »deine tscherkessischen Eindrücke, ja? Und vergiß deine korsisch-jüdischen nicht!«

»Es ist alles ein bißchen viel«, sagte Viktor.

»Jammere nicht«, sagte Ellen, »andere Autoren kriegen keine Aufträge, oder es fällt ihnen nichts ein.«

Viktor machte ein zerknirschtes Gesicht: »Es könnten demnächst auch noch andere Personen hier anrufen und mich ablenken.«

Ellen schlug die Hände besorgt zusammen: »Schreckliche Störungen. Lästige Frauen vermutlich.«

Viktor lächelte: »Sei bitte freundlich zu ihnen, wenn sie sich melden. Sind alle nett und wichtig. Alles …«

»… rein geschäftliche Kontakte«, ergänzte Ellen den Satz.

»So ist es«, sagte Viktor, »sie sollen Nummern hinterlassen, ich rufe zurück.«

»Klar, Chef, wie üblich«, sagte Ellen, wackelte mit dem Hintern und ging. Indem sie sekundenlang die Sekretärin spielte, brachte sie bei aller Ironie mit diesem Abgang ohne ein Wort der Kritik ihre Verärgerung über Viktors Lebensweise, vielleicht sogar ihre Verachtung, zum Ausdruck. Immerhin keine Bitterkeit wie Erstehefrau Ella, auch keine kalte Wut wie Zweitehefrau Ira. In solchen Augenblicken fand Viktor es schade, daß er nicht fragen und erfahren konnte, was Ellen von ihm hielt. Ihr sicher ziemlich hartes Urteil hätte ihn interessiert. Aber sie sprachen nicht über ihre Ehe und schon gar nicht über das, was sich möglicherweise außerhalb dieser Ehe abspielte, jedenfalls nicht ernsthaft. Ernsthafte Gespräche über die Qualität der Ehe seien der Tod jeder Ehe, hatte Viktor seinerzeit verkündet, als Ellen und er vorsichtig die Vor- und Nachteile einer Heirat erwogen hatten. Ellen war damals von der Ehe mit einem Psychiater geschädigt gewesen, und Viktors Ablehnung all dessen, was ihr Vorehemann privat und beruflich ständig ausübte, nämlich Offenheit bis auf den Grund der Seele, hatte sie faszinierend gefunden. Freunde, die sich gelegentlich nach dem Geheimnis der Unbeschwertheit von Ellens und Viktors Ehe erkundigten und vermuteten, das Ehepaar habe Stillschweigen vereinbart, wurden von Viktor belehrt, daß es keine solchen Vereinbarungen gebe. Tatsächlich war nicht einmal darüber ein Gespräch zustande gekommen. Das hätten beide stillos gefunden. Ein Ehepaar, das eine Vereinbarung getroffen hat – pfui! »Wir haben vereinbart, uns gegenseitig alle Freiheiten zu lassen und keine Fragen zu stellen.« Ein ganz und gar unakzeptabler Talkshowsatz, mit dem sich provinzielle Angeber selbstgefällig outeten. Niemals würde ein solcher Satz über Viktors oder Ellens Lippen kommen. Schon der Ausdruck »offene Ehe« war verlogen. Die Kunst ihrer Ehe bestand darin, daß solche Vereinbarungen galten, ohne daß man sie je formulieren mußte. Das Schweigen, das viele Menschen als den schleichenden Tod der Ehe empfanden, war für Viktor die Basis eines halbwegs glücklichen Zusammenlebens. Das Schweigen hielt die Spannung aufrecht, sorgte für die nötige Unsicherheit und die noch dringend nötigere Fremdheit. Ella hatte darunter gelitten, daß Viktor nicht zu Aussprachen bereit war. Für sie war das berühmte »gegenseitige Vertrauen« das Wichtigste an der Ehe. Als sie das als junge, vielleicht erst vierundzwanzigjährige Ehefrau einmal verkündet hatte, war der vielleicht achtundzwanzigjährige Viktor in einem vollbesetzten Lokal vor ihr auf die Knie gefallen und hatte sie theatralisch angefleht, von diesem »triefenden Glauben« abzulassen. Allein ein kultiviertes Mißtrauen, verbunden mit einer vorgeschobenen Gleichgültigkeit seien die Schlüssel zu einer erfolgreichen Ehe. »Glaub mir nie, vertrau mir nie, ich bitte dich!« Mit Ira war es anders. Sie neigte zu Aussprachen, in denen sich die psychologischen Klischees türmten: Sie beanspruchte eine »Totalität« der Gefühle, forderte andererseits ein »Lockerlassen« – und im übrigen hatte »die Arbeit an der Beziehung« möglichst »intensiv« zu sein, dann war es »okay«. Mit einer anderen Frau hätte es Viktor schon wegen der Wortwahl nicht ausgehalten. Wenn Ira aber mit ihren grünen Augen funkelte, hatte er sie begehrenswert gefunden, und es reizte ihn der Versuch, sie mit Sex zu überwältigen und zum Schweigen zu bringen.

Aussprachen waren mit Ellen nicht zu befürchten. Als Anwältin war sie im Schweigen schon von Berufs wegen geübt, allerdings auch im Fallenstellen und unmerklichen Aushorchen. Viktors und Ellens gemeinsame sexuelle Ehe-Aktivitäten mochten unter den Durchschnitt liegen, jedenfalls wenn man den verlogenen Umfrageergebnissen glaubte, und es war anzunehmen, daß ihnen beiden das durchaus so recht war. Dennoch konnte es Ellen nicht lassen, über die schwindende Manneskraft bei Männern über Vierzig zu spekulieren und ihnen pauschal Desinteresse an der Liebe zu unterstellen. Als Viktor frisch verliebt in

Susanne und die Prinzessin Aza gewesen war und aus nichts anderem als aus Sex und Eros bestand, hatte er diese Bemerkungen besonders schwer ertragen können – aber er hatte mannhaft geschwiegen –, wie er auch jetzt über seine wahren Gelüste auf die Nasenring-Tina und die Tscherkessin und über den irgendwie auch reizvollen Sexualstreß angesichts der Wiedergutmachungsnacht mit der wiederaufgetauchten Sabine Schweigen bewahren würde.

Manchmal war es schwer für Viktor und Ellen, sich zu verständigen. Sie belogen sich nicht, sie wichen spielerisch aus. »Vielleicht sollten wir einen Tag im Jahr ausmachen, an dem wir uns die Meinung ins Gesicht sagen«, hatte Viktor einmal vorgeschlagen. »Sieh einer an«, war Ellens Antwort gewesen, »unser armer Poet wird weich.« Und dann hatte sie nadelspitz hinzufügt: »Vielleicht am Silvestertag oder am Weihnachtsabend, ja?«

Einmal sagte Viktor im Ton eines Psychotherapie-Patienten: »Ellen ist eine so kluge und kritische Frau, manchmal wüßte ich zu gern, was sie von mir hält.« Auch dies war die Wahrheit. Im Schutz der Geselligkeit konnte man damit herauskommen. Wenn Ellen ihm dann später einmal in einem ihrer seltenen Anflüge von Verdrießlichkeit vorhielt, er interessiere sich zu wenig für sie, sei nicht zärtlich und nehme überhaupt nichts mehr ernst, erinnerte er sie an diese Bemerkung, die ein durchaus ernstzunehmender und zärtlicher »Hilferuf« gewesen sei, um ihre wechselseitige Kommunikation wieder in Gang zu bringen.

Die Ironie machte das Leben mit Ellen angenehm. Das Problem war nur, daß Ironie nicht nur Liebe erzeugte, sondern auch Liebe verhinderte. Wenn es zur Sache ging, mußte die Ironie ausgeschlossen werden. Denn Ironie und Erotik waren keine gute Mischung. Ironie war eine Wohltat. Sie machte das Leben und vor allem das Zusammenleben leichter. Beim Sichkennenlernen und Sichnäherkommen und Sichverlieben aber spielte die Ironie kaum eine Rolle. Und diese Abwesenheit der Ironie war dann auch eine Wohltat. Die Gefühle waren noch völlig unverdreht. Ungeschliffene Naturstücke. Deswegen vielleicht die Notwendigkeit, sich immer wieder zu verlieben. Zumindest ironische

Menschen brauchten womöglich diese Läuterung. Denn gerade die Liebe, die der ahnungslose Volksmund gern als ein schönes, aber auch seltsames Spiel bezeichnet, war für Viktor alles andere als ein Spiel, sondern eine ernstzunehmende Kostbarkeit. Manchmal gelang es ihm nicht, die Ironie rechtzeitig abzustreifen, wenn er sich Ellen erotisch zu nähern suchte. Dann stieß sie ihn mit den Worten zurück: »Du bist nicht echt!«

Oh, herrliches Geheimnis!

In den nächsten Tagen hatte Viktor mit einem Literaturagenten in München etwas zu besprechen, der sich vorstellen konnte, einmal ein Buch mit Viktor Goldmann zu machen. Viktor konnte sich das nicht vorstellen. Nachdem es auf dem deutschsprachigen Buchmarkt lange als verpönt und unseriös, als Verrat an der Hochkultur und als materialistische Unsitte angesehen worden war, wenn sich Literaten von Literaturagenten vertreten ließen, galt es auf einmal als schick, gewinnbringend und hochprofessionell. Zwar hatte Viktor eine Schwäche für das Unseriöse und für Attacken gegen die Hochkultur, Professionalität und Schick aber waren ihm ebenso zuwider. Er glaubte nicht, daß ein Agent für ihn das Richtige wäre.

Dennoch folgte Viktor der Einladung. Es konnte nicht schaden, sich mit Leuten zu unterhalten, die mit einem Geld verdienen wollten. Auch war es eine gute Gelegenheit, nach München zu fahren, zwei oder drei Tage in einem standesgemäßen Hotel zu hausen und sich endlich einmal wieder in Adrians Plattenladen mit Jazz einzudecken und dabei mit dem Freund exzessiv über Musik zu sprechen. Die Versuchung war groß, dem Fräulein Strindberg die Frage zuzuschieben, ob sie sich vorstellen könnte, ihn zu begleiten? Selbstverständlich getrennte Hotelzimmer – pah: wenn sie es wünsche, getrennte Hotels. »Ich würde so gerne einmal nicht immer nur viertelstundenweise in der Bibliotheks-Cafeteria mit Ihnen plaudern, mein Fräulein, sondern stundenlang bei einer Zugfahrt.« Nein, er würde nicht plaudern. Sie sollte ihm von ihrem Freund und den Komplikationen erzählen, und er würde aufmerksam zuhören und nur ab und zu wertvolle Kommentare abgeben. Er würde ihr beweisen, daß er kein Egoist wäre. Viktor widerstand. Mit einer Zustimmung wäre ohnehin kaum zu rechnen. Obwohl der Vorschlag die Sache mit dem Fräulein Strindberg aus der Behaglichkeit des allzu unverbindlichen Geplänkels herausgeholt und ein wirkliches Verlangen sichtbar gemacht hätte.

Schwerer fiel es Viktor, der Tscherkessin nicht einfach eine Fahrkarte zu schicken und dazu einen Zettel: »Das Hotelzimmer ist auf unsere beiden Namen gebucht.« Es würde sehr aufregend sein, das Zimmer eines noblen Hotel zu betreten und sich zu fragen, ob die Tscherkessin das Gemach bereits bezogen hatte. Wie eine Beduinen-Prinzessin im Zelt würde sie vielleicht auf ihn warten. Oder nachts in diesem Zimmer zu liegen – und plötzlich geht die Tür auf und die Tscherkessin erscheint! Es war verrückt, auf diesen Auftritt zu verzichten. Viktor war sich völlig sicher, daß die Tscherkessin kommen würde, wenn er sie aufforderte, nach der telefonischen Annäherung hätte sie das Angebot nicht abschlagen können.

Die Überleitung von Telefonsex zum Realsex in München zu feiern, wäre vernünftiger, als in Zürich auf das Eintreffen der heiß begehrten Orientalin zu warten, zumal Besuche von der Nasenring-Tina und von Sabine anstanden. Er würde auch unmöglich mit der Tscherkessin in Zürich in dasselbe Hotel gehen können wie mit Sabine, wobei er mit Sabine nicht in dasselbe Hotel würde gehen können wie mit der Nasenring-Tina, falls es mit dieser so weit käme. Das geeignetste Hotel von allen war das, was er mit Susanne gelegentlich benutzt hatte. Aber das kam nicht in Frage. Er hatte keine Lust, von Züricher Hotelleuten für einen Hurenbock gehalten zu werden.

Logistisch war Viktor etwas überfordert, aber bisher hatte sich noch immer alles gefunden und improvisatorisch meistern lassen. Er wollte sich nicht verzetteln. Keine Frauengeschichten in München. Er wollte sich dem Jazz widmen und endlich einmal wieder ausschlafen, um in Zürich dem Ansturm der Frauen ausgeruht standzuhalten. Mit Dreißig war es noch kein Problem gewesen, nach einer 140-Stunden-Woche am Schreibtisch eine Liebesnacht durchzustehen, mit Anfang Vierzig neigte man zum Einschlummern nach der ersten Runde, und das war nicht der Sinn einer Liebesnacht.

In solchen Augenblicken der Überlastung wünschte sich Viktor manchmal, ein anderer zu sein. Anders gestrickt, anders tikkend, einen anderen Beruf oder wenigstens andere Bücher als solche, die sein Lotterleben nicht nur begünstigten sondern geradezu nötig machten und ständig legitimierten. Nicht immer hysterisch seine Herzkammern aufreißen. Es hatte doch so verheißungsvoll begonnen mit seiner Motorradfahrt durch Argentinien und Ella hintendrauf. Sein Reisebericht war damals gerühmt worden. »Eine neue Stimme!« Was will man mehr. Warum hatte er nicht Reiseschriftsteller bleiben können, der seine Entdeckerlust in fremden Ländern befriedigt? Eine große Liebe im Leben, so fraglos, daß man nicht darüber spricht und nicht darüber schreibt. Man lebt diese Liebe einfach – und fertig. Im übrigen lebt man diskret und weiß bestens über die Verschuldung der Dritten Welt und das Schwinden der Trinkwasserressourcen Bescheid – und darüber, was die arabischen Bevölkerungsmilliarden nun wirklich wollen. Ab und zu schreibt man ein feierliches Gedicht.

Dieser Zug war abgefahren, eine würdige Biographie verpaßt. Es blieb Viktor nur die Chance, die kleinen dummen Fehler der kleinen Firma Goldmann nicht zu wiederholen und einigermaßen anständig so weiterzumachen wie bisher.

Einer der Fehler seines lotterhaften Lebens war es früher gewesen, vor Rendezvous nicht für ein Hotel gesorgt zu haben. Jahre lag es zurück, noch in der Ella-Ehe, und noch immer schmerzte die Wunde: Eine Lesung in einer Burg, in einem Wasserschloß bei Frankfurt, war der Auslöser für eine schreckliche Niederlage gewesen. Zwischen hundert wohlgelaunten und sympathischen mitteleuropäischen Gesichtern war sie dagewesen, dic Frau, die Viktor, dem Rassisten, sofort ins Auge fiel: nicht wohlgelaunt und nicht mitteleuropäisch war sie gewesen, sondern stolz und in sich gekehrt. Direkt aus einem Bild von Gauguin entsprungen, »Te Faturuma« vielleicht – »die Verdrossene«. Und das in einer hessischen Wasserburg. Nach der Lesung, bei der sich Viktor so brillant wie möglich zu geben versuchte, wollte er mit ihr reden. Aussichtslos. Sie war nur Rücken. Schöner Gauguinscher Südsee-Rücken allerdings. »Sie sind die einzige, die mich hier interessiert«, hatte Viktor ihr zugeflüstert. Kein Lächeln, nichts.

Etwa eine Woche später ging es in der Frankfurter Wohnung hektisch zu. Viktor hatte Ella ein neues Klavier geschenkt, um das alte Nazizeit-Möbel nicht mehr sehen zu müssen. Ella hatte sich entschieden, das alte Klavier einem armen jüdisch-russischen Pianisten zu schenken, damit er hier in seiner neuen Exilheimat fleißig üben konnte. Der Pianist kam mit drei russischen Mathematikprofessoren und zwei polnischen Gartenbauarchitekten, und sie berieten laut, wie das Klavier aus der Wohnung geschafft werden könnte, während Ella von den Gartenbauarchitekten Tips zur Beschneidung des Flieders haben wollte. In diesem Augenblick klingelte das Telefon. Die Stimme klang fremd, vermutlich eine Russin oder Polin, die einen dieser akademischen Klavier-Transporteure sprechen wollte. Doch verständnislos wurde der Telefonhörer von den Slawen wieder an Viktor zurückgegeben. Die Anruferin drückte sich ungeschickt aus, der Ärger auf ihr schlechtes Deutsch machte sie aggressiv. Viktor verstand ihr Anliegen nicht und bat, sie möge etwas später noch einmal anrufen. Da sagte sie: »Wasserburg, weißt du nicht mehr?« Und dann: »Da, wo ich herkomme, rufen die Frauen die Männer nicht an. Es ist mir nicht leichtgefallen. Ich bin eine verheiratete Frau. Ich werde nicht noch einmal anrufen.« Sie sprach langsam, als würde sie die Sätze ablesen. Da, wo ich herkomme – war das nicht sogar der Titel eines Bildes von Gauguin? »Wo bist du?« fragte Viktor – auch so könnte ein Gauguin-Bild heißen. Sie war in einer Telefonzelle. Telefonzellen hatte es bei Gauguin noch nicht gegeben. Sie war in Frankfurt. Morgen auch noch. Sie könnten sich morgen treffen. »Wo treffen wir uns?« Was mochte das in ihrer Sprache heißen? Viktor nannte ein Lokal. Die Russen schleppten das Klavier weg, und der Beschenkte bedankte sich nicht einmal – und weil er ein armer jüdischer, genialer russischer Emigrant war, wagten Ella und Viktor nicht, ihm seine Unhöflichkeit zu verübeln. Viktor suchte dann alle Gauguin-Bücher zusammen und nahm sich vor, morgen mit der Frau aus der Wasserburg eine Unterhaltung in der Tahiti-Sprache zu führen. Es gab Dutzende von Bildern Gauguins mit Titeln, die sich für eine kleine Konversation eigneten – »Parau Parau« hieß »die Unterhaltung«. Viktor schrieb sich die brauchbarsten Sätze auf:

nava nave mahana – ein herrlicher Tag!
ia orana – sei gegrüßt!
te arii vahine – vornehme Frau aus Tahiti
noa noa – oh, du Duftende!
fatata te pape – angelehnt an den Fluß

Wenn er das hintereinander hersagen würde, klänge das ziemlich gut: »nava nave mahana – ia orana – te arii vahine – noa noa-fatata te pape.« Und diese schönen Laute hießen dann so etwa: »An diesem herrlichen Tag begrüße ich die duftende und vornehme Tahitianerin aus der Wasserburg.« Denn was war eine Wasserburg anderes als an einen Fluß gelehnt? Ein wichtiger Konversationsbrocken war noch: »ua pete enata«. Den Satz sollte er vorsichtshalber parat haben. Konnte ja sein, daß der Mann der vornehmen Frau auftauchte und die Pistole zog. Dann würde die Tahitianerin aus der Wasserburg ihn mit den Worten umarmen: »ua pete enata« – das hieß: wir sind verloren. Und dann wäre es endlich aus mit Viktor Goldmann. Im Fall eines Weiterlebens ließen sich noch folgende Bildtitel Gauguins zur Bereicherung des Gesprächs heranziehen:

no te aha oe riri – warum bist du böse?
faturuma – Schmollende, Verdrossene!
nave nave moe – oh, herrliches Geheimnis!
parau api – gibt es Neuigkeiten?
aha oe feii – oh, du bist eifersüchtig!

Bestens vorbereitet und begeistert traf Viktor anderntags die unbekannte Fremde. Sie hatte wenig von einer entspannten Madame am Wasser, sondern wirkte immer noch verschlossen – »vahine faturuma« – die verdrossene Frau. Sie kam auch nicht aus Tahiti, sondern aus Venezuela. Sie hatte einen deutschen Ingenieur geheiratet, der viel unterwegs war. Sie wohnte außerhalb Frankfurts und langweilte sich. Viktors Gauguin- und Tahiti-Studien erheiterten sie kein bißchen – vermutlich kam sie aus der Oberschicht und empfand die unterstellte Ähnlichkeit mit eingeborenen Frauenzimmern aus der Karibik sogar beleidigend. Am ärgerlichsten wurde sie, als Viktor nach dem Kaffee leichthin à la Gauguin fragte: »Was machen wir jetzt?« Wie sich herausstellte, war sie davon ausgegangen, daß Viktor ein Hotelzimmer reserviert hatte und ihm durchaus klar war, was jetzt zu machen sei. Was Viktor nicht gewußt hatte: Wenn eine lateinamerikanische Frau soweit ging, von sich aus einem Mann eine Verabredung anzubieten, dann schien das eine Art Notruf und zugleich eine sittenwidrige Ungeheuerlichkeit zu sein, die im Klartext nichts anderes hieß als: Liebe machen! Ich will Liebe machen! Akzeptierte man die Verabredung, hatte man natürlich für ein Bett zu sorgen, auf dem man Liebe machen konnte und nicht für eine neckische karibische Phantasiesprache.

Lange war das her, aber so tief saß das Trauma, diese schöne, stolze Venezolanerin enttäuscht zu haben und ihr als romantischer Narr erschienen zu sein, daß Viktor sich nie mehr mit Frauen treffen wollte, ohne auf alle Fälle ein Hotelzimmer reserviert zu haben. Viel Geld hatte er im Lauf der Zeit für diese Sicherheitsmaßnahme umsonst ausgegeben. Ira war die einzige, die sich davon beeindrucken ließ – allerdings war die Sache bei ihr nicht ganz so eindeutig. Sie war und blieb eine Prinzessin. Sie ließ Viktor nur zu sich in ihr Amsterdamer Bett, wenn er ihr zu erkennen gab, daß er für sich allein ein Hotelzimmer bestellt hatte. Damit bewies er, daß er nicht nach Amsterdam gekommen war, um mit ihr zu schlafen – und zur Belohnung durfte er eben das tun. Viktor hatte Iras Verdrehtheit früher gehaßt, und sicher war diese Unart auch einer der hundert Scheidungsgründe gewesen, jetzt aber begeisterte und reizte ihn die schamlose Offensichtlichkeit, aber auch die innere Notwendigkeit dieses Spielchens. Es ging nicht anders. Nur dann fuhr Ira, wie sie es nannte, auf ihn ab. Nur dann wurde sie hemmungslos heiß, wenn er sein Begehren zeigte und gleichzeitig gentlemanlike und glaubhaft so tat, als wolle er sie nicht mit seiner brachialen Lust belästigen. Genau dann wollte sie brachial belästigt werden. Es war ein Pokerspiel. Er mußte bluffen bis zum Äußersten, sich verabschieden, leise seufzend, aber auch voller Verständnis über ihre Zickigkeit nach seiner Reisetasche greifen, völlig unbeleidigt und souverän »Ade« sagen und zur Tür gehen. Nur dann bestand die Chance, daß sie ihm hinterrannte und ihn zurückzerrte. Was sich dann abspielte an weiblicher Entladung, entschädigte ihn allerdings nicht nur für teure ungenutzte Hotelzimmer, sondern auch für Reisen, die nicht zu dem erhofften Ergebnis geführt hatten. Die Ehe mit einer solchen Frau hatte so nicht funktionieren können, als kapriziöse Geliebte aber war Ira eine Wohltat. Viktor konnte sich ihr vollkommen anvertrauen, jedes tscherkessische Telefonsex-Detail würde er ihr auf Spaziergängen berichten, und bis zu seinem nächsten Besuch in Amsterdam würde es ja wohl zu ganzkörperlichen Begegnungen mit der Tscherkessin gekommen sein, die sich Viktor allerdings derart verworfen vorstellte, daß man sie Ira vielleicht doch nicht in allen Einzelheiten würde erzählen können.

Der Agent in München versuchte Viktor einzureden, daß es an der Zeit sei, einen Roman zu planen, der die Abenteuer eines modernen Casanova beschreibe, überall gebe es Remake und Remix, jetzt sei es Zeit für »Casanova Remix« oder »Casanova 2000« oder etwas in der Art. »Wie kommen Sie auf mich?« fragte Viktor mißtrauisch. Der Agent antwortete auf diese Frage nicht, sondern nannte nur eine utopische Summe. Dafür müsse Herr Goldmann allerdings nicht einen Casanova-Roman schreiben, sondern drei. Trilogien, lange verschmäht, seien wieder im Kommen. Er sehe keine Schwierigkeit, sagte der Agent in gestelzter Anerkennung, für eine von »einem Viktor Goldmann geschriebene« Casanova-Trilogie ein seriöses Verlagshaus zu finden und ein Sümmchen herauszuhandeln, von dem Herr Goldmann mehr als drei Jahre höchst bequem werde leben können. Viktor dachte an seine Lebenshaltungskosten, an die fast nur als Bücheraufbewahrungsgehäuse dienende Wohnung in Frankfurt, an die ungenutzten Hotelzimmer, an die Flug- und Bahntickets, mit denen er schon so manche Frau zu locken versucht hatte und die nicht immer benutzt worden waren. Er lächelte freundlich und ließ den Mann noch so lange reden, bis er genug O-Töne und Kolorit für den Auftritt eines Literaturagenten in irgendeinem nächsten Roman zusammen hatte, dann besuchte er Adrian in seinem Jazz-Plattenladen.

Seitdem Adrian von seiner letzten Freundin verlassen worden war, hatte er noch immer keine neue Frau gefunden. Er war noch dicker geworden, und weil ihm keine Gefährtin sagte, wie furchtbar es klang, hatte er sich ein neurotisches Schniefen angewöhnt, das jeden, der es hörte, auch sofort neurotisch machen und gegen Adrian einnehmen mußte. »Wenn du das nicht abstellst, findest du nie eine Frau«, sagte Viktor. Dann hörte er drei, vier Stunden die Platten, die Adrian ihm wie exotische Gerichte kredenzte.

Adrian war der einzige Mann, dem er sich einigermaßen anvertrauen konnte. Mit anderen Männer sprach er nicht gern über Frauen. Manche Männer wurden derb, wenn sie betrunken waren und redeten auf eine Art über das Vögeln, daß man tagelang an diese Tätigkeit nicht mehr denken geschweige denn sie ausüben mochte, und es half nichts, wenn man den Grobian zur Strafe sofort allein ließ mit seinem Drink und seiner Penetrationsprahlerei. Männer dieser Art waren allerdings seltener geworden, aber noch immer gab es sie, noch immer kam es vor, daß unerwartet aus dem dunkelgrauen Anzug eines Schöngeists solcher archaischer Schund hervorbrach. Schlimmer und häufiger aber waren die Männer, die, angesteckt von Viktors Minnesang, nun in Flötentönen von den Frauen sprachen und all die Grazien anhimmelten, von denen sie nicht erhört wurden. Diese Männer waren die wahren Rivalen. Denn das Anhimmeln war Viktors

Ressort, und er mochte es nicht, wenn andere Hirsche sich zu ihm gesellten, den Kopf in den Nacken legten und inbrünstig mitröhrten. Verliebte Männer wirkten oft lächerlich, und Viktor wollte auch zu dieser Spezies nicht gehören, die schon das Wort »Frauen« mit Kennermiene so aussprachen, als handle es sich um zerbrechliche Porzellan-Elfen und das Wort »Liebe« so, daß es gleich nach Frühlingsblüten roch. Dann verstummten sie mit verklärtem Lächeln und sahen aus wie Orchideenzüchter oder Schmetterlingssammler. Wenn Männer Frauen vor Augen hatten, konnte ihr Schweigen und Schmachten und Schwelgen und Schwärmen unausstehlich sein. Aus diesem Grund sprach Viktor lieber mit Frauen über Frauen. Selbst Gespräche über das Ficken hatten mit Frauen nie einen unangenehmen Beigeschmack. Man durfte natürlich nicht zu verliebt von anderen Frauen erzählen, das war taktlos und konnte zu Verstimmungen führen. Andererseits kitzelte es auch die Eifersucht und erotisierte die Gesprächssituation. In einem seiner Romane hatte Viktor einem Frauenhelden eine seiner vielfältigen Erkenntnisse in den Mund gelegt: »Erzählt man Frauen seine vergangenen Liebesgeschichten, verscherzt man es sich bei den einen – und die anderen gewinnt man eben dadurch.« Die Tscherkessin hatte äußerst interessiert und angeregt auf seine Frauen-Geschichten reagiert, Ira hatte einigen Sinn dafür, wenn man nicht übertrieb, und selbst Ellen, die allen, die sie kannten als »starke Frau« galt, hatte sich seinerzeit ziemlich amüsiert, als er ihr viele Stunden lang ziemlich detailliert von den Ehen mit Ella und Ira und den dazugehörigen Liebschaften erzählt hatte, um sie vor sich warnen.

Zustimmung war das letzte, worauf Viktor aus war, wenn er seine Ansichten und Argumente gegen die bürgerliche Ehe und die Treue auspackte. Kaum kam Beifall, fühlte er sich mißverstanden. Unglaublicherweise schien selbst Ellens Schwester, die doch keine Ahnung von seinem Lebenswandel haben konnte, Toleranz zu signalisieren, indem sie den Satz eines lateinamerikanischen Schriftstellers zitierte, wonach ein Mann zwar nicht mit allen Frauen der Welt schlafen könne, es aber unbedingt versuchen müsse. Anzunehmen, daß Ellens Schwester damit nicht auf Viktors wirkliches Treiben, sondern wohlwollend auf das seiner Romanfiguren anspielte. Viktor aber, der keinen Unterschied machte zwischen seinen Ansichten und Gefühlen und denen seiner Romanfiguren, glaubte in diesem Augenblick, den leicht hingesagten Satz kommentieren zu müssen, als handle es sich um eine bedeutungsschwere Aussage. Und in die gute Laune und das fröhliche Lachen hinein hatte Viktor mit groteskem Ernst spielverderberisch gesagt, daß es ihm auf die Fickerei am wenigsten ankomme, daß er dieses Latino-Bonmot machomäßig blöd fände, weil allein die Liebe zähle und nicht die Ejakulation.

Adrian aber war der ideale Zuhörer. Von ihm war keine Zustimmung zu erwarten. Er war vollkommen monogam und also voller kritischer und nützlicher Einwände gegen Viktors Vielweiberei. Weil er, obwohl er ein wahrer Teufelsgeiger war, nicht so viel Glück bei den Frauen hatte wie Viktor, konnte ihm dieser nicht enthemmt von seinen Eroberungen berichten, das wäre taktlos gewesen. Er fühlte sich gezwungen, möglichst selbstkritisch und bescheiden zu erzählen – ein heilsamer Zwang, denn dabei relativierte sich schon bei der Berichterstattung manch lodernde Flamme auf ein natürliches Maß. Jedesmal, wenn er Adrian traf, war Viktor gezwungen, seine Entflammbarkeit mit neuen Argumenten zu verteidigen. Immer bemühte er neue Beispiele, um die Vielfalt der Liebe mit der Vielfalt der Musik zu vergleichen, auf die kein musikalischer Mensch verzichten könne. Schließlich favorisiere man auch nicht ein Leben lang einen Musiker. Der eine sei rauh, der andere sanft, der eine heiß, der andere cool. Der eine rase und tobe schräg, der andere schmeichele harmonisch. Hunderte von Göttern, Zigtausende von Titeln und keine Treue. Es gäbe keinen einen Sound für sein eines Leben. »Kein Mensch hat nur eine Lieblingsplatte«, sagte Viktor. Er bat Adrian, ihm doch bitte endlich zu erklären, wieso die Milliarden von angeblich in glücklicher Monogamie treu vor sich hinlebenden Menschen nichts lieber hörten als Kunstlieder, Volkslieder, Schlager, Rock-Songs, Pop-Songs, Jazz-Songs, die zu neunzig Prozent von nichts anderem handelten als von den Freuden und Qualen des Sichverliebens und ganz gewiß nicht von einem zufriedenen Dasein in pantoffelhafter Partnerschaftsharmonie. Eben dies sei doch ein Zeichen dafür, daß all die Milliarden menschlicher Pantoffeltierchen nichts anderes bewege als die Sehnsucht nach neuer Liebe.

Solche flachen Reden waren nichts als Hilferufe, mit denen Viktor Adrian bat, endlich nachzufragen, wie es mit seinem, Viktors Liebesleben, zur Zeit bestellt sei. Von sich aus konnte der Reiche dem Armen schlecht mit den Leiden der Wohlhabenden und den Problemen der Vermögensverwaltung kommen. Adrian war an Viktors Liebesgeschichten zwar interessiert, aber es war klar, daß er den Freund etwas zappeln lassen mußte. Endlich erbarmte er sich und fragte: »Was macht die Liebe?«

Wobei er sich die Bemerkung nicht verkneifen konnte, Viktor habe trotz seiner vielen Bücher noch immer nicht begriffen, das Kunst Sublimation sei und das Wesen der Sehnsucht die Unerreichbarkeit. Viktor sagte, seine Schreiberei diene ausschließlich dem Zweck scheinbar unerreichbare Frauen erreichbar zu machen.

»Fang schon an«, rief Adrian daraufhin unvermittelt und fügte hinzu: »Nur die Neuzugänge, bitte, ich habe nicht viel Zeit.

Als Viktor dann von der Nasenring-Tina, von der Tscherkessin und dem Fräulein Strindberg berichtete, fingen seine Gefühle an, sich zu ordnen, und er merkte selbst im Verlauf seiner Erzählung, was ihm zuvor nicht klar gewesen war: daß die Nasenring-Tina nie eine große Liebe werden würde. Das gleiche galt zu seiner Erschütterung von der Tscherkessin. Diese Frau hatte als erträumte kaukasische Windsbraut und dann als echte korsische Jüdin sofort alle Adorations-Elemente in Viktors Seele mobilisiert. So wie sie aussah, war sie bestens geeignet, um die Helden dreier Romane sich nach ihrem literarischen Ebenbild verzehren zu lassen – zusammen mit ihrem Autor. In der überraschenden Wirklichkeit aber hatte sich sehr rasch herausgestellt, daß diese Frau von literarischen Träumereien nicht allzu viel hielt und nicht das Objekt von jahrelanger Poetensehnsucht sein wollte, sondern die handfeste Geliebte eines Mannes, mit dem man sich besser und vor allem obszöner unterhalten konnte als mit ihrem Mathematikprofessorgatten. Doch mit der Unterhaltung war es nicht getan. Ganz klar, daß die Tscherkessin keine Frau war, die sich lang vertrösten lassen würde. »Parler d'amour c'est blabla«, hatte sie einmal gesagt. »Sie wird mir guttun«, sagte Viktor zu Adrian, »aber sie ist eigentlich nur eine enthemmtere, orientalische, ein paar Jahre jüngere Variante von Ira.«

Adrians Geduld war langsam am Ende.

»Neulich in der Bibliothek...«, sagte Viktor, und Adrian ergänzte sofort in einem Ton, in dem Erwachsene Kindern Märchen erzählen: »... da, da, zwischen all den vielen, vielen Bücher, saß SIE, die schönste Frau, die Viktor je gesehen hatte. Ihr Haar war noch schwärzer als das der Tscherkessin, und sie war nur halb so alt.« Adrian sprach jetzt im Tremolo der falschen Ergriffenheit: »Blutjung war sie. Da war Viktor nicht mehr zu halten. Rebecca und Ellen und fünfhundert andere Frauen waren vergessen. Er kniete vor ihr nieder und hielt um ihre Hand an...«

Trotz dieser Parodie auf seine Entflammbarkeit, war es Viktor bald klar, daß er überraschenderweise für das unnahbare Fräulein Strindberg, bei dem seine Chancen gleich null waren, am meisten Liebesgefühle übrig hatte. Sie war wirklich geheimnisvoll, mit ihr zu leben konnte er sich vorstellen.

Adrian war überrascht: »Mit ihr zu leben?«

Viktor klärte ihn auf: Die Vorstellung, mit einer Frau zusammenleben zu können, sei eine Art Liebesgradmesser, eine Grundvoraussetzung. Eigentlich wolle er nur mit Frauen zu tun haben, mit denen er sich vorstellen könne, monogam und glücklich zu leben.

»Aha«, sagte Adrian, »du bist auf dem richtigen Weg, mein Sohn.«

»Ja«, sagte Viktor und gestand, zwischendurch durchaus von der Monogamie zu träumen: Es müsse wunderbar sein, wenn einem keine andere Frau mehr den Kopf verdrehe. Ein himmlisches ruhiges Leben. Nur leider ein Wahnwunsch. Die grausame Realität sorge dafür, daß man sich drei oder vier, oder auch ein oder zwei oder drei Dutzend Mal in seinem Leben verliebe und daß es dann ziemlich kompliziert werde. Viktor nickte seinen eigenen Gedanken zu. Deswegen haßte er die Kritiken feministischer Rezensentinnen und noch mehr die von eilfertigen feministischen Rezensenten, die seine Romane als Männerphantasien belächelten. Es war die pure Wirklichkeit, zwischen verschiedenen Liebschaften hin und her geworfen zu werden, und wenn er diesen Taumel beschrieb, war das ebenso wenig eine Männerphantasie wie die Sex-Sessions, die mit der rabiaten Tscherkessin auf ihn zukommen würden. Eine nette Männerphantasie war die Vorstellung, mit dem Fräulein Strindberg monogam und glücklich die nächsten Jahrzehnte zu verbringen und jeden Abend ihr süßes kleines spitzes Kinn zu streicheln.

Das Ausmalen seines alltäglichen Glücks wurde von Adrian unterbrochen: »Was macht Ellen? Wie geht es ihr?«

Viktor wurde seltsam aufrichtig: »Ich liebe sie immer besonders…«

Adrian fiel ihm ins Wort, er wußte, wie der Satz weitergehen würde: »… wenn ich in andere Frauen verliebt bin.«

»Ja«, sagte Viktor trotzig, »wenn ich in andere Frauen verliebt bin, dann…«

Adrian äffte ihn voraus: »… dann ertrage ich die Ehe besser.«

Viktor nahm es hin: »Richtig! Dann habe ich das Gefühl, Ellen nimmt mir nichts weg.«

»Zum Glück bist du nicht glücklich«, sagte Adrian, »sonst wärst du unerträglich.«

Die Besucherinnen

Viktor Goldmann saß friedlich im Zug von München nach Zürich, und da er nicht wußte, was auf ihn zukommen würde, war er glücklich. Nichts anderes als der Zusammenbruch seines Lebensmodells stand unmittelbar bevor, der sich mit dem Sturz der Bügelbretter im Gästezimmer der Züricher Wohnung neulich schon angekündigt hatte – ein Warnzeichen, das von Viktor nicht erkannt worden war. Die nächsten zwei Jahre würden sehr unangenehm werden für ihn. Und zwar in jeder Hinsicht: privat und beruflich. Noch aber ahnte er nichts. Im Gegenteil: Er fühlte sich besonders wohl.

Er freute sich über seine Platten und CD-Schätze, die er in Adrians Laden erworben hatte, und darauf, sie in den nächsten Tagen durchzuhören. Erwartungsvoll las er die Texte auf den Plattenhüllen und in den CD-Booklets. Er freute sich, daß er keine Zeitungen gekauft hatte, die ihn davon ablenkten, und darüber, nebenan in Zürich zu leben und ein Desinteresse an den deutschen Angelegenheiten pflegen zu können.

Die Reise nach München war ein voller Erfolg gewesen, nicht nur, was die musikalische Ausbeute betraf. Ein Agent hatte ihm Angebote gemacht, die ihm ebenso schmeichelten, wie sie ihn amüsierten und die seinen Marktwert als zufriedenstellend erkennen ließen – und das Beste war: er konnte es sich leisten, diese Angebote auszuschlagen. Den München-Aufenthalt hatte er nicht mit einem amourösen Abenteuer verbunden, statt dessen war etwas mehr Gedanken- und Gefühlsordnung in seine Liebesgeschichten gekommen. So klar und aufgeräumt schien ihm sein Leben, so wenig erfüllt fühlte er sich trotz seiner Liebschaften, die er in seinem Gespräch mit Adrian beziehungsweise in seinem Monolog vor Adrian so klein geredet hatte, daß durchaus noch Platz für etwas mehr Liebe in seinem Herzen entstanden war. Hinzu kam, daß ihm nach den keuschen Tagen in München körperlich tatendurstig zumute war.

So ging er einmal langsam durch den Zug hin und her, eine kindische Angewohnheit, die er schon längst hatte abstellen wollen, aber tatsächlich fand er erst dann seine Ruhe, als er festgestellt hatte, daß keine Sudanesin oder Inderin oder vielleicht sogar eine von den wenigen, wahnsinnig schönen Chinesinnen oder in Gottes Namen auch eine Allgäuerin im Zug sitzen und sich langweilen und sehnsüchtig auf seine Unterhaltung warten würde, um ihn dann später in ihre exotische Welt zu entführen – denn irgendwie fehlte ihm das in seinem Leben, in dem er immer alles regelte und schlichtete und auf die Reihe brachte: der Bruch mit allem bisherigen, weg mit allen Platten und Büchern und Bügelbrettern! Spurlos verschwinden und woanders ein völlig neues Leben beginnen! Wenn man schon Schriftsteller war, dann sollte man sich diese biographische Wendung nicht entgehen lassen. Nach ein paar Jahren im Hexenkessel von Neu-Delhi oder Schanghai konnte man immer noch in die alten Jagdgründe zurückkehren. Und wenn man sich nicht mehr einfügen konnte, wenn es einem nirgendwo mehr gefiel, sollte man endlich hoch hinauf in die Berge gehen, dorthin, wo es sehr kalt war, zwei Flaschen trockenen Weins in sich hineinlaufen und dann sich erfrieren lassen.

Es war keine Frau im Zug, mit der Viktor sein Leben hätte ändern wollen. Erleichtert nahm er wieder Platz und beschäftigte sich weiter mit seinen Platten und CDs, außer sich vor Neugierde auf zwei lange Stücke des Tenorsaxophon-Genies Coleman Hawkins, der in den fünfziger und sechziger Jahren nicht mehr so gut in Form gewesen war – mit Ausnahme der Phasen, in denen der Mann frisch verliebt war. Dann ließ er seine Zähne in Ordnung bringen, und sein Instrument hatte wieder die alte Leichtigkeit. Die beiden weit über zehn Minuten langen *Joshua-*

fit-the-battle-of-Jericho-Versionen waren von 1959 und 1962 und markierten laut Adrians Spezialinformationen genau den Zeitraum, in dem der alte Schwarze einer jungen Blonden nachstellte – eine Züricherin übrigens, wie Adrian wußte –, was seinen Sound balzend, kraftvoll und imponierend machte. »Her mit den beiden Platten!« hatte Viktor leise gerufen, zitternd vor Gier. Er hätte einen Tausender ausgegeben dafür, wenn sie nicht für ein paar Mark zu haben gewesen wären. Dann hatte ihm Adrian auch noch eine Videokassette des Jazzfilms überlassen, den Viktor mit Sabine im Hotelzimmer in der langen Nacht von Hannover gesehen hatte. Und damit war noch lange nicht Schluß mit den Schätzen. Am aufregendsten und anregendsten war eine Aufnahme von Duke Ellington und seinen Leuten 1956 auf dem Newport Festival. Ellington war damals mit seinem etwas langweilig und gefällig arrangierten Jazz ziemlich weit weg vom Fenster. Beim letzten Stück des Konzerts riß seinem Tenorsaxophonisten Paul Gonsalves offenbar die Geduld, er blies plötzlich ein rasantes Blues-Solo, und weil das beim Publikum gut ankam, hörte er damit nicht so schnell auf, sondern wurde im Gegenteil immer heftiger. Man hörte auf der Platte, wie das Publikum rasch immer begeisterter wurde, und im Begleitheft gab es dazu einen hübschen Augen- und Ohrenzeugen-Bericht: Nach ein, zwei Minuten nämlich war ein Mädchen aufgesprungen, hatte sich im Rhythmus bewegt und dem Publikum offenbar klargemacht, daß Jazz nichts zum bewegungslosen Lauschen sein muß. Und bald tobte das ganze Publikum. Auf einer nach allen Regeln der Kunst digitalisierten, neu gemischt und gemasterten CD hörte man sehr schön, wie das Feuer der Begeisterung rasch um sich griff. Ein kleines unscharfes Foto zeigte eine junge hübsche Frau, die in sympathisch verhaltener Ekstase konzentriert und versunken mit gesenktem Kopf, das Gesicht nicht zu sehen, die Arme angewinkelt erhoben, sich im Rhythmus bewegte. Wenig zu erkennen, aber ein inbrünstiges Bild. Darunter die Zeile: »The girl who launched seven thousand cheers« – das Mädchen, das den siebtausendfachen Jubel auslöste – die Abwandlung eines alten Zitats, das sich auf die schöne Helena bezog: »The face that launched a thousand ships« – Das Gesicht, das tausend Schiffe in Fahrt brachte, ein Satz aus Christopher Marlowes *Doktor Faustus*, vierhundert Jahre alt. Der Jazz-Festival-Zeuge beschrieb bildhaft und lebendig, wie diese Frau alle mitriß – »a platin blond woman with a black dress on«. Die Stuhlreihen hätten bedrohlich gewackelt, die Veranstalter seien um die Sicherheit besorgt gewesen und hätten Ellington Zeichen gegeben, den nicht enden wollenden Mann am Tenorsaxophon zu bremsen. Andere Musiker aber, selbst der sonst eher fürs Elegante zuständige Teddy Wilson, hätten den rasenden Solisten im Gegenteil noch weiter angefeuert, denn sein kochendes Rhythm 'n' Blues-Solo war eine Wohltat nach all dem pseudointellektuellen Mainstream-Jazzgedudel. Mit diesem Auftritt am 8. Juli 1956 kurz nach Mitternacht hatte Duke Ellingtons Comeback begonnen.

Diese Geschichte war ganz nach Viktors Geschmack. Sie bewies, daß es nicht ging ohne begeisterte Frauen. Coleman Hawkins hatte seine Schweizerin gebraucht, um in Form zu kommen, und die Ellington-Band dieses Gogo-Girl. Und man hatte noch nicht einmal gewonnen, wenn man nur den Ton traf, er mußte auch gehört und vermittelt werden, wenn er wirken und Geschichte schreiben sollte. Er mußte ersehnt werden. Jemand mußte aufspringen. Ein Funke mußte überspringen. Nichts ging ohne die Sprünge der Frauen. Ohne Helena with a black dress on würde Duke Ellington vermutlich zu den zahlreichen Jazzmusikern gehören, die trotz genialer Anfänge nach dem Krieg in Vergessenheit geraten wären. Ohne die rabenschwarze Obszönität der Tscherkessin, ohne Sabines lila Lederhose, ohne Iras immer noch spannende Spontan-Verdrehtheit, ohne den Nasenring der Nasenring-Tina, ohne das süße spitze Hexenkinn von Fräulein Strindberg, ohne Ellens schwungvollen Spott ging nichts.

Viktor freute sich auf Ellen, auch wenn sie mit dem tosenden siebenminütigen Solo-Crescendo dieses von seiner platinblonden Helena angefeuerten und sie zurück anfeuernden Paul Gonsalves ihre Schwierigkeiten haben dürfte. Die Geschichte aber würde ihr gefallen. Und mit dieser Geschichte würde Viktor wieder einmal dezent und indirekt zum Ausdruck bringen, daß leider keine Ehefrau der Welt ihren Mann zu weltbewegenden Höchstleistungen anfeuern kann, sondern daß es immer die plötzlich ergriffenen Beauties sind, die einen ergreifen und anspornen und einem die Kraft und die Ideen geben zum Blasen von minutenlangen Soli oder zum monatelangen Schreiben von Romanen. Er dachte wieder einmal an Penelope, die unbekannte Italienischlehrerin, der er niemals begegnen wollte, weil die wirkliche Penelope nur das Bild zerstören könnte, das er von ihr hatte, dieses Bild, das ihn immer wieder einmal tröstete, wenn er am Boden war, obwohl er es nicht näher hätte beschreiben können. Vielleicht wegen ihres schönen Namens, vielleicht weil die Penelope des Odysseus für die Treue und für den Lohn des langen Wartens stand, hing Viktor treu an diesem Bild, obwohl er mit antiken Mythen sonst nichts am Hut hatte. Man konnte gut treu sein, wenn man sich zwanzig Jahre nicht sah, und einem zwanzig Jahre lang die dummen und häßlichen und langweiligen Züge des anderen nicht auf die Nerven gingen.

Die nächsten Tage würden dicht und voll werden, wahrscheinlich würde Viktor nicht dazu kommen, sich all seine musikalischen Neuerwerbungen einzuverleiben. Damenbesuch stand an. Die Tscherkessin, Sabine, die Nasenring-Tina hatten sich angesagt, und das war viel Wirklichkeit, Schlag auf Schlag. Nach all der Träumerei in letzter Zeit war das auch dringend nötig. Gleich morgen würde er die Züricher Hotel-Situation klären. Es würde strapaziös und aufregend werden.

Um sich zu entspannen, dachte er an das Fräulein Strindberg – an Selma. Was für ein schöner Name. Eine intimere Begegnung mit ihr stand in weiter Zukunft, wenn es überhaupt jemals so weit kommen würde. Ihr komplizierter Freund, ihre Scheu, ihre Zartheit, ihr Geheimnis – kein Zweifel, sie war es, für die er im Augenblick die sehnsüchtigsten Gefühle übrig hatte. Wenn die nun anstehenden Nächte in den Hotels hinter ihm liegen und die Nachbereitungsbriefe an Sabine, die Tscherkessin und an die Nasenring-Tina geschrieben, wenn Wiederholungen lüstern erwogen, aber noch nicht näher geplant sein würden, wenn er Ira von der heftigen erotischen beziehungsweise sexuellen Realitätsdosis berichtet und sich dabei über sich selbst lustig gemacht haben würde, wenn das Eheleben mit einem Kinobesuch, etwas Liebesgeflacker und einer gepflegten Rammelei wieder stabilisiert und schließlich die musikalische Beute aus München an schönen einsamen Vormittagen in voller Lautstärke angehört sein würde – in einer Woche oder zehn Tagen also –, würde er langsam mit dem Ernst des Lebens beginnen, an seinen nächsten Roman denken und wieder die Bibliothek aufsuchen, nicht der Bücher wegen natürlich, sondern wegen Selma, dem süßen Fräulein Strindberg mit dem spitzen Kinn. Es wurde immer klarer, daß sie es sein würde, die im Zentrum des nächsten Romans stehen sollte. Der Tscherkessin als Hauptfrauenfigur war Viktor noch nicht gewachsen, genauer gesagt: für einen pornographischen Roman fühlte er sich noch nicht reif genug – und nur als die Heldin wüster pornographischer Szenarien konnte er sich die Tscherkessin vorstellen. Selma aber zu beschreiben wäre eine reine und eine lohnende Wonne. Es machte ihn glücklich, an sie zu denken, es quälte ihn die Vorstellung, ihr komplizierter Freund könne sie bedrücken. Er brauchte die zärtlichen Gefühle nur abzuschreiben, die er ohnehin für sie hatte. Das für ihn vollkommen Neuartige an Selma war ihm erst aufgefallen, als er Adrian von ihr vorschwärmte: Sie hatte ein Funkeln in den Augen, das ihn seltsam geduldig machte. Es gab keine Eile. Nicht schlimm, wenn es lange dauerte, bis sie zur Sache kämen. Nun vorangehen mußte es, in kleinen Schritten. »Fräulein Strindberg«. Kein schlechter Titel für einen Roman: Sie hängt an einem netten kaputten Typen. Der bringt sich um, wenn sie ihn verläßt. Sich selbst würde Viktor diesmal vielleicht zu einem Arzt machen. In die Rolle des Anwalts war er schon mehrfach geschlüpft. Arzt wäre neu. Kolorektalchirurgie vielleicht. Wenn der Verehrer dem Fräulein seinen unappetitlichen Beruf gesteht, wird es erschrecken. »Kolo – was?« Entzückend, wie verzweifelt Selma dann sekundenlang aussehen wird, wenn sie das derbe

Wort hört: »Dickdarmchirurg!« Sie erweckte oft den Eindruck, als neige sie zum Erröten, tat es aber nie.

Je mehr Viktor an Selma dachte, desto mehr schmolz er in ihre Richtung dahin. Ganz langsam und zaghaft würde er sich ihr nähern. Der grausame Altersunterschied verbat ihm jedes Drängen. Den Chirurgen würde er ein bißchen jünger sein lassen.

Bei der tscherkessischen Liebesnacht, die nun unmittelbar bevor stand, würde sicher einiges geboten sein, aber Viktor wußte jetzt schon, daß es für ihn ein nachhaltigerer Eindruck wäre, wenn er es in frühestens einem halben Jahr wagen würde, eine seiner Wangen eine Weile an eine Wange Selmas zu legen. Neulich war es zu einer kurzen kleinen Umarmung gekommen, und schon die war unvergeßlich: Sie hatten die Bibliothek zusammen verlassen, und Viktors Rad war nicht mehr da. Am Morgen hatte er es genossen, sein Rad an ihres zu lehnen. Nun war es weg. Sein Rad war nichts Besonderes. Aber es ist die Beleidigung, daß der Dieb fährt und der Bestohlene laufen muß. Vor allem hatte Viktor sich darauf gefreut, daß sie im Fall eines gemeinsamen Aufbruchs beide Seite an Seite gebeugt an ihren Schlössern herumstochern würden. Und dann Selma ein Stück begleiten. Nun nichts von all dem. Der Fahrraddieb hatte ein Symbol der Zusammengehörigkeit zerstört. Dieser Teufel hatte einen harmonischen Abschied vereitelt. Wütend und verzweifelt war Viktor dagestanden und hatte die Fäuste geballt, steif vor Zorn und Ohnmacht. Plötzlich entdeckte sie sein Rad ein paar Meter weiter um die Ecke. Offenbar hatte es nur jemanden gestört. Da umarmten sie sich, beide zugleich, erlöst und erleichtert, und hielten sich fest, solange es ging, viel länger, als man sich nach scheinbar gestohlenen und wiedergefundenen Fahrrädern normalerweise umarmt hält, fast so lang, als wäre sie von ihrem komplizierten Freund verlassen worden, und Viktor spende ihr Trost und biete sich diskret als Ersatz an – und zugleich tröstete sie ihn so kräftig, als habe Ellen die Geduld verloren und ihn verlassen und er müsse nun ihr, Selma, dem Fräulein Strindberg folgerichtig einen Heiratsantrag machen, ein Entschluß, in dem er noch etwas bestärkt werden mußte.

Gerührt von der Erinnerung an diese kleinen Sekunden des Glücks griff Viktor zu Papier und Stift und schrieb: »Hochverehrtes Fräulein, was machen die Strindberg-Forschungen? Ich hingegen erforsche mich gerade selbst und versuche herauszubekommen, wie klein meine Chancen bei Ihnen sind, wie aussichtslos meine Lage ist. Sie könnten mir dabei helfen. Es gibt die verschiedensten Stufen der Aussichtslosigkeit, oder, um es positiv auszudrücken: Stufen des Potentiellen. Ich bitte Sie, folgende acht Hypothesen der Reihe nach zu bedenken – und anschließend meine Frage zu beantworten: Wenn (1.) meine Frau mich zum Teufel jagte, wenn ich (2.) also quasiledig und einsam und ohne Geld auf einer Insel die Geschichte meines Lebens zur Papier brächte, und (3.) meine letzten zehn Liter Wein für alle Fälle hütete und in einem extra gegrabenen metertiefen Erdloch kühl hielte und mich kasteite, weil ich das Gefühl hätte, der köstliche Saft könne noch eine bessere Verwendung finden als die, allein in meinem Körper sein Ende zu finden; wenn (4.) ein Schiff, auf dem das Züricher Theater-Ensemble einen Betriebsausflug durch das Südchinesische Meer unternimmt, von der indonesischen Mafia entführt würde, und Sie sich (5.) heimlich hätten ins Wasser gleiten lassen können und es Ihnen (6.) gelungen wäre, zu der zwanzig Kilometer entfernten Insel zu schwimmen, auf der ich seit einem Jahr einsam und allein lebe und schreibe, weil meine Ehefrau mit meinen erbärmlichen Ersparnissen durchgebrannt ist, was ich ihr nicht einmal verdenken kann. Wenn diese sechs Fälle einträten, könnte es unter Palmen zu folgender Begegnung von uns kommen: Herr Goldmann nähert sich dem nixenartig aus den Fluten steigenden Fräulein, in der Hand eine halbe Kokosnuß, gefüllt mit frischem Quellwasser. Das Fräulein schüttelt die nassen Haare aus dem Gesicht, labt sich, betrachtet Herrn Goldmann und sagt: »Was machen Sie denn hier? Warum sind sie nicht in der Zentralbibliothek und blättern in ihren Bildbänden über ferne Länder?« Herr Goldmann: »Schön, das Fräulein einmal nackt zu sehen! Steht Ihnen gut. Auch die Bräune!« Das Fräulein: »Leihen Sie mir bitte Ihr T-Shirt und werden Sie nicht anzüglich!« Herr

Goldmann zieht das T-Shirt aus, riecht daran und sagt: »Dafür, daß ich es seit einem halben Jahr nonstop trage, geht es eigentlich.« Er betrachtet das noch nackte Fräulein und reicht ihr mit einer Geste des Bedauerns das Hemd. Das Fräulein zieht das Hemd über und sieht darin ebenso gut aus wie nackt. Das Fräulein: »Wenn Sie wirklich Format hätten, Herr Goldmann, würden Sie mir jetzt eine Karaffe eiskalten Weißweins kredenzen.« Herr Goldmann verschwindet in dem selbst gegrabenen zwanzig Meter tiefen Erdloch und kommt nach einigen Minuten mit einer beschlagenen Karaffe zum Vorschein. Nachdem sich das Fräulein erholt hat, dem Herrn Goldmann all die Filme erzählt hat, die er in seinem Jahr auf der Insel verpaßt hat, und nachdem sie beide viel über die Liebe geredet haben, nachdem in bester Rollenverteilung der Herr Goldmann etliche Hummer und Langusten gefangen und das Fräulein die Schalentiere gar köstlich zubereitet hat, nachdem drei, vier Wochen harmonischen Inseldaseins verstrichen sind, fragt das Fräulein Strindberg den Herrn Goldmann eines Sonnenaufgangs bei einem Schluck Palmwein – denn der Weißwein ist liquidiert: »Sag mal, Viktor«, fragt sie, denn sie duzen sich jetzt, »was hast du eigentlich all die Monate allein auf der Insel gemacht?« Da holt Viktor ein 3000-Seiten-Manuskript hervor: »Aus meinem Leben – Dichtung und Wahnsinn«, sagt er, »müßte gekürzt werden.« – »Zeig mal«, sagt das Fräulein. Sie zieht sich einen Tag mit dem Manuskript zurück. Bei Sonnenuntergang sagt sie: »Laß mich das machen.« – In den nächsten Wochen sitzen die beiden oft nebeneinander am Tisch und stecken über dem Manuskript die Köpfe zusammen. »Bist du das wirklich?« fragt sie manchmal beim Lesen und lacht. Er hebt die Schultern und sagt: »Ab Seite 2000 kommst du auch vor, dann wirst du selbst sehen, was wahr ist und was gelogen.« Ihr Haar riecht nach Meer, doch er wagt nicht, seine Nase in die dunkle Pracht zu graben und tief einzuatmen. Er hat sich vorgenommen: Keine Fräuleinbelästigung. Nicht in seinem Alter. Er ist unzumutbare zweiundvierzig, sie unschuldige vierundzwanzig. Einmal berühren sich ihre Knie. Tut das gut! Er hat sein linkes Bein nicht in besondere Nähe zu ihrem rechten gestellt. Die Berührung muß von ihr ausgegangen sein. Vielleicht ein Zufall? In den nächsten Tagen achtet er darauf, seine Beine völlig korrekt vor sich hinzustellen. Wieder berühren sich ihre Knie. Das Knie des Fräuleins zuckt keineswegs zurück. Ihr Knie bleibt an seinem Knie. »Ich bin bei Seite 2000 angekommen«, sagt sie, ihr rechtes Knie fest an seinem linken. Sein linker Oberschenkel spürt ein Stück von ihrem rechten Oberschenkel. Er atmet tief. Ihr Haar riecht so gut. »Was hast du?« fragt sie. »Ich glaube, ich bin glücklich«, sagt er. Nach drei Monaten kommt (7.) das befreite Betriebsausflugsschiff des Züricher Theater-Ensembles und nimmt das Fräulein Strindberg und den Herrn Goldmann auf. Das Manuskript ist gerade fertig lektoriert. Auf dem Schiff befindet sich als Gast auch ein Verleger. Mango essend liest er das Manuskript und sagt (8.): »Vorschuß zwei Millionen.« – »Mach doch drei locker«, sagt Viktor, »ein Drittel soll das Fräulein haben, dann teilt es sich leichter.«

Der Zug verließ Deutschland und fuhr jetzt durch Österreich in die Schweiz. Zwei Zollbeamte wollten Viktors Paß sehen. Er war noch ganz in seiner Südseephantasie. »Haben Sie Waren dabei oder Bargeld in größeren Mengen?« – »Drei Millionen«, sagte Viktor und mußte tatsächlich den Koffer öffnen. Er zeigte den Beamten den letzten Satz seines Briefs an das Fräulein. Der eine lachte, der andere war verärgert. Viktor erfuhr bei der Gelegenheit, daß deutsche Reisende häufig Massen schwarzen Bargelds in die Schweiz brächten. Meist im Toilettenbeutel. »Aber sie fahren alle Erster Klasse.«

Viktor schloß seinen Brief an das Fräulein jetzt mit der Frage ab, ob sie, wenn alles so ähnlich verlaufen wäre wie von ihm geschildert, sich vorstellen könne, daß sie ihr Knie gegen sein Knie gedrückt hätte, oder ob das für sie unvorstellbar sei. Nur dies eine wolle er von ihr wissen. Wenn aber ja, wenn ihr Knie auf der Insel das seine gesucht habe, reiche ihm das aus, dann werde er seine Hoffnung nicht fahrenlassen und weiter um ihr Gunst kämpfen. Wenn Sie sich aber nicht einmal unter diesen acht hypothetischen Umständen und in südlichen Breitengraden, also nicht einmal in der achten Potenz zu einer derartigen Aufwallung hinreißen lassen würde, sei es, weil sie eine solche Zärtlichkeit ihrem problematischen Freund im fernen Zürich unmöglich zumuten könne, sei es, weil ihr Viktor auch als ehefrauenloser Insulaner nicht sonderlich geheuer sei – dann, in diesem traurigen Fall, werde er alle weiteren Nachstellungen sofort bleiben und das Fräulein fortan in Ruhe lassen.

Um nicht von den Öffnungszeiten irgendwelcher Photokopierläden abhängig zu sein und dennoch einen Überblick über seine abgeschickten Briefe und eine Grundlage für seine nächsten Romane zu haben, benutzte Viktor neuerdings, wenn er unterwegs mit der Hand schrieb, mit einem gewissen archaischen Vergnügen Kohlepapier, das es, seitdem nur noch vereinzelt Schreibmaschinen benutzt wurden, kaum noch zu kaufen gab. Das altmodische, sorgfältige Hantieren mit dem dünnen Papier machte ihm Spaß. Manchmal malte er sich aus, daß die Chinesin oder Inderin, die er noch immer nicht kennengelernt hatte, ihn dabei lächelnd beobachten und dann ansprechen würde: »Daß es das im hochtechnisierten Mitteleuropa noch gibt! Das ist ja wie bei uns in einer Provinzbehörde im Ganges-Tal!« – »Ich bin ein Fossil, Maharani«, würde Viktor sagen und sich verbeugen, geblendet von diesem undurchschaubaren indischen Blick.

Der Blick des Fräulein Strindberg hatte durchaus auch etwas Indisches. Liebevoll faltete Viktor seinen Brief und schob ihn in einen Umschlag. Die Durchschlagpapiere nahm er an sich. Er würde sie im Gästezimmer auf dem für das Fräulein reservierten Bügelbrett deponieren.

Dem Züricher Bahnhofspostkasten, den Viktor im Lauf der Zeit schon mit vielen handfesten Liebesterminvorschlägen und mit ebensovielen sehnsüchtigen Schmacht-Briefe gefüttert hatte, vertraute er wenig später auch dieses Dokument an – diesen zartesten und wirklichkeitsfernsten Versuch eines Vortastens, den Viktor je unternommen hatte. Keinen Augenblick lang kam ihm dabei in den Sinn, dies könne weniger als der Brief eines erwachsenen Mannes dieser Tage gelesen werden als der eines

Traumtänzers aus sentimentaleren Epochen. Auch diese hochhypothetische, unrealistische und vielfach fiktive Was-wäre-wenn-Frage an das Fräulein Strindberg nahm Viktor bei aller Verspieltheit vollkommen ernst.

Und dies war vermutlich das Geheimnis seiner erotischen Erfolge. Die Frauen merkten, daß es ihm nicht in erster Linie darum ging, mit ihnen ins Bett zu gehen. Das Bett war nicht das Ziel seiner Bemühungen, sondern das, was sich vielleicht als logische Folge aus seinen Bemühungen ergab. Ermattet von den Strapazen des Werbens und Wartens und des Interpretierens von Knie- und Wangenberührungen sehnte sich Viktor natürlich danach, mit der verehrten Dame endlich im Bett zu liegen und mit den natürlichen Aktivitäten beginnen zu können, doch begriff er Sex mehr als Lohn für seine ausdauernden und kultivierten Bemühungen und nicht als hingeworfenes Naturgeschenk, über das man sich rasch hermachen konnte. Selten waren seine Annäherungsversuche durch blanke sexuelle Reize ausgelöst worden. Vielmehr stand immer der Traum von der großen Liebe und dem großen Glück dahinter. Auch wenn er an das traute Glück zu zweit nicht glaubte und sich darüber lustig machte, träumte er doch davon und interessierte sich nur für Frauen, mit denen er sich vorstellen konnte, in trauter Zweisamkeit zu leben, wenn dies denn möglich *wäre*. Die Fragen, ob sich eine Frau vorstellen *könnte*, sich auf ihn einzulassen, ob sie sein Flehen jemals, wenn ja und unter welchen Umständen erhören *würde*, waren ihm ungleich wichtiger als das umstandslose Miteinanderinsbettgehen. Diese Frauen gab es auch, wo nach kürzester Zeit wechselseitig eine mehr oder weniger tierische Gier aufeinander aufgeflackert war und man sich wenig später miteinander ausgetobt hatte – das mochte etwas Erholsames haben, doch Viktor suchte keine Erholung, und solche Begegnungen, wie sie manchmal am Rande von Buchmessen oder Schriftstellertreffen unvermeidlich waren, gaben ihm nichts, was über den Augenblick der Ekstase hinausreichte. Wenn man diese Frauen ein Jahr später wiedersah, war da nicht mehr die geringste Empfindung – wozu also sollte es gut gewesen sein? Der Blick manch wildfremder Frau, der man in einer Raststätte die Tür aufhielt, prägte sich tiefer ein und blieb verheißungsvoller in Erinnerung als diese überflüssigen Abreagierungsgeschichten.

Weil er die klassischen Kavaliersregeln mißachtete, hatten Viktors drei Ehefrauen Ella, Ira und Ellen, genervt von seinem ihrer Ansicht nach unberechtigten Ruf als Frauenkenner, ihm hin und wieder vorgehalten, er verstünde in Wahrheit nichts von Frauen. Tatsächlich brachte er nicht nur keine Blumen mit, auch Sekt oder gar Champagner war von ihm nicht zu erwarten, im Gegenteil, er verhöhnte die teuersten Marken und behauptete, ein Glas Wein tue es auch. Geburtstage und Hochzeitstage vergaß er nicht nur, sondern wollte sie auch vergessen. Alle Parfumgerüche haßte und verhöhnte er, und Lippenstift duldete er nur, wenn er nuttenhaft ordinär aufgetragen war. Modische und ausgesuchte Kleidung fiel ihm nicht auf, oder er fand sie häßlich und abstoßend, sexy fand er nur das Gewöhnliche: die hundsgemeinen Büroklamotten, wie sie die Möbelprospektbeauties trugen, oder aber möglichst enge, glatte, pechschwarze oder knallbunte Lederhosen, je ordinärer, unbürgerlicher und unverheirateter sie wirkten, desto besser. Nichts versetzte ihn mehr in Schrecken als eine Frau, die ihrem Mann gattinnenhaft eine Neuerwerbung vorführt und Rufe der Anerkennung erwartet. Das Klischee des Mannes, dem der ausgesuchte Chic nicht auffällt, war ihm näher als das des idealen Gatten der Marke Spencer Tracy, der sich hochachtungsvoll im Sessel zurücklehnt, mit den Händen die Revers seiner grauen Anzugjacke ergreift, um dann seiner Mustergattin Katharine Hepburn ein paar aufmerksame Komplimente zu ihrem neuen Hut zu machen. Nie schenkte oder bemerkte Viktor Schmuck, das einzige, was er immer gerne mitbrachte, waren Musikkassetten, die er allerdings liebevoll und bedacht zusammenstellte und beschriftete, obwohl das doch das klassische Geschenk von Teenagern war. Eben deswegen hatten ihn seine Ehefrauen oft pubertär gefunden, die kassettenbeschenkten Damen aber jauchzten verjüngt – und Sabine war nicht die einzige, die Viktors vielleicht pubertärer Vorliebe für ein unbürgerliches Outfit entgegenkam und ihn mit einer aufsehenerregenden lila Lederhose belohnte, wie sie zuvor nur in seiner Phantasie und in seinen Büchern existiert hatte.

Wie immer klingelte Viktor an seiner eigenen Wohnungstür – ein Gebot der Fairneß, um Ellen, wie er ihr ein paar Mal zu oft schon erläutert hatte, Gelegenheit zu geben, Liebhaber zu verstecken. Heiter wie schon lange nicht mehr öffnete sie die Tür. »Rate, wer da ist«, rief sie in bester Laune. Barbara war da, das roch Viktor am Parfum, aber Barbara zählte nicht, sie war oft da. Eine andere Person. Ellen ließ Viktor nicht ins Wohnzimmer gehen, erst mußte er raten. Er lachte und zog die Schultern hoch: »Keine Ahnung!«

»Hallihallo, unser Spätheimkehrer ist eingetroffen«, rief Ellen ins Wohnzimmer und bat Viktor, nun einzutreten.

Neben Barbara saß, dunkler funkelnd denn je, die Tscherkessin auf dem Sofa. Alle drei Frauen waren beschwipst. Schon die zweite Flasche Wein war fast leer.

»Monsieur Victor… mais pas Victor Hugo«, sagte die Tscherkessin und hielt ihm wie eine verworfene Marquise aus dem 19. Jahrhundert ihre Hand hin. Das »pas« hatte sie in übermütiger Verachtung wie den deutschen Überheblichkeitsruf ausgestoßen: »Pah! Sie mögen Viktor heißen, aber was sind Sie gegen Victor Hugo!« Eine Schmähung, die Viktor bereits kannte und die er nicht ernst nahm. Er küßte ihr die Hand, sah ihr tief in die Augen und konnte darin nicht erkennen, wer sich geirrt hatte, sie oder er. Er war sicher, daß sie erst übermorgen kommen wollte.

Ellen und Gabriele waren begeistert. Sie nannten sie so, wie sie hieß: »Rebecca« – führten ihren Namen ständig im Mund, taten so, als wäre sie ihre Entdeckung und als würden sie diese gut befreundete Frau besser und länger kennen als Viktor, den sie als Romantiker verspotteten, weil er sie für eine Tscherkessin gehalten hatte, und sie selbst spottete mit, so wie sie in Hannover mit ihm über die Leute gespottet hatte, die mit philosemitischer Begeisterung den Namen »Rebecca« ständig im Mund führten und von denen sie nicht als Vorzeigejüdin mißbraucht werden wollte. Offenbar fühlte sie sich von Ellen und Barbara nicht mißbraucht. »Deine Frau ist toll, Goldmann«, sagte sie. Das fand Viktor auch. Und er fand die Tscherkessin toll: Es war ihr nicht anzumerken, was sie und Viktor zusammen planten. Sie hatte die Situation im Griff. Sie mußte Ellen und Barbara als eine interessante Frau erscheinen, die Viktor bei einer Lesung kennengelernt hatte, nicht mehr und nicht weniger – also genau als das, als was er sie Ellen gegenüber dargestellt hatte. So entspannt, wie sie sich verhielt, konnte kein Verdacht aufkommen, daß heimlich erotische Empfindungen und sexuelle Gelüste am Werk waren. Er würde sie nachher ins Hotel bringen, denn Ellen fuhr nicht Auto, wenn sie trank. Ellen war allerdings so entzückt von Rebecca, daß sie möglicherweise mitfahren wollte. Wie das zu verhindern wäre, wußte Viktor noch nicht. Wenn es sich nicht vermeiden ließ, würde er später noch ein zweites Mal ins Hotel zurückfahren müssen. Ließe Ellen ihn allein mit Rebecca ziehen, würde er mit ihr im Hotel bleiben und am nächsten Tag ironisch behaupten, er hätte sich, weil er als verheirateter Mann nicht mit dieser verheirateten Frau hätte schlafen können, so grauenhaft betrinken müssen, daß er trotz seiner Leidenschaft für betrunkene Autofahrten nicht mehr hätte heimfahren können. Oder er würde Ellen vielleicht sogar die Wahrheit sagen: »Wenn du ein Mann wärst, könntest du ihr auch nicht widerstehen.« Die Tscherkessin sah feuriger aus als in Hannover, und es war klar, das es nur eine Sünde und ein Verbrechen gab: auf die Reize dieser Frau *nicht* zu reagieren. Ellen sah aus, fand Viktor, als würde sie ihm verübeln, wenn er heute nacht nicht mit der Tscherkessin schliefe.

Daß diese jetzt so tat, als interessiere sie sich mehr für Ellen und Barbara als für ihn, war eine kluge Tarnung. Um sie ein bißchen an sich zu erinnern, legte Viktor ein Stück auf, von dem er annahm, daß Ellen und Barbara es nicht mochten. So war es auch. Sie beschimpften die Musik als Ruhestörung, Rebecca aber schnippte mit dem Finger und sagte: »C'est joli, c'est quoi ça?«

»Ça s'appelle *Pour Commencer*«, sagte Viktor und sprach den Titel möglichst anspielungsreich aus: um anzufangen.

»Ah oui«, sagte sie, und endlich wirkte sie ein bißchen konspirativ. Sie war zwar noch immer Rebecca und nicht die Tscherkessin, aber sie hielt zu ihm, das war nun klar.

Und dann stellte sich mit einem Mal heraus, daß Ellen Rebecca überredet hatte, sich die Kosten fürs Hotel zu sparen und im Gästezimmer zu übernachten.

Viktor erstarrte: »Das geht nicht. Die Bügelbretter. Das Chaos. Kein Mensch kann da schlafen.«

»Alles schon zur Seite geschoben und Platz gemacht«, sagte Ellen. Es war nicht klar, ob sie triumphierte, weil sie das Zimmer mit wenigen Griffen bewohnbar gemacht, oder weil sie ahnte, daß sie ihrem Mann eine orientalische Liebesnacht vereitelt hatte.

Viktor versuchte, gegen die vollendeten Tatsachen anzurennen: »Das Zimmer ist unzumutbar. Kein Asylant kann in diesem Verhau nächtigen.«

»Sei nicht so spießig, Goldmann«, sagte Rebecca untscherkessisch, »ich habe schon in ganz anderen Höhlen geschlafen.«

Viktor wußte nicht, ob sie ihm mit dieser Bemerkung in den Rücken fiel oder ob es ihre Taktik war, um Unverdächtigkeit auszustrahlen. Sie machten die vierte Flasche Wein auf. Ellen, die an Arbeitstagen sonst früh zu Bett ging, schien munter wie nie. Nachts um zwei ging Barbara und verabschiedete sich von Viktor mit einem Blick, als wüßte sie ganz genau, daß Viktor um eine Liebesnacht mit Rebecca betrogen worden sei und als freue sie als beste Freundin Ellens sich darüber außerordentlich.

Viktor schlich ins Bügelbrettzimmer, das tatsächlich wie ein Gästezimmer aussah. Das Bett war schon hergerichtet. Ohne Komik war es nicht, daß hier eine Liebste schlafen sollte, zwischen Hunderten von Zeugnissen realer und halbrealer, fiktiver und halbfiktiver anderer Liebschaften, zwischen Briefkopien, die auf dem Weg in Romane waren, und Romanpassagen, die sich in Briefe verwandelt hatten. Er legte den Durchschlag seines jüngsten, erst wenige Stunden alten Briefs an das süße Fräulein Strindberg in den vorgesehenen Karton. Dann schob er der Tscherkessin einen Zettel unter die Bettdecke: »So geht es nicht! Hast du vergessen, daß ich dein Sklave nicht bin. Ich will mir dir reden. Ich komme um vier.« Dann, scheinbar vom Klo kommend, ging er ins Wohnzimmer zurück.

Ohne Barbaras übermütige Witze fingen die Frauen an, müde zu werden. »Ich möchte jetzt schlafen, ich muß morgen weiterfahren«, sagte Rebecca. Das war gut. Sie war gewieft. Sie würde morgen ein Hotel nehmen und scheinbar nicht mehr in Zürich sein, und Viktor würde pro forma bei irgendwelchen Verlagsleuten sein und dort hängenbleiben – und in Wirklichkeit würden er und Rebecca eine tscherkessische Nachholnacht verbringen, die sie für die heute erzwungene Enthaltsamkeit entschädigen würde. »Ich kann dich morgen früh im Auto zum Bahnhof mitnehmen, Rebecca«, rief Ellen ins Gästezimmer, und Viktor hätte zu gern gewußt, ob das Gastfreundlichkeit war oder ein weiterer Versuch, ihm Rebecca wegzunehmen.

Im Bett sagte Ellen: »Mein Gott, sieht diese Rebecca gut aus – wie muß einem da als Mann zumute werden.«

Viktor stellte sich schlafend.

»Ich verstehe nicht, wie du nach so einem Abend so schnell einschlafen kannst«, sagte Ellen und wiederholte ihre Frage: »Wie ist einem als Mann zumute, wenn man so eine Frau sieht?«

»Wie schon«, sagte Viktor.

»Bitte«, sagte Ellen, »geh doch rüber, fick sie.«

Viktor schwieg.

»Solche Frauen machen dir Angst.« Ellen stellte es befriedigt fest.

Viktor beherrschte sich und stöhnte. Ellen sagte, stöhnende Männer seien das allerletzte.

»Dann halte ich eben die Luft an«, sagte Viktor.

»Bei solchen Frauen hast du keine Chance«, sagte Ellen – eine Spur zu selbstzufrieden, fand Viktor, das konnte er nicht hinnehmen.

»Ich bitte dich«, sagte er und erinnerte sie daran, daß ihn Erstfrau Ella seinerzeit mit genau so einer Bemerkung in die

Arme ihrer Freundin und seiner späteren Zweitfrau Ira getrieben hätte.

»Oh, du drohst«, sagte Ellen, »probier es doch aus, geh doch rüber.«

Viktor machte das Licht an und sah auf die Uhr. Es war halb drei. »Um vier«, sagte Viktor, »um vier habe ich einen Termin bei ihr.«

»Du hast Humor«, sagte Ellen.

Viktor lag wach. Die Lust war weg, darunter litt er. Um vier Uhr schlich er ins Gästezimmer.

Es war nicht leicht, im Dunkeln keines der Bügelbretter umzustoßen. Die Tscherkessin schnarchte leise. Sie erschrak, als er sie weckte. Den Zettel hatte sie nicht gelesen. »Goldmaan, 'ör mal«, sagte sie. Das könne er nicht machen, mitten in der Nacht in ihr Zimmer kommen. »Es ist meine Dependance, mein Archiv, mein Brutraum, meine Verwandlungskammer«, sagte Viktor. Es stellte sich heraus, daß die Tscherkessin morgen tatsächlich schon weiterreiste. Keine Liebesnacht im Hotel. Sie war es, die die Tage verwechselt hatte und zu früh gekommen war. Er schimpfte: »Heimliche Liebschaften funktionieren nur, wenn man pünktlich und zuverlässig ist.« Sie sagte: »Jawohl, Herr Deutschmann!« Es wäre ihm albern vorgekommen, sie zu küssen. Keinem war danach zumute. Um nicht von ihrem Bett zu gehen, ohne ein Zugehörigkeitsgefühl signalisiert zu haben, suchte er im Dunkeln nach ihren Füßen und hielt dann mit beiden Händen eine Weile ihre dünnen Fesseln umschlossen. »Scheiße«, sagte er dann und ließ sie los. »Oui«, sagte sie, und Viktor ging aus dem Zimmer.

»Das war aber ein kurzes Vergnügen«, sagte Ellen, als Viktor wieder zu ihr ins Bett kam.

Am nächsten Morgen kämpften Ellen und Viktor darum, wer Rebecca zum Bahnhof bringen würde. Viktor bestand darauf. Er müsse noch etwas mit ihr bereden. Ellen sah ihn fremd an. Sie nahm wie immer das Auto, und es war sinnvoll für Rebecca, mit ihr zu fahren. Es sah nicht gut aus für Viktor. »Komm, komm, Rebecca, wir müssen«, sagte Ellen und klimperte mit dem Autoschlüssel. Rebecca trödelte noch mehr als Susanne am Morgen.

Langsam schlürfte sie den Kaffee. Jetzt bekam auch Ellen ihre orientalische Langsamkeit zu spüren. Ellen gab auf. Sie küßte Rebecca. »Komm mal wieder«, sagte sie, schaute Viktor kalt an und ging.

»Was meinst du, wird die Lust wiederkommen?« fragte Viktor.

»Ich weiß es nicht«, sagte sie, »ich fühle mich im Augenblick nicht sehr tscherkessisch.«

Viktor brachte sie zum Bahnhof. Die Lust kam nicht zurück. Er trug ihr den Koffer in den Zug. Die Lust kam nicht zurück. Er blieb sitzen, als der Zug losfuhr. Sie schrie erschrocken: »Goldmaan, le train!« aber auch diese große Geste half der Leidenschaft nicht auf die Sprünge. Zumal der Zug nicht nach Sibirien fuhr und er sich nicht entschieden hatte, der Tscherkessin die nächsten zwanzig Jahre in einem Straflager Gesellschaft zu leisten. Spätestens in Winterthur würde er nach einer halben Stunde wieder aussteigen. »Dabei habe ich mir einen schönen Vers ausgedacht, um unser erstes Ficken würdig zu beginnen«, sagte er, »pour commencer.«

»Und zwar?« fragte sie, und Viktor führte seinen Reim vor:

»Schöne Jüdin, darf ich bitten –
Mein Schwanz ist elegant beschnitten!«

Rebecca lachte. Sie lachte nicht wie eine wüste Tscherkessin, aber wie eine korsische Jüdin. Sie quietsche und gluckste: »Zeig!« sagte sie, »zeig mir deinen Goldmann, Viktor.«

»Nicht in diesem kläglichen Zustand«, sagte Viktor. In Winterthur stieg er aus. Es war gut, daß er mitgefahren war. Der Ärger über die verlorene Lust war verflogen. Rebecca würde wieder kommen, so viel war klar. Ob nach Ellens familiärem Ins-Herz-Schließen Rebeccas ihre alte wilde Lust aufeinander je wieder aufflammen würde, war eine andere Frage.

Als Viktor zwei Tage später gegen Mittag von einem längeren Spaziergang und einem Kaffeehaus-Aufenthalt nach Hause kam, freute er sich seines Lebens. Er hatte soeben einen langen Brief an die Tscherkessin geschrieben und ein paar kleine Obszönitäten eingeflochten, bei deren Formulierung ihm seltsam wohl im Leib wurde. Dieses Gefühl gab ihm die Hoffnung, daß die kaukasische Wind-und-Wüsten-Sexualität, die durch die Vereinnahmung Rebeccas durch Ellen verschüttet worden war, doch noch gerettet werden könnte. Er pries sein Dasein als Schriftsteller und seine berufstätige Frau – und sein tägliches Alleinsein in den großen Räumen der Wohnung, durch die er jetzt endlich den ganzen Nachmittag lang laut die von Adrian mitgebrachte Musik tönen lassen würde.

Als er sein Reich betrat, in dem er die nächsten sechs Stunden in schönster Ungestörtheit würde residieren können – und plötzlich Ellen im Bad an der Waschmaschine entdeckte, bekam er einen tödlichen Schrecken, als habe er ein Gespenst gesehen oder als sei er bei einer Untat ertappt worden. »Was machst du denn hier?« sagte er, tonlos vor Entsetzen.

»Wir haben wieder Besuch«, sagte Ellen, schnitt eine Grimasse und deutete ins Gästezimmer, aus dem leises Räumen und Rumoren zu hören war: »Die Buchhändlerin aus Hannover. Sie hielt meine Büronummer für deine. Sie sagte, du hättest ihr ein Hotel besorgt. Du warst aber nicht zu erreichen. Du solltest dir endlich ein Handy anschaffen. Ich hab ihr gesagt, daß sie hier schlafen kann. Du hast doch nichts dagegen? Mit Rebecca war es ja auch ganz nett. Du kennst wirklich ungewöhnliche Leute. Ihre lila Lederhose wird dir gefallen. Ich muß jetzt wieder ins Büro. Wir können abends zusammen essen. Koch doch mal wieder was. Vielleicht hilft sie dir ja.« Ellen lachte. Dann rief sie in Richtung Gästezimmer: »Ciao, Sabine, bis heute abend!«, winkte Viktor zu und verschwand.

Viktor ging ins Gästezimmer. Sabine bezog das Bett. Sie war genau so schlank wie damals, als er sie zum ersten Mal gesehen hatte, und trug diese unglaubliche lila Lederhose. Wie hatte sie sich in der kurzen Zeit seit der Horrornacht in Hannover so verändern können? Wie konnte ein menschlicher Köper in so kurzer Zeit so viel Speck verlieren und sich von einem Fladen zurück in eine elegante Gerte verwandeln? Viktor war so überwältigt, daß er all seine Prinzipien vergaß. Er wollte nur noch diesen Hintern und diese langen schlanken Beine fühlen und diese Frau häuten, sich an ihren Schultern festkrallen und dann Einzug halten in ihr. Wie damals beim überwältigenden ersten Mal.

Er umarmte die wiederhergestellte Sabine, doch die blieb steif wie ein Stock. Wütend stampfte sie schließlich mit einem Bein auf den Boden. Sie trug Schuhe mit Absätzen. Es knallte und sah elegant aus. Wie bei einem Torero. Daß Ehefrauen immer diese asexuellen weichen Schuhe tragen mußten! Alle. Ella, Ira, Ellen. Nach einem halben Jahr Ehe fanden sie ihre hübschesten Schuhe häßlich und watschelten in tantenhaften Gesundheitslatschen herum. Viktor kniete sich neben die zürnende Sabine, umklammerte einen ihren langen Oberschenkel und preßte sein Gesicht an die laszive Lederhaut. Sie stieß ihn zurück. »Warum hast du kein Handy! Du immer mit deinem Scheiß Handy-Haß! Warum gibst du mir eine Karte, auf der die Büronummer deiner Frau steht! Was ist das für eine Organisation!«

»Du bist einen Tag zu früh dran«, sagte Viktor. Diesmal aber hatte er sich geirrt. Sabine war nicht zu beschwichtigen. Genauer: Sie war dann doch zu beschwichtigen, aber zu verführen war sie nicht mehr. »Bist du verrückt!« sagte sie nur: »Hier in der Wohnung! In dem Bett, das mir deine Frau zur Verfügung gestellt hat. Das geht nicht. Ich kann nicht mit Männern schlafen, deren Frauen ich kenne und die nett zu mir sind und die ich selbst auch noch nett finde. Es ist aus, vorbei, Ende.«

Wäre Sabine so dicklich wie neulich in Hannover gewesen und hätte sie diese graue Haßhose angehabt, wäre Viktor jetzt erleichtert. Sabine aber stand blitzend blank und elastisch vor ihm, eine einzige Verlockung. Sie betrachtete das nun fertig gemachte Bett, stampfte wieder toreroartig mit dem Fuß aufs Parkett und lachte laut und hart auf: »Daß da vor zwei Tagen deine wilde Jüdin geschlafen hat, ist auch so ein Ding! Hast du bei ihr mehr Glück gehabt?« Sie nahm das Kopfkissen und schlug damit auf Viktor ein: »Es ekelt mich alles an!« rief sie, sah aber gar nicht so aus.

Viktor wunderte sich: »Das hat dir meine Frau auch erzählt?«
»Ja«, sagte Sabine, »Frauen können sehr solidarisch sein.«

Sabine entschied sich, orientalisches Lamm zu machen. »Damit du deine tscherkessische Rebecca nicht vergißt«, sagte sie. Eine Bemerkung, die von Ellen hätte stammen können und die Viktor sofort mit Wärme erfüllte. Er flehte Sabine an, noch eine Nacht zu bleiben, er werde morgen ein Hotelzimmer buchen, so oder so, und dort auf sie warten. »Buch es, ich bleibe nicht«, sagte sie leichthin und schnitt das Lammfleisch klein. Viktor sagte, er werde sterben, wenn er morgen nicht Gelegenheit hätte, sie aus ihrer lila Haut zu schälen. Sie lachte laut und übermütig.
Plötzlich hatte er einen Verdacht. Er ging in sein Arbeitszimmer, suchte den Terminkalender und stellte fest, daß morgen Bettina, genannt Nasenring-Tina, aus Luzern von Madagaskar oder welchem Tropenort auch immer kommend in Zürich einschweben und sich möglicherweise gleich bei ihm melden würde. Erneutes Verhängnis. Drohende Kollision. Um sich von den Schrecken einer weiteren Katastrophe abzulenken, malte Viktor sich sofort die amüsanteste und befriedigendste aller Lösungen aus: Schon sah er sich mit Sabine im Hotelzimmer liegen, die abgestreifte lila Hose grüßt von der Stuhllehne. Gleichzeitig sah er Ellen mit der Nasenring-Tina hier im Wohnzimmer auf ihn warten und Konversation machen. Er sah, wie Ellen plötzlich genug hatte von ihm und dem Nichtwissen, und wie ihr der Schmelz der jungen Nasenring-Tina plötzlich bewußt werden und sie nicht einsehen würde, warum sie eine lesbische Aufwallung unterdrücken sollte. Er sah, wie sich Ellen über die bereitwillig sich ergebende Bettina hermachte und nach dem Abebben der Orgasmen zärtlich mit dem Nasenring der neuen Geliebten spielen würde, die er doch für sich aufgetan und zu seiner Gespielin erkoren hatte, nun aber in seiner Großzügigkeit Ellen bereitwillig überlassen würde.

Viktor ging zurück in die Küche, umarmte Sabine und ließ sie seine Erektion spüren. »Bitte, bleib noch eine Nacht!«, sagte er.

»Hausfrauensex«, sagte Sabine, »ich hätte nicht gedacht, daß du auf Frauen bei der Küchenarbeit stehst, du bist enttäuschend gewöhnlich.«

Sie aßen abends zu dritt. Ellen lobte das Lamm, duzte nun auch Sabine und bot ihr lebenslange Zuflucht im Gästezimmer an. Sie lobte auch Sabines Hose, obwohl sie doch sonst Viktors Vorliebe für derart gewagte Beinkleider befremdlich fand, und wieder wußte Viktor nicht, ob sie ihn damit verwirren oder verhöhnen oder sich mit Sabine gegen ihn verbünden wollte. Er überließ es Sabine, ob sie gestehen wollte, daß diese Hose eine Geschichte hatte und nach einem Text aus einem seiner Bücher angefertigt worden war – sie sagte es nicht, und es gefiel ihm, daß sie das Geheimnis nicht preisgab.

Abends im Bett fragte Ellen, ob Viktor auch heute Nacht einen Termin bei Sabine habe, wenn nicht, könne er eigentlich mal wieder mit ihr schlafen. Die Bemerkung klang weder bitter noch dringend noch überzeugend und hatte daher auch keine animierende Wirkung, aber Viktor wollte Ellen jetzt doch beim Wort nehmen. Da keine reale Erregung vorhanden war, schuf er ersatzweise eine künstliche, indem er die Doppelvision von heute Nachmittag fortsetzte: Auf der linken Seite seiner inneren Leinwand ein schönes lesbisches Gerangel von Ellen mit der Nasenring-Tina, während er es mit Sabine simultan auf der rechten Seite trieb – und die Tscherkessin Rebecca lodernd zwischen beiden Szenen hin und her ging und als stimulierende Universaldreingabe mit kleinen spitzen orientalischen Tricks den Sex hier wie dort in die Höhe jagte.

Diese Bilder genügten, um in Fahrt zu kommen, aber nicht, um bei der Sache zu bleiben. Ellen wurde nicht sonderlich aktiv, der verheißungsvolle Anfang schien ihr diesmal als eine Art sexueller Existenzbeweis zu genügen. Auch Viktor hätte es mit dieser Geste des guten sexuellen Willens bewenden lassen können, aber der alte Wunsch nach dem erlösenden Sichausschlenkern gewann dann doch die Überhand und brach sich seine Bahn.

Da Ellen, die mit ihrer Bemerkung die Sache doch angefacht hatte, es ohne große Leidenschaft geschehen ließ, mehr zufrieden als ekstatisch stöhnend, mußte sich Viktor die nötigen Kicks weiter aus seiner Phantasie besorgen, was ihm bei dem ohnehin schon angelaufenen Szenario nicht schwer fiel: Er schnappte sich die von Ellen lesbisch erhitzte Nasenring-Tina, verfügte, daß sich Ira und die Tscherkessin sofort innigst zugetan waren, und ließ sich von den beiden frisch ineinander verliebten Freundinnen beobachten, beraten und anfeuern, die, wie könnte es anders sein, alsbald nicht länger nur Beobachterinnen sein, sondern ins Geschehen eingreifen wollten, verständlicherweise, denn die Initiation einer beringten helvetischen Elevin ging auch im Goldmannschen Harem nicht alle Tage über die Bühne. Alsbald herrschte das übliche heftige Pressen und Drücken, Bohren und Stoßen, Beugen und Grätschen, Öffnen und Schließen, Fingern und Züngeln. Das große Gurgeln und Orgeln und Ächzen und Stöhnen und Strömen lockte Ellen und Sabine herbei, zwillingshaft in Lila jetzt beide, nicht auszumachen welche die laszivere von ihnen sein wollte, so beobachteten sie, unverhohlen animiert, das laszive Geschlinge... alles in allem eine attraktive Vorstellung die nicht zuletzt dadurch einen besonderen Reiz erhielt, daß Ellen, die Frau, mit der Viktor wirklich zugange war, in der Imagination zu den Zuschauerinnen zählte.

Die Lust ließ sich bequem durch Veränderungen der Konstellationen steuern und ausdehnen. Als Viktor merkte, daß seitens der realen Ellen die uferlose Nummer heute nicht gefragt war, steuerte er dem Ende zu und gönnte sich zum Abschluß die Vision, sich zwischen den fünf Frauen in ein durch und durch lesbisches Weib verwandelt zu haben, eine Vorstellung, deren Wonnen ihn rasch überwältigte und die einen höchst interessanten, tatsächlich weniger männlichen Orgasmus zur Folge hatte.

Viktor lachte leise, als er sich wieder in sich selbst zurückverwandelte, als Sabine, Bettina, Ira, die Tscherkessin und die Imaginations-Ausgabe von Ellen, die fünf guten Geister also, die er gerufen hatte, sich lächelnd entfernten – und auch die echte Ellen lachte nun, ehe sie einschlief, leise in sich hinein.

»Zu meinem sechzigsten Geburtstag in ungefähr zwanzig Jahren würde ich gern wissen, mit welchen Frauen er etwas gehabt hat«, sagte Ellen beim hastigen Frühstück zu Sabine. Viktor kam gerade aus dem Bad und schaltete sich ein: »Du müßtest bis dahin allerdings präzisieren, was du genau unter ›gehabt haben‹ verstehst.«

Sabine war verwirrt von dem Gespräch der Eheleute über ihren Kopf hinweg und drängte auf Aufbruch.

»Werden wir uns wieder zanken, wer unsere Besucherin zum Bahnhof fahren darf«, fragte Viktor.

Er fuhr. Sabine, jetzt ohne lila Hose, nutzte die Fahrt um zu sticheln. Ellen sei eine faszinierende Person. Viktor habe eine so souveräne Frau nicht verdient. Sie könne sich vorstellen, mit Ellen befreundet zu sein. Davon habe sie mehr als von einem unorganisierten Liebhaber. Sie sei heilfroh, daß es nicht zu einer Hotelnacht gekommen sei.

Viktor schwieg.

»Da verschlägt es dem Dichter die Sprache«, sagte Sabine.

Viktor schwieg, weil er über die rätselhafte Mächte der Freundlichkeit und Offenheit und Natürlichkeit nachdachte – lauter sympathische, begrüßenswerte Eigenschaften, und doch hatten sie auf Sex und Eros eine verheerende Wirkung. Durch die harmlosen Übernachtungen im Gästezimmer war das gegenseitige Begehren zwischen ihm und der Tscherkessin und die immer noch vorhandenen Anziehungskräfte von Sabine empfindlich gestört worden. Wenn Viktor Realist gewesen wäre und nicht jeden Pessimismus für sein Leben ausgeschlossen hätte, dann hätte er sich fragen müssen, ob diese beiden Fälle Tscherkessin und Sabine nun nicht erledigt und abgeschlossen wären.

Die üblichen Ehefrauen machten die üblichen Szenen, wenn durch Regiefehler verdächtige Personen oder auch nur verräterische Gegenstände in ihrer Nähe auftauchten. »Von wem ist dieses lange blauschwarze Haar?« – »Wer hat dir diesen Brief geschrieben?« – »Wer war diese Frau? Ich will sie nie wieder sehen!« Oder, noch dümmer: »Wenn du diese Frau noch einmal triffst, ist es aus mit uns!« Furchtbare Floskeln einer immer noch existierenden bürgerlichen Welt. Mit solchem klassischen Keifen trieben die Frauen ihre Männer erst recht in die Arme der Geliebten – und damit in den Ruin. Und natürlich gab es genügend Männer, die ihren Frauen mit ähnlichem Geschrei außereheliche Vergnügungen vorenthalten wollten. Das Ganze nannte sich zivilisierte Gesellschaft. Dabei war das Beziehungsgezeter rückständiger als die gepflegten Liebesregeln mancher wandernden Beduinenstämme.

Die unübliche Ellen, obwohl keine Beduinenfrau, nahm die fremden Damen großherzig auf. Das war wirklich zivilisiert. Vor allem war es raffiniert. Es war vermutlich die wirkungsvollste Methode, brisante Liebschaften zu entschärfen. Denn die Liebe war nach wie vor nicht zivilisiert. Die Liebe brauchte ein Versteck. Sie glomm und schwelte und glühte und züngelte im Verborgenen – und sicher nicht unter den Augen einer toleranten Ehefrau.

Es war ein kühler Abschied von Sabine, ein bißchen traurig auch, denn gestern war noch ein unverhofftes Stückchen Glut dagewesen, der Rest eines alten Feuers, und nun schien alles endgültig erloschen zu sein. »Also dann«, war Viktors hilfloser Zuruf, als die Türen der Zugs sich schlossen.

Unfälle kommen in Serie. Auch einem antiabergläubischen Rationalisten wie Viktor war dieses unerklärliche Naturgesetz bekannt. Es würde nicht bei der Entschärfung Sabines und der Tscherkessin bleiben, das war ihm klar. Je geschickter er versuchen würde, weitere Verwandlungen von Liebsten in Freundinnen des Hauses zu vermeiden, desto unvermeidlicher würde es geschehen.

Viktor spürte, daß die Nasenring-Tina Ellens nächstes Opfer werden würde. Kein endlich besorgtes Handy, kein Herumlungern auf dem Flughafen, um die beringte Bettina bei ihrer Ankunft abzufangen, könnte verhindern, daß sie bei ihm punktgenau zu einem Zeitpunkt anrufen würde, an dem er nicht zu Hause war und Ellen ans Telefon ging, um ihr sofort anzubieten, sich nach der anstrengenden Reise bei einem schönen Tee bei ihr und Viktor zu erholen, vermutlich mit den Worten oder zumindest dem Unterton: »Viktors Freunde sind auch meine Freunde.« Es war Viktor fast egal, wie es ausgehen würde. Die Spannung war das, worauf es ihm ankam. Und nur in einem Hotel würde diese Spannung entstehen. Wäre Bettina erst in die häusliche Falle getappt, war das Ende der Erotik besiegelt – zumindest deren vorläufiges Ende.

Ein Jammer. Sie war nicht die Frau seiner Träume, aber für den Traum gestern Nacht war sie gut gewesen. Viktor fand zwar nicht wie Ira, daß man »Phantasien ausleben« müsse – vor allem wegen der penetranten Formulierung war er nicht dieser Meinung, aber ein gewisser Prozentsatz der Träume sollte unbedingt realisiert werden. Schon weil einem sonst das Träumen verging. Ganz früher hatte er von einem 1200er-Motorad geträumt, und in der herben Wirklichkeit hatte es dann nur zu einem mit 600 Kubikzentimeter gereicht. Fuhr aber auch flott und hatte ein sonores Brummen. Die beringte Bettina zu versklaven und sie anschließend der Tscherkessin zum Geschenk zu machen – das war vielleicht ein bißchen viel, aber in einem Züricher Hotelbett ihren Körper zu erkunden, mit ihrem Nasenring zu spielen und ihr zumindest die Wonnen auszumalen, die sie als Gespielin der Tscherkessin erfahren würde, das war durchaus kein unrealistisches Ziel.

Viktor eilte nach Hause, suchte Bettinas Nasenring-Postkarte aus Bali – oder war es Birma gewesen? –, fand sie nicht auf seinem Schreibtisch, sie war offenbar schon auf dem Weg, in Literatur verwandelt zu werden, also auf einem der Bügelbretter im Gästezimmer in einem Bettina-Nasenring-Karton. Auch dort suchte er vergebens. Durch das Platzmachen im Gästezimmer hatte Ellen die Bügelbretter eng zusammen in eine Ecke geschoben, dadurch hatten sich Stapel gebildet, die dann zusammengerutscht waren.

Jahrelang hatte sich Viktor Liebestermine gemerkt und in keinen Kalender eingetragen. Diese Aktivitäten sollten keine Spuren hinterlassen. Wenn es stimmte, daß das Gedächtnis ab Anfang Zwanzig nachläßt, dann war es erstaunlich lang erstaunlich gut gegangen. »3. Oktober Amsterdam« – so einen Termin mit Ira konnte sich Viktor monatelang merken, ohne ihn zu notieren. Seit einiger Zeit war er dazu übergegangen, kleine Vermerke in den kleinen Terminkalender zu machen. Er hatte das unverfängliche Wort »Nasenring« eingetragen, aber da die Schrift größer war als die winzigen Spalten, konnte der Besuch der Nasenring-Tina heute, morgen oder übermorgen fällig sein.

Sie kam am dritten Tag, als Viktor nicht mehr damit gerechnet hatte. Er war in einen Film gegangen, für den sich Ellen nicht interessierte. Als er die Wohnung betrat, stand mitten im Flur ein riesiger roter Nylonrucksack, geöffnet und teilweise ausgeweidet, und eine leuchtend blaue Tasche, die ihm schon bei der Zugfahrt nach Hannover wegen ihrer abscheulichen Sportlichkeit aufgefallen war.

»Es wird immer bunter«, sagte Ellen, »deine Bekannten bereichern wirklich mein graues Leben.« Und als Viktor nach der Nasenring-Tina Ausschau hielt: »Der süße Vogel Jugend ist im Bad und ordnet schon seit einer halben Stunde sein Gefieder.«

Viktor räumte unkonzentriert einige Platten und CDs auf. Ellen blätterte unkonzentriert in einer Zeitschrift. Endlich ging die Tür auf, und Bettina erschien – balinesisch gekleidet. Viktor erschrak. Es gab weitere Ringe an den Ohren und Augenbrauen.

»Klasse«, sagte Ellen.

»Hey, Viktor!« Bettina hob wie eine Südseekönigin die Hand zum Gruß. »Pralle Wohnung, geile Gegend«, sagte sie dann. Sie sprach laut und schweizerischer, als Viktor es in Erinnerung hatte: »Hast du das Gedicht?«

»Du schreibst Gedichte!« schrie Ellen. Der Schrei war echt. Ihr ganzer Ekel auf die Hochkunst lag darin. Das Pathos der Lyrik war nicht Ellens Ding. Mit ihr über die Verse des heiligen Paul Celan oder der heiligen Ingeborg Bachmann zu lästern, gehörte zu der pikantesten Wonnen der Blasphemie. Ella hatte Gedichte gemocht. Sie hätte später im Bett gesagt: »Dieser Tussi schreibst du Gedichte und mir nicht!« Ira, als sie noch nicht Ehefrau Nummer zwei war, hatte viele Gedichte von ihm bekommen. »Willst du mal sehen?« hatte sie unlängst bei einem Amsterdam-Treffen gesagt. Er hatte es lieber nicht sehen wollen.

»Er hat mir ein Gedicht auf meinen Nasenring versprochen«, sagte Bettina: »Ich warte noch immer.«

»Es liegt irgendwo in dem Zimmer, in dem du schläfst«, sagte Ellen. Es war ihr tatsächlich beim Zusammenstellen der Bügelbretter aufgefallen, und sie hatte einen Blick darauf geworfen. »Wenigstens kein hoher Ton«, sagte sie zu Viktor. Und zu Bettina: »Er stellt sich vor, auch einen Ring in der Nase zu haben, und dann seid ihr mit einem Kettchen verbunden und geht bis ans Ende der Welt.«

»Mach nicht alles kaputt, grausame Juristin«, sagte Viktor.

»Geil«, sagte Bettina und fing an die Platten und CDs zu inspizieren: »Habt ihr nur Jazz und Klassik?«

Die alten Pop-Platten lagerten zum großen Teil in der Frankfurter Wohnung. Viktor nickte reumütig: »Was trinken?«

Bettina wurde munter: »Cool. Habt ihr Cola?« Cola gab es nicht. Tee war auch gut. Ellen verschwand in der Küche, dankbar fast.

Viktor sagte zu Bettina: »Ich wollte unbedingt verhindern, daß du hier übernachtest. Eine Liebesnacht hier ist nicht drin.«

Bettina packte ungerührt einen Kaugummi aus, steckte ihn in den Mund und begann zu kauen: »Ist doch okay. So weit waren wir doch noch gar nicht – soweit ich mich erinnere.«

»So weit will ich aber kommen«, sagte Viktor. Es kam eine Spur zu trotzig.

Sein Wunsch beeindruckte sie nicht: »Ganz schön ehrgeizig. Du hast ja noch nicht mal einen Ring in der Nase.«

Viktor senkte sein Haupt. Sie traf einen wunden Punkt. Es ging nicht um den Ring. Es ging darum, daß er immer seinen literarischen Projektionen hinterherhinkte.

Sie nützte seine Verlegenheit aus: »Mit Nasenring hättest du echt Chancen bei mir.«

Ellen erschien mit dem Tee. Der nächste Tag wurde organisiert. »Also, ich verlasse um acht Uhr das Haus«, sagte Ellen. Es klang so, als wolle sie damit sagen, daß sie nichts dagegen hätte, wenn danach das Nasenring-Liebespaar übereinander herfallen und sich verketten würde. Entsprechend komisch wirkte Bettinas Kommentar: »Au, acht, das ist mir zu früh!«

Viktor lachte. Nachher würde er Ellen fragen, ob ihr der pornographische Charakter des kleinen Dialogs aufgefallen sei.

Im Bett sagte Ellen: »Tu's doch, geh rüber!«

»Sie fickt nur mit Männern, die einen Nasenring haben«, sagte Viktor, »ich habe vergessen, mir einen reinbohren zu lassen.«

Ellen kramte in ihrer Nachttischschublade und holte einen Ohrklipp hervor: »Vielleicht tut es der auch?« Sie zwickte den Klipp in einen von Viktors Nasenflügel und bewunderte ihr Werk: »Geil!« Sie umarmte Viktor mit gespielter Leidenschaft und fragte dann streng: »Was findest du an ihr?«

»Wir haben keine Kinder«, sagte Viktor und fing an, schallend zu lachen über seinen Satz: »Du hast Neffen und Nichten. Ich habe niemanden. Ich brauche Bettina. Sonst reißt mein Kontakt zur Jugend ab. Das kann ich mir als Schriftsteller nicht leisten.«

Ellen griff nach Viktors Ohren und zog an den Läppchen: »Das Praktische an Bettina ist«, sagte sie, »sie ist zwar jung wie eine Tochter oder Nichte, aber nicht verwandt. Kein Inzesttabu. Sie ist auch nicht minderjährig. Du kannst mit ihr ficken.«

»Genau«, sagte Viktor, »zwei Fliegen mit einer Klappe: Ich kriege Jugend, ich kriege Sex. Das Dumme ist nur«, und jetzt zog er an Ellens Ohren, »daß du hier bist. Du mußt weiter weg sein, wenn ich mit ihr schlafen können soll.«

»Können soll?« wiederholte Ellen und fragte dann: »Wie weit weg?«

»Fünf Kilometer, besser zehn, noch besser hundert. Je nachdem. Tausend Kilometer sind ideal. Dann ist es am wenigsten schlimm für den armen Viktor Goldmann, seine liebe Gattin Ellen mit einer anderen Frau zu betrügen.«

»Was heißt ›je nachdem‹?« fragte Ellen.

»Je nachdem mit wem«, sagte Viktor, »die Tscherkessin ist sehr wild, da wäre mir ein Anstands-Abstand von dreihundert Kilometern schon sehr lieb. Bei unserer jetzigen Besucherin käme ich mit dem Minimum von fünf Kilometern klar.«

»Nehmt euch ein Hotel«, sagte Ellen.

»Amsterdam hat eine ideale Entfernung«, sagte Viktor und bereute es sofort. Das hätte er nicht sagen sollen. Das war Verrat an Ira. Das ging niemanden etwas an. Es war zu hoffen, daß Ellen nicht wußte, wo Ira lebte und daß er Kontakt mit ihr hatte. Er lenkte schnell ab, indem er in Richtung Gästezimmer deutete: »Wie findest du ihre Nase?«

»Apart«, sagte Ellen, »und eine wirklich makellose Figur. Eine echte Gemeinheit.« Sie richte sich im Bett auf: »Geh bitte rüber zu ihr und sag, daß jetzt gevögelt wird. Sag ihr, der Gast kann bei uns wählen: entweder mit mir oder mit dir – oder mit uns beiden. Los geh!« Ellen versuchte, Viktor aus dem Bett zu stoßen, und sprang auf, als das nicht gelang: »Dann frage ich sie!«

Sie verschwand im Gästezimmer. Viktor ärgerte sich über die kindische Erektion, die er prompt bekam. Nach einer Viertelstunde kam Ellen wieder und sagte: »Nicht schlecht, die Kleine.«

Viktor verging vor Neugierde und versprach Ellen alles, wenn sie nur sage, was sie wisse. Sie ließ ihn eine Weile zappeln, dann erstattete sie Bericht. Sie habe gesagt: »Tina, du kannst wählen. Fick mit Viktor, fick mit mir oder fick mit uns beiden – aber bitte fick!«

»Das glaube ich nicht«, sagte Viktor.

»Du hast doch einen guten Geschmack«, sagte Ellen, »ihre Antwort hatte Klasse.«

»Sag es mir, bitte!« flehte Viktor.

Ellen genoß es. Tina hatte wörtlich gesagt: »Du, das ist mir jetzt irgendwie zu bürgerlich.«

Der Liebessalat

Wie ein Spiel hatte es begonnen. Viktor gab ihm einen Namen. Er sprach von »Ellens Enterotisierungsprogramm« oder »Ellens Entsexualisierungstaktik«. Obwohl er nicht wußte, ob es wirklich eine Taktik oder ein Programm oder ein Spiel war – ob es Ellen einfach Spaß machte oder ob sie schon längst genug hatte von seinen Umtrieben und raffiniert süße Rache übte, indem sie die Frauen, mit denen er etwas hatte oder haben wollte, herzlich einlud, im Gästezimmer zu nächtigen anstatt ihnen zu sagen, wann sie Viktor erreichen könnten, der ihnen wiederum ein Hotel nennen könnte.

Es machte ihr sichtlich Spaß, und Viktor gönnte ihr die Siege. Er hatte oft gewonnen, es war an der Zeit, ein paar Verluste zu machen. Es war seine eigene Schuld. Ellen nutzte seine organisatorischen Fehler geschickt aus, mehr tat sie nicht. Sie machte ihre Arbeit gut. Mit ihrer halb ironischen, halb echten Gastfreundlichkeit entzog sie den Affären alle Brisanz. Wie eine Expertin, die mit kundigen Griffen Bomben entschärft. Viktor überlegte sich, ob er ihr zum Geburtstag einen grellfarbigen Katastrophenschutz-Overall schenken sollte mit dem Namensschild »Ellen Goldmann – Sprengmeisterin«.

Er war mit dem Tarnen nachlässig geworden. Obwohl er damit einige erotische Aussichten aus dem Auge verlor, spürte Viktor auch eine Art Erleichterung, daß nun weniger geheimzuhalten war. Zudem hatte die Nähe der Frauen und ihre Verwandlung von einer heimlichen Geliebten in eine offizielle Freundin des Hauses sich belebend auf die Goldmannsche Ehetätigkeit ausgewirkt. Auch das vergebliche Buhlen um die Gunst der schrägen, aber nicht sonderlich bisexuellen oder zu Sklavendiensten der Liebe bereiten Nasenring-Tina war von einem ungewohnt explosiven Eheexzeß gekrönt worden.

Vielleicht auch deswegen ergriff Viktor keine Gegenmaßnahmen und gab sich mit dem Tarnen auch weiterhin wenig Mühe. Vielleicht dachte er auch: eine Nebenliebe, die eine Nacht im Gästezimmer nicht überlebt, ist es nicht wert. Viktor neigte manchmal zu darwinistischen Durchhalteparolen. Er schaffte sich kein Handy an, notierte weiter die Termine schlampig und ließ es darauf ankommen. Es war nicht auszuschließen, daß dahinter der Wunsch nach einem ruhigeren Leben stand. Es war alles ein bißchen viel, das Durcheinander war groß geworden. Wenn auf diese fast elegante Art die Frauen reduziert würden, mit denen er etwas hatte, war ihm das vielleicht ganz recht. Fast war es erholsam, sich weniger um Reisen und Hotelzimmer und plausible Alibis kümmern zu müssen. Auch das Innenleben war nicht mehr so angestrengt. Er mußte sich nicht ständig fragen, ob er nicht irgend jemandem, vor allem nicht einer der Frauen, mit denen er etwas hatte, Unrecht tat.

Die Frauen, mit denen er etwas hatte – das war der richtige Ausdruck. »Hast du was mit der?« war eine legitime Frage. Die Frage »Liebst du sie?« war im Hause Goldmann verboten. Nur Idioten fragten das ihre Partner, zitternd vor Zorn: »Liebst du ihn?« – »Liebst du sie?« Als wenn man auf diese Frage je eine brauchbare Antwort bekommen würde! Es war selbst für gutwillige und wahrhaftig sein wollende Menschen schwer, eine Romanze zu definieren: Wieviel Wunschdenken war bei einer Liebe dabei, wieviel Wirklichkeit? Wieviel Hysterie und heiße Luft? Wieviel Hoffnung, wieviel Angst vor dem Ende? Wieviel Herz, wieviel Hoden? Wieviel Einbildung? Der klassische Vollzug, die Einfahrt des Penis in die Scheide, ein Vorgang der auch mit dem häßlichen Wort »Penetration« bezeichnet wurde und der normalerweise mit der Ejakulation endete, konnte sehr viel mit Liebe zu tun haben – und auch sehr wenig.

Die Frage »Hast du was mit der?« beantwortete Viktor fast

immer mit »Ja« und ließ es dahingestellt, was genau er da hatte. Er sagte Ellen auch, warum: »Weil mich der scheinbar harmlose Blickwechsel mit einer Fremden in deiner Gegenwart mehr beschäftigen und vom Zentrum der Ehe entfernen kann als drei Liebesnächte mit Susanne in leider nicht dreihundert, sondern nur zehn Kilometer Entfernung.«

»Susanne?« Von ihr wußte Ellen nichts. »Klar habe ich was mit der«, sagte Viktor, »allerdings so gut wie nichts.« Sie war die Nächste, die Ellen zum Opfer fiel. Der Sprengsatz war nicht mehr sehr brisant. Ellen bastelte eine Falle, und Viktor ging bewußt hinein, um zu wissen, ob es eine war. Sie verreiste und rief ihm auf eine so unwiderstehliche Art zu, er solle sich mit »dieser Susanne« vergnügen, daß er nicht anders konnte, als sie beim Wort zu nehmen. Er schrieb dem Fräulein Strindberg, daß er sich nach ihrem spitzen Kinn verzehre und daß er jetzt eine Dummheit begehen würde, woran sie allein Schuld sei, weil sie ihn nicht erhöre. Dann lud er Susanne zu sich ein. Sie wollte erst nicht, wurde dann aber doch weich, als er ihr beschwor, sie müsse kommen, er kenne keine andere Frau, für die er die Wohnung aufräumen würde, und die Wohnung müsse aufgeräumt werden, weil sonst die sizilianische Putzfrau morgen nicht putzen könne, und dann werde Ehefrau Ellen zu Recht sauer sein, wenn sie übermorgen nach Hause käme und einen Saustall vorfinde – »bitte, komm Susanne, nur du kannst mich retten«. Mit diesen unsinnigen Argumenten hatte Viktors Bitte einen solchen Grad an Unernst erreicht, daß Susanne tatsächlich ihr Kommen in Aussicht stellte und auch kam, nicht zuletzt, weil sie selbst eine Putzfrau suchte und bei der Gelegenheit die Sizilianerin fragen wollte. Susanne blieb über Nacht, und sie waren am Morgen einig, daß die Nacht sich gelohnt hatte. Die Putzfrau erschien und wurde von Susanne nach ihren Kapazitäten befragt, dann zeigte sie, wie sie putzen konnte, und Viktor und Susanne flohen vor ihr in die Küche.

Im diesem Augenblick kam Ellen. »Einen Tag früher«, sagte sie entschuldigend und fröhlich und schenkte der unbekannten Susanne ein frisches, unbefangenes »Hallo«. Viktor starrte Ellen kurz an und versuchte in seinen Blick zwei Botschaften zu legen. Erstens: Das wußte ich! Zweitens: Nett, daß du nicht vor der Putzfrau gekommen bist, das hätte wirklich peinlich werden können!

Susanne war der Situation nicht gewachsen, verplapperte sich, versuchte ihre Anwesenheit in verdächtiger Redundanz mit ihrer verzweifelten Suche nach einer zuverlässigen Putzfrau zu rechtfertigen, obwohl Viktors Hinweis auf vage literarische Kontakte ihr Hiersein völlig ausreichend erklärte. Ellen überhörte die Widersprüche, frühstückte freundlich plaudernd mit den Ehebrechern und wußte genau, daß in diesem Fall nicht einmal eine Nacht im Gästezimmer nötig war, um diese Rivalin unschädlich zu machen.

»Auch sehr nett«, sagte Ellen zu Viktor nur, als Susanne gegangen war.

Fast war Viktor erleichtert. Ein Geheimnis weniger. Ellens Souveränität war herzerfrischend, er war mit einer wahrhaft modernen Frau verheiratet, die wußte, daß die Zeit des lachhaften Tobens aufgrund erotischer Gebietsverletzungen vergangen war. Das gehörte in die alten Jahrhunderte. Der moderne Liebesschmerz bestand darin, daß man auch unter günstigsten, das heißt liberalsten Bedingungen, weiterhin grausamen Naturgesetzen und unbarmherzigen Stilfragen ausgesetzt war, die die Liebe schwer genug machten. Das Schlimmste war die Unfähigkeit, sich zu teilen, um dadurch sein Glück bei mehreren Frauen gleichzeitig versuchen und obendrein seiner Ehefrau zur Verfügung stehen zu können. Allein in einer einzigen Kaffeehausstunde konnte es vorkommen, daß man drei Frauen sah, die man gerne angesprochen hätte. Das hatte nichts mit Sex zu tun. Jede sah so aus, als würde man mit ihr allein ein glückliches Leben führen können. Mit diesem Problem der Unteilbarkeit war noch klar zu kommen. Schlimmer war das Älterwerden und die damit verbundene Grausamkeit des Altersunterschieds. Da halfen auch nicht die toleranteste Ehefrau und die aufgeklärteste Gesellschaft. Ab zwölf Jahren Altersunterschied wurde es problematisch, ab vierzehn Jahren lächerlich, und irgendwann kam das allergrausamste: die Tabu-Grenze. Dreißig Jahre hatten seine Eltern getrennt. Als Sproß dieser Verbindung war dieser Altersunterschied noch hinzunehmen. Wer aber mit sechzig einer Zwanzigjährigen nachstieg, verstieß so vehement gegen die ungeschriebenen Gesetze des guten Geschmacks – er müßte, wenn diese Gesetze juristisch Gültigkeit hätten, zumindest ausgewiesen werden: raus aus dem paradiesischen Mitteleuropa und ab nach Borneo oder Sumatra, in deren Urwäldern die Unsitten erlaubt sein mochten. Das Fräulein Strindberg war, wie sie stolz verraten hatte, unter dreißig und folglich in der Problemzone. Liebe allein nützte hier nichts, man brauchte zusätzlich Kraft und Energie, um sich nicht lächerlich zu machen – und zwar nicht vor seiner Frau, nicht vor seinen Freunden, sondern vor sich selbst.

Wie alle spannenden Bewegungen der Goldmann-Ehe wurde Ellens Entsexualisierungsprogramm nicht eigens angesprochen, diese Intimität hätten beide als unangenehm empfunden. Es war klar, daß man dergleichen nur vor Freunden bereden konnte, und es war auch klar, daß nicht Ellen angeberisch damit begann, sondern daß es Viktors Aufgabe war, in der Rolle des Geschädigten von Ellens erfolgreicher Taktik zu berichten und sich von ihr korrigieren zu lassen. Thomas und Barbara, Carlos und Hanna hörten staunend zu, und die Augen der beiden Freundinnen sprachen Bände: »Ich hätte Viktor längst zum Teufel gejagt!« Sie schüttelten den Kopf über Ellens übergroße Toleranz, und Viktor küßte Ellen und sagte, das Beste an ihrer Toleranz sei die Schärfe, von einer duldsam wabbeligen Toleranz nämlich habe man gar nichts, irgendwann werde er einen Essay schreiben, daß nur die bissige Toleranz die Menschheit weiterbrächte.

Langsam begann sich in Viktors Schädel der neue Roman zu formen, es wurde auch höchste Zeit. Ein Lob der bissigen Toleranz würde darin vorkommen, die Qualen des Altersunterschieds und dann Selma: das Fräulein Strindberg. Sie war sein Trumpfkarte. Von ihr schwieg er. Auch von Ira schwieg er, gewisse Frauen gingen Ellen und die Freunde nichts an. Er sah

Selma nicht oft, einmal in der Woche vielleicht, große Fortschritte machte er nicht, näherte sich ihr aber doch langsam und mit Rückschlägen. Besonders gut gefiel ihr, daß sie so gut wie tabu für ihn war. »Aber eben nur so gut wie«, sagte er – und sie lächelte dabei süß.

Die ganze Enterotisierungsgeschichte hörte schlagartig auf, ein Spiel zu sein, und verwandelte sich von einer Stunde zur anderen in eine Katastrophe, als Viktor eines Abends aus der Zentralbibliothek nach Hause kam, etwas betrübt, Selma dort nicht angetroffen zu haben, die in letzter Zeit besonders verschlossen gewesen war. Diese Selma, die noch nie seine Wohnung betreten hatte, wie er nicht die ihre, saß nun auf demselben Sofa, auf dem schon die Entzauberung von der Tscherkessin, von Sabine und Bettina und schließlich von Susanne begonnen hatte. Ohne zu wissen, was hier vorging, war Viktor sofort klar, daß dies ein Tiefschlag war, der ihn völlig aus der Bahn werfen würde. Der Unfall war geschehen, noch tat nichts weh, die Folgen würden furchtbar sein.

Ellen und Selma machten ernste Gesichter. Viktor war darauf gefaßt, daß sich Selma hilfesuchend an Ellen gewandt hatte, ob sie nicht bitte auf ihren Mann einwirken und veranlassen könne, daß er sie, Selma, doch bitte mit seinen unerträglichen Nachstellungen verschonen möge, die ihr Privatleben belasteten und längst schon ihre Arbeit als Dramaturgin gefährdeten. Es dürfte sehr hart werden, wenn Ellen in Selmas Gegenwart an seinen Verstand appellieren und kopfschüttelnd Mäßigung anmahnen würde. Es wurde ihm flau vor dem, was ihm blühte. Ausgebufft wie er war, hatte er eine hübsche junge witzige Frau überschätzt und in Verwirrung gestürzt und mußte nun Buße tun.

Selma stand auf und fiel ihm um den Hals. Sie fiel ihm um den Hals! Sie liebte ihn. Sie war gekommen, um Ellen zu sagen, daß sie nicht mehr ohne ihn leben könnte. Ob sie hier einziehen dürfe? Die Wohnung sei doch groß genug. Ob man nicht eine Ehe zu dritt riskieren sollte. Es könne ja auch mal gutgehen. Und Ellen hatte dazu genickt: Mit diesem hinreißenden Geschöpf würde sie sich arrangieren können. Das war etwas anderes als die Bettina, die schräge Eintagsfliege. Selma war etwas Besonderes. Ihr Ernst war hinreißend. Glückliche Zeiten würden anbrechen.

Die Wahrheit war: Selma war nicht gekommen, um ihre Liebe zu Viktor zu gestehen, und auch nicht, weil sie sich von Viktor belästigt fühlte. Ihr problematischer Freund hatte einen Selbstmordversuch unternommen. »Er hat die Eifersucht nicht mehr ausgehalten«, sagte Selma, »er kann es nicht ertragen, wenn ich mich für andere Männer interessiere. Er ist so schwach.«

»O Gott«, sagte Viktor. Das sagte er selten. Es kam so tief und traurig aus ihm heraus, daß Ellen kurz auflachte.

»Er lebt«, sagten beiden Frauen gleichzeitig und lachten jetzt beide. Viktor wußte nicht, ob er entsetzt oder geschmeichelt sein sollte, daß sich andere Männer wegen ihm das Leben nehmen wollten.

Das Krankenhaus war in der Nähe. Deswegen war Selma vorbeigekommen. Viktor könnte als Schriftsteller vielleicht einen guten Psychotherapeuten empfehlen, hatte sie gedacht, denn ihr Freund brauche jetzt dringend eine Therapie.

Ellen schaltete sich ein: Sie hatte Selma bereits aufgeklärt, daß Viktor alle Psychiater und Psychotherapeuten für bekloppt hielt und also die falsche Adresse sei. Viktor fand es etwas seltsam von Selma, sich Ellen so unbefangen anzuvertrauen. Schließlich war Ellens Mann schuld am Selbstmordversuch ihres Freundes. Keine Kleinigkeit. Wie bitte sollte das alles weiter gehen?

Zum Glück verriet Viktor seine Gedanken nicht. Das wäre der Gipfel der Katastrophe und der Lächerlichkeit gewesen. Selma nämlich liebte einen ganz anderen Mann, und der liebte auch sie. Und jetzt kam das Schlimmste. Der andere Mann war Mitte fünfzig. Gut zehn Jahre älter als Viktor. Für Selma kein Problem. Noch war er verheiratet, dieser andere Mann, aber der Scheidungstermin stand schon fest. Eine klare Entscheidung, eine saubere Sache. Und wenn der Freund erst in Therapie wäre, würde auch er damit fertig werden.

»Du bist so blaß, Viktor«, sagte Ellen. Sie nannte ihn selten beim Vornamen.

»Dauernd diese Bibliothek«, sagte er matt.

»Gehen Sie morgen wieder hin?« fragte Selma.

»Ich weiß noch nicht«, sagte Viktor, noch matter. Alles war Illusion, alles perdu. Ohne Aussicht auf Fräulein Strindbergs Liebe kein Fräulein-Strindberg-Roman. Alles, zack, weg, alles kaputt, alles zerstoben. Volle Solidarität mit dem Selbstmörder. Wegen solcher Frauen konnte man sich nur umbringen. Nie mehr würde er neben ihr in der Bibliothek sitzen wollen. Sie war weniger ein pikantes Fräulein Strindberg als eine Figur aus einem Tschechow-Drama. Sonja aus dem Stück *Onkel Vanja* – genau! Niederschmetternd. Liebt einen Unwürdigen. Und dann dieses furchtbare Ende: zurückbleiben am Arsch der Welt, ohne die Liebe des Lebens, als armer Versager die Güter reicherer Versager verwalten, die mageren Erträge der Buchweizenernte zusammenrechnen. »Wenn du wüßtest, wie schwer mir ist«, sagt Vanja zu seiner Nichte Sonja. Die weiß es durchaus und spricht über ihren Gutsverwaltungsbüchern die trostlosen Schlußworte: »Wir werden weiterleben, eine lange, lange Reihe von Tagen und langen Abenden, harre aus, Onkel, wir werden ausruhen.« Die Hölle. Keine Liebe, kein Geld, keine Großstadt – nichts. Selma hatte ihn, Viktor, den Sieger, zum Onkel gemacht, und er hatte es nicht gemerkt. Ein Onkel, mit dem man reden kann, wenn man traurig ist. Den man um Rat fragt, wenn einer sich umbringen will, der einen dummerweise liebt. Und vor lauter Wen-anders-Lieben nicht merken, daß man geliebt wird. Onkel Viktor. Nein, bitte nie mehr mit Selma zusammen über Büchern an einem Tisch sitzen, er käme sich völlig verlassen vor.

Wie immer, wenn Viktor an das Ende von *Onkel Vanja* dachte, an dieses trostlose Weiterleben in der Provinz ohne Aussicht auf Liebe, wurden ihm die Augen feucht. Er stand auf, um zu verbergen, wie erschüttert er war, und empfahl Whisky. »Gut gegen Selbstmordversuche«, sagte er.

»Ganz süß, deine Selma«, sagte Ellen später, beschwipst, gesprächig, ohne jeden Spott: »Was du für nette Leute kennst! Immer nur durch Zufall kriegt man das mit. Die müssen wir mal einladen. Mit ihrem Freund. Interessiert mich schon, was für ein Typ über fünfzig sich so ein Mädchen schnappt. Kann nicht ganz ohne sein.« Viktor glaubte ein Bedauern herauszuhören, daß ihr Mann kein so toller Hecht war. Ellen zog sich aus und ihren Harlekin-Pyjama an. Viktor versuchte, sich Selma in diesem Aufzug vorzustellen. Er konnte sich nicht mehr an das Verlangen erinnern, seine Wange an die ihre zu legen. Er konnte sich überhaupt nicht mehr an Liebe erinnern. Alles war weg.

Ellen hatte, ehe sie einschlief, noch einen Verdacht: »Sag mal, mit Selma hattest du doch wohl hoffentlich nichts?« Sie drehte sich sogar um zu ihm, um der Frage Nachdruck zu verleihen.

»Hör mal«, sagte Viktor.

Sie gab noch keine Ruhe: »Oder hattest du gehofft, du würdest mal etwas mit ihr haben können?«

»Wo denkst du hin«, sagte Viktor.

Von diesem Tag an ging es bergab. Wenn die Enterotisierung je ein Spiel gewesen war, dann wurde es jetzt mit einem Schlag ernst. Selma war alles andere als die große Hoffnung seines Lebens gewesen, aber eine paar kleine verrückte Hoffnungen auf eine kleine verrückte Liebschaft mit ihr hatte sich Viktor doch gemacht. Sein riskant konstruiertes Lebens- und Liebes- und Arbeits-Gebäude aus Lügen und Halbwahrheiten und Sich-was-Einbilden und Sich-was-Vormachen und nicht zuletzt dem dringend nötigen Schuß Wirklichkeit hatte viele Jahre gehalten. Selma war nur ein Baustein von vielen – aber indem ihm der so unsanft entzogen wurde, kam alles zum Einsturz.

Viktor verlor die Lust am Leben und Lieben und Schreiben und den Glauben an sich selbst. In keinem Café, auf keiner Straße sah er Frauen, die ihm gefielen, und er konnte nicht begreifen, daß er sich eben noch vor Lust hatte dreiteilen wollen, um mit drei fremden Frauen gleichzeitig ein neues glückliches Leben zu beginnen. Der geplante Roman zerfiel in sich zu einem

Nichts. Er hatte sich in all seinen Schriftstellerjahren immer wieder über sich selbst lustig gemacht und als einen Autor stilisiert, der immer möglichst blind und bis über beide Ohren verliebt sein müsse, um etwas schreiben zu können. Empfindungen könne er nicht erfinden, hatte Viktor gewitzelt, er müsse sie frisch erleben, um sie frisch aufschreiben zu können. Nun merkte er, daß dieses heiter hingepinselte Bild von sich selbst der Wirklichkeit völlig entsprach, daß nur die Hoffnung auf erotischen Gewinn ihm die Energie und die Ideen gab, die zum Schreiben längerer Texte nötig sind. Das Briefeschreiben war bei Viktor immer den Romanen vorangegangen und hatte sie begleitet und durchwirkt. Aber auch diese Lust, sich mitzuteilen und zu erzählen, war ihm gänzlich vergangen, wem hätte er zu berichten gehabt – und was?

Als einzige ferne Flamme war ihm noch Ira in Amsterdam geblieben. Ihr hatte er in einigen kargen Zeilen sein Leid geklagt – und hatte sie damit abgestoßen. Sie mochte keine jammernden Liebhaber – verständlicherweise. Wenn schon ein Ex-Ehemann als Zweit-Lover, dann bitte sollte er strahlend und wohlgelaunt und siegesgewiß und unverletzlich auftreten – und nicht aus dem letzten Loch pfeifen.

Da wurde Viktor klar, daß auch seine Briefe ihre Kraft verloren hatten. Antriebslos und ohne jedes erotisches Knistern konnte er Ira nicht beeindrucken. Sie antwortete ihm, er sei hysterisch, er habe zu viele Märchen gelesen, sie könne ja mal versuchen, den bösen Zauber zu brechen, hihi, vor allem wolle sie mit zweien ihrer Kinder nach Ligurien fahren, da böte sich Zürich als Zwischenstop an, im gastfreundlichen Haus Goldmann würden sie hoffentlich eine Nacht unterkommen. Obendrein wolle sie schon lange ihre Nachfolgerin einmal wiedersehen, die Frau, die es nun schon seit Jahren mit Viktor aushalte, und bei der Gelegenheit könne sie sich ja auch gleich vor Ort Ellens Entsexualisierungsstrategie aussetzen.

Die Bügelbretter waren längst aus dem Gästezimmer geräumt und mit allen Materialien auf den Speicher verfrachtet worden. »Ich schreibe nie wieder ein Buch«, sagte Viktor, und weil ihm

Ellen nicht glaubte, warf er trotzig alle Papierstapel seines seit Jahren gehegten Bügelbrett-Geheimarchivs zum Altpapier – in der Hoffnung, Ellen möge es klammheimlich retten und auf dem Speicher deponieren, was sie zu seiner Erleichterung auch tat.

Ira kam dann tatsächlich mit zwei Kindern, und Viktor wunderte sich nicht, daß er in seinem Zustand ihre Attraktivität nicht mehr bemerkte, und auch nicht, daß Ellen, kaum war Ira ins Bad gegangen, um sich nach der Reise zu erfrischen, zu ihm sagte: »Nur ein Idiot wie du konnte eine so rassige Frau ziehen lassen.«

Viktor verschanzte sich zunehmend in seinem Arbeitszimmer. Hier fiel ihm so wenig ein wie woanders, aber hier konnte er nicht bei seiner Einfallslosigkeit und Untätigkeit beobachtet werden. Er übernachtete auch immer häufiger hier. In den Jahren der unbeschwerten Kreativität hatte er auch oft seine Nächte an diesem Ort der unermüdlichen Produktion zugebracht, aber das waren Nächte voller heißem Telefongeflüster und voller ungestümer Brief- und E-Mail-Schreiberei gewesen. Nun gab es keine Liebe mehr, keinen Sex, kein Eros, weder in der Ehe noch außerhalb. Da es zwischen Ellen und ihm immer wieder längere asexuelle Phasen gegeben hatte, fiel ihr die Veränderung nicht auf, vielleicht sagte sie auch deswegen nichts, weil Viktor manche Ehefrau in manchem Roman sich über mangelnden ehelichen Sex hatte beschweren lassen und mit dieser Beschwerde nur die Dürrezeit verlängert hatte. Denn das hatte er aus der Ehe mit Ella gelernt: Wenn man anfing, sich gegenseitig sexuelle Appetitlosigkeit vorzuwerfen, war die Antwort immer der Hinweis auf die mangelnde Anziehungskraft des anderen, und diese Beleidigungen ließen die Lust auf Sex nur noch weiter schwinden.

Ab und zu telefonierte er mit Adrian, der nun endlich einmal dazu kam, aus seinem Leben zu erzählen, denn neue Frauengeschichten hatte Viktor nicht zu berichten, und über sein Elend sprach er nicht gern und nur knapp. Adrian forderte ihn auf, seine Niederlage festzuhalten, einen Roman darüber zu schreiben, wie ein Mann Anfang Vierzig langsam glaubt, bei einem Mädchen Mitte Zwanzig Chancen zu haben, deren Freund sich dann aus Eifersucht umbringt – im Roman wäre ein gelungener Selbstmord wirkungsvoller: Große Reue, aber auch großes Glück des Midlife-crisis-geplagten Helden. Und dann stellt sich raus: die Angebetete liebt nicht ihn, sondern einen alten Sack, der in Liebesdingen aber wenigstens entschieden ist. Die Liebe des anderen hat sie gar nicht ernst genommen, weil keine Frau polygame Liebe ernst nimmt. Adrian war in seinem Element. Er schlug vor, Viktor solle statt des alten Sacks einen fünfunddreißigjährigen fetten Geiger nehmen, einen wie ihn, der kein Glück bei den Frauen habe, der sich aber entscheiden könne. Wenigstens in Viktors Roman wolle er einmal eine tolle Frau kennenlernen. »Ich würde diesen Roman gern lesen«, sagte Viktor, »aber schreiben kann ich so etwas nicht.«

Er hatte auch keine Jazz- oder sonstigen musikalischen Wünsche mehr an Adrian, nicht einmal Fragen. Musik war für Viktor immer verbunden mit erotischen Hoffnungen, und wenn ihn manche Stücke euphorisch und besessen machten und er die Aufnahmen besitzen mußte, koste es, was es wolle, dann nicht, weil ihn die Leidenschaft des Plattensammlers trieb, der seinen Besitz zwanghaft komplettieren mußte – und auch nicht wegen der musikalischen Genialität oder Seltenheit des jeweiligen Stücks, sondern einzig weil er mit Hilfe dieser Musik besser von den Frauen träumen – und weil er ihnen damit besser hinterher jagen konnte. Hunderte, Tausende, im Laufe der Zeit Zigtausende hatte er ausgegeben, um an Klänge zu kommen, die seine Phantasie in dieser Hinsicht unterstützten. Egal ob Jazz oder Rockmusik oder obskure Mitschnitte irgendwelcher Konzerte, die nur in Fankreisen zu haben waren: Wenn Viktor sich bei einem Stück vorstellen konnte, mit einer bestimmten Frau danach herumzuwirbeln und rasant über eine Tanzfläche zu fegen – dann liebte er dieses Stück. Oft genügte die Vorstellung einer Autofahrt mit einer Beifahrerin, die sich auf dem Nebensitz von der von ihm zusammengestellten Musik ergreifen ließ, die sich rhythmisch zu bewegen begann und seiner Musikauswahl mit einem kleinen Lustschrei zustimmte. Das alles war nicht nur Traum. Es hatte solche Tänze und solche Fahrten nicht nur mit

Susanne und Beate und ihren Vorgängerinnen gegeben sondern auch mit seinen drei Ehefrauen Ella, Ira und Ellen.

Adrian schlug Viktor vor, ihn wieder einmal in München zu besuchen. Viktor nahm diesmal das Auto und wohnte billig. Da er nicht schrieb und keine Einkünfte hatte, glaubte er, sparsam sein zu müssen. Einen langen Abend verbrachten sie in einem Café. Die beste Ablenkung gegen Liebeskrankheit, sagte Adrian, seien Auftritte, er würde gern eine kleine Tournee mit Viktor organisieren. Viktor wie immer Mundwerk, er, Adrian an der Geige. Viktor sagte: »Ich schreibe nicht mehr, ich lese nicht mehr, ich will keine Musik mehr hören, ich will auch nicht auftreten und lustig sein.« Adrian erzählte von seinem Kummer: Ein halbes Jahr war es her, seitdem ihn seine Freundin verlassen hatte – und kein Zeichen der Besserung, es sei denn, er spiele den Leuten mit seiner Geige etwas vor, das lindere den Schmerz. Viktor sagte, er sei gar nicht liebeskrank, das sei im übrigen ein schöner Zustand, weil da Liebe spürbar sei, liebeskrank sei eigentlich sein Normalzustand in den letzten Jahren gewesen, viel Herz, viel Schmerz, Liebeskrankheit, Liebeskummer seien halb so schlimm, er hingegen sei liebestot – aus, Ende, er spüre keine Liebe mehr, kein Flattern, kein Herzklopfen, nichts, keinen Sex, kein Eros, wie kastriert komme er sich vor, bei ihm sei ein ganzes Liebes-und-Lebens-Schreibsystem kaputtgegangen, ein raffiniertes Gespinst aus Träumen und Hoffnungen und Visionen, das er kunstvoll mit einigen Zipfeln der Wirklichkeit verknüpft habe, sei durchgerissen, ratsch, weil dieser Fräulein-Strindberg-Knoten nicht gehalten habe, und da von seinem Gemütszustand auch seine Arbeit und sein Einkommen und sein Auskommen abhänge, sei er nicht nur liebestot, sondern auch als Autor am Ende, aus, pleite, restlos ruiniert, er träume nicht mehr, er sehne sich nach nichts mehr – und also könne er keine Zeile mehr schreiben.

Adrian sagte, für einen Toten schaue er ziemlich lebendig der Bedienung hinterher. Viktor sagte, nur weil sie so fadendünn sei und ihn an Selma erinnere und ihm die Aussichtslosigkeit seiner Lage bewußt mache. Vor einigen Wochen hätte er sofort den Tisch gewechselt, um von ihr bedient zu werden, das heißt, natürlich nicht um bedient zu werden von ihr, sondern um anknüpfen zu können, um das Netzwerk der Liebe zu festigen.

»Was hättest du gemacht?« fragte Adrian.

»Ich hätte ihr eine Botschaft hinterlassen«, sagte Viktor, »einen unübersehbaren Zettel: ›Liebe Lisa, dies ist ein Abschiedsbrief. Ich werde in den nächsten Wochen und Monate viel auf Achse sein – und zwar: In diesem Café hier. Ich habe Abschied genommen von meinem ruhigen Leben. Meine Zeilen hier sind, wenn man so will auch eine Warnung: Denn ich werde herauszubekommen versuchen, an welchen Tagen Sie hier arbeiten. Die erste Etappe meines neuen Lebensziels ist es, ein Lächeln von Ihnen zu erhalten. Ich gehe ungern Frauen auf den Keks. Wenn Sie mich und meine Art nicht ertragen können, sagen sie es bitte nicht erst nach einem halben Jahr. Obwohl ich vorläufig nichts anderes will, als Ihnen beim Zahlen ihre hübschen Hände zu küssen, werde ich mich unaufgefordert zu dieser Ungeheuerlichkeit nicht hinreißen lassen. Bis bald, ein von Ihnen begeisterter Gast.‹«

Adrian schüttelte den Kopf: »Das wäre nicht mein Stil. Wie kommst du auf den Namen Lisa?«

»Sie heißt so. Sie wird hier so gerufen. Das fällt einem doch sofort auf. Ist doch ein wunderschöner Name: Lisa!«

Viktor und Adrian saßen lange in dem Lokal zusammen. Adrian klagte über sein dürftiges Einkommen und die mageren Honorare für Musiker. Viktor, dem es bisher finanziell immer gutgegangen war und der früher bei diesem Thema scheu geschwiegen hatte, kannte nun auch die materielle Not, die bei ihm allerdings mehr eine psychologische war. Er hatte all die Jahre sehr gut von der Hand in den Mund von seinem eigenen Geld gelebt. Jedes Jahr ein Buch, das genug einbrachte, um neben den üblichen Ausgaben die weitgehend sinnlose Wohnung in Frankfurt zu finanzieren, den Frauen Fahrscheine zuzuschicken die vielleicht nie benutzt wurden, und Hotelzimmer zu nehmen, deren Enge und Spießigkeit einem nicht aufs Gemüt schlugen.

Bildbände durften sündhaft teuer sein, wenn nur eine Abbildung darin geeignet war, irgendwelche erotischen Chancen zu verbessern – kaum eine Frau, für die sich Viktor interessierte, die nicht irgendwann ein gigantisches Kunstbuch überreicht bekam, weil darin ein Porträt reproduziert war, in dem Viktor eine Ähnlichkeit zu der Beschenkten entdeckt hatte. Vorbei das schöne Luxusleben. Der nächste Roman würde nicht erscheinen, weil er ihn nicht schreiben konnte, mit einem Vorschuß war nicht zu rechnen – und mit dem von Ellen verdienten Geld konnte er schlecht zu Frauen großzügig sein, mit denen er gegen Ellens Interesse etwas anfangen wollte.

»Ein wahrer Künstler könnte das«, sagte Adrian: »Ein wahrer Künstler ist eine Sau.« Er riet Viktor, einen Roman über eine solche Künstlersau zu schreiben: Ein skrupelloser Typ, der seine Frau ausnimmt, um seine Liebschaften zu finanzieren. Im Glauben an seine Kunst zahlt die Gattin bis zum bitteren Ende – und dann stellt sich heraus: Er ist auch in der Kunst ein Tunichtgut. Da ersticht sie ihn mit dem 500-Dollar-Füllfederhalter, den sie ihm zur hoffnungsvollen Hochzeit geschenkt hatte. »Da hast du alles«, sagte Viktor, »Kritik an der Scharlatanerie der modernen Kunst und an den ausbeuterischen Männern.«

»Ich hasse solche Geschichten«, sagte Viktor.

»Du hast keinen Mut, dich in einem Roman zur Sau zu machen«, sagte Adrian.

Viktor ging nicht auf den Vorschlag ein, den er für unakzeptabel trivial hielt. Er hatte andere Probleme, realistischere, wie er fand: Da keine eigenen Einnahmen in Sicht waren, lähmte ihn der Gedanke, zu einer Frau, falls ihm noch jemals eine gefallen würde, nicht so spendabel sein zu können, wie er es gewohnt war. Aufs Gemüt und auf die Potenz schlage ihm das, sagte er. Ein Teufelskreis: keine Liebe, keine Bücher, kein Geld – kein Geld, keine Liebe und so weiter. Viktor bestand auf dem moralischen Gesetz in ihm. Beim Geld endeten seine liberalen Vorstellungen von der Ehe. In der Vergangenheit waren Anschaffungen von 20-CD-Kollektionen keine Seltenheit gewesen, nur um an ein Stück zu gelangen, das vielleicht einer Frau gefallen könnte. Man durfte sich nicht mit der Frage aufhalten, ob das zum gewünschten Erfolg führen würde. Als er sich um die Prinzessin Aza bemüht und diese anfangs ein Ohr für Musik und Tanzbereitschaft signalisiert hatte, war er bald auf die unsägliche Idee verfallen, nach Musikstücken Ausschau zu halten, die die schöne Buchstabengruppierung »Aza« im Titel hatten, und in den Katakomben des Internet war er bald fündig geworden: *Aza Ela Dia, Aza Malahelo, Aza Mamaraha, Aza Manadino Anay, Aza Mandino, Aza Mba Manary Toky, Aza Mifankadala* – eine Fülle des Wohllauts, an der Thomas Mann seine Freude gehabt hätte. Musik aus Marokko und Madagaskar, aus Algerien und Afghanistan. Ausgerechnet Pakistan war für pakistanische Prinzessin nicht dabei. Viktor bestellte die CDs, es dauerte Wochen, kostete Hunderte, die Hälfte der Ausbeute war verwässerter Ethnokitsch. Gute Stücke gab es auch einige, die stellte er für Aza zusammen, sie sagte »Vielen Dank auch« und kommentierte die Gabe nicht weiter. Dennoch würde er, sagte Viktor, wenn seine Empfindungen nicht so grausam abgestorben wären und er in München lebte und also in den nächsten Wochen damit verbringen würde, das Herz der fadendünnen Lisa zu gewinnen, ihr sehr bald eine Musikzusammenstellung machen, mit Stücken, die ihrem leichten Gang entsprächen.

Um ein Uhr schloß das Lokal, die fadendünne Lisa war schon längst verschwunden. Adrian wohnte am anderen Ende der Stadt und bat, da Viktor mit dem Auto gekommen war, nach Hause gefahren zu werden, Viktor sagte er, denke nicht daran, es gäbe auch öffentliche Verkehrsmittel, er werde in der Nacht noch nach Zürich zurückfahren, um Ellens Einkünfte nicht auch noch mit einer Hotelübernachtung zu schmälern. Er begleitete den murrenden Adrian, der wie ein trauriger Bär mit seinem Geigenkoffer neben Viktor hertrottete, zur Straßenbahnhaltestelle. Der Liebeskummer drückte ihn sichtlich. Ein alter drahtiger Mann kam des Wegs, türkischer Arbeiter vermutlich. Er hatte einen Zettel mit einer Adresse in der Hand, suchte und kam nicht zurecht. Er winkte Adrian zu und rief: »Hey, Arschloch-Kollege! Wo ist Renatastraße?«

Sie blieben stehen. »Tut mir leid, keine Ahnung«, sagte Adrian, und Viktor zuckte simultan mit den Schultern und unterdrückte den unkorrekten Kommentar: Ich nix von hier.

Der alte Türke klopfte Adrian freundlich auf die Schulter: »Macht nix, Arschloch-Kollege.« Dann ging er suchend weiter, und Viktor und Adrian wußten, daß dieser Mann ihnen soeben ein wunderbares Wort geschenkt hatte.

»Es ist kalt, Arschloch-Kollege«, sagte Adrian, »wenn die Bahn nicht bald kommt, werde ich krank und du bist schuld.«

Dann kam die Straßenbahn, sie leuchtet hell und gastlich wie ein Lampion in der dunkeln Nacht. Adrian wollte in den hinteren völlig menschenleeren Wagen steigen. Viktor hielt ihn zurück und sagte: »Wo hast du deine Augen, Arschloch-Kollege!« Er deutete auf den ersten Wagen, in dem als einziger Mensch eine junge Frau saß. Man sah sie nur von hinten, und man sah nicht viel von ihr. Sie trug einen Mantel, den Kragen hochgeschlagen und auf dem Kopf eine Mütze. Viktor fragte sich, woran man überhaupt erkennen konnte, daß es eine junge Frau war, kein Schulmädchen und keine Alte. Welche geheimen Signale gingen von diesem Rücken aus? Ich bin stolz, ich bin schön, ich habe keine Angst, ich bin Mitte zwanzig, sagte der Rücken. Sie schien ein Buch zu lesen. Keine Analphabetin, was wollte man mehr. Wäre Viktor nicht liebestot, wie er den ganzen Abend behauptet hatte, er hätte sich in diesen Mantelkragen verliebt. Was sie wohl für Schulterblätter haben mochte?

Viktor drängte den tapsenden Adrian zu der hinteren offenen Tür des ersten Wagens. Er versuchte leise und eindringlich zu reden: »Paß auf, Arschloch-Kollege, du setzt dich in den Wagen zu ihr, aber weit genug hinter sie. Du packst die Geige aus und spielst ganz leise, wie nur du spielen kannst, eine kleine Melodie. »Lady Be Good« vielleicht. Dann dreht sie sich um, völlig bezaubert. Und sie wird ein bezauberndes Gesicht haben. Ich schwör es, Arschloch-Kollege.« Viktor schubste den schwerfällig und schwermütig und völlig desinteressiert wirkenden Adrian die Stufen hoch und rief ihm leise zu: »Ich ruf dich morgen früh aus Zürich an. Wenn du nicht geigst, will ich dich nie wieder sehen.« Er griff sich an den Kopf: »Mein Gott, wenn ich so Geige spielen könnte!«

Viktor wäre lieber eine halbe Stunde mit dieser Straßenbahn gefahren als jetzt stundenlang mit dem Auto nach Zürich zurück. Als er müde wurde, schlief er eine Stunde auf einem Parkplatz. Dann ging es weiter. Dutzende von Kassetten hatte er dabei, und keine gefiel. Er hatte wegen seiner prekären Finanzlage nur wenige Platten bei Adrian gekauft. Für wen auch? Er dachte an den Rücken dieser Frau in der Straßenbahn. Er malte sich aus, sie säße auf dem Rücksitz und sie unterhielten sich. Sie war unerschrocken per Anhalter unterwegs, und er hatte sie mitgenommen – ohne ihr Gesicht zu sehen. Der Mantelkragen hatte ausgereicht, um ihr zu vertrauen und sie sympathisch zu finden.

»Mitten in der Nacht trampen«, sagt Viktor vorwurfsvoll, »Sie können von Glück reden, daß ich kein Unhold bin.«

»Bitte nicht papihaft werden«, sagt sie und fragt, ob es ihn stört, wenn sie hinten das kleine Licht anmacht, sie würde gern ihr Buch weiterlesen.

»Nur wenn Sie mir sagen, was Sie da lesen«, sagt Viktor und ruft plötzlich: »Nein, nicht sagen! Lesen Sie und sagen Sie nicht, was es ist.« Er will sich vorstellen, sie lese ein Buch von ihm. Wenn die wirkliche Ira in einem wirklichen Zug beobachtet hatte, wie die ihr wildfremde Prinzessin Aza wirklich und wahrhaftig ein Buch von ihm wenn auch leider nicht gelesen, so doch immerhin aus dem Umschlag genommen und eine Weile in der Hand gehalten hatte, dann mußte es auch möglich sein, daß nachts Frauen durch die Gegend trampten, die Bücher von einem lasen, die ihnen so gut gefielen, daß sie in fremden Autos weiter lesen mußten. Die Frau mit dem Mantelkragen fragt sich natürlich unentwegt, was der Autor dieses Buchs für ein Typ sein mag. Es gibt drei Schlüsse dieser Geschichte. Erstens: Die beiden erfahren nie, wer sie waren. Grausames Schicksal. Zweitens: Es kommt heraus, doch sie hat sich den Autor anders vorgestellt und ist maßlos enttäuscht von ihm. Noch grausamer. Drittens: Sie sind begeistert voneinander und beschließen sofort ein Paar fürs Leben zu werden. Seine letzen Worte: O Scheiße, ich bin ja verheiratet, das hatte ich ganz vergessen!

Viktor war froh, daß er das Träumen noch nicht ganz verlernt hatte. Es reichte nicht zum Schreiben einer Geschichte, was ihm da durch die Birne gezogen war, aber es vertrieb ihm beim Autofahren die Zeit.

Früh kam er zu Hause in Zürich an. Ellen war noch nicht im Büro.

»Und?« fragte sie.

Die Reise war sinnlos gewesen. Er wußte nicht mehr, wie er sie begründet hatte. Er war ziemlich sicher, daß Ellen glaubte, er habe ein Liebesabenteuer gehabt. Was sollte sie sonst glauben? Sie sah so aus, als gönnte sie es ihm, weil sein Leben so ohne Liebe war. »Ich werde bald ein paar Auftritte mit Adrian haben«, sagte er und litt, weil die Wahrheit wie eine dürftige Lüge klang. »Nachts ging das Telefon«, sagte Ellen und stand auf: »Hör den Anrufbeantworter ab. Ciao Bello!«

Ciao Bello war neu. Vor Ellens Entsexualisierungskampagne hätte Viktor jetzt zitternd vor Aufregung den Anrufbeantworter abgehört, und sich mit allen Fasern seiner Seele gewünscht, ein reumütiges Fräulein Strindberg zu hören: »Viktor rette mich, mein Problemfreund hat mich nach zwei Therapiesitzungen verlassen und mein uralter Verehrer ist ein Brechmittel!«

Jetzt war Viktor zu solchen Träumen nicht mehr in der Lage. Es fiel ihm nur ein, daß er früher so etwas geträumt hatte. Vielleicht würde man sich mit sechzig oder siebzig oder achtzig ähnlich teilnahmslos an die Zeiten des einst unbeschwerten Vögelns erinnern.

Vielleicht war sein Lebenssystem nicht kollabiert, sondern er war nur erwachsen geworden? Er war ziemlich sicher, daß ihn viele Freunde für unerwachsen hielten. Restaurative Tendenzen. Die Zeit arbeitete gegen Viktor Goldmann. Wer nicht monogam seine Frau anbetete, lief neuerdings Gefahr, in einer Art Schnellgerichtsverfahren als pubertär abgestempelt zu werden. Sollte einem allerdings recht sein, solange das als Entschuldigung durchging.

Adrian war es gewesen, der nachts um drei angerufen hatte und temperamentvoll um Rückruf bat: »Bitte nicht vor elf Uhr.« Um elf erfuhr Viktor, daß Adrian in der nächtlichen Straßenbahn die Geige nicht ausgepackt, sondern sich gleich zu der Frau mit dem Mantelkragen gesetzt hatte. »Übrigens die fadendünne Lisa aus dem Café«, sagte Adrian, als wäre es das Normalste der Welt.

»Meine Lisa!« sagte Viktor ganz leise.

»Deine Lisa? Meine Lisa!« sagte Adrian laut. Sie hatte ein Buch über Beethovens Klaviersonaten gelesen. Dazu sein Geigenkoffer. Es war sofort klar: Sie gehörten zusammen. Fügung. Schicksal. Sie seien bis zur Endstation gefahren, dann wieder zurück durch die ganze Stadt, um dann noch einmal den Versuch zu machen, an ihren Haltestellen auszusteigen. Morgen schon seien sie verabredet.

»Du bist mir überhaupt nicht dankbar«, rief Viktor.

In den nächsten Tagen und Wochen versorgte ihn Adrian mit dem makellosen Fortgang seiner Liebesgeschichte. Je mehr Details des ungetrübten Münchner Glücks Viktor erfuhr, desto älter und altmodischer, verbrauchter, verkommener, abgestellter, abgefuckter, perverser, unkonzentrierter, impotenter, seichter, morscher, fauliger, liebeskonsumgeiler, turbokapitalistischer, auf den Hund gekommener, verlogener, doppel- und dreifachmoralischer, armseliger, erbärmlicher, jammervoller, liebesunfähiger und mit seinem Modell ganz und gar gescheiterter kam sich Viktor vor. Es war völlig klar: So wie bei Adrian und Lisa hatte das Glück auszusehen. Sie würden heiraten und Kinder kriegen und sich treu sein und der wandelnde Beweis dafür, daß sich Viktor sein Leben lang auf dem falschen Dampfer oder im falschen Film oder auf der falschen Partie herumgetrieben und sich verzettelt hatte. Er hatte sein Leben verpfuscht, er hatte vor Urzeiten Ella enttäuscht und ihr weh getan, und Ira hatte Ella enttäuscht und ihr weh getan, und dann hatte Ira ihn enttäuscht und ihm weh getan, und mittlerweile war alles dermaßen verfahren, daß nicht mehr klar war, ob er in den letzten Jahren mit seinen Frauengeschichten Ellen genervt oder gequält oder zermürbt hatte – oder sie ihn mit ihrem konsequenten Liebhaberinnen-Entschärfungsfeldzug.

Über sein außereheliches Glück hatte Viktor mit Ellen in den guten Jahren nicht sprechen können, über sein Unglück jetzt konnte er es noch viel weniger. Niemand war da, dem er sich hätte anvertrauen können. Er wollte auch nicht. Wenn einem die Frau des Lebens weglief, konnte man mit einer gewissen Anteilnahme seiner Freunde rechnen, nicht aber, wenn einem die charmante und intelligente Ehefrau ganz unintrigant, ohne Eklat und kaum nachweisbar über Nacht die Liebsten in Freundinnen des Hauses verwandelte und abspenstig machte. Viktor war der erste, der sich über jeden neunmalklugen Börsendeppen schieflachte, der mit Aktien sein Geld verlor. Doch in Sachen Liebe war er selbst ein Aktionär – sogar ein überzeugter. Bei vielversprechenden Unternehmen ausreichend Anteile besitzen – das war immer seine Devise gewesen. Jahrelang hatte er gute Gewinne gemacht, sein Leben war voller Liebesabenteuer gewesen. Bei Aza hatte er interessante, aber schmerzlose Verluste gemacht, bei Ira war der Kurs in letzter Zeit langsam, aber sicher gestiegen. Bei Susanne und Sabine mußte er sich von einigen Anteilen trennen, um desto freudiger auf Rebecca, Bettina und Selma setzen zu können. In diesem Augenblick hatte Ellen als stille Teilhaberin der hauseigenen Firma mit einer völlig unerwarteten Reihe von freundlichen Übernahmen ihren Coup gelandet – und Schluß war es mit dem fröhlichen Spekulieren.

Viele Jahre lang hatte Viktor oft doppelte Gewinne eingestrichen: privat und geschäftlich. Immer hatte er erst einen »Roman gehabt«, wie man früher so treffend sagte, und dann schrieb er einen Roman darüber und verdiente auch noch Geld damit. Man konnte nicht erwarten, ein Leben lang so privilegiert zu sein. Als Autor war Viktor Goldmann selbst eine kleine, gelegentlich durchaus florierende Firma mit einem gewissen Markwert. Mit seiner gedrückten Stimmung sank auch sein Wert. Kein neues Produkt war in Sicht.

Thomas und Barbara, Hanna und Carlos, Peter und Claudia, Eva und Tom, Karin und Annette und wie die Freundinnen und Freunde alle hießen, hatten sich all die letzten Jahre mit deutlich abnehmendem wirklichen Interesse erkundigt, was Viktor als nächstes auf den Markt zu werfen gedenke. Er hatte dann immer ein paar Sätze zu seinem geplanten Buch gesagt, und die Freunde hatten genickt: »Klingt interessant.« Jetzt schwieg Viktor, wenn er überhaupt noch mit zum Essen ging. »Er hat die Krise«, sagte Ellen. »Er muß sich sammeln«, sagten die anderen, und Viktor betrank sich und schwieg. Die Zahl der Freundinnen hatte sich vermehrt. In jüngster Zeit saßen auch manchmal Rebecca und Bettina und Sabine und Susanne und Selma und Zweitexehefrau Ira mit am Tisch und wurden als Bereicherung empfunden. Wenn die verwandelten einstigen Liebsten dabei waren, fehlte Viktor mit Sicherheit. »Er brütet«, sagte Ellen. »Das ist normal«, hieß es, »warum soll er nicht auch einmal Schwierigkeiten haben mit seinem nächsten Projekt.«

Viktors Stoff war die Liebe gewesen. Dieser Stoff war ihm entzogen, und Ersatz nahm er nicht an. Ohne Stoff entglitten ihm Substanz und Selbstvertrauen, sein Marktwert schrumpfte. In wenigen Monaten entwickelte sich Viktor vom gefragten Autor zu einem, der auf dem besten Weg war, ein vergessener zu werden.

Er ähnelte nur noch einem Dichter. Viktor in seinem Arbeitszimmer war ein Bild des Jammers: Er raufte sich die Haare und war nicht in der Lage, zufriedenstellende Sätze auf dem Papier oder dem Bildschirm des Computers zu erzeugen. Er ging auf und ab und warf schwermütige Blicke aus dem Fenster, kramte ohne Verstand in seinen Schubladen, die Gesten des Versagens gingen ins Nichts. Er wählte Telefonnummern und legte auf, ehe eine Verbindung zustande kam, legte Platten auf, die er dann nicht hörte, öffnete Weinflaschen, die er nicht leerte. Zeitungen, Zeitschriften und Bücher legte er aus der Hand, sie konnten sein

Interesse nicht wecken, er sichtete die Post ohne die Hoffnungen, die ihn früher dabei beseelten. Auch außer Haus blieben alle Bemühungen ohne Ergebnis: In Cafés nagte er am Stift – die Bibliothek besuchte er nicht mehr, weil ihm eine Begegnung mit Selma zu weh getan hätte.

Es wurde Herbst und Winter, es wurde Frühjahr und Sommer und wieder Herbst. In seiner aktiven Zeit hatte er kaum Zeit gehabt, sich die Fingernägel zu feilen, aber er hatte es getan. Jetzt, wo es Zeit im Überfluß gab, feilte er sie nicht, weil er nicht wußte, für wen, und er trug Cordhosen und dicke Wollpullover, um seinen Haß auf die eigene Häuslichkeit noch zu steigern. Die klassischen Zeugnisse seiner Unfähigkeit zu schreiben wurden immer deutlicher: Er zerriß Papiere und starrte uninspiriert ins Leere, in den Himmel, auf die Straße oder auf den Bildschirm, dessen »Frauendateien« auf dem Bildschirm ihm nur noch grotesk vorkamen.

Andere Autoren mochten sich von Trümmerfeldern und Scherbenhaufen inspirieren lassen, Viktor, der immer nur den Aufbau von Spannungen und das Wachstum der Gefühle beschrieben hatte, war angesichts der zerstörten Liebschaften wie gelähmt. Ein besserer Ehemann war Viktor durch das Fehlen außerehelicher Aktivitäten nicht geworden. Die Ehe mit Ellen, die er als ideales Sprungbrett für allerlei Saltos benutzt und geschätzt hatte, wurde von Tag zu Tag trostloser. Ohne die Vergleiche mit anderen Frauen war er zunehmend blind für die Attraktivität seiner Frau.

Das Schweigen der Männer hatte Viktor nie ausstehen konnte, und er war daher bemüht gewesen, es wenigstens mit Andeutungen zu übertönen, wenn gelegentlich Diskretion bewahrt werden mußte. »Worüber man nicht reden kann, darüber muß man schweigen.« Den berühmten Schlußsatz Ludwig Wittgensteins hatte Viktor immer für philosophischen Nonsens gehalten – und für eine Unverschämtheit dem Schriftsteller gegenüber, der schließlich davon lebt, darüber zu schreiben, worüber andere nicht reden können oder nicht reden wollen. Einmal, als der reichlich bekannte Satz des gepriesenen Denkers aus Wien und Cambridge bei einer Abendessen-Einladung von einem anderen Gast wie eine Neuigkeit zitiert worden war, hatte Viktor sogar einen Wutanfall bekommen und behauptet, nur einem bedauernswerten Schwulen könne eine so blödsinnige Formulierung einfallen, Schwule seien ja oft kolossale Geheimniskrämer, habe er beobachtet. Es müsse »irgendeinen Zusammenhang geben zwischen dem Schwulsein und dem bedeutungsvollen Schweigen«, vermutlich sei das Schwulsein so toll, daß es eben selbst für einen Sprachphilosophen nicht mehr in Worte zu fassen sei, hatte Viktor lauthals behauptet, zum Entsetzen der Gastgeber, denn der Mann, der Wittgenstein zitiert hatte, war ein schwuler Freund von ihnen, der allerdings nicht auf den Mund gefallen war, sondern geantwortet hatte, in den Arsch gefickt zu werden, sei in der Tat ein so gutes Gefühl, daß man nicht versuchen solle, es mit Worten auszudrücken – und möglicherweise habe Wittgenstein mit seinem Satz tatsächlich nichts anderes gemeint.

Vorbei die Zeiten solchen amüsanten Gefrotzels, und nun war es Viktor, der viel und beharrlich schwieg. Er war nicht schwul geworden, aber sein Schweigen hatte doch immerhin mit Sexualität zu tun, zumindest mit einem Mangel an Erotik.

Selbst als Rebecca erneut zu Besuch kam und ihre tollkühne lila Lederhose präsentierte, mit der sie Sabine an Laszivität in den Schatten stellte, regte sich bei Viktor kein Begehren. Sie war nicht als seine Tscherkessin gekommen, sondern als Ellens Rebecca. Ellen, unfaßlich, probierte das schrille Beinkleid der neuen Freundin und überlegte sich, ob sie sich auch so eine Hose besorgen sollte: »Als Ehefrau des geistigen Vaters dieser Kreation bin ich mir das fast schuldig«, sagte Ellen. Da es ihr nicht gelang, Viktor in dieser Nacht ins Bett zu locken, schlief Rebecca mit ihr im Ehebett, und wieder wußte Viktor nicht, ob das Provokation oder Freundschaft oder eine lesbische Anwandlung war. Eine bisexuelle Ehefrau war ihm früher oft wie die Lösung aller ehelichen Probleme erschienen. Welcher Reiz, welche Bereicherung mußte es sein, wenn beim Frühstück plötzlich eine unbekannte Frau erschiene und man sich neugierig in Augenschein nehmen würde.

Jetzt nagte es nur an Viktor, aber er wußte nicht, ob es Eifersucht war oder das nun schon seit Monaten ihn quälende Gefühl, nichts mehr zu suchen zu haben, und wehmütig dachte er an sein vergangenes Luxusleben zurück, wo er sich zwischen den Frauen hätte zerreißen können vor Lust, wo er so viele Liebesbriefe schrieb und in die Fiktion übertrug, daß er keine Zeit hatte, sich auch noch um Reisekostenabrechnungen zu kümmern. Es machte mehr Spaß, einen neuen Text zu schreiben, für den man ein Dreitausender-Honorar bekommen würde, als seine Zeit damit zu verplempern, der Glas-Versicherung die Rechnung für die Reparatur eines Fensters zu schicken. Noch niederschmetternder war es, sich um steuerliche Abschreibungsmöglichkeiten zu kümmern. Und genau das war ein Hochgefühl gewesen: keiner dieser verdammten Steuerbürger zu sein, der alle Ausgaben zusammenscharrt, um weniger Steuern abdrükken zu müssen. Damit machte man sich zum Sklaven des Staates und seiner Gesetze. Viktor, als er noch in Saus und Braus lebte und verdiente, hatte seine Verachtung dem deutschen und dem schweizerischen Staat gegenüber immer damit ausgedrückt, indem er sich nicht einmal um Vergünstigungen bemühte, er weigerte sich sogar, die Frankfurter Wohnung von der Steuer abzusetzen. Das war er sich schuldig. Nun, da er so gut wie nichts mehr verdiente, konnte er sich diese unvernünftige Haltung nicht mehr leisten.

Viktor nahm Kontakt zu dem Agenten auf, der ihn vor fast zwei Jahren in München zum Schreiben einer Casanova-Trilogie hatte ermuntern wollen. An der Reserviertheit dieses Menschen merkte er sofort, daß es keine Einbildung von ihm war, wie Ellen immer wieder tröstend vermutete: Sein Marktwert war tatsächlich gesunken. Mit der »Liebe« sei es bei den Verlagen ein bißchen vorbei, es habe sich »langsam ausgeliebt«, sagte der Agent, die Verlage seien jetzt doch wieder mehr an dem »ultimativen Berlin-Roman« oder dem »definitiven gesamtdeutschen Roman« interessiert, damit sei jetzt Geld zu machen, es gebe zwar schon einiges in der Richtung, aber eben der absolute Knüller sei noch nicht dabei gewesen, auf den warte man noch, und nur wenn auf den ultimativen und definitiven Knüller gewartet werde, nur dann könnten auch hohe Vorschüsse herausgekitzelt werden. Wenn er Herrn Goldmann einen Rat geben dürfte: Nach Berlin ziehen, ein bißchen frische Luft schnuppern und es dann einfach probieren. Vielleicht komme ja der ultimative Hauptstadtroman heraus. Ein Berlin-Roman von Viktor Goldmann hätte sicher einige Chancen, und den würde er als Agent auch sofort vertreten wollen. »Schreibt euch eure Scheiß Hautstadt-Romane selbst, ich setze weiter auf Liebe«, rief Viktor. Er hatte vergessen, daß er nichts mehr besaß, was er hätte einsetzen können. Dann besuchte er Adrian und Lisa und nahm Anteil an deren jungem Glück. Sie nannten sich »Schatzi«, liefen in Wollsocken herum und verließen ungern ihre Wohnung.

Eines Tages war Ellen anders als sonst. Keine Spur von der üblichen Souveränität. Sie war verliebt. Zumindest wurde sie geliebt. Ihre eigene Empfindung war ihr noch nicht ganz klar. Hubert. Aber nicht piffpaff deutsch wie der heilige Hubertus mit dem Hirsch, sondern französisch: Übähr. Übähr war Soziologe an der Universität in Genf. Ein echter Professor. Und dann noch dichte, dunkle Haare. Und etwas jünger als Ellen. »Gratuliere«, sagte Viktor ohne jede Häme, während sich Ellen nervös schminkte.

Viktor bewunderte ihre Unverfrorenheit. Er selbst fand es schon unzumutbar, sich die Nägel zu feilen oder sich zu rasieren, wenn Ellen in der Wohnung war. Er wollte ihr den möglicherweise schmerzhaften Verdacht ersparen, die Verschönerung könnte einer anderen gelten. Natürlich wollte er auch sich selbst lästige Fragen und giftige Anspielungen ersparen. Wenn ihn nicht alles täuschte, war Ellen eine Anfängerin auf diesem Gebiet, und er war ein wenig neidisch, daß sie sich kühner über die Konventionen hinwegsetzte als ein alter Hase wie er. Einwände würde er erst vorbringen, wenn sie ihn vor dem Verlassen des Hauses fragen würde: »Wie sehe ich aus?«

Viktor horchte sofort so tief es ging, in sich hinein. Wo war die Eifersucht? Ellen hatte mehr als ein Dutzend Affairen gut. Von daher war vor allem ein Entlastungsgefühl spürbar. Unterhalb dieser angenehm vernünftigen Gewißheit, daß endlich einmal für etwas Gerechtigkeit gesorgt wurde, regten sich ein paar archaische Reaktionen, aber nur sehr matt. Vor allem weil es mit der Schreiberei in letzter Zeit nicht klappte, war da die etwas herbe Empfindung des Abgemeldetseins. Wäre ein Romanerfolg zu feiern gewesen, könnte Ellen sich Viktors wegen noch einen Professor von der Sorbonne dazu nehmen. In Verbindung mit der augenblicklichen literarischen Erfolglosigkeit tat der Professor tatsächlich etwas weh. Ein arbeitsloser Lebensmittelchemiker wäre Viktor lieber gewesen. Er sog die für ihn als Schriftsteller so kostbaren, eifersuchtsartigen Gefühle tief in sich hinein und versuchte so, sie zu konservieren, denn er wußte, es würde nicht lange währen.

Zum Glück für Viktor war der Professor verheiratet. Es war gut, daß Ellen endlich einmal das Gefühl kosten konnte, mit jemandem zusammenzusein, der mit ihr seine Frau betrog. Ellen war aufgeregt und konnte nichts verbergen. Sie war richtig süß. Sie umarmte Viktor wie einen guten Freund und fragte ihn um Rat. Es rührte ihn, daß sie nicht in der Lage war, die Sache für sich zu behalten. Er konnte ihr nicht sagen, daß er sie bewunderte für diese Natürlichkeit. Sie hätte das als verdrehten Zynismus aufgefaßt.

Zwei Monate hielt die Affaire. Dann kam Ellen zu Viktor ins funktionslose Arbeitszimmer – ganz Sünderin, lächelnd mit feuchten Augen, als müsse sie Abbitte leisten, und sagte: »Es ist vorbei!« Viktor verbarg sein Bedauern. Von der Ella-Ehe und der Ira-Ehe wußte er noch, daß Frauen nichts mehr kränkt, als wenn man jetzt ein langes Gesicht macht. »Es ist vorbei« – diese drei Worte sind als ein schüchternes Geschenk gedacht, und die Höflichkeit verlangt, daß man sich für dieses Geschenk bedankt, auch wenn es einem nicht willkommen ist. Er umarmte Ellen und hielt sie lange und fand es dann richtig schön, sie so zu halten. Als er sie nach einigen Minuten noch immer nicht losgelassen hatte, machte sie sich frei und sagte: »Wenn dich das so zärtlich macht, dann sollte ich dich öfter betrügen.«

Ellens Affaire mit dem Soziologieprofessor aus Genf hatte Viktor nicht beflügeln können. Einmal, als der Professor Ellen abholte, waren sie sich zwischen Tür und Angel begegnet. »Bonjour Übähr!« So dicht waren die Haare des Rivalen auch wieder nicht. Sein Rasierwasser war ziemlich penetrant. Daß er überhaupt nach Rasierwasser roch? Sonst hatte Viktor keine Gelegenheit, Ellen zu beweisen, daß er ihr »Fremdeln«, wie er es manchmal nannte, um das spießige Wort »Fremdgehen« zu vermeiden, im Gegensatz zu ihr sogar ohne süffisante Bemerkungen hinnehmen konnte.

In der Zeit der Ella-Ehe war es Viktor nie vergönnt gewesen, bei einem verfrühten Nachhausekommen einen indischen Gartenbauarchitektur-Studenten im Schlafzimmer zu entdekken, weil es einen solchen Studenten einfach nicht gegeben hatte. Jetzt gab es immerhin den klassischen »Anderen«, aber auch keine klassisch verfänglichen Situationen, die Viktor die Möglichkeit gegeben hätten, Stil und Gelassenheit zu beweisen. Er sehnte sich nun zwar mehr denn je nach einer eigenen neuen Liebschaft, aber gleichzeitig war da noch immer die Unfähigkeit, Liebe zu empfinden und zu entfalten. Noch immer ließen ihn alle Frauen kalt.

Tief im Keller war Viktors Stimmung, als sich eine Filmproduktionsgesellschaft aus Hamburg meldete und Interesse an seinen Schreibkünsten signalisierte. Das hatte es noch nie gegeben. »Toll Ihre Dialoge«, sagte ein freundlicher Produzent. Er selbst habe keine Zeit, aber seine Frau lese einen Viktor Goldmann Roman nach dem anderen und habe ihm die eine oder andere Szene vorgelesen. Hut ab. »Wieso schreibt der Mann keine Drehbücher?« habe sich er sich gedacht.

Viktor war gerührt, daß noch irgendwer auf der Welt seine Romane las. Seit über zwei Jahren hatte er nun keinen mehr veröffentlicht. In der Literaturbranche war er damit so gut wie tot. So jedenfalls fühlte er sich. Tot. Offenbar war er für Frauen von Filmproduzenten noch nicht gestorben.

»Grüßen Sie Ihre Frau«, sagte Viktor

»Mach ich, Sie Charmeur«, sagte der Produzent.

Wie viele Glücklosen war Viktor aber noch mißtrauisch und witterte Verschwörung. Die Vorstellung, Ellen könnte ihre Finger im Spiel haben, ließ ihn zögern. Eine Ehefrau, die sich hinter dem Rücken ihres gestrauchelten Mannes um dessen Auf-die-Beine-Kommen bemüht, war nicht das, was er sich wünschte. Horror: Ellen ruft einen ehemaligen Kommilitonen an, von dem sie weiß, das er im Filmgeschäft als Justitiar tätig ist, kurzer Erinnerungsaustausch, dann: Könnt ihr nicht was für Viktor tun, der ist total auf dem Hund.

Wenn das Interesse des Produzenten an ihm auf diese Weise zustande gekommen war, dann danke nein. Viktor verhörte Ellen und kam zu den Ergebnis: Sie hatte nichts damit zu tun.

Er folgte der Einladung nach Hamburg. Der Produzent lobte noch einmal die Dialoge in seinen Romanen: Witz und Leben – eine Seltenheit in Deutschland. Jetzt nur noch einen Plot und dann könne es losgehen. Am besten die uralte Geschichte.

»Welche uralte Geschichte?« fragte Viktor

Der Produzent lächelte: »Na, Ihre Geschichte. Ein Mann zwischen verschiedenen Frauen.«

Wieder wurde Viktor mißtrauisch. Der Produzent aber wußte nichts von seinem Leben, er bezog sich auf Viktors Romane, die seine Frau gelesen hatte. Er sah aus dem Fenster auf das Wasser der Elbe. Viktor starrte auf den Teppichboden, als könne er in seinem Muster lesen. »Also gut«, sagte er: »Ein Schriftsteller kann nur schreiben, wenn er frisch verliebt ist.

»Schriftsteller ist schon mal gut«, sagte der Produzent,

»Dummerweise ist er verheiratet«, fuhr Viktor fort, »seine Frau nimmt es hin, denn er macht es diskret. Bisher ist alles gut gelaufen. Dann, durch ein Versehen, durch eine Terminverwechslung, ruft eine seiner Liebsten an, die Ehefrau ist am Apparat, die Liebste kommt ins Plappern, sagt ungeschickt etwas von einem Hotel, schon bietet ihr die Ehefrau des Schriftstellers freundlich das häusliche Gästezimmer an, und es wird nichts mit der Liebesnacht im Liebesnest. Als der Ehemann nach

Hause kommt, haben sich die Frauen bereits befreundet, der Sex ist futsch, die Bombe entschärft.«

»Sehr gut, sehr gut«, sagte der Produzent, »weiter!«

Viktor weiter: »Die Ehefrau verwandelt auf diese Weise eine Liebste ihres Mannes nach der anderen in harmlose Freundinnen, auch Liebschaften in der Planung werden auf diese Weise verhindert. Man weiß nicht, ist es ein Sport der Ehefrau, findet sie ihre Nebenbuhlerin wirklich nett – oder ist es Rache...«

»Rache, unbedingt Rache, Rache ist gut, Rache ist gefragt«, sagte der Produzent, »die Rächerin ist das, was die Leute sehen wollen.«

»Ich fände es psychologisch interessanter«, sagte Viktor, »wenn sie diese Frauen wirklich mag, wenn diese anderen Frauen über ihre Erotik hinaus Qualitäten haben, die der Ehemann in seiner blinden Liebe noch gar nicht bemerkt hat.«

»Psychologisch ist das Ganze sowieso nicht«, sagte der Produzent, »keine Frau würde einen solchen Mann ertragen.«

Viktor wurde ärgerlich. Dieser Produzent hatte keine Ahnung. Anfangs hatte er ihn für wesentlich älter gehalten als sich selbst – nur weil er Produzent war und über etwas Macht und Geld und graue Schläfen verfügte – und über eine Sekretärin, die einem sagen konnte, an welchem Schalter im Flughafen man das bereitgestellte Ticket abholen konnte, das peinlicherweise für die Business Class ausgestellt war. Jetzt merkte Viktor, daß dieser Mann wesentlich jünger war als er selbst, und damit verlor sein Urteil an Verläßlichkeit. Er gehörte zu der seltsamen Generation der jungen Greise, denen zwei, drei Ferienhäuser lieber sind als zwei, drei Frauen, die in einem Film aber ganz gern diese Zwei-Drei-Frauen-und-mehr-Geschichten sehen wollen, zu denen sie selbst keine Kraft oder keine Zeit haben.

Viktor fuhr fort. Es fiel ihm nicht schwer, die Geschichte seiner vergangenen zwei Jahre zu skizzieren: »Eine Liebste nach der anderen wird von der Gattin kunstgerecht enterotisiert...«

»Und dann?« Der Produzent war tatsächlich neugierig.

»Dann kann dieser Schriftsteller keine Zeile mehr schreiben«, sagte Viktor, »aus, Ende, erledigt.«

»So kann kein Film enden«, sagte der Produzent.

»Natürlich nicht«, sagte Viktor und fand nun Spaß an der Sache: »Die Frau ist jetzt gezwungen, ihrem Mann neue Liebhaberinnen zuzuführen.«

»Eine echte Komödie, eine intelligente erotische Komödie!« Der Produzent frohlockte: »Nichts ist zur Zeit mehr gefragt als intelligente erotische Komödien. Der Film muß unbedingt im Sommer kommen. Im Sommer läuft Erotik am besten. Weiter bitte!«

Viktor weiter: »Es ist nicht nur komisch. Es ist auch realistisch. Die Frau hat ihren Beruf aufgegeben, weil sein Schriftstellerjob genug abwarf. Nun kommt kein Geld ins Haus.«

Der Produzent warnte. Ehefrauen ohne Beruf seien zur Zeit nicht sehr beliebt. Keine Zuschauerin wolle sich mit einer Frau ohne Job identifizieren.

Viktor blieb hart: »Die Dramaturgie verlangt das. Die Frau will nicht verhungern. Sie will nicht ihr Ferienhaus aufgeben. Sie will aber auch nicht arbeiten. Der Mann muß Geld verdienen. Er muß wieder schreiben, und wenn er nur verliebt schreiben kann, muß sie dafür sorgen, daß er sich wieder verliebt.«

Erst hatte der Produzent skeptisch zugehört, jetzt ging ein Leuchten über sein Gesicht: »Männerphantasie, wir verkaufen das als Männerphantasie. Männerphantasien gehen noch besser als intelligente erotische Komödien. Männerphantasien gehen sogar im Herbst. Weiter!«

Viktor weiter: »Die Ehefrau des Schriftstellers ist nun gezwungen, nach Frauen Ausschau zu halten, die ihren Mann wieder entzünden könnten, nicht weil sie pervers ist, sondern weil der Laden sonst nicht läuft.«

Der Produzent bekam glänzende Augen, und er fing an, an der Exposition mitzudichten: »Natürlich ist dem Mann keine recht. Der Jäger will jagen.«

»Genau«, sagte Viktor, obwohl ihm die Männersolidarität schon längst zu weit ging: »Kein anständiges Raubtier nimmt das Fleisch, das man ihm hinhält. Der Leopard will die Gazelle springen sehen.«

»Ich sehe es vor mir«, sagte der Produzent und betete bereits begeistert die Namen von berühmten Schauspielerinnen und Schauspielern herunter, die er sich vorstellen konnte. »Und wie hört es auf?«

»Gut natürlich«, sagte Viktor, »tragische Schlüsse sind von mir nicht zu bekommen. Ein Funken fliegt. Er verliebt sich, kann wieder schreiben. Es hört so gutgelaunt auf, wie es begonnen hat, es hat eine Störung gegeben, einen Betriebsunfall, der Schaden ist behoben. die Ehe ist kein Jammertal mehr. Geld kommt ins Haus. Alles bleibt, wie es ist. Keine Läuterung.«

»Genial«, sagte der Produzent, und dann gingen sie essen. »Wie könnten wir das Kind nennen«, fragte er dann.

»Dichterliebe?« schlug Viktor vor.

»Zu dröge«, sagte der Produzent.

»Das Gästezimmer«, sagte Viktor, »das ist schließlich der Ort der teuflischen Verwandlungen.«

»Das wäre ein guter Krimi, wenn Sie den mal für uns schreiben, nennen wir ihn so.«

»Die Besucherinnen?«

»Zu harmlos.«

»Der Liebessalat«, sagte Viktor.

»Das ist es!« Der Produzent schrie vor Begeisterung, holte sein Handy hervor, rief seine Sekretärin an und sagte, sie solle sich sofort um den Titelschutz kümmern: »Der Liebessalat«.

Viktor machte ihn auf einen Film von Truffaut aufmerksam, auf den letzten dieser Reihe, wo der langsam erwachsen werdende Antoine Doinel von dem langsam erwachsen werdenden Jean-Pierre Léaud gespielt wird. *L'Amour en fuite – Love on the Run. Liebe auf der Flucht.* Der Held zappelt zwischen den verschiedensten Frauen: Jugendliebe, Ehefrau, Geliebte eins, Geliebte zwei. Er kommt nicht klar. Er hat – etwas unglaubwürdig mit Anfang dreißig – einen autobiographischen Roman über das Durcheinander seiner Liebe geschrieben. Im Zug trifft er eine erloschene Flamme, die gerade sein Buch liest. Der Titel: *Les salades de l'amour* – Die Salate der Liebe. Der Liebessalat.

»Das macht nichts«, sagte der Produzent, »im Gegenteil, das ist eine hübsche cineastische Anspielung.«

Sie verzehrten jetzt einen Fisch, und in der kurzen Zeit des Schweigens und des Sich-die-Gräten-aus-dem-Mund-Ziehens versuchte sich Viktor zu erinnern, warum er den Film *L'Amour en fuite* nicht mochte, obwohl er doch das Thema seines Lebens zum Inhalt hatte: Zum einen lag es an den Frauen. Es waren niedliche bourgeoise Miezen, die nicht einmal an die Nasenring-Tina herankamen, geschweige denn an Ella, Ira und Ellen oder die Tscherkessin. Selbst Susanne und Sabine und die ziemlich in Vergessenheit geratene Beate hatten mehr Kanten und Format – das Fräulein Strindberg sowieso. Und dann war die Liebe in diesem Film nicht glaubhaft dargestellt. Sie erschien flach und flüchtig – und man mußte den Eindruck haben, das läge an den zu vielen Frauen. Und eben dies empfand Viktor als Verrat an den Idealen der Polygamie. Truffaut und seine Schauspieler waren dem Thema nicht gewachsen. Jean-Pierre Léaud war ein Hans-guck-in-die-Luft, dem die Besessenheit fehlte. Ohne Besessenheit war die Liebe zum Einschlafen. Zuvor hatte Truffaut einen Film gedreht, der zwar einen Besessenen zeigte, aber auch keine wirkliche Raserei. *Der Mann, der die Frauen liebte* war ein platter Nummernsammler in einer zu engen Lederjacke, mit dessen billigem Donjuanismus Viktor nichts zu tun haben wollte. Natürlich war er, da er aus seinen Ansichten keinen Hehl machte, im Lauf der Zeit immer mal wieder mit solchen unerfreulichen Gestalten verglichen worden – Vergleiche, gegen die man sich zur Wehr setzen mußte. Wenn es allerdings einem großen Filmregisseur wie Truffaut nicht gelungen war, die Vielfalt der Liebe glaubwürdig darzustellen, wie schief würde es dann erst gehen können, wenn man einen beliebigen Fernsehfilmmacher an das Thema heranließe.

Als später über den Vertrag geredet wurde, legte Viktor zum Erstaunen des Produzenten Wert auf das Recht, seinen Namen als Drehbuchautor zurückziehen, wenn der fertige Film seinen Vorstellungen nicht entsprechen sollte.

»Sie sind ja ein ganz Ausgebuffter«, sagte der Produzent etwas frostig. Ein hübsches Sümmchen winkte bei Ablieferung des Drehbuchs, weitere Portionen bei der ersten Ausstrahlung und im wahrscheinlichen Fall einer Wiederholung. Der übliche Vertrag. Selbst erfahrene und erfolgreiche Drehbuchautoren bekämen nicht mehr, sagte der Produzent entschuldigend, denn so stolz die Summe auch war, er mochte jährlich das Vielfache dessen fürs Aus-dem-Fenster-Sehen bekommen. »Ich weiß«, sagte Viktor, der sich vor diesem Treffen kundig gemacht hatte – und unterschrieb, daß er bereit sei, die erste Fassung auf Bitten der Produktion zwei Mal zu überarbeiten – auch das war üblich und sinnvoll, denn damit wurde verhindert, daß sich Stümper über die Dialoge hermachten.

»Können Sie in einem halben Jahr liefern?« fragte der Produzent und glaubte nicht, als Viktor ihm sagte: »In vierzehn Tagen.«

Viktor brauchte nur zehn Tage. Dialoge schrieb er in hoher Geschwindigkeit, hatte allerdings keinen Spaß daran. Nur einmal mußte er kurz auflachen, als er die Nasenring-Tina, die er im Drehbuch Brigitte und in der Kurzform Biggi nannte, das schlüpfrige Ehepaar-Angebot Ellens mit ihren Originalworten ausschlagen ließ: »Das ist mir jetzt irgendwie zu bürgerlich.«

Eine andere Szene, die ihn erheiterte, hatte er frei erfunden: Der Ehefrau, deutlich als Ellen zu erkennen, ist ein Zettel in die Hände gefallen. Sie steht vor dem Schriftsteller-Ehemann und fuchtelt, aufs äußerste erregt, mit dem Papier herum. Der klassische Beginn eines großen Krachs: Es scheint sich um ein hochverräterisches Dokument zu handeln, und sie verlangt nun erbost Aufklärung: »Würdest du mir bitte erklären, was das soll!?« Der Ehemann starrt zerknirscht auf den Zettel, reumütig zwar, aber er macht zaghaft einen Verteidigungsversuch. Er bettelt fast um Verständnis: »Es ist schlimm. Wirklich. Sehr schlimm. Aber so schlimm doch auch wieder nicht. Gibt es nicht Schlimmeres?« Sie, voller Verachtung, jede Silbe Hohn und Hieb: »Das ist das Al-ler-letz-te!!« Der Ehemann in der Klemme macht einen Ablenkungsversuch: »Darf ich fragen, wie du in den Besitz dieses kompromittierenden Dokuments gelangt bist? Ich habe es nicht so gern, wenn man in meinen Papieren wühlt.« Sie: »Dann sag den Idioten, die was von dir wollen, sie sollen hier nicht anrufen! Ich bin ans Telefon gegangen, nichtsahnend, und habe mich von einem Arschloch belabern lassen, das dich zu einem Vortrag einladen will. Was soll ich denn dann tun? Vielleicht die Augen zumachen? Ich kann nichts dafür, daß mir das Blatt aufgefallen ist. Laß deinen Unrat nicht herumliegen, wenn du nicht willst, daß ich ihn bemerke!« Der verlegene Ehemann macht noch einen letzten Selbstverteidigungsversuch: »Unrat? Jetzt übertreibst du!« Die Gattin aber ist gnadenlos: »Es ist das Letzte! Das kann man doch nicht schreiben, das ist ja wi-derlich!« Sie liest jetzt endlich – höhnisch – die strittige Zeile vom Blatt: »*Alles ist so öd und leer.* Das kann doch nicht wahr sein!« Sie schreit jetzt: »Mit wem bin ich denn verheiratet? Du bist total übergeschnappt. *Alles ist so öd und leer.* Ich bin mit einem pubertären Kitschpoeten verheiratet.« Er nimmt das Blatt und betrachtet es stumm – und vielleicht auch mit einem Anflug von Erleichterung. Dabei fällt ihr auf, daß die Rückseite des Blatts auch beschrieben ist. Entsetzt liest sie ab: »*Mir ist die Sehnsucht abhanden gekommen.* Das wird ja immer schlimmer, das kann nicht dein Ernst sein!« Sie tobt. Er hat jetzt keine Lust mehr auf Reue: »Hab dich nicht so, du Hüterin des guten Geschmacks.« Er liest ab, etwas bitter: »*Mir ist die Sehnsucht abhanden gekommen.* Das kann man schon mal schreiben – vor allem, wenn es so ist.«

Viktor stellte sich erstklassige Schauspieler, eine erstklassige Regie, erstklassige Kameraführung und Beleuchtung vor – und schon ging es wie von selbst. Wenn er auch nur sekundenlang daran dachte, das, was er schrieb, könnte von schlechten Schauspielern in billigen Fernsehkulissen heruntergehaspelt werden, wurde ihm elend, und er konnte stundenlang nicht weiterarbeiten.

Ellen war glücklich, denn sie glaubte, Viktors Krise sei nun überwunden, das stattliche Honorar werde sein Selbstbewußtsein heben, und er werde, wenn er erst fertig wäre, wieder zu ihr ins Bett kommen wie ein normaler Mann und mit ihr und den Freunden essen gehen und in den Urlaub fahren und so witzig sein wie früher.

Sie wußte nicht, daß ihn die Arbeit in keiner Weise befriedigte oder gar erfüllte. Jeder Roman war eine lange Mitteilung an die Welt. Man lag auf der Couch, eine Menge Leute hörten einem zu, und dafür bekam man Geld. Man wurde entschädigt für eine Entblößung, die ein Vergnügen war. Man rächte sich, und man machte Geständnisse. Man schlüpfte in Rollen, oder man war man selbst – und niemand wußte, wann man wer war. Man konnte seine Figuren beim Reden an etwas anderes denken lassen. Und vor allem: Man liebte gewisse Figuren und näherte sich beschreibend auch ihren realen Vorbildern.

Nichts von alldem war beim Schreiben des Drehbuchs möglich. Leben hauchten ihm erst andere ein – und wer wußte, was das für ein Leben sein würde. In schnellen, kalten, witzigen, zynischen Dialogen beschrieb Viktor, wie sein System in die Brüche ging. Ellens Enterotisierungsprogramm ließ sich gut pointieren. Ellen und Ella machte er zu einer Hella, Ira ließ er ganz weg, die Tscherkessin Rebecca aus Hannover verwandelte er in eine Rachel aus Nürnberg, aus der pakistanischen Aza wurde im Handumdrehen eine ungarische Zsuzsa. Er selbst nannte sich Robert. Der hin und her fliegende. Aus der vermutlich fraulich-freundschaftlichen Übernachtung Rebeccas in Ellens Bett machte er ein kleines lesbisches Abenteuer von Hella mit Rachel.

Bis zur Mitte des Drehbuchs und zum Tief- oder Höhepunkt der Krise des Ehemanns brauchte Viktor kaum etwas zu erfinden. Was dann kam, war Phantasie, wenn auch nicht von der schmachtenden Sorte, sondern eher knallig: Die Ehefrau bittet unter irgendwelchen Vorwänden alle möglichen hübschen jungen Frauen ins Haus, in der Hoffnung, daß sich ihr zerknirschter Gatte in eine von ihnen verlieben und er damit seine Schreibkrise überwinden möge. Weil es richtig bunt zugehen sollte und auch weil Viktor das im Film so sehen wollte, waren es lauter ähnlich wohlgestalte Frauen mit hübschen Beinen. Alle tragen die schärfsten Lederhosen, und Robert kann sie nur an den verschiedenen Farben der Hosen unterscheiden. Das bringt Farbe in den Film und erheitert den Gatten, erlöst ihn aber noch lange nicht aus der Krise. Selma ließ Viktor auch vorkommen und leistete sich folgenden Schluß: Sie kommt mit der Strindberg-Collage nicht klar, die sie für das Theater zu machen hat. Viktor – das heißt Robert – hilft ihr. Er spendiert ihr den rettenden Regieeinfall: Das Strindberg-Horror-Ehepaar beziehungsweise dessen Darsteller müssen das ganze Stück über auf einem Tandem sitzen und vor sich hintreten. Das treibt den Haß aufeinander in ungeahnte Höhen. Dabei schreien sie sich zwei Stunden lang keuchend frauenverachtende und männerfeindliche Sätze zu. Der donnernde Erfolg der Premiere läßt Robert und Selma einander näherkommen. Selma verstößt ihre anderen Männer, und Viktor darf sie endlich lieben und tut das dann auch. Seine Frau Hella, das ist die Moral von der Geschichte, wird nie wieder einen Enterotisierungsversuch machen. Und Robert wird sich am Schluß doch ein verhaßtes Handy kaufen, damit seine künftigen Liebhaberinnen nicht wieder aus Versehen an seine Frau geraten, wenn sie sich nach dem Hotel erkundigen wollen.

Viktor hatte das Drehbuch nicht nur deswegen schnell geschrieben, um mit seiner baldigen Abgabe möglichst rasch an das Honorar zu kommen, sondern auch, um es Ellen lesen zu lassen. Worüber man nicht reden kann, darüber muß man schreiben. Er konnte und wollte mit Ellen nicht über ihre gemeinsame Ehe reden, jetzt hatte er sein Schweigen gebrochen und darüber geschrieben. Es war eine Komödie, aber sie enthielt eine klare Botschaft: Die Ehe ist ein Witz – aber immer noch besser, als wenn sie eine Tragödie wäre.

Er schickte das Buch nach Hamburg. Eine Kopie ließ er im Wohnzimmer herumliegen. Es gehörte zu den Goldmannschen Ehegesetzen, daß Ellen nie Einblick in entstehende Texte erhielt. Zur Strafe las sie auch die fertigen Bücher nicht oder ließ zumindest Viktor im unklaren darüber, ob und was sie gelesen hatte. Da sie von seinen Romanen her wußte, daß Fragen nach den Verflechtungen mit der Wirklichkeit nur sehr unbestimmte Antworten erbrachten, fragte sie nicht.

Auch jetzt fragte sie nicht nach, und Viktor wußte nicht, ob sie das Drehbuch gelesen hatte. Er konnte sie nicht bitten, das zu tun, und er konnte sie nicht fragen, ob sie es getan hatte. Er legte unauffällige Haare zwischen die Seiten. Die Haare waren auch nach Tagen nicht verschwunden. Das war der Preis der Diskretion. Dieses Drehbuch war vor allem für Ellen geschrieben, es enthielt eine Karikatur seiner selbst und ihrer Ehe, die aber leicht zu entzerren war. Zwischendurch hatte er immer wieder Szenen eingebaut, in denen Ellen mit ihrer Freundin Barbara genannt Barbi, im Buch Hella mit ihrer Freundin Gabriele, genannt Gabi, im Schwimmbad ihre Bahnen zog und sich Verfeinerungen der Enterotisierungsstrategie ausdachte. Viktor hatte manchmal den Verdacht, die Frauen könnten gegen ihn Komplotte schmieden. Er hätte zu gern gewußt, ob an diesem Verdacht wirklich etwas dran war.

Das Drehbuch enthielt auch eine Botschaft an Selma, das flüchtige Fräulein Strindberg. Einige Botschaften. Und diese Tandem-Sache war ein Regie-Einfall, der doch über das Drehbuch hinaus praktikabel war. Da mußte man doch reagieren. Er hatte ihr das Drehbuch doch zukommen lassen? Nichts. Keine Antwort. Viktor wünschte sich, daß der Film schneller fertig wäre als die Penner vom Theater mit ihrer seit Ewigkeiten geplanten Strindberg-Produktion. Dann hätte die Fiktion wieder einmal die lahmarschige Wirklichkeit überholt.

Der Produzent wenigstens war begeistert. Er kam aus Hamburg angeflogen, lud das Ehepaar Ellen und Viktor Goldmann zum Essen ein und unterhielt sich mit beiden so offen, daß Viktor selbst zwischendurch den Eindruck hatte, alles in seinem Drehbuch sei nur blanke Erfindung. »Endlich«, sagte der Produzent, »endlich die intelligente, schnelle, erotische Komödie, die große Männerphantasie!« Er rieb sich die Hände. Viktor sah sich schon in Talkshows sitzen und mit Understatement Promotion machen.

Es war eine Art Antrittsbesuch des Produzenten gewesen, er wollte, wie er sagte, Viktor und seine Frau damit nur auf die Veränderungen in Viktors Leben einstimmen. Er werde ihn nun ein Drehbuch nach dem anderen schreiben lassen. »Vier Drehbücher im Jahr, dann ist Ihr Mann in zwei Jahren Millionär, gnädige Frau«, sagte er zu Ellen.

Anderntags flog Viktor mit ihm nach Köln. Die Leiterin der Fernsehfilmabteilung sei hingerissen, hieß es, ihr Sender wolle das Buch verfilmen. Die Leiterin war eine hübsche, angenehme Frau. Sie hatte nur einen Einwand: »Diese Hella im Buch braucht einen Beruf«, sagte sie. Der Witz sei doch, sagte Viktor, daß die Ehefrau aus existentieller Notwendigkeit gezwungen sei, diese seltsame Ehe zu tolerieren und ihrem Mann schließlich sogar mit neuen Geliebten zu entschädigen versuche, nachdem sie ihm die alten ausgespannt habe – das würde eine Frau mit einem Beruf vermutlich nicht tun. »Würden Sie es tun?« fragte er die Leiterin der Fernsehfilmabteilung. Sie schaute Viktor prüfend an und sagte dann: »Wenn ich ihn liebe – ja.« In diesem Augenblick wußte Viktor, daß in der Filmbranche ein noch viel größeres Durcheinander zwischen Fiktion und Wirklichkeit herrschte, daß der Wirrwarr zwischen gespielten und echten Gefühlen völlig unauflösbar war. Wenn er mit dieser Frau zu tun haben und mit ihr Abendessen gehen würde, wäre es ziemlich sicher unvermeidlich, mit ihr im Bett zu landen. Soviel war nach diesem Blick und dieser Antwort klar. Aber er liebte sie nicht. Es war noch immer keine Liebe in ihm. »Lassen sie diese Frau doch einfach Juristin sein«, sagte die Leiterin der Fernsehfilmabteilung, »sie brauchen das Geld nicht, aber es nervt sie, daß ihr Mann herumhängt und nichts tut, sie will keinen Hausmann und Versager, sie will wieder den erfolgreichen Schriftsteller, den sie geheiratet hat, das ist doch viel besser.«

Sie hatte recht. So war es besser. Sie war eine Powerfrau, sie mochte sein Buch, aber sie duldete keine müßiggängerischen Hausfrauen in der weiblichen Hauptrolle.

In den nächsten zwei Monaten flog Viktor fünf Mal nach Hamburg. Es tauchten Co-Produzenten auf, die alle ihre Wünsche hatten. Nachdem er aus Hella eine Juristin und sie damit Ellen noch ähnlicher gemacht hatte, bemängelte ein anderer potentieller Co-Produzent den Überschuß an Frauenrollen: Herr Goldmann möge bitte noch eine Männerrolle hineinschreiben. Kein Problem: Viktor formte aus dem echten Adrian, seinem dicken Geigerfreund einen dünnen Trompeterfreund namens Marcus. Ein anderer Geldgeber fand, Hella brauche einen Liebhaber, es gehe nicht an, daß diese Frau es diesem Scheusal von Mann nicht heimzahle. Kein Problem: Viktor schrieb die Rolle eines Soziologieprofessors aus Lyon in sein Buch.

Dann tauchte die Frage auf: Sex-Szene ja oder nein? Setzt man die Verfilmung dieses »so intelligenten und erotischen Drehbuchs«, wie es ständig hieß, zur besten abendlichen Sendezeit an, konnte man keine wüste Bettszene bringen, es sei denn, sie wäre als Phantasie kenntlich. Viktor schwante Furchtbares: Unscharfe Traumbilder mit Weichmusik wie in der billigsten Werbung. Um das abzuwehren, kam er mit einer Idee, die alle Interessenten in höchste Erregung versetzte: Als er mit Erstexehefrau Ella vor Hunderten von Jahren auf dem Motorrad durch Argentinien gefahren war und sie so jung und wild waren, daß sie drei Mal am Tag absteigen und vögeln mußten und es schade und auch sehr umständlich war, Ellas schöne lorbeerblattgrüne Motorradkombi jedesmal auszuziehen, hatten sie einfach im Schritt des Overalls ein geheime Öffnung angebracht, die ihnen auch vollständig bekleidet die Paarung erlaubte. Die Vorteile waren ungeheuer: es war fremd, es war tierisch, es war nicht kalt, es stachen einen keine Mücken auf den nackten Arsch, es war ein bißchen pervers – und es war quasi jugendfrei. Man mußte kein Versteck aufsuchen, die Penetration war unsichtbar, es sah äußerlich kaum anders aus als die heftige Knutscherei zweier exotischer Wesen. Man erregte kein öffentliches Ärgernis. An jedem Flußufer oder Straßenrand hatte man es auf diese Art miteinander treiben können, derart vermummt dürfte das Vögeln sogar auf strengem muselmanischem Gelände erlaubt sein, ohne daß das Liebespaar gleich von aufgebrachten Koranschülern gesteinigt wurde. Die bunten Lederhosen der Beauties, schlug Viktor vor, die dem Helden die erotischen Gefühle wieder zurückgeben sollten, könnten mühelos in edle Overalls verwandelt werden, in welchen dann auch im abendländischen Fernsehen zur besten Familiensendezeit Geschlechtsverkehr möglich sein müßte.

Diese Idee entzückte den Regisseur und den schon ausgesuchten männlichen Hauptdarsteller, dann aber gab es Ärger, weil der Produzent eine vollbusige und bei den Fernsehzuschauern beliebte Blondine als Hella auserkoren hatte, die auch schon ganz scharf darauf war, sich in einem bordeauxroten Lederoverall dem endlich wieder auf Touren gekommenen Helden rollenspielend hinzugeben. Diese liebe und nette, beliebte und berühmte Frau bürgte für eine hohe Einschaltquote, doch sie war Viktors Antityp, genau der Typ der deutschen Mädelmutti, der alles in ihm zum Ersterben brachte, und der knalligste Overall der Welt hätte nicht ausgereicht, um diese Frau in ein für Viktor begehrenswertes Wesen zu verwandeln. Er schwor, nie wieder ein Drehbuch zu schreiben. Zu Viktors Glück und zum Unglück des Produzenten saß das Busenwunder bei einem Rückflug von Hamburg direkt vor Viktor, der das nicht wußte, sondern seiner Sitznachbarin, einer rasanten türkischen Restaurantbesitzerin, gerade von seinen Verfilmungsquerelen erzählte und ihr verriet, welche Qualen ihm die Vorstellung bereite, sein Alter ego müsse diesen bei einem verblödeten Publikum so beliebten Rauschgoldengel auch nur anfassen. Sie hatte alles mitgehört und sich dann umgedreht und Viktor versichert, daß unter diesen Umständen nicht mehr mit ihr zu rechnen sei – und Viktor wollte sterben vor Scham.

Nachdem der Produzent vier Millionen zusammengetrieben hatte und nur noch zwei Millionen fehlten, knüpfte ein letzter Geldgeber die Investition an die Bedingung, der Held müsse am Schluß als ein Geläuterter dastehen, der nach den Irrfahrten in den Schoß der Ehe zurückfinde, denn man könne dem Publikum als Hauptfigur keinen Mann zumuten, der sich nicht entwickle und am Ende aus den Fehlern nichts gelernt habe, Ehebruch im Film jederzeit, aber nur, wenn er zu besserer Einsicht führe.

Viktor geriet außer sich. Dann lieber ein Film mit einem Dutzend blonder Sexbomben, schrie er, aber das nehme er nicht hin, das sei die blanke Umkehrung seiner Aussage. Der Produzent sagte: »Daß Sie das so ernst nehmen!« Der Regisseur sagte: »Wir drehen das mit einem Augenzwinkern.« Nur scheinbar werde der Held zur allein seligmachenden Monogamie bekehrt, der intelligente Zuschauer werde merken, daß er sein Unwesen weiter treiben würde. Dem sittenstrengen Geldgeber wurde dann eine vom Regisseur zurechtgemachte Fassung des Drehbuchs überreicht, an dessen Ende der korrigierte Ehemann an die Tür des ehelichen Schlafzimmers klopft und die Worte flötet: »Darf ich kommen, Schatz, ich liebe dich…« Regisseur und Hauptdarsteller schworen Viktor, diese Szene mit so deutlicher Ironie zu bringen, daß auch dem dümmsten Zuschauer klar werde: Dieser Mann lügt schon wieder. Das aber war Viktor auch nicht recht. »Lügen ist doch gar nicht lustig«, sagte er.

Aber dann platzte das ganze Projekt, weil der Hauptdarsteller plötzlich zweien der Geldgeber nicht populär genug war, man bräuchte einen echten Publikumsliebling und keinen Typen, aus dem der Fernsehzuschauer letztlich nicht schlau werde, hieß es, und damit waren die Tage vorbei, an denen Viktor in der Business Class sitzend zwischen Hamburg und Zürich hin und her flog.

Die schönste Frau der Welt

Viktor wurde scheu. Er ging nicht mehr gerne essen. Zu zweit, nur mit Ellen – das war ihm schon immer etwas zu traut, zu intim. Zu zweit essen gehen war das Privileg von Frischverliebten, fand er. Als Ehemann allein mit seiner Ehefrau in einem Restaurant zu sitzen, beklemme ihn, verkündete er. Nur nach Versöhnungen möglich.

In seiner jetzigen Lage kam ein Essen mit Ellen schon deswegen nicht in Frage, weil er schweigsam sein würde und sie ihm zu Recht vorwerfen würde, daß er schwieg. »Wie so ein Ehemann«, würde sie sagen. Er würde denken: »Hättest du neulich mein Drehbuch gelesen, dann wüßtest du, was mich bedrückt und worüber ich wittgensteinisch schweige.« Was ihn nach wie vor bedrückte, war der Mangel an außerehelicher Erotik. Die Ehefrau war dafür nicht die richtige Gesprächspartnerin. Nicht einmal das, würde er sagen, weil er keine Lust auf Grundsatzgespräche und Stochern in Wunden hatte.

Weil Viktor weniger essen ging, stopfte er sich zu Hause unbeherrscht mit Nüssen voll und war nun nicht mehr so dürr. Auch darunter litt er. Zwar paßten noch alle Hosen, aber sie schlotterten nicht mehr, wie er es gern hatte. Als wäre es ein Verdienst, war er auf seinen mageren Körper immer stolz gewesen. Alle hatten Gewichtsprobleme, nicht Viktor. Wenn Kritiker über seine Lesungen berichteten, gefiel es ihm, wenn sie ihn als »dünnen Dichter« beschrieben, noch mehr, wenn sie ihn als »hungrig« bezeichneten. Das war einmal. Er wirkte nicht mehr hungrig. Und er trat nur noch selten auf.

Es waren nicht nur die Nüsse, die er nun verschlang. Das Schreiben hatte an ihm gezehrt. Bei jedem Buch hatte er sich seziert und Substanz abgegeben. Er schwitzte und sein Herz klopfte, wenn er schrieb und seine Besessenheit noch einmal durchlebte. Er wog sich nie, aber nach jedem Roman schlotterten die Hosen besonders. Die Leute sagten, er sehe elend aus, und er fühlte sich wohl. Das gefiel ihm. Er fühlte sich undomestiziert und undomestizierbar. Das war es, was die Ehefrauen nicht mochten. Sie sagten: »Du siehst schlecht aus, du solltest mehr schlafen und essen!« wenn ihm besonders wild und wohl und unhäuslich zumute war. Natürlich! Er war ihnen nicht geheuer, wenn er ausgezehrt wirkte. Sie wollten ihn zähmen.

Ehefrauen wollten einem einreden, man sei krank, wenn man sich verzehrte vor Sehnsucht woanders hin. Man war ja auch krank. Love Sick: »I'm sick of love; I wish I'd never met you I'm sick of love; I'm trying to forget you«, wie der alte Bob Dylan sehr glaubwürdig sang, und natürlich läßt er sicherheitshalber eine Tür für die Liebe auf, in der Hoffnung, die Herzdame möge zurückkommen, auch wenn sie ihn noch so quält: »I'd give anything to – be with you.«

Schon seit Monaten war es Viktor elend zumute, und es hieß: »Endlich mal hast du etwas Fleisch auf den Knochen.« Er mochte es nicht, das Fleisch auf seinen Knochen, diesen neuerdings unkonturierten Oberkörper, dieses Zeichen dafür, daß ihn keine Liebe herumtrieb und hetzte.

Viktor ging auch deswegen nicht mehr gerne essen, weil er nichts mehr zu berichten hatte. Früher hatte man ihn nach seinen Erlebnissen gefragt, und er hatte von zahlreichen unerreichbaren Frauen geschwärmt, die ihm begegnet waren, und von den weniger zahlreichen erreichbaren geschwiegen. Früher hätte er gern von der Tscherkessin erzählt, die problemlos mit zwei Männern zusammenlebe. »Ménage à trois, Viktors Traum«, wäre Ellens Kommentar gewesen. »Ganz bestimmt«, hätte er gesagt. Wenn Ellen auf die Toilette gegangen wäre, hätte ihm Barbara eine Weile kritisch in die Augen gesehen und dann gesagt: »Ich hoffe, das meiste, was du erzählst, ist erfunden.« – »Was ist der Unterschied, Barbara?« wäre seine Antwort gewesen – früher in den fetten Jahren, als er dürr war wie ein Ziegenbock.

Viktor hatte das Gefühl, daß Barbara ihn wegen seiner Ansichten über die Ehe als Katastrophengemeinschaft, aus denen er keinen Hehl machte, nicht sonderlich mochte, und eben das hatte ihn schon immer gereizt, in ihrer Gegenwart dunkle extrempolygame Andeutungen zu machen, die Barbara als Freundin von Ellen nicht hören wollte, deren Wahrheitsgehalt sie aber doch interessierte. Viktor mochte Barbara, die er so apart und anziehend fand, daß er manchmal schon drauf und dran gewesen war, sich ein kleines platonisches bißchen in sie zu verlieben.

Weil ihm Barbara mit ihrem sympathischen Gestichel vertraut war, ließ sich Viktor trotz Krise und bulimischen Anwandlungen überreden, mit Ellen und der Freundin essen zu gehen. Auch weil er keine Nüsse mehr sehen konnte. Leider wurde seine angeblich ungesunde Lebensweise zum Thema: Für einen Menschen, der tagelang in seinem Arbeitszimmer zubringe, in dem allem Anschein nach nichts Nennenswertes entstehe, müsse etwas getan werden, meinte Ellen – und sie meinte es ziemlich ernst. Alle Formen der Fürsorge aber verschlimmerten nur Viktors trübe Stimmung. Ellen konnte es nicht lassen. Wie schon in besseren Zeiten kam sie wieder mit ihrer Krankengymnastik daher, und wütend schrie Viktor: »Ich bin nicht krank!«

Ellen versuchte zu beschwichtigen: »Du bist nicht krank, aber du bist bald krumm – wenn du so weitermachst.« Ihre geduldige Besorgnis konnte Viktor nicht brauchen. Er flehte sie an, wenigstens die Wendung »Wenn du so weitermachst« zu vermeiden. Das gnädige Schicksal habe ihm eine Mutter erspart, die ihn mit dieser fürsorglichen Formulierung traktiert hätte, er könne jetzt wirklich keine mütterlichen Zuwendungen gebrauchen, wie er sie in der Spätphase von Ella ab und an hatte ertragen müssen. Das wolle er hinter sich haben.

Trotz solcher Warnungen sagte Ellen, Männer in Viktors Alter, die Raubbau mit ihrer Gesundheit trieben, stürben wie die Fliegen. Viktor sagte, »Männer in deinem Alter« sei auch eine unzumutbare Bezeichnung, die erst ab siebzig erlaubt sei. Da könne sie ja gleich »Du wirst auch nicht jünger« sagen. Ellen erinnerte wieder einmal daran, daß die Frau, von der sie und Barbara behandelt würden, keine normale Krankengymnastin sei, sondern Osteopathie mache. Das klänge nach Telepathie und Psychiatrie, sagte Viktor.

Ellen und Barbara schworen auf Osteopathie. Zwei Mal die Woche. Zahlt keine Kasse. Ein rasendes Geld, was da draufgeht. Aber alle Verspannungen – wie weggeblasen. Viktor verschwieg seine reaktionären Gedanken: daß diese modernen luxuriösen Frauen, kaum sitzen sie mal ein paar Stunden am Schreibtisch, sich gleich in Behandlung begeben müssen. Barbara, offenbar um Ellen zu unterstützen, schaltete sich ein: »Würde dir auch gut tun«, sagte sie zu Viktor, der natürlich antwortete: »Ohne Verspannung kann ich nicht schreiben. Entspannung ist das Ende der Literatur.« Ellen und Barbara rieten ihm, als nächstes Buch »Mein Krampf« zu schreiben.

Dann begannen die Frauen wieder von dem Italienischkurs zu schwärmen. Der würde Viktor auf andere Gedanken bringen. Viktor, der immer noch unter seinem unliterarische Zustand litt, sagte, schade, daß er nie wieder einen Roman würde schreiben können, dann nämlich würde er sie darin in zwei Luxusweibchen verwandeln, die unentwegt etwas für ihren Körper und ihren Geist tun müßten. Das sei bereits manisch.

Sie erinnerten ihn daran, daß sie berufstätige Frauen waren, und er sagte, dann würde er sie eben nicht in Luxusweibchen verwandeln, sondern in zwei unausstehliche Powerfrauen, die nur existieren könnten mit vollem Programm rund um die Uhr: Gymnastik, Schwimmen, Sprachkurs, Tennis – Kopf und Körper immer bestens trainiert.

»Besser als rund um die Uhr immer nur in einer staubigen Schreibstube sitzen und nichts schreiben«, sagte Ellen. Viktor sei ein »poetischer Fachidiot auf der Suche nach Inspiration«, er erinnere sie zunehmend an den gekrümmten Rodinschen »Denker«, der wiederum so aussehe, als leide er an Verstopfung. Wenn sich Viktor schon nicht für sein Körpergestell und seine

Körperhaltung interessiere, solle er wenigstens sein Italienisch verbessern. Immerhin seien sie fast jedes Jahr ein, zwei Wochen zu Gast in dem Haus von Thomas und Barbara in Italien, und es sei ein Trauerspiel, daß er seit Jahren nichts anderes sagen könne als den Satz: »A Milano il traffico è molto interessante.« Viktor sagte, er könne Hunderte von solchen Sätzen, und das reiche aus, denn der Vorteil des Nicht-perfekt-sprechen-Könnens sei ja, daß die Phrasenhaftigkeit des Lebens offenbar werde. Dieser Drang, möglichst gut Italienisch sprechen zu können, sei auch so eine Mode.

Ellen überging Viktors ewige Einwände und fuhr unbeirrt fort, Penelope, die »tolle« und »zauberhafte« Italienischlehrerin, zu preisen. An Penelope hatte Viktor schon längere Zeit nicht mehr gedacht. Seinem gründlich enterotisierten Kopf war selbst diese Sehnsucht entglitten. Penelope, sagte Ellen zu Barbara, habe auf ihr Anraten nun auch einige Osteopathie-Stunden genommen, seitdem sei sie noch lockerer und strahlender und die Haltung ihres ohnehin schon so schönen schlanken Körpers sei nun geradezu »engelsgleich«, sie schwebe förmlich durch ihre Sprachschule, und Viktor, der doch immer vorgebe, etwas von schönen Frauen zu verstehen, sei ein Idiot, wenn er sich diesen Anblick entgehen lasse. Penelope sei so attraktiv, daß man bei ihr das Italienisch wie von selbst lerne.

Ellen überkam manchmal die gar nicht zu ihr passende Anwandlung, zur Körperertüchtigung aufzurufen, und meist benutzte sie dann überschwenglich Penelope und ihre riskanten Hochgebirgstouren als leuchtendes Beispiel: »Wahnsinn, diese zähe Person«, braungebrannt sehe sie noch besser aus. Und deutlich an Viktors trostloses Dasein gerichtet: »Das ist keine Stubenhockerin. Du solltest dich auch mal bewegen!« Ellen sprach manchmal wie Ella. Wenn Ella es mit ihm ausgehalten hätte, wäre ihre Ehe jetzt vermutlich auch nicht viel anders als die mit Ellen. Also eigentlich ganz friedlich. Im Unterschied zu Ella konnte Ellen die Musik Wagners allerdings nicht ausstehen, das war ein Fortschritt. Wagner hieß die sagenhafte Italienischlehrerin – ein schöner Kontrast zu ihrem exklusiven Vornamen, der Viktor jetzt wieder aufhorchen ließ und in eine wohlvertraute Wallung brachte: Penelope.

Bisher hatte er nicht mehr gewußt, als daß Penelope schön war und jung und mit unglaublich langen Wimpern gesegnet. Das hatte sich mit Hilfe der antiken Penelope spielerisch zu dem Bild einer idealen Gattin verdichtet, in deren Schoß er irgendwann am Ende seiner Irrfahrten Ruhe und Erlösung finden würde. Nun wurde er wieder daran erinnert, daß sie nicht häuslich stickte und webte, sondern in den Bergen herumstieg.

Viktor konnte sich nicht für alle Frauen, die Ellen toll fand, begeistern. Noch war es möglich, daß Penelope Wagner aus dem Tessin trotz ihres ausgesuchten Vornamens eine sommersprossige, sonnenbrandige, stämmige Person war, mit einer zu engen Bundhose an den ziemlich kräftigen Beinen, nackten, etwas formlosen Waden, einem breiten Hintern und einem sympathischen Madonnengesicht, dessen Ebenmäßigkeit Ellen angenehm auffiel, aber von einem sexistischen Grobian wie ihm nicht erkannt wurde. Es gab solche Frauen. Es gab schöne Frauen, deren Schönheit nur Ellen sah. Penelope Wagner würde vielleicht rotkarierte Hemden tragen und die glatten dünnen Haare mit einem kleinen Pferdeschwanz zusammenhalten – solche Frauen hatte Viktor gesehen, als er in seiner Schulzeit in Genf selbst in und auf die Berge gegangen war. Die Berge hatten sich als das ideale Gelände für pubertäre erotische Phantasien erwiesen, und die wenigen wirklichen Bergsteigerinnen mit ihren klotzigen Körpern, ihrem lauten Lachen und dem Geruch nach Sonnencreme hatten seine Sehnsucht nach leiseren und eleganteren Frauen unterstützt, die nur in seiner Phantasie aufzutreiben waren. So oft und so ziellos verliebt war Viktor allein mit seiner Sehnsucht in den Bergen gewesen, daß wie bei einem Pawlowschen Hund eine Konditionierung stattgefunden hatte: Ab etwa zwölfhundert Metern Höhe, wenn Viktor die wandernden Rentner hinter sich gelassen hatte und es langsam stiller und felsiger wurde, stellten sich erotische Empfindungen wie automatische Begleiter ein – zumindest bei sonnigem Wetter. Zwar war er seit vielen Jahren nicht mehr in den Bergen gewesen, aber durch Ellens Penelope-Schwärmerei kam die Erinnerung schlagartig hoch und die Sehnsucht nach gewissen Gerüchen und nach dem Gefühl, das Leben läge vor einem.

Nun, wo ihm so viele Frauen entglitten waren, hätte Viktor nichts dagegen gehabt, die sagenhafte Penelope endlich einmal in Wirklichkeit zu sehen. Nach Ellens neuen Informationen bestand allerdings die Gefahr, ihre Bergsteigerklobigkeit könnte das ideale Bild auslöschen und damit auch einen winzigen, irren, erotischen Hoffnungsschimmer.

»Ich kann ja mal mitgehen zu diesem italienischen Konversationskurs«, sagte Viktor.

Da starrte ihn Barbara seltsam an, schweigend, hob dann den Finger, deutete auf Viktor und sprach wie eine Wahrsagerin: »Du Viktor, darfst nie zu Penelope gehen, du darfst sie nicht einmal sehen!« Es fehlte noch, daß sie gesagt hätte: »Du würdest ihr verfallen!« Ihr Blick aber sagte das. In diesem Blick schien bereits ein gewisses Verständnis für Viktors künftigen Sündenfall zu liegen, für die Begegnung, die nach diesem Unkenruf unvermeidlich stattfinden mußte. Halb sah sie aus wie ein stolzer Verkündigungsengel, der vehement die frohe Botschaft überbringt, halb rätselhaft wie eine Sphinx.

Barbara kannte seine Bücher und wußte, welche Frauen seine Helden besonders verehrten. Und so wußte Viktor nun, daß Penelope kein stämmiges Milchmädchen von der Alm war, sondern eine geheimnisvolle dunkle Schönheit, eine scheue alpine Gazelle mit eleganten Gliedern. Kein vollbusig schnaufender Trampel, keine frischfröhliche Berserkerin, sondern ein zierliches Geschöpf mit diskretem Busen. Sofort sah er ihren Gang, dank osteopathischer Behandlung grazil und vorbildlich stolz, wie eine äthiopische Häuptlingstochter, die den Krug auf dem Kopf zum Brunnen balanciert, so würde Penelope gertenschlank und aufrecht durch die Bergwelt schreiten und an ihren geraden Schultern würden lässig die schlanken Arme baumeln: Sie war vermutlich genau die Frau, von der er vor zwanzig oder fünfundzwanzig oder dreißig Jahren auf seinen Bergtouren geträumt und die er nie gesehen hatte, kein Wunder, denn zu jener Zeit wurde sie gerade erst geboren. Penelope ist sechzehn Jahre jünger als ich, rechnete Viktor, das war happig, aber es ging noch.

Bisher war Viktors Penelope-Vision nur ein Gefühl gewesen, wie ein Blinder hatte er gelegentlich von Penelope geträumt, er hatte sie nicht vor sich gesehen. Durch Barbaras vermächtnishaft orakelnde Prophezeiung, er dürfe diese Frau nie zu Gesicht bekommen, war nicht nur die alte Phantasieliebe wieder erwacht, sie hatte nun auch eine ganz andere, nämlich realistischere Qualität angenommen. Nun sah er zwar noch immer kein Gesicht, aber eine elegante Silhouette in schöner Bewegung, und er konnte sich nun mehr vorstellen, als nur als müder Heimkehrer sein Haupt in ihren Schoß zu legen. Er konnte sich vorstellen, ihr in den Bergen zu begegnen. Von Penelopes Freund war die Rede, mit dem sie oft in die Berge ging, und an den Qualen der unsinnigen, aber doch echten Eifersucht merkte Viktor, wie sehr er von dieser Frau bereits erfüllt war, ohne sie je gesehen zu haben.

Seit sie in Zürich lebten, ging Ellen mit Barbara zu Penelopes Italienischkurs. Viktor hatte es sich nicht verkneifen können, diesen Kurs in seinem Liebessalat-Drehbuch vorkommen zu lassen, dessen Verfilmung nun auf Eis lag. In der ersten Fassung des Drehbuchs sagt Ehemann Robert zu Ehefrau Hella, als er ihr die nötigen drei Hundertfrankenscheine für den Kurs in die Hand drückt: »Irgendwann einmal mußt du diese Sprache doch endlich beherrschen!« Darauf sie: »Wir reden da miteinander. Wenn du dich mehr mit mir unterhalten würdest, bräuchtest du mir keinen Konversationskurs zu bezahlen.« Speziell diesen Dialog hatte die Leiterin der Abteilung Fernsehfilm in Köln nicht ertragen. In Filmen, die sie produzierte, mußten die Frauen ihre Kurse selbst bezahlen können. In der zweiten Fassung war Hella dann Juristin und mußte ihren Pleite-Poetenmann nicht um das Geld bitten. Vielmehr ruft sie ihm beim munteren Verlassen des Hauses zu: »Sag's mir bitte, wenn du auch mal was unternehmen willst und dreihundert Franken brauchst – zum Beispiel für einen Bordellbesuch.« Für den geänderten Dialog hatte ihm die Leiterin der Abteilung Fernsehfilm einen satten Extrakuß aufs

Maul gedrückt. Die Szene war jetzt ganz nach ihrem feministischen Geschmack.

So schlimm aber war es in Viktors Wirklichkeit nicht. Dank der dreißigtausend für das Drehbuch hatte er fürs erste nicht mehr das dumme und zudem spießige Gefühl, auf Ellens Kosten zu leben. Und nach einem Bordellbesuch war ihm noch nie zumute gewesen. So dürftig sein Sexualleben zur Zeit auch war, es entstand dadurch kein Überdruck oder sexueller Heißhunger, wie Frauen in Verkennung der männlichen Physiologie immer wieder vermuteten, wenn man eine Weile nicht miteinander geschlafen hatte. Auch Ellen unterlag diesem Irrtum. Viktor jedenfalls machte eine klösterliche Phase nicht besonders scharf, sondern eher erotisch verträumt.

Weit und breit aber war keine Frau in Sicht, die seine brachliegenden Wünsche nach frischer Liebe hätte auf sich ziehen können – aus diesem Grund wohl, so versuchte sich Viktor das Phänomen selbst zu erklären, nahm die ihm unbekannte Italienischlehrerin namens Penelope Wagner aus dem Tessin, die auf Grund ihres hübschen Namens schon gelegentlich in seinem Kopf herumgespukt hatte, nun als junge Frau mit langen Wimpern und einem dunklen Haarschopf und einer wahrscheinlich guten Figur genauere Gestalt an und entwickelte sich in Ermangelung anderer verfügbarer Personen in seiner Phantasie zu einer verführerischen Dauerbegleiterin. Als Teenager hatte Viktor nicht schlecht mit solchen Begleiterinnen im Kopf gelebt, er beschloß, es dennoch nicht pubertär und nicht wahnhaft, sondern verjüngend zu finden, wenn er jetzt wieder auf die Tröstungen der Einbildungskraft zurückgriff.

Viktor konnte nicht an Penelope denken, ohne sich an den Beginn der Geschichte mit Ira zu erinnern. Es gab Parallelen. Auch damals war da die Aufforderung der Ehefrau gewesen, sie doch in einen Kurs zu begleiten. Ella ertüchtigte allwöchentlich ihren Körper und fand, das Training könne Viktor nicht schaden. Viktor fand, schlanker und fitter als er könne man nicht sein, das Eindreschen auf die schwere mechanische Schreibmaschine, die er damals benutzte, sei Fitneßtraining genug. In der Gruppe waren lauter Ehepaare, es hatte Ella nicht gefallen, als einzige unbemannte Frau ihre Streck- und Dehnübungen zu machen. Auch brauchte man für manche einen Partner. Schließlich hatte Ella mit der Kursleiterin gelockt: die Figur dieser Frau, ihre grünen Augen, ihre schwarzen Haare. Viktor werde begeistert sein. Das endlich half. Viktor begleitete Ella, versuchshalber. Fortan ließ er keine Stunde aus. Der Kurs ging ein halbes Jahr, und manchmal mußte er Ella animieren, deren Begeisterung für Sprach- und Mal- und Köperkurse nach einer Weile immer nachließ. Nicht nur die Figur der Kursleiterin, ihre grünen Augen, die Viktor eher bernsteinfarben fand, ihre schwarzen Haare – vor allem ihre völlige Mißachtung seiner Hingerissenheit von ihr steigerten eben diese Hingerissenheit von Mal zu Mal. Ella sah, daß sich die Kursleiterin nichts aus dem schmachtenden Viktor machte, obwohl dieser, um ihr zu gefallen, längst der fitteste Vorturner von allen Kursteilnehmern war, amüsierte sich über sein vergebliches Balzen, und verriet ihm genüßlich, daß diese famose Frau einen Mann und zwei Kinder habe, was man ihr wahrlich nicht ansehe und das ein drittes unterwegs sei. Diese Frau war Ira, dreißig Jahre alt, straff und blühend. Sie bekam ihr drittes Kind und dann ihr viertes und ignorierte Viktor wie am ersten Tag. Der befreite sich schließlich mit einer längeren Erzählung von seinem Leid, in der eine zweieinhalb Jahre währende aussichtlose Liebe zu einer Gymnastik-Kursleiterin beschrieben wird, die sich ausschließlich für ihre Kinder und ihren straffen Bauch interessiert und nicht für einen schmachtenden Dichter. Als die Erzählung in einem Magazin erschien, drückte ihr Viktor das Heft nach einer Fitneß-Stunde in die Hand. Sie nahm es so flüchtig nickend entgegen wie ihre Schecks. Am Ende der Erzählung hatte Viktor ohne Hoffnung einen Satz gekritzelt: »Wenn Sie noch Fragen an den Autor haben, kommen sie doch in seine Sprechstunde.« Dann hatte er einen Termin und ein Café genannt.

Ira war gekommen, und es hatte sofort geknallt. Vier Wochen lang waren ihr ihre Kinder, selbst der Säugling völlig egal. Beide

Ehen bekamen sofort Risse und fingen an zu zerbrechen. Von einem neuen Leben in Mexiko oder Neuseeland war die Rede. Viktor begriff, daß es auch eine andere Liebe gibt als die kalkulierte, austarierte, gezähmte, heimliche. Mochte der mexikanische Geier wissen, wie lange eine solche rücksichtlose Liebe hielt. Er war zu allem bereit. Und wenn die Leidenschaft ins Verderben führte – um so besser. Lange genug war er ein höflicher Betrüger gewesen. Dann litt Ella Qualen, und Iras Mann litt Qualen, und Ira litt Qualen, und Viktor litt Qualen und fragte sich, ob das kultiviertere Liebes- und Lebensmodell mit der Ehe als Basislager für gelegentliche Ausflüge nicht doch das bessere sei. Ira sagte plötzlich, nix Mexiko, auf den Trümmern von zwei Ehen könne man nicht gleich fidel heiraten, und verordnete eine Art Trauerjahr, in dem Viktor so litt, daß er gleich zwei Romane schrieb. In einem machte er aus Ira eine unberechenbare Ines, in dem anderen zahlte er ihr es noch heftiger heim und nannte sie Vira, weil sie mit ihrer Forderung nach einer absoluten Liebe so zerstörerisch wie ein Virus sei. Ella verwandelte er in eine Vera, die Wahrhaftige, und entschuldigte sich indirekt bei ihr, indem er sich selbst in der Rolle ihres untreuen Mannes schlecht machte und sie zur heimlichen Heldin. Er machte ihre Beine länger, ihren Bauch flacher und ließ sie verschiedene Sprachen flüssiger sprechen. Nur ihre Unart, mittags immer essen zu müssen, überging er nicht. Auch darüber, daß sie sich niemals ohne feinste Stoffservietten an den Tisch setzte, machte er sich lustig. Die Rezensenten des Romans fanden das allerdings besonders stilvoll und sahen in Vera die souveräne emanzipierte Frau – und Ella fing an, Viktor zu verzeihen, zumal sie als Landschaftsarchitektin erste Erfolge hatte und nicht mehr dem gärtnerischen Infantilismus von Viktor ausgesetzt war, der keine Lust hatte, auf ihre Anweisungen hin Unkräuter zu entfernen, und seine Faulheit mit dem Argument verbrämte, er sei auch im Pflanzenreich gegen ethnische Säuberungen. Iras Lippen waren voll und schön, aber als Vira im Roman bekam sie zur Strafe für ihr verheerendes Absolutheitsgerede einen Mund, der schief und mißgünstig war, was sie nicht daran hinderte, nach einem Jahr mit ihren vier Kindern vor Viktors Tür zu stehen: »Hier bin ich, genug gelitten!« Ohne Ellas Mittagsgerichte war Viktor vollständig abgemagert, was Ira gefiel. Das alte Feuer hatte dann immerhin noch für zwei Jahre Ehe gereicht, in denen Viktor Ira tatsächlich so gut wie treu war, was sie belohnte, in dem sie einem schönen schwarzen Mann aus Holland nach Amsterdam folgte, weil dessen Liebe noch absoluter war als die Viktors. Natürlich nicht so haltbar. Der absolute Schwarze war bald über alle Berge. Dann hatte Ira irgendeinen anderen Lover für alle Tage – und seit einigen Jahren gab es die kunstvoll wiederbelebte Liebschaft mit Viktor, ein zuverlässiges kleines ewiges Licht, das einfach nicht erlosch. Viktor war sicher, daß die Wirkung von Ellens Enterotisierungsfeldzug nicht von Dauer sein würde und sich eines Tages wieder so etwas wie ein Flämmchen für Ira zeigen würde – und hoffentlich auch für die Tscherkessin –, zumindest mit diesen beiden Frauen durfte es nicht für immer zu Ende sein. »In der Kathedrale meines Herzens wird immer eine Kerze für dich brennen« – den netten kitschigen Satz aus der Verfilmung von Franz Werfels *Jacobowsky und der Oberst* konnte man sich auch für die Frauen ausleihen.

Nun also war Penelope sein erotisches Phantom geworden, und es verging fast kein Tag, an dem sie ihm nicht erschien und ihn nicht begleitete. Viktor hatte eine Vorstellung von ihrer Gestalt, von ihrem Gang, von den locker pendelnden Armen. Er sah nicht ihr Gesicht, nicht ihre Lippen, nicht ihre Nase. Manchmal ahnte er ein Lächeln, manchmal einen glühenden Blick. Sie war seine intimste Vertraute, sein ganzer Trost – der Sex mit Penelope würde der ruhigste und zugleich konzentrierteste sein, den er je erlebt hatte.

Viktors Visionen von Penelope folgten einem Grundmuster und wurden dann variiert. Meist begann es, in dem Viktor zügig aus einem Tal kommend bergauf ging. Bei der Demarkationshöhe von eintausendzweihundert Metern, die Viktor am Geruch der Wiesen und der Bäume erkannte, nahm die Bergwelt durch Viktors pubertäre Konditionierung schlagartig einen erotischen

Charakter an. Wenig später gesellte sich alpingazellenartig Penelope zu dem einsamen Wanderer und begleitete ihn mit federnden Schritten. Kein Wort war nötig. Nichts, das geklärt werden mußte. Nur Liebe und das Glück, zusammen zu sein. Es gab keine anderen Menschen. Es gab nur Penelope und ihn. Es pfeift die Dohle und die Gemse und das Murmeltier. Viktor, der den Rummel der Großstadt braucht, ist mit einem Mal ein genügsamer Naturmensch. Er ist jetzt kein Schriftsteller mehr, sondern nur Penelopes Mann – und sonst gar nichts. Ira hätte ihre Freude an der Absolutheit seiner Liebesgefühle. Es gibt keine Sprache mehr. Da auch in Visionen gerastet werden muß, nehmen Viktor und Penelope auf einem warmen trockenen Rasenstück Platz und stärken sich mit ein paar Bissen. Und dann geschieht es: Sie sinkt an ihn hin, er hält sie, stützt sie, läßt seinen Oberkörper dann aber doch langsam auf das warme Gras kippen, sie faßt mit ihren beiden wundertätigen Händen sein Gesicht, eine Geste innigster Bereitschaft, sie streichelt mit ihren Daumenkuppen seine Backenknochen und flüstert: »Viktor, mein Viktor...« Manchmal auch italienisch: »Vittorio...« Oder das ungewöhnlichere, altmodischere: »Vittore...« Sie nennt seinen Namen, fassungslos vor Liebe, Tränen des Glücks stürzen aus ihren Augen. Er kennt ihre Stimme nicht, nur dieses überwältigende Flüstern. Auch aus seinen Augen quillt und läuft es nun. »Ja«, denkt er oder sagt er womöglich leise, »ja, ich bin dein« – Worte, die Viktor noch nie zu einer Frau hatte sagen wollen und zum Glück auch noch nie gesagt hatte, denn es wäre eine üble Lüge gewesen. Man mußte nicht immer die Wahrheit sagen, man konnte durchaus sagen »Es ist nichts Ernstes«, wenn es ernst war. Das war verzeihlich. Aber man durfte nicht »Dein ist mein ganzes Herz« sagen oder singen, wenn es nicht stimmte. Jetzt zum ersten Mal in seinem Leben war es wahr geworden: Ja, ich bin dein! Es gab keine anderen Frauen mehr. Nur noch Penelope. Wollust der ewigen Treue. Hier, im Trugbild der Phantasie war es möglich. Viktor sah das Ganze als antike Skulptur vor sich: Er war nicht Odysseus, aber auch er war nach jahrelangen Irrfahrten und vielen Verwundungen als Sieger heimgekehrt und hatte die einzig wahre Liebe gefunden, und so wie sich Penelope über ihn beugte, bestand kein Zweifel, daß er der Mann war, den sie brauchte, und daß sechzehn Jahre kein Altersunterschied waren. Und aus dieser rührenden, innigen und trotz des fehlenden antiken Gestades zum Glück völlig undeutschen Szene entwickelte sich fernab allen bedenklichen Fickens und unbedenklichen Vögelns ganz von selbst etwas, das man nur mit dem feierlichen Wort »Vereinigung« bezeichnen konnte, die sanfte Penetration, ein vorsichtiges Hineinwachsen in Penelopes ebenso zarten wie zähen Körper, kein alpines Berghasengerammel, sondern eine liebevolle Verschmelzung, die mal nicht mit dem von der Konsum- und Freizeitgesellschaft erwarteten brüllenden Explosionsorgasmus endete, sondern, auch um nicht ekstatisch in den Abgrund zu stürzen, mehr mit einem Implodieren, mit einer geseufzten Erlösung.

Nach wie vor brachte Viktor nichts zu Papier. Es war nicht so, daß ihm nichts einfiel. Es gab nur keinen Grund, etwas aufzuschreiben. Es war keine Frau da, der er etwas mitteilen wollte, kein Herz, das gewonnen werden mußte. Niemals in seinem Leben hatte Viktor auch nur eine Zeile Tagebuch geschrieben. Kritiker hatten ihm oft vorgehalten, er schreibe narzistisch. Aber war nicht viel mehr der Typus des Tagebuchschreibers ein Narziß?

Entflammt und in einem Brief an Selma, oder auch Ira vielleicht, wäre er dieser Frage vielleicht nachgegangen, und der Gedanke hätte sich als halbwahr erwiesen oder auch nicht. So aber, nur für sich, zog er ihm kurz durch den Kopf, aber es wäre ihm vollkommen lächerlich vorgekommen, ihn für sich zu notieren. Wohin damit? Worte hatten nur Sinn, wenn sie von schönen Augen aufgelesen wurden. Es gab keine schönen Augen.

Das Drehbuch war ein Witz gewesen. Geplänkel. Nie wieder. Diese Filmwelt mit ihrer Business Class – alles ein Witz. Ein Mißverständnis. Man konnte sich nicht mitteilen in einem Drehbuch. Nicht einmal Ellen hatte es als eine Mitteilung gesehen und angenommen.

Einen Fortschritt immerhin hatte Viktor gemacht: Er hatte eingesehen, daß es sinnlos war, stundenlang im Arbeitszimmer herumzusitzen, wenn man nichts schrieb. Ebenso sinnlos war der Aufenthalt in seinen vier Wänden, wenn man keine Musik hörte.

Viktor fing an, spazierenzugehen. Die Spaziergänge wurden länger und führten ihn aus der Stadt hinaus. Gern ging er bergauf. Der Züricher Hausberg war ihm zur rentnerhaft. Bald fuhr er ein Stück mit dem Auto oder dem Zug und ging irgendwo hoch. Er bestieg keine Gipfel, darauf kam es nicht an. Er besorgte sich keine Bergschuhe und keinen Rucksack, das war nicht sein Stil.

Er wollte allein sein. Wenn die Gegend schön und das Wetter gut war, gesellte sich Penelope hinzu. Viktor hätte sich auch zu Hause auf das Sofa legen und einen Spaziergang in den Bergen vorstellen können, auf dem ihm dann Penelope begegnen würde – aber nur Phantasie und nichts als Phantasie, das war ein bißchen mager. Man sollte die Einbildungskraft nicht überstrapazieren. Wenn er schon Penelope nicht zu seiner wirklichen Gefährtin machen konnte, dann sollte wenigstens die Umgebung für die Phantasie wirklich sein.

So fuhr er nach Luzern oder Bern und ging irgendwo hoch, bis es ihm zu ungemütlich wurde, dann ging er wieder hinunter. Es roch, wie es früher in den Bergen gerochen hatte, und so wie sich früher ab einer gewissen Höhe imaginäre Begleiterinnen zu ihm gesellt und seiner diffusen Sehnsucht ein erotisches Ziel gegeben hatten, so zauberte Viktor jetzt Penelope herbei, die stumm neben ihm ging, denn er kannte ja ihre wirkliche Stimme nicht. Wenn sie sich ihm ab und zu zuwendete und ihn anlächelte, sah er nur ihre langen Wimpern. Sie redeten nicht miteinander, sie verstanden sich wortlos. Und sie umarmten sich. Sie freuten sich aneinander. Sie liebten sich.

Manchmal waren Ira und Selma seine Phantasiebegleiterinnen. Sie hatten Stimmen, mit ihnen kam es zu angeregten Gesprächen, denn sie kannte Viktor ja wirklich. Penelope ging meist ein Stück vor ihnen her, sie drehte sich nie um, aber Viktor wußte, daß sie lächelte und daß ihre Wimpern lang waren. Er sah ihren dunklen Haarschopf, die geraden Schultern mit den lässig pendelnden Arme, und schilderte Ira oder Selma wortreich, wie hingerissen er von Penelope war, die da so vor ihnen herschritt. Manchmal kam Erstexehefrau Ella und auch Ellen hinzu, beide ließen sich seinen Zustand erläutern und gaben ein paar Kommentare ab.

Dies alles bewegte sich im Rahmen einer normalen Vorstellung. Viktor sprach mit anderen Männern nicht gern über die Liebe, über seine Liebesphantasien sprach er nicht einmal mit Adrian – und so wußte er nicht, ob seine Einbildungen üblich waren. Er konnte sich solche zarten Filme im Kopf von anderen Männern nicht vorstellen. Wie auch immer, er war Schriftsteller, und als ein solcher durfte man sich der Phantasie ausschweifend hingeben.

Den Grad einer ausgewachsenen Wahnvorstellung hatten seine harmlosen Phantasien nicht, entschied Viktor und fragte sich, wie das bei echten Verrückten aussah, wenn sie Stimmen hörten und Gespenster oder auch freundliche Leute sahen – was sahen und hörten sie da wirklich, wie plastisch erschien ihnen das Trugbild, wie deutlich die Halluzination?

Und dann hatte Viktor in den Bergen ein Erlebnis, das ihn erstmals an seinem Verstand zweifeln ließ. Vielleicht war dieses Phantasieren doch nicht so harmlos, vielleicht wurde das Wahrnehmungsvermögen dadurch beschädigt? Es war ein Sonnentag im Sommer, ein ausgesucht schöner Bergweg in einer Bilderbuchgegend bei Bern. Viktor ging allein bergauf, wie immer rasch und ohne Ziel. Noch dachte er nicht an Penelope, noch dachte er an das Auto, das zur Reparatur gebracht werden mußte, an die Wohnung in Frankfurt, die er wenigstens aufräumen und untervermieten sollte, auch wenn man das laut Mietvertrag nicht durfte. Er dachte an seine Schuhe, die bald durchgelaufen sein würden, und daß er sich zwei Paar hätte kaufen sollen, denn die Mode wurde immer schlimmer.

Er ging durch ein kühles Waldstück, an dessen Ende man schon sonnige Wiesen sah. Als er dort ankam und es schon wärmer wurde, sah er am Waldrand mit einem Mal die schönste Frau der Welt.

Viktor hatte schon oft in seinem Leben die schönste Frau der Welt gesehen – man empfand das so und sagte es so: »Boah, Wahnsinn, noch nie hat die Netzhaut deines Auges ein solches Bild erreicht!« Jeder Mann, der für Reize dieser Art empfänglich war, dachte das immer wieder einmal. Der Superlativ war nicht mehr als eine Metapher für die Liebe auf den ersten Blick. Als Viktor einst die Prinzessin Aza unter den Züricher Verlagsleuten erblickt hatte, war das in diesem Augenblick auch die schönste Frau der Welt gewesen.

Diese Frau am Rand der Bergwiese aber gehörte einer anderen Kategorie an. Sie war ohne jede Übertreibung und ohne jede Metaphorik wirklich die allerschönste, die er je gesehen hatte, nur war sie leider zugleich vollkommen unwirklich, so körperlich sie auch wirkte. Denn sie gehörte ganz offensichtlich nicht hierher. Hier waren die Schweizer Alpen, und diese Frau schien eine Inderin zu sein, nicht nur erkennbar an dem Klecks auf der Stirn. Es wäre unwahrscheinlich genug, eine Inderin in den Schweizer Bergen herumstehen zu sehen, aber warum nicht, es war noch nachvollziehbar, warum sollte es keine indischen Computerspezialistinnen in der Schweiz geben, die an einem freien Tag eine Bergtour machten? Ein solche Inderin hatte Viktor immer einmal kennenlernen wollen, eine normalschöne Inderin mit großen indischen Augen. Diese aber hatte märchenhaft schöne Augen und trug feinste indische Gewänder – eher unwahrscheinlich, daß eine Computerspezialistin in diesem Aufzug eine Bergtour machte. Sie hatte hier absolut nichts zu suchen, so schön sie war, so war sie doch ein Fremdkörper in dieser schönen Gegend. Sie war ein Gespenst, das schönste Gespenst der Welt.

Viktor begriff: das war die Strafe für sein ewiges kindisches Phantasieren, dies also war der Tag, an dem Viktor Goldmann endgültig verrückt wurde, wie soviele seiner Schriftstellerkollegen vor ihm. Das Verrücktwerden war etwas aus der Mode gekommen, eine nette Ironie, daß es noch einmal einen Autor erwischt hatte, der eine Schwäche für das Altmodische hatte und die vielen Moden verabscheute. »Übergeschnappt«, sagte man sehr treffend, denn tatsächlich war das harmlose Phantasieren wie mit einem Schnappen von einem Augenblick zum anderen in ein krankhaftes Halluzinieren übergesprungen.

Verrückte, sagte man, könnten Einbildung und Wirklichkeit nicht mehr unterscheiden, und so war es auch jetzt. Wie die armen Schizophrenen präzise ihre Wahnwelt beschreiben, um die Ungläubigen von deren Existenz zu überzeugen, so hätte Viktor wie ein idealer Zeuge diese Frau jedem Kriminalkommissar oder Psychiater detailgenau beschreiben können. »Aber Herr Goldmann, was soll eine solche Frau denn da oben gemacht haben?« – »Das weiß ich doch auch nicht«, würde der verzweifelte Viktor sagen. Und dann, den Kopf tief gesenkt: »Ich hatte zuerst den Eindruck, Herr Doktor, diese Frau beim Pinkeln überrascht zu haben.« Viktor würde irre kichern müssen bei dieser Aussage, und der Seelenarzt würde ihm ein Glasdöschen mit großen Dragees reichen, lila glasiert wie die lila Lederhosen von Sabine und der Tscherkessin: »Drei Mal täglich, Herr Goldmann«, würde er sagen, »das wird Sie beruhigen. Aber kein Alkohol!« Und dann würde dieses Schwein von Psychiater einen Forschungsbericht schreiben und seinen wissenschaftlichen Ruf als Entdecker des sogenannten Goldmann-Syndroms begründen, mit dem er den Beweis antrat, daß entgegen aller bisherigen Vermutungen das Phantasieren kein harmloses Kompensieren der Wirklichkeit sei, sondern ein höchst gefährlicher Zeitvertreib, sehr viel riskanter als Drogenkonsum, weil nämlich durch das exzessive Mobilisieren der Einbildungskräfte gewisse Gehirnzellen nicht, wie man bisher annahm, trainiert, sondern deformiert und schließlich ruiniert würden. Wie übertriebenes Fitneß-Training zur Sucht werden und zu körperlichen Schäden führen könne, so zeige das Goldmann-Syndrom, wie schnell übertriebenes Phantasieren in der geistigen Umnachtung ende. Während die klassische Sexualphantasie relativ harmlos sei, so würde das Schwein von Psychiater weiter ausführen, und in den schwersten Fällen lediglich dazu führe, daß die Befallenen durch hemmungsloses Onanieren an öffentlichen Plätzen unangenehm auffielen, sei es ein Symptom des Goldmannschen, mehr erotisch als sexuell geprägten Phantasierens, daß der Kranke sich nur in den seltensten Fällen onanierend Luft verschaffe und dadurch das erotische Wunschbild eben nicht zum Platzen bringe, sondern als ein glänzendes Ziel der Sehnsucht vor Augen erhalte. Dann würde das Schwein von Psychiater auf dem großen Psychiatrie-Kongress Viktor dem erstaunten Fachpublikum vorführen. Er würde ihn aus der Gummizelle befreien und ihm ins Ohr zischen: »Jetzt darfst du wieder deinen Stuß erzählen, du Idiot!« Und Viktor würde vor das Fachpublikum treten und sprechen: »Sie war die schönste Frau der Welt, ich schwöre es, und eines Tages wird man sie finden, und sie wird mich erkennen, und die erbärmliche Theorie dieses psychiatrischen Scharlatans, der sich an meinem Fall gesundstößt, wird in sich zerfallen, und es wird sich herausstellen, daß alles wirklich so war, wie ich sagte, daß ich nämlich die schönste Frau der Welt am Waldrand beim Pinkeln im Berner Oberland überraschte.«

Die schöne Inderin schien von Viktors plötzlichem Auftauchen tatsächlich überrascht zu sein, fing sich aber sofort und schenkte ihm ein Lächeln, märchenhaft, und als wäre das noch nicht genug, hob sie die Hand zu einem kleinen Gruß. Und dann, wie um den Realitätscharakter der Halluzination zum Äußersten zu treiben, begann das Traumbild zu sprechen: Nicht etwa in einem unverständlichen Indisch oder Schweizerdeutsch, sondern in einem warmen gebrochenem Englisch: »It is a paradise here, isn't it.«

Leider reichte sie Viktor keinen Paradiesapfel, leider hing keine Schlange vom Baum. Für diese indische Eva würde er jede Vertreibung aus dem Paradies in Kauf nehmen, wenn sie nur echt und kein Abbild seines Wahns wäre. »Yes, it is«, sagte er. Doch die schönste Frau der Welt kam nicht auf ihn zu und reichte ihm nicht die Hand zum Bund des Lebens. Typisch für so eine Wahnwelt, dachte er, daß sie einen ausschloß. Sagenhaft plastische Gaukelbilder, naturgetreue Farben und sogar eine menschliche Stimme – aber die Interaktivität ist sehr begrenzt. Wieder mal nur glotzen und nicht mitspielen dürfen. Da konnte man gleich in der Wirklichkeit bleiben. Ganz offenbar war diese Frau nicht greifbar, vermutlich würde sie sich in Luft auflösen, wenn er auf sie zuginge und sie anzufassen versuchte.

Um den Spuk perfekt zu machen, stand da mit einem Mal ein Mann auf der Wiese, der auch nur zu dieser Wahnwelt gehören konnte, ein indischer Prinz nämlich, der tatsächlich besser zu der schönsten Frau der Welt paßte als der doppelt so alte Viktor mit seiner Cordhose und seinem dicken Wollpullover. Auch der Prinz war jung und schön und ganz in weißer Seide. Er rief etwas Indisches, sie antwortete Indisch, drehte sich um und verließ Viktor nun für immer, allerdings nicht, ohne ihm noch einmal zugewinkt zu haben. Dieses Winken immerhin war unvergeßlich und eine psychiatrische Behandlung wert. Dann ging sie über die Wiese auf ihren Prinzen zu, der ihr ungeduldig die Hand entgegenstreckte, und beide verschwanden hinter einer Kuppe.

Viktor machte einen letzten Versuch, die rätselhafte Erscheinung rational zu klären. Er folgte dem unwirklichen Paar. Wenn hinter der Kuppe nichts wäre als Schweizer Kühe, deren Gebimmel man schon hörte, würde er morgen einen Seelenarzt aufsuchen, und wenn der ihm Pillen verschreiben würde, würde er die schlucken, und wenn der ihn einweisen würde, würde er sich nicht sträuben.

Hinter der Kuppe aber sah er ein Zelt und einen Omnibus und eine offene Kochstelle, und es roch nach Curry und Chicken Tandoori. Ein paar Dutzend Inder wuselten herum, einige in seidenen Saris, andere in Jeans. Viele Kameras und Mikrofone an langen Stangen.

Der einzige Nichtinder, ein massiger Schweizer Busunternehmer, klärte Viktor auf: Drehpause jetzt. Gleich geht es weiter. Die indische Filmindustrie dreht schon seit einiger Zeit ein paar Dutzend ihrer tausend neuen Filme im Jahr in der Schweiz. Aus zwei Gründen. Die indischen Bergfilme wurden bisher im Kaschmir gedreht, da ist es jetzt wegen des Konflikts zu gefährlich. Zum anderen ist die Schweiz für das indische Publikum extrem exotisch. Sie mögen es, wenn sich ihre Liebespaare vor Almhütten finden und ansingen und im Hintergrund unheilige Milchkühe zu sehen sind. Nur das Gras muß hoch sein, es geht nicht mit gemähten Wiesen. Liebesfilme enden immer im hohen Gras. Das ein Problem, weil nur im Juni das Gras hoch genug ist. »Da müssen wir uns schicccccken«, sagte der Busunternehmer. Dieses Team hier hat acht Filme in den letzten drei Wochen abgedreht. Das jetzt ist ein Musikfilm. »Wenn Sie warten, bis sie wieder mit dem Drehen anfangen, können Sie sie singen hören«, sagte der Busunternehmer. Er hat sogar schon einmal mitspielen dürfen: »Einen Schweizer Busfahrer.« Er kommt gut mit den Indern aus. Sie mögen das Schweizer Essen nicht und bringen ihre eigenen Köche mit. »Riechen Sie es?« Viktor wußte nicht, ob der Busmensch das ab- oder aufwertend meinte. »Nur, daß sie dauernd Luzern und Lausanne verwechseln, ist ärgerlich.« Da hat er als Busfahrer schon manches Problem mit gehabt.

»Und diese wahnsinnig schöne Frau«, fragte Viktor, »es ist die schönste Frau, die ich je in meinem Leben gesehen habe.«

»Wohl, wohl«, sagte der Busunternehmer, »sie war vor ein paar Jahren Miss World, jetzt spielt sie in sechzig Filmen im Jahr die Hauptrolle. Hier kennt sie keiner, aber in Indien, da ist sie der Superstar.«

Briefe an Penelope

Auf dem Standesamt konnten sie es nicht lassen, die Ehe als einen »Hafen« zu bezeichnen. »Ich bitte Sie«, hatte Viktor bei einer seiner Eheschließungen den Beamten unterbrochen, »in einem Hafen bewegt sich doch gar nichts mehr. Hafen bedeutet doch nur noch ein vor sich Hindümpeln, und Ölflecken auf dem Wasser – wenn schon Seefahrtsmetapher, dann sprechen Sie bitte von einem Schiff. Ich stimme nur zu, wenn sie die Ehe als ein Schiff bezeichnen.«

Mit Ella und Ira hatte es Turbulenzen und schließlich Schiffbruch gegeben. Mit Ellen funktionierte es. Ella hatte das Wort »funktionieren« nicht gemocht. Ellen war anders. Sie streckte ihm die Zunge heraus und sagte: »Du bist ein Maschinist!« Die Ehe mit Ellen war Viktor immer wie ein großer schwerer Dampfer vorgekommen, der lässig durch das Meer gleitet und dem Sturm und Wellen wenig anhaben können. Das Leben mit Ellen war alles andere als eine Strindberg-Hölle. Es war auch keine Oscar-Wilde-Komödie.

Vielleicht waren nun einfach die paradiesischen Zustände vorbei. Vielleicht war das Maß an Überglück ausgeschöpft. Und jetzt war das Leben normal. Man vertrug sich. Und manchmal liebte man sich. Und man träumte, wie jeder normale Mensch, von einem glücklicheren Leben mit mehr Liebe. So waren sie, die Ehepaare. Sie gingen ins Kino, ins Theater, in die Oper und holten sich dort leihweise die Gefühle, die sie selbst nicht mehr hatten. Oder sie lasen. Seit zweitausend Jahren oder mehr lasen sie, wie andere sich liebten.

Bisher war Viktor einer von denen gewesen, die lieben und ihre Liebe beschreiben konnten, und andere hatten das dann gelesen und sich daran erfreut. Das war ein Privileg. Er hatte sich verzehrt dabei. Vielleicht war er verbraucht? Vielleicht war auch er jetzt ein normaler Ehemann ohne die Kraft für außereheliche Abenteuer, auch er jetzt angewiesen auf die Liebesgeschichten, auf die Träume und Erfahrungsberichte anderer, auf künstlerische Zeugnisse einer Inbrunst und Besessenheit, die er selbst nicht mehr aufbrachte.

Egal ob Ellen, diese auf Entschärfung brisanter außerehelicher Bomben spezialisierte Sprengmeisterin, ihr Enterotisierungsprogramm bewußt oder unbewußt durchgezogen hatte, sie hätte keinen Erfolg damit gehabt, wenn Viktor stärker gewesen wäre. Seine erotische Energie war wohl am Ende. Man konnte nicht sein Leben lang auf Hochtouren lieben.

Zu diesen unerfreulichen Einsichten war Viktor auf seinen einsamen Bergspaziergängen und nach vielen imaginären Gesprächen mit Ella und Ira und Ellen und Selma und der Tscherkessin und Susanne und durchaus auch mit Sabine und der Nasenring-Tina gekommen – und selbst mit der Frankfurter Beate hatte er sich im Geist lange darüber unterhalten. Auch mit Aza hatte er gesprochen – und Nadja war wieder aufgetaucht aus der Erinnerung und Valeska sogar, auch sie waren große Hoffnungen in seinem Leben gewesen. Lauter milde, klärende, versöhnliche Gespräche. Und Penelope, das still lächelnde, unerkennbare, unbegreifliche Phantom, war zuverlässig immer in der Nähe, bereit, sein von den Irrfahrten der Phantasie müde gewordenes Haupt zu streicheln.

Früher hatte Viktor Illusionen gehabt – und nicht selten hatte er hübsche Bruchteile dieser Illusionen als reale Gewinne einstreichen können. Seine erotischen Phantasien hatten ein Ziel gehabt – und auch gewisse Ergebnisse. Jetzt war es mehr ein Essay über die Liebe, was er auf seinen Touren zusammenphantasierte, eine etwas wehmütige Analyse seines Lebens, mit dem Ergebnis, daß die Jahre der Vielfalt und der künstlerischen Aktivität wohl vorbei waren – ein bißchen früh. Der verpönte Goethe hatte sich im hohen Alter noch verlieben können, die meisten großen Autoren konnten das. Bei anderen erlosch die Fähigkeit, sich zu verlieben und seine Verliebtheit auszudrücken schon mit achtzehn, dann wurden sie Arzt oder Apotheker und gingen in Filme, in denen große Gefühle versprochen wurden. Bei Viktor hatte die erotische Energie immerhin bis Anfang vierzig gereicht – traurig, sehr traurig, aber kein Grund, sich das Leben zu nehmen. Oder doch?

Was hatten die Leute immer mit ihrer lächerlichen sexuellen Potenz. Auf die erotische Potenz kam es an. Nie hätte Viktor geglaubt, daß seine polygamen Gelüste versiegen könnten, daß er sich je von einem produktiven Menschen in einen stinknormal kunstkonsumierenden Kulturbürger verwandeln würde, der ab und zu gemütlich vögelt, der sich die Kicks aus einer Welt fremder Sublimationen greift und sich an den Feuern anderer wärmt. Was für ein Leben würde ihm bevorstehen? Es würde noch soweit kommen, daß Ellen und er ein Theaterabonnement nähmen – Sonntag grün, Samstag rot: Und dann sich all die Leidenschaften, die man vermißt, auf der Bühne ansehen, und danach Wein trinken und sich gut unterhalten mit Freunden, und an keine Selmas und Tscherkessinnen denken dabei, oder vielleicht doch denken, aber nicht mehr in höchster Anspannung an das nächste Treffen mit ihnen denken, sondern nur vage entspannt sich an sie erinnern. Zwei Paare, drei Paare, vier Paare, guter Wein, gute Unterhaltung. Jeder träumt ein bißchen was anderes – oder träumt man dann schon nicht mehr? Es geht nach Hause und ins Bett, und man schläft miteinander oder auch nicht. Man kommt sich wieder näher, oder man entfernt sich ein bißchen voneinander, man ist ein bißchen still oder ein bißchen gesprächig. Vielleicht war das die Liebe? Und all diese vielen Briefe und diese Hoffnungen, all das Zittern und Bangen, das Verstecken und Verkleiden und Verdrehen und Erhitzen und Entblößen der Gefühle, all dieses wahnsinnige Hin und Her zwischen Ella und Ira und Ellen und Ira und Aza und Selma und der Tscherkessin und früher Nadja und Valeska – all das war vielleicht pure Hysterie gewesen, immer nur Suche und Suche und Suche nach

Liebe und nie die Liebe selbst, die dann eben doch, wie der Standesbeamte gesagt hatte, ein Hafen war, ein Bett im Schlafzimmer, die Heizung aus, das Fenster auf, man ist aus dem Theater gekommen, trägt Pyjamas, wärmt sich aneinander und freut sich, daß es nicht so dramatisch zugeht wie auf der Bühne. Vielleicht war es das, das Glück. Wenn es das war, war Viktor auf dem besten Weg dorthin. Wenn er nicht vorher irgendwann höher in die Berge steigen würde, um sich im Eis zu besaufen und sich tieffrieren zu lassen dort oben. Das sollte ein schöner Tod sein, hieß es. Denn Ellen in Ehren – eine geeignetere Frau für ihn war kaum vorstellbar –, aber als Theaterabonnent die nächsten Jahrzehnte zu verbringen, das war ebenso wenig vorstellbar. Nur noch Romane lesen und keine mehr haben, das wäre zu hart. Dann lieber Schluß.

Bisher griffen die Leute gern tötend oder sich selbst tötend zum Dolch oder zur Pistole, wenn sie feststellten, daß der Ehepartner sie betrog. Für Viktor und Ellen gab es keinen Betrug, das hatten sie so vereinbart. »Du liebst einen anderen!« – »Du liebst eine andere!« – Solches Geschrei hatten die Wände der Wohnung von Viktor und Ellen Goldmann noch nie gehört. Die Liebe war ein Kraut, das wuchs wie verrückt, es blühte mal so, mal so, mal orange und mal gelb und mal rot und mal weiß. Man mußte es nicht einmal gießen und pflegen. Es wucherte von selbst. Man mußte es stutzen, das machte ihm nichts aus, im Gegenteil. Viktor liebte nie »eine andere«, was für eine unsinnige, unfreundliche, vorsintflutliche, sträfliche Behauptung war das – wie viele Tragödien hatte diese Behauptung schon ausgelöst. Viktor liebte andere Frauen auch. Das war alles. Alles andere war graue Vorzeit. Nicht er log, sondern die anderen logen. Wer sich Treue schwor, log. Und wer treu zu sein vorgab, log. Treue war auch nichts anderes als eine Phantasie – eine schöne übrigens.

Und doch war auch in der schönen neuen Welt der unverbotenen Liebe der Tod in der Nähe, wie Viktor nun deutlich spürte: nicht als eifersüchtige Raserei allerdings. Lebensmüdigkeit überkam ihn, wenn er an ein ruhiges Dasein ohne die Belebungen neuer fremder Erotik dachte. Keine Katastrophe – aber ein Grund, nicht mehr am Leben zu hängen. Ehe er sich hoch in die Berge hinauf empfehlen und betrinken und erfrieren würde, würde er noch ein paar Rückeroberungsversuche machen. Nie mehr bei jüngeren Frauen, die wandten sich ab oder wie Selma, diese Verräterin, noch älteren Männern zu. Selma, die so eisig schwieg, wie einst Valeska eines Tages einfach geschwiegen hatte. Vielleicht war auf die Altersgenossinnen mehr Verlaß. Wenigstens bei Ira und der Tscherkessin würde er sein Glück noch einmal versuchen. Drei mal drei Tage im Jahr mit Ira in Amsterdam, drei mal drei Tage im Jahr mit der Tscherkessin in Paris – vielleicht reichte das aus, um für die restlichen 365 minus 18 ist 347 Tage im Jahr ein zufriedener Gatte zu sein, der imstand ist, mit seiner Frau ins Theater zu gehen, ohne kulturbürgerliche Erstickungsanfälle zu bekommen.

Ein anderer beliebter Grund, sich zu verabschieden, war die berufliche Pleite. Auch hier war Viktor kein klassischer Fall. Er war beruflich nicht am Ende. Er war nicht einmal ein Arbeitsloser. Er war auch nicht so vergessen, wie er befürchtet hatte. Es gab ab und zu Anfragen von Zeitschriften. Sie wollten kleine Texte von ihm haben, die nicht schlecht bezahlt wurden. In den Jahren der Romanschreiberei hatte er dazu wenig Zeit gehabt. Doch auch ohne seine Romanhonorare verdiente er mittlerweile wieder genügend Geld, um nicht das Gefühl zu haben, die Wohnung in Frankfurt werde von Ellen allein finanziert. Aber er war verwöhnt. Jahrelang hatte er das Privileg genossen, seinen Unterhalt mit dem Ausbreiten seiner Liebesgeschichten zu verdienen, ein System, das immer wieder neue Liebesgeschichten erzeugt hatte. Jede groteske Alibibeschaffungsmaßnahme seines Liebeslebens war ein Jahr später schon eine amüsante Episode in seinem nächsten Roman. Er beichtete und er verspottete sich gleichzeitig – und damit verdiente er Geld. Es war sein gutbezahlter Job gewesen, die unvermeidlichen Infamien des Lebens in Witze zu verwandeln. Er hatte sich unentwegt mit der Jagd nach Liebe beschäftigt und mit der literarischen Verwertung dieser Jagd. Jeder Roman war der Versuch gewesen, Liebe zu erzeugen, zu bewahren, zurückzugewinnen. Diesen Spitzenjob schien er los zu sein. Was ihm nun blühte, war ein normales Autorendasein, mit irgendwelchen Reportagen über irgendwelche Leute – und zwischendurch auch mal wieder ein Roman über dies oder das, vielleicht über einen Hochstapler oder auch einen Abschiebehäftling, warum nicht, muß alles auch geschrieben werden – aber nicht von ihm, fand Viktor, und seine Lust am Weiterleben schwand.

Es sah nicht so aus, als würde aus dem Drehbuch, das Viktor geschrieben hatte, jemals ein Film entstehen – und wenn, würde das seine Verfassung kaum verbessern. An einen neuen Roman war nicht zu denken, denn er hatte kein Ziel vor Augen, auf das er mit der nötigen Besessenheit hätte zuschreiben können. Kein neuer Roman bedeutete: keine Veranstaltungen, keine Lesungen, keine Lesereisen. Auch an diesem Punkt war der Kreislauf gestört. Viktors Reisen und seine Auftritte waren ein wichtiger Nährboden für neue erotische Umtriebe gewesen.

Ein gewisser Ersatz für die Lesungen waren in letzter Zeit Viktors Auftritte als Diskjockey. Ellen hob die Augenbrauen und atmete hörbar tief durch, wenn es wieder soweit war und Viktor tagelang seine musikalischen Schätze durchhörte und auswählte und dann seine Taschen mit Platten und CDs füllte, um als »DJ Goldmann« in Luzern, Bern, Winterthur, Konstanz, Freiburg, Lindau, Bregenz aufzulegen. So sehr sie Viktor das Vergnügen gönnte, so fand Ellen doch, dies sei keine Beschäftigung für einen mittlerweile vierundvierzig Jahre alten Mann.

»Du hast keine Ahnung, ich bin Kult«, sagte Viktor und hatte nicht einmal völlig unrecht damit. Er legte hauptsächlich Jazz- und Rock-Musik auf, mit der seine männlichen Romanfiguren das Herz und die Beine der weiblichen in Bewegung zu bringen versuchen, oft mit Erfolg – und dieser Erfolg übertrug sich auch auf die Wirklichkeit. Zu Viktors Entzücken sprangen schweizerische, österreichische, badische und schwäbische Diskothekenbesucher nach den ihnen größtenteils unbekannten heißen Rhythmen der sechziger, aber auch der zwanziger und dreißiger Jahre wie die Wilden herum. Viktor lernte, daß man keine Fehler machen durfte, indem man ein falsches Stück auflegte, das die Stimmung jäh abkühlte, anstatt sie weiter zum Kochen zu bringen. Zu später Stunde sprang Viktor gern selbst auf die Tanzfläche und ließ seine Beine wie die Klöppel eines Trommlers auf den Boden schlagen. Einmal hatte er in München aufgelegt und verkündet, er halte nichts vom modischen Scratchen, mit dem die DJs ihre Platten traktierten, er habe jemanden mitgebracht, der auf der Geige scratchen könne – und dann war Adrian als spezieller Gast aufgetreten und hatte elektrisch verstärkt so schmissig in die Rockmusik hineingegeigt, daß die Leute bis morgens um sieben um mehr gebettelt hatten.

Nicht immer erlaubte die Räumlichkeit, daß getanzt wurde. Auch die Veranstalter eines harmlosen Züricher Sommerseefests mit dem neckischen Namen »Tollwut« baten Viktor um einen Auftritt, und sie bekamen ihn.

Die Veranstaltung war gut besucht. Die Musik kam an, die Stimmung war äußerst heiter. Wegen der Enge war an tänzerische Ausschreitungen nicht zu denken. Viktor erläuterte zwischen den Musikstücken den literarischen Zusammenhang und wunderte sich wie immer, daß die Leute, vor allem die Frauen, für die manischen Fraueneroberungsstrategien seiner Romanhelden etwas übrig hatten. Nach der Vorstellung rief ihm jemand aus dem aufbrechenden Publikum zu: »Danke für das Vergnügen.«

Gerührt fing Viktor an, am Boden kniend, seine kostbaren Scheiben zusammenzupacken und in ihre Hüllen zu stecken, als er neben sich einen jungen gutgelaunten Mann bemerkte, der offenbar eine Frage hatte. »Bitte?« fragte Viktor. Der junge Mann hatte die Musik »super« gefunden, nun wollte er wissen, wo Viktor das nächste Mal auflege. »Wir würden gern wiederkommen«, sagte er und deutete hinter sich.

Einige Schritte entfernt stand eine junge Frau und sah her. Von all den hübschen Frauen, die im Lauf der Jahre auf einer Veranstaltung von Viktor gewesen waren, war sie die ungewöhnlichste. Ohne zu lächeln, hatte sie etwas Strahlendes. Eine innere Glut. Da war er wieder – endlich – der altbekannte und schon lange nicht mehr dagewesene, schon tot geglaubte, blitzartige Wunsch: Ihr nach! Mit ihr ans Ende der Welt!

»Bongo Bar Basel«, sagte Viktor. Obwohl der Mann ihn gefragt hatte, antwortete er dieser Frau. Wie konnte es sein, daß ihm eine derart attraktive Erscheinung im Publikum zwei Stunden lang nicht aufgefallen war. War er schon blind geworden durch seinen erotischen Entzug? Er hätte während seines Auftritts zu ihr hingeredet und ihren Blick zu fangen versucht. Dann wäre sie jetzt vertrauter. Dann würde sie vielleicht lächeln und nicht so aussehen, als wolle sie gleich verschwinden.

»Bongo Bar Basel«, wiederholte der junge Mann, »super – und wann?«

Wie sie da stand. Schmal in einem Anorak. Dunkel leuchtend und bereit zu gehen. Draußen nieselte es. Viktor saugte das Bild in sich auf. Es gab nicht viel Zeit, es sich einzuprägen. Er wollte es nie vergessen.

»In vierzehn Tagen«, sagte Viktor, »am 12. Juli. Aber nicht so wie heute. Es wird getanzt.«

Sie sah dem jungen Mann ähnlich. Beide waren dunkel. Auch er hatte etwas Strahlendes. Vielleicht Geschwister? An der unsinnigen Hoffnung, sie könnte die Schwester des jungen Mannes sein, spürte Viktor, daß es um ihn geschehen war. »Am 12. Juli«, wiederholte der junge Mann und nickte: »Wenn wir Zeit haben, kommen wir.« Er deutete wieder hinter sich: »Meine Freundin tanzt gern.«

Die Spur eines Lächelns war jetzt auf dem Gesicht der schönen jungen Frau, die also nicht die Schwester des schönen jungen Mannes war. »Vielleicht bis dann«, sagte der, und dann gingen sie.

»Ich würde mich freuen«, rief ihnen Viktor noch nach und sammelte weiter seine Platten zusammen. Der Raum war jetzt leer, alle waren gegangen, heiter, aufrecht, beglückt – sogar strahlend. Und Viktor, der sie in Schwung und Feuer und gute Laune versetzt hatte, mußte räumen und ordnen und packen. Draußen nieselte es.

Der Veranstalter erschien und drückte Viktor das Honorar in die Hand, auch er gut gelaunt vom erfolgreichen Abend. Nebenan tranken sie noch einen Wein zusammen und tauschten Erfahrungen über die Unberechenbarkeit des Publikums aus. Viktor begriff nicht, warum er dem strahlenden Paar nicht vorgeschlagen hatte, auf ein Glas zu bleiben. Er war aus der Übung. Er hatte das Glück entwischen lassen. Normalerweise waren es die Frauen, die ihn ansprachen, und die Männer standen scheu dahinter. Hatte ihn das irritiert?

Sie würden nie in die Bongo Bar nach Basel kommen. Warum sollten diese beiden glänzenden Menschen wegen seiner Musik so weit fahren? Er würde diese Frau nie wiedersehen. Drei Monate, vielleicht auch vier oder fünf oder sechs, würde er ihr Bild in sich tragen, dann würde es anfangen zu verblassen. Unweigerlich. Er hatte so wenig Zeit gehabt, es sich einzuprägen. Er sah sie vor sich, deutlich, und sah doch nicht die Farbe ihrer Augen.

Viktor betrank sich, anders war es nicht zu ertragen. Er war mit dem Rad gekommen, das drückte jetzt aufs Gemüt. Die Taschen mit den schweren Platten hingen an dem Rad wie Geschwüre, dazu der Nieselregen und er selbst: ein torkelnder Fahrer. Er kam sich asozial vor. Ein alkoholisierter Obdachloser. Alt kam er sich vor. Voller Neid war er auf den schönen jungen Mann, der mit seiner schönen jungen Freundin jetzt irgendwo im Trockenen saß und es sich gutgehen ließ.

Und doch war Viktor lebendig wie schon seit Ewigkeiten nicht mehr. Er hielt an einer Parkbank, setzte sich auf die nassen Bretter und ließ den Nieselregen auf sich rieseln. Kein Zweifel, er war verliebt – einseitig, unglücklich, aussichtslos – aber immerhin: Es war Liebe. Er hatte ein Ziel: diese Frau wiedersehen. Der Enterotisierungszauber, der ihn nun schon so lange gelähmt hatte, war vorbei. Vierzehn Tage lange konnte er auf ihr Kommen hoffen. Und er würde hoffen: wie ein Verrückter. Er spürte schon jetzt, wie die Hoffnung ihn jeden Tag lebendiger machte.

Ein paar Tage später kam Ellen von ihrem italienischen Konversationskurs und bat Viktor, Spaghetti zu kochen. Sie sei hungrig und fix und fertig, Italienisch werde sie nie lernen. Viktor sagte, er wisse schon, warum er sich den Kurs nicht zumute, und erfand den Kalauer: »Lieber polygam als polyglott.«

Ellen, obwohl erschöpft, schlug sofort zurück. Der Spruch durfte nicht unwidersprochen bleiben: »Sex propagieren immer die Leute, die zuwenig davon haben«, sagte sie: »Oder führst du ein Doppelleben, von dem ich nichts weiß?«

Viktor gab ihr einen Kuß und konnte sich für einige Sekunden vorstellen, den Rest des Lebens eine glückliche Graugans-Ehe mit Ellen zu führen. Treu sein, und basta. Dreh dich nicht um nach fremden Frauen. Er ließ Ellen das letzte Wort und kochte Spaghetti. Er hatte keine Lust, seinen albernen Spruch zu erläutern und darauf hinzuweisen, daß er mehr die platonische Polygamie gemeint habe. Frauen ab vierzig lachten nur, wenn man ihnen mit so etwas kam. Sie waren sexfixierter als die ab vierzig zur Romantik neigenden Männer. An liebende Männer glaubten Frauen ab vierzig kaum noch. Sie ließen sich relativ leicht belauschen, indem man sich schlafend stellte. Es dauerte keine Minute, und schon erfuhr man, daß sie nichts widerlicher und beleidigender fanden als einen in Gegenwart von Frauen einschlafenden Mann. Alles in allem war aus einer solchen Lauschaktion der Eindruck zu gewinnen, Frauen ab vierzig seien froh, wenn ihre Männer einigermaßen höflich waren, für gute Weine im Haus sorgten und so uncharmant ihre Lust anmeldeten, daß man sie guten Gewissens zurückweisen konnte.

Nach dem Essen lobte Ellen den schlichten Tomatensugo, drohte wieder einmal Teilzeitarbeit an und malte Viktor mit sadistischer Lust aus, wie schön es wäre, wenn er drei Tage in der Woche nur für sie da wäre – und Viktor sagte: »Ich würde mich sofort totschießen.« Darauf Ellen, ganz Rechtsanwältin: »Mit welcher Pistole?«

Dann gähnte sie lang und laut und sagte mit unüberbietbarer Beiläufigkeit: »Ach übrigens, Penelope war auf deiner komischen Jazz-Veranstaltung.«

Sofort tobte Viktors Herz im Hals. In den letzten Wochen hatte er Dutzende von langen Bergspaziergängen gemacht, stundenlang war er schweigend neben Penelope hergegangen, viele Male hatten sie sich zugelächelt und umarmt. Nun fühlte er sich ertappt und bekam kaum zwei gleichgültige Wort heraus: »Ach, was.« Er wagte nicht nachzufragen, war aber sicher: Sie war es. Die junge strahlende Frau mußte Penelope gewesen sein. Sie war identifiziert.

»Mit ihrem Freund war sie da«, sagte Ellen.

»Ich glaube, ich habe sie gesehen«, sagte Viktor: »Sie steht sehr schlank und auffallend gerade da, und ihr süßer stolzer Kopf sieht aus, als balanciere sie ihn auf ihrem dünnen Hals. Ein Strahlen geht von ihr aus.«

»Exakt«, sagte Ellen, »vor Gericht hätte die Beschreibung wenig wert, aber das ist sie, Penelope. Man könnte meinen, du bist in sie verliebt.«

»Bin ich«, sagte Viktor, »sie sieht hinreißend aus.«

»Meine Rede«, sagte Ellen, »ich sage das seit Jahren.«

»Eine Gazelle«, sagte Viktor, »verwunschen irgendwie.«

»Fang nicht an zu schleimen«, sagte Ellen.

Viktor wollte so ehrlich wie möglich sein, ohne die ganze Wahrheit zu sagen: »Eine Antilope. Wußtest du, daß die Italiener Antiiilope betonen, wie Penééé-lope?«

»So weit sind wir noch nicht«, sagte Ellen, »woher weißt du denn das?«

Viktor schwieg. Er verriet nicht, daß er sich die Italienischlehrerin seit Barbaras Du-aber-Viktor-darfst-Penelope-niemals-sehn-Verheißung als alpine Gazelle vorgestellt hatte – und als Antilope, und daß er sie in seinen Tagträumen schon hundert Mal italienisch begrüßt hatte, wenn sie sich auf seinen Bergspaziergängen zu ihm gesellte: »Buon giorno, antilope Penelope, gazzella delle alpi!«

»Man muß sie lieben«, sagte Ellen und gähnte wieder.

»Sie hat mich nicht angesprochen«, sagte Viktor, »komisch, würde man doch normalerweise machen: »Buena sera, ich bin die Italienischlehrerin Ihrer Frau.«

»Sie ist scheu«, sagte Ellen. Und nach einer kleinen Pause schadenfroh: »Wie Gazellen eben so sind.«

Viktor konnte sich nicht beherrschen. Er mußte es wissen: »Sie hat dir nicht verraten, wie sie meinen Musikabend fand?«

Ellen genoß ihre Macht: »Ihrem Freund hat es gefallen, hat sie gesagt.«

Viktor war entsetzt: »Ihr nicht?«

Ellen, als wüßte sie, wie weh Viktor die folgenden Worte tun würden: »Das Urteil ihres Freundes scheint ihr sehr wichtig zu sein. Sie redet viel von ihm.«

»Aha«, sagte Viktor, weit zurückgeworfen. Was nützte es ihm, wenn die unbekannte Schöne identifiziert war, und doch immer unerreichbarer wurde?

»Was bin ich erschlagen«, sagte Ellen und kündigte ihren baldigen Gang ins Bett an. »Du wirst ja wohl noch aufbleiben.«

»Allerdings«, sagte Viktor, »es ist erst halb zwölf.«

»Da müssen Dichter noch viel arbeiten«, sagte Ellen spitz – und entschuldigte sich, als Viktor sie böse anstarrte: Sie habe damit nicht auf Viktors Schaffenskrise anspielen wollen.

Viktor konnte das Wort »Schaffenskrise« nicht ausstehen. »Ich glaube, das ist vorbei«, sagte er, »ich werde in nächster Zeit sehr viel schreiben.«

»Wäre schön«, sagte Ellen. Und dann sagte sie noch: »Wenn du mal irgendwann Zeit hast, kannst du vielleicht die Sachen, die du neulich aufgelegt hast, auf eine Kassette aufnehmen. Die Musik hat Penelope schon gut gefallen. Du hingegen seist etwas krumm dagestanden. Es eilt aber nicht, sagt sie.«

Viktor zog und drängte es mit Macht an den Schreibtisch in sein Arbeitszimmer, wie es ihn schon seit langer Zeit nicht mehr gedrängt und gezogen hatte. Kaum noch wahr, wie weit diese Lust loszuschreiben zurück lag. Damals, als er bei der Prinzessin Aza und bei Selma, dem so grausam schweigenden Fräulein Strindberg, sein Glück versucht hatte, war auch diese begeisterte Gier dagewesen, eine Frau mit endlosen Ketten von Worten an sich zu binden. Auch als er einst Ira mäßig obszöne und der Tscherkessin unmäßig obszöne Briefe geschrieben hatte, war ihm ähnlich getrieben zumute gewesen.

Eine gute Stunde saß Viktor vor dem aufgeklappten Laptop, zitternd vor Anspannung, zwischendurch leise lachend und übervoll mit Mitteilungsbedürfnis. Dann fing er an wie ein Rasender zu schreiben.

»Liebe Penelope«, schieb er. Er schrieb ihr alles, die reine Wahrheit mit allen Einzelheiten. Die ganze Vorgeschichte: wie durch Ellens Penelope-Schwärmereien ein zunächst unbegreifliches Bild von ihr in ihm entstanden sei, wie die ersten Nachrichten über ihre Bergsteigerei sie ihm einerseits nähergebracht, andererseits auch den Verdacht geweckt hätten, sie könne ein stämmiges Milchmädchen mit dicken Beinen sein. Wie er sich immer wieder gefragt habe, wieso er sich überhaupt für eine wildfremde unbekannte Frau so interessiere. Wie erst die Verheißung einer Freundin Ellens, »die auch Ihnen bekannte Kursteilnehmerin Barbara nämlich«, ihm klar gemacht habe, daß es sich bei dieser Penelope wohl eher um eine zierliche Frau handeln dürfte als um ein semmelblondes Trampeltier, und wie sie ihn seitdem als Bergantilope und Alpingazelle begleite, und zwar »zunehmend zauberhaft«.

Dann beschrieb er die reale Begegnung aus seiner Sicht. Um seine Aufgewühltheit zu verstehen, möge sie bitte versuchen, sich das vorzustellen: Da trage man treu wie ein heiliger Narr das Phantombild einer Frau in seinem Hirn und seinem Herzen und – wie Viktor mutig schrieb – auch ein wenig in seinen Hoden. Lange Zeit irre man mit diesem Bild umher. Und dann begegne einem eine Frau, deren Glanz alles überstrahle, auch das besagte Phantombild sei in diesem Augenblick überstrahlt worden. Und dann erfahre man, daß diese wirkliche Frau dieselbe Person ist, die man sich schon seit langem vorzustellen versuchte. »Ich kann das nicht erklären, ohne das Wort ›Liebe‹ zu benützen«, schrieb Viktor: »Ich habe mich in eine wirkliche Frau verliebt und meine Traumfrau vergessen, und dann stellt sich heraus: es ist ein und dieselbe Person. Ich habe in diesem Augenblick in gewisser Weise mein Phantombild von Ihnen mit Ihnen selbst betrogen.«

Damit Penelope keinen falschen Eindruck von ihm bekomme, beschrieb er sich bei der Gelegenheit als gieriges und treuloses Scheusal, schrieb, daß er anfangs groteskerweise gehofft habe, der Typ, der ihn angesprochen habe, möge ihr Bruder sein, schrieb von der Angst, die er gehabt habe, er werde sie, die unbekannte Frau nie wieder sehen, schrieb von Nadja, einer Algerierin, die er einmal vor vielen Jahren nach einer Veranstaltung gesehen und deren Anblick es ihm ähnlich angetan, auch wenn er von dieser Frau nicht vorher geträumt habe. Sie sei aber auf ähnliche Weise verschwunden wie sie, Penelope. Und Viktor schrieb, wie er sich dann bemüht habe, diese Algerierin wiederzufinden, wie er die Begegnung und das Verschwinden haarklein in seinem nächsten Roman geschildert hatte, in der kindischen Hoffnung, sie werde diesen Roman lesen und sich erkennen und melden, wie sie das natürlich nicht getan, aber wie er sie fünf Jahre später dann doch getroffen und wie es gefunkt hatte, und welches Glück es sei, daß er nun nicht fünf Jahre nach ihr, Penelope, suchen müsse, obwohl man, wenn man den Namen Penelope ernst nähme, eigentlich erst nach einer zwanzigjährigen Odyssee das Recht habe, sein mattes Haupt in ihren Schoß zu legen.

Er beschrieb weitere Begegnungen mit Frauen nach seinen Auftritten, um die Einmaligkeit der Begegnung mit Penelope hervorzuheben und auch um sich möglichst ehrlich als furchtbarer Ehemann darzustellen, der nach all seinen Untaten nichts weniger verdient habe als eine Antiii-lope namens Penééé-lope.

Um sieben Uhr stand Ellen auf. Viktor leistete ihr beim Frühstück kurz Gesellschaft, verschwand dann aber sofort wieder in seinem Arbeitszimmer und tippte weiter, beschwerte sich, daß Penelope ihn nicht angesprochen habe, drohte ihr Nachstellungen an, wenn sie nicht nach Basel in die Bongo Bar käme und beschrieb ihr, wie er sich in Basel mit ihrem Freund wegen ihr duellieren werde.

»Wann hast du das nächste Mal Italienisch?« fragte er Ellen, als sie ging, »wegen dieser Kassettenaufnahme.«

»Leider morgen schon wieder«, sagte sie.

Sofort verschwand Viktor und fuhr mit seinem Brief fort, fieberhaft, unter Hochdruck, als müsse er einen Abgabetermin einhalten und merkte plötzlich, daß es über sechzig Manuskriptseiten waren, die er getippt hatte. Er wählte für den Ausdruck eine winzige Schrift, in der die unflätige Textmasse vorn und hinten auf vier Blatt Papier Platz hatte. So konnte er noch von einem »Briefchen« sprechen. Sein Erguß war enorm, aber er sollte harmlos wirken.

Dann versuchte er sich an all die Stücke zu erinnern, die er bei der Veranstaltung als Discjockey aufgelegt hatte, holte die Platten und CDs hervor, nahm sie auf zwei Kassetten auf und versah alle Titel mit peniblen Kommentaren. Er brauchte den ganzen Tag dazu. Besondere Mühe gab er sich bei *Comes Love* von Billie Holiday, ein Blues, aus dem eindrucksvoll hervorging, daß gegen Hochwasser, Feuersbrünste, Kopf- und Zahnschmerzen und gegen Ungeziefer etwas getan werden könne, nur gegen die Liebe nicht – ein Song, mit dem einer seiner Romanhelden das Herz seiner widerspenstigen Heldin gewinnt.

Anderntags drückte er Ellen ein Kuvert in die Hand, das die Kassetten und den langen kleingedruckten Brief enthielt.

»Antilope Penelope, gazzella delle alpi«, stand auf dem Kuvert. »Ganz schön kitschig«, sagte Ellen.

»Nur der Kitsch kann uns retten«, sagte Viktor.

»Wenn ich mir überlege, daß du seit einem halben Jahr den Handtuchständer im Bad festschrauben willst…«, sagte Ellen.

Viktor unterdrückte eine in seinen Romanen schon oft genug geschriebene giftige Ehemann-Antwort auf diese giftige Ehefrau-Bemerkung und schraubte den Handtuchhalter fest, als Ellen gegangen war. Dann zog es ihn wieder an den Schreibtisch. Er wollte Penelope nahe sein, und das war im Augenblick nur schreibend möglich. Er las erstmals den endlosen Brief durch, der nun an sie unterwegs war und erschrak vor seiner eigenen Offenheit, vor der Dreistigkeit auch, mit der er Penelopes Freund entweder ignoriert oder in Basel in einem Duell leichthin aus dem Weg geräumt hatte. Dreist war auch, daß er Ellen als Postillon d'amour benutzte, aber sie war oft genug so unverschämt zu ihm, daß ihr das zuzumuten war. Würde Viktor Unterricht nehmen und Ellen wäre in den schönen jungen Lehrer verknallt, er würde schließlich auch ohne zu murren ihre Botschaften überbringen.

Diese Einblicke teilte er Penelope in einem zweiten Brief mit, den er sofort begann. Er wolle keine Rückzieher machen, schrieb er, aber sein erster Brief sei etwas unkontrolliert und stürmisch gewesen, er habe schon so lange keinen Liebesbrief mehr geschrieben und das Taktieren verlernt, er fürchte, es sich bei ihr verscherzt zu haben, nun werde sie nicht nach Basel kommen, er selbst sei Schuld daran. Er beschimpfte sich selbst als wandelnde Zumutung: wie komme er dazu, sie derart zu belästigen, andererseits – wenn sie so gut aussehe und so strahle und so aufrecht dastehe, sei sie selbst schuld, wenn man sie anschwärme. Er verfluchte den Altersunterschied, wäre er jünger, würde er versuchen, ihren Freund auszubooten, dann pries er sein Alter wieder, weil er eben das nicht tun könne. »Was will ich von Ihnen?« schrieb er und beließ es nicht bei der rhetorischen Frage eines unglücklichen Verliebten, sondern weihte sie in die Grundgesetze seiner Polygamievorstellungen ein, wonach er nicht nur mit ihrer imaginären Begleitung in den Bergen herumspazieren wolle, sondern in ihrer leibhaftigen. Wie ein alter geiler Steinbock werde er der alpinen Gazelle hinterher steigen und ihr hinterherpfeifen, falls Steinböcke pfeifen könnten. Auf einem sonnigen Felsvorsprung würde er sich gern zu ihr legen, ihre grazilen Beine und ihre feinen Hufe bewundern, ihr eine Gazellenlaus aus dem seidigen Fell klauben und sie fragen, ob sie sich vorstellen könne, mit ihrem hübschen jungen Gazellenmaul seine alte Steinbockschnauze zu küssen, schließlich seien sie beide alpine Paarhufer und gehörten irgendwie zusammen. Er schrieb ihr, daß in der Welt, in der sich Gemsen und Berg-Gazellen und Steinböcke aufhalten, andere Gesetze gelten als im spießigen Tal, dessen Konventionen ihn einen Scheißdreck scherten. Ab einer gewissen Bergeshöhe seien die bürgerlichen Gesetze außer Kraft. Die idiotische Alternative der Besitzdenker »Er oder ich« oder »Sie oder ich« habe genug Unheil über die Menschheit gebracht, er habe sich daran noch nie gehalten. Wenn ihr seine Ideen zuwider seien, möge sie ihm das bitte mitteilen, ansonsten hoffe er inbrünstig, wie nur ein behornter Steinbock hoffen könne, daß sie nach Basel in die Bongo Bar komme, um dort den Tanz der alpinen Gazelle und der Bergantilope zu tanzen. »Sie müssen kommen, Penelope, ich werde wahnsinnig, wenn ich nicht wenigstens mit Ihnen tanzen kann!« Er werde sich die Freiheit nehmen, zu später Stunde als Steinbock hinzuzuspringen und mit seinen Hufen den Boden um sie herum zu bearbeiten.

Diesen Brief schickte er per Post, und es folgten weitere, denn er schrieb unentwegt. Kaum war etwas gedacht oder empfunden, stand es auch schon geschrieben. Er schrieb ihr drängend, ungestüm und bockig, dann wieder verlegen und voller Skrupel, er bezichtigte sich als Pfau und selbstherrlichen Gockel oder auch als Unglücksraben, weil er sich so aussichtslos in eine unerreichbare Frau verliebt habe. Er beschimpfte sie wegen ihres Namens und ihres Aussehens: »Was fällt Ihnen ein, Penelope?« schrieb er, »so zu heißen und so auszusehen, das ist zuviel – gut, dafür können Sie nichts, aber für Ihre unglaublich aufrechte Haltung und ihre geraden Schulter können sie etwas. Penelope, hören Sie mich: Ich bitte Sie im Namen der Männer, die keine solchen Frauen haben wie sie eine sind, Frauen, die nicht das Glück haben, Penelope zu heißen und so auszusehen, sondern die Erika oder Gertrud heißen und Oberarme haben dick wie ein Brotleib – im Namen all dieser so grausam Benachteiligten bitte ich Sie, Penelope: Lassen Sie die Schultern hängen, gehen Sie schief und krumm daher wie ein Kräuterweib, damit der Neid und die Eifersucht derer, denen Ihr Anblick nicht erspart wurde, sich in Grenzen halten.«

Vor seinem Auftritt als DJ Goldmann in der Bongo Bar in Basel schickte Viktor ihr zwei Gästekarten, flehte sie an, seine exaltierten Briefstellen zu vergessen und einfach mit ihrem Freund zu kommen, er wäre schon glücklich, sie nur wiederzusehen. Er legte eine Skizze bei, mit deren Hilfe auch Ortsunkundige sich auf dem labyrinthischen Gelände ehemaliger pharmazeutischer Fabrikhallen zurechtfinden konnten.

Die Bongo Bar Basel war eine sympathisch heruntergekommene große Diskothek. Viktor würde von zehn Uhr bis Mitternacht als »DJ Goldmann« allein für Musik sorgen, danach im Wechsel mit einem anderen, einem professionellen Diskjockey, »DJ Remarkable«, mit bürgerlichem Namen Markus, der eine goldene Hose trug, aber Viktor vor allem damit imponierte, daß er ihn mit den Worten begrüßte: »Hi, du siehst aus, als würdest du heute abend die Frau deines Lebens erwarten.« Auf Viktors Nachfrage, ob das sein üblicher Gruß sei, schwor er, er habe das noch nie in seinem Leben zuvor zu irgendwem gesagt, und schlug Viktor solidarisch auf die Schulter: »Viel Glück!« Sie besprachen kurz das Konzept, dann machte sich Viktor mit der nicht unkomplizierten Technik vertraut, packte seine Platten und CDs aus und legte sie zurecht.

Als er am Boden herumkroch, um für seinen Kopfhörer ein passendes Verlängerungskabel zu suchen, bemerkte er neben sich einen Mann, der offenbar darauf wartete, ihm etwas zu sagen. Viktor richtete sich auf. Es war Penelopes Freund. So groß hatte er ihn nicht in Erinnerung. Der Freund lächelte arglos, aber manchmal lächeln Leute, ehe sie ihren Feinden die Faust ins Gesicht schlagen. Er griff in die Innentasche seiner Jacke, aber Viktor glaubte nicht wirklich, daß eine Pistole zum Vorschein käme, mit der er jetzt erschossen oder zumindest bedroht werden würde: »Du mieses Schwein läßt meine Penelope mit deinen dreckigen Briefen in Ruhe, sonst ist es aus!« Statt einer Waffe zog er ein schönes dunkelgrünes Kuvert hervor und überreichte es Viktor mit den Worten: »Das soll ich Ihnen von Lopi geben, sie kann leider nicht kommen.« Das grüne Kuvert war nicht verschlossen, der Typ sah so aus, als wisse er über Viktors Briefe an Penelope Bescheid.

»Ich hatte erwartet, Sie würden mir ein Messer zwischen die Rippen stechen«, sagte Viktor,

Penelopes Freund lachte. »Ach was«, sagte er, »wir haben viel Spaß daran. Ihre Briefe mit den vielen Bedenken, ob es uns lästig werden könnte, waren auch sehr witzig zu lesen, aber nötig wären sie nicht gewesen.« Er hob die Hand zum Gruß, und mit den

Worten »viel Erfolg heute Abend, ich freu mich schon« sprang er vom Podium.

Ein Messer zwischen den Rippen wäre Viktor lieber gewesen. Eine Penelope, die in seinen Briefen die gleich hinter den Witzen notdürftig versteckte Liebe sofort entdeckt und erwidert und ihren Freund in Rage bringt, eine Penelope, die den schwer verletzten Viktor am Krankenbett besucht, ihre Hand auf seine Stirn legt und seine sofortige Gesundung mit den leise geflüsterten Worten herbeiführt: »Ich habe ihn verlassen!« – eine solche Penelope wäre ihm lieber als eine, die sich zusammen mit ihrem Freund über die Balztänze eines alten verliebten Bocks amüsiert. »Lopi«, nannte er sie.

In dem unverschlossenen grünen Kuvert steckte ein orangefarbenes Blatt, mit dem sich Viktor jetzt in eine Backstage-Rumpelkammer zurückzog. Sie bedankte sich für seine Briefe und dafür, daß er sie »Penelope« nenne und den Namen ausschreibe. Es gäbe Menschen, die »Lopi« zu ihr sagten. Das könne sie nicht ausstehen. »Grausam, eine Vergewaltigung meiner Ohren.« Sie sei doch keine Katze, kein Hund, kein Hamster. – Das war schon mal gut. Sie sprach dann zwar von einem »amüsanten Vergnügen«, das seine Briefe ihr bereitet hätten – aber das sollten sie ja auch. »Sie wissen gar nicht, zu welch gazellenhaften Luftsprüngen mich Ihre Penelope-Geschichten antreiben«, stand da, und Viktors Augen wurden fast feucht vor Glück. »Ich hoffe, ich bekomme noch viel davon zu lesen.« Was wollte Viktor mehr? Das Leben war gerettet. Dann lobte sie noch das Hemd, das er in Zürich getragen hatte. »Orange steht Ihnen gut.« Hörte man auch nicht alle Tage. Göttlicher Zufall, daß er neulich ein Hemd in ihrer Lieblingsfarbe getragen hatte.

Wie schade, daß sie heute abend nicht dabei sein könne. »Mein liebster Freund Urs wird Ihnen meinen Brief überbringen«, schrieb sie. Meinte sie damit den liebsten ihrer vielen Freunde? Oder ihren Herzallerliebsten, der auch ihr Freund sei? Das mußte geklärt werden. Sie bedankte sich für Viktors Kassetten. Diese Musik würde »jede Muskelfaser« ihres Körpers in Erregung versetzen. Viktor war beim Lesen dieser Worte dem

Taumel nah. Die Schlußwendung machte ihn vollkommen selig: »Eine erste Umärmelung von Ihrer Penelope.«

DJ Remarkable mit der Goldhose fragte Viktor später, ob die Frau des Lebens gekommen sei. »Ihr Freund«, sagte Viktor, »er hat mir einen Brief von ihr gebracht.« Er zeigte das orangefarbene Papier und küßte es.

Bis morgens um fünf wurde getanzt. Alles, was Viktor an musikalischen Schätzen dabei hatte, kam gut an. Kein einziges Stück ging daneben. Das war kein Wunder, denn mit jedem Stück hatte er Penelope in Schwung bringen wollen. Es war eine Auswahl für sie. Es war ihr Verdienst und ihr Sieg. Der Musik war anzuhören, daß damit eine Frau umworben werden sollte. Auf diese Weise war Penelope anwesend. Es gab sogar einen besonderen Triumph, einen Sieg des Wahren und des Guten: Nach drei bedeutungslosen modernen Titeln des Goldhosen-Kollegen verlangten die Leute nach Viktors uriger Musik. Er hatte für diesen Fall vorgesorgt und kam mit Les McCanns brodelndem *Compared To What*, das ihn seit dem ersten Hören vor vielen Jahren im nächtlichen Brüssel damals mit Erstfrau Ella immer noch und immer wieder elektrisierte – und immer übertrug sich die Begeisterung auf andere.

Von vier bis fünf tanzte Viktor zwei Hemden naß. Einer marathonlaufenden Frauenbeauftragten aus Freiburg imponierte sein Tanzstil, der schnell und kräfteraubendend und dessen ungewöhnliche Ekstatik nicht jedermanns Sache war. All seine Ehefrauen fanden, er sei ein gräßlicher Tänzer. Die marathonlaufenden Frauenbeauftragte fand Viktors Tanzstil »krass«. Sie hatte Ärger mit ihrem Freund. Vollkommen eindeutige Signale. Früher wäre Viktor gern mit ihr gegangen – und dann ab ins Bett, jetzt machte es ihm Spaß, Penelope treu zu sein. Hellwach und überdreht fuhr er am Morgen nach Zürich zurück.

Penelopes Brief war nicht lang, aber Viktor las ihn immer wieder. Er schrieb ihn ab, um seine Feinheiten noch besser zu erfassen. Wie ein inniger Philologe, der sich einen geheimnisvollen

Quellentext behutsam nähern will. Sie hatte nicht kommen können, weil sie in den Bergen war. »Statt meine Beine in Basel zu schwingen, prügle ich mich wenig gazellenhaft im ewigen Eis herum«, schrieb sie – eine Formulierung, über die Viktor stundenlang nachdachte und worüber er ihr dann stundenlang schrieb: »Sie kasteien sich, Sie sind katholisch«, schrieb er, um dann eine Verwandtschaft zu konstruieren: »Auch ich als Heide prügle mich herum – mit Worten allerdings.« Gleichzeitig hatte er eine unbändige Lust, mit schnellen großen Schritten hoch in die Berge zu steigen, nicht gerade um sich zu prügeln, aber doch sich zu verausgaben, sich zu strapazieren, zu schnaufen wie ein Tier. Dann schrieb Viktor an die Tscherkessin. Sein erster Brief seit anderthalb Jahren. Er schrieb ihr von Penelope und zitierte ihre Prügel-Passage: »Du als Liebhaberin der Sklaverei sollst mir das deuten«, schrieb er. Er schrieb auch an Ira und sogar an Sabine und erzählte von Penelope. Es kamen Antworten. Es wurde lebendig.

Er fing an zu glühen, war liebeswürdig zu Ellen und empfing sie ab und zu mit Spaghetti. »Das heißt aber nicht, daß du wieder mit einem Halbtagsjob und mit mir als kochendem Hausmann liebäugeln sollst«, sagte er. Er ging wieder gern essen mit Ellen und den Freunden und war unterhaltsam. »Es wächst was«, sagte Ellen mit gebotener Ironie zu den Freunden. »Genau«, sagte Viktor. »Was wird es?« fragte Thomas. »Das darf man den Meister nicht fragen«, sagte Barbara. »Er recherchiert noch«, sagte Hanna. »So ist es«, sagte Viktor und damit war das Thema »Was macht Viktor den ganzen Tag« durch, und die Lage der Welt und die Blödigkeit der in die falschen Filme strömenden Volksmassen waren wieder dran.

Viktor schrieb. Er schrieb an Penelope und erzählte von der Tscherkessin, von Sabine und der Nasenring-Tina und beschwerte sich bei Penelope, weil sie ihm seine Vorlieben austreibe. Die geilsten lila Lederhosen, die ihn bisher noch immer zum Zupakken gereizt hätten, die verworfensten Anspielungen orientalischer Sklavinnen der Lust, die apartesten Nasenringe – all das reize ihn weniger als die Vorstellung, ein bißchen am Fell der Gazelle zu schnuppern und von ihrer Gazellenzunge zwischen dem Wiederkäuen ein wenig über seine Steinbockschnauze geschleckt zu werden.

Nach ihrem orangefarbenen Signal kannte Viktor kein Halten mehr. Allein die Frage, warum er so viel für sie empfinde und warum ihn die Vorstellung ihrer Gazellensprünge beim Eintreffen seiner Briefe so glücklich mache, regte ihn immer wieder zu seitenlangen Überlegungen an. Dann die Fragen, warum ihre paar Zeilen ausreichten, um ihn Tausende von Zeilen an sie schreiben zu lassen, warum es ihm egal sei, was ihr liebster Freund Urs von ihm halte, und was sie um Himmels Willen für ihn, Viktor, empfinde, oder ob er nur Empfindungen auslöse, die dann womöglich anderen zugute kämen? Da sie schwieg, schlug er selbst die verschiedensten Antworten vor.

Er fragte sie, er fragte sich, warum ihn ihr Schweigen nicht wahnsinnig mache, zumal er meist einen unglaublichen Zorn auf schweigende Frauen entwickelt habe. Er begreife es nicht, warum er ihr Schweigen als Zustimmung deute. Er sei von seinen fetten Jahren daran gewöhnt, zehn oder zwanzig Mal mehr Briefe zu schreiben als er zurückbekomme, aber daß er sich bisher mit einem einzigen Brief zufrieden gebe, sei neu. Wenn er allerdings nicht bald ein Lebenszeichen von ihr bekäme, sei es aus, drohte er.

Ihren Satz mit den Gazellenluftsprüngen hatte Penelope mit der Anmerkung versehen, ihr Freund Urs bezeichne diese Sprünge als »elfengleich«. Allein dieser winzige Zusatz genügte Viktor, um seitenlange Abhandlungen loszulassen, in denen er hinter vielen Witzen vorsichtig die Vermutung plazierte, ihr Freund, der ihr, wie Viktor leider vermuten müsse, körperlich nahestünde, liebe an ihr offenbar das körperlose, eben das »Elfengleiche«, während er, Viktor, der ihr körperlich leider immer noch ziemlich fern stünde, ihre gazellenhafte Körperlichkeit sehr wohl wahrnehme und sich nach nichts mehr sehne als nach der versprochenen »Umärmelung«, die er in weiteren Briefen mal diskret, mal anzüglich beschrieb oder »plante«, wie er es nannte.

Er schrieb an Penelope und dachte nur an sie und hatte nur ein Ziel: Anteile von ihr zu erwerben. Auch das schrieb er: »Ich will Sie nicht haben, Signora Penelope, ich will Sie nicht besitzen, pah, ich kann und will Sie Ihrem liebsten Elfenfreund nicht wegnehmen, ich will nur ein paar exklusive Gazellenanteile von Ihnen, das ist alles. Ich werde kämpfen, bis Sie mir zehn Prozent von sich überlassen, zehn Prozent ihrer Zeit, zehn Prozent Ihrer Gefühle.«

Viktors alte Energie war wieder zurückgekommen, drei Stunden Schlaf reichten aus, er war doch nicht alt und verbraucht, er konnte wieder lieben, und er schleuderte seine Liebe täglich heraus. Sein Umgang mit Ellen war herzlich, die in der Zeit des Bleistiftkauens trüb gewordene Ehe bekam wieder Farbe. Daneben wuchs seine Lust, Ira und die Tscherkessin zurückzuerobern, mit jeder Zeile, die er an die alten, enterotisierten Liebsten schrieb. Und selbst mit Selma würde er es noch einmal versuchen. Er bedankte sich euphorisch bei Penelope, er umschlang sie mit zärtlichen Worten, weil sie ihm das Leben zurückgeschenkt habe – und zwar allein dadurch, daß sie sich lieben lasse, daß sie ihm die Vorstellung erlaube, sie springe in die Luft, wenn sie einen Brief von ihm bekomme. Mit so wenig Gegenleistung habe er noch nie geliebt, er wisse nicht, ob das ein Zeichen von Reife oder von beginnender Greisenhaftigkeit sei, es sei ihm auch egal, weil die Liebe seinen ganzen Körper durchdringe und sich nicht alt und mürbe anfühle, sondern ziemlich vital, um ehrlich zu sein.

Er überschüttete sie mit Analysen und Visionen, er flehte sie an, endlich einmal zu antworten, endlos könne er nicht ohne Antwort an sie hinlieben, wenn es ihr allerdings zu viel werde, möge sie bitte nicht antworten, denn nichts wäre tödlicher für ihn als ein Brief von ihr mit der Botschaft: »Jetzt ist es aber genug!« – »Das würde mich töten«, schrieb er, »wenn Sie mich töten wollen, dann wissen Sie jetzt, wie es geht.«

Auch diese Erklärung hatte weitere Dutzende von Briefen mit Betrachtungen über den Wert von Illusionen, den Nutzen des Realitätsverlusts und die Wonnen der Blindheit zur Folge,

Briefe, in denen er sich fragte, ob sie seine Briefe überhaupt noch lese oder ob sie ihn für übergeschnappt halte. Er schrieb ihr, daß er zwei Jahre nicht mehr geliebt und geschrieben hatte, er verriet ihr, daß irgendwann später einmal seine Liebe zu ihr in einen Roman fließen würde, daß es ihm aber jetzt nicht auf diesen Roman ankomme, sondern allein auf sie, daß sie sich aber schon einmal einen Namen ausdenken könne für die Figur, für die sie das Vorbild sein werde, wobei der Name Penelope leider unübertrefflich sei wie meistens die Wirklichkeit. Diese Frau im Roman werde wohl mit einem Mann zusammenleben, der sie als Elfe verehre, und dann werde es einen anderen geben, der nach ihrem Köper schmachte – und der sie von fern mit der nötigen Sinnlichkeit und Phantasie versorge. Eine moderne Variante des *Cyrano de Bergerac*, der mit seiner langen häßlichen Nase dem schönen Liebhaber die Briefe schrieb, oder des Films *Il Postino*, in dem ebenfalls ein Dichter einem literarisch unbegabten Verliebten auf die Sprünge helfen mußte, wobei die erste Verfilmung des Romans *Mit brennender Geduld* die viel bessere sei. Allein schon der Titel: Mit brennender Geduld. Exakt dies sei sein, Viktors, Gemütszustand. Und wenn dieser ältere Film jemals noch irgendwo gezeigt werde, dann müsse er ihn zusammen mit ihr sehen. »Hören Sie, Penelope? Ohne Urs. Ohne Ellen. Das geht die nichts an.«

Längst hatte Viktor Stoff und Gefühl für einen nächsten Roman zusammen. Allein die paradoxe Figur einer Frau, die von ihrem Freund oder Ehemann aus der Nähe platonisch verehrt und von einem Platoniker von fern körperlich begehrt wird, war einen Roman wert. Diesen Roman aber würde er erst schreiben, wenn er seine Anteile bei Penelope wirklich gewonnen hatte, vorher interessierte ihn die literarische Verwertung nicht. Die Wirklichkeit ging vor. Auch das schrieb er Penelope: »Erst das Fressen, dann die Moral, Signora Gazzella, erst die wirkliche Liebe, dann ihre literarische Sublimation.«

In drei Wochen waren Dutzende von langen Briefen entstanden. Viktor verließ kaum das Arbeitszimmer. Im Café wollte er nicht schreiben. Er benutzte den Laptop, druckte die Briefe aus, und weg waren sie. Er wollte keine Papiere mehr haben und auf Bügelbrettern stapeln. Auf der Festplatte des Computers, das war ihm klar, sammelten sich kostbare Ideen und Phantasien und Formulierungen, die er irgendwann in eine literarische Form bringen würde – aber nicht jetzt, jetzt zählte nur Penelope und diese rätselhafte, unablässig aus ihm heraussprudelnde Liebe. Er ließ Ira und die Tscherkessin Teile dieser Liebe sehen und war sicher, daß er nichts als Hohn und Spott ernten würde, aber die Tscherkessin schrieb nicht zurück, daß er ein alter Sack sei, der einem reaktionären, romantisch-bourgeoisen Hirngespinst hinterherjage, und Ira schrieb nicht zurück, daß er wieder mal als purer Narziß an seiner eigenen Verliebtheit herumlutsche – nein, Ira schrieb, sie beneide Penelope, und die Tscherkessin schrieb, sie beneide ihn.

Der Filmproduzent meldete sich wieder und sagte, jetzt sei eine Verfilmung doch wieder in Reichweite. Viktor wollte damit nichts mehr zu tun haben, konnte aber nicht verhindern, daß ein Regisseur und Schauspieler auftauchten und abermals die Lebendigkeit der Dialoge lobten. Er starrte wie ein Legastheniker in sein eigenes Drehbuch und verstand den Sinn der Worte nicht. Er hatte seinerzeit aus einer durch Liebesmangel ausgelösten Schaffenskrise eine Komödie gemacht, nun interessierte ihn weder die Krise noch die Komik, sondern nur die wirkliche Liebe. Er erzählte einem Regisseur von seinen Briefen an Penelope, und der sagte gleich: »Schreib das rein, schreib das rein!« Natürlich würde er das nie tun! Der Regisseur fragte, ob sich Viktor vorstellen könne, daß das Ehepaar am Schluß einen Autounfall habe, überleben ja, aber einer von beiden müsse eine Verletzung davontragen. »Bein ab, oder so«, sagte er: »Ganz ohne Schuld und Sühne geht es einfach nicht.«

»Ihr Arschlöcher«, sagte Viktor.

Jetzt, wo er wieder lebte, brauchte er auch wieder neue Musik. Eine Fahrt nach München war fällig. Auch wollte er Adrian von Penelope berichten. Und dann war es an der Zeit, zusammen mit der Tscherkessin zu prüfen, ob Ellens Entsexualisierungszauber noch wirkte. Penelope hin, Penelope her, die Penelope-Liebe ging ihm durch und durch und war seine Rettung, aber bis zur ersten Umärmelung würde es noch weit hin sein. Es war nur recht und billig, den vor etwa zwei Jahren so jäh abgebrochenen Kontakt mit der Tscherkessin wieder aufzunehmen und nach den sexuellen Verheißungen zu forschen, die damals im Raum standen. Wie in der guten alten Zeit des Überflusses schickte ihr Viktor eine Fahrkarte und nannte das Hotel.

Sie hatte ihn schon vor ihrem neuen Punk-Hundehalsband gewarnt. Es war sexy, aber gewöhnungsbedürftig. Viktor unterdrückte mannhaft sein peinliches Berührtsein, als die Tscherkessin beim Anmelden im Hotel die scheinbar echt lüsterne Nutte spielte. Sie knabberte an seinem Ohr, strich mit ihren schwarzlackierten Fingernägeln kratzbereit über seine Hand, als er das Formular ausfüllte, und flüsterte so laut, daß es die Hotelfrau an der Rezeption mit ihrer strammen eierschalenfarbenen Polyesterbluse hören mußte: »Haben Sie nicht mein Hundehalsband bemerkt, Monsieur, wo ist Ihre Leine?«

Das waren die Prüfungen der Tscherkessin. Nach einem Tag und einer Nacht hatte Viktor ihr System begriffen. Als er ihr Halsband gesehen hatte, war er sofort in ein Hotel ausgewichen, wo schräge Gäste nicht auffielen. Pension »Russia«, eine Absteige für halbseidene Besucher aus Osteuropa, die in München billig übernachten und massenhaft geschmacklose Dinge einkaufen wollten. »Für eine Tscherkessin ideal«, hatte Viktor gesagt. Die ungarischen und polnischen und weißrussischen und zum Teil mongolischen und usbekischen Hotelgäste hatten die Tscherkessin zwar entzückt, die ganze Nacht aber war sie dann schlechter Laune gewesen, behauptete, sie sei Viktor nichts wert, er sei nur zu geizig und zu spießig, um mit einer Frau wie ihr in ein besseres Hotel zu gehen. Sie hatte recht. Er war zu spießig. Zu feige. Zu geizig. Zu skrupulös. Den Fehler würde er nicht mehr machen. Und jetzt durfte er nicht den Fehler machen, sich bei der strammen Polyesterbluse an der Rezeption mit einem kurzen Blickwechsel für seine nuttenhaft sich aufführende Begleiterin zu entschuldigen und gleichzeitig um Verständnis zu bitten, daß er sich den Reizen dieser schönen Wilden nicht entziehen konnte. Deshalb unterbrach er das Ausfüllen des Formulars und flüsterte der Tscherkessin ins Ohr, so laut, daß es die Polyesterbluse hören konnte: »Du kommst gleich an deine Leine, meine kleine, geile Hündin.«

Diesmal ging die Tscherkessin sehr weit. »Richte mich ab!« befahl sie Viktor. Die zweite Runde begann dann humaner, bis Viktor plötzlich von einer heftigen Potenzstörung heimgesucht wurde. »Goldmann, was hast du?« fragte die Tscherkessin besorgt. Viktor war wieder einmal eingefallen, daß er noch immer kein vernünftiges Einkommen hatte. Die Dreißigtausend Drehbuchvorschuß waren längst weg, die Platten und CDs kosteten mehr, als die Auflegerei einbrachte. Die Briefe an Penelope würden sich vielleicht irgendwann einmal in einen Roman verwandeln und hoffentlich Geld bringen, aber in ungewisser Zukunft und auch nur, wenn der Markt dann Appetit auf einen solchen Minnesingsang hatte. Seitdem er an Penelope schrieb, hatte er keine Zeile für Zeitungen und Zeitschriften mehr geschrieben und also nichts verdient. Er vollzog die ungewöhnlichen sexuellen Exerzitien mit der Tscherkessin in diesem teuren Hotel zweifellos auf Ellens Kosten. Eine kostspielige Unternehmung mit Penelope hätte er innerlich noch als nötige Investition für den nächsten Roman verrechnen können, dies hier war zwar sehr spannend, aber literarisch nicht sonderlich verwendbar, jedenfalls solange man keinen pornographischen Roman schreiben wollte.

Viktor verriet der Tscherkessin den Grund seiner geschwundenen Lust und wunderte sich, wie ernst sie ihre Erste Hilfe nahm. Sie knieten beide im Bett voreinander. Wie ein japanisches Brautpaar saßen sie auf ihren Füßen. »'Ör mal, Viktor«, sagte die Tscherkessin und war jetzt nicht die Wilde, sondern trotz ihres martialischen Nietenhalsbands die vernünftige Rebecca. Sie sprach zu ihm wie eine geduldige Lehrerin zu ihrem Schüler – und zwar nicht im Fach Sexualkunde, sondern Geschichte. Sie gab ihm Nachhilfe, wie man das verhaßte Bürgertum bekämpft. Erstens: Wer Geld hat, wird ausgenützt. Zweitens: Frauen betrogen ihre Männer seit Jahrhunderten, natürlich auf Kosten eben dieser Männer, das war ihr Recht. »Wie soll es sonst gehen, Viktor?« sagte sie, »was ist dabei Viktor, mon cher, deine Frau verdient gut, und du betrügst sie mit mir, jetzt ist es verkehrt herum, die Zeiten haben sich verändert, das ist die Emanzipation, du bist nicht anders als eine Ehebrecherin aus dem neunzehnten Jahrhundert, du bist Emma Bovary, a oui, baise moi, je suis ta chienne.«

Er machte mit ihr, was und wie sie es wollte, danach war sie friedlich, und er war friedlich, und sie fragte ihn, was mit Penelope sei. Er schüttelte den Kopf, und sie sagte: »Goldmann, du Flasche!«

»Du verstehst nichts vom Schmachten«, sagte er und verriet ihr, daß ihm nicht nur das fehlende eigene Geld auf die Potenz geschlagen hätte, sondern auch seine Gefühle für Penelope. Das Ficken mit der Tscherkessin und die Liebe zu Penelope kriege er noch auf die Reihe, sagte er, aber daß Penelope ausgerechnet die von Ellen so hochverehrte Italienischlehrerin sein müsse, sei schon ein Problem.

Sie beschimpfte seine abendländischen Gewissensbisse und erinnerte ihn daran, daß sie vor nicht allzu langer Zeit ein Techtelmechtel mit Ellen gehabt habe, das ihm doch wohl nicht entgangen sei. Er, Viktor habe schließlich auch keinen Aufstand gemacht, als Ellen sich die Frau gegriffen habe, die er doch entdeckt habe – »moi«, sagte sie stolz und deutete auf sich. Warum also solle Ellen ihm nun nicht seine Liebe zu Penelope gönnen? Sie lachte lang, laut und hell. »Ne m'énerve pas«, sagte sie immer noch lachend. Wenn es Viktor zu kompliziert sei, mit anderen Frau zu schlafen, dann solle er es bleiben lassen – na und! Et alors!

Als er sie gerade fragen wollte, was damals im Bett mit Ellen und ihr stattgefunden hatte, nahm sie ihr Hundehalsband ab, legte es Viktor um, zog daran und lachte. »Goldmann, 'ör zu: Ich ge'öre niemandem.« Sie betrachte sich im Spiegel: »Ich mag deine Ellen«, sagte sie, »aber sie 'at nicht viel übrig für die Wonnen der Unterwelt.«

Am nächsten Tag gingen Viktor und die Tscherkessin in Adrians Plattenladen. Erst gab es Streit, weil sie fand, er solle sich auch ein Punk-Hundehalsband mit Nieten kaufen, das stünde ihm, er sei ein feiger Spießer, wenn er sich nicht mit Halsband auf die Straße traue. Mühsam konnte Viktor sie überzeugen, daß er das nicht feige, sondern zu bekennerhaft fände. Sie murrte. Sie fand das Zurschaustellen von Vorlieben obszön und aufregend.

Adrian war nicht im Laden, er würde erst in zwei Stunden zurück sein, sagte ein mißtrauisch-mißmutig-autistischer Aushilfsmensch. Viktor suchte gierig nach Musik, die feurig genug war, um die alpine Penelope bei einem seiner nächsten Auftritte auf Gazellenart springen zu lassen. Er würde noch öfter auflegen und sie würde sich nicht jedesmal oben in den Bergen mit den Gletschern herumprügeln. Eines Tages würde er sie auf der Ebene zum Tanzen bringen. Es erfüllte ihn, Musik für einen bestimmten Zweck und für eine bestimmte Person auszuwählen. Über drei Stunden hielt sich Viktor mit dem übergestülpten Kopfhörer in dem Laden auf, hörte in zahllose Platten und CDs hinein und versuchte sich vorzustellen, wie sich Penelope danach bewegte. Wenn er sah, wie sie sprang, nahm er die Platte an sich. Die Tscherkesssin rauchte in der Zwischenzeit eine Zigarette nach der anderen und taute den mißmutigen jungen Mann auf, der ein Punk-Rock-Fan war, sich in einem Jazz-Platten-Laden verfehlt vorkam und nun an ihrem Punk-Halsband Halt und Gefallen fand.

»Viktor, Arschloch-Kollege, treuer Kunde, was ist mir dir los?« fragte Adrian, nachdem er gekommen war. Er zählte die von Adrian ausgesuchten Platten und CDs: »Das kostet mehr Geld, als ich im Monat verdiene«, sagte er streng.

Die Tscherkessin kam dazu. Viktor stellte sie vor.

»Ich habe von Ihnen gehört«, sagte Adrian.

»Was hat er erzählt?« fragte die Tscherkessin. Ohne eine Antwort hören zu wollen, deutete sie auf den Platten- und CD-Stoß: »Das zahlt alles die gute Gattin deines Freundes. Damit will er eine Gazelle verführen.«

Adrian war nicht mehr auf dem Laufenden und verlangte Aufklärung. Die Tscherkessin warnte: »Die Gazellen-Geschichte dauert zwei Stunden.« Adrian wollte sie trotzdem hören. Die Tscherkessin fragte den jungen, jetzt nicht mehr mißmutigen Mann, ob er solange mit ihr ins Kino ginge. Er nickte wortlos und glücklich. Sie legte ihm ihr Halsband um. »Mein Pönk«, sagte sie. Sie sprach das englische »Punk« französisch aus: »Jetzt bist du mein Pönk, 'örst du!«

Viktor, der endlich Gelegenheit hatte, die Geschichte seiner Liebe zu Penelope am Stück zu erzählen, faßte Adrian dankbar an die Schulter: »Adrian, Arschloch-Kollege.«

Dann erzählte er: Ellens Schwärmerei von der Italienischlehrerin mit dem schönen Namen, Barbaras Orakeln, wie dann das Phantombild entstand und von der Wirklichkeit übertroffen wurde. Seine ersten Briefe. Die orangefarbene Antwort. Und jetzt: ein Schwall von Briefen. Erlösung. Wieder schreiben können. Er bräuchte nur an ihr Gazellenmaul und das lässige äthiopische Pendeln ihrer Arme von der geraden Schulter zu denken, dann könnte er ihr schon wieder seitenlange Gesänge verfassen. Aber dann die Lehren aus der Vorgeschichte: Wie Ellen ihm eine Frau nach der anderen abspenstig gemacht hatte. Wie er das unbedingt vermeiden müsse. Wie er überhaupt nicht begreife, daß diese junge, hübsche, aufrechte, liierte Frau an seinen verschrobenen Bocksgesängen Gefallen finde – und wie er fürchte, daß sie ihn längst verachte. »Aber warum teilt sie mir das dann nicht mit?« fragte Viktor.

Adrian sah auf die Uhr: »Vierzig Minuten«, sagte er, »das geht ja noch.« Er gähnte unhöflich, um Viktor zu strafen, und kommentierte dann: »Das ist natürlich Petrarcismus pur. Penelope ist deine Laura. Laura schüttelt ihr Haar, und schon schreibt der Poet ein Sonett. Sie schlägt lieblich nach einer Mücke, schon schreibt er das nächste. Hauptsache, sie bleibt unerreichbar.«

»Hör auf«, sagte Viktor, »mein Ziel ist es, sie zu erreichen, nur deswegen schreibe ich ihr.«

»Ja, ja«, sagte Adrian, »natürlich.«

Viktor sagte: »Du weißt, was ich meine, wenn ich sage, ich will sie erreichen.«

»Ja«, sagte Adrian, »ich weiß es, bitte verschone mich mit deinen Liebesweisheiten. Du meinst damit, sie möge dir zehn Prozent ihres Herzens schenken, dafür bist du bereit, ihr dreißig Prozent Viktor-Herz zurückzugeben – oder so ähnlich.«

»Ja«, sagte Viktor, »so ähnlich.«

»Solche Frauen gibt es nicht«, sagte Adrian nach einer kurzen Pause.

Viktor sagte: »Daß es Frauen wie die Tscherkessin gibt, hättest du auch nicht geglaubt. Ich selbst übrigens auch nicht. Auch sie kommt in meinem Drehbuch vor. Die Filmleute halten sie für eine Männerphantasie.«

Weil Adrian wußte, daß Viktor langsam fragen mußte, wie es ihm mit Lisa ging, kam er ihm zuvor: »Lisa geht es gut, und mir geht es mit Lisa gut. Wir sind glücklich. Alles gesund. Alles in Ordnung.«

Viktor sagte: »Ich würde es nie erfahren, wenn es euch nicht sehr gut ginge, stimmt's?«

»Stimmt«, sagte Adrian, »die Krisen der Monogamie gehen dich nichts an.« Er sah auf seinen Bauch: »So ein Leben wäre nichts für dich. Es wirft für dich nichts ab. Es ist aber schön. Es macht allerdings dick.«

Viktor erinnerte Adrian: »Du warst schon dick, als du allein und unglücklich warst.«

Wie viele dicke Menschen bekam Adrian plötzlich Hunger und bestellte eine Pizza. Die Pizza kam, Adrian schlang, und weg war sie. »Hast du dir schon mal überlegt, ob Ellen nicht dahinter stecken könnte?« fragte er plötzlich und wischte sich den Mund mit einer winzigen Papierserviette ab.

Viktor verstand nicht.

»Vielleicht hat Ellen alle Fäden noch immer in der Hand«, sagte Adrian und bot seine Deutung von Viktors Geschichte an: »Ellen hat dir deine Frauen ausgespannt, du kannst nicht mehr schreiben, darauf erfaßt sie ein Erbarmen. Ihrer Italienischlehrerin, denkt Ellen, wirst du dich nicht verschließen können, sie ist genau der Typ, der dich in Wallung bringt. Ellen darf jetzt keine Fehler machen. Sie muß es geschickt einfädeln. Zunächst schwärmt sie ständig von Penelope. Pe-ne-lo-pe, sagt sie, allein der Name ist Verführung. Der Rhythmus haut jeden musikalischen Menschen um. Aber deine Frauenfeindlichkeit sitzt tief – wie heißt das Wort dafür schnell wieder?«

»Misogynie, glaube ich«, sagte Viktor, »wunderbarer Unsinn, erzähl bitte weiter.«

Adrian fuhr fort: »Ellen weiß, daß du die Berge liebst. Da Penelope in die Berge geht, erzählt sie dir das, sie weiß nicht, daß du in deiner Borniertheit Bergsteigerinnen für unattraktive Trampel hältst. Da weiht Ellen ihre Freundin Barbara ein. Barbara sagt im richtigen Augenblick beschwörend: ›Du aber, Viktor, darfst Penelope nie sehen!‹ Das wirkt. Jetzt weißt du: Penelope ist dein Typ. Außerdem reizt dich das Verbot.«

»Sehr interessant.« Viktor nickte.

Adrian spann den Faden weiter: »Der Orakelspruch Barbaras hat dich in Schwung gebracht, der Keim der Liebe zu Penelope ist gepflanzt, du bist nun unausweichlich darauf aus, Penelope kennenzulernen, vor der du doch gewarnt wurdest.«

»Genau«, sagte Viktor: »Antikische Unausweichlichkeit.«

»Aber Ellen rechnet nicht mit deiner Wirklichkeitsangst«, sagte Adrian: »Viktor, der Träumer und Phantast, liebt nun abgöttisch das bezaubernd schöne Bildnis von Penelope, ohne es zu kennen, darin übertrifft er den Tamino aus der Zauberflöte. Viktor hat Angst – ein moderner Zug –, die Wirklichkeit könnte dieses Bildnis zerstören.«

»Angst vor Unheil nicht vergessen«, rief Viktor, der sich schon freute, Penelope all die krausen Vermutungen mitzuteilen.

»Viktor hat Angst vor dem Unheil, aber er kann sich den Prophezeiungen und den von den Mythen vorgegebenen Weg nicht entziehen.« Adrian sprach zunehmend pathetisch, als erzähle ein Burgtheaterschauspieler um 1920 einen Opernstoff nach: »Da erzählt die kluge Ellen der schönen Penelope von deinem Auftritt. Penelope interessiert sich einen Scheißdreck für dich und deine Bücher und deine Musik, aber aus Freundlichkeit ihrer treuen Italienischkursteilnehmerin Ellen gegenüber besucht sie mit ihrem Freund deine Performance. Der Freund macht dir ein paar Komplimente, warum weiß ich nicht, bei der Gelegenheit zeigt sich dir Penelope flüchtig. Noch weißt du nicht, wer die Schöne ist. Dann aber wird die Liebe haltlos. Eine Inkontinenz, wie sie bei Leuten deines Alters gelegentlich zu beobachten ist, die sogenannte Altersgeilheit.«

»Sprich nicht so«, sagte Viktor, »mit Geilheit hat das nichts zu tun. Ich bin vierundvierzig, du bist...«

Adrian weiter: »In seiner Altherrenverliebtheit schreibt Viktor an Penelope einen Brief nach dem anderen. Sie ist ratlos. ›Was soll ich mit diesen entsetzlichen Briefen tun?‹ fragt sie Ellen bei der nächsten italienischen Konversationsstunde: ›Che fare con queste lettere orribili?‹ Ellen, die ihren Viktor kennt, diktiert ihr eine Antwort.«

Adrian frohlockte, die Geschichte, die er improvisierte, gefiel ihm immer besser. »Genau«, rief er, »Penelopes Brief ist von deiner eigenen Frau diktiert, die weiß, auf was du reinfällst, Arschloch-Kollege. Penelopes Freund Urs überbringt ihn. Der Brief genügt, um einen Narren wie dich zum Schäumen zu bringen. Früher, in der Zeit vor den Computern, hätte Ellen Penelope gebeten, die weiteren Briefe einfach ungelesen an sie weiterzugeben. Sie hätte sie dann mit Hilfe einer Literatur-Studentin zu einem Briefroman zusammengefügt, und ohne dein Wissen wäre plötzlich ein Roman von dir erschienen. Heute sagt sie: ›Werfen Sie die Briefe einfach ungelesen weg, nur wenn handschriftliche dabei sein sollten, geben Sie mir die bitte zurück.‹ Wenn deine Leidenschaft für Penelope irgendwann erloschen ist und du traurig eine Flasche Wein kaufen gehst, schlüpft die Studentin vom Literatur-Schnelldienst an deinen Computer, sucht ›Penelope‹, kopiert die Dateien, tilgt ein paar deiner schlimmsten Geschwätzigkeiten – und fertig ist der Roman: *Die Gazelle*. Genau so ist es. Genau deswegen reagiert Penelope nicht auf deine Briefe. Die Frauen stecken unter einer Decke. Penelope ist nichts anderes als ein Köder. Du bist das ahnungslose Opfer eines raffinierten Komplotts. Du sollst wieder Bücher veröffentlichen, damit Geld reinkommt. Sie wollen dich melken.«

Adrian wiegte sich vor Vergnügen, holte seine Geige hervor, versuchte ein paar Melodien, improvisierte eine schräge Bildnisarie und schrie: »Ich schreibe dieses Musical. Ich erwecke die Gattung der komischen Oper wieder zum Leben.«

»Du hast eine vampiristische Verschwörungsphantasie, Arschloch-Kollege«, sagte Viktor und empfahl Adrian den Künstlernamen Rollini. »Penelope – Komische Oper von Adrian Rollini. Warum nicht? Ich möchte bei der Premiere zwischen Ellen und Penelope sitzen.«

Viktors Visionen

Adrians Version von Viktors Penelope-Geschichte als eine von der Ehefrau kunstvoll eingefädelten und von der so innig wie hysterisch Geliebten leider durchaus unterstützten Irreführung, bei der der vermeintliche Betrüger selbst um die Liebe betrogen wird, nach der er sich so heftig sehnt, um schließlich als Ersatz für diese Liebe seine verlorene Schreibkraft zurückzugewinnen – diese abenteuerliche, märchen- und opernhafte Version faßte Viktor sofort in einem Brief an Penelope zusammen, und es wurde ihm mulmig dabei, denn – das spürte er – selbst an diesem Blödsinn war ein bißchen Wahrheit. Die Infamie dieser Geschichte war sehr viel kunstvoller als die in seinem Drehbuch. »Es ließe sich daraus ein hübscher Roman machen«, schrieb er an Penelope, »ein von den Frauen trickreich an der Nase herumgeführter Mann – der Beifall der Emanzen wäre mir sicher, aber ich bin ein verliebter Bock und habe keine Lust, mich über das einzige lustig zu machen, woran ich noch glaube – die Liebe.«

Keine Antwort.

»Ja, ich weiß«, schrieb er, »ich steigere mich hinein, aber Sie als Gazelle der Alpen müssen doch wissen, wie wichtig Steigungen und Steigerungen und Gratwanderungen sind. Nur die Miesmacher warnen, man könne abstürzen, ich bin vorsichtig, ich hänge am Leben, nicht zuletzt Ihretwegen. Penelope, Antilope, erlauben Sie mir, Sie ein wenig bergauf zu begleiten. Wir werden nicht stolpern und straucheln und fallen und schon gar nicht albern purzeln, all das ist Propaganda der mutlosen Schwarzseher, man kann auch leben und lieben und bergauf und bergab steigen ohne Unfall. Ich will Sie schreiten sehen, Penelope, ich will sehen, wie Ihre langen Arme beim Gehen an Ihren geraden Schultern pendeln, elegant wie bei äthiopischen Häuptlingstöchtern.«

Viktor schrieb fast jeden Tag, und nach jedem dritten oder vierten Brief fragte er sich, ob sein Zustand vor einer halbwegs kritischen Kommission noch als eine freundliche Hysterie durchgehen würde oder ob seine Verkennung der Wirklichkeit und seine Bereitschaft zur Verkennung der Wirklichkeit nicht schon leicht wahnhafte Züge hatte – und auch darüber schrieb er: »Bin ich bereits geistesgestört? Gemütskrank? Ist es eine krankhafte Euphorie, in die mich meine Gefühle für Sie versetzt haben?« Jeder neue Brief erzeugte neue Überlegungen und Phantasien und Assoziationen.

Er las seine Briefe nicht durch, ihr literarischer Wert war ihm egal, wie ihm der literarische Wert der pornographischen Briefe egal gewesen war, die er anfangs an die Tscherkessin geschrieben hatte. Die hatten nur den einen Zweck gehabt, die Tscherkessin heiß und skrupellos zu machen, ihren Verwandlungswunsch in ein laszives Wunderwesen zu unterstützen, in ein Wesen, das in Sekundenschnelle von einer Herrscherin zu einer Hündin werden konnte und wieder zurück. Die Tscherkessin hatte die Briefe gelesen und nach immer stärkerer Kost verlangt, bis die Briefe nicht mehr zu steigern waren, denn auch in phantasierten Orgien haben wilde Unterwerfungen, wechselseitige Überwältigungen und wüste Boshaftigkeiten ihre Grenzen. Die ständige Nachfrage der Tscherkessin hatte zu pornographischen Höchstleistungen geführt, die bald nicht mehr überboten werden konnten. Dann fing sie an zu maulen, und Viktor schlug ihr vor, einfach die alten Briefe zu lesen, wo doch haarklein beschrieben werde, wie sie von drei baumlangen Schwarzen vergewaltigt werde und anschließend in Gefangenschaft eines Clubs besonders boshafter Lesben gerate. »Du glaubst doch nicht etwa, ich hebe diese Schweinereien auf«, hatte die Tscherkessin geantwortet. Nur wenige Briefe hatte Viktor mit dem Computer geschrieben, das meiste auf irgendwelchen Zugfahrten hingekritzelt – weg war es, und das war vermutlich gut so.

Da Penelope nicht antwortete, gab es kein Korrektiv, keine Anregungen. Er war allein auf die Erinnerung an ihren Anblick angewiesen, den er nicht länger als eine Minute hatte aufsaugen können, und auf ihre erste und einzige Antwort auf dem orangefarbenen Blatt Papier, die er auch nach Wochen noch las, als enthalte sie ein Geheimnis, das er eines Tages noch würde erraten können.

Keine neue Antwort.

»Verstehe«, schrieb Viktor, »Sie empfinden es als Zumutung, vom Ehemann Ihrer Schülerin umworben zu werden. Schreiben Sie mir doch endlich, daß ich aufhören soll. Schreiben Sie, daß ich Ihnen längst lästig bin, daß Sie Ihren ersten Brief bereuen, in dem sie höflicherweise so taten, als fänden Sie Gefallen an den Ausgeburten meiner kranken Phantasie, nein, warten Sie, schreiben Sie es noch nicht, lassen Sie mich noch ein bißchen weiterspinnen, es tut mir so gut, Penelope, wie ich mich versteige, hinein und hinauf, ich will in die Berge gehen mit dir, ab zwölfhundert Höhenmetern sagen wir ›du‹, ja, es ist affektiert, sich in den Bergen oben zu siezen, ich will endlich deine grazilen äthiopischen Arme sehen, verdammt, dein Bild verblaßt allmählich, kein Wunder, ich habe dich keine Minute lang sehen können. Weißt du, wie es kommen wird, wenn es so weiter geht: Ich werde bald in den Bergen umherirren auf der Suche nach dir und gar nicht mehr wissen, wie du aussiehst. Viktor, der berühmte Depp von der Alm. Verrückt, aber harmlos. Du ahnst, was dann passiert: Endlich begegnen wir uns auf einem schmalen Grat, ich trete beiseite, damit du vorbeiklettern kannst. Ist die aber hübsch, denke ich und grüße scheu, denn ich weiß längst nicht mehr, wie du aussiehst, du hast dich wieder in ein Phantombild verwandelt. Und Ellen macht immer noch ihren Konversationskurs, und du sagst zu ihr: »Ich habe gestern Ihren Mann in den Bergen getroffen. Er tat so, als kenne er mich nicht. Hat er etwas gegen mich?«

Dann kam der Tag, an dem Ellen einen Termin beim Zahnarzt nicht absagen wollte und vergessen hatte, daß an diesem Nachmittag irgend etwas Besonderes mit dem Konversationskurs geplant war. Sie hatte gerade eine Besprechung und keine Zeit und bat Viktor abzusagen. »Wenn es dich nicht zu sehr aus der Arbeit herausbringt.«

Viktor faßte all seinen Mut zusammen und sprang in die Wirklichkeit. Es wurde Zeit. Er hatte Penelopes Stimme noch nie gehört. Die Stimme war warm und weich, der schweizerische Akzent kaum hörbar. Viktor sagte, was er sagen sollte, dann lachte er verlegen. Sie lachte nicht. »Wo wir nun zusammen reden«, sagte er: »Soll ich aufhören, Ihnen zu schreiben?« Jetzt lachte sie. Sie lachte ein bißchen wie Ira. »Nein« sagte sie, »nicht aufhören.«

»Sie antworten nie«, sagte er traurig.

»Ich soll ja nicht«, sagte sie heiter.

»Sie sollen nicht?« Viktor schrie verwundert auf. Nichts, was er mehr ersehnte als einen Brief von ihr.

Sie erinnerte ihn daran, daß er sie zwar fast in jedem Brief bat, ihm zu antworten, aber dann doch noch mehr darum bat, ihm nicht zu antworten.

»Warum das denn?« fragte er.

»Das fragen Sie mich!« sagte sie. »Sie schreiben, Sie seien schon wahnsinnig genug. Eine freundliche Antwort würde sie überschnappen lassen vor Glück, eine unfreundliche vor Verzweiflung.

»Und?« Wieder schrie Viktor.

»Wenn ich Zeit habe, schreibe ich«, sagte sie. Es klang nicht bedrohlich. Viktor brauchte eine Weile, bis ihm wirklich klar war, daß die Frau, mit der er soeben sehr entspannt telefoniert hatte, dieselbe Penelope war, der er seit einigen Wochen die angespanntesten Briefe schrieb.

Hanna und Carlos besaßen ein altes geräumiges Haus in den ligurischen Bergen. Mehrmals schon hatten Ellen und Viktor mit den Freunden dort Ferien gemacht. Viktor wäre diesmal lieber zu Hause geblieben, um weiter an Penelope zu schreiben, und vor allem, um auf ihren Brief zu warten, Ellen aber, die täglich in einem Büro sitzen mußte, brauchte Ferien. Viktor war froh, daß das Haus nicht in der Toskana stand. Als Schriftsteller in der klassischen Künstlerregion die Ferien zu verbringen, hätte er geschmacklos gefunden.

Die anderen lasen und lagen in der Sonne, Viktor schrieb. Ellen war es peinlich. Sie hatte Angst, Viktor könne mit seinem ständigen Sitzen am Laptop den anderen die Ferienstimmung verderben. Carlos war fünf Mal verheiratet und erzählte aus seinen schrägen Ehen. Ellen und Hanna hingen an seinen Lippen und lachten. Viktor tippte. »Du solltest lieber Carlos zuhören«, sagte Ellen beim Essen, »da könntest du was für deine nächsten Romane lernen.« – »Das kann ich im Augenblick nicht brauchen«, sagte Viktor, »es sieht so aus, als ob in meinem nächsten Buch nur eine Frau und eine große Liebe vorkommt.« – »Wie langweilig«, sagten die Frauen.

Die anderen schliefen lang. Viktors Beitrag zum Gemeinwohl bestand darin, morgens in das kilometerweit entfernte Dorf zu radeln und frisches Brot zu holen. Ellen kannte ihren Mann nicht wieder. Viktor, dem sonst Ferien und Frühstück und frisches Brot am Morgen einerlei waren, behauptete plötzlich, das italienische Brot vom Vortag sei ungenießbar und außerdem müsse er etwas für seinen Körper tun. »Endlich wirst du vernünftig«, sagte Ellen, drehte sich um und schlief weiter.

Er tat es nicht nur wegen dem Brot, das frisch so fad schmeckte wie altbacken. Er hatte Penelope die Adresse gegeben und wartete auf ihren Brief. Auch vor seiner Schreibkrisenphase hatten sie hier Ferien gemacht. Damals war Viktor oft ein oder zwei oder drei Stunden früher als die anderen aufgestanden, um ungestört arbeiten zu können. Jetzt holte er ein Mountain-Bike aus dem Schuppen, einen Fahrradtypus, den er haßte und verhöhnte, weil die Lenkstange so breit war, daß die Fahrer wie gekreuzigt aussahen, außerdem trampelten sie so schnell bergauf wie dumme kleine Hamster und kamen kaum vorwärts. Genau dieses Folterinstrument nutzte er jetzt für sein allmorgendliches Ritual. Ein Stück bergauf, ein Stück bergab und dann sechs Kilometer steil nach oben auf einer steinigen, staubigen Straße. Auch wenn es nach einer Woche besser ging, er keuchte und schwitzte, und endlich einmal spürte er, wie sein Herz tobte. Die Hoffnung auf eine Botschaft Penelopes trieb ihn voran. Auf der Post brachte er das Kunststück fertig, nicht enttäuscht zu sein, sondern dankbar. Wie klug von Penelope, daß sie seiner Bitte um Antwort noch nicht nachgekommen war, wie taktvoll, wie umsichtig. Er war bereit, ihr Nichtschreiben als Gunstbeweis zu interpretieren: Sie wollte mit einem Brief an den Mann ihrer Schülerin nicht die Ferienharmonie stören. Ihr Schweigen war ein konspirativer Liebesbeweis.

Viktor ging auf die winzige Post, gab einen Brief ab und fragte, ob einer für ihn gekommen sei. »Posta?« kreischte die Italienerin und kam dann gleich mit der harten Antwort: »Niente!« Am dritten Tag sagte sie ihr »Niente« weicher, fast schon mit Erbarmen, am fünften schwang eine Art Hochachtung vor Viktors Beharrlichkeit mit. In der zweiten Woche ging sie in einen Nebenraum, tat so, als ob sie nach Post suche, und kam dann zurück in den kleinen Schalterraum, hob bedauernd die Schultern und meinte fast unglücklich: »Niente.« Dabei versuchte sie, die trübe Auskunft mit einem gewissen Strahlen auszugleichen. Vom zehnten Tag an faßte sie Viktor bei jeder Niente-Nachricht am Arm, als sei jemand gestorben und es gelte, diesem standhaften Mann von Herzen zu kondolieren.

Viktors Briefe an Penelope aus Ligurien begannen immer mit der Beschreibung der Postbeamtin. Wie diese Frau an dem Liebeskummer Anteil nahm, den er gar nicht hatte. Denn das Telefongespräch mit Penelope war so warm und so wirklich gewesen, daß Viktor drei Wochen auch ohne einen Brief von ihr eine Weile weiter würde an sie hinphantasieren können. Er werde, schrieb er, eine Kurzgeschichte schreiben, in der er Penelope zu einer falschen Schlange machen, von der er den versprochenen Brief nie erhalten werde, dafür werde er mit seiner standhaften Hoffnung die von Tag zu Tag schöner werdende Postbeamtin derart beeindrucken, daß ihm schließlich diese ihre Liebe schenken werde.

Die allmorgendliche Strapaze wurde ihm zur Lust, weil er damit Penelope nahe war, von der er annehmen mußte, daß sie in eben diesen Tagen, wohl kaum allein, sondern mit ihrem entsetzlich gut aussehenden Freund, irgendwo in den Alpen ihren Körper plagte. »Du hast mich verdreht, Paarhuferin«, schrieb er, »ich schinde mich, du schindest dich, wir schinden uns – das vereint.«

Nach den Ferien war es schon herbstlich in Zürich. Viktor wühlte die Post von Wochen durch. Nichts. Nichts von Penelope. Ein Brief des Filmproduzenten: Eine Verfilmung sei greifbar nah. Ein berühmter siebzigjähriger männlicher Filmstar und eine nicht weniger berühmte sechzigjährige Filmschauspielerin interessierten sich für das Buch. Absolute Publikumslieblinge. »Erschrecken Sie nicht!« schrieb der Produzent, diese ganzen Frauengeschichten ließen sich dann als Männerträume eines in die Jahre gekommenen Machos darstellen – »und wäre das nicht sogar realistischer?«

Diese Idee war besonders grausam, weil kein Brief von Penelope da war und Viktor sich sagen mußte, daß seine erotischen Hirngespinste die Ansichten des Produzenten nur bestätigten. »Ich habe mich wohl seit vielen Wochen selbst betrogen«, schrieb er an Penelope, »ich muß Ihren ersten Brief damals mißverstanden haben. Ich entschuldige mich, daß ich mich so in Ihr Leben gedrängt habe. Geduzt habe ich Sie auch. Gleich gegenüber Ihrer Sprachschule ist ein Café. Ich werde in der nächsten Woche jeden Morgen dort hineingehen und auf die Titelseite der Tageszeitung an den Rand folgende Worte schreiben: ›Es ist zu Ende, ja – nein‹. Vielleicht finden Sie im Lauf der Woche Gelegenheit, in das Café zu gehen und das Zutreffende anzukreuzen. Danke.«

Schon am Mittag des ersten Tages ging Viktor nachsehen. Das »Nein« war kräftig durchgestrichen, das »Ja« umkringelt. Dazu der Vermerk. »Schau heute Nacht in die Röhre, Vittore!« dazu gab es eine Fußnote: »Ich meine deine Zeitungsröhre!«

Um neun ging Viktor aus der Wohnung, die Treppe hinunter

und sah unten im Hausflur in der Zeitungsröhre nach. Nichts. Um zehn sah er nach. Nichts. »Was gehst du da dauernd nachsehen?« fragte Ellen. »Ich erwarte Fan-Post«, sagte Viktor. »Die Zeiten sind leider vorbei«, sagte Ellen. Als um zwölf noch nichts da war, wurde er unsicher, und alles in ihm wurde bitter. Er würde zwar noch die ganze Nacht lang nachsehen, aber der Beweis, daß die Liebe nur eine Erfindung war, war schon so gut wie erbracht. Um ein Uhr lag ein unauffälliges Kuvert in der Zeitungsröhre. »Herrn Steinbock« stand vorn drauf, und hinten: »Die Gazelle«. Darunter die Worte: »Nicht verzweifeln!!!«

Viktor riß den Brief auf und setzte sich auf eine Treppenstufe. »Deine Worte begleiten mich den ganzen Tag«, schrieb sie, »von dem Augenblick an, an dem ich morgens unter der Dusche stehe und das heiße Wasser auf meinen Körper prasselt.« Allein diese intime Information hätte Viktor gereicht, um Penelope ein Leben lang zu lieben und ihr täglich zu schreiben. Eine Sprachschule sei nichts Aufregendes, fuhr der Brief fort. Wenn Post von ihm komme, könnte sie schreien vor Vergnügen. Mittags gehe sie mit seinen Briefen an den See, und jetzt im Herbst schlage sie manchmal vor Lebenslust mit ihren Füßen in die Laubhaufen. »Yeah!« schrieb sie. Manchmal schreie sie vor Glück das Laub so laut an, »daß es in doppelten Saltos herumwirbelt: Yeah!« Sie schrieb, daß auch sie in zwei Welten lebe, und in diesem Augenblick wurde Viktor klar, daß er das auch tat. Es war ihm so, als hätte sie beide dieselbe seltene Krankheit gepackt. Keine Zeile von Urs, ihrem liebsten Freund, kein Wort von Ellen. Alle Skrupel, die Viktor geplagt hatten, waren verschwunden. Es gehe Viktor nichts an, schrieb sie, aber sie sei ziemlich leblos gewesen, durch seine Briefe sei wieder Schwung in ihr Leben gekommen: »Ich werde zu einer Gazelle, die Dusche wird zu einem Wasserfall in den Bergen, manchmal bin ich eine total verrückte Amazone, die in Siena jauchzend um den Palio jagt.« Am Schluß schrieb sie: »Sei nicht traurig, mein Steinbock, daß der Brief hier endet. In Gedanken schreibe ich weiter.« Und noch einmal mit drei Ausrufzeichen der Zuruf, der auch hinten auf dem Kuvert stand: »Nicht verzweifeln!!!« Ein Zuruf, der Viktor klarmachte, daß die Lage dieser Liebe eigentlich zum Verzweifeln war.

Ellen schlief schon, er ging an seinen Schreibtisch, schrieb den Brief wie schon Penelopes ersten langsam ab, um ihren Gefühlen besser auf die Schliche zu kommen, und er zitterte vor Glück dabei. Dann schrieb er ihr, wie er als Steinbock aus angemessener Entfernung die Gazelle unter dem Wasserfall beobachten, wie er, wenn sie von dort verschwunden sei, an diese Stelle treten und sich freuen würde, da zu stehen, wo eben die Gazelle stand. Wie er von den Küssen ihres Gazellenmauls träumen würde. Wie er mit gesenktem Haupt vor ihr stehe und sich schäme, daß er ein alter Steinbock sei. Und dann wieder jenseits der alpinen Metaphorik: Wie er sich wundere, von ihr die Schreie der Rockmusik zu hören. »Yeah!« Willkommen im lauten Leben. »Du warst mir so entglitten«, schrieb er, »ich sah dich schon züchtig wie die homerische Penelope am Webstuhl mit Fäden hantieren, Salbeitee trinken und deinen Kopf zu zarter Renaissancemusik schräg halten.«

Schon hatte Viktor Lust, lauter musikalische »Yeahs« für Penelope zusammenzustellen, schon tat er es und kommentierte die Zusammenstellung in einem Begleitbrief. Den Klassiker der Beatles »She loves you – yeah, yeah, yeah« lasse er weg, schrieb er, und zwar aus drei Gründen: 1.) zu bekannt, 2.) sei die Aussage zu anmaßend in seiner Situation, und 3.) sei ihm die Melodie schon immer zu harmlos-heiter und nicht ekstatisch genug gewesen: ein fröhlicher Elfentanz sozusagen. Das war eine Spitze gegen Penelopes Freund Urs, der es gewagt hatte, sie »Lopi« zu nennen und ihre geilen Gazellesprünge als »elfengleich« zu bezeichnen. Ganz und gar nicht elfenhaft war der *Yer Blues* der Beatles aus dem weniger bekannten »Weißen Album«: Wer sonst konnte so schön das selbstmörderische und auf Englisch irgendwie wohlklingende Wort »suicidal« singen wie hier John Lennon? Wenn er sein Totsein besang, verbreitete das keinerlei Schrecken. Im Gegenteil, man hatte Drang, nach jeder Zeile begeistert »Yeah!« zu schreien : »The eagle picks my eye« – »Yeah!« – »The worm he licks my bone« – »Yeah!«

Viktor nahm *Mona* auf, 1957 von Bo Diddley voller Lust beschwörend heruntergerockt: »I say hey, Mona, I say yeah, yeah, yeah, yeah, Mona I tell you Mona what I wanna do, I'll build a house next door to you, can I see you sometimes? We can blow kisses through the blinds, oh, Mona, yeah Mona.« – »Wenn ich kein verdammter alter Bock wäre, sondern Bo hieße und einundzwanzig Jahre alt, und du wärst achtzehn, ich würde dich so ansingen«, schrieb er dazu und nahm dann den krachigen *Devil Woman Blues* mit vielen »Yeahs« von Charles Mingus auf – und danach ein phantastisches Brunstgeschrei der jungen Tina Turner: *I've Been Loving You Too Long* –, aber natürlich liebt sie ihn nicht einfach schon viel zu lang, sondern: viel zu lang, um damit aufhören zu können. Viktor bat Penelope, sich vorzustellen, wie die homerische Penelope auf Odysseus wartend in ihrem Palast diesen Soulsong herausschreit.

Die ganze Nacht stellte Viktor Songs zusammen, in denen ein »Ja« zur Lust und zur Liebe und zum Leben verkündet wurde, und am nächsten Tag schlich er in die Sprachschule und sah nach, wann Penelope ihre Kurse hatte und wann ihre Pausen, und dann paßte er sie nach einer Stunde ab, als sie im Foyer an der Rezeption stand und irgendwem irgendwas erklärte, und als er sie nun zum ersten Mal aus der Nähe beobachten konnte, sah er, daß sie noch viel aufrechter dastand als in seiner Erinnerung, und ihre Schultern waren noch gerader als in seiner Vorstellung, und ihre Arme pendelten noch lässiger und äthiopischer von diesen Schultern herab. Und Viktor stellte sich hin, als habe er auch eine Frage, und als sie dann mit dem anderen Menschen fertig war und zu ihm hinblickte und er zum ersten Mal ihre großen Gazellenaugen sah, die nicht dunkelbraun waren, wie er gedacht hatte, sondern bernsteinfarben wie die von Ira, da war sie kaum überrascht, und sie wurde nicht rot, und schon gar nicht erschrak sie. Ihr breiter Gazellenmund wurde noch breiter, sie lächelte und strahlte, wie sie vor Wochen nach seiner Veranstaltung gestrahlt hatte, als er sie zum ersten Mal sah. »Hey«, sagte sie, und Viktor reichte ihr sein Kuvert mit dem Brief und der Musikkassette, und sie griff schnell danach und drückte es einen Augenblick fest an sich und wiegte ihren Oberkörper und zeigte ihm, wie sie sehr sich darauf freute.

Viktor ging, sie winkte mit ihren Wimpern, die Arme waren nicht frei, sie hielten sein Kuvert, das nun ihre Beute war, und natürlich konnte Viktor nicht anders, als sofort den nächsten Brief an sie zu beginnen, in dem er genau beschrieb, wie hinreißend sie soeben seine Post in Empfang genommen habe – und daß es Viktors Lebensziel sei, einmal so innig von ihr gedrückt zu werden wie dieses glückliche Kuvert.

Seine Briefe wurden nun noch länger und drängender, und meist übergab er sie ihr am Tresen der Sprachschule selbst. Strahlte Penelope einmal nicht so, wie sie strahlen konnte, folgten im nächsten Brief sofort Viktors Selbstbezichtigungen: Er werde sie und sich noch in den Wahnsinn treiben. Schön, daß das Lesen seiner Briefe sie belebe, er aber könne für sich schon nicht mehr von einer Belebung sprechen, er befände sich bereits im Zustand der Abhängigkeit. »Ich bin ein Süchtiger, und ich will dich süchtig nach schönen Worten machen«, schrieb er. Allerdings verlange das unerbittliche Gesetz des Wachstums eine Steigerung, und ohne die Aussicht auf mehr werde er nicht ewig so weiterschreiben können, er dürfe sie daran erinnern, daß die in ihrem ersten Brief angekündigte Umärmelung noch immer nicht stattgefunden habe.

Er schrieb ihr, wie Ellen ihn schon seit langem immer wieder einmal in den Kurs zu locken versucht, und wie er widerstanden habe, auch weil er sich an die Lockrufe seiner ersten Ehefrau erinnerte, denen er schließlich gefolgt sei, mit dem Ergebnis, daß er sich in die Kursleiterin verliebt und sie später geheiratet habe. Es sei offenbar sein Schicksal, sich in die Frauen zu verlieben, die seinen Ehefrauen etwas beibrächten und ihnen besonders gut gefielen.

Er zog Penelope ins Vertrauen und schrieb, wie Ellen mit ihren integrativen Talenten seine brisanten Liebschaften entschärft, wie ihn das lahmgelegt und er seit gut zwei Jahren nichts mehr zu Papier gebracht habe, wie ihm die Lust, Briefe zu schreiben und vor allem die Partnerinnen abhanden gekommen seien, wie er sich nun wie erlöst fühle, endlich wieder einmal ein Ziel vor Augen zu haben. Zwar sei er alles andere als esoterisch, aber daß sie Penelope heiße, empfände er doch als sinnig, das mache ihm klar, auf welchen Irrwegen er bisher herumgetaumelt sei. Die Enterotisierungskampagne sei eine Lehre für ihn gewesen, schrieb er, daher werde er, obwohl er sich nach nichts mehr sehne als danach, ihr, Penelope nahe zu sein, niemals zusammen mit Ellen den italienischen Konversationskurs besuchen, denn dies wäre das sichere Ende des Abenteuers, das hier so zauberhaft züngelnd begänne.

Journalistische Brotarbeiten, deren Honorare er doch gut hätte brauchen können, lehnte Viktor ab, denn sie hinderten ihn am Schreiben seiner Briefe an Penelope. So sonderlich war er in den zwei trüben Jahren des Nichtliebens und Nichtlebens und Nichtschreibens geworden, daß er eine Beschäftigung mit der Politik als Verrat an der Liebe empfunden hätte.

Als sie noch in Franfurt lebten, hatte sich Viktor wie jeder vernünftige Mensch für Politik interessiert. Dabei hatte er zunehmend das Gefühl gehabt, die politischen Macher hätten sein Interesse nicht verdient. Seitdem sie in Zürich lebten, war das Interesse an der Politik weiter abgeflaut.

Wenn er um seine politische Meinung gebeten wurde, irritierte er seine Freunde gern mit Worte wie: »Ich arbeite daran, politisch interesseloser zu werden.« Das war nicht einmal gänzlich gelogen. Er faßte gute Vorsätze: Die Zeitungen vierzehn Tage lang nicht anfassen! Er hatte keine Lust mehr, seine Zeit damit zu verbringen, sich von all den Jammergestalten in Rage bringen zu lassen.

So lehnte er es trotz eines stattlichen Honorars ab, eine Glosse über einen Minister zu schreiben, der sich pflichtvergessen und frischverliebt auf einer Urlaubsinsel getummelt hatte, obwohl er nach Ansicht sämtlicher Zeitungen wegen einer Krise sofort seinen heimatlichen Schreitisch hätte aufsuchen sollen. »Das glossiere ich nicht«, sagte Viktor. Der Mann war ein Homunkulus, das einzige, was man ihm verzeihen konnte, war seine Verliebtheit, fand Viktor und starrte in eine Fernseh-Talkshow, wo man darüber diskutierte, ob es kein politisches Verantwortungsgefühl mehr gäbe. Einer, auch er ein Homunkulus, sprach ständig von der Notwendigkeit von Visionen und richtete dabei seine Augen visionär in die Weite.

Viktor knipste den Fernseher aus und suchte einen alten Song von Bob Dylan, der *Visions of Johanna* hieß. Die Platte war in der Frankfurter Wohnung, aber das Internet half. Nach einigen Mühen war der Song herbeigezaubert und der Text dazu auch.

Viktor war hingerissen. Politikern sollte man Visionen verbieten. Visionen waren etwas für Poeten. Er hatte früher nicht auf den Text geachtet. Jetzt hörte er den Dylan-Song mehrmals, und seine Identifikationsbereitschaft kannte keine Grenzen mehr. Johanna, das war niemand anderes als Penelope, die ihm doch auch unentwegt vor Augen schwebte, der er erst heute morgen geschrieben hatte und der er morgen wieder schreiben würde.

Er freute sich, daß er nicht zu dumm war, die modernsten Mittel zu benutzen, das verjüngte ihn. Er hatte sich aus dem Netz in irgendwelchen komprimierten Versionen etwas heruntergeladen, was sonst nur Vierzehnjährige tun, jedenfalls nicht Vierundvierzigjährige, das ließ ihn den Altersunterschied zu Penelope weniger schmerzlich empfinden, die Bob Dylan kaum kennen dürfte – Penelope, die nicht hier bei ihm war, wie Johanna nicht beim Sänger dieses Songs war, Penelope, deren Bild in seinem Kopf einen festen Platz eingenommen hatte. »And these visions of Johanna that conquer my mind.« So war es: die Visionen von Penelope beherrschten Viktor – und doch hatte er in sentimentalen Stunden das Gefühl, sie seien alles, was er hatte und was ihm blieb: »And these visions are now all that remain.« Obwohl Viktor doch selbst Worte genug hatte, um seinen Zustand zu beschreiben, gefiel es ihm, daß ihm diesmal ein anderer die Beschreibung abnahm.

Die ständige Präsenz der abwesenden Geliebten. Und wie das gesungen wurde: Gedehnte Laute, genial gestöhnt, herb geseufzt, eine schlichte Feststellung, keine Klage, ein bißchen affektiert auch und naseweis und wirr, eine hochpoetische Variante der banalen Wahrheit aller Liebenden: Sie geht mir nicht aus dem Kopf.

Wenn Viktor begeistert war, wurde er schnell gründlich und gierig. Er wollte mehr über den Song wissen, in dem er sich wiedererkannte. Er wollte mehr über seinen Sänger wissen, weil er mehr über sich wissen wollte. Ella und Ira hatten gesagt, dieser Zug sei ein Zeichen seines maßlosen Narzißmus: Wenn er einen Spiegel gefunden habe, könne er nicht aufhören, sich darin zu betrachten. Was für ein gestörtes psychoanalytisches Gerede! Das mit dem Spiegel stimmte schon, aber war es Eigenliebe, wenn man im schönen Schmachten eines anderen sein eigenes Schmachten erkannte und erforschen wollte? Wenn das narzißtisch war, auch gut: Dann war er gerne ein Narziß. Es ging um Penelope, es ging wieder einmal darum, der Liebe auf die Spur zu kommen, bei dieser Jagd waren Viktors Energien unerschöpflich.

Er tauchte ab ins Internet und stöberte in den Informationsmassen, die weltweit von Besessenen zusammengetragen worden waren, und merkte, wie ein Teil der Besessenheit auf ihn übergriff und ihn ansteckte. Nach einer Stunde wußte Viktor, wann der Meistersinger aus dem Wilden Westen den herben Lovesong zum ersten Mal aufgenommen hatte, im November 1965 nämlich – interessanterweise zwei Tage vor seiner heimlichen Hochzeit. Im Februar 1966 dann die bekannte Studioaufnahme für die Platte, aber die Spezialisten wußten zu berichten, auf welchen Konzerten Bob Dylan den Song noch viel inniger vorgetragen hatte. Es gab Hinweise darauf, von welchen Konzerten private Mitschnitte existierten. Per E-Mail nahm Viktor Kontakt zu einigen Dylan-Fanatikern auf und meldete Interesse an.

Kurz nach zwölf kam Ellen nach Hause, die mit Freunden im Kino gewesen war, schwärmte von einem französischen Film und behauptete, Viktor würde das Leben versäumen. Beschwipst wie sie war, mißachtete sie die Distanz, näherte sich Viktors Bildschirm, und es fiel ihr auf, daß Viktor nicht tippte, sondern im Internet war. »Aha«, sagte sie. »Vorsicht«, sagte Viktor, »das war einer der Gründe, warum meine Ehe mit deiner Vorvorgängerin

Ella auseinanderging: Sie konnte es nicht lassen, mir über die Schultern zu blicken.« – »Oh«, sagte Ellen und zog sich ins Schlafzimmer zurück. Das hatte nur Ira gedurft: hinter ihm stehen und ihm beim Schreiben zusehen. Ihr lautes Atmen hatte ihn lüstern gemacht. Penelope würde er dieses Privileg auch zugestehen. Ein Bild für Götter: die hinter ihm stehende Penelope. Eine weitere Vision. Er brauchte kein Kino.

Während sich eine weitere Internetseite über eine der Bob-Dylan-Konzert-Touren mit zahllosen Tabellen und Statistiken sich langsam aufbaute, nutzte Viktor die Zeit, seinen nächsten Brief an Penelope zu beginnen, in dem er ihr wie immer genau das schrieb, was ihn gerade umtrieb: Mit welchem Entzücken er in Bob Dylans Visionen von einer gewissen Johanna seine, Viktors eigene Visionen von ihr, Penelope, wiedererkannt habe.

»We sit here stranded, though we're all doin' our best to deny it« – das reimte sich so elend gut auf das »you're tryin' to be so quiet«. Man versucht, ganz ruhig zu sein und merkt: Da sitzt man, gestrandet, und tut so, als wäre nichts. Genauer: Obwohl wir wissen, daß unsere Lage aussichtslos ist, tun wir alles, um das abzustreiten. Man muß den Ernst der Lage nicht immer unbedingt zur Kenntnis nehmen. Das war doch wohl die Moral dieser Zeile. »Doin' our best to deny it«: Das Leugnen der fatalen Lage war im ökonomischen und ökologischen Bereich politisch plemplem, und auch im privaten Leben war es alles andere als die Lösung der Probleme, aber es war doch ein gewisser Fortschritt gegenüber den Selbstzerfleischungen Strindbergscher Ehepaare und dem pathetischen Alkoholismus der verzweifelten Figuren bei Tennessee Williams oder Edward Albee.

Bei einer gewissen in dem Song zitierten Louise mußte Viktor an Ellen denken, die oft in seiner Nähe war, und ihm damit klar machte, daß Penelope nicht da war: »Louise, she's all right, she's just near… But she just makes it all too concise and too clear – that Johanna's not here.« Wie er das sang: was für ein süßer, trauriger und irgendwie auch diabolischer Seufzer. Wie konnte einer so viel Inbrunst in einzelne sich reimende Vokale legen: quiet – deny it, clear – here, face – place, loads – explodes, freeze – knees. »I can't find my knees« – was für ein besoffen taumelndes Bild: Ich kann meine Knie nicht finden. Ein Dylan-Fan aus Kanada schwärmte vom Mitschnitt eines Konzerts vom 6. Februar 1966 in Pittsburg, wo seinerzeit ein paar Mädchen in der Nähe des versteckten Aufnahmegeräts bei dieser Stelle in süßes Gelächter ausgebrochen waren. Wenig später hatte Viktor herausgefunden, daß ein Dylan-Fan aus Nördlingen diese Aufnahme besaß, und Viktor schrieb ihm sofort eine E-Mail mit der Bitte um eine Kopie, so rasch wie möglich, koste es, was es wolle. Dieses Gelächter wollte er hören, und auch Penelope sollte es zu hören bekommen.

Ganz offenbar war dies der Song eines Mannes zwischen zwei Frauen. Die eine nicht erreichbar, die andere nah. So wie Bob Dylan den Namen der Frau in der Nähe sang – Louise: so innig in die Länge gezogen, war da durchaus eine Menge Liebe auch für diese Frau mit im Spiel, und Viktor wußte in diesen Augenblick, was er an Ellen hatte.

Be quiet – deny it! Ruhig bleiben – und den Jammer ignorieren. Viktor tat alles, um nicht daran denken zu müssen, es könne sich bei seinen lieblichen Visionen in Wirklichkeit um ausgewachsene Wahnvorstellungen eines frühvergreisten Liebeskranken handeln. Umnachtung statt Vision. »How can I explain? Oh, it's so hard to get on. And these visions of Johanna, they kept me up past the dawn.« Viktor schrieb: »Verehrteste Penelope, Visionen sind ein großes Wort, und doch sind es diese Bilder von dir, diese zum Glück bewegten und wirklichen Bilder, die mich bei Stange halten.« Jedesmal, wenn er den Namen »Penelope« ausschrieb, hatte er das Gefühl, einen Pluspunkt gegenüber ihrem Freund Urs gemacht zu haben, der gewagt hatte, sie »Lopi« zu nennen.

»We sit here stranded« – und wieder sah sich Viktor als Helden an antiken Gestaden, an Land gespült von den Wellen des Ägäischen Meers, aufgefunden von Penelope, die sich über den ausgezehrten Körper des Heimgekehrten beugte und den Erschöpften mit ihren Küssen wiederbelebte. Er ließ sich gehen und schwelgte schreibend in diesem Traum, rief sich zur Ordnung und verfluchte die Wirklichkeit.

Viktor schrieb und schrieb an Penelope, bis ein Fenster auf seinem Bildschirm erschien und ihn fragte, ob er noch online sein wolle. Seit einer Stunde hatte er die Verbindung nicht genutzt. Es war nun morgens vier Uhr, er kehrte zurück ins Internet, die Antworten der ersten Verrückten aus aller Welt waren eingetroffen, die endlich ihr Wissen über diesen Song loswerden wollten, den der Meister, so die Meinung der Forscher, vierzehn Jahre lang nicht gesungen hatte, so groß muß der Liebesschmerz gewesen sein. Viktors Identifikation war komplett. Nähme man ihm die Visionen von Penelope, litte er auch Jahre.

Die Besessenen nannten sich mit dünner Selbstironie »Dylanologen«, und einer von ihnen kürte Viktor zum »Visionologen«, und Viktor war kindisch genug, sich über den neuen Titel zu freuen. Es machte ihm Spaß, geduzt zu werden und als Schriftsteller nicht zu zählen, sondern innerhalb eines Kreises von Verrückten als einer von vielen fanatischen Jägern nach einer musikalischen Beute akzeptiert zu werden. Auch Penelope dürfte es egal sein, daß er Schriftsteller war. Mit seinen Briefen hatte er sich in ihr Herz geschlichen, nicht mit seinen Büchern. Das empfand er als verdienstvoller.

Er nannte seine Ansprechpartner »Beschaffer«, denn wenige Stunden hatten genügt, um sich süchtig zu fühlen nach dem Stoff, aus dem die Visionen gemacht waren. Zwei Kontaktpersonen kannte er schon: einer war hochrangiger Diplomat in Rom, der andere Leiter einer gigantischen Buchhandlung in München. »Wir sind Vollakademiker«, witzelten beide, die sich auch nur über Internetkontakte kannten. Der Römer nannte Viktor die Adresse eines Spezialisten für den Visions-Song.

Um acht Uhr, als Ellen aufstand, hatte der manische Viktor bei verschiedenen manischen Dylanologen Mitschnitte von mehr als dreißig angeblich einmalig guten Konzerte geordert, die angeblich einmalig gute Versionen des Songs enthielten, der über Nacht zu seinem Penelope-Beschwörungs-Lied geworden war. Penelope – mit einer dieser Versionen würde er sie gewinnen. Oder wenigstens weiter auftauen. Wenn nicht mit der Aufnahme in Sydney, dann vielleicht mit Melbourne. Oder mit Stockholm.

Oder Dublin. Oder Edinburgh. Oder mit einer der Versionen von den berühmten Konzerten in Manchester oder London. Alles geordert. »Mach schnell, ich flehe dich an, mach bitte schnell«, schrieb er sofort zurück, »ich zahle jeden Preis.« Alles Geld und alle Zeit würde er geben für ein Lächeln oder gar wieder mal einen Brief von Penelope: »Dein Troubadour hat mich ins Mark getroffen. Er kann ja nicht nur schmachten. Er kann es ja auch krachen lassen. Komm, lassen auch wir es krachen.« Dieser Brief fehlte noch.

»Hast du je Bob Dylan gehört?« fragte er Ellen beim Frühstück.

»Sollte ich?« fragte sie zurück. »Schon lange nicht mehr. Sag mir erst, wie die anderen ihn fanden.«

»Welche anderen?«

»Na, meine Vorgängerinnen, die Ehefrauen natürlich nur, die legalen, ich will nicht deine ganze Lügenliste hören.«

Viktor erschrak: »Was verstehst du unter ›Lügenliste‹?«

»Ich will nicht wissen, ob und wenn ja welchen Frauen du hinter meinem Rücken welche Musik vorspielst oder zukommen läßt. Du würdest mir doch nicht die Wahrheit sagen, stimmt's?«

»Ja«, sagte Viktor, »das stimmt.«

»Weil dir die Wahrheit ein zu pompöser Begriff ist, stimmt's?«

»Ja«, sagte Viktor, »auch das stimmt.« Und nach einer Höflichkeitspause: »Ella mochte ein paar wenige Klassiker von ihm. Das meiste ging ihr allerdings auf die Nerven. Dann sagte sie: ›Bring doch mal den verdammten Yankee zum Schweigen‹.«

Ellen lachte. »Yankee, das ist gut. Und Ira?«

»Ira mochte ihn sehr. *I And I* zum Beispiel, da verging sie.«

»Typisch«, sagte Ellen.

»Kennst du *I And I*?« fragte Viktor.

»Nein, aber daß Ira vergeht, wenn einer so krächzt, das ist typisch.«

»Beleidige meine zweite Ex-Frau nicht«, sagte Viktor.

»Es gibt einen älteren Song«, sagte Ellen, »wo der Yankee irgendwas von einer Louise singt, die ›near‹ ist und von einer Johanna, die leider nicht ›here‹ ist. Den fand ich immer ganz gut.«

Als Ellen in ihr Büro gegangen war, rief Viktor bei der Zeitung an, die ihn gestern um eine Glosse über den pflichtvergessenen Minister gebeten hatte. Denn da war es wieder, das parasitäre Gefühl: Ellen konnte nichts dagegen sagen, daß er von »ihrer« Penelope ebenso begeistert war wie sie selbst – und als Mann noch eine Spur begeisterter, aber sie sollte keine Minute arbeiten für seinen kostspieligen Spezialwahn.

Die Redaktion der Zeitung hatte noch immer Interesse. »Ich glaube, ich schreibe das Stück jetzt doch gern«, sagte Viktor. »Prima«, sagte die Redakteurin, »und schonen Sie den Minister nicht, geben Sie ihm was auf die Finger.« Mit dem verabredeten Honorar konnte Viktor die doppelte Menge an Konzertmitschnitten kaufen. Die Minister-Beschimpfung sollte er in vier Stunden abliefern.

Am Schreibtisch aber hatte Viktor dann doch keine Lust, die Liebe zu verraten, lobte den Minister für seine Pflichtvergessenheit und schickte den Text ab. Der Redakteur rief an und sagte: »Sind Ihnen die Zähne ausgefallen? Es war ausgemacht, daß Sie den Mann beißen. Und was machen Sie: Sie zeigen Verständnis!«

»Das habe ich auch«, sagte Viktor. Der Text wurde nicht gedruckt, ein Ausfallhonorar wurde angewiesen, das für die georderten CDs immer noch ausreichte. Sofort erzählte Viktor in seinem nächsten Brief an Penelope davon: »Die Liebe, und sei sie noch so albern, wollte ich nicht verraten.«

Die große Tour

Um sich ungestört von lästigen Nachfragen ohne Angaben von Gründen jederzeit in sein Arbeitszimmer zurückziehen zu können, gab Viktor die Devise aus, er arbeite an seinem »Ulysses«. Dann gab es immer ein Gelächter, denn nichts lag ihm ferner als ein avantgardistischer Roman. Er wollte damit durchblicken lassen, daß er mit einem größeren Stoff befaßt und zu keinerlei Auskünften bereit war. Gelogen war es nicht, schließlich schrieb er an Penelope, und die hatte als Gattin des Odysseus mit dem »Ulysses« einiges zu tun. Zwar interessierte er sich nicht für den Roman, der aus den Briefen an Penelope vielleicht einmal entstehen würde, aber er konnte auf diese Weise seine Besessenheit von und für Penelope bequem als Besessenheit für einen künftigen Roman tarnen – und das mit gutem Gewissen, denn es war nicht einmal falsch, es war seine übliche Methode, Bücher zu schreiben, die Ellen mit der raffinierten Verwandlung seiner Flammen in Freundinnen des Hauses außer Kraft gesetzt und die er sich wieder zurückerobert hatte.

Wenn liebe Gäste nicht gehen wollten, wenn unliebsamer Besuch drohte, wenn Ellen Vorschläge zur Anschaffung neuer Küchengeräte machte, konnte Viktor jederzeit in seinem Zimmer verschwinden. Wenn Freunde kamen, galt seine Abwesenheit nicht als unhöflich. – »Wo ist Viktor?« – »Er arbeitet.« – »Ah!« – Sympathisch war ihm diese Primadonnenhaftigkeit nicht, aber sie war ein Schutz. Am Schreibtisch, und vorläufig nur da, konnte er bei Penelope sein. Hier fühlte er sich sicher.

Zwei herbe Schläge rissen Viktor aus dem Glück des ungestörten Schmachtens. Ellen hatte ihre Drohung wahr gemacht und verkündete, sie werde demnächst nur noch halbtags arbeiten. »Dann haben wir auch mehr Zeit für uns», sagte sie und sah ihn an wie einst Ella. Sein Schrecken war so groß, daß ihm die Bemerkung, er sehe nun auch Ellen als Hobbygärtnerin vor sich und werde sich schon mal nach einem Reihenhaus umschauen, nicht von den Lippen wollte. Das war nicht der Augenblick für Hohn und Spott. Seine Freiheit war massiv gefährdet. Höchste Alarmbereitschaft.

»Hm«, sagte er schweißnaß und sah Katastrophen ungeahnten Ausmaßes vor sich: Aufgabe der Wohnung in Frankfurt – und wohin dann mit all den Heiligtümern der Vergangenheit; tagsüber weniger exzessiv Musik hören können; Einschränkung des Telefonkontakts mit der Tscherkessin. Darüber hinaus würde generell das Betreiben außerehelicher Verhältnisse doppelt erschwert, die doch doppelt so wichtig sein würden, erstens, um sich vom alsbald vermehrten ehelichen Zusammensein zu erholen, und zweitens, um Stoff für neue Bücher zu gewinnen, die jetzt für den Lebensunterhalt noch wichtiger wären. Ein Teufelskreis, der nicht mehr zu durchbrechen war. Viktor dachte sofort an Selbstmord. Ein solches Leben war nichts mehr wert. Es war Ellens gutes Recht, weniger zu arbeiten, und sein gutes Recht, sich für immer zu empfehlen. Schließlich hatte er keine Kinder in die Welt gesetzt, um die man sich sorgen müßte. Der Gedanke an den letzten Ausweg hatte etwas dermaßen Tröstliches, daß der Schrekken wich und die gute Laune wieder zurückkam.

Der zweite Schlag hatte mit Penelope zu tun. Nach wie vor grub Viktor sich in die Briefe an sie hinein, obwohl er das Gefühl hatte, sich langsam zu wiederholen. Trotzdem, es war eine geheime Zuflucht, es war immer noch befriedigender und leichter, ihr zu schreiben, als mit einem Roman anzufangen, wozu es langsam Zeit wurde, denn das Geld fing an, knapp zu werden, und wenn Ellen bald nur noch ihr halbes Einkommen haben würde, könnte es hart und eng werden.

Noch drückte Penelope die Briefe lieblich an sich, wenn er sie als sein eigener Bote überbrachte, noch konnte er auf künftige Umärmelungen hoffen. Dann aber war ihr bei einer Briefübergabe ein »Lieber Himmel!« entschlüpft, was eher wie ein Seufzer klang als wie ein Freudenruf und was Viktor sofort den Boden unter den Füßen entzog. Er hatte um Antwort gebeten, und um die zu beschleunigen ihr einen Fragebogen geschickt, wo sie nur anzukreuzen brauchte, ob sie an seinen Briefen noch immer Gefallen finde oder ob sie nicht langsam doch die Nase voll habe: viertelvoll, halbvoll oder schon dreiviertelvoll? Zutreffendes ankreuzen. Wenn Nase voll, dann weil a.) quantitativ, zu viel Text? Oder b.) qualitativ, zu viel Bocksgesang? Und was ihr Freund Urs mittlerweile von der Sache wisse oder halte, wollte Viktor endlich auch wissen.

Der ausgefüllte Fragebogen lag wenig später zuverlässig und konspirativ in einem neutralen Umschlag in der Zeitungsröhre von Ellen und Viktor Goldmann und machte Viktor noch unsicherer. Zwar war die Antwort »Ich will weiterlesen« dick angekreuzt und mit einem großen extra Ausrufezeichen versehen, aber dieser so schmeichelhafte und strahlende Wunsch wurde getrübt durch einen eingefügten Zusatz bei der Frage »Was weiß er davon? nichts – alles – etwas«. Dort nämlich fand sich die grausame Bemerkung: »Manchmal lese ich ihm abends einige Sätze aus deinen Briefen vor.«

Diese Auskunft erschütterte Viktor aus verschiedenen Gründen. Nicht daß ihm seine Liquidationsphantasien peinlich gewesen wären. Die Briefpassagen, in denen er Urs das Leben hatte aushauchen lassen, waren ein Witz, und obendrein hatte er sich selbst nach Duellen öfter den Tod gegönnt als dem Rivalen, schon um in den Genuß zu kommen, in den äthiopischen Armen der tränenüberströmten Penelope glücklich zu sterben. Peinlich war ihm auch nicht, daß Freund Urs von seiner rückhaltloser Verehrung und den mittlerweile unzählbaren Briefen wußte. Das war nicht zu verheimlichen. Viktor hatte sich Penelope, auch wenn sie alles andere als holländisch aussah, immer wie von Vermeer gemalt vorgestellt. Was für ein Bild: Frau am Fenster liest einen Brief aus einer anderen Welt, versunken, sie hat ihn schon tagsüber hastig überflogen, »in der Arbeit«, wie Penelope immer sagte, nun hat sie mehr Zeit für die vielen tausend Buchstaben, mit denen ihr Verehrer sich in ihr Herz schleichen will. Sie lächelt versunken, sie seufzt, dann faltet sie den Brief zusammen und legt ihn in einen Karton oder eine Schublade, sie muß ihn nicht verstecken oder verbrennen, denn auch wenn es eine Szene wie von Vermeer ist, leben wir nicht in den alten Jahrhunderten, wir spielen mit Vorstellungen, aber wir erdolchen uns nicht wirklich. Urs, der Mann an Penelopes Seite, wird nicht wütend nach diesen Briefen suchen und Drohungen ausstoßen. Sie, seine Frau, hat einen Verehrer, sie mag dessen Briefe, es schmeichelt ihr wohl, er will was von ihr, was sie ihm geben wird, ist ihre Sache.

So leicht und flirrend im fast schon impressionistischen Licht Vermeers hatte sich Viktor die Briefleserin Penelope ausgemalt, und nun war dieses Bild zerstört, nun war Urs kein Mann, der unsichtbar im Nebenzimmer mit sachlicheren Dingen beschäftigt war, klug genug, seiner Frau ihre Welt zu lassen, nun saß er also dabei und sie las ihm vor…

Nein, das wollte sich Viktor nicht vorstellen, das verstand er auch nicht. Er hatte seine Flötentöne für die offenen Lauscher einer Gazelle bestimmt und für kein Ohr sonst. Es waren unabgesicherte Betörungsversuche für die nachsichtigen Augen derjenigen Frau, die mit ihrer strahlenden Erscheinung diese männlichen Verrenkungen und Entblößungen ausgelöst hatte. Nur sie durfte sich freuen oder wundern oder amüsieren über all die grotesken, halb prahlerischen, halb verlegenen Balz-Sprünge eines verliebten Steinbocks und über sein seltsames Brunst- und Brunftgurren. Wie schrecklich, daß Penelope, ihren Gefährten als Zuschauer teilnehmen ließ an diesem liebestollen Verhalten. Wie unschuldig auch. Viktor konnte ihr nicht böse sein. Es war nicht ihre Schuld, sondern ihre Schönheit, sie war der Grund dafür, warum ein ausgewachsener Dichter sich plötzlich wie ein Teenager benahm. Das war doch lustig, warum sollte sie nicht den Freund holen und sagen: »Hör mal, wie der röhrt und Funken zu sprühen versucht, und wie er mit den Hufen auf den Felsen klopft – ist das nicht köstlich!«

Viktor litt nicht nur, weil er von Penelopes Freund beim Balzen beobachtet worden war. Das war peinlich, aber er war stabil genug, das zu ertragen. Es kamen noch schlimmere Schläge. Auf seine Frage »Zu viel Bocksgesang?« hatte Penelope »Manchmal schon« hingeschrieben. Das war ehrlich, süß und bitter. Wenn seine Phantasien noch so mythen- und märchenhaft verbrämt waren, dahinter stand doch der Wunsch nach Wirklichkeit. Und dieser Wunsch, vermutlich da, wo er zu deutlich zum Vorschein kam, wurde ihr manchmal zu viel. Aber nur dieser Wunsch ließ ihn überhaupt die Briefe schreiben. Nur weil er sie wirklich liebte und begehrte, weil er sich wirklich verzehrte nach ihr, konnte er ihr schreiben. Kein Mensch schreibt wochen- oder monatelang aus Jux oder einer unernsten Schwärmerei heraus einen Brief nach dem anderen. Nur deswegen mochte sie seine Briefe, weil sie bei aller Komik ernstgemeint waren. Nur deswegen hatten sie die Kraft, sie zu erheitern. Und deswegen gingen sie ihr manchmal zu weit.

Penelope hatte nicht nur den Fragebogen ausgefüllt, sondern einen Brief dazu geschrieben, in dem sie seine Märchenmetaphorik übernahm. Und dieser wohlmeinende und zärtliche Brief tat ihm so weh – er hätte brüllen können vor Schmerz. Es waren seine eigenen Worte, die weh taten, wenn sie von Penelope spielerisch zurückgeworfen wurden. Natürlich war er ihr in seinen Briefen ständig in den Ohren gelegen, wie verrückt und unvernünftig, wie durchgeknallt und irre es von ihm sei, ihr derart hinterherzujagen. Als er jetzt las, daß sie ihn anfangs für »total durchgeknallt« gehalten hatte, tat das weh, obwohl es positiv gemeint war. Noch viel mehr weh tat es, daß sie mit ihrer Unerreichbarkeit kokettierte. Natürlich hatte er von Anfang an diese Unerreichbarkeit beklagt, aber natürlich nicht, um das von ihr frohgemut bestätigt zu bekommen, sondern in der vielleicht durchgeknallten Hoffnung, sie würde irgendwann mit ihren Gazellenschnauze nah an sein Zottelohr herankommen und flüstern: »Unerreichbar? Ist doch gar nicht wahr, du altes Horntier, hier bin ich doch!«

Das schrieb sie leider nicht. Sie zeigte ihm statt dessen seine Grenzen, indem sie ihn sehr hübsch als Steinbock beschrieb, der sich auf »gefährlich steilen Bergwiesen« herumtreibe, um dort nach »prächtigen Blüten« zu suchen, die er auf seine Hörner spieße. Sie entwarf ein süßes Bild, eine Jugendstilzeichnung: »Die Blütenblätter prangen nun auf seinen Hörnern. Stolz, liebestoll trabt er schwungvoll dahin. Wohin? Eine Gazelle wird diesen Blütenzauber gereicht bekommen, er stellt sich vor, wie sie genüßlich jedes einzelne Blatt herunterknabbert. Aufregend.« Das also war seine Rolle: Penelope, die Berggazelle, verspeist mit Appetit seine Briefe, schenkt ihm schöne Blicke, lächelt ihm dankbar zu, winkt niedlich mit ihrem Huf und versichert ihm, immer weiter von seinen Blüten kosten zu wollen… Das alles schrieb Penelope. Schwarz auf weiß. Aber dann kam es: Nach dem Imbiß dankt und grüßt die Gazelle, sagt artig »bis zum nächsten Mal« und entschwindet »als unerreichbare Schönheit tänzelnd am Horizont – und trabt zu ihrem Gazellenmann«.

Viktor saß in seinem Zimmer und litt. War das das Finale, oder nur das Ende eines Aktes? Wie auch immer, im Augenblick stand er in diesem Spektakel als der gehörnte Liebhaber da. Eine Witzfigur. Und er selbst hatte die Inszenierung angezettelt. Die Strafe war die Demütigung. Sie traf den Täter. Das war in Ordnung. Im achtzehnten oder neunzehnten Jahrhundert wäre es vermutlich schlimmer ausgegangen. Man kennt das: Etwas zu alter Dichter verehrt etwas zu junge Frau. Das riecht nach Tragödie. Zunächst gibt ihre Schönheit seinen Worten Kraft. Sein Schwärmen betört und verwirrt sie. Sie gibt sich ihm hin. Ihr Freund oder Bruder nimmt sich das Leben. Der Dichter, dieses Schwein, alsbald ernüchtert, verläßt sie. Sie stirbt vor Kummer. Des Dichters Gattin tötet schließlich ihren verderbten Mann oder verläßt ihn. Ist keine Gattin als Rächerin vorhanden, muß ihn der Teufel holen.

Die Zeiten solchen Unheils waren immerhin vorbei. Der Ausgangspunkt aber war noch der gleiche: Etwas zu alter Dichter verehrt etwas zu junge Frau. Auch daß die Schönheit den Worten Kraft gibt, war noch immer so. Aber dann läuft es anders: Das Schwärmen des Dichters verwirrt die etwas zu junge Frau keineswegs. Im Gegenteil. Es kräftigt und bestätigt sie. Sie genießt es. Ihr Freund bringt sich nicht um. Er freut sich über die Beliebtheit seiner Braut. Gibt sie sich dem Dichter hin? Vielleicht tut sie es sogar, sie will vielleicht was ausprobieren, und der Alte freut sich. Aber selbst wenn – was spielt das heute noch für eine Rolle? Sie wird ihren Freund deswegen nicht verlassen. »Mußte das sein?« wird der Freund fragen und sie freundlich in die Arme nehmen. »Schon«, sagt sie und lacht. Und warum sollte die Frau des Dichters ihren Mann töten oder verlassen? Sie wird sagen: »Du altes Arschloch kannst es nicht bleiben lassen. Und immer mit meinen Freundinnen!« So ist das heute. Kein Unschuldiger zieht den kürzeren. Nur dem Täter tut die Liebe weh. Sie brennt und zieht und zwickt und drückt und wuchert.

Viktor war nicht der Mann mit dem Teufel im Leib, der mit einer jungen Frau gespielt hatte, von der seine Frau große Stücke hielt. Der Spielball war er selbst. Keine altertümliche Tragik, aber viel altertümlicher Schmerz. Penelopes liebgemeinter, argloser und zärtlicher Brief hatte ihm seine Grenzen gezeigt. Er selbst hatte sich in die Rolle gebracht, die früher den jungen verführten Mädchen zugedacht war. Nicht Penelope, nur er selbst hatte seinen Wort geglaubt und sie ernst genommen. Nun saß er da. Nicht einmal zurückgestoßen. Nur der Lohn war ihm zu wenig. Ihr Lächeln allein genügte ihm nicht. In dreißig Jahren vielleicht würde er hoffentlich soweit sein, sich damit zufriedenzugeben. »Wäre ich vierundsiebzig, Penelope«, schrieb er ihr, »empfände ich es vermutlich als das höchste der Gefühle, immer nur leckere Worte für dich aufzuspießen und sie mir von dir von den Hörnern knabbern zu lassen, jetzt aber will ich der Gazelle noch ans Fell.«

Ein paar Tage lang schrieb Viktor schon an seinem komplizierten Antwortbrief an Penelope herum, der diesmal keine kokette Selbstbezichtigung sein sollte, sondern eine große und möglichst ernste Klage gegen die Ausgeburten seiner eigenen Phantasie.

Da sich Penelope an seiner Phantasie bis auf wenige Entgleisungen mit Vergnügen gütlich tat, hoffte er, sie werde ihm in den Arm fallen, wenn er seine unselige Einbildungskraft verfluchen und ihre umgehende Vernichtung ankündigen werde. Mit einem Hammer werde er die Zentren in seinem Hirn zertrümmern, die ihn so blind für die Wirklichkeit machten. Er hasse seine Hoffnungen, seinen Illusionismus, seine Visionen, die immer wieder zu Mißverständnissen und Gleichgewichtsstörungen führten, wie auch in diesem Fall, dem Fall Penelope, seinem bisher gelungensten Selbstbetrug, in dessen Verlauf er, der gehörnte Idiot, sich doch tatsächlich Chancen auf eine Gegenliebe der Gazelle ausgerechnet habe.

Wie sich Viktor mit Erfolg in die Liebe zu Penelope hineingesteigert hatte, so steigerte er sich nun verbittert in einen Haß auf sich selbst hinein. Alle Vorwürfe, die ihm je entgegengehalten worden waren und die er verlacht hatte, häufte er nun über sich selbst auf, und hatte tatsächlich eine gewisse Lust bei der Vorstellung, er werde darunter ersticken – noch mehr Lust allerdings, rechtzeitig von Penelope gerettet zu werden, und zwar mit Worten wie: »So bist du nicht, mein edler Bergbock, ich kenne niemanden, der mehr Liebeskraft hat als du, glaub nicht denen, die sagen, du könntest die Frauen nicht halten, sieh her, ich bin ein Beweis, hier hast du mich, es war keine Illusion, ich habe doch die Echtheit deiner Liebe gespürt, glaubst du im Ernst, ich hätte dich nicht auch geliebt – und liebte dich nicht immer noch?! Wie ist es mit dir?« Da kröche Viktor unversehrt aus den Trümmern hervor, klopfte sich den Staub von den Kleidern, und endlich umärmelt sie ihn, und so stehen sie lange vereint und umschlungen, und sie fährt mit ihrer Hand über seinen Kopf und sagt: »Steht dir auch ganz gut so ohne Hörner!« Dann fragt sie: »Wie spät?« Es ist spät geworden, und sie muß bei Urs nach dem Rechten sehen und er bei Ellen – und sie verabschieden sich mit den schönsten aller Abschiedsworte: »Bis morgen!«

Mit diesem Brief wollte Viktor sich selbst und auch Penelope seine Liebe erklären – sentimental, berechnend und wahrhaftig zugleich. Denn diese Liebe war durch Penelopes leichte Zeilen tatsächlich angeschlagen. Und während er die Schäden beschrieb, begannen die Illusionen wieder zu wuchern, und er hoffte, seine Liebe werde sich retten und stabilisieren lassen und dann vielleicht auf etwas mehr penelopesche Gegenleistung stoßen.

Mit diesem Rettungsbrief war Viktor immer noch befaßt, als es am frühen Abend klingelte. Ellen war schon zu Hause und öffnete, Viktor wollte gar nicht wissen, wer zu Besuch gekommen war. Erst mußte die Frage beantwortet werden, ob die Liebe eine Seifenblase oder ein Luftballon oder, wie zu hoffen, keines von beiden war und ob auf der Basis von Selbstbetrug echte Gefühle gedeihen konnten. Es sah ganz danach aus. Wenn ja, wieviel Selbstbetrug konnte man sich zumuten, um diese Gefühle zu erhalten?

Als Ellen und Viktor Stunden später eine Kleinigkeit aßen, sagte Ellen: »Schade, daß du zur Zeit so intensiv arbeitest. Penelope war da. Sie hätte dich auch gern gesehen. Sie sah wieder hinreißend aus.«

Ganz ruhig bleiben, sagte sich Viktor, einfach weiterkauen und schlucken, als wäre nichts geschehen.

»Du bist sehr gesprächig«, sagte Ellen.

Viktor entschuldigte sich: »Diese verdammte Schreiberei! Man verliert jeden Sinn für die Realität.«

»Sie heiraten im Sommer, süß«, sagte Ellen.

»Wer heiratet?« fragte Viktor.

»Penelope und ihr Freund, ich habe vergessen, wie er heißt.«

»Urs«, sagte Viktor,

Ellen staunte: »Was du alles weißt!«

»Ich kenne ihn doch, von dieser Veranstaltung im letzten Sommer. Warum war Penelope da?«

»Ich hatte meinen Schal in der Sprachschule vergessen«, sagte Ellen, »sie war in der Nähe und hat ihn mir gebracht. Am Montag ist jetzt übrigens immer mein freier Tag. Ich freue mich darauf, zu kochen. Am Montag hat auch Penelope ab Mittag frei. Ich würde sie gern an diesem Tag ab und zu zum Essen einladen. Hast du etwas dagegen, Viktor?«

Wieder einmal nannte sie ihn beim Vornamen. »Nein, Ellen«, sagte er und fragte: »Hat sie denn Lust dazu?«

»Sie hat genickt«, sagte Ellen, »sie nickt so süß.«

»Wann heiraten sie?« fragte Viktor. Es kam so achtlos heraus, wie es geplant war.

»Im Sommer irgendwann«, sagte Ellen, »im Juni, glaube ich.«

Als Viktor wenig später wieder sein Arbeitszimmer ansteuern wollte, sagte Ellen: »Du siehst so müde aus, geh doch einmal zu einer normalen Zeit ins Bett.« Dann lachte sie leise, weil sie wußte, daß Viktor, selbst wenn er hundert Stunden nicht geschlafen hatte, bei dieser Bemerkung renitent und übermütig wurde, und so war es auch diesmal: Er lachte sofort laut los, trommelte sich auf die Brust, zog eine Jacke an und sagte, er müsse aus dem Haus, ein bißchen rumlaufen und ein Glas trinken, um diese fürsorgliche Bemerkung Ellens verdauen.

Im Stehen trank Viktor an der Theke eines ungemütlichen Lokals einen halben Liter Wein und rauchte gierig. Dann wollte er laufen. Die Straßen Zürichs waren ihm nicht steil genug. Er ließ sich mit dem Taxi zum Fuß des Züricher Hausbergs fahren. Ein scheußliches Ausflugsziel, tagsüber, jetzt, an einem schneelosen dunklen Winterabend gegen zehn Uhr, war hier kein Mensch unterwegs. In großen Schritten hastete Viktor den Berg hoch, die Anstrengung tat gut. Penelope kam ihm näher. Sie wurde wieder seine Penelope. Er sprach ein bißchen zu ihr. »Ich schreibe dir, wenn ich da oben bin«, sagte er laut in die dunkle Nacht und lachte. Keine Stunde brauchte er, bis er am Gipfel war. Schade, er wäre gern noch länger gelaufen.

Oben war ein großes Hotel. Nein, er wolle kein Zimmer, er gehe nur spazieren, er mache eine Rast. Er hätte gern einen halben Liter Wein, kalt und weiß und herb – und ein paar Briefbögen. Und er würde gern im Restaurant sitzen, er schreibe gern an Eßtischen.

Viktor beschrieb Penelope seine vergangenen Tage. Seine Reaktion auf ihren Brief. Was zu Hause am Schreibtisch nicht geklappt hatte, gelang hier: Er konnte sich kurz fassen, blieb ehrlich und wurde nicht bitter. Mit ihrem Besuch heute nachmittag war klar: Seine Briefe waren nicht mehr als eine lustige Spielerei für sie, die sie nicht ernst nahm und die sie folglich nicht belastete. Sie hatte keine Liebe zu verbergen. Also konnte sie unbefangen sein, zu ihrem Urs und zu Ellen. Während ihn das Gefühl zerriß, heute nachmittag haarscharf einem tödlichen Zusammenstoß entkommen zu sein. Denn Penelope, mit Ellen plaudernd auf demselben Sofa, auf dem Sabine, Bettina und die Tscherkessin entschärft worden waren – das wäre das Ende des Zaubers gewesen. Andererseits war es das Allerletzte, nichtsahnend nebenan zu sitzen und dieser Frau zu schreiben, nach der man sich seit Monaten verzehrte und die Viktors Avancen vermutlich als belebenden Flirt empfand – und was war es auch mehr? Altherrenschleim war es nicht, den er absonderte, eher war es durchgeknallt und ausgeflippt – also akzeptabel, zumal nicht bedrängend und völlig harmlos. Perfekt hatte Viktor seine Liebe hinter Märchen und Mythen und Witzen verborgen. Daß diese Liebe der Antrieb für all die Briefe war – warum sollte Penelope das zur Kenntnis nehmen? Ein Hund läuft einem zu und wedelt freundlich mit dem Schwanz und macht ein paar Kunststücke. Man lacht und erfreut sich und fragt sich nicht, warum. – Sollte Penelope die Einladungen Ellens annehmen, werde er bei diesen Essen nur in Gedanken dabei sein. Er schrieb ihr von Ellens einst so erfolgreicher Entschärfungskampagne, und wie sich die schönsten erotischen Spannungen durch diese familiäre Freundlichkeit verflüchtigt und in ein Nichts aufgelöst hatten. Er habe keine Lust, daß seine Gefühle für sie so endeten. »Daran siehst du, daß ich noch nicht aufgegeben habe«, fügte er hinzu und freute sich. Dann fiel ihm ein, daß auch Penelope seine Briefe entschärfte, wenn sie ihrem Freund und baldigem Mann daraus vorlas. »Weißt du das?« schrieb er. Offenheit sei die schlimmste aller Schlangen, die Offenheit würde sich wie eine Erlöserin an einen heranschmeißen und einem zuraunen, daß nichts geschehe, wenn man nur brav alles sage – und es geschehe in der Tat nichts mehr, wenn man keine Geheimnisse mehr habe. »Daß du heiratest, finde ich klasse«, schrieb er noch und verriet auch, warum: »Ehefrauen freuen sich, wenn man was von ihnen will, und sind erleichtert, wenn wieder Ruhe einkehrt.« Nach ihrer Hochzeit werde er sich bei ihr melden und freue sich schon, daß dann endlich bei ihnen beiden die gleichen familiären Voraussetzungen herrschten. Bis dahin allerdings werde er als Briefschreiber ausfallen: »Ich kann es jetzt nicht mehr, ich will es nicht mehr, ich ertrage es nicht mehr, dich und den deinen mit meiner Liebe zu erheitern.« Dann dachte er daran, daß sie ihm einmal »Nicht verzweifeln« geschrieben hatte, mit vielen Ausrufezeichen. Sie hatte es früher gewußt als er, daß die Schmerzen kommen würden. Jetzt war es soweit. Und man mußte tatsächlich froh sein, daß es so weh tat. Wie selten im Leben tat es das. Immerhin ein Beweis, daß es keine Blase und kein Ballon gewesen war. »Nicht verzweifeln«, schrieb er, »nie warst du mir näher als mit diesen Worten.«

Unten im Tal lag das nächtliche Lichtermeer von Zürich. Es hatte Viktor gefallen, hier heraufzulaufen. Er würde, wenn der Winter vorbei wäre, wieder öfter in die Berge steigen. Auch das schrieb er. Er schrieb nicht, »um dir nah zu sein«, denn er wollte nicht drohen und locken. Aus Übermut, und um ein bißchen etwas zum Träumen und Hoffen zu haben, wurde er aber unvermittelt konkret und verkündete, er werde irgendwann im schönen Monat Mai auf den Monte Rosa steigen, am 8. Mai vielleicht, das sei ein verheißungsvolles Datum, einst Ende des verdammten Zweiten Weltkriegs, Befreiung, Neuanfang. Am 8. Mai um zwölf Uhr werde er auf dem Gipfel des Monte Rosa sein, schrieb er und überlegte, ob er noch hinzufügen sollte »Wäre ja eigentlich nett, sich da oben zu treffen«, entschied aber, daß der Zusatz zu läppisch und sentimental war. »Es wird hart werden, dir nicht mehr zu schreiben«, schrieb er und spürte, wie wahr dieser Satz war. Irgendwann im Sommer, nach ihrer Hochzeit, werde er dann wieder mal in der Sprachschule auftauchen und gespannt sein, ob und wie sie als verheiratete Frau seinen Brief entgegennehmen werde. Dies sei für Monate sein letztes Lebenszeichen, hier stünde er vor ihr als alter Steinbock und gehörnter Liebhaber und senkte ein letztes Mal sein Haupt, damit sie, Antilope

Penelope, die eleganteste Gazelle der Berge, ihm den Brief von den Hörnern klauben könne.

Viktor bekam feuchte Augen, zahlte, verlangte ein Briefkuvert und ging. Die Nacht war stockdunkel. Unten in der Stadt ging er an der Sprachschule vorbei und warf den Brief an Penelope ein. Um vier Uhr war er zu Hause und schlüpfte zu Ellen ins Bett.

Die nächsten Wochen waren fürchterlich. Es war eine Sucht gewesen, Penelope ständig zu schreiben, und Viktor hatte sich von einem Tag auf den anderen Entzug verordnet. Das war schmerzhafter als die Verletzung, mit seinem Schwärmen von ihr nicht ernst genug genommen zu werden. In der ersten Zeit schrieb er ihr unablässig weiter, verfluchte seine Vernunft, seinen albernen Stolz und seine fehlende Größe – und litt darunter, weil er sich selbst gehorchte und die Briefe nicht abschickte. Warum hatte er es nicht so lassen können. Wo es doch schön gewesen war: Er hatte seine Liebe verkleidet und sein rasendes Begehren in viele nette Worte gefaßt, an denen sie ihren Spaß hatte. Bißchen unerfüllt alles, bißchen altmodisch, aber die Symbiose hatte doch wunderbar funktioniert!

Um sich von der Person Penelope abzulenken, dachte er über das Wesen der Liebe nach und schrieb allerlei Unsinn, den er vielleicht später einmal liebeskranke Romanfiguren denken oder sagen lassen konnte. In diesem Punkt war der Schriftstellerberuf unübertrefflich. So hatte Viktor, was die berühmte Unerreichbarkeit betraf, von der sich Liebende immer wieder einschüchtern ließen, ein gutes Gegenargument gefunden: Immer, wenn Großes geplant wurde, wurde denen, die daran glaubten, zwischendurch vorgehalten, nun aber hätten sie wirklich den »Boden der Realität« verlassen, nun sei in ihrem irren Hirn »Wunsch und Wirklichkeit« endgültig zu einem konfusen Brei verschmolzen. Tatsächlich gingen viele Firmengründer mit noch so guten Ideen in dieser Phase pleite. Glaube, Hoffnung, Liebe weg, kein Kredit mehr, die eigenen Aktionäre klagen – aus, Ende, damit schien der Beweis erbracht: Es war nur heiße Luft. Der Wirtschaftsteil der Zeitungen war voll davon. Realitätsverlust schien im Geschäftsleben verbreiteter zu sein als in Liebesdingen. Ebenso gut aber konnte es funktionieren. Ganze Industrieimperien waren durch den irren Glauben an die Erreichbarkeit des scheinbar Unerreichbaren entstanden. Am Anfang war immer der Wahnsinn. Penelope, als baldige Frau ihres Urs, als Freundin Ellens und schließlich als sechzehn Jahre Jüngere dreifach unerreichbar – war also durchaus noch einen tollkühnen Investitionsschub wert.

Weil er an Penelope nicht mehr schrieb, schrieb er über sie. Vor allem an Ira und Sabine schrieb er. Mit Adrian telefonierte er. Wenn er sich robust genug fühlte, konnte er sich auch an die Tscherkessin wenden. Dann allerdings wäre erst eine Runde Telefonsex zu überstehen. Ihre Liebeskummerkommentare waren erholsam hart. Ira und Sabine hatten Mitgefühl. Manchmal saß Viktor, der Heide an seinem Schreibtisch und sah aus wie ein frommer Eremit, der in seiner Klause verzweifelt betet: die Ellenbogen auf den Tisch gestützt, die Hände vor dem gesenkten Kopf gefaltet, preßte er die verschränkten Finger so fest zusammen, daß die Arme zitterten. Er spürte die Knochen der Finger, und nach einer Weile festen Drückens wurden ihm seine Hände fremd, und er hatte das Gefühl, es seien Penelopes Finger, die sich mit den seinen verschränkten. Mit dieser betrügerischen Meditation konnte er Penelope herbeizaubern und sich von ihr über ihre Abwesenheit hinwegtrösten lassen. Eine andere Übung war es, die Arme vor dem Oberköper zu kreuzen und die eigenen Schultern fest in die Hände zu nehmen und die Arme an den Körper zu pressen. Auch dabei entstand das Gefühl, eng mit Penelope verbunden zu sein und von ihr umrankt zu werden.

Viktor litt, weil er keine Briefe mehr an Penelope schrieb und wünschte sich, sie möge darunter leiden, keine Briefe mehr von ihm zu bekommen. Sogar ihr Urs sollte leiden. Viktor gab sich wohltuenden Träumen hin: Urs sucht ihn auf, blaß, und bittet um ein Gespräch. »Monsieur Goldmann«, sagt er, »ich flehe Sie an, schreiben Sie ihr wieder. Sie lebt nicht mehr ohne ihre Briefe, sie ißt nicht mehr, sie springt nicht mehr. Sie steht den ganzen

Tag am Fenster und starrt hinaus. Sie ist keine Gazelle mehr. Sie wird Kummers sterben. Erbarmen. Schreiben Sie ihr, Sire, hauchen Sie ihr wieder Lebenslust und Liebe und gute Laune ein. Von mir aus dürfen Sie Penelopen lieben, so oft Sie wollen. Nur bitte, retten Sie sie, schreiben Sie ihr.«

Es wurde März, es wurde April, und Viktor begann nun, unter etwas anderem zu leiden, nämlich unter seiner Unbedachtheit, in seinem letzten Trotz-und-Trauer-Brief an Penelope den Monte Rosa als den Berg angegeben zu haben, den er erklimmen und auf dessen Gipfel er am 8. Mai um zwölf Uhr stehen werde. Er hatte das so dahingeschrieben, weil der 8. Mai ein sympathisches Datum war und der Name Monte Rosa hübsch nach Sonnenaufgang klang. So gern Viktor in den Bergen spazierenging, so hatte er vom Hochgebirge keine Ahnung. Erste Erkundigungen ergaben, daß für eine Besteigung des Monte Rosa Kondition, Erfahrung, Vorbereitung, Ausrüstung, ein paar Tage Zeit und gutes Wetter vonnöten waren – und daß es im Mai noch etwas sehr winterlich da oben sein würde.

Treffen und Telefongespräche mit der Tscherkessin wurden verschoben. Ihr Hohn war Viktor zu hart. Nur Nazis kletterten auf hohe Berge, sagte sie. Ira war verständnisvoller. Einmal besuchte er sie in Amsterdam. Sie lachte, als Viktor verklärt von Penelopes Wort »Umärmelung« sprach, und sagte, der Ausdruck sei geläufig, ihre zwanzigjährige Tochter benutze ihn zur Zeit auch immer. Viktor hatte diesmal kein Hotelzimmer gebucht. Er hatte nicht mehr genug Geld. Als das Spiel begann und Ira ihn bat, zu gehen, um ihn dann – vielleicht – zurückzuhalten, sagte er, daß er diesmal kein Hotelzimmer habe und mit dem nächsten Zug zurückfahren würde. Da zog ihn Ira in ihr Bett, und es war eine Nacht mit ihr, so schön wie die schönsten Nächte vor ihrer Ehe. Sabine traf Viktor nicht, mit ihr schrieb er sich nur, sie wünschte ihm alles Gute. Adrian hielt Viktors Sehnsucht nach Penelope und seine Hoffnung auf ihr Monte-Rosa-Kommen für ein Zeichen geistiger Umnachtung. »Selbst wenn sie käme, Arschloch-

Kollege«, sagte er, »wie willst du wissen, ob Ellen sie nicht gebeten hat, damit du heil vom Berg wieder herunterkommst?«

An allen Montagen war Ellen nunmehr zu Hause, ein erster Schritt in Richtung ihres neuen Job-Sharings. Wenn Penelope zum Essen eingeladen war, hatte Viktor immer einen anderen wichtigen Termin. »Zu dumm«, sagte er, trieb sich in Bergsteigerausrüstungsgeschäften herum und besorgte sich Tourenbücher, Bergschuhe, einen Rucksack und die nötige Schutzbekleidung – und schrieb einen langen und gut honorierten Artikel über die Hostessen auf dem Genfer Automobilsalon, um seine Ausgaben zu finanzieren. Als er erfuhr, daß man neben Steigeisen und Eispickel für eine Besteigung des Monte Rosa im Mai unbedingt auch Skier und Steigfelle brauchte, wollte er aufgeben. Er haßte diesen Ballast. Er könnte Penelope einen Brief mit einem Korrekturvorschlag schreiben: »Auch der Wahnsinn hat seine Grenzen. Wollen wir uns am 8. Mai nicht lieber im Hallenbad treffen und ein paar Runden zusammen schwimmen?«

Was aber war von einem Mann zu halten, der großartig ankündigte, zunächst keine Briefe mehr loszulassen, und der nach wenigen Wochen wimmernd schrieb, ein gewisser Berg sei ihm zu hoch? Zumal er nicht einmal gültig verabredet war, sondern nur einseitig seine Bergbesteigung angekündigt hatte, stolz und ohne die Erwartung erkennen zu lassen, die Frau des Herzens könne sich zu diesem Zeitpunkt wirklich dort oben einfinden. Es war sehr wahrscheinlich, daß Penelope das Monte-Rosa-Date gar nicht zur Kenntnis genommen oder als einen seiner zahllosen Witze aufgefaßt und nicht im Traum daran gedacht hatte, ihn dort oben oder sonst irgendwo zu treffen. Von einem Treffen war überhaupt nie die Rede gewesen. Sie hatte sich seine Phantasien gefallen lassen und, leise bremsend, ein bißchen mitgespielt. Das war alles. Nichts konnte ihr ferner liegen als ein wirkliches Rendezvous. Warum war er nicht bei den Montag-Mittagessen dabei, da konnte er sie doch sehen!

Hatte Adrian doch recht, wenn er sagte, Viktors Hoffnungen seien die eines Umnachteten? Ira verstand das, weil sie verrückt genug war, weil bei ihr jeder gemeinsamen Nacht ein Spiel vorausgehen mußte. Sabine verstand das, weil sie verrückt genug war, sich laszive lila Lederhosen machen zu lassen, wie sie ein Literat erträumt hatte. Das alles war nicht normal. Und er war nicht normal, von der völlig normalen Penelope Unnormales zu erwarten. Sie konnte nicht wissen, daß er auf ihr Kommen setzte, wie ein völlig bankrotter Spieler, der sein letztes Geld im Casino verzweifelt auf irgendeine Zahl setzt: acht. Sein Hallenbadrückzieher würde Penelope zeigen, daß er ihr Erscheinen am Monte Rosa ernsthaft in Erwägung gezogen hatte. Das durfte sie nie erfahren, er würde sich vollkommen lächerlich machen bei ihr.

Die Tscherkessin hatte recht: Das Ganze war nicht ohne einen pikanten Schuß Durchhalte-Ideologie. Er mußte da hoch. Es gab kein Zurück. Denn was, wenn Penelope käme und er nicht? Das wäre sein Tod. Die letzte Chance vertan. Penelope würde zu Recht denken: »Auf was für ein windiges Poetenarschloch bin ich da hereingefallen, was für ein Maulheld und Sprücheklopfer, der kein Risiko eingeht, er kann halt schreiben nur und sonst gar nichts.« Noch schlimmer: Sie würde das nicht nur denken, sondern ihrem Urs sagen, der sie auf den Berg hatte ziehen lassen, mit einer Großzügigkeit, wie sie nur Viktor aufbrachte, wenn es Ellen irgendwohin zog.

Ellen aber zog es erotisch nirgendwohin, soweit Viktor das beurteilen konnte – von ihrer ominösen Nacht mit der Tscherkessin einmal abgesehen. Es zog sie allerdings freundschaftlich zu Penelope hin. Ellen und Viktor rivalisierten mit verschieden Zielen um die Gunst derselben Person. Das machte die Sache etwas delikat und kompliziert.

Mehrfach schon hatte Viktor deshalb den Legitimationstest gemacht, und der sprach eindeutig nicht gegen seine Penelopebegeisterung: Wenn Viktor, so lautete die erste Testfrage, einen jüngeren hübschen sympathischen, phantasie-, ja fast geheimnisvollen Musiker oder Verleger oder Sprachlehrer kennengelernt hätte und seine Freundschaft suchen würde – und Ellen bekäme nun große Augen und würde hastig das Haus verlassen, wenn dieser Mann ihn besuchte, und würde lang in ihrem Arbeitszimmer sitzen und schreiben und allein durch die Nacht gehen – hätte Viktor dann irgendwelche Einwände? Nein, war die Antwort, hätte er nicht, es wäre Ellens gutes Recht, er hätte nichts dagegen. Ganz klar, daß die Erotik eine Trumpfkarte ist, die die Karte der Freundschaft sticht. C'est la regle du jeu. – Viktor machte den zweiten Legitimationstest: Ellen versucht ihre Verliebtheit zu verbergen, weil sie weiß, daß Offenheit in solchen Fällen Gift für eben diese Verliebtheit ist und daß familiäre Nettigkeit die kostbaren erotischen Spannungen brutal zerstören kann. Was sagt ihr Ehemann Viktor dazu? Auch in diesem Fall würde sich Viktor verhalten wie Ellen: nicht nachfragen und so tun, als ob man nichts bemerkte. Auch das gehörte zur Spielregel. Insofern verhielt Ellen sich so, wie er sich im umgekehrten Fall auch verhalten würde. – Übertrug man die Sache noch weiter, dann müßte Ellen einen künstlerischen Beruf haben. Sie wäre vielleicht Filmregisseurin und würde eines Tages Viktors jungen hübschen Verleger mit dem schönen Namen Odysseus kennenlernen. Und so wie es ihn, Viktor, umgerissen hatte, als er Penelope das erste Mal sah, so hätte es also Ellen umgerissen, als dieser Odysseus in ihr Leben trat. Sie ist nicht Schriftstellerin, sie schreibt keine Briefe, sie würde Odysseus zu Probeaufnahmen bestellen und davon träumen, ihm die Hauptrolle in ihrem nächsten Film zu geben und hoffen, daß der Etat hoch sein würde und die Dreharbeiten möglichst lang. Odysseus ist von ihrem Charme sehr angetan, er hat auch nichts dagegen, in diesem Film mitzuspielen, allerdings ist zweifelhaft, ob er auch nur Bruchteile von Ellens Liebe erwidert. Jetzt die schwerste aller Legitimationsfragen, die der Gott der Erotik persönlich stellt: »Was würdest du, Viktor Goldmann in diesem Fall deiner Frau Ellen wünschen?« – »Lieber Gott«, wäre Viktors Antwort, »meine liebe Frau soll so glücklich sein, wie es nur geht, daher wünsche ich ihr, daß dieser Typ, in den sie so verschossen ist, sich auch in sie verliebt, und daß die beiden da, wo sie wollen, egal ob hinter meinem Rücken oder vor meinen Augen, eine schöne und meinetwegen nicht enden wollende Liebesgeschichte erleben.« – »Würdest du leiden?« würde der Gott der Erotik wissen wollen. Viktors Antwort: »Ich würde *Comes Love* von Billie Holiday auflegen: comes love, nothing can be done.« – Da würde der Gott der Erotik zu Viktor sprechen: »Weil dein Herz nicht eng ist und nicht voller Mißgunst und Neid und Eifersucht, erlaube ich dir, als Steinbock oder in welcher Gestalt auch immer du dir Chancen ausrechnest, hinter Penelope her zu sein, der von dir so inbrünstig verehrten alpinen Gazelle, und ich selbst werde versuchen, bei ihr ein gutes Wort für dich einzulegen. Und deiner Gemahlin werde ich einen strahlenden Mann vor Augen führen, gegen den du alt und häßlich aussehen wirst.«

Diese drei Legitimationsvisionen hätte Viktor Penelope zu gern mitgeteilt – doch es war nichts zu machen gegen die selbst verhängte Kontaktsperre. Statt dessen schlug die Wirklichkeit mit einer Ironie zu, die Viktor wieder einmal fast den Verstand raubte: Mitten in seinen gedanklichen Vorbereitungen auf die Besteigung des Monte Rosa, gerade als er im Internet die Expeditionsberichte von zwei Schweden las, die sich auf diesem Berg die Zehen erfroren hatten, rief Ellen aus der Stadt an, und fragte ihn, ob er eine Stunde Zeit habe. Sie war in einer Kunstgalerie. Sonst nicht ihr Ding. Im Vorübergehen sei ihr der Gedanke gekommen, Penelope und ihrem Mann ein Bild zur Hochzeit zu schenken.

Es war eine Verkaufsausstellung. Viktor traute seinen Augen nicht: nichts als Alpenlandschaften. Er konnte und wollte mit zeitgenössischer Kunst nicht viel anfangen. Das hier aber war großartig. Ein Bild schöner als das andere. Sehr abstrahiert und dennoch ganz genau getroffen: Der Firnschnee im Frühjahr. Das Geröll. Man hörte die Stille. Keine Spur kitschig. »Du kennst doch die Berge«, sagte Ellen: »Sieht es so aus da oben? Meinst du, es würde Penelope gefallen? Kannst du eines aussuchen? Ich kann mich nicht entscheiden.«

Viktor seufzte tief.

»Ein bißchen teuer, was«, fragte Ellen.

»Nein«, sagte Viktor, »teuer schon, aber das ist es wert.«

»Für Penelopes Hochzeit«, sagte Ellen, »ich mag sie sehr, aber wir kennen sie kaum. Ich meine – das ist ein Monatsgehalt.«

Viktor fing an zu lachen. Es war eine Flucht ins Gelächter. Er lachte lang und leise vor sich hin. »Ich möchte wissen, welcher Idiot das Drehbuch geschrieben hat, nach dem wir leben müssen«, sagte er dann.

Ellen fragte bei dunklen Worten nie nach.

»Wir nehmen das«, sagte Viktor, und deutete auf ein Bild. Etwas Felsen, etwas Schnee, etwas Himmel – mehr nicht –, und doch war alles gesagt. »Ich zahle die Hälfte«, sagte er zu Ellen, »dreitausend du, dreitausend ich. Und zwar bezahle ich mit dem Honorar einer Geschichte, die heißen wird: ›Ein Ehepaar kauft eine Alpenlandschaft‹. Diese Geschichte lese ich später einmal Penelope und dir beim Essen vor.« Er umarmte Ellen.

»Was hast du?« fragte sie.

»Das Leben ist verrückt«, sagte er.

Anfang Mai wurde es ernst. Sabine rief an, sprach erst lang mit Ellen, wollte dann Viktor sprechen und wünschte ihm laut und mit anzüglichen Anspielungen alles Gute für seine Tour. Dreistes Weib. »Falls dich der Berg holt, will ich deine Stimme noch einmal gehört haben«, sagte sie. Auf die Idee kam Ira nicht. Immer grüßten die Falschen.

»Ein Ehepaar kauft eine Alpenlandschaft« – Viktor hatte die Geschichte bereits geschrieben und an eine Frauenzeitschrift in Hamburg verkauft. Würde in der Septembernummer kommen – sein Testament, wenn es wirklich schiefgehen sollte. War ja doch erstaunlich, wie viele Tote es jedes Jahr in den Bergen gab.

Barbara und Thomas, Hanna und Carlos umstanden unter Anleitung von Ellen die Hochgebirgsausrüstung, die Viktor in der Wohnung ausgebreitet hatte. Knallbunt alles, damit man leichter gefunden wird, wenn einen Lawinen verschütten. Ellen hatte die bergerfahrene Penelope hinzubitten wollen. Es war für Viktor nicht leicht gewesen, das zu verhindern. Schade, daß die Erzählung schon fertig war. In der Erzählung wäre die Anwesenheit der von dem Ehepaar gemeinsam verehrten Bergsteigerin am Abend vor dem Aufbruch ein delikater Kick gewesen: Er kann der begehrten Braut eines anderen nicht ansehen, ob sie seine Besteigungsbriefstelle überhaupt wahrgenommen hat oder nicht, ob er sie in einigen Tagen auf dem Berg sehen wird oder nicht. Schön zu beschreiben, diese Unsicherheit. In Wirklichkeit aber wäre Viktor einer jetzt anwesenden Penelope nicht gewachsen gewesen.

Von den wirklich anwesenden Frauen bekam Viktor folgende Sätze zu hören: »Jetzt dreht er durch!« Und: »Er muß immer übertreiben!« Aus Barbaras Mund kam sogar Penelopes Wort: »Total durchgeknallt!« Sekunden später wurden die Ehemänner Thomas und Carlos von ihren Frauen ermahnt: »Schneidet euch eine Scheibe von Viktor ab, ihr Dickbäuche!«

Das Abendessen nannte Viktor »Henkersmahlzeit«. Als er gebeten wurde, den wahren Grund für seine Expedition zu nennen, las er einen Satz aus einem Nazi-Bergbuch vor, das ihm die Tscherkessin geschickt hatte: »Der deutsche Mann stählt in den Bergen seinen Geist und Körper und überwindet alles Undeutsche in sich.«

»Schon gut«, hieß es, »bessere Ausreden bitte.«

»Roman«, sagte Viktor, »Recherche. Meine Helden müssen mal raus, sie bewegen sich zuwenig.«

»Langweilig«, hieß es, »einen anderen Grund.«

»Ich plane einen Essay über den Masochismus«, sagte Viktor: »Endorphine oder das Glück des Sichschindens.«

Die anderen winkten ab.

»Cherchez la femme«, sagte Viktor.

»Angeber!« sagte Ellen.

Barbara als Schweizerin kannte sich im Gegensatz zu Ellen in den Alpen aus und konnte besser sticheln: »Ich wundere mich«, sagte sie, »daß du statt des Monte Rosa nicht den Gran Paradiso gewählt hast, auch ein stattlicher Berg, aber ein vielversprechenderes Plätzchen für einen liebestollen Dichter.«

»Du weißt doch, daß man aus dem Paradies verjagt wird, das wollte ich vermeiden«, sagte Viktor und probierte, wie man die Steigeisen an den Schuhen befestigte.

Sie alle inklusive Ellen hätten den Kopf geschüttelt, wenn er ihnen gestanden hätte, daß er tatsächlich die winzige Spur einer Hoffnung hatte, Penelope könnte seinen Ruf gehört haben und ihm gefolgt sein, und daß dieses winzige bißchen Hoffnung genügte, um ihm reichlich Energie für die enormen Strapazen dieser Tour zu geben – daß also tatsächlich nichts anderes als das »Cherchez la femme« hinter der aberwitzigen Unternehmung stand. Das durften nur Ohren hören, die für den Wahnsinn etwas übrig hatten. Sie alle hier hätten Viktor für umnachtet erklärt, wenn er die ganze Wahrheit und nichts als die Wahrheit ausgesagt hätte: »Ich, Viktor Goldmann, vierundvierzig, nicht vorbestraft, nicht tablettenabhängig, habe im Januar unter dem Einfluß von einem Liter schnell in mich hineingetrunkenen Wein einen Brief an die achtundzwanzigjährige Italienischlehrerin Penelope Wagner geschrieben, in dem ich erwähne, daß ich mich am 8. Mai um zwölf Uhr Mittags auf dem Gipfel des Monte Rosa einfinden werde. Obwohl diese Bemerkung beiläufig und nicht im Zustand der vollen Zurechnungsfähigkeit gemacht wurde und obendrein in einem weitgehend fiktivem Zusammenhang steht, hat sie für mich den bindenden Charakter einer ehrenwörtlichen Zusage. Ich bin daher nicht von meinem Vorsatz abzubringen und werde morgen früh Zürich Richtung Lausanne verlassen.«

Der Monte Rosa war ein unwirtliches Monstrum aus Fels und Eis und paßte nicht zu der lieblichen Verträumtheit von Viktors Penelope-Visionen, die sich im behaglichen Vegetationsbereich abgespielt hatten. Der Duft des Bergwalds sollte noch in der Luft liegen, das Läuten der Kuhglocken von den Almen herauf noch zu hören sein. Mehr ein Schlendern mit Penelope war das gewesen, was er herbeisehnte: sich ab und zu nach Walderdbeeren am Rand des Wegs bücken und sich mit den süßen Früchten gegenseitig füttern – und kein fanatisches Ansteigen und Schleppen eines unerotischen Riesenrucksacks.

Irgendwo hätte es vielleicht einen Monte Verde gegeben, auch ein schöner Name. Ein Berg mit grünen Wiesen wäre passender gewesen. Dann war auch das Datum schlecht gewählt, geradezu unsinnig. Im Mai lag noch viel Schnee da oben, Juli, August waren die empfehlenswerten Monte-Rosa-Monate. Der »Colle dell' Infernetto« unten im Süden nahe der italienischen Riviera wäre sinnvoller gewesen. Dort ist es im Mai sicher schon schön warm. Infernetto – und dann auf diesem Höllenhügel teuflischtolle Pläne für die Zukunft schmieden. Zu spät.

Vielleicht aber war der Monte Rosa gut, weil er den Wahnsinn mehr auf die Spitze trieb als ein freundlicherer Berg, den man einszweidrei besteigen konnte. Ein hoher Einsatz. Vielleicht steigerte es den Wert der Unternehmung, wenn man sich plagen und Gefahren aussetzen mußte. Andererseits war ein so hoher Berg in jedem Fall ein Mißgriff, denn bei schlechtem Wetter war ein Aufstieg nicht möglich. Damit hatte Viktor die Liebe auch noch vom Wetter abhängig gemacht und dem Wahnsinn die Willkür hinzugefügt. Warum hatte es überhaupt ein Berg sein müssen? Penelope war zwar eine Alpingazelle, aber auch Alpingazellen gingen in Cafés. Warum hatte er ihr nicht geschrieben, er werde eine Woche lang von drei bis vier in einem bestimmten Café sitzen? Das war romantisch genug. Dann hätte er diesen Rucksack und diese Schuhe und diesen ganzen Hochgebirgskrempel nicht besorgen müssen. Auch in einem Café hätte er ihr die Frage stellen können, um die es ging: »Hast du eine Idee, was ich mit meiner Neigung zu dir anfangen könnte?« Und sie hätte gesagt: »Haben Sie vergessen, daß wir nur in der Höhe ›du‹ zueinander sagen wollten?«

Der Aufstieg zur Hütte, von der aus man anderntags den Gipfel erreichen würde, machte Viktor keine Schwierigkeiten. Unerfreulich allerdings, daß der Monte Rosa als zweithöchster Berg der Alpen ein beliebtes Ziel war und bei einwandfreien Witterungsverhältnissen Heerscharen von Gipfelstürmen anlockte. Die ungünstige Wettervoraussage hatte einige Bergmenschen abgeschreckt, aber es waren immer noch genügend, die an das Gute glaubten und sich auf den Weg machten. An die unausstehliche Geselligkeit anderer Bergsteiger hatte Viktor nicht gedacht. Er hatte sich völlig allein auf einem freundlichen Gipfel in der Sonne sitzen und auf Penelope warten sehen.

Der Ärger auf sich selbst und seine dumme Wahl verwandelte sich in Kraft, und Viktor schritt rasch und ohne müde zu werden bergauf, zornig, daß er am Rucksack pendelnde Skier dabei haben mußte, die er weiter oben brauchen würde, um mit Fellen daran irgendwelche Schneefelder zu überqueren, in denen man ohne Skier versank. Er wollte nicht zu den anderen gehören, die auch unterwegs waren, er wollte etwas Besseres sein. Je erschöpfter andere Bergsteigergruppen sich bergauf schleppten, desto leichter und federnder wurde Viktors Schritt, wenn er sie überholte, und einige Male ging er so weit, sich vor dem Überholmanöver eine Zigarette anzuzünden, um dann lässig rauchend an den Mühseligen und Beladenen vorbeizuziehen.

Laut Tourenbeschreibung mußte es eine unbewirtschaftete Hütte geben. Viktor wußte sogar, hinter welchem Fensterladen er den Schlüssel zu suchen hatte. Die Nothütte galt als unkomfortabel, er würde der einzige Gast sein, hoffte er, und das war besser als jede Bequemlichkeit. Er sah sich nachts allein auf dem harten Matratzenlager liegen, plötzlich ein Knarren und Rumoren, es ist noch jemand gekommen. Wenig später tritt eine Gestalt in den Schlafraum und legt sich leise nieder, um den scheinbar schlafenden Bergkameraden nicht zu wecken. Nach einer Weile ein Flüstern: »Viktor? Viktor? Bist du es?«

Seitdem sich Viktor auf die Besteigung des Monte Rosa vorbereitete, gönnte er sich Vorstellungen dieser Art, die er in verschiedenen glücklichen Varianten durchspielte und die es ihn hatten ertragen lassen, dumm in Hochgebirgsausrüstungsspezialläden herumzustehen und sich von aberwitzig braungebrannten Sportlehrertypen quälende Ratschläge anzuhören, welche Iso-Matte und Thermo-Hose er sich besorgen mußte, um die Tour unbeschadet durchzustehen. Und welchen Leichtmetall-Eispickckckckckckckel – diese Schweizer brachten es fertig, das Wort »Eispickel« mit einem halben Dutzend ck-Konsonanten auszusprechen.

Die Begegnung mit Penelope in der Hütte wäre auch nicht

ganz so penetrant symbolträchtig wie die auf dem Gipfel, sagte er sich, aber romantisch genug. Vor allem wäre sie weniger ungemütlich als die auf der grimmigen Felsspitze. Die Nothütte aber existierte entweder nicht mehr, oder sie war im Mai noch mit Schnee bedeckt. Viktor blieb nichts anderes übrig, als die Haupthütte anzusteuern, wo er sich zwischen den treuherzigen Tourengängern fremd vorkam. Er heuchelte Erfahrung und ließ sich von dem Bergführer einer kleinen Gruppe erklären, auf welchem Weg man am morgigen Tag am besten den Gipfel erreichen könnte. »Die meisten gehen morgens um drei los«, sagte der Bergführer und musterte Viktor derart wortkarg, daß dieser nicht wußte, was der Alpinist damit sagen wollte: daß der unerfahrene Viktor lieber etwas mehr Zeit einplanen solle oder daß es bei Viktors bombiger Kondition genüge, wenn er zwei Stunden später aufbreche?

Viktor ging ins Matratzenlager und suchte sich einen Platz zwischen den Schläfern. Die wenigen kurzen Briefe, die er von Penelope besaß, trug er bei sich, ein Pfand, ein Talisman, ein Ausweis, eine Legitimation, ein kostbares Beweisstück, daß er nicht übergeschnappt war. »Die Gazelle springt vor Freude, wenn der Steinbock mit Post kommt.« Das hatte er schwarz auf weiß, beziehungsweise grün auf orange. Das klein zusammengefaltete, flachgedrückte Kuvert in seiner Hosentasche zu fühlen, gab ihm Zuversicht.

Gegen zehn Uhr hörte er, wie ein Spätankömmling die Hütte betrat. Obwohl er sich bereits mit dem Gedanken abgefunden hatte, Penelope auf dem Monte Rosa nicht zu begegnen, suchte ihn sofort die Hoffnung heim, dies könne sie sein, die jetzt gleich in den Schlafraum käme, langsam an der Matratzenreihe vorbeiginge und leise seinen Namen flüsterte: »Viktor? Viktor?« – »Hier bin ich«, hörte er sich schon leise zurückrufen, und schon käme sie und legte sich zu ihm. Wieder bekam Viktor nasse Augen vor Glück bei dieser Vorstellung. Das mit den nassen Augen war relativ neu, das war erst ab vierzig gekommen. Die Arme vor der Brust gekreuzt, griff die linke Hand die rechte Schulter und die rechte Hand die linke – und als er in den Schlaf hinüberglitt, hatte er wieder einmal das Gefühl, als wären es Penelopes Hände, die seine Schultern faßten.

Mitten in der Nacht gegen ein Uhr wachte er auf und erhob sich sofort. Bloß kein Hüttenmorgen mit sich räkelnden und kameradschaftlich sich gegenseitig Tee anbietenden Bergsteigern und Fachsimpeleien über Skibindungen und die angeblich nötigen Lichtschutzfaktoren von Sonnencremes. Er aß einen kleinen Apfel, verließ die Hütte und fühlte sich frei und jung. Der Himmel war bewölkt, aber nicht zugezogen. An einzelnen Stellen gab es einen Durchblick zu den Sternen, und es lag genug Schnee, der für ausreichend Helligkeit sorgte. Je höher er kam, desto weißer wurde es. Der Schnee war so frühmorgens noch hart gefroren, man konnte darauf bequem gehen wie auf Asphalt.

Gegen halb fünf wurde es hell. Keine Sonne, kein Loch in der Wolkendecke. Der Gipfel war frei, aber schlechter durfte das Wetter nicht werden. Penelope würde nicht kommen. So viel war klar. Sie hätte in der Hütte sein müssen. Die Gewißheit tat Viktor nicht weh. Ein bißchen verrückt sein hoher Einsatz, aber da war kein Gefühl, verloren zu haben. Der Gipfel mußte jetzt nur noch sein, um ein Foto von sich selbst zu machen. Mit der Zeitung von gestern in der Hand, als Beweis. Das würde er ihr in einem angemessenen Abstand nach der Hochzeit zukommen lassen. »Flop on the top« würde er draufschreiben und ihr verraten, daß er damals wirklich ein bißchen mit ihrem Kommen gerechnet hatte. Spätestens dann würde sie ihn umarmen oder umärmlen müssen.

Es gab kein großes Glück und keine große Liebe. Deswegen rasch rauf auf die Spitze, ein paar Bilder knipsen, dann nichts wie runter ins Tal des Lebens zur heimeligen Infrastruktur. Im Auto sitzen, Musik hören, nach Zürich fahren, Fotoladen, Bilder machen lassen – und weiter um das kleine Glück und die kleine Liebe kämpfen.

Gegen zehn Uhr wurde das Wetter deutlich schlechter. Der Gipfel war jetzt gelegentlich in Wolken. Unten sah Viktor die anderen Bergsteiger stehenbleiben und sich beraten. Sie waren zwei Stunden zurück, aber gut sichtbar. Er ging weiter. Er war jetzt vollkommen allein hier oben. Es sollte genügen, wenn er sich mit der Gipfelspitze im Hintergrund fotografierte. Wozu noch eine gute Stunde dort hinaufklettern? Etwas sinnlos, wenn man keine Aussicht hatte. Etwas gefährlich wohl auch. Aber er hätte Penelope gegenüber ein dummes Gefühl, wenn er jetzt so kurz vor dem Ziel aufgeben und nicht Wort halten würde.

Er stellte die Skier ab und machte sich daran, im Felsen einen Weg nach oben zu finden. Es waren keine allzu großen Kletterkünste nötig. »Sehr geübte Bergsteiger können beim Gipfelanstieg auf das Seil verzichten«, stand in der Tourenbeschreibung. Viktor war nicht sehr geübt, aber er war trotz aller Skepsis noch immer sehr verliebt, und Liebe verlieh auch Kräfte und vor allem Lebenswillen. Verliebte hängen auch ohne Seil am Leben, sagte er sich. Verliebte konnten schon deswegen nicht abstürzen, weil das eine zu billige Lösung war. Nur in Filmen, die zu dumm waren, sich ein Happy-End einfallen zu lassen oder in denen alte Untaten gesühnt werden mußten, kamen Verliebte zu Tode.

Nachdem Ellen die Tscherkessin in eine Freundin des Hauses verwandelt hatte, waren ab und zu deren halbwüchsige Kinder in der Züricher Wohnung aufgetaucht, und der aus Prinzip kinderlose Viktor konnte die nachwachsende Generation studieren. Die Tscherkessin hatte Zwillinge mit den sinnigen Namen Nora und Aron. Mit ihnen fernzusehen war aufschlußreich. Sie wußten: Wenn in einer Billigserie eine Frau schwanger war und der begeisterte Vater überall herumerzählte, wie er sich freute, dann war die Schwangerschaft aus dramaturgischen Gründen gefährdet. In der Folge, die Viktor mit Nora und Aron gesehen hatte, gab es nach dem Freudentanz des künftigen Vaters in seinem Büro eine Einstellung, in der die glückliche Schwangere beim Autofahren zu sehen war. Die tscherkessischen Zwillinge sagten: »In spätestens sechs Sekunden knallt es.« Und tatsächlich, ein Müllauto scherte aus und es knallte. Schluß mit der Schwangerschaft.

Dieser Fall zeigte zweierlei: daß erstens die Jugend vom Anschauen solchen Unsinns hellsichtig geworden war und daß zweitens Unfälle ein Produkt der Einfallslosigkeit waren. Daß auf Glück Unglück logisch zu folgen habe, war eine so primitive Faustregel, daß im Umkehrschluß der untragische Ausgang sehr viel wahrscheinlicher war. Dieser Gedanke machte Viktor so sicher, daß er sich für unverwundbar hielt.

Die Nebelfetzen wurden dichter. Es wurde rasch auch immer kälter, beißend kalt war es mit einem Mal, und die Sicht betrug nur noch wenige Meter. Tourenbeschreibungen warnten vor der dünnen Luft. Die Luft aber war nicht Viktors Schwierigkeit, sondern die Sicht. Viktor wurde es ziemlich bald klar, daß vor schlechter Sicht nicht gewarnt wurde, weil ein Aufstieg bei schlechter Sicht gar nicht in Frage kam. Dennoch kämpfte er sich in einer Art blindem Gehorsam seinem eigenen Versprechen gegenüber weiter bergauf, man mußte es tatsächlich einen Kampf nennen, es war ein Kriechen und Krauchen und Robben und Krabbeln jetzt, und Viktor war froh, daß er allein war und niemand seine würdelose Fortbewegung beobachte.

Nach einiger Mühe erreichte er den Gipfel. Es mußte der Gipfel sein, denn hier waren gespannte Stahlseile, die eine Stange hielten. Vermutlich war es der Mast des Gipfelkreuzes. Bei dem Nebel konnte man nicht einmal bis zum Querbalken hochsehen. Die dichte Wolkensuppe trübte das Licht, es war dunkel, als wäre es schon spät. Es war aber kurz vor zwölf, und Viktor hatte das Wohlgefühl, eine absurde Aufgabe pünktlich gelöst zu haben, die ihm eine kapriziöse Prinzessin gestellt hatte. Er suchte einen Platz, wo er sich bequem niederlassen konnte. Einen solchen Platz gab es nicht. Man konnte nur unbequem kauern. Plötzlich wurde ihm schwach und schlecht vor Hunger, er verschlang ein Stück Schinken und hätte gerne noch mehr davon gehabt.

Jetzt wo er sich nicht mehr bewegte, wurde es empfindlich kalt. Der Nebel kroch in die Haare, die unter der Kapuze hervorkamen, und fror dort an. Augenbrauen, Wimpern, Bartstoppeln, alles steif und gefroren. Fühlte sich an wie Draht. Viktor dachte an das Foto. Mit vereisten Augenbrauen wäre es noch wirkungsvoller. Er war aber jetzt zu erschöpft, die Kamera auszupacken. Zudem hätte das Foto ohne das Monte-Rosa-Panorama wenig Beweiskraft. Es hätte auch in einer Kühltruhe aufgenommen worden sein können. In einer Kühltruhe würde sich Viktor kaum weniger verloren und fehl am Platz fühlen wie hier, auf dem zweithöchsten Gipfel der Alpen, im absolut Unsichtbaren.

Die Schutzkleidung bewährte sich. Schlimmer als Frost war die Stille und die fehlende Sicht. Der Mangel an Kalorien, die Kälte und das Kauern machten ihm allmählich zu schaffen. Nannte man das »Unbill«, was ihm hier widerfuhr? Wo kam das Wort »Unbill« her? Unbill schwächte nicht nur Viktors Körper, sondern auch seine Vorstellungskraft. Das war das Unheimliche. Auf seine Vorstellungskraft konnte sich Viktor normalerweise verlassen. Sie hatte bisher noch nie versagt. Wann immer Unbill ihn zu quälen drohte, schaltete er sein Vorstellungsvermögen an wie andere Menschen den Fernsehapparat. Wunderbar ließ sich so die Zeit vertreiben. Ob lange Autofahrten mit Staus, Zugreisen mit unausstehlichen Sitznachbarn, sich endlos verzögernde Anschlußflüge oder früher, in der guten alten Zeit, als die Ärzte und Friseure noch keine Termine vergaben, die Illustrierten in den Wartezimmern durchgeblättert waren und man noch weitere Ewigkeiten auf das Drankommen harrte – immer half die Imagination. Einszweidrei hatte Viktor eine begehrenswerte Frau aus seiner Erinnerung geholt und gab sich der Phantasie hin, die seine augenblickliche Laune oder sein Hormonspiegel bestimmte. Penelope würde nicht kommen. Er wollte sich das wenigstens vorstellen – aber es gelang nicht, wegen der eisigen Kälte. Die Kräfte der Einbildung und des Ausmalens schöner Szenen waren erstarrt und gelähmt hier oben. Das nahm Viktor dem Berg übel. Kein Steinbock war so dumm, so hoch hinaufzuklettern. Nie wieder!

Erfrieren sollte ein angenehmer Tod sein, aber das Frieren ging ihm voraus, und das fing an, unausstehlich zu werden. Die Liebestod-Phantasie, mit der sich Viktor selbst bei heftigen Zahnschmerzen einigermaßen ablenken konnte, gelang ihm nicht, so sehr er sich auch bemühte, die Bilder kamen, aber ohne Wirkung: Das Paar umschlingt sich in luftiger Bergeshöhe – und wortlos ist klar, daß keiner ohne den anderen leben kann. Die Zeit der Kompromisse ist vorbei. Sie würden, wenn sie ins Tal und damit ins Leben zurückkehrten, alles zerstören und bald selbst zugrunde gehen. Penelope würde keinen Sinn mehr darin sehen, den Menschen Italienisch beizubringen, und Viktor würde keine Romane mehr schreiben. Ihre Liebe würde nach einiger Zeit erlöschen. Dann lieber gleich Selbstzerstörung. Penelopes äthiopische Langstreckenläuferinnenarme sind fest um Viktor gewickelt. »Komm, mein Viktor, komm!« Ihre Augen sind groß, keine Träne darin. So soll es bleiben, so wie jetzt, für immer und ewig, das ist klar. Keine Trennungen und Scheidungen im Tal, kein zermürbendes Ehepaar-Erklärungsgestotter à la »Du, ich kann nicht anders…« Nie mehr solches Gestammel. »Komm, Viktor, komm«, flüstert sie lächelnd, und er sagt: »Du umärmelst mich ja.« – »Ja«, sagt sie, »das ist die Umärmelung«, und bewegt sich einen halben Schritt Richtung Abgrund. Da weiß Viktor, was sie will, und was zu tun ist. »Ja«, flüstert sie lächelnd. Sie will es, er will es, so soll es denn sein. Noch ein winziger Schritt, ein Kippen und dann der Fall, und eng umschlungen so lange wie möglich geht es dahin und hinunter ins ewige Glück. Die sauberste Lösung. Kein Zögern, kein Aufschub, sondern die günstige Gelegenheit ergreifen. Kein Buch erst noch zu Ende schreiben, keine Papiere ordnen, keine Abschiedbriefe vorbereiten. Alles offen und angefangen lassen. Egal, ob die Nachwelt an einen Unfall oder eine Verzweiflungstat glaubt oder an das, was es ist: ein Liebestod. Sollten die Lebenden das tun, was die Menschen auf Erden immer tun: rätseln und spekulieren. Vielleicht würde man Penelopes zerlesene Briefbotschaften in Viktors Hosentasche finden. Ellen kannte ihn. Urs würde seine zahllosen Briefe an Penelope finden. So viele. Eine ganze große Kommodenschublade voll. Da würden sie auch ohne großen Abschiedsbrief wissen, daß diesem Paar auf Erden nicht mehr zu helfen gewesen wäre.

Es gelang Viktor nicht, sich an solchen ergreifenden Vorstellungen zu laben. Zu schwach war ihm vor Kälte und nun auch vor Hunger. Er hatte nicht genug zum Essen dabei. Kurz vor dem Aufbruch zur Tour in Zürich hatte er unbedingt in aller Eile noch eine Musikkassette zusammenstellen müssen und dabei ganz vergessen, das empfohlene kalorienreiche Hochgebirgsspezialkraftfutter zu besorgen, was ihm auch zu affig gewesen war. Die Leute waren vor fünfzig Jahren auch ohne solche Kalorienbomben auf die Berge gestiegen. Stundenlang hatte Viktor wieder einmal mit Platten und CDs hantiert, denn sollte Penelope tatsächlich kommen, dann würden sie vielleicht zusammen in seinem Auto nach Zürich zurückfahren. Eine Triumphfahrt. »Als Sieger kehre heim« – das war aus einer Verdi-Oper, das mußte nicht sein. Ein paar andere Songs aber mußten sein. *You can't always get what you want* von den Rolling Stones mußte sein, weniger wegen der zweifellos richtigen Aussage des Titels, als wegen der ersten Textzeile »I saw her today at the reception« – denn an das Bild hatte Viktor denken müssen, als er Penelope erstmals die Post persönlich überbrachte: Am Rezeptionstresen der Sprachschule war sie gestanden, allerdings nicht mit einem »glass of wine in her hand«, wie es in dem Stones-Song heißt, sondern mit der Karteikarte eines Kursteilnehmers.

Ohne die Kraft zu schönen Visionen hockte Viktor da wie eine Schnee-Eule und döste. Es wurde ihn klamm und klammer. Um nicht noch steifer zu werden, begann er mit dem Oberkörper vor und zurück zu wippen, wie ein betender Muselmane, dem sie diese grotesken Bewegungen in der Koranschule beigebracht hatten. An dem Gewackel zeigte sich mit schöner Deutlichkeit, daß fanatisches Beten ein hospitalistischer und autistischer und in jedem Fall debiler Vorgang war. Wer Verstand in der Birne hatte, würde kaum auf die Idee kommen, eine Erfindung namens Gott anzubeten. Die orthodoxen Juden waren nicht besser, auch sie waren Wackler. Viktor verabscheute alle Formen der Religiosität so sehr, daß ihm sein Wackeln, selbst hier oben auf dem Monte Rosa, wo es seinen physischen Sinn hatte und dem Kältetod vorbeugen sollte, zuwider war. Vielleicht war das Fehlen des Glaubens an die üblichen Götter der Grund für sein manisches

Frauenverehrungsbedürfnis und seinen nicht totzukriegenden Glauben an die Liebe. Es war nicht auszuschließen, daß auch die Liebe nur eine Erfindung war, aber sie war in jedem Fall brauchbarer als Gott. Den Vorwurf, er verstehe nichts von den Frauen und wisse nicht, was wahre Liebe sei, hatte Viktor sich von allen drei Ehefrauen anhören müssen – natürlich, weil die perfide Ehe der Liebe das Funkeln nahm.

Das Frieren ließ langsam nach, das Foto, das er machen wollte war ihm jetzt egal, Penelope war ihm egal, Ellen war ihm egal, seine Bücher waren ihm egal. Alle Empfindungen ließen nach, und es wurde leer in seinem Kopf.

Lo stambecco innamorato

Viktor verstand nicht, was die Gestalt im Nebel gesagt hatte oder ob das Wort überhaupt an ihn gerichtet war. Er war so klamm und ohne Gefühl, wie manchmal, wenn er am Schreibtischstuhl unvermittelt eingeschlafen war, nach einer Stunde verrenkt und orientierungslos aufwachte und nicht mehr wußte, wo er sich befand. Er schaute dann immer als erstes auf die Uhr, wobei er im Winter oft nicht wußte, ob es die Dunkelheit des Nachmittags oder des frühen Morgens war. Jetzt war es hell und nebelig, und es war zwei Uhr.

Die Figur war wenige Meter entfernt, aber wegen des Nebels nur schemenhaft erkennbar. Sie war groß und wirkte oben herum eigenartig aufgeblasen. Wenn die Idioten doch recht hatten mit ihrem Gerede vom Leben nach dem Tod – und oft hatten die Idioten recht –, dann sah das hier verdächtig nach einem Boten aus, der Viktor abholen wollte in das Reich der ewigen Nebelschwaden, wo es so kalt und grau war, daß einem die bunten Phantasien endgültig vergingen.

Glücklicherweise war es kein Mann. Es war eine Frauenstimme. Das Wort allerdings, das das Nebelwesen jetzt schon mehrfach gerufen hatte, verstand Viktor nicht, es klang wie »Sambuco« – und das ergab wenig Sinn, denn »Sambuco« war seines Wissens ein süßer Holunderschnaps, den man mit Kaffeebohnen darin serviert bekam. Ira hatte das gern getrunken.

Die Motorradtour mit Ella durch Argentinien fiel ihm ein. Da war eines Morgens eine ähnlich rätselhafte Gestalt im Dämmer vor ihrem Lager gestanden, unangenehmerweise ein Polizist, aber er hatte sie nicht abgeholt und gefoltert, sondern immer nur ein Wort hervorgestoßen, das sie nicht verstanden hatten: »cavaschos, cavaschos« – mit stimmlosem »Sch«. Schließlich hatte er seine argentinische Aussprache bleiben lassen und in verständlichem Spanisch nach den »caballios« gefragt: »¿cuántos caballios tiene?« Wie viele Pferdestärken hat die Maschine?

Viktor war mittlerweile ziemlich sicher, daß er noch am Leben war, verstand aber noch immer nicht das Wort, das die Frau im Nebel rief, als suche sie nach einem verschwundenen Hund. Offenbar eine Italienerin. Paßte ja auch auf diesen Berg, der nicht umsonst Monte Rosa und nicht Rotberg oder Rötli hieß.

»Come?« fragte Viktor. Mehr konnte er kaum sprechen, so kalt war sein Kiefer.

»Stambecco? Stambecco?« Es war offenbar eine Frage. Viktor verstand nichts. Er verstand, wie man so sagt, nur Bahnhof, und es war derart unwirklich hier oben, daß er den ohnehin schon unerklärlichen deutschen Ausdruck »Ich verstehe nur Bahnhof« in ein noch unerklärlicheres Italienisch übersetzte: »Io capisco soltano stazione«, sagte er, kicherte in sich hinein über den sprachlichen Blödsinn und hatte jetzt ein bißchen Angst, zwar nicht tot, aber übergeschnappt zu sein.

Die Gestalt im Nebel lachte auch. Das Lachen erinnerte ihn an Ira. Die Lage war noch immer höchst unklar. Möglicherweise war er tatsächlich am Sterben, und nun würden der Reihe nach die Frauen seines Lebens auftauchen und ihn auslachen. Als nächste würde Ellen kommen und ihm sagen, daß er es nicht anders verdient habe, als hier oben abzutreten. Wer ihrer Italienischlehrerin nachsteige, habe kein anderes Los verdient. Als die Gestalt im Nebel ausgelacht hatte, sagte sie plötzlich: »Hey Vittore, stambecco, sono la gazzella delle alpi, sono la tua antilope, sono Penelope.«

Sie war es. Weil eingemummt in eine unförmige Daunenjacke, hatte Viktor sie nicht erkannt. Die geraden Schultern waren nicht sichtbar, die lässig äthiopisch schwingenden Arme noch weniger, der süße Kopf war in einer gewaltigen Kapuze versteckt. »Stambecco« hieß Steinbock. Das hatte er nicht gewußt.

Er versuchte aufzustehen und torkelte. Sie stützte ihn. »Nicht«, sagte er, weil er sich alt und gebrechlich vorkam.

An einen Abstieg war bei diesem Nebel nicht zu denken. Sie tasteten sich langsam und vorsichtig tiefer und suchten nach einem geeigneten Biwakplatz. »Ich hab es geahnt«, sagte Penelope mehr zu sich selbst als zu Viktor, »dieser durchgeknallte Typ geht natürlich auch bei so einem Wetter hier hoch. Was hast du mir da eingebrockt, Mann! Was, wenn dieser Scheißnebel nicht verschwindet, he?« Sie war ernsthaft verärgert.

»Du siehst aus wie eine Zollbeamtin«, schimpfte Viktor. Ein hilfloser Versuch, sie abzulenken. »Ich dachte erst, da will mich wer wegen Sambuco-Schmuggel verhaften.«

Sie ging nicht auf seine Witze ein. »Du spinnst echt, Viktor!« Sie war wütend und boxte ihn: »Nur ein Idiot geht bei so einem Wetter hier hoch! Du hast keine Ahnung. Du realisierst gar nicht, daß das der Wahnsinn ist hier.« Sie versuchte ihm klar zu machen, daß er sich in Lebensgefahr begeben hätte. »Immer dieser Leichtsinn der Leute!« Sie sprach vollkommen bergführerinnenhaft.

»Ich wollte doch nur mein Wort halten«, sagte Viktor.

Schließlich hatte Penelope eine Stelle gefunden, wo sie schlecht und recht auf besseres Wetter warten könnten. Sie war etwas versöhnt, daß er seinen eigenen Biwaksack dabei hatte. Sie hatte schon befürchtet, sie müßte ihn zu sich in ihren Sack nehmen. »Das ist die Hölle«, sagte sie, »einer schwitzt, einer friert, man drückt kein Auge zu.«

Dann kauerten sie nebeneinander blind in ihren Säcken. Es wurde Nacht. »Unsere erste Nacht habe ich mir anders vorgestellt«, sagte Viktor, »das ist ja pränatal hier, ich komme mich vor wie ein Küken im Ei« – »Genau«, sagte sie, »und morgen früh schlüpfen wir, morgen früh kommen wir auf die Welt.« Mitten in der Nacht wachten sie auf. »Schau mal raus«, sagte sie. Er öffnete den Sack. Neben ihm lugte Penelopes Kapuzenkopf. Ein überwältigender Sternenhimmel. Keine Wolke. »Morgen wird es schön«, sagte sie. »Morgen möchte ich deinen Kopf ohne Kapuze sehen«, sagte er. Plötzlich fiel ihm ein, daß er eine kleine Flasche

Wein dabei hatte. Eigentlich zum Sterben. Wenn er in eine Gletscherspalte gefallen wäre, hätte er nicht nüchtern erfrieren wollen. Sie tranken den Wein. Weißwein. Eiskalt und doch wärmend. Dann tauchten sie noch einmal in ihre Säcke, kicherten albern und schliefen noch einmal ein.

Vor fünf ging die Sonne auf. Keine Wolke war am Himmel. Viktor kroch aus seinem Sack, der vom Kondenswasser innen naß und außen halb gefroren war. Draußen war es eiskalt. Ein Naturfreund hätte den Anblick des Alpenpanoramas überwältigend gefunden. Viktor war es zu winterlich. Unter Mitte Mai stellte er sich etwas anderes vor. Er tastete nach Penelope in ihrem Sack und schüttelte sie sanft: »Steh auf und zeig dich«, sagte er, »Schluß mit der pränatalen Phase.« Sie bewegte sich. Sie rumorte schweigend in ihrer dünnen roten Schale. Es erinnerte Viktor an eine Geburt. Dicht neben ihm und noch unsichtbar regte sich die Frau, die seit Monaten seine Phantasie beherrschte. Die Öffnung des Biwaksacks wurde langsam größer, ein dunkler Haarschopf kam zum Vorschein, und wenig später schlüpfte Penelope aus ihrer Schutzhülle und streifte die außen vereiste Haut ab und schaute Viktor an, so vertraut, als hätten sie schon hundert Mal zusammen so in den Bergen genächtigt. Es gefiel ihm, wie dieser große Augenblick sofort zu einem völlig normalen wurde. Sie fettete sich mit einer Pomade die Lippen und reichte Viktor die kleine Salbentube: »Willst du?« Er wollte. Ihre Lippen waren überraschend voll in ihrem mageren Gesicht. Ihre Augen immer noch bernsteinfarben. Sie breitete die Arme aus – und schlug sie dann um ihren Oberkörper zusammen, mehrmals, um sich zu wärmen und zu lockern. »Komm«, sagte sie dann und packte zusammen. Das war kein Ort für die Liebe hier. Sie war eine Komplizin, eine Kameradin. Wo hätte sie springen sollen wie eine Gazelle? Wo tanzen wie eine Antilope? Ihre Schritte waren groß und bedächtig.

Sie rüsteten sich. Für den Abstieg vom Gipfel mußten sie Steigeisen anlegen. Sie halfen sich. Die Eisen klirrten wie Ketten. Dieses Geräusch und das konzentrierte Festzurren der hakigen Eisen an den Schuhen erinnerten ihn an die Fesselungen, die mit Susanne dilettantisch durchgeführt, mit Ira erwogen und mit der Tscherkessin exzessiv phantasiert worden waren. Obwohl solche Praktiken mit Penelope nicht vorstellbar waren, obwohl er sie in Gedanken mit nichts anderem als seinen Armen umschlungen hatte, empfand er das Präparieren der Schuhe, das fürsorgliche Spannen der Gurte, dieses wechselseitige Prüfen des festen Sitzes der Eisen am Schuh des anderen plötzlich als eine Handlung der Liebe.

»Was hast du?« fragte sie.

»Sexy«, sagte er und deutete auf den mit bizarren Dornen präparierten Schuh. Und als ihm einfiel, welche seltsamen Männer welchen seltsamen Frauen welche seltsamen Schuhe küssen mochten, mußte er lachen. Er hielt ihren Schuh und lachte ihn an und küßte ihn. Mit diesem nicht sehr eleganten Bergschuh war die Liebe zurückgekehrt. Bisher war das alles sehr kameradschaftlich gewesen hier oben. Weiter unten würde er hoffentlich Penelopes Gazellenknie küssen, später dann ihre Gazellenschultern und schließlich ihr schönes Gazellenmaul.

Das viele Eis, der viele Schnee überall, und das im Mai. Das Ungetüm von Rucksack machte Penelopes Schritte groß und schwerfällig. Sie schwiegen viel, einträchtig zwar, obwohl es doch viel zu reden gegeben hätte. Es waren karge Worte, die sie wechselten. Die Beredsamkeit der Briefe wollte sich nicht einstellen. Viktor klagte darüber. »Wir sind noch zu hoch«, sagte sie.

Viktors letzten, nunmehr fast vier Monate alten Brief, hatte Penelope durchaus als Angebot zu einem Treffen verstanden. So einen verrückten Vorschlag hatte ihr noch nie jemand gemacht. Noch nicht einmal Urs. Wahnsinn. Durchgeknallt. Klasse. Super. Er hatte gefiebert, für sie war es ein Kick.

»Für dich doch auch«, sagte sie.

»Ich hatte mir große Hoffnungen gemacht«, sagte er.

Ihr Lachen erinnerte noch immer an das Lachen Iras.

Viktor mußte sich zwingen, nicht dauernd zu sprechen. Er hatte das Gefühl, Penelope könne ihm entgleiten, wenn er sie nicht ständig mit seinen Worten an sich band. Andererseits genoß er aber auch seine Unsicherheit, weil sie um mindestens zwei, wenn nicht drei Jahrzehnte verjüngte. Das gehörte dazu, zur Liebe, daß man schwieg – ohne sich gleich vorzukommen wie ein Paar, das sich nichts mehr zu sagen hatte. Irgendwann hielt er es nicht mehr aus. In drei oder vier Wochen würde sie ihren Urs heiraten. Viktor fand das richtig, er fand es köstlich, amüsant, romantisch. Es erhöhte noch den Wert ihrer Begegnung. Aber zwischendurch schnitt und stach es. Es war wie der Schnitt oder der Stich eines scharfen Messers, der zunächst kaum zu spüren ist, aber man weiß, der Schmerz wird noch kommen. Das Schlimmste war die Angst. Viktor hatte vor nichts Angst. Nicht vor dem Ozonloch, nicht vor Atomkraftwerken, Weltkriegen, Flugzeugabstürzen, Klimakatastrophen, Terroranschlägen – er war vollkommen fatalistisch und egoistisch der Ansicht, mit einiger Wahrscheinlichkeit werde ihm nichts passieren. Mit ein Scheidungsgrund der Ella-Ehe. Unerträglich hatte Ella diese Haltung gefunden. Deswegen gehe es ja dahin mit dem Globus, weil alle so dächten. Viktors Antwort: Wäre den Leuten ihr privates Wohl- und Liebesleben wichtiger, würden sie schon aus Egoismus weniger aggressiv und verheerend sein. Jetzt aber hatte Viktor Angst. Von ihm aus hätte Penelope drei prächtige Urs-Männer heiraten können. Aber was, wenn die Ehefrau Penelope nichts mehr von ihm würde wissen wollen? Wenn sie seine Briefe würde nicht mehr bekommen wollen?

Viktor druckste herum. »Kann ich dir nach deiner Hochzeit noch schreiben?«

»Bist du wahnsinnig!« Erstmals strahlte Penelope nicht, sie funkelte gefährlich. Sie war stehengeblieben und schaute ihn fremd an. Also doch. Doch nur ein Traum alles. Sie war konventioneller, als er gedacht hatte. Er kannte sie ja kaum. Vielleicht war sie christlich über beide Ohren. Es war keuschen Christinnen vermutlich nicht verboten, sich vor der Hochzeit von Poeten nette Liebesbriefe schreiben zu lassen. Ein bißchen voreheliche Erotik dürften mittlerweile schon die finstersten Katholiken ihren Schäflein gönnen. Viktor hatte also Wochen und Monate lang eine keusche sportliche Jungfrau erheitert, die nun unbefleckt in irgendeinem schnuckeligen schweizerischen Kirchlein das heilige Sakrament der Ehe in Empfang nehmen, in den nächsten zwanzig Jahren zwanzig Kinder auf die Welt bringen und Viktor zu Weihnachten eine Grußkarte schicken würde. Sie hatte sich gelabt an seinen Briefen, das schon, sie hatte jeden Morgen Hunderte von warmen oder auch mal heißen Worten auf ihren anbetungswürdigen Körper plätschern lassen und hatte ihm ganz offen und unwiderstehlich ehrlich ihr Vergnügen an der Erfrischung mitgeteilt, die er ihr mit seinen Briefen fortwährend bereitet hatte – aber damit war nun ein für allemal Schluß.

»Bist du wahnsinnig!« sagte sie noch einmal. Sie fauchte fast. Vorbei aus Ende. Tot sein, tot sein, tot sein, so bald wie möglich tot sein, wollte Viktor. Er würde die Hochzeit abwarten, sie sollten glücklich feiern, er war kein Spielverderber, es traf sie keine Schuld, er hatte keinen Groll, er hatte einfach alles falsch gesehen, falsch gedeutet. Einige Zeit nach dieser Hochzeit würde er auf einen hohen Berg gehen, allein, ohne Penelope, ohne ihr einen Brief mit dunklen Andeutungen zu schreiben, der womöglich eine Suchaktion samt peinlicher Rettung bewirken und die Qual eines Lebens ohne sie nur verlängern würde. Ellen würde einen anständigen unsentimentalen Brief von ihm bekommen. Fertig. Dann nichts wie hoch ins ewige Eis, dachte Viktor, ein Fläschchen Wein gurgeln, und weg mit mir. Wer sein Leben alternativlos auf die Liebe ausrichtet, der mußte irgendwann scheitern. Es war erstaunlich lange gutgegangen, Viktor war vierundvierzig. Er wollte nicht mehr. Nicht ohne Penelope.

Sie schüttelte traurig ihren schönen Gazellekopf, trat auf ihn zu und hämmerte mit den Fäusten auf seine Brust: »Du schreibst mir, du schreibst mir, du schreibst mir weiter, Stambecco, hörst du, weiter, weiter, weiter, ich brauche das doch!«

Die Schutzhütte, die Viktor gesucht und nicht gefunden hatte – Penelope wußte, wo sie war. Es war ihr Reich hier oben. Die Hütte lag zu dreiviertel unter Schnee. Er hatte sie übersehen. Sie hatte hier genächtigt. Allein. Sie bog sich vor Lachen, schrie plötzlich

»Yeah!« und schlug übermütig in die Luft. Viktor sah diesen Temperamentsausbruch, den er nur aus ihren Briefen kannte, zum ersten Mal. Er war beeindruckt. Dann umarmte sie ihn und gab ihm einen fetten Kuß. Der erste Gazellenkuß. »Dafür, daß du die Hütte nicht gefunden hast«, sagte sie.

Es wäre ein Jammer gewesen, wenn sie sich schon am Vorabend des 8. Mai hier getroffen hätten. »Auf dem Gipfel war es viel cooler«, sagte Penelope. Er erinnerte sie daran, daß sie sich fast in seiner Wohnung getroffen hätten, damals, als sie Ellen besucht hatte. Auch ein Beinahezusammenstoß. »Das ist was anderes«, sagte sie und kochte einen Tee. Als sie ihn tranken, boxte sie ihn plötzlich. »Hey, das war frech«, sagte sie. Viktor hatte sie in einem seiner Briefe als »süße Kräuterteetrinkerin« beschrieben, der man nicht zutraut, daß sie wie eine Wilde nach Rockmusik herumspringt. »Ich war drei Tage beleidigt«, sagte sie.

Es war kalt in der Hütte, man konnte nicht heizen. Es gab nur eine Kerze. Als es dunkel wurde, legten sie sich hin. Sie rückten zusammen. Er griff nach ihrer Hand. Ihre Finger verschränkten sich. Ab und zu drückte einer die Hand des anderen. Vor lauter Glück wagte Viktor keine weitere Bewegung.

Lange lagen sie so.

»Hast du vergessen, daß du mein Steinbock bist für die heutige Nacht«, sagte sie dann.

Er fuhr hoch und schlug sich den Kopf an der niedrigen Decke: »Wo hast du den Satz her?«

Sie lachte: »Hast du geschrieben. Eine deiner hunderttausend Phantasieszenen: Wir treffen uns irgendwo, und ich sage das. Ein schöner Satz.«

»Der Satz ist frei nach Rilke«, sagte Viktor.

»Weiß ich«, sagte sie.

»Woher weißt du das?«

»Hast du auch geschrieben.«

»Was sage ich denn in dieser Szene auf deine Frage?«

Penelope kicherte.

»Sag doch«, sagte Viktor, »ich weiß es wirklich nicht mehr, ich habe dir so viele Briefe geschrieben, wie soll ich mich an alles erinnern?«

»Hundertsiebzehn Briefe«, sagte sie.

»Was sage ich?« Viktor bettelte: »Sag mir bitte, was ich sage, wenn du mich fragst, ob ich vergessen habe, daß ich dein Steinbock bin – du erinnerst dich doch.«

»Nichts«, sagte Penelope. Und als Viktor schwieg: »Versuch dich selbst zu erinnern. Was sagt man auf so einen schönen Satz?«

»Nichts«, sagte Viktor, »man sagt nichts, man schweigt.«

»Genau«, sagte Penelope, »du schweigst. Und dann tust du was.«

»Was tue ich?« fragte Viktor.

»Nein«, sagte Penelope und schüttelte lächelnd den Kopf, »so ist es nicht richtig: Du tust was, und ich frage dich: Was tust du da?«

»Jetzt weiß ich, was ich tue«, sagte Viktor und ließ seine freie Hand lebendig werden: »Tue ich das?«

Penelope krümmte sich vor Lachen. »Ja«, sagte sie dann und biß ihn ins Ohr. Und als er nicht abließ, sagte sie: »Was tust du da?«

»Jetzt fällt es mir wieder ein, was ich sage, auf deine reichlich rhetorische Frage«, sagte Viktor.

»Nämlich?«

»Ich geh dir ans Fell, Gazelle!«

»Richtig«, sagte sie, »genau das sagst du.«

Viktor ging ihr ans Fell. Er fuhr ihr durchs Fell mit den Fingern.

Sie schwiegen.

»Du nennst es ›Fell‹, das gefällt mir, Stambecco«, sagte sie nach einer Weile.

»Den Satz habe ich dir nicht in den Mund gelegt«, sagte er, »das hätte ich nicht gewagt.«

»Ja«, sagte sie, »das sage ich jetzt, Stambecco, das hast du nicht geschrieben.«

Am nächsten Morgen wollte Viktor nicht aufstehen. Er wollte die Hütte nicht verlassen. Die Sonne schien. Er wollte bis zu seinem Lebensende hier bleiben und Steinbock sein und seiner Gazelle ans Fell gehen. »Nie mehr ins Tal!« rief er. Sie schnallte sich ihre Ski an, schrie vor Vergnügen und fuhr los. Viktor war seit zwanzig Jahren nicht mehr auf Skiern gestanden. Dafür ging es ganz gut. »Du fährst wie eine Antilope«, sagte er tief atmend, als er sie eingeholt hatte, »und ich fahre wie ein Büffel.« Sie widersprach nicht.

»Du widersprichst nicht?« fragte er.

In eleganten Schwüngen fuhr sie bergab. »Was ist? Mir nach!« rief sie von unten herauf.

Viktor tat sein Bestes. Sein Fahrstil war altmodisch. Sie waren jetzt nicht mehr so hoch. Es wurde wärmer, und der Schnee war weich. Penelope hatte ihre zollbeamtinnenhafte Daunenjacke ausgezogen und in ihren Rucksack gesteckt. Ihre schönen geraden Schultern und ihre äthiopisch lässigen Arme waren wieder sichtbar. »Schau nicht so verklärt!« rief sie ihm zu.

»Schau du mir nicht so kritisch beim Fahren zu«, rief er zurück, und es gelang ihm, ohne zu stürzen, den steilen Hang hinunter zu ihr zu kommen.

»Lo Stambecco innamorato«, sagte Penelope: »Der verliebte Steinbock, eine komische Oper.«

Mit dem Schnee war es bald vorbei. Sie schnallten die Ski an den Rucksack und gingen bergab.

»Und jetzt?« fragte Viktor.

Penelope sagte: »Ich denke, du magst diese Frage nicht.«

Viktor: »Wie kommst du darauf?«

Penelope: »Hast du mir geschrieben. Ich weiß, daß dir deine ersten zwei Ehefrauen diese Worte entgegengeschrieen haben: *Und jetzt?* Ich weiß eine ganze Menge. Ich weiß, daß du Angst hast, mit mir und Ellen zusammen zu sein. Dein *Enterotisierungstrauma* – lieber Himmel, diese sensiblen Poeten!«

»Hab ich dir auch von meinen Prozentvorstellungen geschrieben?« fragte Viktor.

»Allerdings.« Penelope nickte wie Ellen. Und Ellen sagte neuerdings »Super« wie Penelope. »Du hast um zehn Prozent von mir gebeten. Ich hab mir überlegt ob ich dir zwanzig oder dreißig anbieten soll – um dich zu beschämen. Das dürfte dich in Verlegenheit bringen. Ellen, Ira, die Tscherkessin – und dann brauchst du auch noch eine Reserve für Eventualitäten, falls die indische Miss World noch einmal auftaucht.«

Ihr Spott tat ihm weh, so ernst war es ihm.

»Es ist nicht uncool, die Sache zu regeln«, sagte Penelope.

Viktor malte sich aus, wie er in Zukunft mit Penelope in Kaffeehäusern herumsitzen und sich in bequemen Betten an sie schmiegen, wie er mit ihr auf dem See Ruderboot fahren und im Kino sitzen würde. Und gepflegte Spaziergänge würden sie machen – höchstens mal zwölfhundert Meter hoch hinauf. Denn für die Berge, dachte Viktor, hat sie ja ihren Urs.

»Von wegen«, sagte sie. Urs war als ihr Freund so oft mit ihr in die Berge gegangen, er wollte jetzt als ihr Ehemann ein bißchen in Kaffeehäusern mit ihr herumsitzen und rudern auf dem See und ins Kino gehen – und höchstens mal auf einen kleinen Hügel steigen. »Dich«, sagte die Gazelle strahlend, »habe ich als meinen Hochgebirgsgeliebten ausersehen. Du bist zäh, und es macht Spaß, von dir die Steigeisen festgezurrt zu bekommen.«

Da legte Viktor Goldmann, der Steinbock, neuerdings auch Vittore Stambecco genannt, den Kopf in den Nacken: »Nein!« schrie er in die Bergwelt, »nein, hab Erbarmen, bitte nicht das! Nie wieder eine Nacht neben dir in einem Biwaksack!«

Doch Penelope Wagner, die Tanz-Antilope, die Alpin-Gazelle, genannt Gazzella delle alpi, legte ihren penelopesischen Gazellenkopf in den Nacken, und wenn sie ein Antilopenschwänzchen gehabt hätte, dann hätte dieses Schwänzchen jetzt wie ein Propeller gewirbelt. Sie hob ihre langen lässigen Arme zum Himmel und schlug sich dann mit ihren zarten Fäusten vergnügt auf die Brust: »Yeah!« schrie sie in die Berge hinein und stampfte übermütig mit einem Fuß auf: »Yeah, yeah, yeah! Du wirst mich auf alle Viertausender dieser Alpen begleiten, Stambecco.«

»Ich bin Dichter, ich bin ein Stadt- und Stubenmensch, der

Schreibtisch ist meine Heimat«, jammerte Viktor, »nicht diese Gletscher, das ist alles so gesund hier oben, ich werde bald wie ein sturer Bergführer aussehen.«

»Du bist mein Stambecco«, sagte sie und schnalzte mit ihrer Gazellenzunge vor Freude.

»Wie viele Viertausender gibt es?« fragte Viktor

»Genug«, sagte Penelope und lachte.

»Wenn wir damit fertig sind, möchte ich mit dir ins Kino gehen«, sagte Viktor.

Sie nickte, fast feierlich: »D'accordo.« Dann, unerwartet, umärmelte sie ihn, wie sie es nannte. Sie ließ ihre Arme zu Efeu werden und umrankte ihn derart mythologisch, daß der ungläubige Viktor Angst bekam, gleich könne ein mißgünstiger Halbgott um die Ecke kommen und ihn in einen alten Baumstamm verwandeln und Penelope in ein immergrünes Klettergewächs.

»Man hat uns das so eingeimpft, daß Liebesglück nicht haltbar ist«, sagte Viktor, »daß man dauernd fürchtet, gleich könne es zu Ende sein.«

Das fand Penelope nicht. »Ist doch kein Glück für dich, wenn du dich mit mir in eisigen Höhen herumschlagen mußt, das ist doch eine Strafe.« Wieder schrie sie drei Mal: »Yeah! Yeah! Yeah!« Viktor hätte nie gedacht, daß eine so zierliche Frau solche übermütigen Schreie ausstoßen könnte. Die Schreie kamen in kleinen Abständen und kamen als Echo zurück. Sie erinnerten an die Anerkennungs- und Anfeuerungsrufe, mit denen das begeisterte Publikum einen Jazzmusiker antreibt, dem gerade ein besonders rasantes Solo einfällt.

Keine Lawine ging ab und verschlang das Paar, kein Steinschlag zerschmetterte einen von beiden und ließ den anderen verzweifelt zurück, wie es das Gesetz der Tragödie verlangt. Kein Erdrutsch verschüttete sie. Das oft so grausame Schicksal, das die Liebenden, kaum haben sie sich gefunden, für immer auseinanderreißt, hatte ein Einsehen mit Viktor und Penelope. So unbehelligt von den Nachstellungen der Natur war ihr Abstieg, daß Viktor in seinem Übermut bedauerte, daß Penelope kein einziges Mal stolperte und ihm Gelegenheit gab, sie mit starken Armen zu halten. Kein Blitz erschlug sie oder einen von ihnen, um sie zu strafen, für ihre Untreue, ihren Partnern im Tal gegenüber. Kein Unwetter weit und breit, nicht einmal ein Donner, der gedroht hätte, weil so viel Glück nicht erlaubt ist auf Erden. Keine Mücke stach ihnen in die Waden, keine Fliege belästigte sie. Kein Wildbach spülte sie oder einen von ihnen in die tiefe dunkle Schlucht, nicht einmal harmloses Schmelzwasser, das über den Weg geflossen wäre und ihnen die Schuhe naß oder nur schmutzig gemacht hätte, leider, denn Viktor hätte die federleichte Penelope gern mannhaft über das Naß getragen.

Auch auf der Rückfahrt nach Zürich geschah kein Unheil. Kein düsterer Motorradfahrer aus der Unterwelt verlor die Beherrschung und raste frontal und wütend über so viel irdisches Glück auf ihr Auto zu und zerteilte das Paar mit seiner mörderischen Maschine, kein Lastwagen kippte und begrub die beiden unter sich. Viktor fuhr allerdings so langsam, daß es ein Abgesandter der Hölle schwer gehabt hätte, die beiden fröhlichen Sünder mittels Unfall ins Jenseits zu holen.

»Warum fährst du so langsam, Viktor?« fragte Penelope.

»Der Mensch ist lernfähig«, sagte Viktor und erzählte Penelope von den Hunderten von Filmen, die es gab, in denen die Bankräuber ihr Geld, und die Ehemänner ihre Geliebten, und die Goldgräber ihr Gold, und die Draufgänger ihren Lohn bekamen. Und was machten sie? Sie freuten sich wie die Verrückten, fuhren auf Bergstraßen vor Überglück Slalom – hinein in den Abgrund. Lohn der Angst. Er hingegen, sagte Viktor, wolle das Überglück noch etwas länger kosten. Im übrigen fahre er nicht nur aus Vorsicht so langsam dahin, sondern um so lange wie möglich mit Penelope zusammen zu sein, um so viel wie möglich mit ihr reden zu können, um so oft wie möglich seine Hand auf ihr kleines knochiges kühles Knie legen zu können – »nur um dieses Knie zu wärmen, versteht sich«, sagte er – und um exzessiv die Musik zu hören, die er für diesen Anlaß zusammengestellt hatte.

Hundert Mal in seinem Leben oder doch wenigstens ein Dutzend Mal, seitdem er mit achtzehn Jahren seinen Führerschein gemacht hatte, hatte er immer wieder unverdrossen Musikkassetten für Fahrten mit Frauen zusammengestellt, zu denen es nie gekommen war, weil diese Frauen gar nicht daran dachten, sich von Viktor chauffieren zu lassen. Doch all diese Kassetten besaßen eine Kraft, die sie auch ohne die Person entfalteten, für die sie gedacht waren. Es waren sämtlich ungenutzte Waffen, vergebliche musikalische Versuche, außereheliche Herzen zu bezirzen. Diese für den Seitensprung gedachten Kassetten waren dann wenig später immer bei ehelichen Fahrten zum Einsatz gekommen, mit Schrecken hatte Viktor die verführerischen Laute vernommen, als wäre ihnen der betrügerische Hintergedanke anzuhören. Obwohl Ella, Ira und Ellen alles Ehefrauen mit einer guten Witterung waren, schöpften sie seltsamerweise nicht nur keinen Verdacht, sondern zeigten sich sogar noch begeistert von Songs, die ihnen sonst zu hart, zu kitschig, zu verlogen, zu obszön, zu aufgewühlt, zu monoton, zu primitiv waren. Nun aber sangen sie mit und schnippten mit den Fingern, so wie andere nichtsahnende Frauen hätten mitsingen und mit den Fingern schnippen sollen und lieferten damit einen weiteren Beweis dafür, daß Ironie die Welt zusammenhält, sogar die Welt der Liebenden.

Mehrmals war dieses Wunder geschehen: statt Ira hatte Ella ausgelassen mit dem Oberkörper auf dem Nebensitz Tanzbewegungen gemacht, und später Ira statt Valeska. Und noch später war statt der Nasenring-Tina und dem Fräulein Strindberg Ellen in Fahrt geraten wie schon lange nicht mehr. Nie hätte Viktor vermutet, daß Ellen für die Doors und ihren Todesengel Jim Morrison schwärmen würde und für so etwas Abartiges wie die Raub-Mitschnitte von Rock 'n' Roll-Nummern diverser Bob-Dylan-Konzerte. Sie mußte instinktiv ahnen, daß hier eine Chance bestand, Rivalinnen auszubooten. Diejenigen, für die die Töne gedacht waren, hatten oft ihre Näschen gerümpft bei der Musik, die Viktor ihnen in Ermanglung gemeinsamer Liebesfahrten per Post hatte zukommen lassen. Diese undankbaren Geschöpfe hatten den Namen nichtswürdiger Popgruppen genannt, als könne man damit die musikalischen Schätze, die sie von Viktor erhalten hatten, kritisch kommentieren. Bei Penelope aber kam die Musik an, generationsübergreifend, und Viktor fand, nach all den grausamen Irrtümern hatte er diesen Erfolg verdient.

Ständig wurde das gemächlich dahinrollende Liebespaar von anderen Autos überholt, deren Fahrer dabei genervt und verächtlich einen kurzen Blick ins Innere des hinderlichen Fahrzeugs warfen und zum Teil den Kopf schüttelten oder gar hupten, als sie erkannten, daß hier nicht ein halbblinder Rentner mit seiner uralten Mutter unterwegs war, sondern ein wohlgelaunter Mann in den besten Jahren mit einer jungen hübschen wohlgelaunten Frau, also zwei Menschen, die keinerlei Recht hatten, den Fluß des schweizerischen Verkehrs aufzuhalten. Selbst bei dieser Fahrweise würden Viktor und Penelope in einer Stunde in Zürich ankommen. Der Gedanke an die dann bevorstehende Trennung begann ihm so zuzusetzen, daß sein rechter Fuß nicht länger in der Lage war, das Gaspedal zu drücken und er an einem Parkplatz anhalten und Penelope seinen Zustand gestehen mußte. Jetzt war es soweit: Er legte seinen Kopf in ihren schmalen Schoß und fühlte ihren Po und sagte: »Ich werde wahnsinnig ohne dich und deinen Penelope-Popo.« Sie lachte und streichelte ihn und küßte ihn schließlich mit ihrer Gazellenzunge, und er schrie: »Hör auf, hör auf, nicht das, jetzt wird es doch noch schlimmer!« Er flehte sie an, ihm Asyl in ihrem Kleiderschrank zu geben, er wolle und könne nirgendwo mehr existieren als nur in ihrer unmittelbaren Nähe.

Sie lachte und stieß wieder ihre entzückten Gazellenschreie aus, und er sagte, den Kopf noch immer in ihrem schmalen Schoß: »Ich meine das vollkommen ernst.«

»Ich weiß das doch«, sagte sie, lachte weiter und fügte hinzu: »Das ist doch schön.«

Als er nicht aufhörte mit dem Stöhnen, und ihm Sätze zu entschlüpfen begannen wie »Ich kann keine Sekunde ohne dich leben!« und »Was sag ich nur meiner Frau?«, verlor Penelope die Geduld. Sie ohrfeigte ihn und sagte, Viktor habe sich ihr in den Hunderten von Briefen als ein erfahrener Ehemann präsentiert, der das Leben und die Liebe und den Umgang mit seiner souveränen Ehefrau souverän im Griff habe und der mit seiner Theorie von den verschiedenen Anteilen verschiedener Liebschaften ein interessantes und plausibles Modell entwickelt habe, das im übrigen auch Urs als Informatiker beeindruckt habe, nicht als Jammerlappen, den eine Zwanzig-Prozent-Liebschaft aus der Bahn werfe: »Che labilità, signore Stambecco, ein wenig contenance, mein Herr, wenn ich bitten darf!«

Da lachte auch Viktor und gab ihr einen Gazellenklaps und sagte: »Ich hatte vergessen, daß man die Fassung verliert, wenn es einen so stark erwischt. Mir ist das schon lange nicht mehr passiert, Signora. Auch wußte ich nicht, als ich dir schrieb und schrieb und schrieb, daß die Liebe auch zunehmen kann, wenn man sich wirklich trifft.«

Sie trat mit ihrem Gazellenbein nach ihm: »Du hast befürchtet, du könntest enttäuscht sein von mir, du Kleingläubiger, zur Strafe schmorst du vier Wochen ohne mich und schreibst mir täglich. Dann gehen wir auf den ›Gran Paradiso‹«.

Und schon waren sie Steinbock und Gazelle und drückten ihre Paarhuferschnauzen aneinander und ließen sich ihre Paarhuferzungen spüren, und Viktor sagte: »Hilf Himmel, mir wächst zwischen den Beinen ein drittes Horn!«

»Musik!« schrie Penelope: »Musik, und dann weiter mit uns!«

Zum soundsovielten Mal spulten sie die Kassette auf den Anfang zurück, und Viktor erzählte Penelope von den vielen vergeblichen Versuchen, Frauen mit vorbereiteten Kassetten bei Autofahrten näherzukommen und wie diese kunstvollen musikalischen Erzeugnisse dann wenigstens Schwung in die jeweilige Ehe gebracht hätten.

Penelope hörte nur beiläufig zu, was Viktor ihr verriet, und sagte dann lächelnd: »Das meiste, was du mir da erzählst, hast du mir schon geschrieben.« Sie wippte nach der Musik, sie drang völlig in ihren Körper ein, ersatzweise für den sittsam dahinfahrenden Viktor.

»Fahr du das Auto«, sagte er, »mir macht das Glück die Knie weich.« Nun kam ein Song von Bob Dylan: *Isis* – den hatte er aufgenommen, weil der Sänger den Namen seiner Frau ausspricht, als handle es sich um einen eiskalten Gletscher. Er verläßt Isis kurz nach der Hochzeit und treibt sich viele Strophen in der wilden Welt herum. Am Ende seiner Odyssee kommt er zu seiner Isis zurück, und es entspinnt sich ein Eheheimkehrer-Dialog, wie er lapidarer nicht möglich ist. Viktor fand, die schönen kargen Worte galten nicht nur für Ehemännner, sondern auch für von der Irrfahrt zurückkommende Liebhaber: »Where ya been?« sagt sie, und er sagt, nicht der Rede wert: »No place special.« Sie sagt, du siehst anders aus als sonst: »You look different.« Und er sagt, gut möglich: »Well I guess.« Sie sagt: »You been gone« – du warst weg. Und er sagt, das ist normal: »That's only natural.« Darauf sie: »You gonna stay?« – bleibst du? Und er, wenn du es willst, ja: »If you want me to: Yeah!«

»Yeah!« schrie Viktor mit und biß die fahrende Penelope ins Ohr – »if you want me to.«

Einige Tage später fragte Ellen Viktor beim Frühstück: »Wie war's auf dem Berg?«

»Etwas zu hoch«, sagte Viktor.

Ellen goß Tee in die Tasse. »Ist sie gekommen?« fragte sie.

Viktor wurde starr. Das war keine Falle, kein Bluff, Ellen wußte es – aber woher? Er schaute ihr tief in die Augen und war im Augenblick ratlos. Er wollte Zeit gewinnen.

»Entschuldige, daß ich so neugierig bin«, sagte Ellen formvollendet – und fügte vornehm hinzu: »Ich möchte dir nicht zu nahe treten.«

»Ja«, sagte Viktor, »sie ist gekommen.« Er war froh, daß sie nur ihn ansprach, daß Ellen nicht gesagt hatte: Ich möchte »euch« nicht zu nahe treten. Ella hatte damals, als es mit Ira losging, immer den Plural benutzt und von »ihr« und »euch« gesprochen und sich mit dem häßlichen Bild »zwei gegen eine« herumgequält. »Du kannst dir denken, daß ich auch neugierig bin«, sagte Viktor.

Ellen sagte: »Ich weiß es von Sabine.«

Viktor schob seinen Kopf vor.

»Mach nicht diesen Schildkrötenhals«, sagte Ellen. Sabine

hatte in der Zeitung etwas von einem Lawinenunglück gehört. Ein Mann aus Zürich, am 8. Mai. Tot. »Sie war vollkommen sicher, daß du hinüber bist«, sagte Ellen, »dabei hat sie sich verplappert. Sie war ziemlich gut informiert, was deine hoffnungsvolle Hochgebirgs-Verabredung betrifft.«

Viktor schwieg und dachte: »Glücklich die Männer, die ihren Frauen treu sind, denn ihnen bleibt diese Hölle erspart. Amen.«

Ellen schwieg und schälte einen Pfirsich. Bis jetzt hätte der Dialog auch in der Ella-Ehe so ähnlich verlaufen können. Aber dann, nach dem Verzehr des Pfirsichs, wäre es losgegangen: Und jetzt? Wie soll es weitergehen? Was stellst du dir vor? Sie oder ich?

»Und jetzt?« fragte Ellen.

»Jetzt werde ich ab und zu mal mit ihr in die Berge gehen.«

»Gratuliere«, sagte Ellen, »ich hätte nicht gedacht, daß sie kommt.«

»Ich auch nicht«, sagte Viktor und fügte hinzu: »Ich hätte es dir im September gesagt.«

Ellen glaubte ihm nicht. Er konnte es beweisen: »Ein Ehepaar kauft eine Alpenlandschaft«. Im September würde diese Frauenzeitschrift mit seiner Erzählung erscheinen. »Da kommt der ganze Wahnsinn vor«, sagte Viktor: »Unser Buhlen um Penelope. Ehemann plant Bergtour, Ehefrau schenkt Bergbild.«

»Kommt in der Geschichte die Freundin auch zum Gipfeltreffen?« fragte Ellen.

»Das nicht«, sagte Viktor.

»Aha!«

»Das hätte unglaublich geklungen«, sagte Viktor, »wie eine Männerphantasie.« Er vermute, daß die Redaktion der Frauenzeitschrift eine Erzählung mit einem solchen Ausgang gar nicht genommen hätte.

»Ah ja«, sagte Ellen und wirkte so gelangweilt, daß sich Viktor albern vorkam. Sie schwieg wieder und trank Kaffee. Dann steckte sie sich eine Zigarette an. Sie rauchte selten und noch seltener am Morgen. Sie rauchte nur, wenn sie sehr guter Laune war. »Ich habe Penelope heute abend zum Essen eingeladen«, sagte sie dann, nachdem sie nach einem tiefen Lungenzug die eben angesteckte Zigarette wieder ausgedrückt und den Rauch aus sich herausgeblasen hatte. »Ich weiß nicht, ob du Zeit hast«, fügte sie dann höflich hinzu, »ruf mich doch bitte bis zum Mittag im Büro an, ich muß es wissen wegen der Sachen, die ich dazu einkaufe.«

Ein perfekter Abgang. Wieder war sie entschlossen, ihre Wunderwaffe einzusetzen. Die bewährte Taktik: Tilgung der erotischen Gefühle durch familiäre Einbindung.

Zwei Stunden lang raufte sich Viktor die Haare und wog die Risiken ab. Er hatte gräßliche Angst, aber diese Prüfung mußte wohl sein. Dann rief er bei Ellen im Büro an und sagte: »Ich habe heute abend Zeit, ich kann bei dem Essen dabei sein.«

»Wunderbar« sagte Ellen, »dann kaufe ich drei Forellen.« Das Leben war schön. Das Leben war kein schlechter Witz und auch kein gemeines Märchen. In einem schlechten Witz oder einem gemeinen Märchen hätte die Frau des Hauses jetzt gesagt, sie werde drei Gazellenfilets kaufen.

Tagsüber gab es zum Glück Ablenkung. Viktor hatte wieder einmal einen Gang ins »Amt für Migration« vor sich. Das war angenehm. Er würde »fremdenpolizeiliche Gebühren« zahlen. Damit war sein Aufenthalt im goldenen Schweizerland für die nächste Zeit gesichert – und er durfte sich trotzdem ein bißchen fremd vorkommen. Während seiner Gänge versuchte Viktor Kräfte zu sammeln, um dem abendlichen Essen gewachsen zu sein. In zehn Jahren würde er Ellen fragen, wie ihr vor diesem Essen zumute gewesen war: wie bitter, wie kämpferisch, wie ängstlich, wie souverän, wie siegesgewiß?

Viktor trank sich Mut und Gelassenheit an. Zweifellos stand dem Haus Goldmann ein historischer Abend bevor. Wären es Geschäfte, würde er mit folgender Position in die Verhandlungen gehen: Stabilisierung der Ehe durch Abwehr von Ellens freundlichen Übernahmeversuchen. Erstes Ziel: Erhalt der Erotik in seinem Verhältnis zu Penelope, da sonst schwerste Einbrüche im Goldmannschen Wirtschaftsimperium zu befürchten wären. Zweites Ziel: Ellens generelle Tendenzen zu Enterotisierungs- und Entsexualisierungskampagnen mit einer Resexualisierungskampagne beantworten. Denn nur wenn das sorgsam austarierte System des Begehrens nicht unter Ungleichgewicht litt, nur wenn das Netzwerk der Erotik ohne große Störungen funktionierte, nur dann funktionierte es auch mit Ellen. Jeder gelungene Enterotisisierungscoup hatte auch ihrer Ehe geschadet.

Im Augenblick wollte er zwar nichts anders als Ellens friedlicher geläuterter Ehemann sein, der ab und zu mit Penelope in den Bergen verschwindet, dort ihre feinen Hufe bewundert, ihr mit seiner Steinbockschnauze ein bißchen ans Gazellenfell geht und sie fragt, ob sie ihm einen Rat geben könne, was er mit diesem seltsamen dritten Horn anstellen solle, was ihm bei gewissen Gazellenzärtlichkeiten manchmal wachse. Aber Viktor wußte: Das war eine Illusion. Ganz so genügsam konnte er nicht leben. Drei Mal im Jahr Ira sollte noch möglich sein und auch zweimal im Jahr Tscherkessin, damit er vor lauter Steinbocksein nicht vergäße, auch wieder einmal orientalischer Scheich zu sein – einfach, um die Freude an der Vielfalt der Liebe nicht zu verlieren, um nicht zu verarmen an Leib und Seele. Hingegen war er bereit zu einer Verzichterklärung in Sachen Nasenring-Tina, obwohl dies eine Einbuße war und die Facetten der Persönlichkeit einschränkte. Er würde auch schweren Herzens darauf verzichten können, es bei dem Fräulein Strindberg noch einmal zu versuchen, obwohl es umwerfend sein müßte, wenn sie sich nach langem Zaudern zur Hingabe entschlösse. Und er würde nie mehr von jener indischen Schönheitskönigin träumen, die er einst auf einer Almwiese oberhalb Berns beim Drehen eines indischen Liebesfilms beobachtet hatte und deren Liebes-Blick er peinlicherweise immer noch nicht ganz vergessen hatte, obwohl dieser Blick erstens gespielt war und zweitens gar nicht ihm gegolten hatte.

Penelope würde sich alle gazellennaselang von ihrem Urs mit einem Küßchen verabschieden und mit ihrem Steinbock einen Ausflug in die Berge unternehmen, um der Paarhuferliebe zu frönen. Und Viktor würde nie aus Ellen schlau werden, und auch das war gut, denn je unsicherer er war und je mehr er sich nach

Klarheit sehnte, desto besser würde das für seine Ehe sein, die wie alle Ehen nur als möglichst undurchsichtiges Gebilde zu ertragen war. Immer, wenn Viktor und Ellen mit dem Auto nach Italien fuhren, fiel ihnen das Verkehrsschild auf, das vor schnellem Fahren bei Nebel warnte: »in caso di nebbia«. Wenn ich Dichter wäre, würde ich dazu ein Gedicht schreiben, hatte Ellen schon mehrmals gesagt – und das, obwohl sie keine Gedichte mochte.

Um sieben Uhr würde Penelope kommen. Viktor wollte keinesfalls um diese Zeit schon zu Hause sein und dann als Ehemann im Weg herumstehen. Er ließ sich Zeit und kam um halb acht. Jetzt würden die Forellen langsam aus der Pfanne oder aus dem Rohr kommen, es war günstig, in Augenblicken dieser leichten Hektik hinzuzukommen, eine heiße Platte anzufassen und mannhaft an den Eßtisch zu tragen und ruckzuck einen Wein zu entkorken. Denn Viktor hatte Angst. Angst davor, daß Penelope seinem Blick ausweichen würde. Da würde es gut sein, wenn er sich auf das Korkenziehen konzentrieren konnte.

Der Wein war schon offen, der Fisch auf dem Tisch.

»Sorry«, sagte Viktor, »es ging nicht früher.«

»Wahnsinn, Sie glauben nicht, was freie Schriftsteller heute alles zu tun haben«, sagte Ellen zu Penelope. Zu Viktors Entsetzen siezte sie Penelope. Das könnte zu Komplikationen führen. Viktor war kurz davor »Wir lieben uns!« herauszubrüllen, um dem Spuk ein Ende zu machen. Ellen kam dieser schamlosen Unvernünftigkeit zum Glück zuvor, in dem sie das Glas hob: »Prost – ich glaube, wir sagen jetzt alle ›du‹, ist das in Ordnung?«

»Super«, sagte Penelope.

Das Essen verlief ohne Krämpfe. Sie plauderten über alles mögliche, auch über die Besteigung des Monte Rosa, und zwar so, als wäre das Treffen auf dem Gipfel das Normalste der Welt gewesen. Ein sportlicher Kick, besonders für Penelope. Es war möglich, den Zauber der Begegnung bei der Schilderung einfach wegzulassen. Damit war die Geschichte zumutbar. Penelope schimpfte auf Viktors Leichtsinn. »Er spinnt total«, sagte sie und war wieder richtig aufgebracht, »nicht einmal ein Handy hat er, das muß doch heute jeder mitnehmen, wenn er in die Berge geht, wie soll man sonst um Hilfe rufen?« Viktor fluchte auf die Unwirtlichkeit des Hochgebirges und die viele Ausrüstung, die man mit sich herumschleppen mußte. Penelope schüttelte den Kopf und sagte, Viktor sei ein alpines Naturtalent, sie habe ihn gebeten, sie auf weitere Viertausender zu begleiten.

»Das wird unserem Stubenhocker gut tun«, sagte Ellen.

»Mir graut es bei dem Gedanken«, sagte Viktor, »das ist die Hölle da oben« – und auch das war nicht gelogen.

»Beim Abstieg wird es doch dann schön«, sagte Penelope. Es war unglaublich. Selbst diese Bemerkung hatte keinen anzüglichen Doppelsinn, sie kam munter daher, als verbände Penelope und ihn nichts anderes als eine frischfröhliche Bergkameradschaft.

Und auf einmal war es nicht mehr als eine frischfröhliche Bergkameradschaft. Viktor begriff: Dies war der Preis, der für diese Liebschaft gezahlt werden mußte. Sie brauchten sie nicht errötend zu verleugnen, sie brauchten sie nicht bebend zu gestehen. Sie erwähnten sie einfach nicht. Sie taten so, als sei die Liebe nicht da. Und damit war sie tatsächlich nicht da. Sie hatten sie in den Bergen gelassen. Und im Auto. Hier spürte man sie nicht. Sie störte nicht, und sie beglückte nicht. Sie mußte nicht vor Ellen versteckt werden. Sie quälte niemanden. Es wurde nicht gelogen, es gab keine schiefen oder gesenkten Blick. Es fand kein Doppelspiel statt. Es wurde nur nicht alles gesagt. Nie sagte man alles. Kein Hintergedanken lauerte tückisch, als Penelopes große Gazellenaugen ohne jede Heimlichkeit zwischen Ellen und Viktor hin- und herwanderten. Genau dies war vor Jahren nicht gelungen, als Ira und er sich verliebt hatten und Ella anfangs manchmal anwesend war. Ira und er hatten sich angestarrt, süchtig wie zwei kriminelle Komplizen. Es war eine Zumutung gewesen.

»Ist sie nicht hinreißend?« sagte Ellen, als Penelope ins Bad gegangen war.

»Das ist sie«, sagte Viktor und seufzte tief, und auch sein Seufzen war echt. Ellen kannte Viktor gut genug, um zu wissen, welche Wünsche nach tiefer, tiefer Ewigkeit damit verbunden waren. Das brauchte er nicht zu verheimlichen. Nur ein Stumpfkopf oder ein Liebhaber fetter Frauen konnte angesichts der gazellenhaften Penelope diesen Wunsch nicht haben.

Als Viktor einen Kaffee gemacht hatte, sagte Ellen plötzlich: »Und jetzt?«

Sekundenlang dachte er, daß es jetzt losgehen würde. Ein Verhör. Zetern und Wehklagen. Tränen der Wut und der Verzweiflung: »Glaubt ihr denn, ich bin blind! Glaubt ihr denn, ich laß mir alles gefallen! Ich werde euch vernichten! Und ich habe euch vertraut!« Aber Ellen meinte nur, was jetzt mit dem angefangenen Abend geschehen solle.

Und schon kam sich Viktor unschuldig vor wie ein Engel. Nichts, absolut nichts, hatten Penelope und er schließlich getan, das gegen die Interessen von Ellen oder Urs gerichtet war. Er war der Gazelle ans Fell gegangen – na und. War einem Steinbock ja wohl nicht verboten. Man war so traumatisiert von dieser kleinkarierten bürgerlicher Mißgunstmoral, von diesem giftigen säkularisierten Extrakt hinterfotziger christlicher Gebote, der Hunderttausende von Romanen, Theaterstücken und Filmen des bescheuerten neunzehnten und des noch viel bescheuerteren zwanzigsten Jahrhunderts zusammenklebte, von diesen ewigen dummen Eifersuchtsanfällen, von dieser ewigen dummen Angst, ausgeschmiert zu werden – man witterte schon Strafe, wenn man völlig unschuldig war. Schluß damit, mit dieser Plump- und Billig-Tragik der abendländischen Hochkultur! Sollten die Amis ihre infantilen Amifilme weiter mit dieser heillosen Banausenmoral bestücken. Sicher, er konnte in Ellens Gegenwart keine Steinbockschnauze machen und mit seiner Steinbockzunge an Penelopes Gazellenmaul herumspielen, aber er konnte und würde das demnächst in den Bergen tun – und er würde nichts bereuen müssen und würde nicht bestraft werden dafür. Es war tragisch und komisch und spannend genug, so lange darauf warten zu müssen. Mehr Unglück hatte kein Mensch verdient, als auf die Liebe ein wenig warten zu müssen.

»Ich liebe euch«, sagte Viktor, als er Ellen und Penelope so einträchtig am Tisch sitzen und den Wein leeren sah. Er hatte geglaubt, sich halb tottrinken zu müssen, um den Abend zu überstehen. Nun war er in der glücklichen Lage, die Eintracht bei klarem Verstand genießen zu können.

»Schon gut«, sagten die Frauen. Es war erst halb acht. Sie berieten, in welches Kino sie zusammen gehen sollten. Das war das Paradies. Nicht die Viertausender. Einen Kinobesuch zu planen gehörte zu den Höhepunkten des Daseins. Viktor suchte mit aus.

»Ich glaube kaum, daß du mitgehst«, sagte Ellen plötzlich zu Viktor – wie eine verletzte Mutter, die ihren mißratenen Sohn disziplinieren will, wie eine Lehrerin, die sich mit Drohungen durchzusetzen versucht. Viktor haßte diesen Ton. Er kam selten von Ellen. Er hatte sich zu früh gefreut. »Ich glaube kaum. daß du mitgehst« – noch so ein Satz, und er würde für immer aus Ellens Welt verschwinden. Sie war offenbar doch nicht die souveräne moderne Frau, die er eben noch in ihr gesehen hatte.

»Wie meinst du das?« fragte er scharf zurück, »was soll das bitte heißen: du glaubst kaum, daß ich mit ins Kino gehe?«

Ellen genoß ihre Antwort: »Du mußt den Anrufbeantworter abhören«, sagte sie, sah auf die Uhr und wandte sich zu Penelope: »Komm, wir gehen!« Dann wieder zu Viktor: »Sei so nett und wasch die Fischteller ab, das stinkt sonst so. Die Spülmaschine ist voll. Und vergiß nicht: der Anrufbeantworter! Unglaublich, was da alles drauf ist: Der Filmproduzent will was von dir, Ira hat sich für morgen oder übermorgen angesagt. Und auch das Fräulein Strindberg hat sich gemeldet und würde gern mit dir ins Kino gehen. Und die Tscherkessin ist in Zürich, heute, soweit ich verstanden habe, diesmal in einem Hotel, sie bittet um Rückruf.« Zu Penelope sagte Ellen: »Unglaublich, was Viktor für ein begehrter Typ ist.«

Schon war Ellen im Flur. »Komm, Penelope, komm!«

Penelopes Gang war wiegend. Als trüge sie einen Rucksack. Er wirkte in einer Stadtwohnung fast fehl am Platz. Ellen stand im Treppenhaus und drängte. Viktor quälte die Eifersucht, aber er nahm sich zusammen: »Viel Spaß«, rief er den aufbrechenden Frauen hinterher. Penelope hatte das Problem des Abschiedsgrußes gelöst, in dem sie sich gar nicht von Viktor verabschiedete. Auch gut: kein verlogener Kuß mit Getuschel am Ohr, kein verschwörerischer Handschlag. Sie ging mit großen Schritten durch die offene Wohnungstür davon. Im Treppenhaus aber drehte sie sich doch noch einmal zu dem zurückgelassenen Viktor um: »Ciao Stambecco«, rief sie, laut, fast wie in den Bergen, »nicht verzweifeln!« Dann ging sie hinter Ellen die Treppe hinunter. Die Wohnungstür hatte sie offengelassen. Viktor schlich in den Hausflur und blickte das alte Treppenhaus hinunter. Er sah die rechte Hand Ellens, und eine Treppe höher die rechte Hand Penelopes das Geländer abwärtsgleiten.

»Wie hast du ihn genannt?« hörte er Ellen fragen.

»Stambecco«, sagte Penelope.

Als die beiden Frauen schon unten waren, fragte Ellen: »Was heißt das, Stambecco?«

»Steinbock«, sagte Penelope.

Auf dem Anrufbeantworter beschwerte sich der Filmproduzent in drei aufeinanderfolgenden Anrufen, daß Viktor nicht erreichbar sei und kein Handy habe. Es gebe Neuigkeiten. Er solle nach der Post sehen. Tatsächlich war ein Brief da. Demnach gab es einen neuen Co-Produktions-Interessenten, der jedoch fand, der Held in Viktors Drehbuch sei ein Typ, der die Frauen erobern, aber nicht halten könne. Genau diese Eigenschaft müsse etwas deutlicher herausgearbeitet werden, dann werde es mit der Verfilmung endlich klappen. Viktor schrieb auf ein Blatt: »Ohne mich! Ich will nie wieder etwas von Ihnen hören! Ich bin gerade dabei das zu tun, was mein Held angeblich nicht kann.« Das Blatt faxte er sofort an die Produktionsgesellschaft. Was für ein infames Ansinnen! Das Fax ging nicht durch. Besetzt! Wieso war da abends um acht besetzt? Viktor schrieb noch dazu: »Erobern ist Gesellenkunst. Damit geben wir uns nicht ab, my hero and I.« Als die Leitung frei war, sendete er das Fax.

Das Fräulein Strindberg hatte tatsächlich auf das Band gesprochen: »Hi, hier Selma, in Luzern läuft ein ganz toller Film, wie wär's?« Und das nach fast einem Jahr eisernen Schweigens. Viktor war froh, in seiner stabilen Verfassung nicht auf solche

Angebote angewiesen zu sein. In den nächsten Tagen würde das Fräulein Zurechtweisungspost von ihm erhalten.

Dann schrieb Viktor an Sabine: »Du hast mein Geheimnis ausgeplaudert, du Tulpe, aber da dein Motiv Anteilnahme wegen meines Lawinentods war, geht das in Ordnung. Immerhin mußte ich es auf diese Weise Ellen nicht selbst gestehen. Du wolltest wissen, ob Penelope auf den Berg kommen würde: Sie kam. Was dann geschah, werde ich dir nicht verraten.«

Jetzt konnte dem Problem der Tscherkessin nicht mehr ausgewichen werden. Im Hotel war sie nicht, Viktor wollte schon erleichtert auflegen, als man ihm eine Telefonnummer nannte, unter der Madame Marronnier zu erreichen sei. Heiterste Gesellschaft. »'Ör mal, Goldmann, du mußt kommen, sofort«, befahl sie und zählte die interessanten Menschen auf, mit denen sie zusammen war. Viktor blieb hart. Nach dem »Ciao Stambecco«, das Penelope ihm eben zugerufen hatte, war jeder Gedanke an eine andere Frau für drei Tage verboten. Die Tscherkessin gurrte. Viktor konnte ihren Lockrufen nur mit der Wahrheit widerstehen. Zur Strafe nannte sie ihn »Louis Trenker« und bezeichnete Penelope als »Leni, die Bergschickse«. Ihre Eifersucht machte Viktor die Absage leichter. »Schön blöd, daß du nicht kommst,« sagte sie, »ein Bankier Rothschild ist 'ier, der deine Bücher mag und dich gern kennengelernt 'ätte.« Das war nicht einmal ausgeschlossen. Rebecca Marronnier, genannt die Tscherkessin, hatte Zugang zur Unterwelt wie auch zur High Society. Morgen habe sie noch den ganzen Tag in Zürich zu tun und bleibe auch noch eine Nacht im Hotel, das sei Viktors letzte Chance: »Wenn du nicht kommst, ist es aus.«

Morgen war weit weg. Die Tscherkessin hatte für seinen Zustand wenig Verständnis. Unmännlich fand sie das. Als Mann, fand sie, konnte man sich entweder einer Frau unterwerfen, oder man unterwarf die Frau – aber nicht das, nicht diese abendländische Verehrung von Schicksen, die es nicht verdient hätten. Das machte sie nervös. Die Orientalen mochten begnadete Unterdrücker und Sodomisten sein – von den Wonnen des dahinschmelzenden Minnesangs hatten sie keinen Schimmer.

Viktor hatte eine Melodie im Kopf, die er nicht identifizieren konnte. Er rief Adrian an und summte ihm die Melodie vor. Adrian, wußte sofort, was es war, sagte es aber nicht. Erst wolle er auf den neuesten Stand von Viktors Liebesleben gebracht werden. Er bat um eine Kurzfassung. Fünf Minuten. Viktor legte los, obwohl Adrian nur deswegen auf den laufenden Stand der Dinge gebracht werden wollte, um anschließend den Kopf zu schütteln und ihm im Gegenzug sein glückliches und ruhiges Leben mit Lisa zu schildern: Viktor sei ein Trottel, er verzettle sich; daß er nicht mehr wisse, von wem das Musikstück sei, sei eine Folge seines unkonzentrierten Lebenswandels. Viktor wehrte sich, er sei die Zielgerichtetheit in Person, er wisse genau, was er wolle, wenn Adrian auch nur den Ellenbogen von Penelope kennen würde, würde er ihn verstehen und erst recht, wenn er sehen könne, wie die Musik in die Gliedmaßen dieses göttlichen Körpers fahre. Wenn ihre Gazellenaugen glänzten und sie ihren Gazellenmund öffne und »Super« sage, dann wisse man wieder, wozu man auf der Welt sei

»Na schön«, sagte Adrian, »*Slumber* heißt das Stück, das du suchst, Tom Archia 1947 am Tenorsaxophon.«

»Danke, Arschloch-Kollege«, sagte Viktor, legte auf und suchte die kostbare Kopie. Wie hatte er das vergessen können! Auch das war vor ein paar Jahren eine Odyssee gewesen, an dieses Stück zu kommen. Dutzende von Bitt-und-Bettel-E-Mails hatte er an einen aus Erlangen ausgewanderten Besitzer der entsprechenden Shellack-Platte in Chicago schreiben müssen, bis dieser ihm eine Kopie der Aufnahme mit den tröstlichen Worten zukommen ließ: »Wer *Slumber* von Tom Archia liebt, kann kein schlechter Mensch sein.« Einen Monat lang hatte er den dämmerigen Blues unentwegt gehört – dann war er ihm entglitten. Das waren Sünden. Nichts, was man liebte, durfte einem entgleiten. Er überspielte das Stück, das nichts von seiner Wirkung verloren hatte, auf eine Kassette und entschuldigte sich bei seinem längst gestorbenen, zum Zeitpunkt der Aufnahme siebenundzwanzig Jahre alten Schöpfer.

Viktor nahm die Kassette, Stift und Papier, eilte aus dem

Hause, bezog eine Hotelbar, rauchte und schrieb an Penelope. Das eben erst beendete historische Abendessen mußte, solange es in Erinnerung war, detailgenau rekonstruiert und analysiert werden. Er beschrieb seine unnötige Angst vor gesenkten Blikken, pries Penelopes Geradlinigkeit und ihre Fähigkeit, die Liebe auszusperren, um das ungute Glimmen und Schwelen geheimer Gefühle zu verhindern, was ihr allerdings so gut gelungen sei, daß er zeitweise Panikanfälle gehabt hätte – angesichts der Frage nämlich, ob ihre Neigung für ihn womöglich nicht etwa nur ausgeschlossen, sondern schon erloschen sei. Erst ihr Stambecco-Zuruf beim Gehen habe ihn wieder beruhigt und gezeigt, daß sie nicht vergessen habe, daß sie beide zum Stamm der alpinen Paarhufer gehörten. Welcher Schlag und welcher gerechte Ausgleich zugleich, daß sie mit Ellen ins Kino gegangen sei. Dann pries Viktor die Gegenwart, die ihnen immerhin allerlei erlaubte. In ein paar Jahrzehnten, schrieb er, leider zu spät für ihn, werde es möglich sein, zu dritt ins Kino zu gehen, ohne daß es zu Krämpfen komme oder sich ein Mann zwischen zwei Frauen wie ein selbstgefälliger Mormonengockel vorkommen müsse. Er wunderte sich darüber, daß selbst ein so primitives Ding wie eine Erektion so verschieden sein könne, verriet ihr, daß sein Stambecco einen völlig anderen Charakter habe, wenn er durch die Gazzella delle alpi beseelt sei, dann nämlich komme er ihm vor wie ein höflicher Geselle, der bescheiden anklopfe und um Unterschlupf bäte, während derselbe Apparat, von weniger anmutigen Frauen in Erregung versetzt, auch ein zudringlicher oder gar blindwütiger Rammbock sein könnte. Hierbei dachte Viktor mit Schrecken an die Tscherkessin und ihre exzessiven Vorlieben und an die morgige Nacht. Es war ihm mehr danach zumute, sich mit Penelope zu umranken, sie zu bitten, ihre Arme zu Efeu werden zu lassen und sich der vegetabilen Lust hinzugeben und ein wenig miteinander zu verwachsen.

Diesen Brief sollte Penelope so bald wie möglich lesen und das Tom-Archia-Stück so bald wie möglich hören, deswegen eilte Viktor zu dem Haus, in dem sie wohnte, und stieg in den vierten Stock. Es war jetzt fast zwei Uhr, sie würde mit Ellen nach dem

Kino noch ein Glas getrunken haben und nun süß schlummern, allein oder eher neben Urs, den sie in vier Wochen heiraten würde. Auf dem Berg hatte er sie gefragt, ob sie als verheiratete Frau auch gekommen wäre, und sie hatte gesagt: »Spinnst du, ich bin hier weder als Fräulein noch als Frau, sondern als Penelope, die Berg-Gazelle.«

Viktor saß mit seinem Brief und der Kassette in der Hand auf einer alten durchgetretenen Treppenstufe vor Penelopes Wohnungstür, und sein Vorgänger Walther von der Vogelweide fiel ihm ein, der vor achthundert Jahren mit übereinandergeschlagenen Beinen auf einem Stein gesessen und unter anderem über den Lohn der Liebe nachgedacht hatte. Morgen würde er Penelope schreiben, wie er eine Weile auf dieser Stufe gesessen und ihre Nähe genossen hatte – und auch die Gefahr: Schließlich könnte Urs, ihr Zukünftiger, jederzeit von irgendwoher auftauchen und ihn hier an der Schwelle der Tür seiner Braut sitzen sehen. Etwas peinlich. Aber auch pikant. Was sie dann miteinander reden würden, würde er Penelope schreiben. Sie liebte solche Phantasien. Natürlich würde sich mit Urs über Termine reden lassen: Wann es ihm, Urs, recht sei, daß er, Viktor, mit ihr, Penelope, den nächsten Viertausender in Angriff nähme?

Ellen hatte übrigens von allen Frauen, die er kannte, nackt die beste Figur. Das war ihm neulich aufgefallen, als sie der Wanne entstieg. Sie hatten sich gerade gestritten, und er konnte es ihr nicht sagen, weil sie es für Zynismus gehalten hätte. Er würde jetzt nach Hause fahren und ihr das ins Ohr flüstern. Er würde sie bei der Gelegenheit fragen, ob sie sich an diesen frühen Film von Truffaut erinnere: *Die süße Haut*. Auch ein Schriftsteller – der aber etwas mit einer Stewardeß anfängt. Dann das große Hin und Her. Er kann sich nicht entscheiden. Als brächte eine Entscheidung die Lösung. Schließlich knallt seine Frau den Kerl in einem Café ab wie einen räudigen Hund. »Danke, daß du mich bisher nicht durchlöchert hast!« würde Viktor zu Ellen sagen.

Die morgige Nacht würde unweigerlich der Tscherkessin gehören. In seinem nächsten Roman würde ein Ehemann vor seiner Frau beim Frühstück über einen bevorstehenden strapaziösen Liebesdienst seufzen, und sie würde antworten: »Du bist wirklich nicht zu beneiden.« Das war der Unterschied zwischen Literatur und Wirklichkeit. Übermorgen wollte Viktor nach Frankfurt fahren, unter anderem, um das Buch mit den Gesängen des Walther von der Vogelweide aus der Wohnung zu holen. Es war an der Zeit, sich ein wenig mit der hohen Minne zu befassen.

Vielleicht hatte er zu tief gedöst: Mit einem Mal, ohne das Viktor zuvor Schritte und Stimmen gehört hatte und die Flucht hätte ergreifen können, öffnete sich die Wohnungstür. Ellen und Penelope erschienen in bester beschwipster Laune, und Penelope versuchte, Ellen begreiflich zu machen, wo der Taxistand war.

»Ich glaube, ich werde abgeholt«, sagte Ellen, als sie Viktor auf der Treppenstufe sitzen sah.

Viktor gab Penelope den Brief und die Kassette. Sie lächelte und blies dabei antilopenhaft die Luft aus.

Im Auto sagte Viktor: »Ich habe mir vorgenommen, ein besserer Mensch zu werden.«

»Super«, sagte Ellen, »schnall dich an!«